“博学而笃志，切问而近思。”

（《论语》）

博晓古今，可立一家之说；

学贯中西，或成经国之才。

国家重点学科“比较文学与世界文学”研究系列

复旦博学·外国文学系列

世界文学史纲

A BRIEF HISTORY OF WORLD LITERATURE

（第四版）

蒋承勇　主编

复旦大学出版社

内容提要

《世界文学史纲》(第四版)为国家重点学科“比较文学与世界文学”研究系列丛书之一、上海“十一五”重点图书，全书分西方文学和东方文学两部分，在叙述东西方文学的重要作家、作品和文学现象时，紧扣各时期对人的理念这个中心，点面结合、史论结合、条分缕析、图文并茂地追述几千年来世界文学的发展脉络。本书在吸取以往编写外国文学史成功经验的基础上有所突破，注重从整体上体现文学史写作的理论深度：从深层把握住东西方文学的本质特征，在总体评价中强调文化因素；在多元化的阐释格局中，注重美学分析；对文学思潮和作家、作品的评判不千篇一律，而是肯定其独有的审美品格和艺术特征，展现其独有的审美价值；对列专节介绍的重点作家，都对其艺术个性有全面的分析，对其代表作更是用很大篇幅作艺术特色分析。

本书图文并茂，脉络清晰、形象生动地展现了文学特有的艺术魅力，为读者营造出浓浓的文化氛围，让人犹如走近了作家，走进了作品，身临其境般地感受文学大师们独特的个性魅力，享受文学带来的丰富精神滋养。

本书可用作高等院校中文系本科、专科外国文学教材，也可供外国文学爱好者阅读。

撰稿人(以姓氏笔画为序)及具体分工:

王生国:第四章第一、二节
王　欣:第十二章第一、二节,第十三章,第十四章第三、四、五节
孙　靖:第七章第八节,第十二章第三节
何仲生:第六章第三、四节,第八章第一、二、三节
李　丹:第七章第四、五节
李晓卫:第九章第一、二、三、四节
杜　隽:第十四章第一、二节
罗明洲:第十一章第四节
项晓敏:第八章第四节,第十章第二、三节,第十一章第一、三、五节
钟伟华:第七章第十节
钱奇佳:第六章第二节,第十章第五节,第十一章第二节
彭少健:第五章第一、二节
蒋承勇:西方文学导论,第一章第一、二、三节,第二章第一、二节,第三章第一、二、三节,第六章第一节,第七章第一、二、三、六、七、九节,第九章第五、六、七节,第十章第一、四节,第十一章第四节、第六节,东方文学导论

目　　录

上编　西 方 文 学

下编 东方文学

上编

西方文学

导　论

文学是人学,文学艺术的每一个毛孔都透射着人性的光辉。

对人的自我生命之价值和意义的探究,是西方文化的传统,也是西方文学演变的内在动因。西方文学自始至终回荡着人对自我灵魂的拷问之声。贯穿着深沉而强烈的生命意识和人文精神的西方文学也因此显示出深厚的人性意蕴和文化内涵。

一

古希腊文学是欧洲文学的源头之一,其中所蕴含的关于“人”的思想观念,经由古罗马文学的传承,对后来的欧洲文学产生深远影响。瑞典古希腊罗马研究专家安·邦纳认为:“全部希腊文明的出发点和对象是人。它从人的需要出发,它注意的是人的利益和进步。为了求得人的利益和进步,它同时既探索世界也探索人,通过一方探索另一方。在希腊文明的观念中,人和世界都是对另一方面的反映,都是摆在彼此对立面的、相互照应的镜子。”[①]古希腊民族对“人”的重视与该民族的自然观、宇宙观有密切联系。古希腊人一同自然分离后就产生了强烈的个体意识,作为主体的人就处在高于自然与社会的位置上,主张人对自然与社会的征服和改造,主体与客体呈分立态势。古希腊哲学家普罗泰戈拉(前490?—前420?)的名言“人是万物的尺度”就是希腊人强烈的自我意识的表露。重视个体的人的价值的实现,强调人在自己的对立物——自然与社会——面前的主观能动性,崇尚人的智慧(人智),是古希腊文化的本质特征。在这种文化土壤中产生的古希腊文学,就呈现出张扬个性、放纵原欲、肯定人的世俗生活和个体生命价值的特征,具有根深蒂固的世俗人本意识。古希腊神话是原始初民的自由意志、自我意识和原始欲望的象征性表述。

在神话中,神的意志就是人的意志,神的情欲就是人的情欲,神就是人自己;神和英雄们为所欲为、恣肆放纵的行为模式,代表了古希腊人对自身原始欲望充分实现的潜在冲动,体现了个体本位的文化价值观念。荷马史诗中英雄们对荣誉的崇尚,表现了古希腊人对个体生命价值的执着追求和对现世人生意义的充分肯定。稍晚一些时候的古希腊悲剧中,英雄们总是因“命运”之重负而深感行动的艰难,但又从不放弃行动的权利,敢于反抗“命运”的捉弄。这种困兽

---

① 转引自〔苏〕鲍·季格里扬:《关于人的本质的哲学》,三联书店1984年版,第28—29页。

犹斗的抗争体现出了个体生命的无穷追求与“命运”的不断惩罚之间的矛盾构成的悲剧意识。因此,悲剧时期的古希腊人的自我意识上升到了一个新的高度,文学对人性的掘进也就进入了新的阶段。总之,古希腊文学中体现的世俗人本意识是原欲型的,虽然其中也不乏理性精神,但这种精神主要体现为对人的肯定上,而不是与原欲相对意义上的理性意识和道德规范。

古希腊雕塑《拉奥孔》

古罗马文学是对古希腊文学的直接继承,古希腊文学中的人本意识在古罗马文学中得到了再现,并经由古罗马文学广泛地传播到后世的欧洲文学与文化中。不过,古罗马人自身独特的文化性格又使他们的文学带有自己的独特性。古罗马人崇尚文治武功,对人的力量的崇拜常常表现为对政治与军事方面辉煌业绩的追求,由此又演化出对集权国家和个体自我牺牲精神的崇拜。因而,古罗马文学比古希腊文学更富有理性意识和责任观念,在审美品格上更趋向于庄严和崇高的风格。但是,古罗马文学人文观念的主体依然是古希腊文学的人本意识,仍属于古希腊原欲型文化的范畴。

希伯来文学是欧洲文学的又一源头,其中所蕴含的“人”的观念,经由中世纪基督教文学对后来的欧洲文学产生深远影响。希伯来民族信仰一神的上帝,认为世间的万物是上帝创造的。这种宗教自然观、宇宙观直接影响着希伯来民族关于“人”的观念。他们强调人对上帝的绝对服从;尊重灵魂,主张人的理智抑制肉体的欲望;轻视人的现世生命的价值与意义,看重来世天国的幸福。显然,希伯来文化是一种重灵魂、重群体、重来世的理性型文化。从“人”是“理性的动物”的角度看,理性是人的本质属性中相对于原欲而存在的又一层面;原欲与理性是人的不可或缺的两个方面。因此,古希腊文化与希伯来文化属于异质文化,它们各自蕴含着人性中既对立又统一的两个侧面,因而这两种文化之间的关系也是既对立又统一、既矛盾冲突又互补相融的。在公元1世纪中叶到2世纪末叶“希腊化”时期,希伯来文化与希腊文化出现了第一次碰撞。希伯来文化吸收了古希腊文化的某些成分后,演变成一种新形态的文化——基督教文化。当然,此时古希腊文化并没有从根本上改变希伯来文化,因而,基督教文化是以希伯来文化精神为主体的,它依然属于希腊的异质文化。

希伯来-基督教文学的人文观念大大有别于古希腊罗马文学,其中蕴含的是一种理性化的人本意识,或者说是一种宗教人本意识。希伯来-基督教文学中的英雄,不像古希腊文学那样是人化了的神,而是神化了的人。他们往往因神性的附着才显得威力无穷,而不是因人智的充分显现才显得神通广大;人的欲望被来自神的那种理性制约着,他们的形象虽显示出了神的崇高,却缺少人的灵性与生机,使人性变得苍白与贫乏。如《圣经》中摩西的形象,其丰功伟绩的建立俨然是上帝的神力在他身上的显现,是人向神的飞升,而不是神向人的还原。希伯来-基督教文学中人让位于神、"灵"取代"肉"的现象表现了人对上帝的崇拜。上帝是人创造的,它的神性实质上是人的理性意志的体现,因而,原初意义上的上帝便是人的理性本质的升华。在这种意义上,希伯来-基督教文学中表现的人对上帝的崇拜,一方面表现出人们对人性本质的追寻趋向于理性的和精神的境界,这是人对自身理解上的一种进步与升华;另一方面又表现了人们对人的原始生命力和个体生命价值的一种压制,是人的主体性的一种萎缩,是对欧洲古典文学中的世俗人本意识的一种排斥。此外,《圣经》中的英雄身上更富于自我牺牲精神和对民族、群体的责任观念;这种精神与观念又进一步升华为博爱主义和世界主义,这是宗教人本意识的又一种体现。总之,重视人的精神、理性本质的追求,强调理性对原欲的限制,是早期希伯来文学和中世纪基督教文学文化价值观念的主要特征。这种尊重理性、群体本位、崇尚自我牺牲和忍让、博爱的宗教人本意识,是以后欧洲文学与文化内核的又一层面。

当然,当世俗教会把基督教精神推向极端之后,上帝就成了人的异己力量。这种情形在欧洲中世纪后期表现得特别明显。随着上帝权威的畸形膨胀,人完全成了上帝的奴仆,人的主体性在上帝面前显得微不足道。此时,基督教沉重的十字架使人与自我本质分离,作为"有情欲的存在物"和"能动的自然存在物"的人,其生命的本能冲动、个性的合理要求和主体的主观能动作用都被基督教教义视为罪恶的和无意义的,人性遭到了严重的压抑。在这种情况下,基督教的人本意识已蜕变为神本意识,原始基督教对人性本质的理性追求最终走向了对人性的扼杀,基督教也就走向了人性的反动。于是,对新的文化模式的追寻就成了历史发展的必然要求。

二

文艺复兴是欧洲文化的大转型时期,人们对宇宙、社会和自我的认识向前迈进了一大步。在这一时期,欧洲文化的古希腊-罗马源流与希伯来-基督教源流形成了比"希腊化"时期更大规模的矛盾、冲突与互补、融合,从而带来了文学中人文观念的重大变化。

文艺复兴时期,基督教文化走向极端,成为人性的反动,成为人的异己力量,一些人文主义者就借用古典文化向它发起了攻击,古希腊-罗马文化与希伯来-基督教文化于是形成冲撞之势。文艺复兴运动的指导思想是人文主义,它的以人为本、以人权反神权、以人性反神性、以个性自由反禁欲主义等思想,是和基督教的文化内核相冲突的。以人为本和以神为本是文艺复兴运动中古希腊-罗马文化与希伯来-基督教文化冲突的焦点。以人为本,归根结底是要求以人性、人智取代神性、神智,从上帝那里找回人的价值、人的主体性,也即人自己,因而,这种冲突实质上也就是原欲与理性、肉体与灵魂的冲突。人文主义思想以古希腊的世俗人本意识为主体,文艺复兴运动中人文主义对基督教文化思想的胜利,也就意味着古希腊罗马文化的胜利。正是在这种意义上,文艺复兴是一个文化转型时期,它将一度极端化了的人神关系,也即原欲与理性、主体与客体的关系作了调整,从而有了"人"的觉醒与解放。当然,文艺复兴运动中既有两种文化的对立与冲突的一面,也有融合与互补的一面。因而,人文主义绝不只是古希腊-罗马文化的单一性延续与继承,更不是简单的重复,它同时又吸收了希伯来-基督教文化中的合理成分。原始基督教和《圣经》本身所倡导的仁爱、忍让、宽恕等博爱思想,体现的是宗教人本意识,它与中世纪教会宣扬的教义不能同日而语。这种思想在本质上也体现了对作为上帝之创造物的人的个体的尊重与爱护,因而,它与以人为本的人文主义思想虽然并非同出一源,却殊途同归,都是出于对人的生存与发展的维护。这正是两种异质文化融合的契合点。希伯来-基督教文化的这种博爱精神为人文主义所汲取,人文主义思想体系中也就拥有了人人平等、仁慈宽恕等基督教观念。所以,在一定程度上,人文主义又是古希腊-罗马文化与希伯来-基督教文化结合的产物。文艺复兴运动便是历史为欧洲社会创造的重新选择文化模式的契机。

人文主义文学是文艺复兴时期欧洲文学的主流,不同时期、不同国家的人文主义文学中所蕴含的"人"的观念,正是这一时期人文主义思想在文学中的不同形态的表现。薄伽丘的《十日谈》把人的原欲作为天然合理的东西加以描写,让人们去追求现世生活的无穷欢乐,表现出"人"的回归与主体意识的觉醒。拉伯雷的《巨人传》中,"巨人"的形象表明了人与神的易位,人取代了上帝,人智的力量是无穷的。小说中"想干什么就干什么"的名言虽不无偏激,但表达了从宗教桎梏中解放出来的人对自由的热切向往。塞万提斯的《堂吉诃德》中,堂吉诃德先生的追求意识,表达了觉醒了的人们要求找回中世纪被压抑了的自由天性和人格力量的强烈渴望。莎士比亚是文艺复兴时期欧洲文化和艺术的集大成者,他对人的理解的深刻性要远远超过前辈人文

《巴别塔》(老勃鲁盖尔)

主义作家。他早期的喜剧和历史剧,主要表现个性自由、平等博爱的理想,这和欧洲早期人文主义作家的思想是基本相似的。他的悲剧则表现出文艺复兴晚期欧洲人的迷惘与困惑,明显地反映了古希腊-罗马文化与希伯来-基督教文化的冲突与融合。莎士比亚对人的理解的深刻之处在于,他通过悲剧告诉人们:人的自由是有限的,仅有人欲的解放和满足,并不能把人引向自由、平等的理想世界。人性也不仅仅体现在原欲上,而且还体现在理性力量上。因此,人必须在自然欲求与社会道德律令、原欲与理性、出世与入世、个体与群体、人与社会、人与自然等方面作出准确的把握。哈姆莱特的犹豫、延宕、忧郁,正是当时人们面对多重矛盾时两难心态的艺术化表现。在他身上可以看到,刚刚从宗教的重压下站立起来的"人",在精神上依然存在着与上帝的千丝万缕的联系,世俗人本意识和宗教人本意识在他身上的融合表现得十分明显,这正是近代欧洲文化模式的典型形态。

17 世纪的欧洲讲究理性与秩序,这种时代精神在这一时期的文学主流古典主义文学中得到了集中的体现,从而也带来了文学中人文观念的演变。文艺复兴运动一方面带来了人的解放和社会的进步,另一方面,对个性自由的片面追求也成为造成人的道德水准下降和社会混乱的重要原因。16 世纪至 17 世纪中叶,西欧一些国家相继爆发内战和宗教战争,一度混乱的社会现实使人们意识到理性、秩序的重要性。也就在这个时期,牛顿、哥白尼、莱布尼兹等人的自然科学成果告诉人们,宇宙是井然有序的,因而,社会也应有自己的规范与秩序,个体的人的自由必须合乎或服从于社会规范,而不是一味地"想干什么就干什么"。哲学家笛卡儿的"我思故我在"把人的自我意识、人的思维和理性作为人的本体来看待,鼓吹理性至上。在这种精神文化土壤中成长起来的古典主义文学,便以理性作为自己的生命。这种"理性"除了特定的政治内容外,主要指人的思维能力和人的理智。它相对于中世纪的宗教理性,更注重人的主体意识和人的能动性,而否定了神性,这是对宗教蒙昧主义的进一步否定;它相对于人文主义思想,则更注重人的理智对情感欲望的制约,强调了对自由的理性规范,这是对文艺复兴时期个性自由的极端现象的反拨。在这种理性主义原则指导下,古典主义文学中的"人"通常都处于理智与情感、个人欲望与国家和民族利益的矛盾纠葛之中,并最终让理智战胜情感、让个人欲望服从国家和民族利益,而服从王权则被奉为最高的理性。古典主义文学中蕴含的是一种理智化了的人本意识,它既肯定人的自我意志和主体精神,又强调理智对自我的约束。因而,古典主义文学中的"人"比人文主义文学中的"人"更疏远了与上帝的联系,也显得更理智、冷静和成熟,但又缺少热情、更少自由意识和生命意识。

18 世纪启蒙文学也和古典主义文学一样强调理性精神,但启蒙文学的"理性"在肯定笛卡儿所讲的理性精神外,又从自然法则的高度,强调人与人之间平等自由的社会法则,肯定人的自然情感的天然合理性。这既是对中世纪宗教神性的更彻底的否定，又是对否定情感自由的古典主义理性精神的一种调节与反拨。卢梭是启蒙文学中崇尚个性自由、情感自由的典型。他否定了基督教的原罪说，认为人的本性是善的和美的，因而一切发自自然人性的欲望与要求都是合理的，而人类自己创造的文明却是人性的污染物和罪恶的滋生地。他的《忏悔录》彻底剥开了包裹在人性外面的宗教的和传统道德的遮羞布，还其自然纯真的本来面目，说明了真正值得人崇拜的是人自己而不是上帝。他的《新爱洛绮丝》则是一曲心灵自由与情感自由惨遭厄运的悲歌，是对自然人性的热烈呼唤。卢梭创作中表现的新的"人"的观念，比古典主义文学更具有情感自由的欲望和生命意识。但卢梭对人的理解毕竟是理想化、超时代的，歌德则比他更现实、更理智。歌德笔下的浮士德寻找着情感与理性的统一，寻找着既张扬人的主体精神又不与外在客体冲突、既满足个人欲望又不违背社会道德律令的两全其美的道路。歌德的思考与莎士比亚有相似之处。然而，正如歌德同时代的康德所验证的那样，人的自然欲求与社会道德律令之间处于二律背反的永恒矛盾之中，因而，人是自由的，又是不自由的。浮士德一生执着地探索与追求，表现了他对个性自由与实现生命价值的乐观精神，但最终陷于进退两难的困境。这正是歌德关于"人"的理解与认识的困惑，但歌德通过浮士德的描写，把"人"的问题的探索推向了更渺远的天地。启蒙文学对个性自由、情感自由的理性追求，为浪漫主义文学奠定了基础。

三

浪漫主义流行于18世纪末19世纪初封建制度衰亡、资本主义上升这样一个新旧历史交替的时代，其文化价值观念总体上属于近代人文主义范畴，但已孕育了现代文化的基因。浪漫主义文学强调自我、追求自由，它是在反古典主义的斗争中发展起来的。古典主义强调理性和规则，在一定程度上是对文艺复兴人文主义文学个性自由的反拨，而浪漫主义则竭力倡导自由思想，是人文主义精神在新的历史条件下的"重现"。

浪漫主义的自由思想是和法国大革命的精神相吻合的，从这个意义上讲，它是法国大革命的自由精神在文学上的表现。但是，这种自由精神是由18世纪的启蒙思想家卢梭倡导提出的。卢梭认为，人性本善，而人类文明的发展使人性受到污染；人是生而自由的，而人自己创造的文明却束缚了自己。卢梭的这种思想当时对鼓舞人们反资本主义现代文明起了巨大的作用。法国大革命过去了，原先人们以为会给人带来自由的资本主义社会出现了，然而，现实让人感受到的是资本主义文明使人的生命力受到压抑，使自由得而复失，或者说，在新的社会条件下，自由仅仅是一种形式而已。然而，此时卢梭的自由思想早已在大革命的浪潮中深入人心，因此，在新的社会条件下，人们追求自由的热情依然十分强烈，因而"自由"是18世纪末19世纪初欧洲时代精神的最强音。浪漫主义文学的自我意识和自由观念，正是这种时代精神的艺术形式的表述，卢梭则是浪漫主义文学的"精神之父"。

浪漫主义者差不多都是当时资本主义社会中独立的、无所归依的"自由漂泊的"①知识分子。他们处在"自由"的生存位置上，精神视野较为广阔，对现实社会中残余的封建势力和封建意识不满，又不接受限制个性自由的资本主义文明。他们觉得现代文明使人丧失心灵、情感的自由，人性遭到异化，人的生命力受到了压抑。他们认为人类应该有更好的生存方式，那就是更多地保留了人的自然本性、更富有自由感的生存方式，而未经文明染指的原始的和自然的境界是最能体现自由理想、最符合人性的，因此，浪漫主义者崇尚自然，倡导"返回自然"。他们有的留恋湖光山色，有的向往原始森林，有的追怀宗法式的田园生活，唯独不接纳现代文明社会。在浪漫主义者看来，在"自然"的境界里，一切物质的、理性的束缚都被解除，人性可以舒展自如，自我情感可以尽情抒发，个体生命的价值得到了充分的实现，人类"爱"的理想也在这种境界里得以实现。因此，"自然"是浪漫主义文学的哲学内蕴和理想世界，也是"自由"与"个性解放"的代名词，其中包含着强烈的生命意识。拜伦笔下那些"海盗式"的"英雄"，总是站在远离现实的自然世界中诅咒现存的社会制度和道德原则，甚至仇视一切人类文明，在极端的恨中表现出极端的爱；华兹华斯忘情于湖光山色，沉浸于"天人合一"的理想境界，抒写着人性自由与美的赞歌；雪莱总在大自然中寻找着人自己的身影与力量，期盼着"西风"涤荡文明社会的污泥浊水，创造一个"爱"的大同世界；柯勒律治往往在神秘奇幻的宗教式自然世界里祈求上帝的灵光普照万物，让人间变得像天堂一般圣洁和光明；诺瓦利斯歌颂黑夜和死亡，实质上却表现了对个体生命的极度热爱；济慈厌弃文明的社会，而在大自然的无穷生命力中寻找人的个体精神的寄托……所有这一切，都表现出对自由生命的热切渴望。可见，浪漫主义文学的自由观念和生命意识在"自然"的境界中找到了终极的归宿。

《自由引导人民》(德拉克洛瓦)

---

① "自由漂泊"是德国社会学家卡尔·曼海姆(1893—1947)对现代知识分子的一种定义。

浪漫主义文学的自由观念和生命意识实际上是欧洲文学人文观念的新发展,是19世纪人道主义思想的一种表现形态。具体地讲,它是文艺复兴人文主义文学中的人本意识——尤其是世俗人本意识——在新的历史条件下的艺术形态的再现。人文主义的人本意识强调人智对神智的反抗和人的原欲对宗教禁欲主义的反抗;浪漫主义的个性自由强调人的自然天性和自由情感对包括封建专制和道德、科学理性、物质文明、资本主义现存制度在内的人类文明的反抗。前者的核心是人性对宗教文明的反抗;后者的核心是人性对资本主义工业文明的反抗,是对近代科学理性、物质主义带来的人的异化现象的第一次深刻而全面的反思。正是在这种意义上,浪漫主义文学是当时"自由知识分子""对资本主义来临的反应"①。浪漫主义所讲的"人性",其侧重点不是人文主义所讲的"人智",而是"原欲";不是古典主义"我思故我在"式的理性思维能力和王权意志、公民责任,而是个人情感与欲望;也不是启蒙主义的"自然法则"和"社会道德律令",而是被文明所压抑着的人的自然欲求和生命意识。浪漫主义的理性与原欲、理智与情感的天平明显是向后者倾斜的。雨果说"浪漫主义是文学中的自由主义",因为浪漫主义是反抗理性规范而追求"绝对自由"的。浪漫主义文学中的"人"不像浮士德那样总企图在理智与情感、个人欲望与社会道德律令之间寻找平衡,而是热衷于追求个体自我生命的价值,这显得热情有余而理性不足。可见,浪漫主义文学中的人文观念已经表现出对欧洲近代理性主义文化传统的反叛精神,尽管这种反叛还不至于使它完全脱离理性主义文化传统,但这种反叛精神与后来"重估一切价值"的现代式反传统思想在文化本质上具有同一性和血缘关系;浪漫主义文学的自由观念和生命意识的深层,包含了释放人的非理性内容的潜在欲望,因而具有非理性色彩。所以,浪漫主义文学中蕴含了20世纪现代主义的文化基因,这也正是现代主义又被称为"新浪漫主义"的重要原因。

现实主义成形于19世纪30年代资本主义确立与发展的时期。这时候,现代科学帮助人们进一步认识并战胜了自然,资本主义经济也得以快速发展,人们对物质财富的追求与崇拜也更为狂热,金钱以一种凶猛的态势在人的身上显示其威慑力,它是这个时代主宰一切的上帝。大多数人忙于财富的争夺以证明自身的价值与地位,人的"个性自由"表现为对物质财富的拼力追逐,发自人的本能的物欲使许多人丧失理智、丧失道德感与责任感,也丧失了人与人之间的脉脉温情。物质主义激发了人的活力,也激活了人的情欲,诱发了潜伏于人类意识深处的破坏力。自由资本主义时代的这种现象,正是马克思所说的人类处在"对物的依赖性为基础"的阶段"人的独立性"②的极端表现形态,是个性自由

---

① 〔美〕R. 塞耶、M. 洛维:《论反资本主义的浪漫主义》,《国外社会科学》,1985年第9期,第34页。

② 《马克思恩格斯全集》第46卷上册,第104页。

的一种必然结果。马克思着力研究的正是“对物的依赖性”阶段的“人”,并对资本主义制度作了彻底批判。现实主义作家虽然不能达到马克思的思想高度,但他们也普遍站在人道主义立场研究着这个时代的人与社会。现实主义作家要比浪漫主义作家理性得多,他们力图通过文学创作细致地展览物化社会的现实,深入地解剖物欲驱动下人的心灵世界的千奇百怪,从而警告世人:不要在物面前失去人的尊严和人的天性。在现实主义文学中,人总是既被物化又反抗物化,他们犹如处在物质世界的“炼狱”之中,在经受心灵的磨难之后,有的向“天堂”飞升,有的则向“地狱”沉落,人性处在高扬与失落的十字路口。在这方面,巴尔扎克的小说是最典型的。在他的笔下,真正的“英雄”是灵魂交给金钱“上帝”的人,被金钱煽起的情欲是小说真正的“主人公”。这些人中,凡能尽快地把灵魂交出去,把金钱“上帝”请进来的,就能尽早地成为时代的“英雄”。巴尔扎克的小说告诉人们:历史的进步是靠财富的创造来推动的,而创造财富的过程又伴随着人性的失落。巴尔扎克真实地描写人被物化的事实的根本目的,是表现对物化现实的反抗,对人性的一种呼唤。与之相似的还有:狄更斯笔下英国资本主义物质世界对人的挤压,马克·吐温笔下美国“镀金时代”人的异化现象,列夫·托尔斯泰和陀思妥耶夫斯基笔下俄国农奴制消亡、资本主义兴起时代新旧道德冲突、人的私欲空前泛滥现象,等等。这些作家虽然所处的历史背景各有不同,但普遍关注的是人与物质环境的关系问题,表现出对人的处境与命运的关怀,并从人道主义出发,对导致人走向异化的社会作了深刻的批判。现实主义作家所呼唤的“人性”,其主要内容是人的理智、道德意识和人格尊严,因此,现实主义在一定程度上是对反理性规范的浪漫主义文学的一种反拨。

浪漫主义作家所倡导的个性自由,在现实主义文学中较为集中地表现为追求物质财富、满足个人私欲的自由,而且,在这种物欲意识的深处,隐藏着非理性内容。对此,现实主义作家常常将其视为人的本性之“恶”,是人类自身的永恒破坏力,是一种与人的高贵理性相对立的动物本能。他们隐隐地感觉到,人在获得了“自由”后,并不像浪漫主义者所想象的那样,人性得以自然地生长从而显得尽善尽美,也不像人文主义者所讲的那样,因其有高贵的理性就能成为“宇宙的精华,万物的灵长”,因为人还有一种由难以抑制的由私欲引发的“恶”。他们呼唤理性,但又总觉得理性在“恶”本能面前显得势单力薄,难以阻挡人向“地狱”的沉落。因而,“人”的形象也并不再显得理性和高贵。司汤达认为人有自私的本能,人是按照享乐原则行事的,因而一切生物,从昆虫到人,最初的行为动机都是为了自己,人的私欲的力量是无穷的、永恒的。于连这一形象身上就有这种思想成分。巴尔扎克认为情欲和利己主义是世界的动力,人类社会是利己主义者的竞技场。他描写的“英雄”身上有着无穷的“情欲”。托尔斯泰始终感到人身上有一个“动物的人”,它是滋生邪恶的根源。他笔下的人物总是处在善与恶、“精神的人”与“动物的人”的激烈争斗中。陀思妥耶夫斯基认为人的灵魂永远存在“恶”,在他笔下,人不是虱子、虫,就是野兽,除非皈依宗教。福楼拜认为人的心灵深处始终有一个“魔鬼”在操纵人的行动,他笔下的人物总是在欲望的煎熬中耗尽了生命。哈代认为人受“内在意志”的支配,于是永远逃不脱“命运”的罗网,他笔下的人物总是处在俄狄浦斯式的困惑之中……现实主义作家把私有制条件下人的私欲看成是人身上固有的“恶”,并对它的自由泛滥深表忧虑与恐惧。他们希冀人的理性去抑制它,为此,他们中有的走向宗教的境界(如托尔斯泰、陀思妥耶夫斯基等),有的用基督教式人道主义安慰人(如狄更斯),有的企图用宗法式的脉脉温情改善人与人的关系(如巴尔扎克)。可见,现实主义是对浪漫主义个性自由的一种反拨,现实主义作家总体上是传统理性主义的倡导者,他们遵循的是欧洲近代理性主义的文化价值观念。但是,他们对人类自身“恶”的描写已触及人的非理性内容;他们对这种非理性内容的忧虑、恐惧甚至悲观,表现出他们对欧洲传统理性主义文化价值体系的怀疑与反思。这正是20世纪文学中弥漫的悲观情绪和危机意识的精神源头之一。所以,现实主义文学的人文观念较之以前有了发展,其中也孕育着20世纪的现代文化基因。

现实主义作家对人是否存在动物性、人性的“恶”是否在所难免感到迷惑不解,而后起的自然主义则非常肯定地回答了人的生物属性的问题,从而把“人”的问题的探讨又向前推进了一大步。

自然主义产生于19世纪后期,对它的形成起重大作用的是达尔文的进化论。1859年问世的达尔文的《物种起源》是欧洲科学史、文化史上一部划时代的著作,它在近代欧洲文化传统的“板块”上轰开了一道深长的裂缝。“这本书必然地要彻底变革人对自身的认识。达尔文之前的时代,人因拥有灵魂而不被列入动物的范畴。但是,进化论却把人作为自然物的一部分,作为动物界的一员。这一振聋发聩的观点一被人们认可,就启发人们朝着自然主义的思路去研究人。人就成了科学研究的目标,人除了比动物更复杂外,其实与别的生命形式差不多。”①达尔文的进化论以及在其影响下发展起来的生物学、生理学等自然科学,改变着19世纪后期欧洲社会的精神文化气候,自然主义正是这种精神文化气候的产物。

达尔文

① 〔美〕卡尔文·渥尔:《弗洛伊德心理学入门》,新美国文库出版社1979年英文版,第6页。

自然主义的代表左拉接受了达尔文的思想,形成了对人与世界的新的认识,传统理性主义的"人"在他头脑中一大半被"生物的人"所取代。他认为:"在所有人的身上都有人的兽性的根子,正如人人身上有疾病的根子一样。"① 具有思想意识的人已经死去,我们整个领域将被生物的人所占有。理性的"人"当然不会像左拉所说的那样已经死去,但新的"生物的人"的形象在他视野中的出现已是不可避免。在创作中,自然主义作家没有也不可能对人作纯生理的研究,而往往把生理研究与社会分析结合在一起。但是,生理学与遗传学始终是他们研究和描写人的切入点和基本方法。在自然主义文学中,为现实主义作家所疑虑的人的"动物性"被看成既定的科学事实,生物界"弱肉强食、适者生存"的自然规律被用来解释人的私欲、"恶"以及永恒的破坏力产生与存在的原因;以前文学中那高贵的"人"的形象,从神圣的理性殿堂跌入到动物王国。自然主义的这种人文观念突破了理性主义的规范,使文学对人的描写扩展到了生理性区域,表现出了非理性、非道德化倾向,这种科学主义的认识路线,和后来弗洛伊德和荣格的心理学是相关联的。因此,自然主义文学在文化观念上对传统理性主义已有所超越,从而跨进了非理性主义文化的门槛。

四

20 世纪的西方文学是由传统向现代转型并走向新的繁荣的时代,或者说是在反叛传统中获得新生的时代。

这一时期,西方社会进入了垄断资本主义阶段,资本主义在这些国家获得了进一步的发展。"十月革命"、两次世界大战、席卷欧美的经济危机、五花八门的社会思潮,使西方社会处于动荡不安之中,人们的精神文化意识发生了急剧变化。在这种历史背景下,欧美文学出现了流派林立错综、思潮更迭频繁的多元化复杂化局面,任何一种文学流派都无法像以前那样雄霸某一时期某一国家和地区的整个文坛。但是,从宏观角度看,20 世纪的欧美文坛上存在着现代主义和现实主义两大主流,其中又以现代主义的影响更大。现代主义是一种具有"反传统"倾向的文学,它表现了欧美传统文学在新时代的转型与创新;20 世纪现实主义是欧美传统文学——主要是 19 世纪现实主义文学——在新时代的延伸,但因其深受西方现代文化思潮和现代主义文学的影响而表现出了与传统现实主义之间的明显差异,显示出现实主义在 20 世纪的深化与拓展。从本质上看,现代主义和现实主义都是对传统文学的继承与发展,而且,在 20 世纪复杂多变的社会条件下,这两大文学主流无论在人文观念、美学思想和艺术技巧上

① 〔法〕左拉:《戏剧中的自然主义》,伍蠡甫、胡经之主编《西方文艺理论名著选编》(中),北京大学出版社 1986 年版,第 203 页。

都不是泾渭分明、相互对立的,而是既互相撞击又彼此交融,呈“你中有我、我中有你”之势。

20世纪西方文学是生长在现代非理性主义文化思潮的精神土壤中的。这种文化思潮酝酿于19世纪欧洲自由资本主义发展的历史过程中,在西方社会进入垄断资本主义后的19世纪末20世纪初普遍流行。它是对西方近代理性主义文化价值体系的反叛,也是对整个资本主义现代文明的不满与反抗,其中凝结着现代人对自身的价值与命运的深刻思考。

20世纪西方垄断资本主义是19世纪自由资本主义合规律的发展,它们在本质上具有同一性与延续性。从19世纪开始的“一切人反对一切人”的争夺演化为20世纪“国与国的战争”说明,人类自己追求和建立起来的“理性王国”陷入了可怕的非理性境地。“人道主义价值和希伯来-基督教价值,特别是其中个人的价值,因野蛮主义的恶性膨胀而受到了践踏。”[①]这是资本主义“理性王国”从19世纪到20世纪合规律的发展,这种非理性也是资本主义的本质特征在同一性和延续性基础上于新的历史条件下的进一步发展。19世纪浪漫主义和现实主义时代令人们深感忧虑和恐惧的人性的邪恶及其破坏力,被20世纪的两次世界大战所充分地证实。因此,如果说19世纪上半期人们对人的理性力量、人性善的力量仅仅表示怀疑的话,到了20世纪,则变成了失望甚至绝望。

西方现当代的自然科学成就也强化了人们的非理性意识,加深了人对自我力量评价时的悲观与失望。诚然,西方近代科学的发展对人们改造自然、洞察宇宙万物之本质,对人们建立科学理性、破除宗教蒙昧主义,都起到了巨大作用。但是,科学并非万能,科学的发展无法完全解决人生的价值和意义问题;科学理论无法为人们提供人生价值判断的尺度。人不能根据科学事实去爱、去恨,从而解决精神的、情感的、道德的和信仰的种种矛盾和需求问题,因为人是具有灵魂和精神的动物,离开了对人的精神世界及对这个世界的理解、把握和认识,把科学理性当作唯一的人类知性,当作人类认识发展史的唯一真理性,也就成了荒谬的东西了。现代西方科学的发展不仅没有解决人的信仰、价值观和精神、情感需求问题,相反还加重了这方面的危机感。现代心理学让人看到了隐藏在理性外壳后面的本能冲动,使人洞察了潜意识那一片“黑暗世界”;生物学的“自然选择”击碎了启蒙学者的“人生而平等”的自然法则,也击碎了“自由、平等、博爱”的人道主义理想,使资本主义的“自由竞争”失去了传统理性原则的制约而走向尔虞我诈、为所欲为、巧取豪夺。可见,科学加深了人对自身内心宇宙复杂性的认识,科学理性摧毁了基督教宇宙观,也破坏了传统的理性主义文化价值体系,所谓“上帝死了”的根本含义

---

① 〔美〕罗洛·梅:《人寻找自己》,冯川等译,贵州人民出版社1991年版,第34页。

也就在此。

物质的兴盛也是催化非理性思潮、加重人的危机意识和异化感的重要因素。20 世纪的西方社会由原先的生产型转化为消费型,人们饱享着一个多世纪来疯狂地向自然索取物质财富所获得的丰硕成果,社会的物质文明不断向前发展。然而,人的物化现象不仅未能消除,反而显得变本加厉,并呈现出新的形态。在消费型社会中,作为消费者的个人必须依靠金钱而存在,因而金钱依然是上帝。在现代资本主义经济联合体中,生产者不仅是机器的奴隶,而且是强大经济体的奴隶;机器不仅取代了人的肢体,而且取代了人的大脑。这意味着人不再是世界的主体。几个世纪来,西方人在科学理性的鼓舞与指引下,对自然施行强取豪夺,科学技术的新成就不断助长并实现向自然索取的欲望。但是到了 20 世纪,自然却投之以空前的报复。正如日本当代文化人类学家岸根卓郎所说:"人类自笛卡儿以来不断追求'无神物质科学',直至今天,其结果,使现代科学技术取得了长足进步,甚至造出了核武器,然而,与此同时,'地球灭亡的危机'却愈加深刻化、现实化,对人类来说,幸福反而显得更加遥远了。"[①]在理性指导下的对物的疯狂追求从深层表现出了非理性特征;人自己创造的物质文明在有形无形中支配着人,这种支配又表现出神秘的非理性特征,文明成了人的对立面,使人变为非人——即人的主体性丧失、人的不存在、人化为虚无。在这种生存环境下,西方人深感人在自然和物质面前的渺小与软弱。人被物排挤了,人把地球送上了绞架,自己也就陷入了生存危机之中。所以,西方现代资本主义的物质文明给人们带来了更深重的异化感和危机感,也使人们更真切地领悟到了人类生存与发展中的非理性和荒诞感。

在 20 世纪这种新的精神文化氛围里,西方文学中"人"的观念表现出了与传统文学的重大差异。无论是现代主义还是现实主义倾向的文学,都更注重对人的内心世界作形而上的探索,并往往以荒诞的形式加以表现。而 20 世纪文学,特别是现代主义倾向的文学,则把传统文学业已表现的理智与情感、理性与本能欲望、灵与肉、善与恶等二元对立的母题推向深入甚至走向极端,视人的非理性为生命本体,人也就不再是"理性的动物",而是"非理性的动物",笛卡儿的"我思故我在"变成了"我要故我在"。人文主义的人是"宇宙的精华、万物的灵长"的神话破灭之后,"人"的形象失去了传统文学那种崇高美从而沦为"非英雄"或"反英雄"。20 世纪文学,特别是现代主义倾向的文学,蕴含的是一种非理性人本意识,它是对传统的以理性为核心的人本意识的一种反拨,也显示了欧美文学在人文观念上的新发展。

19 世纪浪漫主义文学在"返回自然"的追求中虽已露出了非理性的端倪,

---

① 〔日〕岸根卓郎:《文明论》,北京大学出版社 1992 年版,第 96、158 页。

但还十分朦胧,且其深层依然未割断与自由、平等的理想和理性主义的联系。19 世纪现实主义文学对自由竞争中表现出来的人性中的破坏力深感忧虑,并开始怀疑理性对这种破坏力的制约能力,但最终都在人性复归、理性战胜恶欲冲动、美战胜恶的理性主义信念中找到生存的勇气与力量。20 世纪文学,特别是现代主义倾向的文学,把浪漫主义的"返回自然"推向返回原始的蛮荒时代,也即回到非理性状态,以非理性的"自由"去反抗现代文明,反抗宗教理性、科学理性、政治理性和经济理性,又把 19 世纪现实主义文学的人道主义理想与理性原则送上了非理性的审判台。而且,在 20 世纪文学中,"理性"拥有了更广泛的内涵,它往往指抑制人的生命意志(特别是非理性)的一切有形和无形的力量,它被描绘成罪大恶极的刽子手,是荒诞的、不讲理的、总是与人作对的神秘力量。如卡夫卡小说中人变成"甲虫",使人无法到达"城堡"的神秘力量;海勒笔下的不讲理的"第二十二条军规";萨特小说中导致人"恶心"又难以将其摆脱的现实存在,等等,都是"理性"力量的具体表现形态。许多作家都站在反理性的立场上描写神秘的非理性和潜意识冲动给人带来的自由感,这就是 20 世纪文学频频描写病态、畸形、歇斯底里、性冲动、死亡、梦境、幻觉、长篇独白、内心回忆、白日梦、痴人梦等内容的重要原因。因此,在 20 世纪文学,尤其是现代主义倾向的文学中,已很难听到以往文学那人性美的赞歌,这正是欧美文学人文观念转型的表现。

在对待物质文明的态度上,20 世纪文学也表现出了更强烈的反抗性。在 20 世纪文学中,"物"被泛化为包括金钱、物质财富、科学技术、社会存在等多方面内容在内的整个物质世界,人与物的对立也泛化为人与除了精神世界之外的整个现代化物质文明的对立,人处在被文明普遍异化的状态之中。20 世纪欧美文学在表现人与物的关系时,着重表现人在物面前的无能为力和恐惧感,人已完全被物支配,物质世界已抛弃了人类,人处在一个难以理喻、无法把握和解释的陌生世界,人自己蜕变成了物,世界是荒诞的、非理性的,人类的生存失去了意义。在艾略特的《荒原》中,物质世界使人的精神世界毁灭,世界也就成了生命死寂的"荒原",人要找回自己就必须返回远古的神话时代。奥尼尔《毛猿》中的扬克象征着物质文明挤压下痛苦地寻找自身归属的现代人。他往前走,面临的是更深重的异化,往后退,则将沦为禽兽;他寻找自我的过程正是自我毁灭的过程。他的悲剧说明,科学发达、物质丰富的现代文明社会使个体的人无法存在,人的价值等于甚至低于禽兽。在尤奈斯库的《新房客》中,物威胁着人的生存,整个世界变成了物的奴仆。劳伦斯的小说描写现代文明破坏了人的天然属性,使人的两性关系变得畸形。品钦和冯内古特的小说揭示了科学技术导致了人类自我毁灭的悲剧。总之,20 世纪文学中表现了人在物面前的软弱与渺小,人的主体性、人的心灵被"物"挤占后成了"空心人",人被自己创造的文明异化了。因此,20 世纪西方文学表现的人与物质文明的矛盾,归根到底是人的生命本体与物质存在、科学理性之间的矛盾;人对物质文明与科学理性的反抗,就是对人性的一种维护,其深层蕴含着非理性人本意识,表现了一种新的人道原则。

20世纪西方文学在人本意识上的变化说明了20世纪西方作家在"人"的问题的探索上的创新与深化,表明了西方文学人文观念的发展进入了新阶段。但是,这并不意味着这些作家找到了"人"的问题的终极的和绝对正确的答案,也不意味着20世纪西方现代主义和现实主义作家都是非理性的崇拜者。非理性倾向是20世纪西方社会的时代特征,20世纪欧美文学表现非理性人本意识,正是文学对社会现实和时代精神的一种"反映"。但"反映"并不是文学与生活和人生之关系体现的全部,"反映"生活也并不等于认同生活。西方作家在反映人面临异化的生存状况并以非理性反抗异化、反抗现代文明、反抗理性主义文化价值体系时,对人的非理性本身又常常表现出忧虑、恐惧甚至否定。他们真切地体察到了人的非理性内容并视其为人的生命本体,但对于回归原始状态、获得非理性意义上的"自由"的人,又是充满忧虑的,极少作家将非理性支配下的混乱与无序的世界作为人生的理想境界去追求。这正是20世纪西方文学之危机意识和悲观情绪产生的深层原因,这种危机意识和悲观情绪中包含着更高的理想主义精神。在20世纪文学非理性倾向的背后,隐藏着作家们对人的处境及命运与前途的理性思考。20世纪现实主义倾向的作家,原本就保留着传统理性主义的信念,如罗曼·罗兰、高尔斯华绥、萧伯纳、肖洛霍夫等。即使是典型的现代主义作家的创作,其深层依然有着对更高意义上的理性的追求。艾略特的《荒原》中,造成"荒原"的是丧失精神与理性的肉欲,理性依然是对"荒原"世界的评判尺度;卡夫卡描写的世界之荒诞的背后有着对更高意义上的理性的追求。尤其值得注意的是,20世纪50年代以后的欧美文学中,这种追求理性的倾向更为明显。50年代前的现代主义文学中那种更高意义上的"理性",虽然较之传统的理性有明显的不同,但其核心内容已露出了传统的基督教-人道主义信仰的精华与近代以来个性和科学思维相结合的趋向,这种趋向尚十分朦胧模糊。50年代后的西方文学中,这种结合的趋向已十分明显,西方文学中的理性也就在历史发展的否定之否定后进入新的文化境界。存在主义文学中的"自由选择"和西西弗斯式的行动原则,表现了人在非理性的荒诞现实面前的高度的理性意识;荒诞派戏剧中对"戈多"的等待,正是对新的"上帝"重临的期待,也即对新的理性的期待;塞林格《麦田里的守望者》的"守望者"所要守护的就是人性的纯洁,也即人成其为人的理性原则;索尔·贝娄的小说描写物质主义环境下人对善与爱的追求。可见,在经过否定之否定后,20世纪欧美文学出现了恢复对"上帝"与"理性"的崇敬与追寻的趋向。不过,如前所述,这已不是传统意义上的上帝与理性了。显然,50年代后的西方文学的人文观念又开始朝新的方向发展了,这是传统人本意识在更高意义上的回归。

第一章
古希腊罗马文学

第一节 概 述

古希腊罗马是欧洲文明的发祥地。当古希腊人和古罗马人开始创造出灿烂的古代文化时,欧洲其他绝大部分地区还处在野蛮状态。古希腊罗马文化对后世欧洲产生了极为深远的影响,可以说,没有古希腊文化和罗马帝国所奠定的基础,也就没有现代的欧洲。

古希腊罗马文学是古希腊罗马文化的重要组成部分,都是西方文学的开端。古希腊文学是欧洲文学的源头。古罗马文学是在继承古希腊文学的基础上发展起来的,但具有自己的民族特色,它是沟通古希腊文学与欧洲近代文学之间的桥梁。古希腊罗马文学为欧洲近代文学的发展奠定了基础。

古希腊罗马文学表现的是欧洲从氏族社会向奴隶制社会过渡时期古希腊罗马人对宇宙、自然与人生的理解与思考,其中蕴含着古希腊罗马人较为原始的精神、心理、情感。外部世界的神秘莫测,大自然的不可驾驭,人生的变幻无常,使他们形成了带有宗教宿命论色彩的"命运观"。命运施加在人身上的无穷威力,既使他们感到困惑与恐惧,又激发了他们与之抗争的活力,古希腊罗马文学也因此体现了很强的个体精神和人本意识。人与命运的矛盾、人为挣脱命运的束缚进而实现自身的现世价值,成了古希腊罗马文学的基本精神。作为人类初始阶段的文学,古希腊罗马文学在体裁上既有神话、史诗、悲剧、喜剧,又有寓言、抒情诗、散文。它们虽然在艺术形式和表现方法上还较为粗糙和原始,除了史诗外,一般构思单纯、技巧单一,不够成熟,但是,它们都为后世的欧洲文学提供了范例。

一、古希腊文学

古希腊位于欧洲南部、地中海的东北部,包括今巴尔干半岛南部、小亚细亚西岸和爱琴海中的许多岛屿。特定的地理条件使古希腊人难以在田地里依靠农耕方式谋生,而是在海上靠经商、做海盗或到海外开辟殖民地来求生存。这种生存环境和生活方式造就了古希腊人自由奔放、富于想象力、充满原始情欲、崇尚智慧和力量的民族性格,也培育了古希腊人追求现世生命价值、注重个人地位和个人尊严的文化价值观念。正是在这块独特的物质与精神文化的土壤上,古希腊民族度过了自己美丽而健康的童年,古希腊人也被史家们称为“正常的儿童”;也正是在这块土壤上,生长出了古希腊丰富多彩、雄大而活泼的文学艺术,它记录了古希腊民族那如梦年华的童话。

公元前12世纪至公元前8世纪是古希腊从氏族公社制向奴隶制社会过渡的时期,史称“英雄时代”,又称“荷马时代”,这时文学的主要成就是神话和史诗。

赫西俄德

古希腊神话是在氏族社会条件下产生的,是原始初民借助原始思维方式想象和认识的自然与社会形态。在神话时代,原始人尚未有较强的推理能力,他们往往以“泛灵论”的方法从单纯的人与自然万物共在的关系中发现因果关系,也即用比拟类推的方法认识和解释自然,从而把自己感觉到而对之惊奇的事物都想象为神,于是,关于自然界个别现象的神(如雷神、雨神、河神、海神……)就产生了,尔后又产生了开天辟地的神话、人类起源的神话以及反映人与自然和某些社会历史现象的神话。起先,神话以口头文学的形式流传,流传与创作是交替进行的,经过几百年的艺术加工,终于构成了庞大而完整的体系。赫西俄德的《神谱》、荷马史诗以及古希腊悲剧、历史著作等,都记载了大量的神话故事。后人根据这些零散的材料整理成系统的古希腊神话故事集子。

古希腊神话在内容上主要包括神的故事和英雄传说。

神的故事主要包括开天辟地、神的产生、神的谱系、天上的王朝更替、人类起源和神的日常活动的故事。根据赫西俄德的《神谱》记载,宇宙原本是一片混沌,后来在这一片混沌中产生出了大地女神该亚(也叫地母),于是有了大地,后来她生出了天空,掌握天空的天神叫乌拉诺斯,他是第一代天神。该亚和乌拉诺斯结合生出了12个提坦巨神(6男6女),这些巨神彼此结合后又生出了日、月、星辰、黎明等神。以后,提坦巨神中最年幼的克洛诺斯和母亲该亚联合起来推翻了乌拉诺斯的统治,成为第二代统治宇宙的天神。克洛诺斯同提坦女神瑞亚结合生了3男3女,其中最小的儿子宙斯以后推翻了克洛诺斯,成了第三代天神。古希腊人认为,宙斯就是统治他们那个时代的天神。宙斯和他的神族的主要成员住在希腊最高的奥林匹斯山上,被称为“奥林匹斯众神”。其中著名的有12大神,他们是:众神之王宙斯,他威力最大,也是雷电之神;赫拉(原先是宙斯的姐姐)是天后,也是婚姻女神;宙斯的两个兄弟一个叫波塞冬,是海神,另一个叫哈狄斯,是地下阴府的冥神;宙斯的姐姐得墨特耳,是掌管农业的农神;此外,还有宙斯的众子女:智慧女神雅典娜,太阳神阿波罗,月亮神阿特米斯,爱神和美神阿佛洛狄忒,战神阿瑞斯,火神和工匠神赫淮斯特斯,众神使者赫尔墨斯。除12大神外,还有许许多多体现各种事物和地方特性的神。其中,普罗米修斯也是一个重要的神,他的经历反映了人类起源的故事。

希腊神话中关于神的故事,以宙斯成为众神之父为界,分为旧神谱系和新神谱系两大系统,这一历史分野大体相当于从母权社会进入父权社会、从杂婚和群婚制过渡到一夫多妻制社会。神的故事之所以具有无穷的艺术魅力,主要是因为神与人同形同性,神和人一样具有七情六欲,神的身上投射了原始初民的情感与欲望,神的形象是古希腊人以象征隐喻的神话思维方式塑造出来的人,充满着人性的活泼与美丽。

神话中的英雄传说起源于希腊人对自己祖先的崇拜,是人类同自然和社会作斗争的颂歌。这些传说通常以不同的英雄为中心构成相对独立的故事系统,著名的有赫拉克勒斯建立12大功的故事、伊阿宋盗取金羊毛的故事、俄狄浦斯弑父娶母的故事、特洛伊战争的故事等。英雄们往往是人与神相结合而生的后代,体力过人,英勇非凡,具有半人半神的特点。他们是人的神化,或者说是对历史上和现实中那些立下丰功伟绩的英雄的神化,是集体智慧与力量的化身,同时也是对人自身力量与价值的赞美与肯定,体现了浓郁的人本意识。

古希腊文学的最高成就是荷马史诗。

荷马史诗之后,出现了赫西俄德的教诲诗《工作与时日》,这是古希腊流传下来的最早的一首以现实生活为题材的长篇叙事诗。该诗叙述了人类经历了金、银、铜、英雄和铁5个时代。诗人认为,黄金时代人类安居乐业,无比幸福,但从此后却一代不如一代。诗人所处的铁时代,更是强权骄横,危机四伏,农民的生活尤其苦不堪言。诗歌描写了私有制萌芽时期农村的生活现实,主张把公正当作社会的最高道德标准,把劳动看成生活的基础。全诗风格清新自然、质朴简洁,对农村景色的描写十分生动。赫西俄德的另一部重要的长诗是《神谱》,它是一部最早的比较系统地记录宇宙起源和神的谱系的神话作品。

公元前8世纪至前6世纪是氏族社会进一步解体、奴隶主城邦逐渐形成的时期,历史上称大移民时代。这一时期,文学的主要成就是抒情诗和寓言。

抒情诗的繁荣同社会结构的重组、人的意识与情感世界的变化有密切联系。在氏族社会向奴隶制城邦演变的过程中,原先分散的部落纷纷向城邦集结,小家庭也逐步形成,个体意识强化,而群体意识削弱,人的情感世界也愈为丰富起来。于是,以往那侧重于表现群体意识的史诗渐渐衰落,而适合于抒发个人情感的抒情诗就流行开来了。

抒情诗源于民歌,它是伴着音乐歌唱的。抒情诗有多种体裁,主要有双管歌(或称哀歌)、琴歌和讽刺诗等,其中琴歌的成就最大。琴歌以竖琴伴奏,分为独唱体和合唱体。独唱体抒情诗的代表是萨福(前612?—?)和阿那克里翁(前570?—?),合唱体抒情诗的代表是品达(前518?—前442或438)。女诗人萨福

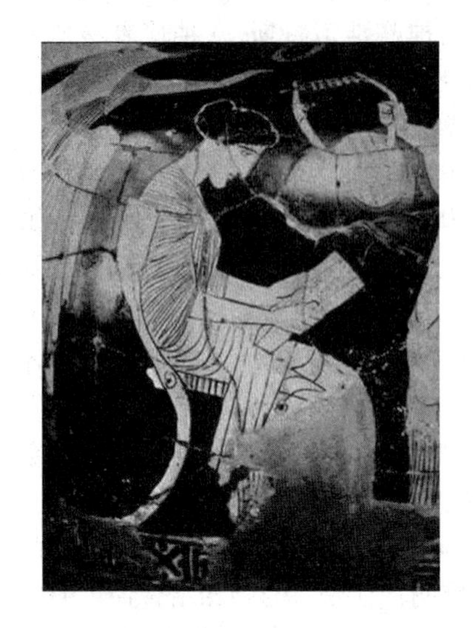

古希腊提水罐上的萨福像

是古希腊抒情诗中最著名的诗人。她共写了9卷诗,但流传下来的甚少。她的诗多半是抒发个人感情的爱情诗,咏叹恋爱的痛苦与欢乐,也有歌颂崇高的母爱与缅怀友人情谊的诗。诗歌语言朴素自然,感情真挚,音乐性强。柏拉图称萨福为"第十位缪斯女神"。阿那克里翁的诗往往歌颂生活的乐趣,歌颂大自然,歌颂爱情,以清新、优美、形式完整取胜。这种诗后来被称为"阿那克里翁体"。品达的诗主要赞美神和描写体育竞技,特别是赞颂奥林匹克运动的优胜者,风格庄重凝练,具有崇高美,对后来17世纪的古典主义文学产生较大影响。

在抒情诗流传的同时,希腊民间还流传着许多以动物生活为主要内容的小寓言,相传作者是一个名叫伊索(前620?—前560?)的奴隶,所以,后来整理出来的这些寓言就被称为《伊索寓言》。作为来自社会下层的创作,《伊索寓言》主要表现下层平民和奴隶的思想情感,是他们的生活教训和斗争经验的总结;在艺术上,善于运用拟人手法,把动物赋予人的性格,具有浓郁的民间文学色彩。比较著名的有《狼和小羊》《狐狸与葡萄》《农夫与蛇》《龟兔赛跑》《乌鸦和狐狸》等。《伊索寓言》对后来法国的拉封丹、德国的莱辛、俄国的克雷洛夫等都产生过影响。

公元前6世纪末至公元前4世纪初是希腊奴隶制发展的全盛时期,史称"古典时期",这时文学的主要成就是戏剧、散文和文艺理论。

希腊历史上的"古典时期"是希腊奴隶制发展的全盛时期,雅典是当时全希腊的政治、经济和文化中心,故历史上称"雅典时代"。这时,雅典民主政治的发展和经济的繁荣带来了希腊文学的繁荣,而代表这种文学繁荣的是戏剧。

古希腊的散文并不是一种单独的文学样式,而是一些哲学、历史著作和演说辞。著名历史学家有希罗多德、修昔底德等;著名的哲学家和演说家有苏格拉底等。"古典时期"的文艺理论为后来欧洲的文艺理论奠定了基础,柏拉图(前427—前345)和亚里士多德(前384—前322)是最杰出的代表。柏拉图的主要理论著作是《理想国》,他的文艺理论是"理念论"。他认为现实世界是对理念世界的模仿,文艺是对现实的模仿,也即"模仿的模仿",文艺是不真实的。由此,他认为文艺是有害的,会培养人性中低劣的东西。另外,他强调文艺创作的源泉是灵感,他的"灵感说"(或"迷狂说")对后来的浪漫主义文学乃至现代主义文学都有影响。亚里士多德是柏拉图的弟子,他继承了柏拉图的模仿说。

亚里士多德的主要著作是《诗学》。他认为文艺的本质是模仿现实,但他认为现实世界本身是真实的,而不是柏拉图说的是理念的摹本,因而文艺是真实的,由此,他又肯定了文艺的认知作用和教育作用。他的理论与以后的现实主义文学有密切联系。

公元前4世纪末至公元2世纪,史称"希腊化"时期,文学上的主要成就是新喜剧和田园诗。

在"希腊化"时期,希腊被马其顿征服,希腊文化不断向外传播,形成东西方文化交汇之势。这一时期希腊文学的成就不大,较有影响的是新喜剧和田园诗。新喜剧的代表作家是米南德(前342?—前291),据说他写过百余部喜剧作品,但传世的只有《恨世者》和《萨摩斯女子》及一些残篇。他的剧作多以日常生活为题材,结构紧凑,性格鲜明,语言接近口语。米南德对罗马喜剧家影响很大,并通过他们影响后世欧洲喜剧。田园诗的代表作家是忒奥克里托斯(前310?—前250),他擅长于写乡情乡景,风格自然、质朴、清新。

二、古罗马文学

古罗马是稍晚于希腊兴起的另一个奴隶制国家。与古希腊民族不同,古罗马主要以耕牧方式生存,具有上古农民与牧民的勤劳、勇敢、粗狂和强悍的特点。他们凭借自己的军事力量和社会团结力创造了横跨欧、亚、非三洲的罗马大帝国。他们在武力与政治上超越并征服了希腊,但在文化上却被希腊所征服,古罗马成了古希腊文化的直接继承者。然而,古罗马人崇尚武力,追求社会与国家、法律与集权的强盛与完美,富于牺牲精神和责任观念,这种民族与文化性格使古罗马文学具有比古希腊文学更强的理性精神和集体意识,从而具有庄严崇高的风格,但又缺少了古希腊文学那种生动活泼的灵气和无拘无束的儿童式天真与烂漫,相比之下显出了精神与情感世界的相对贫乏。与之相应,古罗马文学在艺术上强调均衡、严整、和谐,重视修辞与句法,技巧上偏于雕琢与矫饰,在一定程度上丧失了古希腊文学自然质朴的特征。

古罗马文学大致形成于公元前3世纪中叶。在向外扩张的过程中,罗马人接触了辉煌的希腊文化,他们兼收并蓄,在创作上多采用希腊的形式,模仿甚至照搬希腊神话,但换成了拉丁名字,如众神之王宙斯换名成朱比特,天后赫拉成了朱诺,阿佛洛狄忒变成维纳斯等,在故事情节等方面也略有不同。当然,罗马文学总的来讲是罗马社会的产物,不可能尽是希腊文学的仿制品,它在戏剧、诗歌、散文和小说等方面都有独特的成就。

戏剧是罗马文学中发展较早、成就较大的文学形式。罗马的喜剧主要受到"希腊化"时期希腊新喜剧的影响,是一种以描写爱情和家庭生活为主的世态喜剧,而不是古希腊早期那富有战斗性和民主性的政治讽刺剧。提图斯·玛求斯·普劳图斯(前254?—前184)和泰伦提乌斯(前190?—前159)是罗马喜剧的代表作家。普劳图斯大约写过百余部作品,传世的有20种。这些戏剧大多是希腊新喜剧的改编,不过反映的却是罗马人的生活与习俗。他的喜剧揭露或讽刺上层人物的贪婪、腐化等恶习,颇多民主倾向;艺术上以情节巧妙、动作丰富、语言生动活泼见长。著名的作品有《孪生兄弟》《一坛黄金》等。普劳图斯的喜剧对文艺复兴以来许多戏剧家如莎士比亚、莫里哀等都产生过影响。泰伦提乌斯大约写过6部喜剧,同样是以希腊新喜剧为榜样写成的。他的戏剧多以家庭生活为题材,反映老少两代间的矛盾,艺术上以严肃文雅的风格见长,同时很注重人物的心理刻画。代表作有《婆母》和《两兄弟》。

古罗马最重要的悲剧作家是帝国初期的塞内加(前4?—65),他写有悲剧9部,沿用古希腊悲剧的故事和剧名,如《美狄亚》《菲德拉》《俄狄浦斯》等。他的作品揭露暴君和专制制度,悲剧英雄一般是注定遭到毁灭的坚强人物。在艺术上,具有紧张、恐怖、痛苦的风格,与严肃、悲壮、崇高的古希腊悲剧有明显差别,而且重描写、轻动作,适于朗诵而不宜演出。

诗歌体现了古罗马文学的最高成就,这集中表现在帝国初期维吉尔、贺拉斯和奥维德三大诗人的创作上。

维吉尔(前70—前19)是古罗马最伟大的诗人。他生长在农村,对自然之美有独特而深刻的感受,这对他的创作产生了直接影响。他的重要作品有《牧歌》、田园诗4卷和史诗《埃涅阿斯纪》。《牧歌》(前42—前37)共收诗10首,是他的成名作,包括了情诗、哀歌、哲理诗,形式上有牧人对歌、独歌等,描写了美丽的大自然,歌颂了爱情,表达了对时政的不满。《埃涅阿斯纪》(前29—前19)是维吉尔的代表作,全诗12卷,约1万行,是作者按照渥大维的旨意花了10年心血写成的。史诗追述了罗马建国的光荣历史。主人公埃涅阿斯是特洛伊的一位英雄,战败后,他在母亲维纳斯的保护下逃出特洛伊,按神的旨意到意大利去建立一个新国家。在漂流的第七年,迦太基女王狄多爱上了他,两人结为夫妻。后来天神命令他离开狄多,狄多因绝望而自杀。埃涅阿斯来到西西里岛,由女巫带领游历地府,见到了阵亡的特洛伊英雄们。亡父向他预示了未来光荣而辉煌的罗马前景,从而使他坚定了缔造罗马帝国的决心与信心。他来到了意大利的拉丁姆地区,当地国王遵照神意要把女儿嫁给他,此事触怒了另一求婚者鲁图利亚国王图尔努斯,从而引发了战争。最后,埃涅阿斯与图尔努斯决战,并把他杀死。维吉尔的《埃涅阿斯纪》以荷马史诗为范本,前6卷类似《奥德修纪》,写主人公的漂泊生活;后6卷类似《伊利昂纪》,写特洛伊人与拉丁姆人的战争。维吉尔在创作时不少地方模仿了荷马史诗。例如,史诗以《伊利昂纪》中的英雄埃涅阿斯为主人公,采用追叙形式,使用了"荷马式"的比喻、对比、重复等手法。但《埃涅阿斯纪》仍表现出罗马文学的特色。如主人公除了勇敢、刚毅外,还具备了敬神、爱国、仁爱、公正等品德,而且政治目的性强,为了国家,历经了千辛万苦,能克制个人感情,表现出较强的理性意识、集体意识、责任观念和自我牺牲精神，这与个体意识很强的荷马史诗有所不同。此外，在艺术上，它没有荷马史诗自然质朴的特点，缺少口头文学的活力；它的风格哀婉严肃，格律严整，在心理刻画上超过荷马史诗。《埃涅阿斯纪》是欧洲文学史上第一部文人史诗。

贺拉斯（前65—前8）是奥古斯都时期杰出的抒情诗人、讽刺诗人和文艺评论家。他的早期作品《讽刺诗集》和《长短句集》嘲笑了罗马社会吝啬、贪婪、淫靡之风，宣扬中庸的生活哲学。《歌集》是他抒情诗的代表作，用希腊抒情诗的格律写醇酒、爱情、诗歌、友谊等，其中"罗马颂歌"赞美纯朴、坚毅、正直、尚武、虔诚等帝国道德。《诗艺》是他文学批评的代表作。他继承亚里士多德的模仿说，提出了"寓教于乐"的原则，他还主张创作要学习古典，形式要讲究完美。《诗艺》在古典主义时期被视为经典。

奥维德（前43—18）是奥古斯都时代第三位重要诗人，他的早期创作《爱情诗》《古代名媛》《爱的艺术》等内容轻佻，反映了罗马上层社会生活的淫逸之风。以后他写了《岁时记》和《变形记》，前者属教谕诗，含有丰富的知识；后者是神话著作，可谓是对古希腊罗马神话的系统整理。

古罗马在散文和小说方面的成就超过了古希腊。

西塞罗（前106—前43）是古罗马的散文大师。他的散文主要是演说词和书信。他把古代雄辩术发展到了顶峰，重视程式与技巧，讲究排比，喜用诘词，擅长辞藻，句法变化考究，往往抑扬顿挫、荡气回肠，世称"西塞罗句法"。此外，塔西陀（55？—118）、普鲁塔克（46？—120？）和琉善（125？—200）也是古罗马著名的散文作家。

阿普列尤斯（124？—175？）被称为"小说之父"，他的主要著作《金驴记》（又译《变形记》）是罗马文学中最重要、最完整的一部长篇小说。它叙述一个好奇的青年被女巫的女仆错变为一头驴子，结果经历了被抢劫、变卖及其他许多苦难事件。小说以讽刺的手法描写了当时社会的阴暗面。

第二节 荷马史诗

《伊利昂纪》和《奥德修纪》是古希腊的两大史诗，相传是由一个名叫荷马的诗人所作，故称荷马史诗。荷马史诗是古希腊文学辉煌的代表，两千多年来一直被看作是欧洲叙事诗的典范。

研究荷马史诗的专家们一般认为，这两部史诗记载的是古希腊长期流传的关于特洛伊战争的英雄传说的总汇。根据地下发掘，地中海东岸小亚细亚地区在古代确曾有过特洛伊人及其伊利昂城。可能在公元前12世纪末，居住在希腊半岛上的各部落联合起来，跨海东征，毁灭了特洛伊，以后人们用神话方式讲述并歌唱这次战争，颂扬战争中的英雄人物。经过长期传唱，内容逐渐丰富，故

荷马

事逐渐系统化,到公元前9世纪至公元前8世纪,逐步形成两部史诗的规模。而荷马可能是两部史诗的最初或最好的综合加工者。荷马的生平无可靠记载,他的情况可能同《奥德修纪》里那位朗诵诗人谛摩多科斯差不多。这位行吟诗人双目失明,经常带着竖琴在各地吟唱特洛伊战争英雄事迹的歌谣。当然,此后两大史诗还有许多改动。传说到公元前6世纪中叶,雅典城邦的统治者又组织学者删改编订,正式写成文字。公元前3世纪至公元前2世纪,亚历山大学者又作了最后编订,把两部史诗各分成24卷,这就是后人看到的最古的本子。

可见,史诗和作家文学不一样,不是由某个作家个人创作的,而是先从口头创作,并经过漫长时间的口头流传,不断地由集体和个人的再创作后形成的。即使是荷马,也只是把最初散传于民间的传说与歌谣集成较系统的口头作品而已。

荷马史诗用神话方式表现了特定的社会历史内容。《伊利昂纪》题名的原意是“伊利昂的故事”,写的是希腊人围攻特洛伊城的故事,当时的希腊人称特洛伊为“伊利昂”。关于这次战争的起因,在神话故事“不和的金苹果”里有详细的说明。根据这则神话所述,特洛伊战争是为了争夺一个名叫海伦的希腊女子而引起的。英雄阿喀琉斯的父亲珀琉斯(一个部落的酋长)和女神忒提斯结婚时,邀请众神参加婚礼,唯独没有请不和女神厄里斯。于是,这位女神就生气了,她有意要挑起一场纠纷。当婚礼举行时,她在宴会桌上投下一个金苹果,上面写着“给最美的女神”。当场就引起了天后赫拉、智慧女神雅典娜、爱神阿佛洛狄忒争夺金苹果的事端。后来,特洛伊王子巴里斯把金苹果判给了爱神阿佛洛狄忒。为了酬谢巴里斯,爱神帮助他把天下最美的女人——斯巴达王后海伦给拐走了,从而爆发了特洛伊与希腊之间长达10年之久的战争。《伊利昂纪》以战争结束前50天的战事为描写重点,以希腊联军的主将阿喀琉斯的两次愤怒为情节的核心,最后,特洛伊联军的主将赫克托尔被阿喀琉斯杀死,希腊联军大获全胜。

《奥德修纪》题名原意是“奥德修斯的故事”,它写的是希腊英雄奥德修斯在特洛伊战争结束后还乡的故事。希腊人用奥德修斯的木马计攻下了特洛伊城后,各携掳掠得的奴隶和财宝返回故乡,而伊达卡国王奥德修斯归国途中却在海上遭了大难。在经历了千辛万苦之后,他终于返回故乡。在奥德修斯外出征战的许多年中,他的妻子一直在家等待他。岛上许多青年贵族觊觎他的财产，住在他家，向他妻子求婚，尽情挥霍他的财产。奥德修斯假扮成乞丐回到家里，试探他的妻子，同他儿子一起杀死了求婚人，又残暴地杀死了不忠的奴隶，重新做了伊达卡的国王。

雕塑《奥德修斯归来》

两大史诗规模宏伟、内容丰富，极为广阔地描绘了由氏族社会向奴隶社会过渡时期希腊的社会生活和人们的思想观念与精神面貌，对当时的社会形态、思想观念、宗教活动、田园耕作、体育竞技、家庭生活、商品交换、风俗礼仪等都作了生动的描绘。荷马史诗对古希腊人具有百科全书的性质，他们从中吸取知识，接受教育。在整个古典时期，史诗成了希腊教育和文化的基础。柏拉图在《理想国》里曾提到，荷马教育了希腊人。

荷马史诗又称为“英雄史诗”，这主要是因为史诗塑造了众多的英雄形象，并通过这些形象表现了那个“英雄时代”的英雄主义理想。

描写英雄首先必须描写战争，因为战争场面为英雄们提供了一展雄姿的天地，而对战争场面的描写本身也体现了作者对英雄理想的追寻与歌颂。《伊利昂纪》主要描写的是特洛伊战争最后阶段的殊死较量。作者以恢宏的彩笔气势磅礴地描绘了古战场的人喊马嘶、群雄争斗、刀光剑影、血雨腥风。这一幕幕惊天动地、气贯长虹的战争场面本身就是展现雄姿的诗篇。英雄们把血腥的战争当作展现其英雄品格、实现人生价值的重要途径，以大规模的杀伤对方来显示自己超人的武艺、胆魄与智慧。因此，他们总是渴望参战，以实现英雄的理想。《伊利昂纪》是一部描写古代战争的巨著，它的基本主题是歌颂与异族战斗的英雄。这些英雄一个个生龙活虎，威武异常，渴望在战场上获得荣誉。如希腊第一英雄阿喀琉斯，他母亲曾向他透露神的预言：如果他待在家中过和平生活，就会幸福长寿；如果要上战场，虽可取得无上光荣，但却命定早死。而英勇的阿喀琉斯却把战场上获得荣誉看作第一生命，因而选择了第二条道路。特洛伊英雄赫克托尔的英雄主义更富于悲剧色彩，他明知特洛伊要打败仗，城池将被毁掉，但仍然誓死战斗。他的妻子抱着他们的独子，涕泪涟涟地哀求他退出战场，可是，他却回答说：“我如果也像一个懦夫那么藏起来，不肯去打仗，那我就永远没有脸面见特洛伊人和那些穿着长袍的特洛伊妇女了，而这样的做法是我不情愿的。因为我一直都像一个好军人那么训练自己，要身先士卒，去替我父亲和自己赢得光荣。”这种刚强、威武和特别重视战斗荣誉的英雄主义精神正是荷马时代的风尚。

《奥德修纪》的基本主题首先是歌颂人对自然斗争的英勇气概。奥德修斯的海上遭遇是以神话隐喻方式表现出来的自然威力和古代人对自然的斗争。海神波塞冬是海洋威力的代表;各种巨人、仙女、风神、海怪、水妖等都是各种自然力量的拟人化。同这些自然威力比较,人的力量当然是渺小的。但是,奥德修斯与自然作斗争的冒险经历说明了人能够靠勇敢、毅力和智慧最终战胜它们。此外,这部史诗还肯定了奥德修斯为维护私有财产和一夫一妻这种新的社会制度所作的斗争。他10年历险的最终目的是为了同妻儿团聚,把所得的财富带回家中;回家后又为恢复王位和家产而对求婚人进行了残酷报复。他所以能战胜天灾人祸,也都是同他支持这种新制度和神们的帮助分不开的。奥德修斯为维护个人私有财产、为维护个人权利和荣誉而进行的斗争体现了人的个人意识的觉醒。

史诗中的英雄们视个人荣誉为第一生命,他们行为动机都与个人荣誉、爱情、财产、王位等分不开;他们的"冒险",也往往出于显示自己的勇敢、技艺、智慧和健美,是为了得到权力、利益、爱情和荣誉。在他们看来,与其默默无闻而长寿,不如在光荣的冒险中获得巨大而短促的欢乐。这些都表现了热爱生活、肯定和追求人的现世价值的积极乐观的人本思想,显示了古希腊文化乃至整个西方古典文化的一个重要特征:重视生命对于个人的价值,具有很强的个体本位意识。这种文化价值观念极大地促进了西方社会的发展,但阿喀琉斯式的自由放任、漫无矩度的个人主义也给西方社会带来了难以治愈的社会痼疾。

两部史诗在艺术上取得了卓越的成就。首先,史诗塑造了个性鲜明的人物形象。在战争和对自然的斗争中获得光荣业绩的英雄主义精神是史诗中英雄的性格共性,但这种共性是通过每个英雄身上鲜明的个性体现出来的。阿喀琉斯是青年勇士,有过人的力量,极重视个人尊严,又极重视友谊。他蛮勇、执拗、性如烈火,极易动怒,他的两次发怒对这场大战的进程,对《伊利昂纪》的结构,都起了关键的作用。但他毕竟较之其他英雄显得单纯,是一个最能体现原始英雄主义的典型形象。赫克托尔不及阿喀琉斯勇猛,但他为人宽厚,富有集体责任感,而且少有原始人的那种粗暴、野蛮。奥德修斯英勇、顽强、战斗不息,具有惊人的毅力,但他更是一个智多星的典型,他的智慧在史诗中得到了充分的展示。

史诗在题材处理及谋篇布局上尤见功力。两部史诗都涉及10年时间所发生的事,但都是采取戏剧式的集中、概括和浓缩的手法,把故事集中在一个人物、一个事件和某一段时间上,从而把众多的人物、纷繁的情节和丰富的生活画面浓缩成一个严谨的整体。《伊利昂纪》把10年的战事集中在最后51天,在51天中又突出地描写关键的20多天,20多天中重点又是4天的战况。在情节的布置上,整个诗篇围绕着阿喀琉斯的两次愤怒而展开。《奥德修纪》把10年历险故事压缩在40天,具体又只写5天;结构上分两条线索:一条是海上历险,一条是家中求婚者的包围,两条线索互相映衬,更突出情势的紧急。荷马史诗卓越的结构谋篇艺术,历来为文史家所高度赞扬。

史诗的语言具有民间文学的生动性与丰富性。由于中诗是在民间口头流传的基础上经过长期的集体加工并由具有高度才华的民间歌手辑录而成的，因此，其语言都源于民间口语，生动、准确，形象鲜明。史诗中运用了大量从自然现象与日常生活中汲取来的准确、生动、奇特和富于哲理的比喻，被称为“荷马式比喻”。比如，在写到阿喀琉斯绕城追赶赫克托尔时，史诗写道：“像从山上飞起的大鹰鼓着迅捷的翅膀追扑着一只颤抖的鸽子，一个跟踪猛追，一个在上下飞翔躲闪。”又如在写到军队的阵容时，史诗写道：“在军士们集合拢来的时候，他们那些灿烂铜矛的闪光透过了高空，直达天顶。那种光辉就像远远看去的火焰，仿佛高山顶上一座大森林弥漫着烈火一般。”这种比喻贴切而生动，生活气息浓郁。这种“荷马式的比喻”在史诗中约有800个之多。

第三节 古希腊戏剧

古希腊戏剧繁荣于古希腊奴隶主民主制的全盛时期——雅典时代。雅典是当时希腊的政治、经济和文化中心，希腊戏剧的繁荣主要在雅典，故又称“雅典戏剧”。

古希腊戏剧起源于农村在春季和秋季举行的酒神祭祀歌舞活动。古希腊悲剧起源于春季的酒神祭祀中的“酒神颂歌”。“酒神颂歌”由装扮成半人半羊的歌队歌唱表演，讲述酒神狄俄尼索斯在尘世所受的苦难和教人种植葡萄的故事，后来增加演员进行对话表演，从而逐渐演变成悲剧。所以，古希腊文的“悲剧”(Tragoidia)一词原意为“山羊之歌”。古希腊喜剧起源于秋季庆祝丰收的酒神祭祀活动。人们为了答谢狄俄尼索斯带来了丰收果实，每到秋季，他们排着队围绕村庄和田野，用狂欢歌舞和滑稽表演来庆祝丰富，歌颂神力。喜剧就由这种狂欢歌舞和滑稽表演发展而来。所以，古希腊文的“喜剧”(Komoidia)一词的原意为“狂欢歌舞剧”。

古希腊剧场

一、古希腊悲剧

古希腊悲剧大多取材于神话传说，在内容上，往往表现人与命运的冲突，具有鲜明的政治倾向性和深刻的思想性；在风格上，具有严肃、悲壮、崇高的特征。悲剧一般采用“三联剧”形式，三个剧本写相对独立的故事，但在情节、人物上又是连贯的,合则为一,分则为三。悲剧全部用诗句写成,具有较高的文学性。

公元前5世纪是希腊悲剧的繁荣时期,出现了许多优秀的悲剧诗人和作品,流传至今的有埃斯库罗斯、索福克勒斯和欧里庇得斯三大悲剧诗人的作品。他们的创作标志着希腊悲剧在不同发展阶段的思想与艺术特色。

埃斯库罗斯

埃斯库罗斯(前525?—前456)生活在雅典民主制国家形成时期。他出身贵族,拥护民主派,经历了民主派反对僭主独裁政治的斗争,亲身参加过希波战争。相传他创作了70部悲剧,但流传至今的只有7部。他的悲剧除了《波斯人》外,都取材于古希腊神话。《俄瑞斯特斯》三部曲(《阿伽门农》《祭酒人》《报仇神》)是埃斯库罗斯的重要作品。剧本取材于阿伽门农东征特洛伊后还乡的神话传说,通过他惨遭妻弟杀害以及他的儿子俄瑞斯特斯为父复仇的故事,表现了反专制暴政的主题。《普罗米修斯》三部曲(《被缚的普罗米修斯》《解放了的普罗米修斯》《带火的普罗米修斯》)的后两部已失传,第一部《被缚的普罗米修斯》(约前469)是埃斯库罗斯的代表作。它取材于人类的保护神普罗米修斯因盗天火给人类而受宙斯惩罚的神话。剧一开场,威力神和暴力神奉宙斯之命把普罗米修斯拖到"大地边缘"的高加索山,逼迫匠神赫淮斯特斯把普罗米修斯缚在凌空的悬崖上。接着,河神来劝他"向灾难屈服",同宙斯和解,但遭到了普罗米修斯的坚决拒绝和挖苦。随后,神使赫尔墨斯到来,向普罗米修斯宣告将用更残酷的刑罚惩治他,还威胁着要他说出一个关系到宙斯命运的秘密(即宙斯如果同河神的女儿结合,将生出一个比宙斯更强大的儿子,这个儿子将把宙斯推翻),这又受到普罗米修斯严词回击。最后,宙斯进一步惩罚普罗米修斯。只见天空中电光闪闪,雷声隆隆,整个宇宙卷起狂暴的旋风,普罗米修斯被打进深渊。全剧通过普罗米修斯同以宙斯为首的众神的斗争,影射了希腊社会中民主派与贵族派两种政治势力的斗争,反映了当时人民对僭主专制的反对和对民主自由的向往,具有现实性。剧中的普罗米修斯是一个崇高的、不向暴君屈服的英雄形象。他热爱人类,始终站在人类一边,为人类的利益而斗争。他的勇于承受最大苦难的英雄气概和献身精神,从古到今受到了进步人类的崇敬。所以马克思称普罗米修斯是"哲学的日历中最高尚的圣者与殉道者"。从象征隐喻的意义上看,普罗米修斯盗火的故事,表现了人类与大自然搏斗第一次取得了决定性胜利,标志着人类第一次取得了自由,获得了人的尊严,也标志着人的意识的第一次觉醒。普罗米修斯盗火作为一种自由的行为,则是人类理性的开端。所以,普罗米修斯形象是人类希望、反抗和自身力量的象征。

埃斯库罗斯对悲剧艺术做出了重大贡献。他把演员从一个增加到两个,加强了对话部分,使演员对话成为主体,完成了集体歌舞向戏剧的飞跃;他首先采用布景、道具、戏剧服装、演员面具等;他第一个采用"三联剧"形式。因此,他被称为"悲剧之父"。

索福克勒斯(前496—前406)是雅典奴隶主民主国家全盛时期的悲剧诗人,是三大悲剧家中最负盛名的一位。他出身雅典一个富裕的商人家庭,政治上是一个温和的民主派。传说他写了120多部悲剧,但也只有7部完整的剧本流传下来,其中最著名的是《俄狄浦斯王》(前431),亚里士多德将它当作悲剧艺术的典范。

《俄狄浦斯王》取材于希腊神话中忒拜王室的故事,表现人同命运的斗争。俄狄浦斯原是忒拜城邦的国王拉伊俄斯的儿子。神示说,他以后将杀父娶母,于是,俄狄浦斯一出生就被用铁钉穿于脚跟扔到荒野里,结果却被转送给相邻的科林托斯国国王,成了该国的王子。长大以后,不知道科林托斯国王和王后并非自己亲生父母的他为了逃避杀父娶母的命运,离开了科林托斯,途中因失手杀死了一位陌生老人,那人就是他的生身父亲忒拜的国王拉伊俄斯。事后,他来到正在闹灾难的忒拜,除掉了狮身人面的妖怪斯芬克斯,解除了忒拜的灾难,被人们拥戴为国王,并娶了新寡的王后,而她正是他的生身母亲。16年后,忒拜国遭瘟疫的袭击,原因是至今尚未查处当年杀死先王的凶手。为了解除瘟疫,俄狄浦斯穷究凶手,最后才知道凶手就是他自己。此刻,他已犯了杀父娶母的大罪。俄狄浦斯为了惩罚自己而刺瞎双眼,并自我放逐。

全剧突出表现了人的独立意志同命运的斗争。俄狄浦斯诚实正直,意志坚强,热爱人民,努力为民除灾,但灾难却偏偏降临到自己头上;他竭力抗争,却使他更快地走向毁灭。他是一个敢于正视现实、敢于承担责任、不愿逃避惩罚的理想的英雄。作者以主人公顽强的意志和英雄行为鼓励人们去面对厄运,肯定了人的自由意志和反抗命运的正义性,但也通过他的毁灭宣扬了神力的不可抗拒、人的意志在命运面前的无能为力的思想,从而写出了自我意识觉醒后的人在面对强大的自然和社会力量时内心的矛盾与困惑。该剧中"命运"的内涵要比《被缚的普罗米修斯》一剧中的"命运"更丰富,它不仅指与人相对立的自然的神秘力量,而且主要指社会和人自身的神秘力量。因为随着人类的诞生和觉醒,人类以自己的积极参与,组成了社会的机体,强化了社会的力量,逐渐从自然的人过渡到了社会的人。此时,人既感到了自然的主人和社会的主人的骄傲,因而有积极的进取精神,同时又感受到了除自然异己力量之外的社会异己力量的束缚。这种社会异己力量同自然异己力量一样是不可理喻、无法解释的"宿命"。因而,在俄狄浦斯王身上,虽然多了一份行动的理性力量,同时也多了一重因"命运"之不可测而生的精神痛苦与忧虑。俄狄浦斯的强烈的行动意识表明了此时人的主体性上升到了一个自我意识高度。但是,他的结局又让我们看到人类高扬自我、寻找自由的艰辛与困苦。他越是要摆脱命运的罗网,就越是投向罗网;他越是真诚地为民除害,就越是步步逼近自我毁灭。反抗命运的过程正是走向命运圈套的过程,行动的结果是自我惩罚。这种悖谬现象隐喻了人与异己力量对立的必然性以及人无法克服异己力量的悲剧性命运。

剧本采用"终局式"戏剧结构,悬念迭起,它是世界戏剧史上第一部"终局式"的经典作品。该剧所表现的悲剧美学思想影响深远,是西方传统悲剧理论的基石。

索福克勒斯把演员从两个增加到三个,使戏剧结构更为复杂多变;他重视动作描写,把可怕的场景介绍到前场,增加了恐怖效果;他打破了"三联剧"形式,写出了独立的悲剧;他还发明了转台,以便更换地点。索福克勒斯把希腊悲剧推向了成熟,他被称为"戏剧艺术的荷马"。

欧里庇得斯(前485—前406)是雅典民主国家处于危机时期的悲剧作家,是欧洲文学史上"问题剧"的最早创始人,他在希腊戏剧中首先发现"女人",并对她们表示了极大的同情。他出身贵族,拥护民主政治,曾受智者派哲学思想影响,被称为"舞台上的哲学家"。相传他写出了92个剧本,流传下来的有18个。欧里庇得斯的悲剧也大都取材于神话传说,但往往融入了更强的现实意义,神和英雄更具有生活中的人的激情和意志。

《愤怒的美狄亚》(德拉克洛瓦)

欧里庇得斯对妇女的命运非常关心,在他现存的18部剧作中,有12部是以妇女问题为题材的,其中最优秀的是《美狄亚》,它是欧里庇得斯创作中最著名的一部。《美狄亚》中的伊阿宋是神话传说中令人敬爱的英雄,在美狄亚的帮助下,他克服重重困难取回金羊毛,并娶美狄亚为妻。在这个剧本中,作者着重描写的是伊阿宋回国后为了个人前途而另寻新欢的故事。他要抛弃美狄亚而和国王的女儿结婚,美狄亚决定报复。她杀死了国王和公主,又杀死了两个儿子,然后乘龙车离去。虽然这个故事是传说中原有的,但诗人赋予了新的含义。伊阿宋由一个勇敢的英雄变成了卑劣的小人,美狄亚则由一个多情的少女发展为一个大胆反抗的妇人。该剧把歌颂英雄的古老传说,变成了谴责社会罪恶、控诉不平等现象、赞美反抗行为的悲剧。美狄亚的爱情悲剧中隐含着此后西方文学中反复出现的爱情母题。美狄亚一开始忘我的爱着伊阿宋,几乎为他献出了除生命之外的一切。对她来说,爱情至上,伊阿宋是她的生命。但是,伊阿宋作为男性的一方,并没有美狄亚那样忘我的爱情观念,他可以因爱情之外的名誉、财产、权力与地位等改变初衷,从而造成美狄亚的悲剧。这可以说是西方文学中爱情悲剧的一种基本模式。从这个意义上讲,《美狄亚》的爱情悲剧在西方文化和文学史上具有原型象征的意义。

欧里庇得斯善于运用写实手法,使所描写的内容十分贴近生活,这标志着希腊悲剧的一大发展。此外,欧里庇得斯不像索福克勒斯那样注意结构与布局,而注重心理描写,以揭示人物的内心世界来塑造人物的性格,他的剧作往往因此而具有震撼人心的感染力。

二、古希腊喜剧

古希腊喜剧出现在悲剧之后，它的繁荣是在雅典城邦发生危机的时代，这是所谓的“旧喜剧”。“旧喜剧”之后又有所谓“中期喜剧”，但没有作品流传下来。此后，“希腊化”时期又有以米南德为代表的“新喜剧”。希腊旧喜剧多为政治讽刺剧和社会问题剧。它往往取材于现实生活，利用日常琐事和偶然、滑稽的事件，借助夸张来显示生活，通过嘲笑实现教育作用，它敢于抨击时政，大胆讽刺当时的著名人物。古希腊喜剧以阿里斯托芬为代表的旧喜剧成就最高。

阿里斯托芬（前446？—前385？）是唯一有完整剧本流传至今的旧喜剧作家，被称为“喜剧之父”。据传他写了44个喜剧，但只有11个流传下来。他生活于雅典和斯巴达争夺希腊霸权的伯罗奔尼撒战争（前431—前401）年代。阿里斯托芬站在农民和城市中下层公民的立场，维护民主政治，通过剧本反映当时各种重大问题。如《阿卡奈人》表现了反战的主题，《骑士》直接嘲讽和抨击当时的当权人物克勒翁，《云》嘲笑了智者学派，《地母节妇女》和《吕西斯特拉忒》中提出了男女平等问题。《鸟》是阿里斯托芬喜剧中唯一以神话题材表达理想与愿望的作品，也是西方文学史上最早描写理想社会的文艺作品。《蛙》一剧通过埃斯库罗斯和欧里庇得斯两个悲剧家在冥间就文艺问题的讨论以及酒神狄俄尼索斯的评判，提出了文艺的社会功能问题，认为文艺的功用在于提高公民的道德修养。

《鸟》书影

《阿卡奈人》（前425）是阿里斯托芬最优秀的政治讽刺剧之一。该剧上演时，正是伯罗奔尼撒战争的第6个年头，战争双方都已精疲力竭，公民们特别是农民都希望和平。《阿卡奈人》正是为表达人民这一愿望而写的。剧中一个名叫狄开俄波利斯的雅典农民，主张与斯巴达人讲和，私自与斯巴达人签订了和平条约，但遭到了一群阿卡奈人的反对。他争辩说，战争是由互相争利引起的，不全是斯巴达人的过错；战争只对少数政治野心家和将领有利。最后，狄开俄波利斯开放市场，在和平环境下喝得醉醺醺回家，而主战的将领却身负重伤，狼狈不堪。全剧用闹剧手法指出了只有停止战争，人民才能有幸福生活。

阿里斯托芬的喜剧用夸张手法，描写近乎荒诞的情节，妙趣横生，在嬉笑怒骂中表达了严肃的现实主题，具有尖锐的政治讽刺性。他善于运用民意语言加强喜剧效果，语言诙谐、生动，既有粗俗的插科打诨，又有优美的抒情诗歌。他的剧作结构松散，也不大注意人物塑造，人物类型化，缺少个性特征。

第二章

中世纪文学

第一节　概　　述

欧洲中世纪是以公元476年西罗马帝国的灭亡和17世纪中叶英国资产阶级革命爆发为起始和终结标志的，按社会形态讲，就是所谓的“封建”时代。中世纪大体分为三个阶段：5至11世纪为初期，亦即封建社会的形成时期；12至15世纪为中期，亦即封建制度的全盛时期；16至17世纪中叶为晚期，亦即封建制度解体、资本主义兴起时期。欧洲中世纪文学一般指前两个阶段的文学。14至17世纪初属于一个特殊的历史文化时期，文学上已具有近代性质，故往往将其纳入一个独立的整体，称“文艺复兴时期人文主义文学”。

一、中世纪文学的文化历史背景与基本特征

欧洲中世纪是基督教的世纪，基督教的传播对文学产生了极为深远的影响。基督教于罗马帝国初年产生于巴勒斯坦的犹太人中间，后传入欧洲，一度遭罗马当局的残酷镇压，但终于在帝国后期被定为国教。随着基督教在文化上统治地位的确立和基督教文化的传播，它逐渐成了欧洲各个国家和民族的共同财富，并日益与欧洲大陆人们的思想观念融为一体。可以说，在整个中世纪，基督教在文化、教育、哲学、文艺以及整个精神领域里占有绝对的统治地位，成了欧洲封建制度的精神支柱。教会把历经一千数百年发展起来的古希腊罗马文化视为异端邪说，使其在相当长的时间里几乎被埋没。基督教教义认为人是有罪的，人活着不是为了实现现实价值，而是为了死后灵魂进天堂；不是为了享乐，而是为了赎罪。原罪意识与其救赎成了中世纪欧洲人精神生活的两大支柱。神取代人是基督教文化的本质特征，因而它与以人为本的古希腊罗马文化在很大程度上是相对立的。不过，神取代人、“灵”取代“肉”是人性的压抑，也是人性的升华；是人性的失落，也是对人性的追寻。基督教文化对神的崇尚中，包含着对人的理性的企求和道德伦理的追求。从这个意义上讲，基督教文化所具有的浓重的理性精神，体现着人性和人本精神的另一层面，体现了作为“有情欲的存在物”的人的提升，说明了人的精神活动中社会性成分的加强。因此，基督教精神对文学的渗透是人欲的升华与压抑的交互作用，是对异己文化接受与反抗的双向历史。因而，尽管我们应当看到基督教义把理性精神强调到极端、

把人的生命本能冲动一概视为"原罪"从而压抑甚至扼杀人性、成为人的异己力量、对欧洲古典文化排斥与扼杀的一面,但我们也应该看到两种文化对立中的互补融合的一面。基督教文化本身就是在对古希腊罗马文化接受与排斥的双向历史过程中形成的,中世纪文学实质上也是基督教文化与欧洲古典文化融合的产物,它为后世的欧洲文学提供了新的精神养料。

由于文化背景的独特性,中世纪文学在发展与演变中形成了自己的特点。第一,由于基督教文化在中世纪是占主导地位的,因而中世纪文学无不受基督教思想的影响和制约,各类文学无不打上它的烙印,但欧洲古典文化的传统并没有在中世纪文学中断绝。例如,有的作品公开宣扬禁欲主义和赎罪意识,表现了封建领主和地主阶级及其精神上的代表——僧侣阶级的意识形态,如教会文学;有的则仅仅具有崇拜基督教思想的倾向,如英雄史诗;也有的则具有基督教精神和古希腊罗马精神两重性,如骑士文学、但丁的《神曲》等;而城市文学、民间歌谣中则更多地表现了世俗文化传统,这种世俗文化思想集中地体现了古希腊罗马文化传统的延续,其中所蕴含的世俗人本思想是近代人文主义思想的先声。上述现象反映出基督教对文学之影响的复杂性,也体现了中世纪文学在思想内容上的多元性。第二,中世纪文学在艺术形式上比古希腊罗马文学进一步趋向成熟。欧洲中世纪文学以诗歌为主,史诗、长篇叙事诗、抒情诗和谣曲等都表现出了突出的成就,而且,各种诗歌形式互相影响,互相交融,推动了诗歌艺术的发展。例如,但丁就在吸取了各种诗歌形式之长处的基础上将诗歌创作推向了一个新的高峰。第三,表现手法更丰富多样。写实、寓意、象征、梦幻、哲理、浪漫抒情等艺术手法的广泛使用,显示出人们艺术思维能力与方式的进一步成熟与复杂化。第四,对人的内心情感的表现不断深化。许多爱情题材的作品在描写宗教的压抑与生命欲望之间的矛盾冲突中,揭示了人的愿望、情感、痛苦与欢乐等复杂的心理活动,比以往的文学更深入地展露了人的内心世界的复杂性,这是欧洲文学的又一重大进展。

二、中世纪文学的主要成就

中世纪的欧洲文学按其内容的性质可分为教会文学和世俗文学两大类。

教会文学又称僧侣文学(是典型的官方文学),它在中世纪初期欧洲文学史上占据统治地位。教会文学主要指当时的教士和修士写的文学作品,其创作意旨是以"圣经"作为出发点和逻辑归宿的,使用的文字主要是拉丁文、希腊文和教会斯拉夫文。教会文学的体裁繁多,有基督故事、圣徒传、祷告文、赞美诗、宗教叙事诗、宗教戏剧等。教会文学大多取材于《圣经》,主要描写上帝万能、圣母奇迹、圣徒布道和信徒苦修等,以宣传宗教教义、鼓吹禁欲主义和来世思想为主。它把人的世俗生活说成是人类罪恶的根源,把那些殉道者、苦行僧树为典范。教会文学在艺术上多采用梦幻故事的形式和象征隐喻的表现手法,并把这些形式和手法发展到了成熟的阶段,这是对古希腊罗马以来艺术形式的发展。

世俗文学是指教会文学之外的其他文学。由于基督教在精神文化上占有统治地位,因而世俗文学也不同程度地受到基督教思想的影响。

中世纪初期的世俗文学主要是有关民族大迁徙时代的英雄史诗,也称前期英雄史诗。像日耳曼的《希尔德布兰特之歌》、盎格鲁-撒克逊人的《贝奥武甫》、冰岛人的《埃达》和《萨迦》、芬兰人的《卡列瓦拉》等。如同荷马史诗一样,这些作品是氏族社会末期各民族人民的口头创作和集体智慧的结晶,主人公是氏族部落的英雄,主要描写他们为氏族部落所建立的丰功伟绩和所进行的斗争,表现出浓郁的群体意识和英雄主义精神。早期英雄史诗形成期间,人们的思维方式基本上还处在神话思维范畴,因而史诗中有较多的神话因素和多神教成分,受基督教和封建意识的影响还比较少,尽管它们中有的是12世纪以后甚至到19世纪才记录下来,但就其所形成的时间和反映的内容来看,还是属于封建社会早期的文学。

中世纪中期,随着封建社会全盛时期的到来,欧洲文学出现了新面貌,这就是,教会文学几乎独霸文坛的局面被打破了,各国世俗文学逐渐改变了早期那种萧条冷落的局面,开始崭露勃勃生机。主要表现为:反映民众爱国主义思想的英雄史诗(后期英雄史诗或民族英雄史诗)广泛流传,反映世俗封建主观念的骑士文学兴盛一时,反映市民阶层意识的城市文学也异军突起。

后期英雄史诗与前期英雄史诗不同,这类史诗一般是歌颂封建时代理想英雄人物的长篇作品。它们先是流传于民间,后来才由文人整理加工而诉诸文字,大致说来是封建化时代的产物。后期英雄史诗的主人公是封建国家的英雄,表现的是他们忠君、爱国观念和为统一祖国、为民族建功立业的英雄主义精神。史诗中君王的形象往往是统一国家的理想象征。这类史诗中神话因素大大减少,所描写的事件往往有点历史事实根据,基督教的内容大大增加,英雄的奇功伟业往往与宗教奇迹融合在一起。不过,有的史诗也表现出反禁欲主义、反等级观念的思想。后期英雄史诗主要有法国的《罗兰之歌》(1080?)、西班牙的《熙德之歌》(1140?)、德国的《尼伯龙根之歌》(1200?)和俄罗斯的《伊戈尔远征记》(1185—1187)。

《罗兰之歌》是具有代表性的英雄史诗。主人公罗兰是法兰克国王查理大帝麾下的大将。查理大帝率军在西班牙对阿拉伯人作战,只有马席勒国王未被征服,遣使求和。查理大帝班师回国,由罗兰率部断后,但由于叛徒加纳隆的出卖,马席勒国王引十万大军截击了罗兰两万人的后卫部队。罗兰的好友奥利维三次劝罗兰吹角请查理回兵增援,罗兰不愿累及查理而拒绝吹号。由于寡不敌众,直至剩下60人,罗兰才吹响号角,可为时已晚,查理闻号赶到时,罗兰已死。查理大帝全歼马席勒军队,并处决了叛徒加纳隆。这部史诗以查理大帝统一法兰克的历史伟业为背景,塑造了罗兰这个既是查理的“忠臣”又是热爱法兰西的民族英雄的形象。但他不是一个完美无缺的“神”,他有自己的个性,刚强勇敢而过于自信,既要捍卫民族利益又很重视个人荣誉,在叛徒出卖而遭到敌人包围时，不肯立即向查理大帝求救，以至孤军奋战，导致最后的失败。阵亡时，他面朝敌人，以示其仇恨和不屈。《罗兰之歌》在艺术上深受荷马史诗的影响，截取7年战争中的一段时间，以一个事件为中心，情节组织得十分集中、紧凑，富于戏剧性。

《罗兰之歌》插图

除了长篇英雄史诗外，这时期还出现了一些叙写英雄故事的歌谣，它是从民间口头文学发展而来的。比较著名的有英格兰的《罗宾汉谣曲》，咏叹以罗宾汉为首的一群绿林好汉劫富济贫的故事，深受人民的喜爱，在英国家喻户晓。

英雄史诗和歌谣虽不免受基督教的影响，但它们通过人间英雄的塑造，引导人们寻找人间的“上帝”，也即寻找人自身的价值，而不是把一切都寄托于神，从而表现出了不同于基督教文学的那种人本精神。

骑士文学是中世纪欧洲特有的文学现象，它是骑士制度的产物。骑士文学主要表现骑士阶层的思想与情感。但骑士属于封建主的下层，与人民接触较多，加之骑士效忠宗教又不奉行禁欲主义，因此，骑士文学中包容了多种文化因素。特别是对男女情爱的渲染，对现世享乐的肯定，构成了人性欲望对宗教禁欲主义的威胁与反叛，表现了一种具有近代色彩的审美情趣和人文意识。

骑士文学包括骑士抒情诗和骑士传奇两类，主要内容是描写骑士的冒险经历和骑士的典雅爱情，表现骑士精神。

骑士抒情诗最早产生于12世纪法国南部普罗旺斯地区的宫廷中，艺术上受到普罗旺斯民间诗歌的影响。民间诗歌一般都涉及爱情题材，但主要表现的是妇女对爱情和婚姻不幸的哀叹，而骑士抒情诗则主要讲骑士的“典雅爱情”，突出贵族和骑士的生活情趣。当时较流行的抒情诗种类有：写骑士在乡间百般追求牧羊女的牧歌，写骑士和贵妇人晚间幽会后黎明前依依惜别的破晓歌，以及情歌、夜歌等，其中以破晓歌最为有名。骑士抒情诗在描写典雅爱情的同时，宣扬了享受世俗生活的思想，这与宣扬禁欲主义的宗教文学有很大区别。在法国骑士抒情诗的影响下，英、德、意等国的骑士抒情诗也很快流行起来。中世纪大量的骑士抒情诗，成了近代欧洲人文主义文学爱情作品的发端。

骑士传奇（“传奇”音译为“罗曼司”）是以叙事诗形式出现的，一般长数千行，基本内容是骑士冒险故事和典雅爱情。骑士传奇的中心在法国，以后盛行于整个欧洲,按其题材可分为三个系统:古代系统、不列颠系统和拜占庭系统,其中以不列颠系统最为著名。该系统是围绕不列颠亚瑟王的传说发展起来的,其中写他和他的圆桌骑士的故事数量最多、流传最广,在法、英、德等国都产生不少作品。法国诗人克雷提安·德·特洛阿(1135?—1191?)写的《郎斯洛或小车骑士》(1165?),把亚瑟王的骑士郎斯洛和王后耶尼爱佛的恋爱作为主线,是最典型的骑士传奇。另一个常用的题材是特利斯坦和绮瑟的故事,也属不列颠系统,法、德两国诗人都利用过这个题材。它讲的是一对贵族男女因误喝了魔汤而永生相爱,终于殉情。后来两人的坟上一边长出玫瑰,一边长出葡萄,它们的枝叶紧缠在一起。这一传奇故事用象征的手法,歌颂了爱情的不可抗拒的力量。骑士传奇的虚构成分极大。男主人公总是盖世无双的英雄,女主人公均系倾国倾城的绝色佳丽。他们生生死死的爱情纠葛,往往同宗教奇迹与冒险争斗交织在一起,情爱被神圣化为至高无上的原则。这类作品不仅在文学史上而且在欧洲人的思想意识中都有深刻影响。比如西方人的恋爱至上观和在社交场合尊崇妇女的习俗就与此不无关系;而文学史上的浪漫主义,至少就其宗源"罗曼司"来讲,便出自这种传奇。骑士传奇的结构形式、人物描写及心理刻画对后来欧洲的长篇小说发展产生了影响。

城市文学又称市民文学,它是 12 世纪以后随着工商业中心城市的兴起而产生的,以反映市民思想情感为主的世俗文学。城市文学是在民间创作的基础上发展起来的,取材于现实生活,充满乐观精神,其内容多为揭露封建主和僧侣残暴、贪婪和愚蠢,赞美市民的机智和勇敢,具有鲜明的反封建反教会倾向。城市文学的主要形式有韵文故事、讽刺叙事诗、寓言诗、抒情诗和城市戏剧等。在艺术上,城市文学主要运用讽刺手法,生动活泼,同时也吸收了教会文学象征、隐喻的手法。法国的城市文学成就最高。

城市文学的代表作品是法国的讽刺叙事诗《列那狐传奇》。这一故事产生于 12—13 世纪,由 27 组叙事诗组成,共 3 万余行。《列那狐传奇》写的是动物世界的故事,但赋予了人的基本社会属性。"禽兽之国"有国王诺勃勒狮,宦臣伊桑格兰狼,被压迫阶层鸡、猫、乌鸦、麻雀和资产者列那狐等。主要情节是列那狐与伊桑格兰狼之间的斗争。它们之间互相伤害,但吃亏的总是伊桑格兰狼。列那狐拿剃发入戒可以吃鱼为诱饵,用开水把伊桑格兰狼烫得焦头烂额;以传授用尾巴钓鱼为幌子,结果河水结冰使伊桑格兰狼无法脱身,以致丧失了尾巴。不过,列那狐也欺压弱小者,犯下了许多罪行。

列那狐是一个很复杂的形象,它的主要品质是机智与狡猾。在狮王和伊桑格兰狼面前它是弱小者,但毫不畏惧,总是凭机智与狡猾捉弄对方,把不可一世的王公贵族弄得狼狈不堪。可是它对弱小者也不同情,同样以欺骗和狡猾的手段捉弄和陷害它们,表现出残酷性的一面。作者对列那狐的狡猾半是同情、半是讥讽,半是赞赏、半是嘲笑,极富喜剧性的讽刺效果。这种对待"狡猾"的新态度,预兆了一个新阶级的诞生,即商业资产者的诞生。在艺术上,《列那狐传奇》承袭了欧洲文学史上以动物喻人的传统,具有较高的艺术价值。

《玫瑰传奇》是一部独具风格的寓言诗，它以隐喻的手法反映市民阶层的爱情观念，其隐喻手法对后世文学产生过广泛影响。

城市戏剧在14世纪后发展起来，它的前身是宗教戏剧。城市戏剧侧重表现城市生活，反映市民阶层的观点和趣味。主要戏剧体裁有道德剧、傻子剧和笑剧，其中笑剧更具有现实意义，它以戏谑手法反映市民生活，表现他们的人生哲学。法国的《巴特兰律师》是笑剧的代表作。

总之，中世纪的宗教文学与文化是后世欧洲文学与文化的渊源之一；中世纪的世俗文学是近代文学的先声。

第二节 但　　丁

但丁·阿利吉耶里（1265—1321）是欧洲文学史上具有划时代意义的诗人，他的出现标志着欧洲中世纪文学向近代文学的过渡。恩格斯称他是“中世纪最后一位诗人，同时又是新时代的最初一位诗人”①。

一、生平与创作

中世纪的意大利民族因其充满澎湃的激情而在欧洲各民族中独树一帜。在那里，古希腊罗马文化传统从未中断过。由于地理环境的优越，资本主义最初在意大利港口城市萌芽，商品经济十分活跃，市民意识成熟较早，世俗的欲望在那里找到了生长的土壤与气候。在但丁生活的年代，教皇势力虽很强大，但已压制不住一般市民，特别是佛罗伦萨、威尼斯、热那亚这样一些发达城市的百姓。但丁就是在这充满欲望的时代里成长起来的。

1265年5月，但丁出生于佛罗伦萨一个没落的小贵族家庭。他幼年丧母，18岁丧父。他学习勤奋，曾熟读维吉尔、奥维德、贺拉斯等古典名家的作品，接触过法国的骑士文学和普罗旺斯抒情诗，后来又系统地学习诗学、修辞学、神学及算学、天文学等自然科学，对音乐、哲学也颇有造诣，被称为那个时代学识最高的学者之一。少年时代，但丁受到了追求世俗欲望、要求个性解放的社会风气的熏陶。他在9岁时爱慕一个同龄女子贝亚德丽齐，若干年后两人在街上邂逅。

《但丁和贝亚德丽齐》（霍里迪）

① 〔德〕恩格斯：《〈共产党宣言〉1893年意大利版序言》，见《马克思恩格斯选集》第1卷，人民出版社1995年版，第249页。

24 岁时,贝亚德丽齐华年夭逝。她死后,但丁悲痛欲绝,以滔滔不绝的诗情抒发对她的哀思,写出了 31 首抒情诗。以后,他用散文把它们串联起来,组成一部散文和韵文相结合的作品,取名为《新生》(1292—1293)。《新生》洋溢着但丁对生命的执着追求、对纯洁爱情的热情歌颂、对美好生活的憧憬与向往,表达了要求摆脱中世纪宗教戒律、道德规范的愿望。《新生》虽然运用了中世纪梦幻文学的象征手法而带有宗教神秘色彩,但同时又受当时"温柔的新体诗"的影响,具有清新自然的风格。它体现了"温柔的新体诗"派最高的成就,也是欧洲文学史上第一部向读者流露作者最隐秘的思想情感的自传性作品,对后世的抒情诗产生了很大影响。除《新生》外,但丁还写过赞美佛罗伦萨城 60 个美丽女子的诗。

青年时期,但丁积极参与政治活动。24 岁时,他卷入了佛罗伦萨的党派斗争,遭迫害后,过了长达 20 多年的流放生活。在流放期间,他念念不忘祖国的统一,关心民族和人类的前途,并写下了《飨宴》《论俗语》《帝制论》等理论著作。《飨宴》(1304—1307)借诠释自己的诗歌,传播古今各种知识,否定封建等级制,强调理性,闪现出了人文主义的曙光。《论俗语》(1304—1305)论证了俗语的优越性和形成意大利统一民族语言的必要性。《帝制论》(1310—1313)主张政教分离,建立帝制秩序,以统一意大利。他把统一祖国的希望寄托在神圣罗马皇帝亨利七世身上,表现出他政治观点上的局限性。

1307 年,但丁的流放生活处在最痛苦的阶段,此时,他开始了一生最重要的作品《神曲》的创作,一直到 1321 年诗人逝世时才完稿。

但丁生长在近代文化因素已然萌生的意大利,特别是青少年时期感染了个性解放的时代精神,使他年轻的心灵里萌动着世俗的欲望,人文主义思想也在他的头脑中孕育、成长。但是,爱情上的不幸、家庭生活的烦扰、政治上的遭诬陷和迫害,造成了他的生命活力的深重压抑,也加深了他对人文主义生活原则和道德原则的理解,意识到了无规范的个性主义对社会的危害。他多次试图用现世的办法反抗来自现实的压迫,消解内心的压抑,包括使用武力伸张正义、实现祖国的统一,但都未能成功。一次次的失败使他积郁太多,却只能在另一个世界中宣泄,这就是基督教所提供的世界。他把他的全部信仰和诗人的热情都交给了上帝。然而,这并不意味着他对生命与理想的捐弃,恰恰相反,他对生命意义的追求更为执着,因为但丁心目中的"上帝"是善与正义的代表,而不是中世纪传统意义上的宗教戒律与道德,这个"上帝"身上已渗透了近代意义上的人本意识。在艺术上,但丁把诗歌创作推向一个新高峰。他把抒情、叙事、哲理结合在一起,丰富了诗歌的表现手法。但丁是欧洲中世纪文学与文化的集大成者,又是近代人文主义文学与文化的先驱者。

二、《神曲》

《神曲》原名"喜剧",后人出于崇敬,遂加上"神圣"二字,直译应为"神圣的喜剧"。它用意大利语写成,共 14 233 行,分"地狱""净界"(炼狱)、"天堂"三部，每部33歌，加上“序曲”，共100歌(或100曲)。

长诗采用中世纪流行的梦幻文学形式，诗人以自己为主人公，描写他在死人王国的一次奇特的幻游。诗中写道，正当35岁这人生的中途，即1300年复活节前星期五的凌晨，但丁在一个黑暗的森林中迷了路。他努力寻找着出路，不料前面又有一狮、一豹、一狼挡住去路。在这万分危急的关头，黑暗中出现身穿白衣服的古罗马诗人维吉尔，他奉圣女贝亚德丽齐之命前来搭救但丁，引导他游历地狱和净界。临近地狱之门，但丁顿觉阴郁森然。那大门上写着：凡是走进来的，把一切希望都抛在后面。意思是说，被罚到地狱受刑者是没有获救的希望了。那地狱像一个倒立的大漏斗，共分9层，一直通到地心。在地狱里的人都是生前犯罪而被罚在这里受刑的。罪孽越重，就被安置在越下层。按亚里士多德的伦理学所论，凡人之罪可分为三类：放纵、凶残和恶意。地狱的9层实际分为三大部分，分别安置着上述三类罪行的人。上面几层为第一部分，收容第一类罪人，如：好色者，受疾风冰雹的袭击；饕餮者，陷泥淖臭雨之中；挥霍者，各负重物相向击打；易怒者，处黑水恶浪之中而彼此撕咬。中下几层为第二部分，收容第二类罪人：凡残暴凶狠者、杀人或自杀者以及不敬上帝者，或被烈火焚烧，或让热砂灼烫；更有各种社会恶徒如奸淫及谄谀者、卖官鬻爵者、挑拨离间者、贪官污吏、伪君子、窃贼等，受着种种可怖的惩罚。最底一圈可谓末部，收容第三类罪人。凡背信弃义、变节卖主之徒均在这里，他们被扔进湖水里并齐颈冻结在冰面上，受永劫不复之苦。

净界乃灵魂赎罪之所，生前罪孽较轻的灵魂在此修炼，等到断除孽根，便可超升到天堂，若修炼不好，则仍有可能被打入地狱。净界在南半球的海面上，像一座山，里面共有9层，除了第一层山门和最后一层“地上乐园”，主体部分为7层，每一层分别住着7种罪人，他们犯了骄、妒、怒、惰、贪、食、色等7宗罪。7种罪人依次分布在不同的级层，受着不同的惩罚，如：嫉妒者，双目被铁丝缝合，以闭塞嫉妒之目光；好色者，则赴汤蹈火，以戒除内心之淫念，等等。身处净界的人，已悔悟前非，有努力自新的愿望，因而都怀着忍耐的忧郁和愉悦的希冀，这与地狱晦暗暴厉、痛苦绝望形成对比。

手持《神曲》的但丁

游罢净界，在“地上乐园”维吉尔突然失踪了，而东方红光一闪，顿时，紫雾缤纷，祥云缭绕，天山的仙乐缥缥缈缈地传了过来。只见天使们簇拥着一位身穿猩红长袍、蒙着雪白轻纱、披着绿色披肩的仙女飘然而至，她就是但丁心目中的情人贝亚德丽齐。她从天国而至，为但丁引路去游历第三境界——天堂。

天堂有9重，依次为月球天、水星天、金星天、太阳天、火星天、木星天、恒星天、水晶天,分别住着正人君子、明君贤相、诸圣神哲等。总之,这是无忧之国,为幸福的精灵所永居;到处有仙乐萦绕,随处可见舞姿婆娑的仙女,华光四溢,气象万千。获圣母恩准之后,但丁得以目睹上帝容颜,窥视三位一体之神秘。不过,仅是一瞥,那景象旋即消失,诗与梦境也一齐结束了。

《神曲》通过纷繁而有条理的梦游,表达了深刻而严肃的思想。作者从一个诗人的角度,从对人类的巨大忧患意识出发,探索人的命运和前途以及意大利民族的出路。全诗仿佛一个寓言,试图向人们揭示:在黑暗、迷信和暴行还很猖獗的时代,个人和人类如何从舛错与迷惘的"牢狱"中经过苦难、追求和考验,找到或接近真理,臻于完美与至善。或者说,《神曲》力图向苦难的、常常是无所适从的人们揭示一条怎样从罪恶得到解救的历程。这个关于人类命运和前途的严肃思考是通过繁复的象征及隐喻表达出来的。

诗开篇的"黑暗的森林"象征人生的迷误。拦住诗人去路的一狮一豹一狼代表着野心、淫邪和贪欲,其中贪欲的狼是由"嫉妒"将它放出来的。在此,诗人以隐喻的方式告诉人们,野心、淫邪、贪欲、嫉妒这四种恶欲,是人类走向光明途中的障碍。这是但丁对当时佛罗伦萨、意大利乃至整个人类之处境的理解。诗人认为,意大利的战乱与灾祸,人类社会的种种磨难,归根结底是由于人自身这四种恶欲在作怪。可见,诗人的序曲开门见山地把作品放在超越个人、超越民族的高度,提出了关于人类的灾难与人类自身的关系,提出了人类如何改造自身以达到至善至美的境界的问题。

人类怎样才能走出迷津、摆脱困境呢?接着,诗人详尽地描写地狱之凶险、炼狱之艰难、天堂之完美,其用意是惩恶劝善,力图告诉人们:只有苦修苦练,弃却世俗行为和思想意识上的罪恶,才能达到至善至美,步入天国乐园的境界。以此为出发点,诗篇以深邃的诗意、丰富的联想,形象地阐明了在人类追求精神完美的过程中理性(人智)和信仰(爱)对拯救人类的作用。按照基督教的一般说法,人类要上天堂,唯一的桥梁是教会,教会是在人间代行上帝之职权的,他有权判决人间功罪,而且是唯一判决者。《神曲》则不然,引导但丁游历地狱、炼狱和天堂的分别是古罗马大诗人维吉尔和但丁挚爱的情人贝亚德丽齐。维吉尔代表理性(人智),贝亚德丽齐代表信仰(爱)。让维吉尔带领诗人游历地狱和炼狱,表现了作者对知识的崇拜,对基督教蒙昧主义的否定,更说明了理性、知识可以使人认识自己的罪孽,克制人的四大恶欲,努力悔过自新,通往天国乐园。这种思想既是对古希腊理性精神的继承,又是对它的发展。不过,理性和知识的力量是有限的,所以,维吉尔只能引导但丁游历地狱和炼狱,不能上天堂;想要达到天堂那至善至美的境界,还须借助信仰(爱)的引导。正如诗中维吉尔对但丁说:"理性在这点上见到的,我能够对你说,超过这一点那是信仰的事,还是等候贝亚德丽齐吧。"

让贝亚德丽齐带领诗人游历天堂,表现了作者对基督教信仰的崇尚,又隐含了对世俗情爱的褒扬。但丁对贝亚德丽齐的原初之爱是对人间女子的情爱,但是,在长诗中,这凡间女子已成为他精神上崇拜的偶像,世俗的情爱已升华为宗教式的精神之爱，即上帝之爱、圣母玛利亚之爱、人类之爱；另一方面，这种爱又未脱尽世俗情爱的成分。正是代表这种爱的贝亚德丽齐引导但丁接近了上帝。在此，人间的情爱被罩上了宗教的神圣光晕，而宗教式的圣母玛利亚那苍白的脸又因世俗性爱的渗入而呈现出生命的血色。正是在这样的描写中，古希腊人所追求的世俗情欲得到了升华，而基督教对人性的压抑却被人世间美丽的情爱所消弭。长诗关于贝亚德丽齐引导但丁游历天堂描写告诉人们，人有了这种上帝之爱的信仰，才能到达至善的境界。显然，诗中表达的但丁的“爱”与信仰，无疑带有浓厚的宗教虚幻色彩，但却不是纯然出世的。他对上帝没有像圣徒们那样归根于自我苦修以求得自我超度，他把这种对上帝的爱同佛罗伦萨、意大利乃至全人类的悲欢苦乐相融，从而成为一种超自我、超血缘、超宗族、超国界的博大之爱。它并不抽象，也不缥缈，因为它同当时火热的现实斗争紧密结合，也同个体生命的世俗欲求血脉相系。

总之，在但丁的观念里，只有信仰和爱才能导向光明之境，所以，贝亚德丽齐把他“从奴役状态引到了自由境界”，得以“认出了上帝的恩典和全能”。这里，作者肯定了宗教信仰和爱的力量，这种力量远超过人的理性的力量。

就总体而言，《神曲》体现的是中世纪基督教世界观，确如别林斯基所说，它是一部中世纪的史诗。然而，毋庸置疑，诗篇的主导精神却具有新时代的特征。这主要表现在诗人充分肯定知识、肯定人的智慧和理性力量上。《神曲》通过诗人游历三界过程的描写告诉人们：人类只有在拥有了理性和智慧的基础上，再接受信仰和爱的指导，才能沐浴天恩，达到至善至美的理想境界；而这个过程是人自身的事，是人的自我努力能够达到的。正是在这个意义上，《神曲》否定了人必须通过教会和教皇的桥梁才能通往天国的基督教观念，人的自我力量得到了充分的肯定。所以，《神曲》虽然在整体上以基督教世界观为框架，体现了浓厚的宗教意识，但这种宗教观显然已经世俗化，它融合了古希腊的世俗人本意识，带有新兴市民阶级之个性主义性质，体现出文艺复兴个性解放思想的萌芽，透射出了新世纪人文主义的曙光。总之，《神曲》是中世纪基督教文化和古希腊罗马文化的融合，是一部总结性和开拓性的作品，充分显示了从中世纪向近代文明过渡时期欧洲文学和文化的特征。

《神曲》的结构严整奇伟。就外在形态而言，全诗分“地狱”“净界”“天堂”三境界，这是宗教观念的体现。但丁把这既定的宗教观念艺术地化为审美的境界。关于“地狱”的描写细致而真实，是充满人世争斗的意大利社会的真实写照，其色彩黯淡而真实、氛围阴森而凝重。“净界”是理性的境界，笔调洗练、层次明晰、色彩静谧安然，体现了人类的反思精神与忏悔意识。“天堂”作为信仰的境界，非词语可言说，使人感受到的是无形的引力与强烈光芒；它犹如一个无垠的光与力的场，给人一种似有似无若隐若现的神秘感。三个境界由实而虚，依质量重轻层层垒叠，总体上给人一种引体向上、飘然若仙的升腾感。整部作品由此呈现出哥特式建筑的造型艺术美。

作者以恢宏的气魄，把宗教观念化为富有艺术魅力的审美境界，表明了他对传统的基督教文化精神的基本肯定与弘扬。就内在线索而言,诗人在维吉尔、贝亚德丽齐引导下游历三界,显示了人的精神与人格发展、升华的历程,展示了基督教文化背景中个人蒙恩、精神得救的新模式。由此,长诗在结构上的工整、匀称、严谨与体现着宗教含义的特定数字的框定有直接关系。全诗以“三”或“九”布局。如全诗分“地狱”“净界”“天堂”三个境界,有“三位一体”之意。每个境界分 9 层,“天堂”在第九层外再加上天府为 10 层,表示完美。全诗三大部分,每部分有 33 歌,共 99 歌,加上序曲为 100 歌,也表示完美。诗句的组合方式是:每三行为一节,三行的韵是连环体(ABA、BCB、DCD……)。总之,全诗的结构表达了基督教“三位一体”的神学思想。《神曲》为我们精心构造了一座诡谲奇伟、庄严肃穆的艺术宫殿,成了欧美文学中结构严整的典范。

《神曲》运用了梦幻象征的表现手法。作者充分运用了中世纪梦幻文学在形式上的独特性,在艺术构思方面基本上采用了象征隐喻的方法,使全诗从内容到细节都充满了五彩缤纷的寓意与象征。诗人游历三个境界,本身就是一个虚无缥缈的梦幻故事,喻指人类精神发展的历程,而且其中又有许多对现实生活的细致而真实的描绘,在虚幻的境界里隐喻了现实的人生。诗中的人与物也往往具有象征意义。维吉尔象征“人智”,贝亚德丽齐象征“信仰”,“黑暗的森林”象征迷惘的人生和佛罗伦萨的现实,“母狼”“狮子”“豹”象征贪婪、野心和淫欲。象征手法的广泛使用使《神曲》显得神秘而奇特。

《神曲》塑造了丰富多彩的人物形象。在这部虚幻的诗篇中,但丁能以简约明快的手法揭示人物的精神面貌,使形象清晰明朗,富有真实感。作为《神曲》的主人公,诗人自己的性格和精神面貌描绘得最为细致入微。维吉尔和贝亚德丽齐这两个向导虽然具有象征意义,但并没有概念化和抽象化,而是显示出了不同程度的鲜明性格。在各种不同的场合,维吉尔体现的是导师和父亲的面貌,贝亚德丽齐体现的是恋人与慈母的面貌。其他的一些人物也各有自己的性格特征,如贪婪并有野心的教皇、专横残暴的君主、刚强高傲的法利那太、温柔多情的弗兰采斯加等等。《神曲》是一座丰富多彩的人物画廊。

《神曲》不仅以民间诗歌的格律为基础,而且还率先运用意大利民族语言进行创作,无疑是对中世纪正统文学用拉丁文创作的一大突破。《神曲》虽然也有中世纪文学的那种抽象晦涩的语言现象,但又采用了意大利民族语言,因而不仅具有民族特色,而且更接近了现实生活,为民众所喜闻乐见。但丁开创了用意大利民族语言写作的先河,使文学摆脱了教会的束缚走向了近代。

《神曲》是欧洲近代文学的先声。

第三章

文艺复兴时期人文主义文学

第一节　概　　述

文艺复兴是14世纪至17世纪初在欧洲出现的以复兴古代文化为旗号的资产阶级反封建、反教会的思想文化解放运动。这在欧洲历史上是一个伟大的变革时期，对欧洲乃至人类社会历史的发展产生了重大而深远的影响。作为文艺复兴运动一个组成部分的人文主义文学是这一时期欧洲文坛上占主导地位的文艺思潮。

一、文艺复兴的产生及人文主义文学的特征

13世纪末14世纪初，欧洲的资本主义生产关系随着社会生产力的发展和科学技术的进步，逐步在封建社会内部萌芽。在文艺复兴运动的策源地意大利，因其得天独厚的地理位置，新兴资产阶级力量得到了迅速发展。早在10世纪末，意大利已成为一个富庶的商业共和国，到了14、15世纪，意大利的商人贵族不仅在欧洲工商业、银行业上居支配地位，而且在国内政治上也占据优势。与此同时，欧洲大陆的其他早期城市的工商业也不同程度地得到了发展。15世纪末，地理大发现和新航路的开通，世界市场的形成，进一步促进了资本主义生产关系的发展。于是，新兴的资产阶级不仅要求冲破封建的经济关系，而且要求有一种新的思想文化体系作为反封建、反教会的武器，从而使自身得到进一步的发展。资本主义生产关系的发展是欧洲文艺复兴运动产生的最根本的社会原因。

资本主义生产关系的发展和资产阶级的壮大使社会心理产生了变化。资本主义的原始积累是充满血污的。许多工商业者凭着自己的才智和冒险精神，一夜间摆脱贫困，成了富翁。他们安享富贵、骄奢淫逸，违背了基督教的禁欲主义生活准则。人们目睹着这些本应下地狱的贪婪欺诈之徒并未受到上帝应有的惩罚，也不由自主地萌生了冒险、进取、致富、享乐的欲望。在这种情况下，基督教把财富视为罪恶的观念开始在人们心里产生动摇，中世纪长期被压抑的世俗欲望与自由思想被激活了。这意味着原始欲望意义上的“人”的觉醒，“人”与“神”的关系发生了矛盾。这种社会心理随着资本主义的发展，在欧洲社会不断蔓延，成为文化价值体系转型、引发文艺复兴运动的又一社会原因。

特定的社会心理激发了人们崇尚古代文化的热情。古希腊罗马文化是一种现世主义文化,其文化内核是世俗人本意识,同中世纪基督教统治下晦暗、刻板的生活现实相比,古希腊罗马时代的生活无疑充满了生命活力,充满了自由与美。因此,13、14世纪以后,意大利的一些资产阶级学者就开始研究与学习希腊罗马的古典文化,一些著名大学开设了研究拉丁语的修辞学,研究古希腊哲学与天文学。意大利文艺复兴中最著名的文学家彼特拉克和薄伽丘在当时都不是以他们的诗歌或小说闻名,而是以精通拉丁语的古典文化而享誉全国的。公元1453年,东罗马帝国首都拜占庭被土耳其攻陷,那里的大批学者携带着古希腊文明流入西欧,逃到意大利讲学。在此前后,人们又于罗马城的废墟中发掘出许多古代雕像。古希腊罗马文化、艺术给中世纪后期的欧洲人打开了一个别开生面的世界。如果说工商业经济蓬勃发展条件下世俗化的现实生活使人的自我意识、原始欲望苏醒的话,那么,古希腊罗马文化则使人们重新发现了人自己。具有强烈人本意识的古希腊罗马文化投合了中世纪晚期欧洲人企求新文化的心理,这既刺激了人们研究古典文化的热情,也催化了文艺复兴运动。新兴的资产阶级在古典文化中找到了可以与封建神学相对抗的武器。他们打起"回到古希腊"的旗号,声称要使古代文化"复兴"和"再生","文艺复兴"就由此而得名。文艺复兴的实质是资产阶级打着古典文化的旗号,创建一种以人为本的新的思想文化体系,是借古典文化反封建、反教会,借亡灵以解放现实中的人。但不管怎么说,崇尚、研究古典文化是文艺复兴产生的文化动因。

自然科学的新发展也对文艺复兴运动的产生与发展起到了推波助澜的作用。哥伦布发现新大陆,哥白尼提出日心说,激发了人们对自然科学研究的热情,推动了各个科学技术领域的新进展。这些成就不仅给人们带来了财富,也大大拓展了人们的精神视野,改变了人们对人与世界的观念。他们既感受到了自然世界的无限广阔,也意识到了人自身能力的无限性。在经过了漫长的蒙昧主义时代后,人们似乎突然发现上帝就是人自己,随之产生了一种普遍的"巨人意识"。这种"巨人意识"使人们获得了人的尊严,焕发了开拓、探索、进取的精神,也造就了一大批文化巨人,出现了历史上的"巨人的时代"。

文艺复兴作为这个时期发生在欧洲的一种思想文化运动,由于它延续的时间很长,涉及了欧洲诸多国家,其名称和特点也略有不同,正如恩格斯所说:"我们德国人由于当时我们所遭遇的民族不幸而称之为宗教改革,法国人称之为文艺复兴。"①虽然"宗教改革"主要侧重于宗教和教会内部的改革,但其实质是宗教和教会的世俗化,也即人的精神世界的大解放。因此,为了论述的方便,我们所说的"文艺复兴运动"也包含了"宗教改革"的基本精神。

总之,"人"的苏醒、"人"的发现是文艺复兴运动最本质的特征,文艺复兴

---

① 《马克思恩格斯选集》第3卷,人民出版社1995年版,第389页。

运动中形成的新的思想体系称为“人文主义”,它是文艺复兴运动的指导思想,是新兴资产阶级反封建反教会的思想武器。人文主义的基本内容是:强调以人为本,反对神权、神性,宣扬人权、人性,对以“神”为中心的宗教思想进行大胆的冲击;抨击蒙昧主义,推崇理性知识,讴歌多才多艺、全面发展的“巨人”式人物;否定禁欲主义,追求现世享乐,蔑视天国幸福,赞美爱情是人类与生俱来的美好感情;批判封建割据,拥护中央集权,渴望结束宗教纷争、地方割据,建立统一强盛的民族国家。人文主义在本质上反映的是新兴资产阶级的思想感情和生活理想,它强调个性自由与解放,把追求个人的自由与发展放在首位,体现了个人主义的思想本质,但在当时的历史条件下却起到了冲击封建枷锁、解放人们的思想、推动历史前进的作用。

人文主义也是文艺复兴时期新兴资产阶级文学的指导思想,因而人们把这种新型的文学称为人文主义文学。当时,教会文学、以骑士为代表的封建主文学依然存在,民间文学与城市文学也在继续发展,然而,人文主义文学却以其磅礴的气势占据了文坛的主导地位,成为文艺复兴运动的一个重要组成部分。

人文主义文学具有强烈的人本意识,表现了自我意识觉醒后人的精神个体的无限多样性。文艺复兴中逐渐形成的新的文化价值体系,不断地冲击着中世纪貌似神圣的东西,展现在人们面前的是一个个性解放、思想活跃、精神自由、人的自然欲望宣泄妄为、进步与混乱并存的时代。这也正是当时的人文主义文学所屡屡描绘的生活图画。不少作家把人的自然本性作为抨击禁欲主义的武器,强调情欲的天然合理性,把纵情享乐也作为爱情来描写,因而,通奸、凶杀、猥亵也成为这些作家醉心描绘的题材。这类作品表现的是苏醒后的人的自由与狂欢。如薄伽丘的《十日谈》、乔叟的《坎特伯雷故事集》等。但也有另外一些作家寻找着灵与肉统一的生活准则,在作品中描写深层而纯洁的感情,努力把情欲置于理性的制约之下,展示一种优雅的骑士风度、圣母之爱和高贵的罗马精神。这类作品表现的是苏醒后的人的忧虑与困惑。如塞万提斯的《堂吉诃德》、莎士比亚的悲剧等。这两种不同精神品格的作品构成了人文主义文学在人的主题描写上的多面性、复杂性,也显示了其无穷的艺术魅力。人文主义文学既表现了以人为本的古希腊罗马文化对以神为本的基督教文化的冲击,又表现了两种不同质的文化在冲撞中的互补与融合。人文主义中人文精神的这种两重性是近代以来的欧洲文学的基本精神内核。

人文主义作家倡导艺术模仿自然,把文学作为反映自然的“镜子”,遵循的是写实主义创作方法。在人的觉醒的时代,作家们不再仰视至高无上的上帝,不再向往天国的虚幻境界,而是注视现实中活生生的人,追寻生活的奥秘和人的灵魂的真实,揭示那由无数血肉丰盈、情欲迸发、自由奔放的个体生命所编织成的丰富多彩、变幻莫测的现实人生。他们基本上摈弃了中世纪文学的梦幻式象征手法,把古希腊罗马文学中的写实传统发扬光大。即使有时也运用中世纪民间文学和骑士文学中浪漫的、幻想的艺术手法,但一般都剔除了原有的那些晦涩、神秘的成分。人文主义文学是欧洲早期的现实主义文学。

人文主义文学在继承古代和中世纪各种文学体裁样式的基础上有了更大的发展,这主要表现在诗歌、小说和戏剧的长足进步上。以抒发男女爱情为中心内容的十四行诗发端于文艺复兴时期,并盛极一时,影响深远。以薄伽丘的《十日谈》为代表的框架式短篇小说、以塞万提斯的《堂吉诃德》为代表的线状结构(或流浪汉式结构)的长篇小说分别为欧洲近代小说的结构形式开了先河。莎士比亚的戏剧使欧洲的戏剧创作达到了新的高峰。

此外,人文主义作家一般都采用本民族的语言进行创作,表现本民族人民的思想情感,既通俗易懂又生动活泼,充满生活气息,体现了浓郁的民族特色。

二、人文主义文学的发展概况

文艺复兴运动从 14 世纪初开始,持续到 17 世纪初才告结束。作为该时期主要文学思潮的人文主义文学,其发展可分为三个时期:14 世纪初至 15 世纪中叶为人文主义文学产生与发展的时期,主要成就在意大利和英国。此时的人文主义文学以肯定人的情感与欲望、追求个性解放、赞美人的自然本性为主要特征。15 世纪下半叶至 16 世纪上半叶,是人文主义文学发展的中期,主要成就在法国。此时的人文主义文学以表现人的自身力量,赞美人的理性和智慧为主要特征,塑造了一系列“巨人”式形象。16 世纪下半叶到 17 世纪初,是人文主义文学发展的晚期,主要成就在西班牙和英国 。此时的人文主义文学以表现人自身的矛盾,探讨灵与肉、理智与情感、自然律令与道德律令相统一为主要特征。

意大利是人文主义文学的发源地,人文主义思想在但丁的作品中就初露端倪。继之出现的是桂冠诗人彼特拉克和小说家薄伽丘。弗兰希斯科·彼特拉克(1304—1374)被誉为“第一个近代人”。他很早就热衷于研究古代典籍,提倡研究人文科学,与教会的神学相对抗。他在文学创作上的主要成就是诗歌。他敏感多愁的天性使其诗歌创作对人的情感作出了细致入微、优美飘逸的描绘。他的抒情诗曾产生过重大的影响。《歌集》是献给诗人心目中的情人劳拉的,类似于但丁的《新生》。但是,彼特拉克对劳拉之爱已揭去了但丁对贝亚德丽齐的那种神秘的、圣洁的面纱,是一种建立在人的自然本性基础上的美的追求,一种灵与肉统一的爱。它既有别于基督教的禁欲主义,有别于但丁式的爱,也有别于古希腊的肉欲享乐之爱。这是一种冲破了中世纪禁欲主义、追求世俗幸福的近代式的爱。《歌集》运用十四行诗体,且用意大利语来写,在继承普罗旺斯抒情诗和柔美新体诗的基础上,去其晦涩,贴近现实,善于用夸张的比喻表现处于单恋狂热中的男子的悲哀与绝望,感情描写细腻、真实,风格清新自然。《歌集》是中世纪以来第一部展现世俗生活的欢乐和痛苦、把爱情描绘成有血有肉的情感的佳作。在这部作品的影响下,抒情诗成为一种抒发个人感情体验的重要文学形式,而十四行诗也成为诗坛上一种重要的诗体。

乔万尼·薄伽丘(1313—1375)的创作将彼特拉克开创的意大利人文主义文学发展到一个新的高度。薄伽丘也是一个热心研究古代典籍的人文主义者,而且是第一个通晓希腊文的学者。他写过十四行诗、长篇小说、叙事诗、史诗等。他的代表作《十日谈》(1348—1353)用故事中套故事的方法,叙述了一百个短篇故事。作品中大量有关通奸、仇杀、抢劫的故事反映了文艺复兴早期传统道德信仰受到冲击时意大利的社会现实,但主要是批判教会腐败的。小说以尖锐泼辣的笔法描绘出了一幅圣徒不圣、修士不修、神父昏庸、教会腐臭的真实图画,甚至罗马教皇也受到了抨击。小说中还有许多爱情题材的故事,它们以人欲的天然合理性为武器,反对禁欲主义,反对封建偏见,凡是能给人带来快乐的爱欲都被看成合理的追求,而不是教会所说的罪恶。因此,在薄伽丘笔下,高尚的爱情和粗俗的情欲都被认为是人性的自然流露,因而都得到了肯定与提倡。这种情爱观显示了人的自我意识的觉醒,在当时构成了对禁欲主义的亵渎,是反抗教会的一种形式。但是,以人欲为武器反教会,势必走向纵欲主义、利己主义的低级庸俗的一端,把欺骗奸诈也作为智慧来肯定,这些都是小说思想内容上的局限性。《十日谈》在有趣故事的叙述中,真实地描绘了14世纪意大利的社会风俗。如果说彼特拉克《歌集》以其缠绵悱恻、温柔清新的风格表达当时人们情感自由、个性解放的欲望的话,那么,薄伽丘的《十日谈》则以嬉笑怒骂的方式,明快泼辣、轻捷有力地抨击了宗教禁欲主义,描绘出了文艺复兴早期意大利那自由与混乱并存、高雅与粗鄙同在的现实生活和人的精神状态。小说采用“框架结构”,把众多故事串联成一个有机整体,这种结构在以后的欧洲文学中得以继承与发展。《十日谈》不仅为意大利散文奠定了基础,而且开了欧洲近代短篇小说的先河。

薄伽丘

文艺复兴后期的意大利人文主义文学以阿里奥斯托(1474—1533)和塔索(1544—1595)为代表,前者以长篇传奇叙事诗《疯狂的奥尔兰多》(1516—1532)闻名,后者以长篇叙事诗《被解放的耶路撒冷》(1575)著称。

法国人文主义文学于15世纪末开始酝酿,16世纪迅速发展。随着自然科学成就的不断取得,文艺复兴运动也提到了新的高度,人们开始用科学知识的武器向封建和教会传统发起攻击,文学中出现了新人的理想、巨人的形象。这也正是法国文艺复兴和人文主义文学的特点。

《巨人传》插图

弗朗索瓦·拉伯雷(1495—1553)是法国具有民主倾向的人文主义者的代表,欧洲文艺复兴时期的重要作家之一。他是一位博学多才的文化巨人,他代表了文艺复兴时期法国文化的高峰。他对哲学、神学、医学、法学、音乐、地质学、天文学、植物学、建筑学、考古学和文学等都有较深入的研究,并精通医学,医术高超。他的文学代表作《巨人传》(1532—1564)是用13种语言写成的。渊博的知识使他形成了一种与宗教观念相悖的宇宙观。这种宇宙观不承认天下有绝对权威,只承认知识的权威;不为某些固定的教义所左右,而要求理性的裁决。拉伯雷怀着对科学与知识的坚定信念,傲视现实,顽强地与教会以及一切腐败愚昧的东西作斗争。

长篇小说《巨人传》共分5部,前两部写巨人国王卡冈都亚和他的巨人儿子庞大固埃的出生、教育、游学和他们的文治武功;后三部写庞大固埃和他的朋友巴汝奇探讨婚姻问题,以及他们为寻找"神瓶"而游历各地的见闻。小说看似荒诞离奇,却蕴含了严肃深邃的主题。首先,小说以夸张的手法对教会进行了批判,赞美了知识巨人的力量。小说中的三代巨人都是体形巨大、智慧过人、能力无比的。他们的能力与智慧不是与生俱来的,而是得益于人文主义的教育,源于科学和知识。例如卡冈都亚,学习经院哲学十余年,反而变得呆头呆脑,失魂落魄,而采用人文主义学习方法后,百艺精通,得到了全面发展,那些神学大师在他面前显得愚笨无知。他还把巴黎圣母院的大钟摘下来当作马铃铛。作者用夸张的手法讽刺了神父、教士的愚蠢和宗教教义的无用,说明全面发展、知识武装的人的威力远远大于神的力量。作者通过巨人的形象表达了借助科学知识站立起来的人的信心、力量与自豪感。如果说,薄伽丘对教会的嘲讽主要从道德的角度揭露僧侣们的道德败坏,因而这种嘲讽依然没有摆脱宗教道德的框架的话,那么,拉伯雷则从一个新的角度,即知识的角度,嘲讽了僧侣的愚昧无知,用科学知识抨击神学。其次,小说无情地批判了封建国家的黑暗与罪恶,并描绘了希望中的理想世界。小说对庞大固埃和巴汝奇寻找神瓶过程中的所见所闻的描写反映了现实社会中的各种罪恶。而在这些揭露性、批判性的描写中,小说始终以一个高于现实社会的理想社会作为参照的,那就是小说第一部国王为约翰修士修建的"德廉美修道院"。在那里,人们遵循着"随心所欲,各行其是"(又译"为所欲为")的准则,自由自在、无拘无束地生活着。那里只有一条禁令必须遵守:不许伪善者、讼棍、守财奴进入院内。这个乌托邦式的社会表达了资产阶级要求摆脱一切封建束缚获得发财致富的自由和婚恋自由的愿望,其进步性和个人主义的局限性都十分明显。《巨人传》继承了法国中世纪讽刺诗《列那狐传奇》等民间文学的夸张、幽默、讽刺的传统,以粗俗的形式,表达严肃、崇高的思想主题,具有寓崇高于粗鄙之中的审美品格。《巨人传》还开创了长篇小说的新形式。小说在结构上虽然显得拖沓、松散,但它是欧洲散文体长篇小说的开端,在文学史上有较大的影响。

以比埃尔·德·龙沙(1524—1558)为首的“七星诗社”是法国具有贵族倾向的人文主义作家。他们主张革新诗歌,创造出民族文学,但轻视民间语言和民间文学,艺术上追求典雅的风格。他们的成就主要表现在对民族语言的统一和民族诗歌的创建上。龙沙是法国近代第一位抒情诗人,他的主要成就是爱情诗,代表作是《给爱兰娜的十四行诗》(1574)。

米歇尔·德·蒙田

米歇尔·德·蒙田(1533—1592)是法国文艺复兴后期的人文主义作家,也是欧洲近代散文的创始人。他把读书的体会、旅游的见闻、日常生活的感想都记录下来,组成《随笔集》(1580—1595),共3卷107章。《随笔集》并不停留在前期人文主义文学高唱人的赞歌、颂扬“巨人”无穷力量的层面上,而是把视线转向了人自身的局限性,揭示人之于宇宙的渺小、信仰失落时的丑恶、人与人的陌生与孤独。作品中表现的怀疑论思想显示了文艺复兴后期思想家对人自身认识的深化。《随笔集》各章的篇幅长短不一,文章之间结构随意自然,内容广博多姿,是法国近代第一部散文集。蒙田是欧洲近代散文的创始人。

西班牙从15世纪末16世纪初结束了反摩尔人的斗争,国家走向统一,但强盛时间较短,16世纪中叶就开始衰落,所以,资本主义未得到充分发展。在这种条件下,西班牙的人文主义文学出现较晚,它的成就主要是小说与戏剧。

16世纪中叶,西班牙文坛上流行着一种独特的小说——流浪汉小说。它的主人公大多是无业游民,作品通常在描写他们不幸命运的同时,也写他们为生活所迫而进行的欺骗、偷窃和各种恶作剧,表现了他们的消极反抗情绪。在题材上,它与中世纪的民间文学有相似之处,以描写城市下层人民生活为中心,并且从城市下层人民的视角观察与分析社会。它往往采取第一人称,以自传的形式描写主人公的所见所闻,以人物流浪史的方式结构小说,用幽默的风格、简洁流畅的语言广泛反映当时人们的生活风貌。它较为重视人物性格的刻画,但主人公性格通常没有发展。流浪汉小说已初具近代小说的规模,它对近代欧洲小说的发展,特别对长篇小说的人物描写和结构模式,产生了积极而深远的影响。流浪汉小说的代表作是16世纪中期流传于西班牙的《小癞子》,其作者不详。

小说以第一人称叙述一个名叫拉撒路的穷孩子浪迹天涯的种种遭遇。他为了生存不断地去适应丑恶的环境,终于使自己从淳朴善良滑向狡诈无耻。作者对主人公的遭遇表示同情,对迫使主人公堕落的环境作了揭露与批判。小说以简洁、写实的笔法描写生活,以主人公游历为中心构建故事情节,表现出流浪汉小说的基本特征。

塞万提斯是西班牙人文主义文学的代表作家,也是欧洲文艺复兴时期的最重要作家之一。

文艺复兴时期西班牙的戏剧十分繁荣,出现了一大批优秀作品。洛卜·德·维伽(1562—1635)是西班牙民族戏剧的代表,被称为“西班牙戏剧之父”。据载 他创作的剧本多达1 800部,流传下来的有462种,分为25卷,按内容可分为袍剑剧、宗教剧、牧歌剧、历史剧等。他的戏剧一类以爱情和家庭生活为题材,一类是社会政治剧。他的剧本大致以爱国、护教、爱情和荣誉为主题,既表现了人文主义思想,又有较浓的宗教色彩。他的代表作是《羊泉村》(1619)。该剧描写了农民对领主的反抗斗争,揭露了封建主的暴虐,歌颂了农民为维护自由与权利所作的正义斗争,富有民主性与战斗性。维伽的戏剧自成一派,奠定了西班牙戏剧的基础,对17、18世纪的欧洲戏剧产生过重要影响。

英国的人文主义文学代表着欧洲人文主义文学的顶峰。它从14世纪开始产生,到17世纪初期达到高峰,出现了诗歌、散文、戏剧等多种文艺体裁的全面繁荣。

诗人杰佛利·乔叟(1340—1400)是英国最早出现的人文主义作家。他的创作深受但丁、彼特拉克、薄伽丘等意大利作家的影响,但又有自己的风格。他的作品主题、体裁、风格、笔调具有多样性,所展示的人对生活的追求也具有复杂性。他的爱情故事长诗《特罗勒斯与克丽西达》(1385)以希腊传说中特洛伊战争为背景,用闲逸的文笔展开描写,在许多诗节中心理内省和心理剖析占主导地位。作者对恋人们的同情,尤其是对克丽西达的同情贯穿全诗,表现了新兴市民阶级的爱情观和生活观。晚年所写的长诗《坎特伯雷故事集》(1387—1400)代表他的最高成就。长诗虽未完成,但已构成一个有机整体。诗中写30名朝圣者骑马从伦敦前往坎特伯雷城,朝拜殉教圣人托马斯·阿·贝克特的圣祠。在总序里,作者简明扼要地描写了代表不同社会阶层的香客们的特征,然后借他们之口讲述了24个故事,其间以短小的戏剧性场面相串联。长诗肯定了世俗爱情,反对禁欲主义,体现了人

杰佛利·乔叟

文主义者的反封建倾向,也流露出市民阶级对纵欲的欣赏以及宗教劝善的容忍处世思想。长诗采用了薄伽丘《十日谈》的框架式结构,故事与故事之间衔接自然,人物性格鲜明、突出,对话滑稽、有趣。乔叟的诗才在当时受到普遍推崇,对后世影响甚大。

16世纪初,随着资本主义的发展,"圈地运动"造成农民纷纷破产。目睹新旧交替时代的惨相,人文主义者托马斯·莫尔写下了近代空想社会主义小说的开山之作《乌托邦》(1516)。小说借一位回到英国的水手之口,揭露了英国资本原始积累时期的丑恶现象,指出"圈地运动"中"羊吃人"的血腥事实,也描绘了"乌托邦"这个没有人剥削人现象的理想社会。

16世纪后半叶的伊丽莎白时代,英国文学逐渐走向了繁荣。埃德曼·斯宾塞(1552—1599)被认为是伊丽莎白时代的重要诗人,长诗《仙后》是他的代表作,该诗塑造了有道德、有教养的理想人物亚瑟王和格罗丽娜的形象。它既有人文主义者对生活的热爱,也有柏拉图主义式的神秘思想,还带有清教徒的伦理宗教观念和强烈的爱国热情。长诗主要运用了中世纪寓言文学的手法,语言古典。在诗歌形式上,《仙后》首创了9行诗节,前8行诗各为五音步,最后一行为六音步,押韵方式为ababbcbcc。这种格律诗在当时是一种革新,被称为"斯宾塞体"。弗兰西斯·培根(1516—1626)是散文家、哲学家和实验科学家,他的《随笔集》是继蒙田之后欧洲文坛上又一部散文杰作,论及的话题还包括哲学、宗教、政治乃至处世、修身、养性之类,简洁凝练,言之有物。培根被公认为英国随笔式散文或议论文体的创始人。

英国人文主义文学成就最高的是戏剧,它在16世纪80年代进入全盛时期,此时,英国伦敦出现了许多剧院,还涌现了大批卓有成就的剧作家。他们大多受过大学教育,接受了人文主义思想的熏陶,具有较丰富的古典文化修养,被称为"大学才子派"。他们在继承传统的基础上将英国戏剧提高到伟大艺术的高度,为莎士比亚的成就作了准备。他们主要有约翰·李利(1554—1600)、罗伯特·格林(1558—1582)、托马斯·基德(1558—1594)和克里斯托弗·马洛(1564—1593)。其中以马洛的成就最大,他是莎士比亚之前英国戏剧界最重要的人物,也是英国文艺复兴戏剧的真正创始人。他的著名作品是三部悲剧《帖木儿》(1587)、《马耳他岛的犹太人》(1590)和《浮士德博士的悲剧》(1592)。《浮士德博士的悲剧》是采用德国民间故事中关

克里斯托弗·马洛

于魔术师浮士德把灵魂交给魔鬼的传说写成的,塑造了知识巨人浮士德博士的形象,肯定了知识可以征服自然、实现社会理想的伟大力量。莎士比亚在“大学才子派”所取得的戏剧成就的基础上,把英国和欧洲文艺复兴时期的戏剧推向了高峰,成了欧洲人文主义文学最伟大的代表。与莎士比亚同时代的另一位重要戏剧家是本·琼森(1572—1637),他的成就主要是喜剧。他的《炼金术》(1610)和《巴托罗缪市集》(1614)等社会讽刺喜剧,抨击贪婪、欺诈和拜金主义。

第二节　塞万提斯

米盖尔·德·塞万提斯·萨阿维德拉(1547—1616)是文艺复兴时期西班牙杰出的人文主义作家,也是西方文学史上最重要的小说家之一。

一、生平与创作

1547年,塞万提斯生于西班牙马德里边上的阿尔卡拉·台·艾那瑞斯城。塞万提斯一生的遭遇十分坎坷。他的祖父是没落贵族,父亲是个不得志的外科医生。小时候,他曾跟着出门行医的父亲来往于西班牙的一些大城市。因家庭贫困,他只上过中学。但他自幼勤奋好学,读过大量拉丁文经典名著。1569年,他以红衣主教随从的身份到了意大利,游历了威尼斯、那不勒斯、米兰等文化名城,接触了那里辉煌灿烂的古典文化,并接受了人文主义思想的影响。同年,他在意大利参了军。1571年10月,西班牙与土耳其战争爆发,塞万提斯参与了著名的勒邦德海上大战,表现得异常勇敢,三次受伤,左手被截致残。在战后归国途中,塞万提斯又被土耳其海盗抓走,做了5年苦役。在此期间,他曾4次组织逃跑,都未成功。在那里,他经受了重重磨难,但他从不屈服,后来由亲属和同乡人用钱赎回。回国后的塞万提斯似乎已被人遗忘。为了谋生,他求得了军需员和收税员的差使。在贫寒的处境中他开始了文学创作。以后,塞万提斯还多次蒙冤入狱。晚年的塞万提斯贫穷潦倒,但始终坚持文学创作。1616年4月23日,塞万提斯在马德里病逝。

塞万提斯一生的创作涉及诗歌、戏剧和小说等多种体裁,但主要成就在小说。他的主要著作有:悲剧《奴曼西亚》(1584)、长篇小说《堂吉诃德》(1605、1615)、短篇小说集《惩恶扬善故事集》(1613)。

《奴曼西亚》取材于西班牙人民反抗罗马侵略的历史故事。强大的罗马军队包围了西班牙的小城奴曼西亚,当地的军民顽强抵抗,在寡不敌众的最后关头,纷纷自杀。仅存的青年巴里亚托拒不交出城门的钥匙,从高塔上跳下,壮烈牺牲。全剧充满了悲壮的气氛和崇高的格调,热情歌颂了西班牙人民的爱国主义精神。

《惩恶扬善故事集》是仅次于《堂吉诃德》的重要作品,是西方文学史上继薄伽丘的《十日谈》之后最有影响的短篇小说集,有评论称塞万提斯为“西班牙的薄伽丘”。不过,这部小说集实际上是西班牙文学史上第一部完全摆脱意大利文学痕迹的具有独创性的短篇小说杰作。该集子共有12篇短篇故事,其中,一类是浪漫主义风格的作品,一类是现实主义风格的作品。前一类共7篇,大多写才子佳人、达官贵人们的恋爱题材,故事生动,内容典雅可读性强。后一类作品共5篇,大多以日常现实生活为题材,含义深刻,具有讽刺性。该集子中比较重要的作品有:《林高奈特与戈尔达迪略》《玻璃硕士》《吉卜赛姑娘》《两犬对话》等。

塞万提斯

塞万提斯是文艺复兴后期的重要作家。此时的欧洲,基督教的传统伦理观念和文化价值观念受到了现实欲望的冲击之后,“个性自由与解放又在相当大的范围与程度上导致了纵欲主义和享乐主义”①。正如布克哈特指出的那样,古希腊罗马的个性主义,“对于人文主义者来说,它可能是正确的,特别是牵涉到他们生活的放纵方面。对于其余的人来说,它或者可以说有些接近于正确,那就是在他们熟悉了古代文化之后,他们以对历史上伟大人物的崇拜代替了圣洁——基督教的生活理想。所以我们能够理解:这很容易诱使他们把那些过错和恶行看作是无足轻重的事情,他们的英雄尽管有这样那样的过错和恶行但仍是伟大的。”②人们普遍以古代的英雄们为榜样,以希腊式的个性自由为生活准则,在反宗教禁欲主义的同时,也走向了道德上的混乱状态。因此,这既是充满激情与创造力的时代,也是一个欲望膨胀、充满贪婪、滋生邪恶的时代;既是人文主义对阵基督教传统文化高奏凯歌的时代,又是一个旧信仰解体、新信仰脆弱的道德失范的时代。塞万提斯的头脑更清醒、冷静,他不再一味地信奉早期人文主义的准则,并对基督教文化作了重新的认识。塞万提斯正是在这种情况下,通过自己的文学创作,追怀失落的信仰,表达新的人文主义理想。他的创作在接纳了古希腊罗马世俗人本意识的

① John P. Mckay, Bennett D. Hill, John Buckler: *A History of Western Society*, Volume I, Boston, 1987, p. 490.

② 〔瑞士〕雅克布·布克哈特:《意大利文艺复兴时期的文化》,何新译,商务印书馆1981年版,第423页。

同时,更多地又融入了希伯来-基督教的宗教人本意识,从而表现了对文艺复兴人文主义的发展①。

二、《堂吉诃德》

《堂吉诃德》的全名为《奇情异想的绅士堂吉诃德·德·拉曼却》。它既有传奇色彩,又有强烈的现实主义精神。在作品的前言中,作者声明道:他写这作品是为了“攻击骑士小说”,宗旨是要“把骑士小说的那一套扫除干净”,因为在西班牙,骑士小说在很长时期内占据了文坛的统治地位。这种骑士小说以虚构的情节、幻想的冒险故事取悦读者,歌颂骑士精神,美化骑士制度,是一种封建性文学。当时西班牙的统治者有意用骑士的荣誉感来煽动贵族去建立世界霸权,以骑士的忠君、护教、行侠等伦理观念笼络人心,因而,骑士文学正好适合了统治者的这种需要。在官方政府的倡导下,当时的西班牙看骑士小说十分风行,这严重束缚了人们的思想。针对这一时弊,塞万提斯采用以子之矛攻子之盾的方法,仿效骑士小说的形式创作出《堂吉诃德》,用堂吉诃德这样一个荒唐可笑的骑士形象,对当时流行的骑士小说和过时了的骑士制度作了尖锐的嘲讽。

1605年《堂吉诃德》第一部出版后,几个星期之内就销售一空。后来又印了16版,可谓是盛况空前。一时间,《堂吉诃德》成了西班牙家喻户晓的作品,人们很快将注意力从骑士文学上转了过来,骑士小说渐渐失去了读者。作者的创作意图达到了,不过作品的意义还远远超出作者预定的目的,进而成了世界名著。

全书的故事由堂吉诃德的三次冒险游侠构成。主人公堂吉诃德是西班牙拉曼却这个地方的一个穷绅士,时年50来岁,他的全名为:堂吉诃德·德·拉曼却。小说通过堂吉诃德曲折离奇的漫游,真实、全面地展示了16世纪末17世纪初西班牙的社会现实,生动地描绘了各种行业的人的生活境遇,有力地批判了衰腐了的骑士制度,深刻揭示了西班牙王国日益衰落的趋势,表达了反对封建专制、向往自由幸福生活的人文主义思想。小说中描写的那个现实世界与当时文艺复兴后期西班牙社会现实在本质上是对位同构的,因为作者正是以小说中描述的现实来暗喻西班牙社会现实的,由此也就使小说拥有了我们通常所说的现实主义因素。

小说塑造了堂吉诃德这一不朽的文学形象。批评家们把堂吉诃德同哈姆莱特、浮士德并称为西欧文学史上三个杰出的典型。

堂吉诃德是一个复杂而矛盾的人文主义者形象,这种矛盾表现在他性格的喜剧性和悲剧性上。

---

① 蒋承勇:《西方文学“人”的母题研究》,人民文学出版社2005年版,第135—142页。

先看喜剧性。“喜剧性”的美学内涵是:内在的不完美而又妄自标榜为完美。用别林斯基的话讲就是:生活的现象和生活的实质发生矛盾。或者也可以说,思想行为不合乎现实的生活,陈旧的不合理的东西硬要冒充新的合理的东西,这就有喜剧性。堂吉诃德正是这样的人。他是一个丧失了现实感受能力的人。他不知当时的社会,资本主义已经兴起,封建社会已经衰落,过去的骑士制度和骑士道德在新的时代已经变为陈腐的东西,这些东西应该喜剧性地离开历史舞台。但是他反把这种制度奉若神明,狂热地崇拜它、赞美它,拼命地去实践它、恢复它。他曾不厌其烦地向人们宣传,“不恢复骑士道的盛世是个大错”,“骑士在这个时代比什么都要紧,应该永远传下去”。他的这种观念已十分背时,于是,他的行为就闹出了一幕幕的喜剧,成了一个既荒唐又愚蠢的人。他像疯子一样地狂,像傻子一样地蠢。如他想当骑士,请店主人封爵位。把客店当堡垒,将风车当成巨人,把羊群当军队,把酒袋当敌人脑袋砍杀。自己明明是瘦骨嶙峋的老头,他骑的马也明明是劣马,时常把他摔下来,他却把自己当作威武的骑士,把劣马当作千里驹。他的这种喜剧性的性格和社会现实发生冲突,其行为就成了喜剧。这是一种讽刺喜剧,它告诉我们,在封建社会的末期,骑士制度已经腐朽;腐朽了的东西就应该退出历史舞台。这无疑表现了作者对当时西班牙统治者赞美骑士制度、宣扬骑士道精神的一种抨击。

《堂吉诃德》插图:堂吉诃德大战风车

再看悲剧性。关于悲剧,按鲁迅先生的说法是,把人生有价值的东西毁灭给人看。马克思则认为,历史的必然要求和这个要求实际上不可能实现之间的矛盾就构成了悲剧的冲突。我们应该注意,堂吉诃德企图恢复骑士制度的目的,与当时西班牙统治者想恢复骑士制度的目的是有着本质的不同的。统治者是出于自己的利益和要求,维护行将崩溃的封建统治,这是对历史的反动。堂吉诃德是想借骑士制度、骑士道来扫尽人间的不平。从这个角度看,他是一个理想主义者,其理想的基础是人道主义,在当时也就是人文主义。他的动机和愿望有善良、积极的一面,他的错在于方法。他的思想是正义的,而方法却是陈旧的。这就是他悲剧性格的关键所在。具体讲,他向往人文主义“黄金时代”,也即古希腊时代。他反对压迫,热爱自由,他就是为了给人以自由才去解救苦役犯，因为"人是天生自由的，把自由的人当作奴隶未免残酷"。他不愿做公爵的"座上客"(当然实际上是被捉弄的)是因为那将失去自由。离开公爵府后来到了广阔的田野，他对桑丘说："桑丘啊，自由是天赐的无价之宝，地下和海底埋藏的财富都比不上。自由和体面一样，都得拿性命去拼，不得自由而受奴役是人生最苦的事。"

他把"除暴安良""扶弱济贫"作为自己的崇高义务和目标，他曾不断慨叹："世道人心一年不如一年了，建立骑士道就是为了扶助寡妇、救济孤儿和穷人……老天爷特意叫我到这个世界上来，实施我信奉的骑士道，履行我扶弱锄强的誓愿。"为了他自己的崇高理想，堂吉诃德含辛茹苦，在所不辞，屡遭挫折，几度险送性命，却百折不回，一往无前。这种精神是何等的高尚，难怪桑丘那样佩服他，并不辞劳苦死命地效忠于他。

尽管堂吉诃德的愿望是美好的，理想也是崇高的，但他想借助骑士制度、骑士道精神来实现，就构成了"历史发展的必然要求和这个要求实际上不可能实现之间的矛盾"，这种结局是悲剧性的。因此，堂吉诃德把自己的愿望付之于实际行动时，总是屡遭失败，好心办坏事。如他救了被主人绑打的牧童，他走了后，牧童反遭更重的毒打，因而牧童第二次碰到他时，便不客气地骂他"但愿上帝加祸给你老人家，以及所有天下游侠的骑士"。堂吉诃德释放了苦役犯，反挨了苦役犯的乱石头击打。还有，他冲散送葬的行列，说是要为死者报仇，结果把一个无辜教士的腿给打折了，那教士向他诉苦说："我原先好好的一个人给您弄成跛子，一辈子也站不平了，您为人除害，却害苦了我，叫我终身受害。"这些与其说是喜剧，不如说是悲剧。

总之，堂吉诃德整个游侠经历是一个大喜剧，又是一个大悲剧。堂吉诃德性格中喜剧性的一面，表现了他身上那来自骑士小说的骑士精神和要求恢复骑士制度的思想的落后与陈腐，这是作为骑士的堂吉诃德。他性格中悲剧性的一面则表现了他人文主义思想的进步性，这是人文主义者的堂吉诃德。所以，喜剧性的和悲剧性的矛盾统一，不仅造成了这个人物性格的复杂性，也反映了这个人物思想上的复杂性，因而，堂吉诃德不仅是可笑的，而且是值得同情和敬佩的。在他身上，很少有前期人文主义作家那种放纵原欲、个体本位的世俗人本传统，更多的是仁慈、博爱的宗教人本传统。他是一个具有基督式博爱精神的人文主义者。

堂吉诃德性格中的矛盾实际上反映了作者自身世界观中的矛盾，也反映了西班牙人文主义者共同的弱点。他们有崇高理想、主张正义、追求自由，也看到了现实的黑暗，但是当他们去实现理想、反抗邪恶时，却采取了不正确的途径与方法：恢复骑士制度。塞万提斯看到了骑士制度已经一去不复返了，因此对企图复活的骑士制度的思想和行为予以讽刺。不过他也把骑士精神理想化了。作者既赋予堂吉诃德以骑士精神，又赋予了他人文主义思想，并把改造社会的理想寄托在他的身上。这反映了人文主义者共同的思想矛盾,这个矛盾又是当时西班牙社会矛盾的表现。

作品中另一重要人物是桑丘,他是16世纪西班牙农民的典型形象。他与堂吉诃德既矛盾对立又相互映衬。

作为堂吉诃德的对立面,桑丘在本质上代表了与堂吉诃德相对的那个现实社会,因此,在总体上,他站在现实这一边,从讽刺的视角对堂吉诃德的"荒唐"行为投以嘲笑的态度。这就形成了他们两人之间一幻一真、一虚一实、一愚一智、一热一冷、一个理想主义一个现实主义的对立关系。从"滑稽模仿"的角度看,通过桑丘的头脑清醒与理智去夸大堂吉诃德头脑的糊涂性与行为的荒唐性,使"滑稽模仿"意图指导下的骑士文体的故事叙事得以层层推进与展开,同时又与原本的骑士小说拉开了距离。堂吉诃德把风车当巨人时,桑丘明明劝他说,这不是巨人而是风车,他却不信;桑丘明明说前面来的是羊群,不是军队,堂吉诃德硬是把羊群当作军队,在那里乱冲乱杀,如此等等。在这种情形下,桑丘对堂吉诃德的荒唐无疑与他周围现实中的人一样,是投之以嘲弄的眼光的。有这位"智者"从中点拨,也使读者对堂吉诃德的荒唐性愈加心领神会,小说的讽刺性与喜剧性效果也因此增强。

桑丘对堂吉诃德的讽刺与否定,是因为后者是一个追怀过去又憧憬彼岸的理想主义、信仰主义者,而桑丘则是一个执着于现实利益、追求世俗享乐的现实主义和功利主义者。他跟随堂吉诃德出游,不是想锄强扶弱、伸张正义、"恢复骑士道盛世",而是想当个"总督"之类,能谋个一官半职。与其说桑丘的形象代表了农民和私有者,不如说通过他表达了文艺复兴个性解放影响下产生的一种新的人生观、伦理观,表现了与基督教禁欲原则相左的生活态度。显然,桑丘形象与堂吉诃德在人文取向上有迥然之异,这也就是他对堂吉诃德取讽刺视角的人文根据。

塞万提斯对文艺复兴后期的欧洲和西班牙普遍的道德危机与社会矛盾有自己清醒的认识。在物质欲望刺激下,个性解放所致的道德失范和享乐主义无疑是文艺复兴前期以原欲为核心的人文主义生活原则在现实中的一种极端化表现。中世纪教会的禁欲主义无疑应当解除,但个性主义的膨胀显然不符合人的理性本质。塞万提斯不像前期人文主义作家那样乐观浪漫又激情澎湃,而是在冷静的沉思中重构着人文主义的思想内涵。他通过堂吉诃德这个以宗教人本主义为本质特征的形象,对桑丘及其所代表的现实世界,对放纵原欲、个性膨胀的人文理想和社会现实状况作了善意的温和的批评,也给予了一定的肯定。这种肯定主要通过桑丘形象的塑造表现出来。作者对堂吉诃德和桑丘都执肯定性态度,但肯定的重心在堂吉诃德一边。而这两个人物的结合才全面地表达出了塞万提斯的人文主义思想。

在艺术上,《堂吉诃德》批判地继承了西班牙骑士小说和流浪汉小说的传统,开创了欧洲近代现实主义小说的先河,它代表着欧洲文艺复兴时期小说的最高成就。

第一,在结构上具有流浪汉小说的特点。《堂吉诃德》吸取流浪汉小说的长处,采用主人公游历为线索,以大故事串小故事的结构方式使情节曲折动人。堂吉诃德和桑丘·潘是中心人物,他俩的游侠生活是中心情节。由于堂吉诃德的奇特性格,随着中心情节的展开,又出现了许多大大小小的荒诞故事。作品中写他们的三次游侠经历,每次冒险都有新的内容,这样安排有两个明显的好处。第一,线索单纯但故事不断、妙趣横生,无单调乏味之感,因此,能始终抓住读者的心,使之不忍释卷。第二,能反映出广阔的社会生活面,可以将社会各个阶层形形色色的人都搜罗在笔下。作品中出现了700多个人物,有农民、医生、流浪汉、牧羊人、理发师、马夫、妓女、江湖美人,也有公爵、知识分子等等,几乎无所不包,无奇不有。作者描写了当时西班牙社会的巨幅画卷,表现了深刻、丰富的社会内容。

当然,作品也有不足之处,如有时情节联系性差,结构上不够严密,细节之间略有矛盾。这些在当时来说还难以避免。

第二,讽刺与幽默风格。作者用漫画式的夸张来描写人物作品的许多故事,令人捧腹大笑,有讽刺意味。塞万提斯的讽刺艺术不同于意大利作家薄伽丘那种揭去画皮、撕破伪装的辛辣手法,也不同于法国作家拉伯雷那样不顾情面的嬉笑怒骂、尖刻泼辣的粗犷风格。因为,对于被讽刺者,塞万提斯并非像前两者那样基本上执否定态度,而是带有“怒其不争”的责备。讽刺中有同情,因而这种讽刺在很大程度上是善意的、委婉的,从效果上讲,不至于使人产生恶感,而是投之以同情和叹息。这就在审美效果上产生了悲剧性和喜剧性相融合的效果。因而,当我们对堂吉诃德先生的荒唐行为付之一笑之后,又会对作者所批判的内容加以深思,对堂吉诃德善良的动机和行为投之以深深的同情与惋惜。

第三,用对比法刻画人物性格,堂吉诃德和桑丘·潘沙相辅相成,互为烘托。在肖像描写上,堂吉诃德瘦且长,桑丘则矮且胖;一个骑瘦马,一个骑小骡;一个持长矛,一个扬短矛;一主一仆,一前一后。这是外在形象上的鲜明对比,喜剧色彩极浓。在思维方式上,他俩又截然不同。同是风车,一个认为是巨人,一个认为“要不是自己的脑袋里放着风车,这是谁都不会看错的”。一个糊涂,一个清醒。在思想观念上,一个既有骑士精神,又有人文主义的崇高思想,目标远大,另一个则小农思想严重,贪图实利,眼光短浅。通过这种对比手法的运用,这两个人物显得个性鲜明,生动活泼,栩栩如生。

用对比法塑造人物是《堂吉诃德》的突出之处,在此之前没有人用得这样自觉自如。这种手法的好处就是在对比中显示各人物的个性特征,使之鲜明突出。正因为塞万提斯运用了这一手法,在刻画人物性格上获得了极大的成功,使这两个人物成了文学史上不朽的典型。

第四,在语言上,作者大量运用西班牙民间语言,摒弃了以往文学语言的贵族色彩。作者运用了许多生动活泼的民间语言,使小说带上了浓郁的口头文学色彩。这一点从桑丘这个人物的语言上就可以看出。这个形象本身来自民间,他的话语中有许多民间的谚语、格言,常常是他一开口,就妙语连珠,这对表现人物性格起到了很大的作用。

第三节 莎士比亚

威廉·莎士比亚(1564—1616)是欧洲文艺复兴时期最重要的作家,他在欧洲文学史上占有特殊的地位,被认为是古往今来少数最杰出的作家之一。与莎士比亚同时代的剧作家本·琼森说“他不属于一个时代,而属于所有的世纪”①。

一、生平与创作

1564年4月23日,莎士比亚出生于英国中部艾汶河上斯特拉福镇一个富商家庭。少年时代,莎士比亚曾在当地的“文法学校”学习过古典文学、修辞学、拉丁语和法语等。以后,由于家道中落,他中途辍学,走上了独立谋生的道路。1582年,18岁的莎士比亚娶了比他大8岁的安妮·赫索威。3年后,莎士比亚只身离开家乡来到伦敦。他先是在剧院门口给人看管马匹,在剧场里当清洁工,随后在剧院担任临时演员。1590年,莎士比亚开始戏剧创作,并与当时的“大学才子派”剧作家有交往。他的戏剧才华很快就显露了出来,所编写的剧本不断获得成功。以后,他还成了伦敦环球剧场的股东之一。从1597年起,他的剧本开始出版,并十分走俏。从此,莎士比亚成了著名的戏剧家。大约至1612年,莎士比亚完成了39个剧本、两首长诗和154首十四行诗的写作,遂离开伦敦,回到故乡斯特拉福。1616年4月23日莎士比亚去世,享年52岁。

莎士比亚的创作道路大致可分为三个阶段。

第一阶段(1590—1600)为历史剧、喜剧和诗歌创作时期。青年时期的莎士比亚怀抱着人文主义的理想,对社会、人生以及人类前景的态度是乐观的,因此,这时创作的基调也是浪漫、激越、明朗的。莎士比亚一生写过10部历史剧,其中9部是在这一时期完成的。他的历史剧大多取材于《英格兰、苏格兰和爱尔兰编年史》,反映英国自13至16世纪300多年的封建统治阶级争权夺利的历史,表达了反对封建割据、拥护中央集权的人文主义政治理想。在艺术风格

① 杨周翰编选:《莎士比亚评论汇编》(上),中国社会科学出版社1981年版,第13页。

威廉·莎士比亚

上,悲剧性与喜剧性是互相混合的。

《理查三世》(1592)是莎士比亚早期历史剧中的一部重要作品。该剧从发掘灵魂的丑恶入手,塑造了阴险狡诈、凶狠毒辣的暴君理查三世的形象。显然,莎士比亚认为理查三世这样的君王是违背人文主义原则的,因此,全剧表达了对专制暴君的谴责与否定,对仁慈、开明的理想君主的呼唤。《亨利四世》(上、下,1596—1597)是莎士比亚历史剧的代表作。剧中的亨利四世是一位有才干的君王,却不是完美、理想的君王。在莎士比亚的心目中,完美、理想的君王是亨利五世。虽然亨利五世在做太子时不务正业,常常在市井与没落贵族福斯塔夫以及一些流氓无赖鬼混,但在内战爆发后他却能勇敢地奔赴战场,为平定叛乱立下汗马功劳。即位以后,他能秉公办事,不徇私情,处处以国家民族利益为重。在《亨利五世》(1598—1599)中,作者进一步写亨利五世团结民众,外御强邻,内止纷争,把国家引上和平统一的正道。在他身上,集中体现了人文主义者关于开明君王的政治理想。亨利五世不像他的父亲亨利四世那样靠不正当的手段夺得王位,而是通过合法的继承权登上国王的宝座。这里,莎士比亚首先在道义上确立了亨利五世的王权的合法性,也确立了作为国王的他在道德上的合法性。他的治国才能比他父亲更卓著,在道德上更是远在他父亲之上。他虔信上帝,胸襟开阔,宽厚待人,从不居功自傲,处事公正严明。所以,上至王公,下至庶民,都对他奉若天人,敬若神明。莎士比亚对亨利五世道德上的描写显然是理想化的。在强权相争、贪欲攻心的社会中,仅有道德的感召力往往是无济于事的,而莎士比亚却说:“在‘仁厚’和‘残暴’争夺王权时,总是那和颜悦色的‘仁厚’最后把它赢到手。”(第三幕第六场)这实在是一种道德说教与安慰。不过,也正由此,我们可以看出,莎士比亚看到并否定了权力诱发的贪欲及由贪欲导致的争斗。他认为,抑制贪欲和战胜邪恶主要仰仗仁慈宽厚的美德。莎士比亚希望人间的君王有上帝与耶稣的秉性,亨利四世与亨利五世的根本区别就在于前者不具有这种秉性,而后者具有。在他看来,理想的君王应是人间的上帝。这与其说表达了莎士比亚的政治理想,不如说表达了他关于“人”的理想。

可见,莎士比亚的历史剧能够把庄重典雅的宫廷生活和金戈铁马的战争场面、五光十色的市民生活融为一体,场景广阔,色彩纷呈,具有史诗般宏伟的构思。尤其值得注意的是,他的历史剧在肯定人的现实欲望的合理性、肯定人自身力量与价值的同时,又让基督之爱和宗教理性的灵光净化世态人心,遏制权力诱发出来的人性中的贪婪与邪恶。

莎士比亚的诗歌和喜剧主要表现友谊与爱情的主题,洋溢着青春与生命的气息,充满反封建反禁欲主义的色彩,表达了一种近代式的爱情观念:把男女之爱作为美的情感加以描写,把中世纪宗教伦理观念禁锢下的性爱上升为审美对象。莎士比亚通过诗歌和喜剧塑造了一系列具有温柔、美丽、机智、热情、高雅等不同性格的妇女形象。

长诗《维纳斯与阿都尼斯》(1593)描写了爱神维纳斯追求美貌猎手阿都尼斯的故事,表现了爱与美相统一的主题,显示了女性之爱的不可抗拒,但又不显得粗俗和过于外露。另一首长诗《鲁克丽丝受辱记》(1594) 描写了热烈的爱,也歌颂了妇女的忠贞,热情与节制得到了统一。莎士比亚的十四行诗歌颂友谊与爱情,且往往让爱情与友谊之花开放于人与人之间的和谐关系的土壤之中,尽显其美丽高洁。爱情与友谊相伴,本身说明了自然爱欲在崇高情感支撑下成为美丽的情感,其中闪现了理智和仁慈的光辉,透射出自然人性的美。这个世界中的人,固然冲破了社会的禁欲主义,但古希腊式的爱欲冲动与个性自由和基督教式的宽厚与博爱是交相辉映、水乳交融的。莎翁的十四行诗在结构与韵律方面继承与发展了意大利十四行诗的传统,并为这一诗体形式的革新做出了贡献。

这一时期莎士比亚完成了 10 部喜剧。他的喜剧是一种抒情性的浪漫剧,宣扬人文主义的生活理想。《仲夏夜之梦》(1595)是莎士比亚喜剧创作走向成熟的标志,该剧肯定了爱的力量,把神话世界与现实矛盾相结合,具有强烈的幻想性和抒情性。《威尼斯商人》(1596)是莎士比亚喜剧的代表作。全剧主要通过威尼斯商人安东尼奥与高利贷者夏洛克之间为一磅肉而展开的矛盾冲突,表现了正义、仁慈、慷慨、无私对贪婪、残暴、自私、狠毒展开斗争并取得胜利的喜剧性情节,它歌颂了青年男女之间深厚的友谊、真挚的爱情和以仁爱为本的人道精神,抨击了高利贷者的冷酷、自私与贪婪。《威尼斯商人》以“一磅肉”的故事为主线,以“三个匣子”的故事和夏洛克女儿的故事为副线,三条线索在“法庭”一场戏中会合,把剧情推向高潮。在整个剧本中,“法庭”一场戏的戏剧冲突较为完整,有相对的独立性,其特点是:巧设悬念,层层展开;先抑后扬,先悲后喜。整场戏写得波澜起伏,扣人心弦,峰回路转,多姿多彩。这是莎士比亚戏剧情节生动性、丰富性的最好例证之一。这一时期另外的喜剧《无事生非》(1598)、《皆大欢喜》(1599)和《第十二夜》(1600)描写纯洁的爱情可以使人变得高尚无私,嘲讽了封建伦理观念和教会禁欲主义,也批判了贪婪自私的行为。《罗密欧与朱丽叶》(1591)是莎士比亚在这一时期写的悲喜剧,该剧热情赞美青年男女对爱情自由的追求,展现了人文主义爱情理想与家族世仇、封建道德观念之间的冲突。

查尔斯·奈特主编《莎士比亚作品集》(1873—1876)插图:审判后的夏洛克

这一阶段的莎士比亚反对禁欲主义,肯定人的现世生活的意义,肯定人的自然欲望的合理性。然而,他并不一味地肯定人的自然欲望,而是主张让自然欲望接受人智的引导,并沐浴上帝之爱的阳光雨露,从而去其粗俗乃至野蛮与疯狂,显得激情而节制、浪漫又美丽。可见,莎士比亚这样的人文主义者,一开始就拥有一种上帝式的宽广,一种基督式的深沉,在他早期的创作中,基督教文化的节制忍耐在剔除了教会禁欲主义的极端成分之后显示出了人文之温情,成为一种与古希腊罗马文化互补的文化养料。显然,莎士比亚的人文主义思想一开始就与基督教文化有亲缘关系。

第二阶段(1601—1607)是悲剧创作时期。悲剧代表了莎士比亚戏剧的最高成就。这一时期,莎士比亚青年时期的理想遭到了严酷现实的沉重打击,他对社会与人生的态度出现了矛盾和悲观,但对现实和人性的认识也大大加深。因此,此时的悲剧主要写人文主义理想与丑恶现象的矛盾以及理想的幻灭,其基调是现实的、悲愤的和沉郁的,剧中强烈的批判精神表现了莎士比亚对文艺复兴个性解放带来的社会后果的深刻反思。

《哈姆莱特》(1601)、《奥瑟罗》(1604)、《李尔王》(1606)和《麦克白》(1606)被称为莎士比亚的“四大悲剧”。《奥瑟罗》写威尼斯城邦的军事统帅、摩尔人奥瑟罗同其爱妻苔丝德蒙娜的悲剧,他们能够冲破封建束缚,赢得爱情的胜利,却无力识别利己主义者的阴谋。该剧表现了人文主义理想被利己主义践踏的主题。奥瑟罗是一个具有人文主义理想的军人形象,他身上既有奇伟骁勇、正直豪迈、光明磊落的优良品格,也有轻信、嫉妒、褊狭、凶狠的特点。伊阿古是一个利己主义者的形象,也是文艺复兴时期社会恶的化身。正是这个具有欺骗性和危害性的人物直接导致了急躁轻信的奥瑟罗和天真善良的苔丝德蒙娜的悲剧。

《李尔王》通过古代不列颠王李尔被两个女儿遗弃的故事,写出了时代的动荡和社会的灾难，揭示出了金钱权势对人伦关系和整个社会秩序的破坏，描绘了原始积累时期罪恶丛生的社会图画。李尔是一个久居权位而丧失理智、刚愎自用、专制任性的封建君王，在经历了地位的激变和暴风雨般的思想斗争后，恢复了理性和人道思想，但无法挽救悲惨的时世，这说明了人文主义理想在严峻现实面前的脆弱无力。他的性格的转变体现了作者对开明君主的呼唤。

《麦克白》是莎翁悲剧中最阴暗恐怖的。该剧描写了苏格兰大将麦克白由于野心的驱使走上犯罪道路的故事，集中展示了野心与人的善良天性之间的矛盾冲突。麦克白从显赫一时的英雄堕落为人人痛恨的暴君的过程正是野心对人的腐蚀与毒害的过程。莎士比亚通过麦克白的悲剧表达了反对暴政、反对个人野心的恶性膨胀、渴望社会安定、国家和平统一的愿望。该剧在艺术上以戏剧情节的紧凑、集中和悲剧气氛的阴沉、恐怖著称。

《雅典的泰门》(1605)也是莎士比亚的一部重要悲剧，该剧表现了金钱使人"异化"的主题，绝妙地揭示了资本主义货币的本质。

莎士比亚的悲剧往往通过英雄的毁灭，通过对人性的深刻剖析，揭示权势和金钱导致人普遍堕落的事实。然而，莎士比亚虽然在悲剧中描写了人欲横流的现实，描写了一幕幕仁慈与宽厚遭受践踏的惨剧后，但却总是在道义上留给人们些许安慰和缕缕希望，因为他依然相信，虽然"残暴"可以践踏"仁厚"，但"仁厚"最终仍将是胜利者，正如他早期喜剧与历史剧中人文主义理想的闪光点总落在基督式的仁慈、宽厚、博爱上一样，在悲剧中，仁慈、宽厚、博爱则成了映照灵魂善恶的是非明镜。悲剧主人公往往代表着人性的善和人类的正义力量，他们以自身的毁灭显示人类向善、趋善的力量，给人以自救的信心。这也正是他的悲剧具有悲壮而崇高、哀而不伤的人文精神的缘由。

第三阶段(1608—1612)是传奇剧时期，这是莎士比亚创作的晚期。莎士比亚一生都在思考人性的善与恶的矛盾，寻找解决矛盾的方法与途径。到了晚年，他更强调仁慈、宽恕、忍让对恶的感化作用，并成为消解矛盾的必由之路。此时的他认为，人既有难以抵挡的从恶的倾向，又有天然的向善的秉性；遏制邪恶并不是毁灭造恶的人本身，而是用善的力量，用爱去化解和消弭恶，使邪恶者弃恶从善，而不应在肉体与精神上毁灭作恶者。在晚期的传奇剧中，和解、宽恕、博爱、道德感化成了基本主题，传奇剧也在艺术上表现出了宗教的、空灵的和悠远的风格。

这一时期，他一共写了《辛白林》(1609—1610)、《冬天的故事》(1610—1611)和《暴风雨》(1611—1612)等四部传奇剧。这些传奇剧不再像早期的喜剧那样，凭着几个才智过人、道德崇高的人物就能够轻而易举地制服邪恶，建立人间乐园，而是要善良的人们经过种种磨难，与邪恶势力艰苦抗争之后才能取胜，而且往往是善良者的道德感化使邪恶者弃恶从善，双方握手言和，矛盾便得以解决。那一个个因嫉妒、贪欲、仇恨而造成分裂的家庭，在度过了严酷的冬季之后,最终在宽恕、悔悟的心境中破镜重圆,迎来了祥和欢乐的春天。《辛白林》中,辛白林的固执、狭隘、刚愎自用、抱残守缺造成了年轻人的磨难,但在经过一系列的艰难曲折后,宽恕与和解战胜了渺小的仇恨、欺骗与纷争,辛白林在道德上被感化后,精神得以升华,迎来了和平欢乐的大团圆结局。《冬天的故事》中西西里国王里昂提斯的专横、武断、猜忌、残忍,使他几乎丧失理性,干出了种种恶行,使忠实的波力克希尼斯险遭杀身之祸,蒙受了16年的不白之冤。但波力克希尼斯宽厚仁慈,不记前仇,使里昂提斯回心转意,化解了多年的冤仇。

《暴风雨》是莎士比亚的传奇剧代表作,它以象征、寓言的手法进一步深入探讨了人性的善恶问题,更全面地表现了他的道德理想。该剧写安东尼奥篡夺了兄长普洛斯彼罗的爵位,勾结那不勒斯王将其父女流放到荒无人烟的孤岛上。12年后,当他被一场暴风雨刮到荒岛之后,仍不忘争权夺利,唆使西巴斯辛去谋杀那不勒斯王,以图窃取权位。全剧描述了人在贪欲驱使下争权夺利的斗争故事,这既是对当时人欲横流的现实的隐喻,也是对人性恶的深刻解剖。作为善的力量的代表,米兰公爵普洛斯彼罗在被弟弟篡夺了权位并流落荒岛之后,依然心怀仁慈,对加害于他的恶人们充满同情:"虽然他们给我这样大的迫害,使我痛心切齿,但是我宁愿压服我的愤恨而听从我的高尚的理性的安排。"他不记旧恨,既往不咎,宽恕了所有的人,包括欲置他于死地而后快的卑劣的兄弟安东尼奥,表现出了宽厚仁慈的胸怀。

《暴风雨》作为莎士比亚一生带有总结性的作品,还通过普洛斯彼罗这一形象表达了更深一层的人文内涵。全剧不仅以他高贵的仁爱之心反照出低劣的灵魂,而且,还通过他对神秘的"魔法"的追求,隐喻了以人智的开启去消解愚昧与邪恶,使人的灵魂与精神得以提升,进而构建和谐的人际关系的美好理想。普洛斯彼罗孜孜不倦地追求魔法,并依靠魔法呼风唤雨、扬善惩恶,具有"超人"的威力。他的魔法,可以说是知识与科学的代名词。他说,"我这门学问真可说胜过世人称道的一切事业。"他埋头于书籍之中,还说"书斋便是我庞大的公国",甚至"比一个公国更宝贵"。在这种苦苦的追求中,他掌握了威力无比的法术,救善人于危难之际,惩恶者于作恶之时。说普洛斯彼罗对魔法的痴迷意味着他对科学的崇尚,这似乎有些过于现代化,但将其看作对知识的追求、对人智的崇尚却并不为过,而且是合乎文艺复兴之时代精神的。追求知识,意味着开启人智、消除愚昧,同时,在莎士比亚看来又是消除邪恶。因为,愚昧使人陷于偏执、狭隘,且会诱使灵魂中的恶欲外现,而人智的开启使人明辨是非,避免偏执、狭隘,甚至能抑制恶欲的冲动,使人变得宽厚仁慈。剧中的凯列班是魔鬼和妖巫所生的儿子。相对于普洛斯彼罗的知识与理性来说,凯列班象征着人的愚昧和恶俗;相对于象征美与善的爱丽儿,凯列班是丑与恶的代表,是被当作低级元素的水和土。凯列班慑于主人普洛斯彼罗的法术之威力,也即人智与理性的威力,才不得不对他俯首称臣,但内心却暗骂普洛斯彼罗是"暴君",总是怀恨于心，并伺机报复，但终未成功。这一方面说明崇尚知识、开启人智是致使人性趋善、解决社会恶欲泛滥的重要途径；另一方面又说明，邪恶对理性总是不甘屈服的，要消除邪恶是艰难的，甚至是不可能的。凯列班“天性中的顽劣改不过来”，总是伺机报复，普洛斯彼罗对他的“一切好心的努力全然白费”，说明在根本上消除人的邪恶是十分困难的。所以，由人所组成的这个世界总有邪恶相伴，也因如此，人不可丧失人智与理性，否则，恶欲将泛滥成灾以至毁灭了人自己。由于人是上帝的造物，因而必然有“神性”，有仁慈宽厚的品性和高贵的人智，因而，恶欲终将受到抑制并向理性“称臣”，人类之途尽管难免有艰辛曲折，但前景是美好的。所以，莎士比亚借剧中女主人公米兰达的口说出了与“宇宙的精华、万物的灵长”相类似的称美之语：“人类是多么美丽！啊，新奇的世界，有这么出色的人物！”可以说，在《暴风雨》中，莎士比亚恢复了早年对人和世界的美好理想，因此，有人称该剧是莎士比亚的“诗的遗嘱”。

GOOD FREND FOR IESVS SAKE FORBEARE,
TO DIGG THE DVST ENCLOASED HEARE.
BLESE BE Y MAN Y SPARES THES STONES,
AND CVRST BE HE Y MOVES MY BONES

莎翁的墓碑

莎士比亚是文艺复兴时期文化的集大成者。他一生的创作都在探索情感与理性、原欲与道德、个体与群体之间和谐发展的道路。他一方面倡导古希腊罗马式人本主义，另一方面又汲取希伯来-基督教人本主义的博爱思想和忏悔精神，用以解决由个性自由带来的人欲横流、道德沦丧的现实矛盾。莎士比亚在古希腊罗马世俗人本意识与希伯来-基督教人本意识的双重选择中，把古希腊—罗马文化与希伯来-基督教文化融为一体。这种双重文化模式，成了近代以来西方文学的基本价值指向。

莎士比亚善于在善与恶的双重矛盾中真实地展现人的内心世界的丰富复杂性，对他来说，人的内心世界就是宇宙，他则用天才有力的笔描绘出了这个宇宙，这是莎剧艺术魅力的重要来源。莎士比亚使文学创作由以前的注重外部行为描写转向了心灵世界的开掘，人物性格具有多面性，形象富有立体感。莎士比亚戏剧通常是多线索的，结构严整而且是开放性的，在戏剧情节与结构的革新与发展方面做出了贡献。莎士比亚戏剧在语言上表现出丰富性、生动性与个性化特点，在他的作品中，喜剧有喜剧的语言，形象生动，抒情性强，还充满着奇思妙想和机智风趣；悲剧有悲剧的语言，深沉凝重，华丽而又典雅，哲理性强；不同的角色有不同的语言，富于个性色彩。根据统计，莎翁同时代的作家一般拥有4 000—5 000个词汇，而莎翁拥有15 000多个词汇。莎士比亚不愧是语言大师。

二、《哈姆莱特》

《哈姆莱特》(1601)是莎士比亚的悲剧代表作,也是莎士比亚一生创作最高成就的体现。剧中丹麦王子为父复仇的故事取材于公元1200年的丹麦史。在莎士比亚之前,这个故事多次被人改编为流行的复仇剧,莎士比亚的《哈姆莱特》则点石成金,在内容和形式上都推陈出新,成了欧洲戏剧史上的奇观。

《哈姆莱特》以中世纪的丹麦宫廷为背景,通过哈姆莱特为父复仇的故事,真实描绘了文艺复兴晚期英国和欧洲社会的真实面貌,表现了作者对文艺复兴运动的深刻反思以及对人的命运与前途的深切关注。

文艺复兴运动使欧洲进入了"人"的觉醒的时代,人们对上帝的信仰开始动摇,个性解放是当时的一种时代风尚。这一方面是思想的大解放,从而推动了社会文明的大发展;另一方面,尤其是到了文艺复兴的晚期,随之产生的是私欲的泛滥和社会的混乱。面对这样一个热情而又混乱的时代,时值中年的莎士比亚已不像早期那样沉湎于人文主义的理想给人带来的乐观与浪漫,而表现出对个性解放背后之隐患的深思,《哈姆莱特》正是他对充满隐患和混乱社会的一种审美观照。

剧本一开始就描写了丹麦动乱不安的社会局面。人们普遍感到"世界的末日到了"。克劳狄斯为权势所诱惑,私欲的洪水冲垮了理智的堤坝,以杀兄之暴行,夺取王位,霸占嫂嫂,又以奸诈的手段企图置王子哈姆莱特于死地。克劳狄斯是一个为欲火吞噬了仁慈之心的奸雄,一个贪婪的利己主义者,一个丧失了理性的冒险家。他象征着文艺复兴时期以满足个人私欲为核心的新信仰、新道德。受这种道德观念的影响,人们从恶如流。在克劳狄斯的周围,王后乔特鲁德在丈夫死后"两个月,便不顾当时禁止叔嫂通婚的道德约束,委身于克劳狄斯","这样迫不及待地钻进了乱伦的衾被"。哈姆莱特昔日的朋友,有的也成了克劳狄斯的密探。大臣波洛涅斯趋炎附势,为了保护个人的既得利益,变得世故圆滑,毫无是非曲直之心。挪威王子福丁布拉斯欲火啖啖地窥视着丹麦的局势,随时准备夺取丹麦的王位,侵吞邻国的领土。一个为个人私欲所驱使的世界自然会将上帝的仁爱踩在脚下。难怪哈姆莱特说,"那是一个荒芜不治的花园,长满了恶毒的莠草",世界"是一所很大的牢狱"。"荒芜""莠草""牢狱"等等,这些都告诉人们,上帝失落了,而魔鬼却活着,世界变成了"冷酷的人间",变成了理性精神丧失的荒原。这是一个面临信仰危机的"颠倒混乱"了的时代,这便是文艺复兴后期的英国和欧洲社会。历史上还从来未出现过如此放纵情欲的时代。莎士比亚在剧中通过对"颠倒混乱"的人的生存环境的描绘,不仅揭露和批判了当时英国和欧洲的社会现实,而且指出了一味强调个性解放、放纵人的欲望对社会和人的生存与发展的危害性,作者在对"颠倒混乱"的社会表现出深深忧虑的背后,流露着对理性、秩序和新的道德理想与社会理想的呼唤。

悲剧主人公哈姆莱特是一个处于理想与现实矛盾中的人文主义者的形象。哈姆莱特是丹麦的王子,他在威登堡大学念书时接受了人文主义思想的熏陶。那时，他把世界看成是光彩夺目的美好天地，他认为，“负载万物的大地”是“一座美好的框架”，“覆盖众生的苍穹”是“一顶壮丽的帐幕”，是“金黄色的火球点缀着的庄严的屋宇”。特别为文学史家所称道的是哈姆莱特关于人的一段精彩议论：

> 人是一件多么了不得的杰作！多么高贵的理性！多么伟大的力量！多么优美的仪表！多么文雅的举动！在行为上多么像一个天使！在智慧上多么像一个天神！宇宙的精华！万物的灵长！①

这种议论，体现了人文主义者对人、对社会所寄托的理想，说明哈姆莱特曾经是个怀抱理想的乐观的人文主义者。正是这种乐观思想，使他将父亲看成一个十全十美的理想君王，将母亲看成圣母一样纯洁的女性。父亲是理想的化身，母亲是爱的象征，父亲和母亲的结合便是理想与爱的结合，能使这种结合得以实现和存在的世界自然是“美好的花园”。那时的哈姆莱特是“快乐的王子”。但是，这种美好的世界在《哈姆莱特》一剧中几乎是不存在的。剧本一开始，世界便已“颠倒混乱”，人们噩梦不断，惶惶不可终日。面对父死母嫁、王位被篡夺的严酷现实，哈姆莱特像一夜间遭到严霜袭击的娇花，枯萎凋零，精神颓唐，痛苦与忧虑使他成了一个“忧郁王子”。在昔日的理想被击碎的情况下，他一方面激愤地诅咒这个“冷酷的人间”，一方面又深入地思考与研究生活于其间的人。他对世界的看法有了根本性的改变，在此时的他的眼中，“负载万物的大地，这座美好的框架，只不过是一个不毛的荒岬；这个覆盖众生的苍穹，这顶壮丽的帐幕，这个金黄色的火球点缀着的庄严的屋宇，只是一大堆污浊的瘴气的集合。”至于人，“在我看来，这个泥塑的生命算得了什么？人类不能使我产生兴趣，虽然从你现在的微笑中，我可以看到我在这样想。”可见，严酷的现实已击碎了他昔日的梦幻；梦幻的破灭意味着他的人文主义理想和信念的破灭，他成了一个失落了信仰而对未来无所寄托的“流浪儿”。正是这种理想与现实的矛盾，造成了他行为上的犹豫（或延宕），这就是文学史上所说的“延宕的王子”。

哈姆莱特在复仇行动上的犹豫，既使这一形象显得复杂而深刻，又使之产生了无穷的艺术魅力，同时还因为对犹豫之因的解释的众说纷纭，使这一形象带上了神秘的色彩。从社会学的角度看，哈姆莱特在鬼魂那里得知了父王猝死的原因，同时还接受了复仇的任务后，仍然迟迟不付诸行动，表现出行为上的拖延和犹豫，这是由于他所面对的社会邪恶势力过于强大，作为新兴力量代表的哈姆莱特还不能胜任“重整乾坤”、改造社会的历史重任的原因造成的，因而，他的复仇以及他的悲剧具有深刻的社会意义。这也就是整个剧情的发展赋予这一形象的社会历史层面的含义。但是，哈姆莱特形象的深度、复杂性及艺术魅力还有待于在哲学和艺术象征性层面的阐释，哈姆莱特的犹豫也不只是因为找不到复仇的方法，而更是因为他进行着关于人类生命本体的哲学探讨，涉及人的生存、死亡与灵魂等形而上的问题。残酷的现实使哈姆莱特认识到，人并不像人文主义者所颂扬的那样如神一般圣洁，相反，人的情欲在失去理性规范的制约后会产生无穷的恶，社

---

① 〔英〕莎士比亚：《哈姆莱特》，朱生豪译，见《莎士比亚全集》，人民文学出版社1978年版，第49页。

会也就趋于“混乱”。在理想幻灭后的哈姆莱特眼中,人的心灵是阴暗污浊的,人在本体意义上是丑恶的。克劳狄斯是十恶不赦的魔鬼,王后的堕落也是由于无法克制的情欲。奥菲莉娅同样也不例外,因为,“要是地狱中的孽火可使一个中年妇人(即王后)的骨髓里煽起了蠢动,那么青春在烈焰中,让贞操像蜡一样融化吧。当无法遏止的情欲大举进攻的时候,用不着喊什么羞耻了,因为霜雪都会自动燃烧,理智都会做情欲的奴隶呢。”因此,奥菲莉娅尽管看上去“像冰一样贞洁,像雪一样纯洁”,但“美丽可以使贞洁变成淫荡”,在情欲逼来时,她也会像王后一样“脆弱”的,所有的女人都一样。哈姆莱特不仅看到了他人心灵的丑恶,而且也看到了自己的心灵同样是黑暗的。他说:“我的罪恶是那么多,连我的思想也容纳不下。”因此,在他眼里,所有的人“都是十足的坏人”,因为“美德不能熏陶我们的本性”,世界也正因此成了“牢狱”和“荒原”。

《哈姆莱特与奥菲莉娅》(罗塞蒂,1858)

哈姆莱特对人的这种认识是偏激和悲观的,但却有其历史的深刻性和艺术的概括性,因为这实际上隐喻了文艺复兴时期在个性解放的口号下人们为所欲为、一味放纵情欲带来的社会罪恶。正是对人的问题的这种思考,使得哈姆莱特的言行越来越游离于为父复仇的宗法责任和“重整乾坤”的社会责任,越来越脱离历史现实的轨道而直逼无意义无目的的存在本身。面对这样的本原性思考,复仇就无足轻重了。而且,既然人在本体意义上是恶的,那么,他为父复仇、“重整乾坤”、改造社会的斗争对象不只是一个克劳狄斯,而是包括他自己在内的所有的人。而完全消除人身上的恶,也就等于否定了人的现实存在,那么“重整乾坤”也就成了一句空话,人生也是没有结果的虚无。既然人生无意义,哈姆莱特又觉得不如“早早脱身而去”,“谁愿意负着重担,在烦劳的生命的压迫下呻吟流汗?”于是他想到了自杀。然而,一想到死后不仅要坠入一片虚无的世界,而且灵魂得不到安宁,这又使他心头升腾起对死亡的莫名恐惧。于是,“生存还是毁灭”这个经久不绝的痛苦的声音,就在他的灵魂深处奏响了。迷惘、焦虑、惶惶不安的情绪和心态,笼罩在哈姆莱特复仇的过程中,也就有了他行动上的犹豫和延宕,使他成了“思想的巨人”与“行动的矮子”。可见,哈姆莱特的犹豫实在不只是找不到复仇的方法时产生的矛盾的心理,而且是他感悟到人的渺小、人的不完美、人生的虚无时那迷惘与忧虑心态的外现,同时也是欧洲文艺复兴晚期信仰失落时人们进退两难的矛盾心理的象征性表述。哈姆莱特形象所表现出来的关于人性复杂、人性悖谬的思想成了近代以来欧洲文学关于人的问题思索的基本指向。

《哈姆莱特》在艺术上也代表了莎士比亚戏剧的最高成就。首先,在人物塑造上,《哈姆莱特》着重通过内心矛盾冲突的描写揭示人物心灵世界的丰富性和复杂性。莎翁的悲剧以描写人及人的自然本性为核心,在戏剧冲突的建构上,不是像古希腊悲剧那样主要表现人与外部自然力("命运")之间的冲突,而是表现人与人以及人自身的理智、信念与情感、欲望之间的冲突,这就构成了内与外双重矛盾冲突,而人与人之间的外在冲突在根本上又起因于人的内在精神与心理因素的差异性,并且,外在冲突最终又是为展示心灵服务的,因此,莎翁的悲剧在人的内心世界的开掘上达到了空前的深度。哈姆莱特是世界文学史上一个极富艺术魅力的典型,这种魅力的产生很大程度上依赖于这一形象心理蕴含的丰富性。哈姆莱特的内心冲突是随着为父复仇的戏剧情节逐步展开并激化的,而复仇的外在冲突又逐渐让位于内心冲突,从而揭示出犹豫延宕的本质特性。他心怀理想又对现实的丑恶感到失望甚至悲观;向往人性的善又深信人自身有恶的渊薮;想重整乾坤又因人性之恶的深重而感到回天无力;觉得人生无意义又对死后世界充满恐惧;爱奥菲莉娅和母亲乔特鲁德,又怨恨她们的"脆弱",等等。这一系列的内心冲突描写既显示了主人公心灵世界的丰富性复杂性,又展现出其性格的丰富性复杂性。在莎士比亚之前的欧洲文学史上,还不曾有任何一个作家塑造出内心世界如此丰富复杂的人物形象。莎士比亚使欧洲文学在人物心理开掘方面向前迈进了一大步,引起了此后的众多作家对人的内心世界的关注。

出于展示人物心灵世界和刻画人物性格的需要,莎士比亚十分善于运用内心独白这一艺术手段,《哈姆莱特》在这方面历来受人称道。内心独白可以把隐藏在人物内心的思想、情感和欲望等多层次地展示出来。哈姆莱特的多次独白就表达出他对社会与人生、生与死、爱与恨、理想与现实等方面的哲学探索,披露出他内心的矛盾、苦闷、困惑、迷惘和恐惧等多方面的心理内容,有效地刻画了人物性格,也推动了剧情的发展。他关于"生存还是毁灭"的著名独白十分准确地传达出了他此时的矛盾心态,是他犹豫延宕性格的一个典型例证。这样的独白哲理性强,富有艺术感染力,向来为人们反复吟诵。

在情节结构上,《哈姆莱特》突出地表现出莎剧情节生动性与丰富性的特色。莎剧情节一般都是多层次多线索的,两条或两条以上的情节线索,或平行发展或交错推进,产生强烈的戏剧效果。《哈姆莱特》一剧除哈姆莱特复仇的线索之外,还有雷欧提斯和挪威王子福丁布拉斯的复仇线索。三条线索以哈姆莱特的复仇为主线,以雷欧提斯和福丁布拉斯的复仇为副线,交错发展而又主次分明。三条线索起到了互成对比、激化矛盾的作用,使戏剧场面不断转换,形成戏剧高潮,产生动人心弦的艺术效果,共同表现全剧的主题。

第四章

17 世纪古典主义文学

第一节　概　　述

一、17 世纪欧洲文学概况

17 世纪是欧洲封建主义与资本主义两种制度进行搏斗的时代。1648 年英国资产阶级革命的胜利标志着资本主义取代封建主义已成为历史的必然,但封建主义绝不可能甘拜下风,欧洲大部分地区仍处在封建统治下。德国、意大利、西班牙等国由于经济衰退和反动势力的强大而失去了在文坛的重要地位。法国则由于资本主义的发展和阶级力量的相对平衡而出现一个专制王权的极盛时期。总的来说,17 世纪欧洲文学可以分三个阶段考察。

17 世纪最初的 20 年,人文主义思潮仍在发展,莎士比亚、塞万提斯等人的创作如日当午,处在创作盛期。然而,随着这些文化巨人的去世和教会势力的加强,人文主义文学运动逐渐衰退,到 30 年代巴洛克风格的文学兴起。巴洛克(baroque)一词来自葡萄牙语,原为“奇崛”的意思,用来形容一种形状不规则的珍珠。最初,艺术史家用它来说明文艺复兴后期意大利出现的一种新的建筑风格。后来,艺术史家和文学史家发现,这种现象不仅存在于建筑,而且存在于绘画、音乐以至于文学中,因而,“巴洛克”一词可以用来说明文艺复兴消退之后、古典主义出现之前这一段时间内欧洲国家中普遍存在的一种文学现象。巴洛克文学在内容上偏向于表现信念的危机和悲观颓丧的思想(生的苦闷、灵与肉之间的不可调和的矛盾、人生如梦的感慨、爱即是死的神秘玄思等),在艺术上刻意雕琢,追求怪异(奇特的比喻、夸张的意象、冷僻的典故、强烈的对比、各种各样修辞手段等),所以人们又把它称为夸饰主义。意大利的马里诺(1569—1625)和西班牙的贡戈拉(1561—1627)代表了巴洛克文学的贵族倾向,西班牙戏剧家卡尔德隆(1600—1681)也被认为是巴洛克文学的代表。17 世纪下半期,一种新的文学思潮——古典主义从法国兴起并波及其他国家,成为 17 世纪欧洲文学的主潮。

当然,17 世纪欧洲文学在各个国家的发展也存在一定的差异性。在英国,1660 年前主要是资产阶级革命文学,其后是古典主义。1588 年,英国打败西班牙的“无敌舰队”,成为海上霸主,1648 年,建立资产阶级共和国。因而,在这个阶段,资产阶级革命精神在文学中得到了明显的反映，其代表是诗人弥尔顿和班扬。

约翰·弥尔顿（1608—1674）是17世纪英国文学最杰出的代表之一。弥尔顿出生于伦敦一个富裕的清教徒家庭，曾在剑桥大学学习。他本人是革命者，担任过共和政府的拉丁文秘书，负责共和国的外事工作。在此期间，他写了著名论文《为英国人民声辩》（1651），驳斥反动派攻击英国人民犯了弑君之罪的无耻谰言，在当时产生了巨大影响。他由于积劳成疾而双目失明。1600年斯图亚特王朝复辟之后，弥尔顿遭到迫害，但斗争意志未减。这一时期他转向文学创作。弥尔顿的文学创作有两大特色，一是强烈的革命精神，一是浓厚的宗教色彩。主要作品有长诗《失乐园》《复乐园》和诗剧《力士参孙》。

约翰·弥尔顿

《失乐园》（1667）是弥尔顿的代表作，分12卷，约1万行，取材于《旧约》，叙述亚当、夏娃受撒旦诱惑摘食禁果而被上帝逐出乐园的故事。长诗的目的是说明人类不幸的根源在于缺乏理性，放纵情欲，经不起外界的影响和诱惑。作者借古喻今，暗示革命者的道德堕落、骄奢淫逸是英国资产阶级革命失败的原因。在艺术上，长诗背景壮阔，人物雄伟，风格高昂。《复乐园》（1671）取材于《新约》，叙述耶稣不受撒旦诱惑、经受考验、替人类恢复乐园的故事。长诗强调人类应有坚定的信仰，克制情欲，自强不息，才能进入理想境界。诗体悲剧《力士参孙》（1671）取材于《旧约》。参孙是以色列英雄，因妻子出卖而被敌人俘虏，刺瞎双眼，罚做苦役。但参孙心向祖国，毫不屈服，最后利用表演武艺的机会，撼倒演武大厅的柱子，与敌人同归于尽。参孙是理想化了的资产阶级斗士形象。

约翰·班扬（1628—1688）是个清教徒作家，他的寓意小说《天路历程》共分两部，写名为"基督徒"的主人公和他的妻儿跋山涉水、历尽艰辛、寻找天国的故事，鼓吹宗教信仰和献身精神。但小说也批判了社会现实，有较强的讽刺性。

英国古典主义的代表作家是约翰·德莱顿（1631—1700），他写诗，也写剧本，但主要成就在文论上，被认为是"英国批评的创始人"。由于社会条件不同，英国的古典主义始终未能形成气候。

17世纪的德国因为毁灭性的"三十年战争"使民生凋敝，文化落后，文学创作极少，具有巴洛克色彩，其中最杰出的要数格里美尔豪森的《痴儿西木传》，这是一部自叙体的流浪汉小说，主人公西木生活在社会底层，在长期的战争中受尽苦难屈辱。作品具有较强的巴洛克意味，如夸张、浪漫与梦幻等。

17 世纪的法国文学可以分两个阶段考察,在上半叶,主要有巴洛克文学和人文主义文学。巴洛克文学是贵族沙龙文学,即客厅文学,倾向于在虚无缥缈的想象中虚构悲欢离合的艳情故事和历史故事,文学风格矫揉造作。人文主义文学是市民的写实文学,以理查·索莱尔及其《法朗西翁趣史》为代表,表现下层市民的思想和趣味,呈乐观粗犷的精神。到17 世纪下半叶,逐步形成占统治地位的古典主义,主要的代表人物有高乃依、拉辛、拉封丹、布瓦洛和莫里哀。

二、法国古典主义文学

古典主义在法国兴起有其深刻的历史必然性。

16 世纪,法国尚处于分裂状态,到 17 世纪初,法国王室在消灭封建割据势力的基础上统一了国家。当时法国资本主义正在发展,王权为了巩固自己的统治,增强国家的经济势力,制止贵族的分裂活动,采取了拉拢资产阶级的政策。经济上推行重商主义,适当照顾资产阶级的利益,政治上对资产阶级开放部分权利。而资产阶级由于力量尚不强大,需要在王权的保护下发展资本主义并与贵族抗衡,也支持和拥护王权。于是在当时的法国,出现了资产阶级与贵族两大敌对阶级互相妥协、共同维护王权的局面。王权"作为表面上的调停人而暂时得到了对于两个阶级的某种独立性",居于绝对的主宰地位。这种王权从性质上看仍是封建政权,但在当时的历史条件下,它是"作为文明中心、社会统一的基础出现的"。它有利于资本主义发展,因而含有一种进步的因素。

为了巩固自己的统治,绝对王权注意利用文学为自己服务,主教、路易十三的首相黎塞留和路易十四本人都十分注意网罗人才。王权一方面利用金钱、地位笼络资产阶级,让他们为自己服务,一方面设立作品检查制度,把他们置于王权的监督之下。1635 年黎塞留创办法兰西学士院,把它作为推行官方文化政策的机构。学士院编撰《法兰西学士院词典》(1639—1694),遵照王权的利益,指导法国文学的发展。路易十四执政时期,王宫实际成为全国文化艺术中心。而资产阶级拥护王权,也乐意在歌颂王权的前提下,表达自己的思想、感情和愿望。另一方面,政治上的高度集中,形成社会意向的统一性和集中性,人们习惯于统一的中心、权威与法则。古典主义正是在这样的社会政治基础上适应绝对王权的需要而产生的。它反映了资产阶级的要求,也迎合了贵族阶级的趣味。

勒内·笛卡儿(1596—1650)的二元论哲学为古典主义提供了哲学指导。他把物质与精神看作世界的两个本源。他强调理性,认为理性是先天的、永恒的,既是知识的唯一源泉,又是检验真理的唯一标准。他主张用理性代替盲目信仰,并认为人的情欲会使人抛弃真理,破坏理性,因而要求以理性支配意志,以意志支配感情。在方法论上,他强调思维的逻辑性和明确性。这种思想适应时代需要,构成了古典主义的理论基础。

古典主义在法国形成后,不久便传入欧洲其他国家,并对这些国家的文学产生了重大影响。继法国之后,英国在17世纪下半期,德国、意大利在18世纪上半期,都相继出现了自己的古典主义时期。

勒内·笛卡儿

古典主义文学具有以下基本特点:

(1) 拥护王权,有鲜明的政治倾向。古典主义是在绝对王权的倡导与监护下发展起来的。

古典主义者拥护王权,歌颂贤明君主,主张自我克制,强调个人利益服从国家整体利益,要求巩固和加强统一的民族国家,在创作中反映出鲜明的政治倾向性。法国悲剧家高乃依的《熙德》明显表现出要求把国家利益摆在第一位,把国王作为国家民族利益的最高代表来歌颂。悲剧家拉辛的《安德洛玛克》谴责为了自己的私欲而不顾国家民族利益的行为。喜剧家莫里哀在喜剧中也尽力歌颂贤明君主,批判危害社会秩序、有损于专制王权的偏见恶习。古典主义者拥护王权,在当时有一定的进步性,因为王权在当时代表着混乱中的秩序,代表着正在形成的民族。但王权毕竟是封建政权,古典主义者拥护王权,必然会有迎合宫廷旨意和贵族趣味的一面,在一定程度上使自己的作品带上封建色彩,同时也在一定程度上限制了自己作品反映现实的深度。古典主义理论家布瓦洛要求作家"研究宫廷,认识城市",其他方面则不在其视野之内。不过,古典主义对于王权也不是只褒不贬,高乃依要求国王以"理性"治理国家,拉辛谴责专制暴政,莫里哀对王权的精神支柱天主教会的讽刺也十分辛辣。总起来看,他们拥护的是符合资产阶级要求的王权。

(2) 崇尚理性,要求克制个人情欲。古典主义所谓理性,泛指人类所特有的"良知良能",一种先天的判断能力。但实际上它是资产阶级的利益、愿望在思想理论上的反映。古典主义产生的年代,国家已经统一,君权已经确立,社会秩序的整顿和典章制度的建立已成为当务之急,急需理性发挥作用,于是理性便被提到绝对的高度。古典主义者把理性看作时代精神的核心、创作评论的最高标准。他们接受笛卡儿的观点,认为个人情欲使人抛弃真理,因而要用理性加以制约,以突出公民义务,建立君主专制下理想的道德规范。高乃依的《熙德》从正面描写了理性的胜利,拉辛的《安德洛玛克》从反面描写了理性丧失所造成的恶果,莫里哀的喜剧则从不同角度对现实生活中违反理性的偏见与恶习进行了嘲讽和批判。布瓦洛在《诗的艺术》中指出:"首先须爱理性,愿你的一切文章永远只凭着理性获得价值和光芒。"古典主义作家崇尚理性,强调事物的普遍性和规律性,忽视事物的个别性和特殊性。这一方面使作品思想明确,有说服力,人物概括性强,同时也带来了创作上的主观性和片面性,使作品中的人物往往性格单一,缺乏生动的个性和历史具体性,流于概念化和类型化。

(3) 模仿古代,要求规范化的艺术形式,强调三一律。古典主义者认为,真理是普遍永恒的,美也是普遍永恒的,人们的审美标准不分时代国度,都是一致的。一部作品流传的时间越长,越被大多数人公认,也就越优秀,价值越高。而古代流传下来的作品是经过时间考验,为不同时代不同民族所一致肯定的,因而是一种永恒的典范。在古典主义作家看来,艺术创造的关键不在于创造新的故事情节,而在于运用新的手法处理已有的故事,从中翻出新意。古典主义作家大都从古代作品中寻找创作题材、艺术形式和表现方法,把它们作为学习、仿效的典范,并根据自己的理解,从中总结引申出若干法则,以此规范文学创作。其中最重要的是戏剧的"三一律"。"三一律"指戏剧创作中地点、时间、情节三者的完整统一,即剧本的剧情发生在一个地点,时间在一天之内,情节服从一个主题。作为一种戏剧形式,"三一律"有其合理的部分,但古典主义者把它发展成为一种死板的规定,则束缚了作家的创造力,不利于文学的发展。

彼埃尔·高乃依

彼埃尔·高乃依(1606—1684)是古典主义的开创者。他当过律师,后来他试写过戏剧,成就不大。1636年,他的悲剧《熙德》上演,轰动了巴黎。《熙德》的主人公是贵族老臣唐杰葛之子罗狄克,他与伯爵高迈斯的女儿施曼娜相爱。一天,国王选中唐杰葛当太傅之后,高迈斯不服,与唐杰葛争论起来,于激动中打了唐杰葛一个耳光。唐杰葛认为这是奇耻大辱,定要儿子罗狄克为他复仇。罗狄克陷入思想矛盾,进退两难:复仇吧,要失去施曼娜的爱情;不复仇吧,家族蒙羞。为了家恨,罗狄克决定和高迈斯决斗,并将其杀死。于是施曼娜对罗狄克有了杀父之仇。尽管她心中也充满矛盾,她对罗狄克的爱情不断加深,但还是请求国王加刑,为她雪耻。正当那时,摩尔人入侵,罗狄克奋勇抗战而得胜,成了民族英雄,被称为"熙德",光荣归来。而施曼娜却要求报仇,国王劝导她以国为重,捐弃前嫌,于是施曼娜和罗狄克成亲。这个悲剧的基本冲突是义务与情感之间的矛盾。在罗狄克身上,封建的荣誉观念和个人的爱情之间形成尖锐的对立,因而引起激烈的内心矛盾:"一方面是高尚而严厉的责任,一方面是可爱而专横的爱情。"两者都具有不可抗拒的力量。当然,最后是理智战胜了感情。同样的矛盾也存在于施曼娜心中。当罗狄克成为国家功臣的时候,由国王出面干预,说服了施曼娜。因此,剧本是在国家利益高于一切、国王的权利高于一切的原则下解决了矛盾,既肯定了理智的胜利,也满足了个人的幸福。这反映了高乃依一方面服从专制王权,一方面又有所保留的态度。

让·拉辛(1639—1699)是法国古典主义悲剧的后起之秀。他的风格与高乃依不同。高乃依描写意志坚强的理想人物,拉辛写有缺点的人物。拉辛早年就爱背诵古希腊的剧诗,25岁开始写悲剧。1667年,他的悲剧《安德洛玛克》上演,安德洛玛克是特洛伊主将赫克托的寡妻,在特洛伊战争中成了爱庇尔国王庇吕斯的奴隶。国王要娶她而不与未婚妻、希腊公主爱尔米奥娜成亲。希腊特使奥莱斯特传令庇吕斯交出安德洛玛克的儿子。庇吕斯借此威胁安德洛玛克,她为了保全儿子的性命,被迫应允,但准备在庇吕斯宣誓保证儿子的安全后自杀。国王的未婚妻爱尔米奥娜因嫉恨而唆使有意于她的奥莱斯特去刺杀国王。国王被杀后她便自杀。剧本揭露了贵族阶级内部荒淫无耻、自相残杀的情景,谴责了这些受情欲支配而自私残暴的贵族人物。安德洛玛克与他们不同,她忠于国家,忠于丈夫,既保贞洁,又保子嗣,赢得了道义上的胜利。

让·德·拉·封丹(1621—1695)是17世纪法国最杰出的寓言诗人。他写过悲剧、喜剧、颂诗、歌谣、讽刺诗、长篇小说等各种文体的作品,但最著名的是语言诗和叙事诗。他的作品经后人整理为《拉·封丹寓言》,与古希腊寓言诗人伊索的《伊索寓言》和俄国作家克雷洛夫的《克雷洛夫寓言》并称为世界三大寓言。他的寓言流露出民主主义思想,在动物故事的形式中反映现实生活,既有对统治阶级的揭发,又有对下层人民的同情。对17世纪法国社会作了生动的描绘。拉·封丹善于组织情节,运用生动的人民语言,刻画鲜明的艺术形象。他的寓言作品对后来世界各国的寓言作家都有很大影响。

让·德·拉·封丹

尼古拉·布瓦洛(1636—1711)是古典主义的理论家,他的诗体理论著作《诗的艺术》(1647)是古典主义的权威性作品。布瓦洛站在绝对王权的立场上,总结了法国古典主义文学的成就,制定了古典主义的法规。他继承亚里士多德的“模仿说”,认为文学创作的最高任务是模仿“自然”,但这种模仿又必须服从理性。只有“理性”才是获得创作成功的原则,也是文学批评的原则。布瓦洛认为作家应该“研究宫廷”,“认识城市”,也就是按照绝对王权和资产阶级的愿望及标准来进行创作,这就说明他的理性原则实际上反映了资产阶级对王权的妥协性。布瓦洛把古代希腊罗马文学看作永恒的典范,模仿古代作品就是成功的“捷径”。他还按封建观念把文学体裁分成高级的史诗、悲剧与低级的寓言、闹剧等,褒扬前者,排斥后者。布瓦洛的理论符合君主专制政体的需要,其中虽不乏正确的见解,但充满着形而上学的观点和贵族倾向。

第二节　莫　里　哀

莫里哀(1622—1673)是法国17世纪古典主义文学最重要作家,古典主义喜剧的创始人,他在欧洲戏剧史上占有十分重要的地位。

一、生平与创作

莫里哀生于1622年1月15日,原名让-巴蒂斯特·波克兰,其父为挂毯商和宫廷室内陈设商,曾用金钱捐得"国王内侍"头衔。1635年,莫里哀进贵族子弟学校克莱蒙中学读书,1639年当他中学毕业时,其父又为他买了一纸奥尔良大学的硕士文凭,期望他继承父业或成为律师,但莫里哀都不中意,他喜欢戏剧活动。1643年,他与贝雅尔兄妹组织"光耀剧团"在巴黎演出,但遭失败,他还因负债而被拘押。其父将他保释后,他又去参加了另外一个剧团,在法国南部地区流浪演出达12年。其间,他了解法国社会,熟悉乡土民情和民间戏剧,为他以后成为一个出色的戏剧家打下了扎实的生活积累。1658年,莫里哀带领剧团回到巴黎,在宫廷演出,得到路易十四的赏识,从此站稳脚跟。在此后的14年里,他完成了30部喜剧,矛头直指教会、贵族和资产阶级。

莫里哀

1659年到1663年,是莫里哀古典主义喜剧初创时期,比较重要的作品是《可笑的女才子》(1659)和《太太学堂》(1662)。这一时期的创作就思想深度和典型塑造而言,还不够成熟。

从1664年到1668年,是莫里哀创作的成熟期和"黄金时代",他写了《达尔杜弗》(1664)、《唐璜》(1665)、《恨世者》(1666)、《吝啬鬼》(1668)等优秀剧本。

五幕诗体喜剧《唐璜》取材于西班牙传说。主人公唐璜是个贪淫好色的贵族,引诱过不少名门闺秀,还诱骗救了他性命的两个农民的未婚妻。由于花天酒地、挥霍无度,他靠借债过日子。他倚仗自己的贵族身份,利用资产阶级攀附权贵的心理,欠债不还。他还认为,披上伪善的外衣,"真有神妙不测的好处"。这个人物反映了17世纪法国贵族的经济衰落和他们的道德沦丧。最后,被唐璜杀死的骑士墓前的石像显灵,邀他赴宴。他去后身遭雷击,大地裂开,陷了下去。这个浪漫情节预示着贵族阶级的不妙下场。《唐璜》不受包括“三一律”在内的古典主义法规的约束，写得自由开阔，把贵族作为喜剧的中心人物，在现实主义的描写中增添了浓厚的浪漫主义色彩，情节生动而丰富，是莫里哀最优秀的喜剧之一。

《恨世者》也是一出五幕诗体喜剧。主人公阿尔塞斯特看到世上的不公、自私、谄媚、卖友与奸诈，便对人类憎恨到了极点，并计划“要和全人类正面地痛痛快快地斗一场”。但他不反对宫廷和国王，最后成为消极的遁世隐居者。作品的可贵之处在于它对形形色色的宫廷贵族进行了讽刺。

《吝啬鬼》成功地塑造了阿巴贡这个为后人所熟知的吝啬鬼文学典型。贪婪与吝啬在他身上得到充分表现。他的吝啬是为了聚集尽量多的钱拿去放高利贷。他放高利贷的手段狡猾而狠毒，诡称自己手头缺钱，要以二分利息向别人借入，结果收入二分五厘利息。他看到别人急需钱用，在借出的总数中用一部分破铜烂铁的实物充当现款。他吞没了子女继承自母亲的遗产，逼得他们到处借债。他不但不负担儿女的结婚费用，还要亲家给他做一身参加婚礼的礼服。他甚至在自己家里偷喂马的荞麦，夜里遭到马夫的一顿痛打。他在钱财被盗后的那段呼天抢地的精彩独白，没有换来同情，只是招来哄笑。莫里哀写贪婪吝啬比前人更深刻之处在于，他揭示了这个高利贷者身上存在着“积累欲和享受欲之间的浮士德式的冲突”。他沉迷女色，想满足肉欲，又舍不得花钱。当愿望与实际发生冲突时，他宁肯选择后者。在他眼中，钱才是他的生命。

从1668年到1673年，莫里哀的创作进入另一阶段。此前，他的喜剧内容大都与路易十四的政策吻合，所以得到专制王权的庇护。但到晚期，他加强了对现实的批判，不免有时同专制王权的政策发生抵牾，所以遭到冷遇，同路易十四的关系也出现裂痕。这时期，他写了近10出喜剧。其中，《司卡班的诡计》(1671)标志着他的喜剧创作的又一个高峰。

《司卡班的诡计》是一出三幕散文喜剧。剧中主人公是听差司卡班。他诡计多端、乐观幽默、敢作敢为，用计谋成全了小主人的婚事，把老主人骗进口袋痛打了一顿。在这出喜剧中，主人成了蠢货，仆人很有智慧。一个听差竟在光天化日之下痛打他的主人，又没有受到惩罚，这就为封建道德观念所不容。况且，司卡班抨击司法机关，说它的官员“个个儿如狼似虎”，“见钱眼开”，“没有一个不贪财枉法”。因而该剧可以说是蔑视法国17世纪森严的封建等级制度、抨击腐败的封建司法机关的力作。但莫里哀与王权之间的矛盾也因此而激发。布瓦洛代表王权劝他“少做人民的朋友”，恰好证明了莫里哀创作的人民性。此外，作者的《贵人迷》(1670)也是值得重视的作品。

总的来说，从1659年到1673年的十四五年中，莫里哀的作品大部分是讽刺喜剧。具有反贵族和反教会的强烈战斗性。同时，对新兴资产阶级的某些作为也进行了温和的嘲讽与批评。他对下层人物的赞赏体现了他的民主倾向，但是，在莫里哀的思想中也有消极面，这突出地表现在他为迎合宫廷趣味而写的一些喜剧上。他甚至认为,只有宫廷才能对艺术作出正确评判。

莫里哀喜剧艺术的主要成就是他塑造了一些概括性很高的典型形象。正像《凡尔赛宫即兴》里的人物所说:"莫里哀描写的任何一个性格,都不可能不在社会里遇到某一个";"他描写这一个,而描写的东西却能符合100个人"。他善于运用集中和夸张的手法,凸现某个作品人物固定的、主导的特征,并从各个方面来表现这一特征,从而创造典型,使得这些典型形象具有类型化的倾向。

二、《达尔杜弗》

《达尔杜弗》(又名《伪君子》)是莫里哀的代表作,也是个古典主义性格喜剧的杰作。它从法国现实生活中撷取题材,对中心人物进行高度概括,把矛头对准了天主教会的伪善。《达尔杜弗》是五幕诗体喜剧。主人公达尔杜弗是个宗教骗子,以伪善骗得富商奥尔恭和他母亲的信任,成为这一家的上宾和精神导师。奥尔恭对他崇拜得五体投地,甚至把女儿改许给他。达尔杜弗并不以此为满足,竟无耻地勾引奥尔恭年轻的妻子。这一恶行被奥尔恭的儿子达米斯发现,达米斯当场斥责了这个伪君子,把他的丑恶向父亲告发。奥尔恭执迷不悟,反倒训斥儿子,把儿子逐出家门并把财产继承权给予达尔杜弗。在这严重的局面下,奥尔贡的妻子欧米尔设下了巧计,让丈夫亲眼看到达尔杜弗调情的丑态,亲耳听到他无耻下流的话语。奥尔恭终于醒悟,当即要把他赶走。达尔杜弗见事已败露,恼羞成怒,露出狰狞的面目,自称是一家之主,掌握着全部财产和一个政治犯藏匿的秘密,反要将奥尔恭一家赶走,并向国王告密,陷害奥尔恭。但国王英明,洞察一切,下令逮捕了达尔杜弗。

《达尔杜弗》插图:欧米尔设计向奥尔恭证实达尔杜弗的阴谋

在剧本中,莫里哀集中笔力塑造达尔杜弗的形象,逐层深入地揭露了这个伪善者的本质。首先,以简捷的笔法揭露了他的表里不一,指出这个声称"把世上一切都看成粪土不如"的骗子,贪吃贪喝又贪睡,从不拒绝世俗享受。继而通过他在桃丽娜面前要手帕的行为,一针见血地揭露了他好色的本性,然后从这里开刀让他自己逐层地剥下了伪装。原来他打着宗教虔诚的幌子混进别人的家庭,目的却是霸占别人的妻女,夺取别人的财产。这是一个披着宗教外衣进行欺骗和掠夺的恶棍。当他的假面具被撕破后,他的行为和奥尔恭一家所面临的灾难更显示了这个伪善者的危害性,以起到振聋发聩的作用。通过这一形象,莫里哀深刻地揭露了教会和贵族上流社会的伪善、狠毒、荒淫无耻和贪婪,突出地批判了宗教伪善的欺骗性和危害性。天主教是欧洲封建社会的精神支柱,在当时的法国,它又成了反动势力的代表,而伪善正是它最显著的特点。17世纪初期,教会势力和贵族反动势力勾结在一起,组织了反动谍报机构"圣体会",打着宗教慈善事业的幌子,派人混进良心导师的行列,监视人们的言行,陷害进步人士。所以,莫里哀塑造达尔杜弗这个人物有着明显的针对性,他把讽刺的锋芒对准了这种宗教伪善,揭露它的罪恶本质。伪善的风气还流行于整个上流社会,莫里哀在他的一些剧本中就曾揭露过这一社会现象。《伪君子》里的克雷央特说:有许多人"以假虔诚来配合他们的恶习",从事罪恶活动。莫里哀的剧本切中时弊,触到了反动势力的痛处,抨击了庞大的反动集团,正如他自己在剧本的序言中所说:"这出喜剧,轰传一时,长久受到迫害;戏里那些人,有本事叫人明白:他们在法国,比起目前为止我演出过的任何人,势力都大。"所以,达尔杜弗的形象具有高度的典型性,它已成为伪善、"故作虔诚的奸徒"的代名词。

奥尔恭的形象也富有典型意义。这个巴黎富商是王权的支持者,在国内几次变乱中,他都支持过国王,表现得十分英勇,但是对于宗教的虔诚也表现得异常狂热,以至于受到达尔杜弗的欺骗而变得十分愚蠢。他的思想比较保守,害怕自由思想,唯恐因此会惹出什么灾祸。

桃丽娜在剧中是反对封建道德、揭露宗教伪善的主要人物。她身为女奴,头脑清醒,目光敏锐。在奥尔恭家里,她最早识破达尔杜弗的伪善面目及他贪图金钱和女色的本性。为了彻底揭穿这个伪善者,擦亮奥尔恭的眼睛,她把奥尔恭一家人动员起来,一方面与奥尔恭的专制作风和封建观念作斗争,另一方面又与达尔杜弗的伪善作斗争。桃丽娜是个真正具有自由思想的人,她认为:"爱情这种事是不能由别人做主的","谁要把女儿许配给一个她所厌恶的男子,那么她将来所犯的过失,在上帝面前是该由做父亲的负责的"。她甚至不怕吃耳刮子,和奥尔恭唇枪舌剑,积极支持年轻人争取婚姻自主、个性解放的斗争。莫里哀把桃丽娜放在反封建、反宗教伪善的重要位置上,在与多种人物的对照中,显示出这个劳动人民形象的优秀品质。比起奥尔恭的愚蠢、达米斯的急躁、玛丽娅娜的懦弱、克雷央特的无能,桃丽娜的聪明、机智、勇敢、灵活更显得突出了。塑造出这样生动鲜明的劳动者的形象是作者民主主义进步思想的具体表现。

喜剧的结局是仰仗国王的英明,恶人受到惩罚,奥尔恭受到恩赦。这样的结局有突兀之嫌。剧情发展的内在因素不可能产生这种转悲为喜的收尾,社会现实本身也缺少解救奥尔恭的根据,莫里哀不得不求助于外力。这反映了作者借助王权同反动势力进行斗争的政治态度,体现了作者主张的国王应该以理性治国的政治原则,同时也符合古典主义文艺思想的要求。

《达尔杜弗》在艺术上是按照古典主义原则创作的。莫里哀熟练地运用这些原则,使他们有利于刻画人物、表现主题。例如按照"三一律"的要求,剧中的地点始终安排在奥尔恭的家里,作者充分利用了这个室内环境来进行巧妙的构思。像第三幕达米斯藏在套间、第四幕奥尔恭躲在桌下,既构成了关键的戏剧情节,又造成喜剧效果。更重要的是其中一些戏剧动作,像达尔杜弗的求欢和欧米尔的巧计,只有在室内才能发生,离开了那个环境,这些就成为不可信的了。

这部喜剧也体现了古典主义戏剧的一些优点,如结构严谨,矛盾冲突集中尖锐,层次分明。剧本一开始,作者就提出了戏剧冲突,整个剧情都围绕着达尔杜弗而展开。主要人物在前两幕并没有出场,但通过奥尔恭一家为他而引起争吵,却处处都能感到达尔杜弗的存在。人们争吵的中心是对达尔杜弗的看法。争吵之中自然地介绍了达尔杜弗的为人。这样就为主要人物的登场作好了准备。同时对于其他人物在这场斗争中的态度、地位以及相互关系也作了介绍。这样的出场单刀直入,一举数得。再则,有了前两幕对达尔杜弗的一般介绍,作者在以后几幕中可以集中笔墨揭露他伪善的实质和危害,使剧本思想步步深入。所以歌德认为,这是"现存最伟大和最好的开场了"。达尔杜弗一上场,莫里哀用几句话和一个小小的动作(要手帕),就撕破了他的伪善面罩。接着,通过他向欧米尔的两次求欢,剥下了他伪善的外衣。最后,通过他蛮横执行"契约"、陷害奥尔恭的情节,进一步揭露了他的凶恶面目。这样就在集中、紧凑的戏剧冲突中,有层次而逐步深入地揭穿了伪善者的本质。

莫里哀在《达尔杜弗》中不顾古典主义关于各种体裁严格划分、不许交错的原则,在喜剧中插入了悲剧的因素。玛丽娅娜和瓦赖尔的婚姻差点儿是悲剧的结局。剧情达到高潮时,达尔杜弗几乎要把奥尔恭一家给断送掉,这更是悲剧的因素。这些悲剧因素的插入,使得这部喜剧的冲突更加紧张、尖锐,从而更有力地揭示了达尔杜弗这个恶棍的凶恶本质。莫里哀在喜剧中还吸收了民间戏剧和各种喜剧体裁的艺术手法,增加了剧本的喜剧效果,例如:打耳光、桌下藏人等都是民间闹剧的艺术手法;家庭吵架、撵走儿子、父亲逼婚等又是风俗喜剧的手法。莫里哀在吸取各种戏剧手法的基础上创造了独具风格的近代喜剧。

剧中人物的语言符合各自的身份和性格。桃丽娜的语言犀利、明确、朴素、生动,处处显示出她爽朗的性格和来自民间的智慧。达尔杜弗的语言则是矫饰、造作,竭尽堆砌辞藻之能事。他长篇大论地玩弄教义,为自己的卑劣行为进行诡辩。人物的语言风格较有利于表现风格。

《达尔杜弗》在艺术上的局限也是明显的。"三一律"毕竟束缚文艺创作,使莫里哀在剧中不能展示广阔的社会风貌。另外,莫里哀按照理性原则来塑造达尔杜弗这个人物,把他写成具有单一性格的伪善者,缺乏丰富多彩的性格特征。

第五章

18 世纪启蒙文学

第一节　概　　述

18 世纪是欧洲历史发展的重要时期，其标志就是震撼全欧洲的法国大革命。在革命到来之前，欧洲发生了一场新的具有深远影响的反封建的思想文化运动——启蒙运动。伴随着这场运动，在文学上也出现了一股全新的潮流，即启蒙文学。

一、启蒙运动与启蒙文学

欧洲的社会生产力随着资产阶级的日益壮大，到 18 世纪已发展到相当高的水平，但封建的生产关系却严重地阻碍着它的继续发展。在英国，17 世纪的两次革命建立了君主立宪的政治体制，使资产阶级第一次取得了政治权利，但封建的生产关系并未从根本上打破；在法国，僧侣和贵族两大等级的人口只占 1%，却占有全国 90% 的土地，第三等级经济上负担着沉重的赋税。先进的社会生产力与旧的封建生产关系的这种尖锐矛盾冲突决定了 18 世纪资产阶级革命的历史必然性。“封建的所有制关系已不再适应已经发展的生产力了……它变成了束缚生产的桎梏。它必须被打破，而且果然被打破了。”（马克思、恩格斯《共产党宣言》）1789 年爆发的法国大革命正是这种时代要求的集中体现。凡要推翻一个政权，总要先造舆论，总要先做意识形态方面的工作。欧洲的封建制度经过 1 000 年的发展形成了一整套维护和强化其统治的上层建筑和意识形态，尽管曾经爆发过文艺复兴运动，但由于历史局限，那次运动不够全面深入，并未打破封建桎梏。因此，随着政治革命的迫近，就必须在思想文化领域进行一次彻底的革命，为政治革命作好思想准备，启蒙运动就是在这样的背景下应运而生的。

启蒙运动是继文艺复兴之后在欧洲发生的第二次资产阶级思想文化运动，它是为资产阶级推翻封建阶级的政治革命、为资本主义的全面发展作思想舆论准备的一场思想运动。启蒙运动是文艺复兴的继续和深入，它的根本任务也是反封建。但它反封建的范围比文艺复兴更广，从道德伦理范畴扩大到整个上层建筑；它反封建的目标更明确，直接以推翻封建制度为目的；它更带有政治色彩，斗争锋芒也更尖锐。启蒙运动明确提出反封建必须挣脱套在人类脖子上的两大枷锁——专制制度和宗教迷信。为此，它在哲学上提出战斗的无神论（或自然神论）

和人道主义。后者是启蒙思想家的思想武器,其核心是自由、平等。启蒙思想家指出,人生来就是自由平等的,自由和平等是人的天性的最高表现。这就从根本上否定了封建的专制统治和贵族特权。因而自由、平等的理念也就成了启蒙运动中最鲜明、最有号召力的两面旗帜。

18 世纪自然科学的发展对启蒙运动产生了积极而深远的影响。18 世纪是西方近代科学发展的重要时期。各种科学研究机构的相继成立(1662 年伦敦成立皇家科学院、1666 年巴黎科学院成立、1770 年柏林科学院成立)和科学杂志的创刊发行(欧洲第一份纯科学杂志《学人杂志》1665 年起在巴黎首次发行)推动了科学研究的发展。牛顿(1642—1727)完成了数学和力学两门基础自然科学的结合,确立了完整的力学体系,成为该世纪自然科学发展的最显著的标志。其他学科也进入了收集整理材料阶段,取得了不同程度的进展。科学的发展使人们对客观世界的认识和把握日益准确主动,它不仅为即将到来的工业革命创造了条件,也为启蒙思想家彻底批判宗教神学、建立唯物主义哲学体系提供了养料。与此同时,启蒙思想家们也从文艺复兴以来丰富优秀的思想资料中汲取营养。培根的唯物主义哲学和"知识就是力量"的口号,笛卡儿的唯理主义哲学,斯宾诺莎的唯物主义唯理论,霍布斯的唯物主义经验论及社会契约说,洛克反对"天赋观念"的认识论、自然权利说等等,都为启蒙思想家提供了借鉴,成为以英国经验论哲学和法国唯物主义哲学为代表的启蒙哲学及以卢梭为代表的启蒙社会政治理论的直接来源。

与古典主义一样,启蒙运动崇尚"理性"原则。但是,启蒙思想家们强调理性与古典主义者有着本质的区别:它以理性为原则,要求人们思考并否定现存的一切制度的合理性;它把理性与人的天性(即自由平等)联系起来,要求按人的天性建立未来社会,即自由平等的"理性王国"。在启蒙思想家的眼里,"理性"是一位严厉的法官,"一切都必须在理性的法庭面前为自己的存在作辩护或者放弃存在的权利,思维着的悟性成为衡量一切的唯一的尺度"(恩格斯《反杜林论》)。为了用理性武装人们头脑,启蒙学者非常注重宣传普及科学文化知识。他们认为凭借知识的钥匙就可以打开人们的眼界,照亮人们的头脑,促使人们去探索新的生活。因此,法国启蒙学者狄德罗和他的朋友们排除各种阻挠,经过 30 年的艰苦写作,完成了《百科全书》。它集中了各种领域的优秀思想成果,提倡理性的批判精神和公开的唯物主义思想。《百科全书》的出版把法国启蒙运动推向高潮。因此,法国人常用"百科全书派"来称呼启蒙学者。

轰轰烈烈的启蒙运动以英国资产阶级勇敢地号召政治革命开始,到德国一场思想领域里的革命终结。虽然各自不同的历史条件使得各国启蒙运动具有差异,但作为人类思想文化历史长河中的洪峰,它冲决了人类近代历史的大门。启蒙运动中产生的文化、思想硕果,是资产阶级给人类创造的珍贵的精神财富。马克思主义从中汲取了丰富的养料。

启蒙文学是启蒙运动的一个重要组成部分,它密切配合了反封建的启蒙运动。启蒙文学的作家多半是启蒙运动的思想家和社会活动家。他们把文学当作反封建的武器和进行启蒙宣传的工具,因此具有鲜明的反封建的政治倾向性和战斗性,具体说,有以下几个特点。

1. 政论性和哲理性

启蒙文学家们经常在作品中插入一定的政论成分,用流畅而富于雄辩的纯理性的散文语言,宣扬启蒙思想,探讨社会问题和哲学问题。作者写作的目的往往是为阐明某种政治主张和哲学思想。于是,他们常在写作时把自己的政治、哲学、道德、宗教等一系列观点融进作品之中,或借作品中人物之口,或自己直接加以阐发,因此政治倾向性鲜明,教育目的明确。法国启蒙作家孟德斯鸠曾说:"作者有这样的方便,可以将哲学、政治与道德纳入一部小说中,并且把一切都用一条秘密的锁链穿起来,这条锁链在某种程度上是人们察觉不到的。"但某些启蒙作家往往不能很好地处理政治倾向性和艺术性的关系,致使一些作品说教过多,忽略了人物性格刻画,把人物作为时代精神的传声筒,犯了"概念化"的错误,削弱了作品的艺术感染力。

2. 现实主义色彩和平民精神

启蒙文学继承和发展了文艺复兴时期人文主义文学的现实主义传统,认为外部世界的一切事物和现象,现实生活的一切领域,都应该是艺术表现的对象。艺术家应该描绘和反映社会各阶层的真实面貌。启蒙作家们在作品中注意直接描写现实生活,通过典型的日常生活的细节来表现现实社会的种种关系。他们还特别注意描写平民的日常生活,塑造平凡的普通人的正面形象,把普通人的情感和理智、希望和追求、幸福和痛苦统统写进文学艺术作品之中。这些人物形象是以往文学中不曾有过的新人物,作品通过他们与周围环境的冲突斗争,有力地表现了社会的重大问题。运用人民的语言,表现普通人的生活,争取艺术民主化,创造现实主义的文学艺术,成为这一时期启蒙主义作家反古典主义美学原则的共同美学主张。

3. 形式上的创新

启蒙作家认为传统的艺术形式已不能满足他们宣传启蒙思想需要。为此,他们大胆地创造了许多启蒙文学的特殊形式。特别是在散文方面,如哲理小说、书信体小说、对话体小说、游记体小说等,使小说文体变得多彩多姿,为19世纪小说的繁荣奠定了基础。其中哲理小说最为启蒙作家青睐,在这类小说中故事往往只是一个框架,用以阐述哲学、政治、社会等问题。它们以思想见解为主,重点在用形象化的语言把某些观点表现出来。至于戏剧方面,启蒙作家的主要贡献在于开创了正剧(又称严肃喜剧)这一新的戏剧形式。正剧的首创者是狄德罗和莱辛,它抛弃了古典主义的清规戒律,把喜剧悲剧因素统一起来,以第三等级为主角,着重在作品中探讨严肃的社会问题,表现日常生活中的凡人常事,并运用日常口语,从而使戏剧更加贴近生活,贴近时代。

二、启蒙文学的发展概况

启蒙文学作为18世纪欧洲文学的主潮,以英国的现实主义长篇小说揭开序幕,经由法国哲理小说和法、德等国的启蒙戏剧的发展而进入高潮,并与18世纪后期出现的感伤主义文学融合,从理性和情感两个方向为19世纪西方文学的两大潮流——浪漫主义和现实主义——的繁荣铺平了道路。而对18世纪启蒙文学的思想和艺术精神作出全面总结的是这个时代的文学巨人——歌德。

1. 英国启蒙文学

启蒙运动最早萌芽于英国。17世纪末,英国废除出版物审查法,各种以中小资产阶级为阅读对象、抨击封建意识、普及启蒙思想的报章杂志和小册子大量涌现,形成了欧洲最早的启蒙主义教育浪潮。在文学上,18世纪初兴起于英国的现实主义长篇小说,以其丰富广阔而又真实具体的现实生活画面,形成了欧洲启蒙主义文学的第一道亮丽的彩虹,并对19世纪批判现实主义产生了重要影响。18世纪英国现实主义作家继承发展文艺复兴时期流浪汉小说的传统,比较广泛地反映英国社会的现实生活,普通人成为主人公,现实生活成了作品的主要内容,情节趋于集中,时间地点安排严密,人物性格塑造、感情描写和环境描写有显著进步,语言用日常口语。而在对现实的态度上,这些作家大体分成两类:一类比较温和,只主张局部改革,对现实基本持肯定态度,如丹尼尔·笛福、塞缪尔·理查逊(1689—1761)等;另一类比较激进,对现实持讽刺态度,代表者为乔纳森·斯威夫特和亨利·菲尔丁。就现实主义创作方法的发展而言,上述四位作家的创作是循序渐进的:笛福的创作有传奇色彩;斯威夫特把现实细节放在十分奇特的幻境之中;菲尔丁采用流浪汉小说形式,以人物为中心;理查逊的书信体小说则不仅注意细节的真实,而且重视情感的真切,感动了英国和西欧一整代读者。

丹尼尔·笛福(1660—1731)是英国现实主义长篇小说的开创者。早年他曾以大量的小册子和报刊文字为资本主义的全面发展摇旗呐喊,晚年则以《鲁滨孙漂流记》(1719)和《摩尔·弗兰德斯》(1722)等小说反映资本主义生活方式形成时期英国社会的精神风貌。代表作《鲁滨孙漂流记》是世界文学名著中最流行的小说之一,小说写主人公鲁滨孙不安于平庸的生活,不断到海外冒险。一次,在前往非洲贩运黑奴途中,因船只失事而只身漂流到一座荒岛上。他克服无数难以想象的困难,在岛上生活了28年,把荒岛开辟成自己的家园。鲁滨孙是世界文学史上第一个活生生的具体的平民资产阶级正面形象,恩格斯称他为“真正的资产者”。所谓真正的资产者,就是说他的出身、职业、性格、思想意识、所作所为无不是彻头彻尾的资产阶级化的,同时也是说他是正处在朝气蓬勃的上升时期的资产阶级的典型形象,在他身上概括了上升时期资产阶级的进步性和作为新一代剥削阶级的本质。这主要表现在以下方面:(1)不懈的进取心和冒险精神。鲁滨孙厌恶平庸,始终不愿过安逸的生活,立志从事航海业,百折不回,不惜流落荒岛,最后以惊人的毅力克服各种困难。这种进取心和坚强意志正是新兴资产阶级对自身对世界充满信心的表现。(2)强烈的功利主义思想。鲁滨孙作各种冒险都有功利目的。他有无穷的商业计划,办各种企业,四处经商,苦心经营,事事追求实利:他把荒岛当作私人财产;救星期五不为消遣而是将他作为劳动工具;黑少年佐立是他的患难之交,与他一起逃出摩尔海盗之手,但这并不能阻止他把佐立卖给贩奴者。(3)鲁滨孙还是个具有殖民思想的人。西欧资本原始积累的一个重要途径就是海外扩张。他到巴西做农场主,赚了钱就贩卖黑奴。到荒岛后,感到自己成了主人,成了君主,只缺少臣民。“星期五”出现后,他就用殖民主义者惯用的手段征服他。当然,这个形象的容量是极为丰富的,作为新兴资产阶级的典型,他身上具有人类的某些优秀的品质,如乐观主义、进取心、自信心、聪明才智、劳动美德等。他在荒岛上的劳动和生活还被视为是人类社会发展、人类成长的象征。小说以写实手法叙述一个虚构的故事,讲究情节的生活逻辑和细节的真实性,与以虚幻离奇为特征的传奇划清了界限,从而开了欧洲小说注重细节真实的风气。此外,小说采用第一人称叙事,语言通俗,文体简朴,充分体现了平民化风格。

《鲁滨孙漂流记》书影

乔纳森·斯威夫特(1677—1745)一生从事政治活动,因而他不像笛福那样醉心于表现普通人的生活和事业,而是热衷于把作品内容与政治斗争联系起来,以他所特有的鲜明而带有讽刺性的机智来鞭挞社会丑恶,捍卫自由原则。代表作《格列佛游记》(1726)采用幻想游记的形式,通过主人公格列佛航海漂流到几个虚构的岛国的神奇经历,影射、抨击了英国的现实,表达了作家的社会理想。其中格列佛在小人国、飞岛国的经历和见闻是对英国统治集团贪婪残忍、争权夺利、殖民掠夺的揭露和讽刺,而在大人国的见闻则表达对贤明君主和理性社会的向往。在对主人公游历的最后一地慧因国的描写中,作家还流露出对人类道德堕落的悲观失望情绪。斯威夫特善于运用幻想、夸张、讽刺的手法反映现实,尤其是讽刺手法的运用非常纯熟。从他开始,讽刺成为英国现实主义小说的一个鲜明特色。

亨利·菲尔丁(1707—1754)写过4部小说和20多部喜剧。他的创作代表了18世纪英国现实主义小说的最高成就。他还在创作理论上提出了一套比较完整的艺术主张。这些主张散见于他的小说序言或卷首,对19世纪欧洲批判现实主义文学产生过有益的影响。因此高尔基称他为现实主义小说的创始人。代表作

亨利·菲尔丁

《弃儿汤姆·琼斯史》(1749)描写弃儿汤姆与富小姐苏菲的爱情经历。其情节虽略显俗套,无非是家族反对、情敌陷害、谣言中伤、暴力袭击、情人变心和堕落等,但作品通过主人公的经历广泛描写了18世纪英国社会的真实图画,对社会丑恶进行了大量的讽刺,并且涉及家庭、道德、教育乃至社会反抗等诸多问题,故被称为"散文滑稽史诗"。小说在艺术上也相当高明。主人公性格鲜明而又丰富复杂;结构上以人物经历为主线,自然地把作品均分为乡村、途中和伦敦三部分,通过严谨布局和戏剧手法,把丰富多彩的生活画面和众多的人物事件融为一个有机的整体。

理查逊与前三位作家不同,他的长篇小说都以资产阶级家庭的日常生活和个人道德为内容。代表作书信体小说《克拉丽莎》(1748)描写少女克拉丽莎逃婚在外,被一贵族青年欺骗侮辱、悲愤而死的悲剧。作者善于用书信体叙述故事,并用以分析人物的心理活动和行为的动机,表达哀婉感伤的情绪。《克拉丽莎》对西欧文学影响深远。法国启蒙作家卢梭的书信体小说《新爱洛绮丝》和德国作家歌德的《少年维特之烦恼》都模仿它或受到它的启发。

18世纪中后期,英国文坛兴起感伤主义文学思潮。这一思潮反映了敏感的民主主义作家在资本主义快速发展和工业革命加紧进行中所感受到的痛苦、彷徨、不安和悲哀的心情。感伤主义的精神实质仍属启蒙主义,它对不合理的社会现实进行愤怒谴责,但它重情而轻理,以情感的宣泄代替理性的思辨。感伤主义的代表作家是劳伦斯·斯特恩(1713—1768),感伤主义之名即来自他的以旅法见闻为题材的游记体小说《感伤的旅行》(1768)。作品以作家的感受和同情为中心,感情、仁爱代替理性作为批判的工具,歌颂善良、同情、忘我无私、合乎自然,细致描绘人物的情感世界和内心活动,运用颠倒时序、不合逻辑的下意识的联想的手法。所有这些都预示着席卷19世纪初欧洲文坛的浪漫主义潮流的到来。

2. 法国启蒙文学

18世纪的法国是欧洲政治最活跃的国家。法国的启蒙运动最典型,它明确地为推翻封建制度、建立资产阶级政权大造舆论。法国的启蒙文学也最典型,明确地为启蒙运动的中心任务服务,密切配合资产阶级反封建的政治和思想斗争,战斗性特别强烈。因此,法国启蒙文学始终围绕着两大主题:(1) 反对等级森严的封建专制统治,宣扬自由平等的资产阶级理性王国。启蒙作家认为封建制度是用暴力维持统治的制度,它依靠剥夺人民的权利来进行统治,是最反动的政体,是资本主义发展的最大障碍,必须彻底推翻。启蒙文学还满腔热情地描绘未来社会的理想图景,借以鼓舞人民斗志。(2) 抨击教会黑暗,反对宗教迷信,宣传无神论或自然神论。宗教神学是封建统治的理论基础,是封建制度最黑暗顽固的堡垒。启蒙作品大量揭露教会黑暗、神职人员的丑恶。有的作家站在无神论立场上,有的则站在自然神论的立场上否定上帝的存在,指出它是统治阶级制造出来欺骗人的。他们批判教会欺压人民,揭露他们腐朽、贪婪的本性。

法国启蒙文学兴起于 18 世纪 20 年代。早期启蒙作家(50 年代前)相对比较保守,政治上主张君主立宪制,哲学上尚未提出无神论,文学上一方面试图摆脱古典主义,另一方面又受其影响。代表作家是孟德斯鸠和伏尔泰。

孟德斯鸠(1689—1755)是最早发表作品对现存社会体制做理性批判的人之一,其成就主要在政论和建立资产阶级法制理论上。他的《论法的精神》是启蒙运动第一部政治、法学理论巨著,被伏尔泰称为“理性和自由的法典”。他的书信体小说《波斯人信札》(1721)借一个东方旅行家的眼光描写法国现实,揭露抨击路易十四以来的反动统治,对专制制度作无情的嘲讽和痛切的批判,指出在专制社会里“除了顺从,你们(指百姓)不可能有别的命运,除了我(国王)的意志,你们不可能有别的灵魂”。这部哲理小说的开山之作虽然没有完整的故事情节,但叙事简洁明快,说理浅近透彻,在当时产生了很大反响。

伏尔泰(1694—1778)是法国启蒙运动的精神领袖,也是具有全欧洲影响的小学说、戏剧家和诗人。他著述宏丰,政治、哲学、历史、文学无不涉足,著作全集有 70 卷之多。他写过各种体裁的文学作品,包括抒情诗、讽刺诗、诗简、短歌、史诗、悲剧、喜剧、哲理小说等。在法国作家中他首先研究中国文学并改编元代纪君祥的《赵氏孤儿》,写成悲剧《中国孤儿》。伏尔泰在文学上最有价值的遗产是他 50 岁之后创作的几部哲理小说。这些小说的特点是用幽默讽刺的笔调描写主人公的生活故事,通过故事来阐发某种哲学思想。其中穿插了许多冒险故事、异国情调、东方色彩、幻想因素和喜剧场面,读来引人入胜,并且用讽刺手法对封建社会给予全面的批判和扫荡,从而宣传了启蒙思想。《查第格》(1747)描写一个年轻的巴比伦人对当时巴黎的第一印象,《天真汉》(1767)描写一个来自天狼星的怪物拜访地球的幻想故事。代表作《老实人》(1759)通过主人公老实人和他的老师邦葛罗斯的遭遇,把德国哲学家莱布尼茨的所谓“现存世界是一切可能有的世界中最完美的世界”的理论驳斥得体无完肤,指出这种理论维护封建统治的

伏尔泰

反动实质,由此启迪人们必须改变现状。小说的后半部分还描绘一个国王仁慈贤明、人人平等富足、宗教信仰自由、科学文化发达的“黄金国”,比较具体地显示了启蒙思想家心目中的理想社会的图景。

18 世纪 50 年代,法国启蒙运动进入新的历史时期。年青一代启蒙思想家提出完整的资产阶级思想体系和政治纲领。50—70 年代以狄德罗为首的一批学者共同编撰欧洲第一部“百科全书”,全面宣传资产阶级意识形态,推动启蒙运动进入高潮。这一时期启蒙文学反封建反教会的斗争精神也更加鲜明,艺术上则彻底摒弃了古典主义的陈规陋习,主要作家有狄德罗、卢梭、博马舍等。

德尼·狄德罗(1713—1784)是当时哲学上最进步的启蒙学者,为宣传唯物论斗争了一生,并因此而被关进巴士底狱。他主持编撰《百科全书》(主编并撰写1 000多条目)。由于法语是当时西方的通用语,故《百科全书》在当时全欧洲知识界拥有极其广泛的读者群。它不仅是参考书,也不仅是对最新科学发展的全面介绍,而且还以挑战的姿态针对政治、宗教和哲学发表了很多激烈的言辞,一度被罗马教廷列为禁书。狄德罗是著名的美学家,他的唯物主义美学思想和现实主义文论代表了 18 世纪艺术理论的杰出成就。他还与德国作家莱辛一道,开创了正剧这一新的戏剧形式。小说《修女》(1760)、《拉摩的侄儿》(1761)和《宿命论者雅各》(1763)是狄德罗最重要的文学创作。《修女》真实地描写了 18 世纪教会控制下的修道院的内幕。苏珊被迫进入修道院,在那儿受尽折磨,最后忍无可忍逃出修道院,但仍无法摆脱教会的魔爪,她只好隐姓埋名当女工,成天提心吊胆。对话体小说《拉摩的侄儿》,塑造了一个富有才华但寡廉鲜耻、自甘堕落的艺术典型。他聪明,爱好音乐,对现实有深刻见解,指出“这是一个何等的鬼制度,有些人吃厌了一切东西,而其他人也有像他们一样急迫的胃口,像他们一样不断重复的饥饿,却没有东西放在牙齿底下”,“无数正直的人不快活,还有无数的人,他们是快活的,但不正直”,“再也没有祖国,从北极到南极,我只看到暴君和奴隶”。但是,由于出身贵族,在专制制度的培养下,他选择了寄生虫式的生活,放荡、堕落、极端自私,声称“如果我不在其中,即使是最完美的世界,也是毫不足取的”。在他身上充满着矛盾,一方面是个醒世者,另一方面又是混世者,因此恩格斯称这部小说“充满了辩证法”。作者塑造这个形象旨在谴责社会罪恶对人的毒害,畸形的社会把一个自然的正常的人塑造成畸形的人。

让-雅克·卢梭(1712—1778)是启蒙思想家中最富有民主思想的代表人物。政治上主张共和,哲学上则是自然神论者。他既是启蒙运动的主将之一,又激烈反对启蒙运动的某些原则,如:他不宣扬文明的益处,而号召人们回归自然;不以理性为人类行为的指南而代之以“情感”,他的第一篇专题论文《论科学与艺术》否认艺术和科学有助于人类道德的净化;第二篇论文《论人类不平等的起源》宣称社会教育和私有财产摧毁了“自然人”并导致纷争和苦难;在《社会契约论》等中,他提出著名的“天赋人权”和“返归自然”的学说。他认为,在自然法则下成长起来的自然人具有美好的天赋,私有制产生后,私有观念造成了人的不平等,人类的文明又导致罪恶丛生。他以此出发抨击封建制度和封建道德,认为它是社会不平等的标志;抨击贫富不均的现象,认为这是违反自然法则的;抨击教会、上帝,认为教会不是自然的产物,而是人制造出来压迫人的。他还提出天赋人权的口号,指出只有人民才有颁布法律的权力,只有人民取得实际政权,由人民的契约行为组成的政府才有可能实行人民的公意,君主政体下人民没有自由;贵族政体下只有少数人有特权。他还主张以暴力来反对专制政体,提出人民可以凭天赋人权去夺回自由——这是法国大革命的思想基础。但卢梭把人性和自然法则作为理论出发点,把原始的简陋生活加以理想化,把物质文明同人类自由对立起来,认为只有依照自然法则生长起来的自然人才有天赋的良心、正义、善良和优美的感情,而充满现代文明的罪恶社会中成长起来的社会人则感染了一切文明社会的罪恶的思想感情,于是得出结论:“随着科学艺术的日益进步,人就变得愈来愈坏了”,“辨别善恶的树长大了,可是生命之树枯萎了”。因此,他提出返归自然的口号,要求回到原始状态中去。卢梭对后代的政治影响主要就是上述观点。浪漫主义作家几乎都曾经是这种学说的信奉者。

让-雅克·卢梭

卢梭的文学创作主要有《新爱洛绮丝》(1761)、《爱弥尔》(1762)和《忏悔录》(1778)。书信体小说《新爱洛绮丝》写贵族小姐朱丽与平民出身的家庭教师桑普乐之间的爱情悲剧。小说题目使人想起12世纪法国的一个真实事件:美丽而纯情的少女爱洛绮丝与老师、哲学家阿伯拉尔相爱而酿成的悲剧。小说着重表现“社会道德”、等级制度与“自然法则”之间的冲突,指出在封建时代,一些合乎自然道德的事往往不符合人为的阶级偏见所造成的社会道德,从而谴责了社会道德的不合理。“新”点明主题,透过作者对封建罪恶的强烈愤怒,唤起人们将两个相似的悲剧进行对照,从中体味出一个真理:尽管时代已经过去这么久,但青年男女之间的爱情悲剧却一如既往,残害人间正当爱情的封建偏见和家长制依然恣意横行。它告诉人们要结束这样的悲剧,必须从根本上改变制度,这就是这部小说的革命性主题。小说把描写人的感情放在中心位置,注意描写人物微妙的情感变化。小说对大自然的描写也十分精彩,处处流露出作者对自然的热爱。在作者笔下大自然总是充满着纯洁、和谐的美,充满着永不消失的生命力。他还把自然的优美同主人公的纯洁感情联系起来,诗情画意,别具风格。

加隆·德·博马舍(1732—1799)是法国最优秀的启蒙戏剧家。他的代表作是“费加罗三部曲”中的前两部:《塞维利亚的理发师》(1775)和《费加罗的婚姻》

(1778)。后者被称为法国大革命的前奏曲,一上演就被禁。作品通过描写仆人费加罗维护自身权利,挫败伯爵企图恢复贵族初夜权的斗争,表现了彻底摧毁封建特权的政治主题。作品成功地塑造了仆人形象,他生机勃勃,机智乐观,是抨击贵族的直率的批评家。这个形象集中体现了当时法国社会第三等级的基本特征。博马舍的戏剧代表作继承了古典主义戏剧结构严谨、情节集中的优点,还吸取了民间创作的多样化和现实主义因素,对于古典主义戏剧向现实主义戏剧过渡起到承前启后的作用。

3. 德国启蒙文学

德国在当时欧洲大国中处于落后地位,不仅经济发展滞后,而且政治上分裂割据,300 个小朝廷各自为政,严重影响了德国资本主义的发展和社会进步。这就决定了德国资产阶级的软弱性和妥协性,使他们注定缺乏政治革命的自觉要求。尽管如此,在英、法等国启蒙运动的影响下,德国一些进步的青年知识分子也发动了启蒙运动,只是德国早期启蒙运动的主要内容不在推翻封建统治,而是把反封建斗争同争取民族统一的运动紧密结合起来,唤醒民族意识,建立民族文学。这在其他国家是由古典主义完成的。因此德国早期启蒙运动缺乏强烈的革命精神,把运动局限在纯精神领域,政治色彩不浓。

戈特霍尔德·埃夫莱姆·莱辛(1729—1781)是德国启蒙文学的第一位代表。他把德国文学从狭隘的法国古典主义中解放出来,奠定了德国启蒙运动的基础,成为民族文学的奠基人。莱辛是著名的美学家,他的论著《拉奥孔,或论画与诗的界限》探讨造型艺术与语言艺术的不同规律,是 18 世纪最重要的美学著作之一。他还致力于创造民族戏剧及其理论。他的戏剧代表作《爱美丽雅·迦洛蒂》(1771)写一亲王为满足自己的情欲而派人找来一批强盗杀死新郎、霸占民女的故事,具有强烈的反封建色彩。莱辛的戏剧以平民为主人公,以德国现实生活为题材,在形式上摒弃了法国古典主义的那种矫揉造作、墨守成规的习气,力求接近生活口语,自然朴实,为民族戏剧树立了最初的典范。《汉堡剧评》是莱辛担任汉堡民族剧院剧评工作时写的文章总汇,系统地提出了启蒙戏剧的主张,具有强烈的论战色彩。

莱辛之后,德国启蒙文学发展迅速,到 1870 年代形成高潮,其标志就是当时兴起的“狂飙突进”运动。这是一场声势浩大的全德性的反封建文学运动。当时在德国涌现出一大批青年作家,他们先后发表了许多具有强烈反封建色彩的作品,形成德国文学空前的繁荣,也把德国的启蒙运动推向高潮。“狂飙突进”运动的名称来源于作家克林格(1752—1831)在 1776 年发表的剧本《狂飙突进》。这场运动的精神领袖是赫尔德(1744—1803),而青年歌德和席勒则是运动的主将。“狂飙”作家大多强调个性解放,崇拜天才,将天才与暴君市侩相对立,将天才同封建等级制度相对立,具有鲜明的个人主义色彩。“狂飙”作家有许多是卢梭的崇拜者,深受卢梭“返归自然”的影响,歌颂理想化的大自然,歌颂个人情感,歌颂纯朴的儿童和农夫，与城市的庸俗市民和残暴的贵族相对立。“狂飙运动”是自发的、盲目的，缺乏明确的纲领，只是一味用狂热的姿态反叛社会。当这种青年人特有的狂热过去后，许多作家反叛社会的热情便迅速冷却下来。18世纪末席勒与歌德在魏玛携手进行文学创作，把德国文学推向新的高峰，史称“魏玛古典时期”。这也是德国启蒙文学的尾声。

弗里德里希·席勒(1759—1805)是德国伟大的戏剧家和诗人之一，他是著名的唯心主义美学家，一生强调美育，有《论人的美育教育》《论纯朴诗与热情诗》等著作，提出用美育方式改造社会的主张，认为艺术高于一切。《强盗》(1780)是他早期的戏剧作品，代表狂飙运动的最高成就。作品“歌颂一个向全社会公开宣战的豪侠的青年”(马克思)，充满了叛逆精神。作品公演第一夜席勒就被驱逐出他居住的小公国。剧本情节取自诗人苏巴尔特的同名短篇小说，写两兄弟卡尔和威廉结怨，前者高尚，后者阴险，用欺骗手段唆使父亲与兄不和，最后父亲遇难，卡尔挺身相救。《阴谋与爱情》是一部思想性艺术性较高的悲剧，写宰相瓦尔特之子斐迪南同音乐师米勒之女露易丝相爱，宰相却因政治原因要斐迪南娶公爵的旧情妇。而宰相秘书伍尔牧对露易丝怀有歹意，他散布谗言，企图拆散两人。宰相以米勒为人质，迫使露易丝给侍卫长写了一封情书。斐迪南中计，绝望中与露易丝一起服下毒药。作品强烈控诉了封建专制统治的暴虐和黑暗，控诉它对青年人爱情幸福的摧残，反映了贵族与平民之间不可调和的矛盾。斐迪南是一个追求自由意志和理想的进步青年；露易丝是德国文学中动人的平民形象，有真挚的感情，有善良的情操，她深切感到等级不平等的痛苦，却无勇气冲破它。她是当时德国市民阶级状况的真实写照。由于作品直接反映当时德国的政治现实，真实具体地描写两大阵营的冲突，明确地站在反封建立场上，因此，恩格斯称他为“德国第一部有政治倾向性的戏剧”。这部戏剧艺术上师法莎士比亚，情节生动丰富，人物性格复杂饱满，戏剧冲突紧张尖锐。席勒晚年的重要剧作有《华伦斯坦》(三部曲)以及《威廉·退尔》《奥尔良姑娘》等。此外，席勒还作有大量的抒情诗和叙事歌谣。

弗里德里希·席勒

第二节 歌　德

约翰·沃尔夫冈·冯·歌德(1749—1832)是德国伟大的诗人、作家，青年时代为狂飙运动的代表人物，集文学、艺术、自然科学、哲学、政治等成就于一身，也是欧洲启蒙文学最杰出的代表。

一、生平与创作

歌德1749年8月28日生于德国中部美因河畔法兰克福的富裕市民之家。父亲曾任皇家参议,母亲是市长的女儿。歌德年轻时在莱比锡大学及斯特拉斯堡大学学习法律,但他志不在此,而是热衷于文学与绘画,并受荷兰哲学家斯宾诺莎、狂飙突进运动纲领的制定者赫尔德的影响。70年代前期,他成为狂飙突进运动的代表人物,写了不少优秀的具有反抗性的作品,如:剧本《铁手骑士葛兹·冯·伯利欣根》、小说《少年维特之烦恼》及《浮士德》初稿。《铁手骑士葛兹·冯·伯利欣根》(1773)是狂飙突进运动第一部正式发表的作品。剧本取材于16世纪的德国历史,塑造了一个富有叛逆精神的反封建英雄形象。主人公葛兹出身骑士,后成为农民起义军的领袖,在反对封建领主的斗争中壮烈牺牲。剧作艺术上效法莎士比亚,摒弃古典主义的"三一律",情节生动,场景丰富,人物众多。

约翰·沃尔夫冈·冯·歌德

《少年维特之烦恼》(1774)的发表在德国文学史上具有划时代的意义,它不仅使青年歌德一举成名,也使德国文学第一次获得世界声誉。作品的素材来源于作家本人的生活体验和他的朋友、公使馆秘书叶鲁塞冷的自杀事件。小说没有惊心动魄的情节,只是以书信的形式,用极其细腻的笔触描写主人公维特的遭遇和情感世界。内容分成三部分:第一部分写平民青年维特爱上美丽的乡村姑娘绿蒂,但后者已订婚,维特只好痛苦地离开绿蒂;第二部分写维特离开乡村后,来到一个公使馆任职,他看不惯官场作风,又受不了歧视,愤然辞职,回到乡下;第三部分写维特回到乡下,发现绿蒂已经结婚,虽然两人彼此相爱,但都无勇气冲破封建藩篱,不久他在绝望中自杀。小说写的是个人的恋爱悲剧,但把它放在个人自由愿望与古老世界的种种限制这一尖锐冲突的背景下加以描写,因此其意义就远远超过了个人爱情。正是在此意义上维特成了德国的进步青年形象,因为在他身上体现了要求自由、个性解放的时代精神。他不满沉闷、鄙陋的环境,不满贵族的傲慢偏见、官场的腐败、市民的平庸。环境使他感到孤独苦闷,于是他来到自然中寻找宽慰,这使他爱上了绿蒂。他在她身上体味到一种质朴纯真,她成了他的精神寄托,对她的爱成了他逃避龌龊的现实的避难所。当他感到爱情无望离开绿蒂回到现实生活时,他想有所作为,干一番事业,使他爱的情感得到升华。但这个社会不能收容他,而他也憎恶这个社会,所以又回到绿蒂身边。最后,当他发现绿蒂也逃脱不了德国小市民的庸俗气,屈从传统观念嫁给一个奉公守法、因循守旧的小官僚阿尔倍,他对现实彻底绝望了,只好选择自杀的道路。因此,维特的自杀不单是失恋,而是对令人窒息的环境的孤独无力的抗争。维特是用自杀来宣告他同社会的决裂,来控诉腐败社会压抑窒息像他这样的青年人。他的死虽是消极反抗,是找不到正确出路的挣扎,但有思想的读者自然能从中得出必须革新社会,改变现实的积极结论。所以恩格斯说歌德用这部书"建立了一个最伟大的批判的功绩"。

《少年维特之烦恼》充满时代精神,触发和引爆了淤积在青年一代内心中对现实不满的火药,同时也表达了青年一代既憎恶社会又找不到出路的苦闷彷徨情绪,这正是当时形成感伤主义思潮的现实基础。因此,小说发表后引起强烈的社会反响。在艺术上,小说仿佛给文坛吹来一阵新风。它摆脱传统的束缚,拒绝一切清规戒律,充分发挥书信体的形式功能,让主人公以第一人称的身份向读者述说自己的遭遇和情怀,双方直接产生交流和共鸣。小说的文笔清新自然,特别是景物描写优美传神,使作品中许多章节充满诗情画意。

Die Leiden
des
jungen Werthers.
Erster Theil.
Leipzig,
in der Weygandschen Buchhandlung
1774

《少年维特之烦恼》书影

1775年,歌德应邀去魏玛,任枢密顾问等职,主持小朝廷的政务,并被提升为贵族。由于从事各种行政事务,创作受到很大影响,而他所希望的实现变革社会的梦想却始终难以实现。这给歌德带来极大的苦闷。于是他在1786年9月化名悄然离开魏玛,去意大利漫游。他接触了意大利的古典艺术,醉心于南国的旖旎风光,暂时克服了精神危机,在艺术上获得了新生。他在意大利完成了名剧《埃格蒙特》(1788)。1788年6月,歌德回到魏玛,任艺术和科学院校总监等职。1789年法国爆发了资产阶级革命,歌德对此缺乏理解,有的作品曾对暴力革命加以嘲讽。这一时期,他完成了诗剧《托夸多·塔索》(1790)、《陶里斯的伊菲格尼亚》(1790)和动物诗《列那狐》(1794)等。

歌德和席勒亲密无间的友谊是德国文学史上的一段佳话。1794年后,两人在文艺领域内携手合作,把德国古典文学推向高潮。在他们结交的10年时间里,歌德完成了长篇小说《威廉·麦斯特的学习时代》(1796)、叙事长诗《赫尔曼和窦绿苔》(1797)和《浮士德》第一部。《赫尔曼和窦绿苔》叙述法国大革命时期一名法国姑娘逃亡到莱茵河左岸与当地德国青年恋爱的故事。诗歌对革命带来的动荡表示厌恶,美化了逃避革命现实的庸俗的小市民生活,反映了歌德政治思想保守的一面。

在席勒去世和拿破仑战争时期,歌德的创作活动几乎停止,转而对阿拉伯、波斯和中国发生浓厚兴趣。1814年前后,65岁的歌德艺术青春重又焕发,写了不少优秀的诗篇,并且完成了《浮士德》第二部和长篇小说《威廉·麦斯特的漫游时代》(1829)、自传《诗与真》(1830),为世界文学宝库立下了丰碑。《威廉·麦斯特》是歌德的一部重要作品,前后创作达30年。主人公威廉·麦斯特出身富商家庭,但从小厌弃庸俗狭隘的市民生活。他酷爱戏剧艺术,青少年时代即与演员一起投身流浪演艺生涯,同时广泛接触现实社会。经过漫长而曲折的生活道路,最终找到了空想社会主义式的理想生活方式。作品属于启蒙时代流行的"教育小说",描写了主人公在实践中追求人生意义,树立人生理想,不断克制自己,培养自己的个性,成为一个所谓完整的人投入现实人生。小说还叙述了一个乌托邦式的"教育区",其教育的目标是如何培养未来社会和国家的有用的成员。

除鸿篇巨制以外,歌德的短诗作品也非常丰富,他写过大量抒情诗和叙事谣曲(ballad),他的这些自称为"一部巨大自白的许多片断"的诗作被罗曼·罗兰称为"他诗歌金字塔顶上的花束"。它们散发出泛神论的光彩,正如海涅所说:"斯宾诺莎的学说咬破了数学形式的茧儿,变成歌德的诗歌飞舞在我们周围。"

歌德的一生曲折漫长,他有一种强烈的求实探索的精神,永不满足于某种现成的思想,并随着社会的进步不断地发展自己的认识,好学不倦,积极接受新事物。早年,他生活放荡,但很快就放弃了对生活享乐的追求;在狂飙时代,他表现出强烈的反叛精神;但不久这种叛逆精神就开始冷却,转而追求宁静、和谐的生活,去魏玛做官,希望通过点滴的改良来实现社会理想;后来,他又不满足于这种安适的生活,偷偷离开魏玛去意大利,受到古代艺术美的感染,回来后从事古代艺术的研究和创作;到19世纪初,他受到科学技术的发展的感染,接受了空想社会主义学说,对东方哲学思想产生浓厚兴趣。在创作风格上他也同样不断发展变化。早年受古典主义影响,狂飙时期则成了反古典主义的干将;魏玛时期又热衷于古代艺术,写了许多古代题材的作品;到了晚年,他的诗风转向东方,追求东方文学艺术神秘和富有哲理的精神,如《西东合集》和模仿中国诗写的《中德岁时诗》等。正是这种不懈追求、不断否定自己的精神使他直到晚年都能跟上时代的步伐,保持永远向前的蓬勃朝气,永远焕发出诗情。

歌德的思想始终充满矛盾。一方面,启蒙精神的影响和诗人的气质天性,形成了他叛逆的、不断追求的性格,使他对现实持一种否定的态度,鄙视现实,追求人格的完善和世界的完善。另一方面,由于出身德国市民家庭,加上生活环境比较狭窄,变化较少,经常处在德国小市民的圈子里,使他的思想又有着庸俗的一面,谨小慎微,胸襟狭隘,与现实妥协。他经常处在诗人与官僚、扩展自我与收缩自我的矛盾之中。这种矛盾实际上正反映了德国资产阶级的软弱性,也反映出德国当时鄙陋的现实对天才诗人的损害。

二、《浮士德》

《浮士德》被别林斯基称为"我们时代的《伊利亚特》",它是歌德以毕生心血完成的杰作。从酝酿构思到最后完成花了60年时间。早在斯特拉斯上学时他就有写浮士德的想法,1773年正式着手写作,1775年初写出部分初稿,当时他年仅26岁。后来由于在魏玛做官而中断创作,1786年去意大利后又恢复创作,1790年发表部分片断,此时歌德年届 40 岁。1794 年后歌德在席勒鼓励下继续写作,1806 年歌德 50 岁时完成第一部。此后花了较长时间构思第二部,直到 1825 年他 70 岁时才集中精力写作,1831 年歌德去世前不久才最后完成。1832 年他在一封信上说:“我对《浮士德》的构思已超过 60 年之久,青年时期已了然于胸,不过对于情节先后次序安排未详予规定。”由此可见这部作品贯穿了歌德的全部写作生活,而这 60 年正是欧洲发生一系列历史巨变的时代。歌德亲身经历这些变化,他的思想不断发展,这部作品也就有了巨大的概括意义,概括了歌德世界观发展的全过程,也概括了欧洲资产阶级思想发展的过程,是一部具有历史总结意义的史诗性的作品。

《浮士德》所选取的题材在欧洲是老少皆知的,早在中世纪后期,欧洲各国就流传着关于浮士德的故事。它最初是德国民间故事,主人公浮士德原系真人,是跑江湖的巫师、星相家,死后留下许多传说。1587 年出版过一本《约翰·浮士德生平》的书,其中说他与魔鬼订立合同,活着时魔鬼满足他一切要求,死后灵魂归魔鬼支配。因此浮士德不外乎是贪图享受、用灵魂换取快乐的享乐主义者。到文艺复兴后期,克里斯多夫·马洛用这一题材写了《浮士德博士的悲剧》,故事情节与原传说大致相仿,然而形象发展了,浮士德在戏中成为人文主义者,不信上帝,追求知识,追求快乐生活,企图用人的理性和力量征服大自然。后来,还有许多作家写过浮士德,如莱辛、克林格等。

歌德的《浮士德》创造性地运用了这个古老的题材,无论在情节上还是在人物形象上都进行了大量改造,使浮士德成为一个性格极为丰富复杂的形象,也使故事富有一种高度哲理性和艺术性统一的美。在歌德的作品中,浮士德成为一个不断探索人生真理、不断追求的形象。实际上,在这里浮士德只不过是个象征性的人物,他的人生探索反映的是作者的人生观和人格理想;从广义说这个形象也概括了 18 世纪德国先进资产阶级知识分子的思想发展过程;从更广的意义上讲,浮士德的探索象征着从文艺复兴到 19 世纪初 300 年间欧洲资产阶级精神发展的历史,或者说表现了上升时期进步资产阶级精神探索的历史。

《浮士德》共 12 111 行,分成两部,第一部序章后有 25 场,不分幕,第二部分成 5 幕。诗剧主体部分描述主人公浮士德一生奋斗追求的 5 个阶段。

(1) 走出书斋、投身社会。故事开篇,浮士德已年过半百,在阴暗的书斋里过了大半辈子。为了解宇宙秘密而博览群书,钻研中世纪的哲、医、法、神各种学问,但以神学为中心的知识毫无实际用处。他很苦恼,甚至想自杀。这时复活节的钟声响起,使他想起屋外还有大千世界,便信步来到人群中,这坚定了他投身社会的决心。回家后,他打开《圣经》寻求答案,但《约翰福音》第一句话就是“太初有道”,他将其改成“太初有为”,强调人活着就要从事实际工作,在行动中寻找真理。“我要纵身跳进时代的奔波,我要纵身跳进变革的车轮。苦痛、失败、成功我都不问,男儿的事业原本要昼夜不停。”这时魔鬼靡非斯特出现,与他签约。此时浮士德非常自信,因为他洞察生活的辩证法:快乐必然同时包括痛苦,一种欲望得到满足后,必然又唤起新的欲望。他和魔鬼打赌时觉得胜利在握。在魔鬼的带领下他投身于社会洪流。这段描写表明歌德对中世纪学问

《浮士德》插图:浮士德与靡非斯特定约

的否定,象征文艺复兴时期人文主义者摆脱中世纪学问投身社会、探索社会人生真理的战斗历程,表现新兴资产阶级要求扩展自己,要求获得新知识、了解社会了解人生了解自然的愿望。

(2) 追求个人幸福的阶段。浮士德走出书斋,魔鬼先用感官享受引诱他,把他带到市民社会,走进莱比锡一家地下酒馆,一群大学生正在花天酒地,浮士德对此十分厌恶。魔鬼又带他到魔女之厨让他喝下魔汤返老还童,并帮助他得到少女葛丽卿的爱情。可他们的爱情很快酿成悲剧。浮士德为体验爱情而毁掉了葛丽卿,他感到负疚,认识到围绕个人生活的狭小圈子追求理想是不可能的,必须向着更高境界,克服"小我"走向"大我"。这段描写实际上是对文艺复兴时期那种过分追求官能享受和个人主义泛滥的否定。

(3) 为宫廷服务的阶段。浮士德在前阶段追求的失败中领悟出"人生就是在于体现出彩虹缤纷"。他从德国市民社会的小世界进入广阔的大世界,去探索真理。此时诗剧背景也变得异常开阔,从 18 世纪末德国社会出发往后追溯到古希腊神话世界,往前展望人类未来,浮士德在这样的环境中继续探索人生真理。魔鬼带他到神圣罗马皇帝的宫廷,帮助他成了大臣,但浮士德在那儿为宫廷服务,不可能有所作为,只是充当弄臣而已。这段描写不仅反映歌德思想历程的一个阶段,也反映了欧洲资产阶级知识分子思想发展的一个历程。许多人都曾走向为朝廷服务的道路,把改革希望寄托在贤明君主身上,而害怕自下而上的社会变革。歌德比他们高明之处就在于晚年认清这一点,否定了这条道路。

(4) 追求古典艺术的阶段。浮士德对现实政治失望后,转向对古典艺术美的追求。他来到古希腊,与海伦结婚并生下一子欧福良。这象征着现代人同古典艺术美的结合,古典艺术同启蒙思想的结合。欧福良成为不受时间空间限制、不受个人局限的诗情的比喻。他死后浮士德怀抱中只剩下海伦的外衣面纱即美的形式,而美的力量本身只是幻影,从而否定了用艺术力量改造社会的幻想。这也是欧洲资产阶级思想家的历史经验,许多人由于对现实不满,又找不到改革社会的途径,就把目光转向古代,转向艺术,认为古代艺术体现了崇高理想,用这种美去陶冶人们的精神,启迪人们思想就可以改造社会。在德国更是如此,因为资产阶级找不到进行革命的现实条件,只好把理想转向古典艺术领域,歌德和席勒都曾如此。

(5) 在改造自然中找到真理。浮士德总结经验后感到一切脱离实际的幻想都是徒劳的,应该脚踏实地面对现实。他希望通过改造大自然、发展生产力来实现理想。他帮助皇帝镇压叛乱后获得一片领土。他在领土上发动群众移山填海,征服大自然,终于开辟出一块新国土,创造了新乐园,在其中他悟出了人生的真理,这就是:“人必须每天每日去开拓生活和自由,然后才能够自由地生活和享乐;我愿看见人群熙来攘往,自由的人民生活在自由的土地上。”这是浮士德一生探索的总结,同时也是歌德一生探索的结论。从这个结论看,歌德一方面受到资本主义生产力高度发展的鼓舞,认为这是人类进步的表现;另一方面他又看到资本主义的弊端,因此接受了空想社会主义思想,认为只有通过集体劳动创造丰富的财富,才能开拓出一个崭新的世界,而个人只有在集体的、为人类服务的共同事业中才能获得生命的意义。这是欧洲进步资产阶级知识分子思想探索的最高归宿,强调劳动的意义,只有靠集体劳动才能创造出人人幸福的新世界。

《浮士德》歌颂了崇高的进取精神。在诗剧中,浮士德是象征性形象,是一个资产阶级先进知识分子形象。他的性格的本质特征便是那种永不满足、不断追求的进取精神,一种自强不息的精神,这就是所谓“浮士德精神”。而这正是处于上升时期的进步资产阶级知识分子革命性的表现。歌德通过浮士德在这种精神驱使下不断追求的过程,展示了欧洲资产阶级知识分子从文艺复兴到空想社会主义的思想探索过程。同时,歌德把浮士德作为人类的代表,意在总结人类的命运,人类的探索经历(《天上序幕》中上帝与魔鬼打赌,争论的问题就是人类的追求到底有无意义,人类会不会进步)。人类认识到自身的局限,自己在宇宙中的微不足道,在此基础上探索生命的意义。这样浮士德的精神又是人类进步精神的体现。正如郭沫若所说:“《浮士德》是一部灵魂的发展史,是一部时代精神的发展史。”

《浮士德》体现了强烈的批判否定精神。诗剧是对资产阶级300年思想探索的历史总结,其间贯穿着强烈的批判精神。这种批判精神主要表现在两个方面:一是对现实丑恶的揭露批判,如对中世纪僵死的经院哲学、伪科学的批判,对德国落后封建的小市民社会愚昧庸俗习气的批判,对封建王朝内部丑恶和资本主义发展之初带来的罪恶的批判(为了目的不择手段,“有强权就有公理”,战争、海盗、买卖三位一体)等;二是作品对主人公探索过程中表现出的失误如脱离实际的知识追求、低级的官能享受和狭隘的个人幸福的追求、为王权服务的妥协道路等作了无情的批判和否定。主人公正是在否定之中逐步发展成长的。他不断否定现实、否定自己,才找到了前进的勇气、动力和方向。这种批判否定精神表现了歌德的伟大。

诗剧《浮士德》还贯穿着深刻的辩证法精神。作品告诉我们,在浮士德身上(即人类身上)存在着两种矛盾的倾向:一种是不满现实、驰目远方的精神;另一种是贪图安逸、易于侈靡的思想。这两种矛盾的精神非常和谐地存在于人之中,使人成为复杂的对立统一的存在物。浮士德说:“有两种精神居住在我们心胸,一个要想同另一个分离!一个沉溺在迷离的爱欲之中,执拗地固执着这个尘世,另一个猛烈地要离去凡世,向那崇高的灵的境界飞驰。”歌德认为正因为人具有惰性的一面,所以上帝要创造出魔鬼来刺激人,鼓舞人,推动人类前进。这里就表现出辩证思想,就是说善与恶并不是绝对对立的,而是互相依存、互相转化的,恶的作用并不全在破坏,它还是人类前进过程中不可缺少的动力,人类就是要在同恶的斗争中不断克服自身矛盾而取得进步,向更高的境界迈进。在作品中,靡非斯特是恶的化身,是否定精神的代表,“犯罪、毁灭,更简单一个字,‘恶’,这便是我的本质”。他贯穿全剧的始终,几乎与浮士德居于同等地位,在每一个有浮士德的地方必有靡非斯特。他对于浮士德是一个永恒的矛盾,是一个障碍,同时又是一种激发的力量。每当他引诱浮士德,浮士德惰性的一面居上风时,浮士德就犯错误。但浮士德有向崇高境界追求的一面,这促使他从错误中获得教训,向更高境界飞驰,终于找到真理。所以靡非斯特从反面推动了浮士德不断前进,他成了动力。因此恶就不单是破坏,它也能造善。正如他说:“我是作恶造善的力于一体。”当然恶之所以能造善,主要还是在善本身(即浮士德精神),正因为人身上有善的因素,恶才无法使其成为恶,所以诗的最后天使唱道:“凡自强不息者,我辈均得救。”歌德说浮士德得救的秘诀就在这里,人类的命运也在这里。从浮士德与靡非斯特的辩证关系中歌德告诉我们:人类前进的道路是曲折的,充满着矛盾,但只要人类一心向善,就不会堕落,反面的力量不但不能阻止人类前进,反而会促使人类进步。它也告诉人们,人类由于主客观原因总会犯错误,但只要有自强不息的精神就能克服矛盾不断前进。这是《浮士德》的精华所在。所以《浮士德》最后不是悲剧,人类最终也不会是悲剧。浮士德认识到生活的真理,输掉了,但靡非斯特同样输了,万能的上帝是对的。浮士德虽然一生犯了很多错误,但他总能得到什么是美好正确的东西。人只要奋斗,就会犯错误,但只有追求,才能够实现其本质。人的毁灭在于绝对追求的停止。

诗剧《浮士德》是歌德毕生的呕心沥血之作。与它博大精深的思想内容相一致,作品在艺术上也给人以丰富多彩、变化多端的审美感受。

第一,诗剧在创作方法上是现实主义和浪漫主义两种基本的创作方法互相交织的作品,但以浪漫主义为主体。诗人的想象极为丰富,诗剧中充满了奇异虚幻的故事、大胆虚构的形象和绮丽诡谲的描写,剧中各式人物随着作者丰富的想象上天入地,或入梦幻,或达仙境,展示了一幅幅多姿多彩的艺术画面。但诗中一切幻想的因素都是为表现一个具有现实意义的主题即展示300年间资产阶级精神探索的历史服务的,而这个现实主题由于其抽象、博大、深刻又必须要运用幻想的手法才能得以自由酣畅的表现。因此,尽管诗人竭尽浪漫主义幻想之能事,诗剧还是饱含现实主义的色彩。这种现实主义色彩又因为诗中大量对德国社会和欧洲现实的真实而具体的描写,如葛丽卿的故事、莱比锡地下酒馆的场景等,而得到进一步强化。正如郭沫若所指出的,《浮士德》“实在是一个灵魂的忠实的记录,一部时代发展的忠实反映”,它“是一部极其充实的现实的作品,但它所充实着的不全是现实的形,而主要是现实的魂”。

第二,诗人善于运用象征手法,使诗剧达到形象性与哲理性的高度统一。《浮士德》以主人公的一生奋斗概括西方先进资产阶级知识分子的精神探索过程,概括人类精神成长的历史,其中涉及世界的起源与本质、人生意义及价值、人类前途与命运等哲学问题,具有深刻的哲理内涵,被黑格尔称为“绝对哲学悲剧”。但读者直接面对的却是多姿多彩、令人目不暇接的艺术画面、事件和形象,而不是抽象的概念或乏味的说教。一切属于观念形态的东西都被诗人用象征的手法融进了画面、事件和形象之中,实现了作品诗的意境与人生哲理完全融汇一体。

第三,歌德有意将辩证法精神贯穿到艺术实践中,在作品中大量运用矛盾对立的方法配置人物、安排场景。在人物方面,浮士德与靡非斯特、靡非斯特与上帝、浮士德与葛丽卿、浮士德与瓦格纳等都构成对立统一的关系。其中浮士德与靡非斯特的对比关系贯穿了全剧。浮士德是善的代表,靡非斯特是恶的化身。浮士德肯定人生,提倡有为,充满勇往直前的乐观主义精神。靡非斯特否定人生,主张无为,是一个否定一切的悲观主义者。两个形象的对比体现了善与恶、美与丑、乐观与悲观的矛盾对立,同时也使两个形象的性格鲜明突出,产生了强烈的艺术效果。在场景安排上,诗人喜欢将两个强烈对照的场景放在一起,让它们交替出现,如第一部序曲是光明的天堂,紧接着第一场就是阴暗的书房,随后又是喧闹的城门之郊。这种运用两种截然不同的环境来互相映衬的手法,使作品描写的一切既各自鲜明突出又构成和谐统一的图景。

第四,诗剧风格上融浓郁的抒情色彩和泼辣的讽刺于一炉,形式上采取各种不同诗体。歌德善于根据内容的不同选取最适当的表现形式。如塑造葛丽卿多用抒情诗体,形成朴素、宁静的风格特色;塑造海伦则多用希腊悲剧诗体,给人以典雅、庄严之感;描写浮士德常用哲理诗的形式发议论,描写靡非斯特则用机智和讽刺性的诗句,反讽、巧智、一语双关,这与两个主人公的身份和性格特征十分吻合;在写“瓦普几司之夜”等生活场景时运用民谣的活泼生动的笔法;写封建宫廷时则用讽刺诗的诙谐嘲讽的风格。

第六章
19 世纪浪漫主义文学

第一节　概　　述

浪漫主义是18世纪末、19世纪初在欧美流行的一种文学思潮。它一直延续到19世纪末,但作为文学主流,它于1830年后让位于现实主义文学。

一、浪漫主义文学的产生及特征

浪漫主义是法国大革命的产物。1789年的法国大革命,推翻了国内封建君主专制,随后建立了资产阶级共和国,同时也动摇了整个欧洲的封建统治,为资本主义在欧洲的发展打下了基础。这场革命吹响了个性自由与解放的号角。革命使自由成了此后人们普遍追求的人生与社会理想,新的秩序也把人从旧秩序的束缚中解放出来从而获得了相对的自由,尤其是,自由的思潮一经广泛传播,它的种子就在人们的心灵里生根发芽。因此,法国大革命时期以及此后的欧洲社会,是一个自由观念空前深入人心的时代,是一个"自由主义"思想盛行的时代。正是这种自由主义的时代精神,催生了思想多元的浪漫主义文化思潮,而且这一思潮的本质特征就是崇尚与追求自由。浪漫主义文学正是这种自由主义政治和文化思潮的产儿,正如雨果所说,"浪漫主义,其真正的定义不过是文学上的自由主义而已……在不久的将来,文学的自由主义一定和政治的自由主义能够同样地普遍伸张……文学自由正是政治自由的新的女儿。"[①]也正是在这种意义上,浪漫主义思潮是这一时代精神的晴雨表。

卢梭是浪漫主义文化思潮的精神代表。他提出的"返回自然"理论投合了18世纪末、19世纪初欧洲人普遍对法国大革命及革命后的社会现实不满的心理与情绪。当时,自由主义者觉得资本主义新秩序并没使人获得真正的自由与平等;保守主义者感到革命暴力使个人生命生命危如累卵,人的生命是渺小的,无自由可言;大革命催化了民族沙文主义,即使在法国大革命中,"启蒙哲学家们所提倡的世界主义和和平主义被遗忘得一干二净",从而滋长了"民族优越感

---

① 〔法〕雨果:《〈欧那尼〉序》,参见《外国文学教学参考资料》(第三册),福建人民出版社1980年版,第310页。

和种族仇恨观念”①,此后国与国的战争使西方世界陷于动乱不安之中。如此等等,各种思想和情绪会同新旧文化价值体系交替时代人们产生的无依托感、无归属感,很自然地形成了对现有社会和文化与文明的怀疑、不满和抵触情绪。这种复杂的心态与卢梭的反文明、回归自然的理论一拍即合,或者说,卢梭的理论给此时的西方人摆脱空虚、恐慌、不满与反抗等各种心理,并追寻新的寄托——革命的、自由的、和平安定的以及宗教安慰的理想——提供了精神和思想的依据。于是,人们在一个动荡不安的现实存在中,让个体的人有了生存的安全感、独立感和自由感。因此,在18世纪末、19世纪初,以各种不同的方式对抗现有文化与文明,寻找个人的精神寄托成了西方世界的一种普遍的社会思潮,也是浪漫主义运动的一个突出的精神文化特征。浪漫主义可谓西方文化史上第一次大规模的人对文化与文明的自觉疏离与反叛,这种疏离与反叛在本质上是人对来自文化与文明之异化现象的反抗,是人对精神独立与精神自由的追寻。

浪漫主义文学的产生也和德国古典哲学、空想社会主义思想的影响分不开。当时,以康德、费希特、黑格尔和谢林为代表的德国古典哲学十分流行。这些哲学家反对启蒙理性,提出了唯心主义的原则,他们突出“自我”,强调天才与灵感,夸大主观作用,放纵个人感情,把自我放到了高于一切的位置。这种哲学对浪漫主义文学强调主观抒情性和强烈的个人主义倾向产生深刻影响。此外,圣西门、欧文、傅立叶的空想社会主义也十分投合浪漫主义者不满现实、追求理想的特殊心态,因而促进了浪漫主义思潮的形成与发展。

浪漫主义文学是在冲破古典主义束缚、继承英国的感伤主义、德国的狂飙突进文学和法国作家卢梭的创作的基础上发展起来的。社会心理的变化也包含了审美心理的变化。这时,无论是作者还是读者,都对以理性为准则、与封建王权相妥协的古典主义文学失去兴趣,而对崇尚大自然、感情色彩浓郁的感伤主义以及富有神秘色彩的“哥特式小说”等文学作品十分青睐。感伤主义文学强调理性与感情并重,是主情和多愁善感的文学。它常常用理想化了的大自然的美来对照现实社会的丑,以农村纯朴、宁静的大自然来否定工业社会的弊病。它对浪漫主义文学的产生起了重要作用。就具体作品而言,像卢梭的《新爱洛绮丝》、歌德的《少年维特之烦恼》,尤其是斯特恩的《感伤的旅行》,都和浪漫主义文学思潮有血缘联系。爱尔兰作家查尔斯·马图林(1780—1824)的《漫游者梅尔莫斯》是“哥特式小说”的代表,它的那种以怪诞形式反映现实生活、充满恐怖与神秘色彩的艺术风格,也为浪漫主义所继承。所以,浪漫主义文学思潮的产生,除了受外在因素作用外,又是文学内部自我调节的结果,有文学自身规律的作用。

---

① 〔美〕爱德华·麦克诺尔·伯恩斯等:《世界文明史》(第3卷),罗经国等译,商务印书馆1995年版,第43页。

劳伦斯·斯特恩

浪漫主义文学思潮在欧美流行很广,不同国家的浪漫主义文学有各自不同的倾向与特点。高尔基认为欧洲浪漫主义文学可分为"积极浪漫主义"和"消极浪漫主义"两大倾向①。但作为一个文学流派,又有其共同的特征。

第一,浪漫主义文学崇尚自我,具有强烈的个人主义倾向。浪漫主义文学继文艺复兴人文主义文学之后又一次推进与拓展了"人"的发现,而且在文化血脉上与文艺复兴运动"人"的发现有相承与相通之处,在文化内核上主要是古希腊罗马原欲型人本传统的延续与发展。浪漫主义文学总体上对人的感性世界作了新的拓展,从而表现出对启蒙理性与传统文化与文明的反叛。浪漫主义文学在自由精神鼓舞下,张扬个性,塑造了充满扩张欲望的"自我",表达了现代人要求摆脱传统与文明束缚的强烈的个人主义愿望,使"人"的形象拥有了更丰富的内涵和鲜明的主体意识。

第二,浪漫主义强调感情的抒发,偏重理想的追求,有很强的主观性。古典主义文学崇尚理性和法则,反对个人感情的自由表达,浪漫主义则认为古典主义的理性原则是对作家的创作的一种束缚,反对运用理性观念来认识和概括现实,主张从情感与想象等主观意志出发,追求创作的绝对自由。在浪漫主义者看来,文学作品实质上是把内在的情感与思想变为外在物象,是感情冲动时的一种外泄的结果,展示的是作者的知觉、情感的幻想,是表现而不是模仿与再现。总之,浪漫主义文学把个人感情、主观世界诉之于海阔天空的想象,因而被批评家称之为"抒情王子"和"理想主义"。如雪莱的诗歌,理想色彩和抒情性都十分明显。正是由于浪漫主义者重理想、情感与想象,所以他们的作品往往热情奔放,抒情色彩浓厚,具有很强的主观性。这是浪漫主义文学思潮的本质特征。浪漫主义作家把抒情因素看作是文学创作中压倒一切、支配一切的因素,这种文学的成就主要在抒情诗方面,就是小说和戏剧也带有浓厚的抒情色彩。在作品里,内心的抒发往往超过对客观世界的反映,以爱情为主题的作品也特别多。长篇的诗歌多数有一个抒情的主人公。有些作家抒发的感情是豪放的、昂扬的,因此喜欢运用激昂的、气势磅礴的语言,描绘的人物都是热情奔放朝气蓬勃的。最好的例子是普希金的《酒神颂歌》。有些作家喜爱的是恬静的情调,如华兹华斯的《致布谷鸟》,有些作家的情调是神秘莫测、虚无缥缈、扑

① 〔苏联〕高尔基:《论文学》,人民文学出版社1978年版,第162—163页。

朔迷离的,如俄国茹科夫斯基的《幻魔》。

第三,浪漫主义作家反对古典主义作家只注重描写历史题材和宫廷生活,他们接受卢梭"返回自然"的主张和泛神论思想,着力于表现自然景物和乡间的纯朴生活,歌颂和赞美大自然,浪漫主义作家往往对现实社会中的封建残余不满,也不肯接受限制个性自由的资本主义文明。他们认为人类应有更好的生存方式,而那未经文明染指的原始的和自然的境界是最能体现自由理想、最符合人性的,因此,他们崇尚自然,倡导"返回大自然"。对浪漫主义作家来说,雄伟的高山、辽阔的大海、人烟稀少的原始森林、恬淡宁静的田园风光和奇特的异国景色都会使他们心醉神迷,诗兴大发,写下传世名篇。华兹华斯的《致布谷鸟》、济慈的《秋颂》、雪莱的《西风颂》、普希金的《致大海》等等,都是在大自然的感应和激发下唱出的对大自然的赞歌,表现了人与自然在情感上的共鸣。这些作家都用大自然的美来暗喻现实世界的丑,表现他们与资本主义城市文明的对立,并借以寄托理想和抒发感情。在他们看来,在"自然"的境界里,一切物质的、理性的束缚都被解除,人性可以舒展自如,个体生命的价值可以得到充分的实现,人类"爱"的理想也在这种境界里实现了。因此,"自然"体现了浪漫主义文学的哲学内蕴和美学理想。但是有些作家笔下的"回到自然"则实际是逃避现实,抒发归隐遁世的思想,如茹科夫斯基1815年写的《夜》。

第四,浪漫主义善用夸张手法,追求强烈的艺术效果。浪漫主义文学侧重的是理想世界和在理想世界中活动的人们,这些都是作家头脑中主观想象的产物,是对未来理想世界的构思,如雪莱笔下普罗米修斯解放后的社会,雨果《悲惨世界》中的滨海城市蒙特依尔。在另一些作家笔下的主观想象中,世界则是远离现实社会的恬静田园,原始森林中的宗教天国,甚至是理想化了的封建宗法社会。

浪漫主义作家笔下的人物也是作家头脑中想象的、理想化了的人物。一些作家所描绘的人物总是抱着积极的、革命的态度,不满、否定和反抗资本主义社会秩序,要求实现新的社会理想。这些人物又常常带有个人主义色彩,给人以超然不群、高不可攀的感觉,拜伦式的英雄就是这类人物的典型。然而,在另一些作家的笔下,他们主观想象的人物总是怀恋宗教宣传的虚无缥缈的天国或世外桃源,如夏多布里昂笔下的阿达拉。

第五,浪漫主义重视民间文学和民族传统。古典主义排斥民间文学而推崇古希腊罗马文学,追求典雅崇高的艺术风格;浪漫主义则重视民族传统和民间文学,尤其是中世纪的民间文学。因为民间文学往往感情真挚,想象丰富,形式自由,语言不拘一格,这正符合浪漫主义力图摆脱古典主义清规戒律的束缚,追求创作自由的要求。实际上,欧洲的浪漫主义首先是在整理和发掘民间文学的基础上形成和发展起来的,浪漫主义在艺术上的创新,很大程度上也得力于他们对民间文学中优秀传统的继承和发展。对民间文学的重视也表现出作家们民族意识的增强以及对民族独立与解放的要求。

二、浪漫主义文学的发展

由于各国的政治、经济发展不平衡，各国的文化、历史传统有差异，浪漫主义文学在欧美各国的发展和成就也不平衡。

浪漫主义文学首先在德国产生。德国在当时的西欧是非常落后、守旧的国家。严重的封建割据使全国四分五裂，封建势力十分强大，法国大革命的结果使不少人对革命怀有疑虑和恐惧，形成了一种压抑沉闷的气氛。当时的古典哲学对德国作家们则产生了直接影响，促使他们在不满现实的同时，向精神领域中寻找寄托和探索实现理想的途径。不少作家沉醉于对民间文学的收集与整理，有的则用赞美中世纪和基督教来抵制现实。于是，一种带有浓厚的神秘色彩、悲观情调的浪漫主义就在德国形成。

德国早期浪漫主义的理论倡导者与奠基人是奥·施莱格尔(1767—1845)和弗·施莱格尔(1772—1829)兄弟。他们于1789年创办了《雅典娜神殿》杂志，宣扬浪漫主义的理论主张，首先提出了“浪漫主义”的名称，创立了“耶拿派”诗论。“耶拿派”是18世纪末德国早期浪漫主义的代表，它的理论奠基者是施莱格尔兄弟。他们和诺瓦里斯(1772—1801)、路德维希·蒂克(1773—1853)等人集居耶拿，以《雅典娜神殿》(1798—1800)杂志为喉舌，探讨文艺，发表创作，反对古典主义，故称耶拿派。他们宣称只有浪漫主义的诗才是“无限的和自由的”，否定一切客观规律和法则，主张打破文艺中的一切界限，强调创作的绝对自由和放纵主观幻想，鼓吹文学与宗教相结合。他们把诗人的主观作用强调到了可以超越客观现实的地步。受这种理论的影响，德国早期浪漫主义充满了神秘虚幻和恐怖怪诞的色彩。最有代表性的是诺瓦里斯的《夜的颂歌》(1800)。作品以死亡与黑夜为主题，通过诗人对已故情人的怀念，歌颂了永恒的黑夜与死亡，同时也在颂扬死亡中表现了对个体生命的热爱与追求，在表层的悲观情绪中蕴含着对生命的执着。

德国后期浪漫主义文学重视民间文学，民主性增强。被称为“海德堡派”的诗人克莱门斯·布伦塔诺(1778—1842)和阿希姆·封·阿尔尼姆(1781—1831)在德国民间文学的整理方面做出了贡献，他们试图以此找回德国的民族自信心。他们也宣扬天主教和美化封建制度，思想上具有中世纪倾向。他们收集编撰的民歌集《儿童的号角》(1806—1808)是对德国民间文学的重大贡献，它对以后的德国诗歌产生过较大影响。霍夫曼(1776—1822)是德国浪漫主义文学中最具国际影响的作家。他的代表作品是短篇小说集《谢拉皮翁兄弟》(1819—1821)，共4卷。他的小说具有神秘怪诞的色彩，人的命运往往受神秘莫测的力量的控制而走向分裂。霍夫曼的小说对爱伦·坡、波德莱尔等都有影响。雅各布·格林(1785—1863)和威廉·格林(1786—1859)是著名的童话作家,他俩合编的《儿童与家庭童话集》(1812—1815)突出劳动者的优良品质和智慧,语言生动,富于幻想。亨利希·海涅(1797—1856)是德国最著名的浪漫主义诗人,他的后期创作现实主义倾向十分明显。海涅早期的作品《歌集》(1827)是他的浪漫主义代表作品,其中收集的是他在 1827 年前写的大部分抒情诗,主要以描写爱情和自然为主,抒发对生活与爱情的憧憬与向往,也表达对现实的不满与苦闷。他的抒情诗感情真挚、语言优美,具有民歌风格,浪漫色彩很浓,是德国抒情诗的杰作。1833 年,他发表了著名的文艺理论著作《论浪漫派》,从文学与政治、宗教的关系剖析了德国浪漫主义,认为浪漫主义是中世纪文学的复活,同时也肯定了浪漫主义在艺术上的成就。1843 年海涅发表了长诗《德国——一个冬天的童话》,这部作品具有现实主义的倾向。长诗抨击了以普鲁士王国为代表的封建政权的腐败,批判了资产阶级市侩的自私与保守,展望了祖国与人类的未来。长诗将现实主义与浪漫主义相结合,将讽刺与抒情相结合,民间色彩浓郁。1844 年 6 月,为了声援西里西亚纺织工人起义,海涅创作了《西里西亚工人起义》一诗,诗中塑造了自觉进行反抗斗争的工人形象。海涅的后期创作为德国现实主义文学的发展打下了基础。

格林兄弟

德国浪漫主义是浪漫主义思潮的先导,它对欧洲乃至整个世界浪漫主义运动的兴起与流行做出了重大贡献,也为德国民族文学的形成与繁荣奠定了基础。

18 世纪末 19 世纪初的英国是欧洲最大的工业国,资本主义的力量比较强大,作家的自由民主意识也较强,因此,英国浪漫主义文学更具有反封建精神,更注重对社会问题的探讨。英国浪漫主义文学明显分为两派,即“湖畔派”和“撒旦派”(又称“恶魔派”)。“湖畔派”指 19 世纪英国早期浪漫主义运动中的一个流派。主要代表有威廉·华兹华斯(1770—1850)、萨缪尔·柯勒律治(1772—1834)和罗伯特·骚塞(1774—1843)。他们同情法国大革命,对资本主义的工业文明和金钱关系感到不满,主张回到大自然,复兴宗法制。他们常常隐居于英国西部的昆布兰湖区,寄情于湖畔山水,歌颂大自然,缅怀中世纪,以表示他们对现实社会的不满与憎恶,“湖畔派”也就因此而得名。“湖畔派”诗人中最出名的是华兹华斯。1798 年他和柯勒律治合作出版的《抒情歌谣集》曾引起当时英国文坛的轰动,其中有他的代表作长诗《丁登寺》。他在 1800 年为《抒情歌谣集》写的序言是英国浪漫主义运动的宣言书。他认为,诗是人性和自然的形象,大自然的美和人的热情可以合二而一,强调人和自然的共鸣。他的诗歌也都以优雅恬静的自然景象作为描写对象,风格清新明朗,时而又有淡淡的哀怨,语言朴素,形式舒展自如。华兹华斯开创了以歌颂大自然、描写内心世界为主的浪漫派诗风。柯勒律治是诗人,也是文坛理论家,他的诗歌常常把离奇怪诞的故事写成逼真的现实生活,具有神秘色彩,这在他的代表作《古舟子咏》中表现得十分明显。骚塞在思想上和前两位诗人差距较大。他早年欢迎法国大革命,态度是激进的,但后来成了"神圣同盟"的拥护者。他用诗歌赞美反动势力,因此被统治者封为"桂冠诗人"。他的长诗《审判的幻景》就是为暴君乔治三世歌功颂德的。

"撒旦派"诗人主要有拜伦、雪莱和济慈。"撒旦派"指英国 19 世纪早期浪漫主义运动中的又一流派。1821 年,骚塞在《审判的幻景》一文中对拜伦、雪莱、济慈等进行猛烈攻击,把拜伦的作品说成是恐怖、嘲笑、下流、邪恶的荒谬结合。拜伦也以《审判的幻景》为题进行回击。由于此派诗人蔑视传统、敢于斗争,因而被英国绅士斥之为"撒旦"(即魔鬼),所以,文学史上就称拜伦、雪莱、济慈等为"撒旦派"(恶魔派)。在思想上,他们和"湖畔派"诗人有分歧;在艺术上,他们继承并发展了"湖畔派"开创的浪漫主义诗歌传统。

波西·比希·雪莱(1792—1822)是和拜伦齐名的杰出浪漫主义诗人。在英国诗歌史上,他是第一个表现出空想社会主义理想的诗人。他虽然出身贵族,但很早就倾向革命。雪莱一生写过多种体裁的诗歌,有抒情诗、长诗、诗剧。他的诗歌多以大自然为歌颂对象,气势磅礴、想象丰富、色彩瑰丽、象征性强。尤其是那些描写自然景物又具有政治抒情性的短诗,一直广为传颂,是英国文学中抒情诗的杰作。诗人借这些作品歌颂自然,歌颂爱情,歌唱理想,歌唱人生,表现对光明、自由、幸福和美好生活的热烈追求,给人以一种积极向上的力量和无尽的艺术享受。《西风颂》是代表性作品之一。诗人用象征手法,歌颂自然界的西风,气势宏伟,意境幽远,寓意深刻。除《西风颂》外,雪莱著名的抒情诗还有《云》《致云雀》等。雪莱的代表作是诗剧《解放了的普罗米修斯》(1819)。该剧取材于希腊神话和埃斯库罗斯

波西·比希·雪莱

的悲剧。但雪莱对埃斯库罗斯的悲剧进行了改造。他肯定了埃斯库罗斯剧本中对普罗米修斯前半段的描写,却不赞同后面普罗米修斯与宙斯的妥协。于是,和解的结局被改为暴君宙斯被冥王推翻,普罗米修斯取得了完全的胜利,宇宙和人间出现了万象更新的局面。人类从此没有王权,无拘无束,自由自在;人类从此一律平等,没有阶级、民族和国家之别,最后,整个宇宙欢呼新生和赞美春天的到来。诗剧反映了当时欧洲人民和资产阶级民主派以暴力推翻封建专制统治的斗争精神以及向往未来“大同世界”的幻想。普罗米修斯是一个象征着“解放”和“大同”的英雄形象。

约翰·济慈

约翰·济慈(1795—1821)也是英国著名的浪漫主义诗人。他热爱古希腊艺术,追求艺术的美。他认为,现实是丑的,只有艺术才是美的,美就是真理。他短暂的一生,都在孜孜不倦地追求美、寻找美,大自然中微不足道的花草鸟虫也能引发他的诗兴。他的著名作品有《秋颂》《夜莺颂》等。

瓦尔特·司各特(1771—1832)是英国浪漫主义小说家。他最初从事诗歌创作,后来转向小说创作,把历史的真实与大胆的想象有机地结合起来,从而形成了独具风格的“司各特式的小说”,为英国浪漫主义文学增添了一种新的文学样式。他的小说开了后世历史小说的先河,代表作为《艾凡赫》(1819)。

总之,英国浪漫主义文学是欧洲浪漫主义文学运动中成就最大的。在这短短的40多年中,英国文坛上群星灿烂,人才辈出,成为英国文学史上辉煌的一页。

在德国、英国浪漫主义文学思潮的影响下,法国浪漫主义文学也在19世纪初兴起,并在1830年前后进入高潮。法兰西民族是一个富有激情、极为浪漫的民族,而在18世纪,法国又是古典主义的大本营,加之在政治上革命与复辟的斗争异常激烈,因此,法国的浪漫主义具有强烈的政治色彩,它是在同古典主义反复较量后才在文坛上得以确立的。法国浪漫主义文学以1830年为界分为前后两个时期。法国最早的浪漫主义作家是弗朗索瓦-勒内·德·夏多布里昂(1768—1848)和史达尔夫人(1766—1817)。1802年,夏多布里昂(1768—1848)的理论代表作《基督教真谛》发表,标志着法国浪漫主义的开始。他认为科学和文学都来自基督教,作家应该歌颂基督教。他的中篇小说《阿达拉》

(1801)和《勒内》(1802)就体现了这种观点。《阿达拉》以异国风光为背景,描写一对宗教信仰不同的男女青年阿达拉和夏克达斯的爱情悲剧,歌颂了基督教的圣洁和教徒们的献身精神。在艺术上,这部小说善于描写人物心理和异国风光,具有鲜明的浪漫主义色彩。《勒内》的主人公勒内是欧洲文学中第一个表现出"世纪病"特征的浪漫主义形象。史达尔夫人(1766—1812)的文学理论代表作是《论文学》(《论文学与社会建制的关系》)(1800)和《论德意志》(1810),她从文学和宗教、民族、社会制度、自然环境的关系出发研究文学,提出了社会环境制约文学、社会造就文学的唯物主义文艺思想,还论证了浪漫主义文学存在的合理性,为法国浪漫主义文学的发展起了推动作用。史达尔夫人的小说《苔尔芬》(1802)和《柯丽娜》(1807)都带有自传性,在文坛上产生过较大影响。

在夏多布里昂和史达尔夫人的倡导和推动下,到了20年代,法国浪漫主义文学有了很大发展,文坛上出现了阿尔封斯·德·拉马丁(1790—1869)、阿尔弗雷·维尼(1797—1863)、维克多·雨果(1802—1885)、阿尔弗雷·德·缪塞(1810—1857)等一批浪漫主义诗人和作家,但此时法国古典主义的势力还十分强大,它的存在遏制了浪漫主义的进一步发展。而后,这两种文学经过反复较量,最终以1830年2月25日雨果的剧本《欧那尼》上演的成功为标志,浪漫主义战胜古典主义,取得了在文坛上的统治地位,雨果从此成了浪漫派的领袖,法国浪漫主义进入了繁荣阶段。拉马丁的诗歌以咏唱缠绵悱恻的爱情和宗教思想为主,悲观色彩较浓。他的诗注重抒发内心的感受,诗风朦胧、飘逸,开浪漫派诗歌之新风。他的代表作是《沉思集》(1820)。维尼的诗歌则表现一种与社会相对抗的孤傲坚忍的精神,富于哲理性,善用象征的手法表达哲学思想。《命运集》(1864)是他的代表作。雨果是法国后期浪漫主义的代表作家,在与古典主义斗争的过程中,他是浪漫主义的旗手。乔治·桑(1804—1876)也是这一时期的重要作家。她从1830年代开始创作,到1840年代后写出了代表性的小说《安吉堡的磨工》(1840)、《安东纳先生的罪孽》(1847)、《魔沼》(1846)等。她的小说从空想社会主义理想出发,批判了资本主义社会的罪恶,所描写的主人公多为下层人民,表现"这些人的生活和命运,欢乐和痛苦"。她写得最好的作品是以她所熟悉的贝里乡村为背景的"田园小说"。她的作品中重复出现的主题是爱情超脱传统观念和阶级的障碍。她的作品描绘细腻,文字清丽流畅,风格委婉亲切,具有强烈的感染力。大仲马(1802—1870)是法国浪漫

乔治·桑

主义小说家和戏剧家。他的小说以历史为背景,但目的不在于重述历史,而在于渲染主人公的冒险奇遇,情节离奇曲折,在浪漫奇遇和真实背景相结合中表现法国社会风貌是他的历史小说的独特风格。他的代表作是《三个火枪手》(1844)、《基度山伯爵》(1844)。此外,小仲马、欧仁·苏也是这一时期法国浪漫主义的重要作家。

法国浪漫主义在1830年代战胜古典主义后,一直和现实主义并驾齐驱,到19世纪下半叶才逐渐衰退。

俄国浪漫主义文学出现得稍晚,它是在西欧浪漫主义传入后于19世纪初发展起来的。19世纪以前的俄国,是沙皇专制和农奴制国家,政治经济非常落后。从拿破仑入侵到1825年的十二月党人起义,俄罗斯民族意识迅速高涨,俄国文学很快和西欧浪漫主义文学相结合,出现了具有俄罗斯民族特色的浪漫主义思潮。俄国第一个浪漫主义诗人是茹科夫斯基(1783—1852),他是俄国浪漫主义诗歌的奠基人。他的诗歌受感伤主义的影响,善于描写人的内心感觉、梦幻世界和自然风光,也善于从俄罗斯民间文学中汲取养料。他的创作在抒情、创新和艺术形式的追求方面为后人树立了榜样,代表作有《斯维特兰娜》《乡村墓地》《十二睡美人》等。继之出现的是十二月党革命诗人雷列耶夫(1795—1826),他的卓越诗篇是根据17世纪史实写出的长诗《伊凡·苏萨宁》,诗中热烈歌颂了关心祖国命运、斗争中英勇不屈的爱国者。普希金(1799—1837)是俄国浪漫主义文学最杰出的代表,同时也是俄国现实主义文学奠基人。莱蒙托夫(1814—1841)是普希金的继承人,在俄国浪漫主义文学运动中起着承先启后的作用。普希金被害后,莱蒙托夫写了《诗人之死》以示抗议,他也因此被沙皇政府流放到高加索,不久死于决斗。尽管他的创作生涯短暂,但给俄国文学留下了光辉的篇章。他的代表性诗作有《童僧》(1839)、《恶魔》(1829—1841)等。

18世纪末、19世纪初的东、南欧国家,大多处于外族的统治之下,民族解放的斗争不断兴起。在这些国家里,浪漫主义文学和民族解放运动紧密结合在一起,作家与诗人都借助文学作品来唤起人民的民族和自由的意识,鼓舞人们为民族的复兴与解放而斗争。波兰的亚当·密茨凯维奇(1789—1855)是波兰异民族压迫时代的杰出诗人,他的《青春颂》曾广为流传,对广大青年投身于打破旧世界、创立新生活的斗争起到了很大的鼓动作用。他的代表作《先人祭》(1823—1830)和《塔杜施先生》(1830)都渗透了高度的爱国热情,充满了亡国的哀伤和复仇的呼喊。裴多菲(1823—1849)是匈牙利伟大的爱国诗人,1849年在抗击沙皇军队时壮烈牺牲,时年26岁。他的诗歌受拜伦的影响,具有鲜明的民族精神和强大的政治鼓动力。他的许多抒情诗为世人传颂,如《爱情与自由》:“生命诚可贵,爱情价更高,若为自由故,两者皆可抛。”深受中国人民的喜爱。他的代表作是《民族之歌》(1848)和《使徒》(1848)。亚历山德罗·曼佐尼

(1785—1873)是意大利浪漫主义的重要作家,他的诗歌集中表现了民族复兴的思想,其代表作是《约婚夫妇》(1821—1823)。贾科莫·莱奥帕尔迪(1798—1837)是意大利浪漫主义诗歌的杰出代表。他的创作继承古希腊和意大利抒情诗传统,善于用鲜明的形象和丰富生动的物景来抒发复杂的心理活动,语言洗练朴素,格律自由多变。主要诗作有《致意大利》(1818)、《金雀花》(1836)等。

19 世纪浪漫主义思潮不仅席卷欧洲大陆,还波及美洲。美国文学史上,真正作为本民族文学的第一次繁荣就是浪漫主义文学,它是在欧洲浪漫主义思潮的影响下发展起来的。19 世纪初,美国自由资本主义正处于上升时期,欧洲的浪漫主义精神正合乎美国政治经济和文化独立与发展的历史要求,美国文学很自然地就接受了西欧文学的影响,汇入了浪漫主义的世界性潮流之中。

美国浪漫主义文学可分为前后两个时期。前期作家主要有欧文、库柏、布莱恩特、爱伦·坡等。华盛顿·欧文(1783—1859)和詹姆斯·库柏(1789—1851)是最先写出具有美国本民族风格的作品的作家,因此被称为美国民族文学的先驱。他们的作品描写了美国自己的历史传统、风土人情和自然景色,以崭新的内容勾勒出了美国这一新兴国家的面貌。欧文在创作中致力于开发早期美国移民的传说故事,代表作是《见闻札记》(1820)。它汇集了作者众多的散文杂感故事。这些故事具有美国本土的生活气息,浪漫主义的色彩很浓,开创了美国短篇小说创作的传统。库柏的代表作是《皮袜子故事集》,共 5 部,实际上是一个长篇小说。它所描写的是美国西部边疆的题材,故事曲折离奇,充满西部原始森林的恐怖气氛以及印第安人生活神秘莫测的幻景,浪漫主义的成分很重。库柏是"美国的司各特",他为美国长篇小说的创作开了先河。威廉·柯伦布莱恩特(1794—1878)是美国 19 世纪浪漫主义诗歌的创始人,他的那些描写自然景色的抒情诗深受英国浪漫主义诗歌的影响,被称为"美国的华兹华斯",著名诗作有收入《诗集》(1821)、《论死亡》《致水鸟》《森林入口的题字》和《蓝色紫罗兰》等。诗人与小说家埃德加·爱伦·坡(1809—1849)的创作风格独树一帜,对 20 世纪现代派作家产生了重大影响。他的创作受英国浪漫派诗人柯勒律治的影响。他竭力反对文学的功利性,主张"为艺术而艺术",提倡以艺术美引起审美的快感。他还提出了一套短篇小说创作理论,强调小说创作的艺术效果。他的诗歌既优美又神秘莫测,辞藻华丽而又极富韵律感。他的诗论对法国象征主义诗歌产生了重要影响。诗集《乌鸦及其他诗篇》(1845)是他的诗歌代表作。作为小说家,爱伦·坡是美国哥特式小说和侦探小说的创始人。他的短篇小说集《述异集》(1840)描写超自然的恐怖、神秘与死亡、尸体与腐朽、残忍与罪恶、宿命等等。在艺术上,他的小说故事情节富于戏剧性,注重细节描写,推理合乎逻辑。

美国后期浪漫主义作家主要有爱默生、霍桑、麦尔维尔和惠特曼。拉尔夫·华尔多·爱默生(1803—1882)是散文作家,也是诗人和演说家,他的许多名句成了以后美国社会思想的经典性言论。他的《论文集》(1844)和《诗集》(1846)影响广泛。尼采、柏格森和梅特林克等都曾受爱默生的影响。纳撒尼尔·霍桑(1804—1864)是19世纪影响最大的美国浪漫主义小说家。他的代表作《红字》(1850)通过对女主人公海丝特·白兰不幸遭遇的描写,揭露了资本主义社会人与人之间的金钱关系和宗教的虚伪,同时通过对"人性本质"和基督教"原罪说"的探讨,试图寻找社会罪恶的根源,其中流露的宗教偏见显而易见。在艺术上作者善于用象征、暗示手法,尤其善于开掘人的深层心理内容。霍桑被称为美国浪漫主义小说和心理分析小说的创始人。沃尔特·惠特曼(1819—1892)是美国19世纪最杰出的浪漫主义诗人和革命民主主义诗人。《草叶集》是他一生创作的诗歌总集,其内容是丰富而复杂的。对压迫和奴役的强烈反抗,对自由和民主的热情展望,是贯穿诗集的主线,代表性作品有《敲呀！敲呀！鼓啊!》《自己之歌》《欧罗巴》《法兰西》等;歌颂人和"自我",颂扬大自然的壮丽是诗集的另一主题,代表性作品有《我歌唱带电的肉体》《我听见美洲在歌唱》《从巴门诺克开始》等;崇尚科学技术、讴歌物质文明也是诗集所表现的另一重要内容,代表性作品有《常性之歌》《从巴门诺克开始》等。《草叶集》具有雄浑豪放的风格、快速高昂的节奏、粗犷活泼的语言以及舒展自如、长短句式的自由诗体。《草叶集》开创了美国民族诗歌的新时代。赫尔曼·麦尔维尔(1819—1891)是美国浪漫主义小说家,他的代表作《白鲸》(1851)描写捕鲸工人的悲惨命运,富有神秘色彩和象征意义。

沃尔特·惠特曼

第二节 拜 伦

乔治·戈登·拜伦(1788—1824)是19世纪初英国诗坛上的巨擘。他不仅以其激动人心的壮丽诗篇讴歌自由、抨击暴政,而且以剑、以炮、以献身精神参加被压迫民族争取解放的斗争。鲁迅在《摩罗诗力说》一文中称他是"争天拒俗""立意在反抗、旨归在动作""不克厥敌、战则不已"的诗派领袖。

一、生平创作

拜伦1788年1月23日出生于伦敦一个古老但已没落的贵族家庭。父亲是一个不务正业、一味纵情酒色的纨绔子弟,母亲由于婚姻的不幸也变得性情乖戾、脾气暴躁,常常把对生活的哀怨化作怒火发泄在小拜伦身上。拜伦生来微跛,但天禀聪颖,家庭的不幸和生理的缺陷使得拜伦从小就变得忧郁、内向、渴望自由和同情弱小。虽然他 11 岁便继承了祖伯父的爵位和遗产,但他始终憎恶强暴与专制。在哈罗公学念书时,他为了保护自身和弱小同学,经常与那些欺侮别人的高年级学生斗争。剑桥大学毕业后,他获得了上议院里世袭的席位,在议会上他毅然挺身,支持当时的卢德工人运动,谴责英国当局通过的镇压工人运动的法案。早在中学和大学期间,拜伦就酷爱历史、哲学和文学,开始写诗。

乔治·戈登·拜伦

1807 年,拜伦出版处女诗集《闲散的时光》,竟遭到官方评论家的恶意中伤,他们嘲笑拜伦"光有韵脚构不成诗,还是把余暇用于别处吧,不要再徒劳无功地写诗了"。拜伦愤怒反击,写出了著名长诗《英国诗人和苏格兰评论家》,确立了他讽刺诗人的地位。

1811 年,拜伦游历了葡萄牙、西班牙、希腊、土耳其等地中海沿岸诸国归来,写下了他的著名长诗《恰尔德·哈罗德游记》第一、二章,顿时声名大振,影响遍及整个欧洲。他在日记里写道:"早晨我一觉醒来就发现自己已经成名,成了诗坛的拿破仑。"同时他性格中个人的忧郁和反抗的精神也在发展,于 1813—1816 年间写出了《东方叙事诗》。

《东方叙事诗》是以东方为题材的富有浪漫色彩的传奇诗,共 6 篇:《异教徒》(1813)、《阿比道斯的新娘》(1813)、《海盗》(1814)、《莱拉》(1814)、《柯林斯的围攻》(1815)和《巴里西纳》(1816)。这些作品的主人公是高傲、孤独、倔犟的叛逆者,他们与罪恶社会势不两立,对封建强权统治进行不屈的反抗,但是带有明显的个人主义特征。他们反抗社会是出于个人的原因,追求个人自由,没有明确的斗争目的,都只能以悲剧而告终。拜伦通过他们的斗争表现出对社会决不妥协的反抗精神,同时反映出自己忧郁、孤独和彷徨的苦闷。这些形象具有作者本人的思想性格特征,也就被称为"拜伦式英雄"。《东方叙事诗》的情节主要写个人反抗,大多数诗篇没有严密完整的情节。作品中抒情因素占主导地位,背景多是大海、原野、古堡等,充满异国情调,完全是浪漫主义风格。《东方叙事诗》发表后,对文坛震动很大,英国社会出现"拜伦热"。由于拜伦在诗歌创作和政治活动中的反对暴政、追求自由的倾向,英国政府对此大为不满,他们利用拜伦无视传统道德的私生活为借口,发动社会舆论,对拜伦大肆进行诽谤迫害。在社会的重压下,拜伦被迫永久地离开了英国,来到了日内瓦。在瑞士,他结识了另一位诗人雪莱,并领略了日内瓦秀丽的自然风光,心情顿时振作,诗兴横溢,写下了许多脍炙人口的诗篇。主要有诗剧《曼弗雷德》、诗歌《锡庸的囚徒》(1816)、《普罗米修斯》(1816)和《卢德分子之歌》(1816)。此处他还写了《恰尔德·哈罗德游记》第三章。

《曼弗雷德》的情节是在中世纪哥特式的背景下展开的。主人公曼弗雷德伯爵是阿尔卑斯山中一座古堡的领主,富有、博学、精于魔术,能够召唤并支配天地间的许多精灵。但他与世隔绝,痛苦不堪,因为年轻时犯下的一桩弥天大罪无时不在啮噬他的灵魂。于是他追求死,打算从悬崖峭壁一头栽进永恒的苍茫。曼弗雷德的痛苦在于他曾爱过而现已亡故了的神秘女郎艾斯塔蒂。他以交织着忏悔与罪恶感的强烈渴望追寻那失去的幻影,终于凭借超自然的符咒或说魔法的力量,造访了魔灵之国。艾斯塔蒂的幽魂出现了,曼弗雷德激动万分,然而幽灵除了宣告他即将来临的末日,一言不发。曼弗雷德回到自己的古堡,笼罩在死亡的阴影里。虔诚而德昭望重的莫里斯修道院院长试图以宗教精神挽救这位濒临死亡的灵魂,但遭到拒绝。伯爵就这样如英雄般平静地死去……曼弗雷德孤独、悲哀、绝望,但始终高傲地维护自己的独立和自由,始终不妥协,不屈服。曼弗雷德像他"活着的那样"独自死了,既不肯借神力到天国去,也不肯随魔鬼到地狱去。反叛着宇宙间任何东西的"自我"(执拗的意志力量)是这个性格的魅力所在。曼弗雷德所苦恼的,或者说《曼弗雷德》所思考的,是关于自然、人性之根本的问题。曼弗雷德的痛苦是深刻的,更是普遍的、广泛的,这痛苦代表了一种宇宙原则,即所谓"世纪悲哀"。

1816年10月,拜伦来到意大利,投入到意大利的民族解放运动中,并被选为意大利烧炭党的一个地方组织的领导人。这时期,他的创作达到了高峰,写出了《恰尔德·哈罗德游记》的第四章,写了几部历史剧、诗剧《该隐》(1821)和政治讽刺诗《爱尔兰天神下凡》(1821)、《审判的幻景》(1821)、《青铜时代》(1822—1823)等,还有诗体小说《唐璜》。

《该隐》取材于《圣经》故事。在《圣经》中,该隐因亵渎上帝、杀害亲弟亚伯而受到人神的谴责。诗剧反其意,把该隐描写成敢于嘲笑上帝的反叛者。在他看来,亚伯对上帝的恭顺、虔敬是十足的奴性的表现,而愚昧和奴性又是造成世间一切罪恶和不幸的根源。拜伦通过对该隐的赞美,表现了反抗神权、反抗暴政和渴望自由解放的主题。这部寓意深刻的诗剧出版后,曾引起英国贵族社会和教会人士的激烈反对,拜伦也被诬为"恶魔"。

《恰尔德·哈罗德游记》是拜伦的代表作之一,记录了拜伦的两次欧洲游历和他对当时重大事件的评论,创作过程历时8年(1809—1817)。

长诗的主人公恰尔德·哈罗德是英国的一个对贵族社会的庸俗放荡的空虚生活感到厌倦的贵公子,他孤独、忧郁、苦闷,愤世嫉俗又无能为力,便决定出游国外。他首先来到了葡萄牙、西班牙,为西班牙人民所受的国内外统治者的无情蹂躏而发出深深的感叹(第一章)。接着他来到阿尔巴尼亚和希腊,看到希腊人民在异族统治下的悲惨生活,不由地联想到他们的光荣历史和伟大先人(第二章)。第三章里,主人公来到了比利时,凭吊滑铁卢,把拿破仑与"神圣同盟"的军队进行了比较评说。来到日内瓦后,主人公面对美丽的自然风光,情不自禁地歌颂起法国大革命的先驱——启蒙主义者伏尔泰和卢梭。第四章描述了在奥地利皇朝统治下的意大利屈辱分裂的社会现实,长诗回顾了意大利的光荣历史,想以此来激励意大利人民对暴政的反抗。长诗在对大海威力的歌颂中结束。

《恰尔德·哈罗德游记》实际上存在着两个主人公形象,一个是哈罗德,另一个是抒情主人公。

哈罗德是一个虚构的形象,诗人刻画这个人物的本意是为了作品整体的结构上的需要。他是一个贵族公子,但又有自己的思想和追求,对日趋没落腐败的贵族社会生活感到厌倦,所以从中游离出来。但是他也找不到自己生活的出路,所以形成了他孤独、忧郁、对一切冷漠淡然而只得无谓地四处漂泊的性格特征。这个性格既是拜伦自身内在的忧郁和孤独感的形象表现,也是当时欧洲一代进步知识分子典型特征的艺术概括。

与哈罗德相反,作品的抒情主人公则对社会生活采取积极干预的态度。他感情炽热,精力充沛,具有强烈的反抗精神,他的身上体现了当时欧洲各国正在蓬勃兴起的民主革命和民族解放运动的斗争精神。抒情主人公的观察的目光和评论的态度,与长诗所描绘的社会生活画面融为一体,构成了长诗的主题思想:谴责暴政,反对侵略,追求自由,歌颂被压迫人民的民族解放斗争。

强烈的主观抒情、鲜明的对比手法以及自然流畅、生动形象的语言构成了这部作品艺术上的主要特色。

1823 年 7 月,拜伦来到希腊,用自己的名声和所有的钱财,援助希腊成立独立革命军,以反抗异族的统治。他还担任了革命军的总指挥亲赴前线,参加斗争。正当希腊的民族解放运动如火如荼地开展起来之时,拜伦因操劳过度,染上热病,不幸去世。希腊人民为他举行了隆重的国葬,以志纪念。

诗人的一生是为理想而战斗的一生。虽然他的世界观中有着极其深刻的矛盾,在他的诗歌中流露出个人主义的孤独感和忧郁悲观情绪,然而,他能够站在时代的前列,不妥协地反抗专制暴政。尤其是他洋溢着民主理想和民族解放斗争精神的壮丽诗篇,以及所创造的一系列具有叛逆性格的艺术形象,无不显示出真切磅礴的热情、独立不羁的风采。

二、《唐璜》

诗体小说《唐璜》是拜伦后期的代表作,被歌德称赞为"绝顶天才之作"。

全诗16 000余行。诗人预计写24章，因赴希腊而辍笔，故仅得16章及第17章的开头数节。尽管如此，它仍不失为一部完整的作品。

主人公唐璜原是中世纪西班牙传说中无恶不作的登徒子形象。拜伦改造了传说中唐璜的形象，把他描写成18世纪末天真、热情、善良的贵族青年。拜伦在给出版商麦利的信上说："要让唐璜在欧洲旅行一趟……目的是使我有可能指出各国社会的可笑方面。"小说写唐璜因为在国内和贵妇人恋爱，被父母打发出国旅行。航行中遇风暴而沉船，飘到希腊一个荒岛上，为海盗的女儿海蒂所救。两人相爱要秘密结婚，海盗却把他带到奴隶市场上出卖。土耳其苏丹的王妃把他买下，扮成妇女带进后宫。唐璜经历了一些风流冒险后逃了出来，参加了围攻土耳其伊斯迈尔城的俄国军队。因作战有功被派到俄国去见叶卡捷琳娜二世，受到女皇宠爱，留在宫中，后又出使英国。他绕道德国、比利时到伦敦，成为贵族社会的宠儿。正当唐璜在一个贵族的"哥特式"城堡又面临新的"哥特式"冒险之际，长诗中断。据拜伦的书信透露，主人公还要"经历各种围攻、战役和冒险"，最后参加法国大革命而献身。不难想见法国大革命应是长诗的高潮。

《海蒂发现唐璜》(F. M. 希朗)

拜伦把14世纪的西班牙的古老传说放在18世纪末叶，而且，在诗人的笔下，唐璜已不再是一个被鞭挞的反面角色，而是个受褒扬的正面人物。首先，唐璜是个风姿翩然、热情澎湃、勇敢尚侠的热血青年。他顺从自然本性，不受世俗道德、传统观念等清规戒律的束缚，更无矫揉造作、虚伪狡诈。他对恋人总是倾心相与，并非朝三暮四、始乱终弃。海上遇险，他宁可饿死也不食同类；面对枪口，他毫不退缩；面对苏丹王妃的厚颜求欢，他不为所动，"不愿侍候一个苏丹女王的淫念"；战场上，他勇救孤女；旅途中，他独斗强梁。这一切与传说中的唐璜极少共同之处，处处表现出英雄气概。其次，他虽善良纯朴，但缺乏坚定信念，意志薄弱，经不住诱惑，易受命运的拨弄、环境的支配，易作情感的俘虏、泪水的奴隶，所以往往随波逐流随遇而安，无法掌握自己的命运。他虽然与传说中的唐璜并非完全绝缘，如喜好女色、玩世不恭等，但在拜伦的笔下，他是个新的人物、新的性格。他不像悲观厌世的"拜伦式英雄"，绝少哈罗德的忧郁孤独，更无曼弗雷德的愤世嫉俗，也见不出该隐那种叱咤风云的叛逆反抗，多的则是达观乐天；他甚至也不是过于罗曼蒂克式的主人公，除了多少是个命运的宠儿，其精神与性格都不过是普通人而已。至于他一身兼有的积极和消极因素，亦非脱离当时社会而存在的独立物,恰恰相反,它们是历史的产物、时代的产物。而他的种种爱情冒险,则是作者针对社会之虚伪道德而精心设计的挑战性讽刺。

除唐璜外,作品还刻画了一系列人物:贵族、水手、强人、海盗、苏丹、女王、弄臣、奴隶、宠妃、嫔娥、将军、战士、议员、政客、外交家、作家、哲学家……有历史的过客,也有当代的名流;有的属于艺术的虚构,有的则实有其人,形形色色,杂然并存。然而最令人难忘的则是天真未凿的希腊少女海蒂,她"洋溢着绝无仅有的纯洁与诗意",那么专情,又那么单纯。一个天真无邪的孩子,一个撒播爱的天使!她与唐璜牧歌式的相恋,纯乎是未受污浊的社会熏染的自然儿女的爱。这种爱寄托着美好理想但又绝无哲理化了的抽象和神秘,给人美感,充满诗意。诗人用光洁的笔调歌颂她的纯真,哀叹她的夭亡,对造成青年人爱情悲剧的社会作了有力的谴责。

《唐璜》绝不只是描写唐璜,而更在于广阔而深刻的社会讽刺,以及与之紧密相连的揭露、谴责和批判。这讽刺与批判异常广泛:从小小的家庭到庞大的专制政体,从强盗、兵痞到大臣、国王,诗人笔锋所到之处,只要存在丑恶和荒谬,必予以痛快淋漓的讥嘲、抨击、鞭挞。当然,锋芒所向主要是诗人所处的黑暗时代、欧洲的反动势力及其头面人物。他指出那个"杀人和卖淫被认为伟大的时代"的特征就是封建专制的暴虐和社会道德的虚伪。无论是东方式独裁的土耳其、农奴制的俄罗斯,还是"文明"议会制的英格兰,甚至海盗称霸的希腊孤岛,都是公开的或是隐蔽的暴君统治,一个彻头彻尾的"万恶时代",找不到一寸幸福的土地。他称到处侵略兼并、专事扼杀自由的"神圣同盟"是"以'神圣'的名字侮辱世界的万恶的同盟";责骂法、俄、奥、普、英召开的旨在干涉西班牙民主运动的"维洛那会议"是"干一切卑鄙事的会议"。他称英国政客为"恶棍",称沙俄女皇叶卡捷琳娜二世为"穷兵黩武的女人""近代的安马孙人和荡妇"。

长诗的最后6章是关于英国社会的。在这里,"不拿钱来就要你的命"。作者的笔触从马路、酒肆直刺到国会、贵族官邸,无情地撕破了这个"文明社会"的面纱。他痛斥英帝国"不是一个有道德的民族",它劫掠世界,"屠杀了一半的地球,又把另一半加以恫吓"。政治家"靠撒谎过日子","众议院转变为一个捐税的陷阱",上议院干尽卑鄙的勾当,而伦敦则"天天在酿造各式各样的祸害"。唯心主义哲学、拜金主义的流毒、不合理的婚姻制度和虚伪道德、不负责任的文学批评、变节文人、腐朽、奢侈和寄生的贵族男女,那个貌似体面的上流社会的一切,无不在作家的针砭之中。

《唐璜》里绝不仅是愤怒和讽刺,也还有深沉的爱、同情与怜悯、战斗的号召及哲学的沉思、人生的经验等等。拜伦曾说他有种恒常不变的感情,就是对自由的热爱。爱自由,一向是诗人作品的主调,《唐璜》也不例外,也无处不跳荡着这位自由的信使不驯的思想,他的同情和怜悯正是从人是否保持了自由这一点出发的,也正是为了自由,他坚决主张革命:"如果可能,我要教会顽石,起来反抗人世的暴君。”

拜伦的诗一向富有哲理,《唐璜》不乏哲学的思索:“沉思人世的变化无常”,推究“生与死”“生命”的奥秘。但面对“永恒的岁月之流滚滚而去”,却不免陷入迷惘,产生对生的怀疑、对死的神往,堕入不可知的迷途:“我怀疑是否怀疑本身也是怀疑。”这就往往导致虚无主义、忧郁或者失望的情绪滋长。在《唐璜》里,诗人还不时把人生的体验如爱情的苦恼、家庭的悲剧、恋爱的格言、内心的回旋等娓娓倾吐,那么随意,却又那么深刻,让人感到他确是窥到了人生之海的纵深处,“拥抱了全部人类生活”。

然而,长诗也存在着明显的局限,反映出诗人思想的矛盾和资产阶级世界观。例如,在猛烈攻击现存社会悖理暴虐时,却始终不能提出积极而明确的纲领;无政府主义、不可知论、认为“人生是场游戏”的虚无思想及忧郁哀愁的观点和情绪时有流露;对“人之本性”的见解也往往走向极端,仿佛觉得人身上一切好东西都被剥落殆尽,由是偶尔导致对人的蔑视。

《唐璜》在艺术上取得了惊人的成就。首先是其浓重的浪漫主义色彩:传奇的人物、异域的情调、怪诞的冒险、戏剧性的场面……例如人吃人的惨剧、奴隶市场的买卖、宫闱之内的风波、血腥战场的淫掳等等,在这里,诗人充分发挥浪漫主义那种汪洋恣肆的想象并进行了历历入目的描绘,从而形成摄人心魄的巨大力量,造成极其强烈的效果。

其次,表现手法多种多样,最主要的是夹叙夹议,即在第三人称的叙事中插入第一人称的谈话。这种谈话非常之多,几乎占全文的一半。用这闲谈,诗人或点评国事,或臧否人物,或追思遐忆。“我就这样漫谈下去,有时叙述一下,有时沉思一会。”这为广泛地讥嘲社会开辟了广阔的天地,使诗人可以任意往来驰骋。于是,历史、政治、哲学、经济、科学、文学、爱情、战争、旅行、人物、风习、笑话、掌故、传说等便都纷然云集于诗人的笔下,听其调遣,任其安排。

在语言上,拜伦运用适应口语风格的“八行三韵体”,把不同生活领域里的丰富语汇掺和使用,大大增强了表现力。在其笔下,嬉笑怒骂,皆成诗章,警句迭出,妙语连珠;亦庄亦谐,忽擒忽纵;时而缠绵如切切琴诉,时而激昂犹惊涛拍岸,时而凌厉如峭风肆虐;形成了普希金所惊赞的“莎士比亚式的丰富多彩”。

第三节　雨　　果

维克多·雨果(1802—1885)是法国浪漫主义文学运动的领袖,法国最伟大的诗人、小说家之一。

一、生平与创作

雨果 1802 年 2 月 26 日出生于法国的贝尚松,父亲是共和党人,在拿破仑麾

维克多·雨果

下,从一名普通士兵直至擢升为将军。母亲却信奉保王党,雨果早年长期生活在她身边,因此从小就有反拿破仑倾向。

雨果在少年时代就展露才华,12 岁开始创作,13 岁时已写下上万行诗、一部歌剧、一部散文剧、一部史诗及一部五幕诗体悲剧的梗概。1817 年,在法兰西学士院举办的诗歌比赛中,他荣获第一鼓励奖,被当时的诗坛泰斗夏多布里昂誉为“神童”,雨果则宣称:“要么成为夏多布里昂,要么一事无成。”

1827 年,雨果为自己的剧作《克伦威尔》写的一篇序言被公认为浪漫主义运动的宣言,从此雨果被拥戴为浪漫派领袖。这篇序言猛烈抨击古典主义清规戒律,强调自然中的一切都能成为艺术题材;提出对比原则,认为一切事物都是通过两种不同要素的对比形式而表现出来的,艺术的任务就在于再现这个对比;提出艺术选择问题,认为艺术是自然的集中而强烈的表现,但不是所要表现事物的本身,艺术的真实是艺术家选择了具有特点的东西而反映出来的高于现实的真实。这是一篇文学史上划时代性的雄文,特别是其中所提出的对比原则,成了著名的浪漫主义美学原则。

1830 年,雨果在他的悲剧《欧那尼》上演之际,组织力量跟统治舞台近年的古典派展开了激烈斗争。该剧在法兰西剧院连演 100 场,场场爆满。《欧那尼》演出的巨大成功成为浪漫主义最后战胜古典主义的标志。

1831 年,雨果发表小说《巴黎圣母院》,轰动了世界,甚至对法国的建筑艺术也产生了深远影响。

19 世纪 30 年代至 40 年代,雨果发表了《东方集》《秋叶集》《晨夕集》《心声集》和《光与影集》5 部诗集,以及《国王取乐》《吕克莱斯·波基亚》《玛丽·都铎》《昂杰罗》《吕意·布拉斯》和《城堡卫戍官》6 个剧本。

1852 年,雨果因多次发表演说反对路易·波拿巴政府而被驱逐出境,开始了长达 19 年的流亡生活。在此期间他的创作进入了鼎盛阶段。他在政治诗集《惩罚集》里,以讽刺为战斗武器,预言第二帝国必将崩溃,表现自己不可动摇的斗志。在抒情诗集《静观集》里,抒写自己的生命体验和情感经历。史诗《历代传说》从《圣经》、神话和历史中撷取素材,赞美人类的不断进步,表现对历史发展的乐观态度。《悲惨世界》(1862)、《海上劳工》(1866)和《笑面人》(1869)是他的三部长篇小说力作。《海上劳工》礼赞人类劳动是一种能与自然力抗衡的伟大力量,主人公具有不屈不挠的意志和不断进取的毅力。《笑面人》描写善良乐观的主人公的悲剧命运，批判贵族特权对人权、正义、真理、理性和智慧的摧残。

雨果曾拒绝拿破仑第三在1869年对他的大赦，而于1870年法国面临巨大危机之时毅然回国。抵达巴黎时已是晚上9点多，而且一场暴风雨将至，但欢迎他的群众人山人海，高呼："维克多·雨果万岁！"回国后他又不断发表演说支持共和，并以《惩罚集》的全数版税购得三门大炮送给国民自卫军。

1871年，雨果发表宣言声援巴黎公社起义；起义失败后，又收留起义者到他家避难。

晚年，雨果除发表了《林园集》《祖父乐》《精神四风集》等诗集外，还完成了长篇历史小说《九三年》(1874)的创作。小说描写1793年法国大革命风暴，真实地表现了革命与反革命之间的残酷斗争。小说的结局引起了后人极大关注——凶狠残暴的贵族势力代表朗德纳克，在溃败时受了农妇母亲呼救声的感动，舍身从烈火中救出了三个将被烧死的小孩，因而来不及逃走；革命军指挥官郭文释放了被俘的朗德纳克；另一名革命军指挥官西穆尔登按军法处斩了郭文，而后西穆尔登也开枪自杀。作品中议论说："在绝对正确的革命之上，还有一个绝对正确的人道主义。"

1885年5月22日，雨果因患肺炎在巴黎逝世，弥留时吐出一句最后的遗言："人生便是白昼与黑夜的斗争。"法国人民为雨果举行了国葬，有200万人送殡，在先贤祠他的灵柩安葬处嵌上"祖国感谢伟人"的题铭。

雨果确实无愧为一代伟人。他是个胸怀博大的民主斗士，声讨封建专制，挞伐民族压迫，也曾斥责英法联军对中国的侵略。他又是个真诚热情的人道主义卫士，高举博爱主义大旗，同情下层人民，反对阶级压迫，努力探求消除罪恶、改造人性的途径。作为一位大诗人，他把抒情、讽刺、写景、咏史和哲理沉思出色地纳入诗歌领域，独创一种恢宏豪放而多姿多彩的艺术风格，对后世的诗歌发展产生了重大影响。作为一位大作家，他的小说堪称文学史上首屈一指的浪漫主义小说。他不仅得心应手地运用对比原则，把善恶美丑的揭示渗透在人物事件的描写之中，而且想象奇特、夸张大胆、情节大起大落，富有传奇色彩和史诗气氛。他小说的主人公多为地位低下而品质高尚的普通人。他小说的语言瑰丽，笔墨酣畅，行文大气磅礴。缪塞、大仲马、戈蒂耶、梅里美、司汤达和巴尔扎克都直接接受了他的影响。

二、《巴黎圣母院》

《巴黎圣母院》是浪漫主义小说的范本，浪漫主义文学发展史上的里程碑。

小说叙述了15世纪发生在巴黎圣母院内外的一个故事。副主教克罗德对吉卜赛少女爱丝梅拉达大动凡心，指派敲钟人卡西莫多前往劫持。宫廷弓箭队长弗比斯闻声相救，触发了少女的爱情。克罗德乘这对恋人幽会之机刺伤弗比斯，事后嫁祸少女，少女被判死刑。少女在刑场上获卡西莫多救助，并被送进圣母院钟楼避难。教会挑动官兵围捕少女,乞丐王国群起极力救护。克罗德趁乱胁迫少女,遭严词拒绝后将她出卖。少女被弗比斯的部下生擒,立即被执行绞刑。卡西莫多怒将克罗德推下钟楼摔死,然后跟少女的尸骨一起化为了一股青烟。

雨果于 1828 年拟就小说大纲,1831 年脱稿,其间适值“七月革命”爆发。他就在这部以中世纪为背景的小说里,赞颂人民群众的美好品质和斗争力量,揭露封建统治集团的凶残虚伪和色厉内荏。爱丝梅拉达和卡西莫多是被迫害和被侮辱的下层人民的代表,他们善良、真诚、勇敢。乞丐王国的流浪者充满友爱精神,他们聚集起来无所畏惧地攻打巴黎圣母院,显示了人民群众的巨大威力。克罗德是社会邪恶势力的代表,他监视人民,掠夺民女,勾结官府,控制司法,制造假案,陷害无辜,最终他被推下钟楼摔得粉身碎骨,象征了封建统治力量不堪一击的可耻下场。法庭审理案件是“法官们吃人肉”,爱丝梅拉达屈打成招被判死刑后,还向她宣布“要付给官府三个金里尔作为招认费”,这是对封建专制国家机器的尖刻嘲弄。路易十一长期龟缩在戒备森严的巴士底监狱里,一心图谋长寿和王位的巩固。是他下了一道“把平民杀尽、把女巫绞死”的诏令,致使圣母院周围变成一片血海。小说以此来揭露封建王朝最高统治者怯弱昏庸而凶狠残暴的丑恶嘴脸。

巴黎圣母院

小说是实践对比原则的典范。雨果认为:“丑在美的旁边,畸形靠近优美,丑怪藏在崇高背后,美与丑并存,光明与黑暗相共。”在人物塑造上,小说打破了把善恶美丑分别集中在两类不同人物身上的传统模式,而是通过或统一或交错的对比加以表现。外表俊美的人心灵未必善良,外表丑陋的人心灵未必不美不善。爱丝梅拉达是美与善和谐统一的化身。她的内心和外表都美得璀璨夺目,这跟她所遭受的巨大不幸以及加害于她的黑暗丑恶的社会构成强烈对比。她对弗比斯一往情深、至死不渝的爱情,既跟弗比斯逢场作戏、轻浮放荡的贵族习性构成对比,又跟她毫不察觉的卡西莫多的真挚爱情构成对比。卡西莫多是个在外表奇丑无比与内心纯洁无邪的尖锐对比之下迸发出奇光异彩的崇高形象。自幼被社会摈弃的遭遇使他长期处于孤独、麻木、自卑之中。在受了爱丝梅拉达的感化后,他灵魂复苏,显露出一颗热情善良、正直无私、富于自我牺牲精神的金子一般的心。克罗德其貌不扬,其心险恶,是个跟爱丝梅拉达构成鲜明对比的衣冠禽兽。他的丑恶灵魂,在满嘴圣经和满肚坏水、禁欲主义信条和人类自然天性以及正常情欲与淫邪行径等多层次对比中得以充分显示。弗比斯外表俊美,内心丑陋,是个跟卡西莫多正好完全相反的人物。他的性格特征在跟常情常理的对比中表现出来:他对爱丝梅拉达情意绵绵,却在她被绑赴刑场时冷眼旁观;爱丝梅拉达面临绝境时期盼他来营救,他却率领卫队前去抓捕她;爱丝梅拉达被押上绞刑架时,他竟然策马扬长而去。

对比原则还运用于全篇的叙事结构和各类描写上,如:以宗教盛会的欢乐气氛开头,以少女屈死的凄凉情景结尾;巴黎市景的一面是崇高壮美的教堂尖塔林立,另一面则是阴森恐怖的绞架林立;甘果瓦"怪厅"受审场面的离奇,卡西莫多广场受审场面的热闹,爱丝梅拉达法庭受审场面的荒唐;母女相逢,巴格特对爱丝梅拉达先是恶语咒骂,后是挥泪诀别;路易十一的封建王朝内部互相倾轧,血腥屠杀民众,爱丝梅拉达在这里备受凌辱陷害,"乞丐王国"则自由平等、互助互爱,爱丝梅拉达在这里得到尊重爱护。

小说的浪漫主义特色浓重,环境描写,情节编排,人物刻画,无不带着丰富的想象和大胆的夸张。圣母院的哥特式建筑、苦修者巴格特蛰居的"老鼠洞"、绞架、坟场、圣迹区、宗教剧、炼金术,各各奇特神秘。圣迹区里的种种情状,克罗德化装跟踪爱丝梅拉达,卡西莫多刑场抢救爱丝梅拉达,"乞丐王国"发动圣母院保卫战,爱丝梅拉达、卡西莫多、克罗德三人的结局,一一显得突兀怪诞。人物的性格特征则各被推向不同的极致——爱丝梅拉达美极,克罗德恶极,卡西莫多奇极。

三、《悲惨世界》

《悲惨世界》(1862)是雨果的长篇小说代表作之一,在创作方法上以现实主义为主要倾向。全书共分5部,讲述苦役犯冉·阿让非同寻常的人生历程。冉·阿让原是个修剪树枝的工人,由于偷了一块面包而服了19年苦役。刑满后他被米里艾主教感化,成了一个乐善好施的人。他化名马德兰,勤劳致富,并被推为市长。但由于他的苦役犯身份暴露,加之警官沙威作梗,他再次被捕入狱。逃出来后,他从无赖德纳第处救出已故女工芳汀的孤女珂赛特,隐居巴黎,继续行善,但仍不断遭到沙威的追缉。1832年他参加共和起义战斗,在街垒战中释放了俘虏沙威,抢救了负伤战士马吕斯。后来,他成全了珂赛特和马吕斯的婚姻,这对青年夫妇却因误会而疏远了他。临终前,误会消除,他躺在青年夫妇怀里安然去世。

雨果在本书的序言里指出,"本世纪的三个问题"是:"贫穷使男子潦倒,饥饿使妇女堕落,黑暗使儿童羸弱。"小说正是以描写穷苦人民的悲惨命运为中心,揭示当时社会问题的严重性,提出了改造社会现实的方法和途径。

雨果将自己自1820年代末所积累的关于穷人苦难生活的大量资料,浓缩成冉·阿让、芳汀、珂赛特三人的不幸遭遇,来概括反映"悲惨世界"的全景。冉·阿让出身贫苦而禀性善良,当初因忍受不了小外甥的饥饿哀号而偶犯过失,却被判5年苦役。又因4次越狱逃跑而被"罪上加罪",总共服了19年苦役。“苦役犯”的身份从此成了他的终身祸患。出狱后,那张黄色身份证使所有雇主把他拒之门外。后来他有了产业,又有了地位,但不仅苦役犯的身份不能因此得到改变,而且引起官方追踪,于是再次被捕入狱。尽管回到社会后,他隐名埋姓地做了许多常人难以做到的善事,但一直未能摆脱官方的追捕。甚至当向自己为之奉献一切的两个年轻人披露了过去的身份后,还得遭受他们的精神折磨。

《悲惨世界》海报

芳汀本是个纯洁天真的姑娘,在遭到一个轻薄男子玩弄遗弃后,她仍不失自食其力、勤劳节俭本色。但酒店主德纳第不断地敲诈勒索,监工的勒令解雇,使她走投无路。沦为妓女后,又不能逃过法律的迫害。她最终饮恨而死。

童年时代的珂赛特备受德纳第夫妇的虐待。年仅5岁时,她就得每天打扫房间、院子、街道,洗杯盘碗碟,甚至搬运重物,还时不时地要受到无端的辱骂和殴打。冬天到了,她穿着一身褴褛不堪的破单衣在寒气中战栗。

在冉·阿让、芳汀、珂赛特身上,反映了男人、女人、儿童三代穷人亦即千百万劳苦大众的共同命运,寄托着作者真挚深沉的同情。作品把人们不幸的根源归咎于现代社会的“文明”,指出在穷人头上,“层层叠叠地有一大堆可怕的东西:法律、偏见、人和事”。作品着重揭露了法律的“可怕”。

沙威形象集中体现了法律的冷酷、刻板和残暴。他俨然是条鹰犬,效忠主子,恪尽职守,对所发现的目标穷追不舍。既像一个不祥的阴影始终笼罩着芳汀和珂赛特的生活,又像一个险恶的幽灵紧紧追逼着冉·阿让。他身上只存在两种感情:“尊敬官府,仇恨反叛。”因此,他成了违反人类一切正常感情的冷血动物。通过这一形象,作者表达了对当时法律的憎恶和痛恨。

雨果力图使自己的作品有助于解决他所指出的社会问题,就将一种以仁爱替代压迫、以道德感化消除社会弊病的人道主义精神贯穿于叙事结构始终。

米里艾主教是博爱主义的化身。他为人高尚,与贵族权势格格不入,对下层人民满怀爱心。他历尽艰难热心传教,但从不宣扬宗教谬说和教会偏见,并对法律的不公正表示不满。他提倡人与人的善意、关切、尊重和互助,还主张兴办义务教育。他将自己的主教府改成替穷人治病的医院,拿出15 000利弗薪俸中的14 000利弗捐给慈善业,自己则过着清苦俭朴的生活。冉·阿让的感化便由他一手完成。他热情款待备受冷遇的冉·阿让。冉·阿让偷走了他的银餐具后被巡警抓回,他不仅为之开脱罪责,而且还慷慨赠予一副银烛台,并诚恳地开导:“我赎的是您的灵魂,我把它从黑暗的思想和自暴自弃里面救出来,交还给上帝。”冉·阿让为之大受感动,从此摆脱野蛮状态,立志从善。这一情节表现了以博爱主义道德力量改造邪恶习性、铸就善良灵魂的可行性,并成为小说整体结构的契机。

冉·阿让被感化后,一味行善,至死不渝。他竭诚探望病中的芳汀,舍身救助遭遇车祸的割风老汉,挺身解救被诬为“苦役犯”的商马第。他把珂赛特从德纳第的魔窟中解救出来,长期精心抚育,一心为她创造幸福。他冒着巨大风险搭救马吕斯于垂危。临死前,他还叮嘱珂赛特饶恕坏人德纳第。于是,芳汀消除了对他的误会,割风对他由满腹仇恨变为感恩戴德,马吕斯更是把他看成“英雄”“圣人”。这些描写表现了以博爱主义道德力量化解人际隔阂、建立友好感情的可行性。

面对沙威从不放松的迫害,冉·阿让逆来顺受,以德报怨,最终使这个缺乏人性的恶魔也受到良心谴责,导致精神崩溃,自投塞纳河而死。这番描写表现了以博爱主义道德力量投射式地征服恶人、自然淘汰恶人的可行性。

冉·阿让出任市长期间热衷社会福利,使穷人生活得以改善,社会风气得以纯化,人与人之间形成仁爱互助关系。这说明兴办福利事业是作者人道主义主张的另一方面内容。

除大力张扬人道主义外,作品还以高亢的笔调、磅礴的气势歌颂共和,赞美起义是“真理的发怒”,“迸发了权利的火花”,塑造了共和主义者英雄群像。其中马吕斯形象带有作者的自传色彩。马吕斯起初受外祖父影响,是个保王派。后来随着对拿破仑了解的加深,并得知了自己父亲曾是跟着拿破仑在滑铁卢战役中立过功的一名上校,就逐渐与外祖父决裂,倾向于共和派。终于他积极投身街垒战斗,成了一名坚定的共和主义战士。

《悲惨世界》是一部以史诗笔法写成的现实主义杰作。它从滑铁卢战役揭开序幕,着笔于波旁王朝时期和七月王朝初期的社会生活,战场、贫民窟、修道院、法庭、监狱、新兴的工业城市、巴黎大学生聚集的拉丁区、硝烟弥漫的街垒等等,展示了一幅蔚然壮观的19世纪初期法国社会历史画面。其中对滑铁卢战役的描写是一篇惨烈悲壮的战争史诗,对冉·阿让、芳汀、珂赛特苦难经历的描写是一部《神曲·地狱篇》式的关于穷人命运的史诗,对1832年人民起义的描写是一部激越昂扬的英雄史诗。在所有的描写中,现实主义和浪漫主义巧妙地结合在一起,从而构成了艺术上的最大特色。

小说以不寻常的人物和不寻常的环境表现社会现实。对冉·阿让的行为和内心活动描写一般都符合人物性格逻辑,如有一次他被一伙诈骗犯骗去,即使在危急关头,也不呼叫求救,生怕引来警察,因为他本身正是个潜逃中的苦役犯,这无疑显得十分客观真实。但写他体力过人,中年时代用背顶起过一辆载重马车,晚年时代背着受伤的马吕斯穿越了障碍重重、迷宫般的巴黎下水道;写他的经历,由苦役犯而当上工厂主,当上市长,仅以几百法郎成本,全凭诚实劳动和个人智慧,3 年内一跃而成百万富翁,并且单靠一己力量就改变了整个城市面貌,这就使他成了带有神秘色彩的传奇式人物。写芳汀的身世,基本上采用写实手法,但对她出卖门牙和打市长耳光等细节描写,又含有夸张意味。对沙威的性格塑造固然从现实生活中提炼概括而成,但写他的职业本能则不免言过其实,他的行踪神出鬼没,无所不在。例如,巴黎下水道的出口何止一个,可他居然能准确无误地把守在冉·阿让将要爬上来的那个出口。至于对马吕斯和珂赛特的恋爱描写,本身就是一种罗曼司传奇。环境描写虽然采用现实主义的素描笔法,但描写对象并非巴尔扎克笔下的市场、交易所、客厅,而多为监狱、低级小酒店、修道院、贫民窟、下水道、坟场等等非同寻常之地。此外,人物活动的时间主要是夜晚,活动的方式也往往比较独特。

小说通过鲜明对比达到批判效果。人物分两大类,正面人物有米里艾、冉·阿让等,反面的人物有沙威、德纳第等。通过米里艾与沙威的对比,显示“爱”强于“恨”,“善”胜过“恶”,宗教道德优越于法律偏见。通过冉·阿让与德纳第的对比,肯定博爱主义、利他主义,否定利己主义。对社会环境的批判,也不像其他现实主义作品那样淋漓尽致地暴露其脓疮,而是通过对蒙特猗城这一理想社会的描写,来反衬现实社会的丑恶。

小说的叙述风格具有抒情氛围。语言高昂激越,热情洋溢,特别是在后面两部中,总是用最动人的词句歌颂起义,赞美英雄。全书的叙述不仅感情色彩浓郁,而且作者还常常直抒胸臆,滔滔不绝地发表自己对一些问题的见解。

第四节　普　希　金

亚历山大·谢尔盖耶维奇·普希金(1799—1837)是俄国浪漫主义文学的主要代表和俄国现实主义文学的奠基人。

一、生平与创作

普希金于 1799 年 6 月 6 日诞生于莫斯科的一个古老的贵族家庭,父母拥有丰富的藏书并与许多文学名流结为朋友。普希金从小就接触了许多欧洲和俄国文学名家的作品。幼年时,乳母尼基塔·卡兹洛夫给他讲了不少民间故事,成为他的启蒙老师。12 岁时,普希金进彼得堡贵族子弟学校皇村中学读书,结识了拉季舍夫、恰达耶夫等革命者,并开始写诗。

1815 年,普希金在公开考试中朗诵了《皇村回忆》,主考的著名老诗人杰尔查文听得声泪俱下。诗坛名家茹科夫斯基预言:“这是我国文学的希望。”普希金从此成名。1817 年,普希金中学毕业,任外交部十品文官。他参加十二月党人秘密组织的活动,发表《自由颂》,宣告:“我要为世人歌唱自由,我要惩罚皇上的恶行。”而后又在《致恰达耶夫》里抒发向往自由之情。1820 年,写成长篇童话叙事诗《鲁斯兰和柳德米拉》,首创性地把民间故事和民间语言引入诗歌,成为俄国文学中第一首积极浪漫主义诗歌。

普希金

1820—1824年,普希金因他诗歌的广泛流传而被沙皇政府派遣到南俄任职(实为流放)。其间创作了《高加索俘虏》《强盗兄弟》《巴赫奇萨拉伊泪泉》《茨冈》等浪漫主义叙事长诗。《茨冈》(1824)叙述了贵族青年亚历克为了自由去做茨冈人、却不懂得尊重茨冈姑娘的自由的故事。此诗是俄国文学中积极浪漫主义的巅峰之作,也是诗人由浪漫主义向现实主义过渡的标志。此外,还写了热情讴歌自由的《致大海》和号召杀死暴君的《短剑》等不少抒情短诗。

1824—1826年,普希金遭告密被撤职,并被判处到他父亲的领地米哈依洛夫村幽禁。两年中,他写了大量抒情诗,继续进行始于1823年的《叶甫盖尼·奥涅金》的创作,并写了强调人民力量的历史剧《鲍里斯·戈都诺夫》。该剧是俄国第一部真正的悲剧。

十二月党人起义失败后不久,新沙皇尼古拉一世把普希金调回莫斯科。普希金用诗歌怀念十二月党人,表达对他们的事业的坚强信念。著名的有《致西伯利亚的囚徒》《阿里昂》等。

1828年,普希金在莫斯科的一次舞会上遇到了娜塔丽娅·冈察洛娃。次年,他向这位"莫斯科第一美人"求婚,遭到拒绝。1830年再次求婚,获得成功。于是他从父亲那里得到了波尔金诺的一块领地和200个农奴。这年秋天,他去波尔金诺接管财产,不期当地霍乱流行,交通断绝,无奈在那里困居了3个月。就在这期间,他不仅完成了《叶甫盖尼·奥涅金》,而且以别尔金的署名发表了后来编入《别尔金小说集》的5个短篇,为俄国短篇小说创造了典范,成为俄国现实主义散文小说的开端。其中描写驿站长维林悲惨命运的《驿站长》(1830),塑造了俄国文学中第一个小人物形象,首创了俄国现实主义文学同情关怀小人物的传统。此外,他还创作了《石客》等4部小悲剧,以及30多首抒情诗和一些评论性文章。这便是著称于俄罗斯文学史的一段佳话——"波尔金诺之秋"的由来。

1831年,普希金结婚后定居彼得堡,并重回外交部任职。其间由于思想受沙皇的直接监视,夫妻感情受上流社会交际场的威胁,他的生活常常处于疑虑郁悒之中。但他仍然十分关心俄罗斯的命运,所创作的长篇小说《上尉的女儿》

(1836)刻画了农民起义领袖普加乔夫的形象,成为俄国文学中第一部描写农民起义的现实主义作品。另外,他还创作了反映当代农村斗争的《杜勃罗夫斯基》、揭露资本主义利欲的《黑桃皇后》(1833),发表了歌颂彼得大帝的长诗《波尔塔瓦》(1828—1829)和《青铜骑士》(1833)以及优美隽永的童话诗《渔夫和金鱼的故事》(1833)、《死公主和七勇士的故事》(1833)等等。

1836年4月,普希金创办《现代人》杂志,为俄国现实主义文学开辟了重要的理论阵地。

1837年2月8日,诗人在决斗场上被受沙皇怂恿的法国流亡贵族丹特士打成重伤,两天后去世。数万人对他吊唁,全俄罗斯沉浸在巨大的悲痛之中,报界称"俄罗斯诗歌的太阳陨落了"。

普希金富有开创精神的一生使他赢得"俄罗斯文学之父"的盛誉,成为俄罗斯民族永远崇拜并引以为荣的艺术之神和民族之魂。屠格涅夫说:"他创立了我们的诗的语言和我们的文学语言。"别林斯基称:"只有从普希金起,才开始有了俄罗斯文学,因为他的诗歌里跳动着俄罗斯生活的脉搏。"

二、抒情诗

在普希金丰厚的创作成果中,流传最广的是他的抒情诗。他的800多首抒情诗的特色首先在于张扬时代精神、紧密联系现实。政治抒情诗都以反对专制暴政、讴歌自由解放为基调,始终跟十二月党人的斗争历程息息相关。如《自由颂》中诅咒沙皇:"你专制独裁的暴君/我憎恨你,憎恨你的宝座/我以严峻的欢乐的眼光/看待你的覆灭,你儿孙的死亡。"在《致恰达耶夫》中鼓动爱国志士:"同志,相信吧,迷人的幸福的星辰/就要上升,射出光芒/俄罗斯要从睡梦中苏醒/并在专制暴政的废墟上/将会写上我们姓名的字样。"在《致西伯利亚的囚徒》中勉励失败的斗士:"沉重的枷锁会掉下/阴暗的牢房会覆亡/自由会在门口愉快地迎接你们/弟兄们会把利剑送到你们手上。"大量的爱情诗生活气息浓郁,真切动人而绚丽多姿,有的率真,如《给她》;有的含蓄,如《征象》;有的轻快,如《给一位画家》;有的缠绵,如《秋天的早晨》。在关于大自然的诗里,诗人总是情景相生地抒发对社会对人生的深沉思考,如《致大海》《秋》《乌云》《我又造访了》等等无一例外。在《致大海》中,借着跟大海对话,宣泄在受监视的处境里告别大海时的强烈感情,寄寓对变革现实的渴望和对自由生活的向往。在《先知》《致诗人》《回声》《"纪念碑"》等关于诗和诗人题材的诗里,阐发对文学的社会功能和诗人的社会职责的主张,着重强调了人民性原则和现实主义方向。

真诚袒露心灵是普希金抒情诗的又一特色。诗中丝毫不存无端感伤、生硬造作的虚夸矫饰之情。"自由感情的流露"和"灵感的真实性"是诗人的自我剖白,爱情诗尤其如此。例如,1825年7月18日安娜·彼得罗芙娜·凯恩到诗人的幽禁地做客。当晚,诗人陪同凯恩在三山村的林荫道散步。凯恩送了棵向日葵给他。《致凯恩》于是就在他笔下喷泻而出:“我记得那美妙的一瞬/在我的面前出现了你/有如昙花一现的幻影/有如纯洁之美的天仙。……我的心在狂喜中跳跃/心中的一切又重新苏醒/有了倾心的人,有了诗的灵感/有了生命,有了眼泪,也有了爱情。”诗人把凯恩看成缪斯化身,“既有炫人的美色和直觉的雅致,又有微妙的情调和崇高的纯洁”(别林斯基语)。诗中不仅赞颂她天仙般的丽质,而且畅吐对美的力量的切身感受,一览无余地展现内心深处的情感波澜。此诗经大音乐家格林卡谱曲后,已成为俄国最有名的情歌。又如名篇《假如生活欺骗了你》,是诗人在幽禁地给邻居少女叶弗普拉克西娅·渥尔芙纪念册的题诗。既是情真意切、感同身受的互相慰勉,又有深入浅出、富于哲理的人生感悟,令后人百读不厌。

普希金的抒情诗意境清新深远,如在《风暴》一诗中:幽暗的海面,怒吼飞旋的狂风,汹涌轰响的海浪,电闪雷鸣,天昏地暗,一位白衣少女高踞于波涛之间的岩石上。形象朦胧闪烁,裙裾飘扬,人物和波浪、天空、风暴相交融。少女具有何等特殊的美?她的命运如何?极易引起读者关注和遐想。又如在《秋天的早晨》中:田野芦苇萧萧,白雾笼罩波浪,白桦和菩提树的头被剥光,枯谢的树林,黄叶日夜飞旋。身临肃杀死寂的秋景令人急切盼待春天到来,一如多情少年对梦中恋人的相思之苦。

普希金的抒情诗语言单纯、质朴、传神,结构自然、匀称、完整。如在《给乳妈》中,仅用几行朴实无华的诗句就活画了“我年迈的老妈妈,亲人”的形象,她叠皱的手拿着织针,忧郁地望着门口和路径,“每一分钟”都等着诗人归来。又如在《十月十九日》中,一句“他会以战栗的手掩覆着眼睛”,就使一个因怀旧而深感痛苦的、活得最长的老同学形象跃然纸上。普希金引散文句式入诗,在排列组合上匠心独运,韵律整饬且节奏明快。

三、《叶甫盖尼·奥涅金》

长篇诗体小说《叶甫盖尼·奥涅金》(1823—1830)是普希金的代表作,它为俄国现实主义文学奠定了基础。

小说的故事发生在19世纪20年代。彼得堡贵族青年叶甫盖尼·奥涅金感到贵族生活空虚无聊,为继承伯父遗产来到乡下。经友人连斯基介绍,认识了女地主拉林娜的女儿达吉亚娜。达吉亚娜给他写信吐露爱情,被他拒绝。不久,在达吉亚娜的命名日聚会上,他恶作剧地调戏连斯基的恋人、达吉亚娜的妹妹奥尔加,引发了连斯基与他决斗,他打死了连斯基。事后他去国外漂泊。归国后遇到成为将军夫人的达吉亚娜,他疯狂追求她,却遭到拒绝。他于是又外出旅行了。

主人公奥涅金是俄国文学中第一个“多余人”形象,他的性格是在特定环境中逐步地形成的。这个“年轻的浪子”,曾是个“欢乐和奢华的孩童”,他学会了用法文谈吐和写作,学会了精心打扮自己,学会了上流社会的交际礼节。到了“心猿意马”的年龄,他成天周旋于上流社会的酒宴、舞会和剧场,矫揉造作地逢场作戏,成为擅长“挑动老练风情女子的心”的花花公子。但奥涅金终于对醉生梦死的贵族生活“提不起精神”,得了“俄国人的忧郁病”。

《叶甫盖尼·奥涅金》插图:奥涅金向达吉亚娜求爱

奥涅金思想敏锐,读过卢梭的《社会契约论》和亚当·斯密的《国富论》,1812 年卫国战争所激起的民族意识、十二月党人所鼓吹的社会革命意识以及西欧传入的启蒙主义思想都使他不甘寂寞。他愤世嫉俗,忧虑俄国前途,探讨社会改革出路。恰巧乡下的伯父去世,他作为法定继承人来到农村,暂时摆脱了烦恼,唤醒了活力。他想读书,想创作,甚至在自己庄园里进行自由主义改革尝试。

然而奥涅金难改贵族习气,缺乏毅力和信心,又毫无实际工作能力。他读书没有系统,不久便“丢下了书籍”;“他的笔没有写出一点东西”;庄园改革也只是一时的心血来潮,遭到周围地主反对后很快就把它抛开了。他冷漠无情,玩世不恭。接到达吉亚娜的信时虽认定“这是真诚心灵的告白”,但又对这种多情的表白感到厌倦,就冷酷地扼杀了纯情少女的初恋。为了排遣内心空虚烦恼、维护一己虚荣,打死了对启蒙思想怀有共同兴趣的好友连斯基。出国旅游数年并未驱散心头的苦闷失望,回国后他对达吉亚娜穷追不舍,却遭失败。总之,无论事业、爱情或者友谊,奥涅金一概无所成就,在生活中找不到自我的位置。

奥涅金性格的两重性概括了 20 年代俄国贵族先进青年的典型特征。这些贵族青年既不随波逐流,也不奋起战斗;既接受了启蒙影响,想有所作为,又带有十二月党人脱离人民的弱点,同时不能克服贵族的懒散恶习。他们聪明而有教养,自视清高,跟周围人格格不入,但不打算面对现实、深入实际,结果一事无成。他们企图超越贵族社会,但最终还是回到那恶浊的生活圈里,从而构成一种生命的“悖论”。他们“永远不会站在政府方面”,也“永远不能够站在人民方面”(赫尔岑语)。他们是“聪明的废物”(别林斯基语),没有出路的探索者。

女主人公达吉亚娜是俄国文学中第一个完美的俄罗斯女性典型。诗人称她是“我可爱的理想”“灵魂上的俄罗斯人”,并给她取了个当年平民女子才使用的名字——达吉亚娜。她从小不满外省地主的庸俗,在大自然和民间文学中找到精神寄托。她读理查逊和卢梭的书,追求个性解放。奥涅金愤世嫉俗的思想和与众不同的风度令她一见钟情,她大胆率真地向他献出少女之心。成为贵妇人后,她洁身自好,厌恶上流社会,怀恋乡村生活。她忠于自己的天性,恪守真挚爱情,含泪拒绝心上人。她内在的纯朴、温厚、崇高、真诚和外在的美丽,集中体现了俄罗斯民族的气质和力量。

小说为俄国文学首创了描写典型环境中典型性格的典范。在俄国文学中,《叶甫盖尼·奥涅金》第一次展示了整个俄国生活的真实画卷:从首都到外省,从上流社会的彼得堡和老式贵族的莫斯科到农村地主领地的日常生活,从城市贫民的奔波到乡村农奴的不幸,从文学流派到社会思潮,从社会斗争到自然风光,从民情风俗到古老传说……广阔的社会环境和具体的物质环境既是人物活动的场所,又是人物性格形成的依据。如对奥涅金所受的教育、所处的贵族社交生活、同代人的时尚,以至他的爱好、服饰、生活习惯等的描写,就形象地说明了奥涅金由聪明颖悟、开始觉醒到空虚委顿、平庸无为的必然性。

小说的细节描写不事铺陈,往往作为广角镜头式概括描写的例证或画面之间的组合因素出现。第一章 24、25 两节诗所写奥涅金的化妆品和梳洗程序,既揭示贵族生活的奢靡无聊,又表现主人公纨绔习性之深。这一处篇幅最大的细节描写不失为艺术长卷的点睛之笔。

在结构上,作品具有诗与小说相融的独特性。全篇以奥涅金为主线,跟达吉亚娜、连斯基等几条线索纵向推进、横向连接,事件叙述和人物描写并重。就布局而言,除献诗外共三部九章,第一部三章各写一个主要人物;第二部三章各写一个事件,环环相扣,冲突渐次激化;第三部三章写主人公的下落和结局。总体上呈典雅匀称的九宫格式。贯通人物刻画的对比、照应描写也跟均衡稳重的结构相应。两对青年男女的爱情关系,一主一辅;两个青年朋友,一个是怀疑主义,一个是浪漫主义;两个青年女性,一个高雅,一个世俗。男女主人公性格的对比度更大,一个虚弱沉沦,一个刚强坚定。而在一前一后两人爱情角色互换的描写中,无论求爱的表白还是拒绝的申述,都采用了对应反复手法。此外,作者始终直接参与形象体系,既作为奥涅金的友人喜忧与共且随时评判,又作为抒情主人公直抒胸臆和自由插入议论,通篇主观抒情和客观叙述浑然一体。

作品的语言完全突破古典主义戒律和感伤主义俗套,以书信、对话、独白表现人物内心世界,自然环境和社会环境描写用词富于变化。叙述、描写、议论、抒情挥洒自如,排比、对仗、比喻、重叠、打趣各各生辉,使俄罗斯语言第一次显示出灵活、丰富、准确、优美的特色。

这部诗体小说的格律工整、和谐、周密,奔腾起伏,洗练流畅,富有音乐美感。诗人根据文艺复兴时期十四行诗的格律特点,博采该格律演变过程中的各家之长,并发挥俄语音节和重音的特点,创造了一种"奥涅金音节",即把每节的十四行分为 4442 四组:第一组用交叉韵——abab,第二组用连韵——ccdd,第三组用抱韵——effe,第四组用连韵——gg。除两封信和一首民歌外,这种格律在全诗一贯到底。

第七章

19 世纪现实主义文学

第一节　概　　述

现实主义是 19 世纪 30 年代首先在西欧的法国、英国等地出现的文学思潮，以后波及俄国、北欧和美国等地，成为 19 世纪欧美文学的主流，也是近代欧美文学的高峰。由于现实主义文学具有强烈的社会批判性，高尔基将其称之为“批判现实主义”。

一、现实主义文学的形成及基本特征

现实主义是西欧资本主义制度确立和发展时期的文学。1830 年法国爆发“七月革命”，从此，法国资产阶级取得了统治地位；1832 年英国实行了议会改革，英国资产阶级的统治地位得到了进一步巩固。这两大政治事件，是西欧资本主义制度确立的标志。欧洲各国在英、法资本主义势力的影响下，相继经历了从封建制度向资本主义制度的历史性过渡。工业革命的成果既推动了封建主义向资本主义的过渡，又改变着社会的结构形态和人的价值观念与生存方式。这种特定的社会政治经济形势直接影响着文学，成为现实主义文学形成与发展的决定性因素。社会政治经济结构形态剧变，人与人之间的关系恶化，人的道德观念和文化价值观念也发生了深刻的变化。现实告诉人们：启蒙主义者的“民主”“自由”“平等”“博爱”并不存在，他们描绘的“理性王国”只不过是肥皂泡而已；浪漫主义者那脱离现实的“理想”也不过是画饼充饥。人们不得不用冷静的眼光来看现实的社会和思考人的命运，从更现实的角度去寻求改善人的生存处境的方法。于是，讲究务实，追求客观冷静地分析与解剖现实的社会心理和风气随之形成。正是在这种心理和风气的影响下，一种写实性与批判性很强的现实主义文学思潮应运而生。与此同时，19 世纪欧洲的自然科学精神也催发着现实主义文学的写实精神。

19 世纪欧洲的科学取得了比 18 世纪更辉煌的成就；或者说，18 世纪的理性启蒙之花在 19 世纪结出了科学的丰硕之果。“同以往所有时期相比，1830 年到 1914 年这段时期，标志着科学发展的顶峰。”①而且，科学与技术相结合加速

① 〔美〕爱德华·麦克诺尔·伯恩斯等：《世界文明史》（第 3 卷），第 282 页。

了财富的创造，给人们带来了生存实惠。所以，科学成了人们心目中给人以力量的新的上帝，理性也自然被认为是人之为人、人之高贵强大的根本属性。较之 18 世纪，对理性的崇拜有增无减，甚至达到了“理性崇拜”的地步。正是科学崇拜之风，使人们对科学的追求不仅仅限于科学本身，而是将科学的方法运用到其他领域。19 世纪的欧洲出现了一种前所未有的普遍风气：任何其他学科，唯有运用科学的方法才令人信服。正如赫尔曼·亥姆霍兹所说：“绝对地无条件地尊重事实，抱着忠诚的态度来搜集事实，对表面现象表示相当的怀疑，在一切情况下都努力探讨因果关系并假定其存在，这一切都是本世纪与以前几个世纪不同的地方。”①不仅如此，19 世纪的许多人还以借助理性思维和科学方法，建立一门科学并相应有一整套严密的概念、定理、范式予以支持，这被认为是一种非常荣耀的事，为此，人们称这是一个“思想体系的时代”②。恩格斯也对当时的这种现实深有感触地说：“在当时人们是动不动就要建立体系的，谁不建立体系就不配生活在 19 世纪。”③正是这样一种区别于以前世纪的精神文化风气，影响着文学的发展，熏陶出了一批写实主义倾向的作家，他们创作中的写实原则无不与科学理性精神血脉相连。

19 世纪现实主义文学思潮是在特定的社会历史背景和精神文化条件下产生的，因此，尽管它流行的范围很广，时间也有先后，但存在着一些基本的特征。

第一，现实主义以人道主义为武器，对社会现象作出了广阔的描写和深刻的批判，同情下层人民的苦难，具有强烈的批判性。同时，它还深刻地展示出资本主义条件下人与物、人与社会的矛盾关系，表现了人的异化现象，寻求人的心灵自由，表现出深度意义上的人道主义精神。资本主义的确立与发展推动了西方社会的文明进程，但资本主义条件下的经济关系和物质文明使人走向“物化”。现实主义作家对这种现象普遍表现出反抗意识。他们力图通过文学创作细致地展示物化的现实，深入地解剖物欲驱动下人的心灵世界的千奇百怪，从而警告人们不可沉湎于物质的追求中而忘却人的精神实质。在这方面，现实主义文学反映了西方资本主义文明的历史进程中出现的种种反人性的弊病，其中探讨的是关于人的自由与解放的问题。虽然这种探讨并没有达到马克思主义的思想高度，而且还常常陷入悲观主义和厌世主义的境地，但作为文学艺术，却因此拥有了深层意蕴和深远的警世意义，从而显示了现实主义在反映和发掘人的心灵世界上的深刻性。

第二，现实主义文学追求艺术的真实模式，强调客观真实地反映生活。受科学主义思潮的影响，现实主义作家把文学作为研究社会的手段，且要描写社会的风俗史，因而，他们就格外重视艺术描写的客观真实性，认为作家应该按照

① Helmholtz, *Popular Lectures on Scientific Subjects*, Eng. trans. by E. Atkinson, London, 1873, p. 33.

② 阿金编：《思想体系的时代》，光明日报出版社 1989 年版，第 2 页。

③ 《马克思恩格斯选集》第 4 卷，人民出版社 1995 年版，第 212 页。

生活本来的样子去反映生活,使作品的文本内容与现实生活内容具有同构性,从而使文学具有科学的精确性。浪漫主义小说家乔治·桑对巴尔扎克说:"你有愿望,也有能力,把你亲眼看到的人物描绘出来……而我呢……不得不把人物描绘成我希望于他的那样。"①显然,强调客观写实的现实主义和追求主观想象的浪漫主义在艺术思维方式上有着明显的分野。为了使创作达到真实的艺术效果,现实主义作家反对在作品中显示"自我",而要让作者的思想与情感在具体的情节描写与人物塑造中自然而然地流露出来,让文学对生活表现出镜子般的忠实。如福楼拜所说:"艺术家不应该在作品中露面,就像上帝在世界上一样,到处存在又到处不见。"②为了真实地描写生活,现实主义作家十分注重细节的真实,而为了达到细节的真实,他们常常作实地考察,收集大量准确无误的事实材料。巴尔扎克和福楼拜在这方面都是十分典型的代表。

第三,现实主义文学重视人与社会环境的关系的描写,塑造典型环境中的典型性格。现实主义作家接受自然科学和唯物主义哲学的影响,认为人是社会环境的产物。在创作中,他们主张从人物所处的社会历史环境中刻画人物性格,真实地揭示人物和事件的内在联系与本质特征及发展趋势,通过对典型环境中的典型性格形成过程的描写,全面真实地展示现实生活及其本质特征,反映整个时代的风貌。所以,恩格斯说,现实主义"除了细节的真实外,还要真实地再现典型环境中的典型人物"③。这正是现实主义真实观在人物塑造上的具体表现。在这种人物塑造原则的指导下,现实主义文学中的人物形象通常都十分贴近生活,具有很强的概括性,他们常常是某种时代精神的体现者,在他们身上显示了社会历史的盛衰。他们的思想、性格、情感、心理也往往与生活中的人一样丰富而复杂。如巴尔扎克的《人间喜剧》通过塑造各种各样的典型,揭示了资产阶级的发家史和贵族阶级的没落史,还揭示了金钱控制下人的灵魂的千奇百怪与骚动不安。因此,现实主义文学在人物塑造方面大大超越了以前的西方文学,为世界文学史创造了一系列不朽的典型形象。

第四,现实主义以叙事文学为主,小说创作特别是长篇小说走向了成熟与繁荣。在科学主义兴盛的19世纪,现实主义作家都试图通过文学创作去研究与分析社会,社会也要求文学真实地反映生活,回答时代和生活提出的一系列问题。在这种精神文化氛围中,叙事性的小说比抒情性的诗歌具有显著的生存与发展优势。现实主义的长篇小说通常都是广泛概括和分析现实生活的社会小说,它往往在科学意识和历史意识指导下,综合地反映整个时代、社会各阶层

---

① 〔丹麦〕勃兰兑斯:《十九世纪文学主流》(第五分册),李宗杰译,人民文学出版社1982年版,第157页。

② 《福楼拜致乔治·桑》,见《外国文学教学参考资料》(第三册),福建人民出版社1981年版,第346页。

③ 《马克思恩格斯选集》第4卷,人民出版社1995年版,第462页。

的生活风俗,真实地展现错综复杂的历史事件和社会历史画面。巴尔扎克、托尔斯泰、狄更斯的小说就是这方面的典范。在作家们的共同努力下,19世纪现实主义小说在叙事艺术、情节结构和人物描写方面都比以往的小说更成熟,它以前所未有的辉煌成就成为这一时期文坛最重要的文学样式。

二、现实主义文学的发展

在欧洲,现实主义形成于19世纪30年代,它的出现是对浪漫主义的反拨,但并不是对浪漫主义的彻底否定。它最初是打着浪漫主义的旗号登上文坛的,许多现实主义作家都是从浪漫主义转向现实主义的,直到19世纪50年代初,"现实主义"这个名词才在欧洲开始盛行,现实主义才成为一个自觉的流派。此前的司汤达、巴尔扎克等也就被人们追认为现实主义的典范作家。在欧美范围内,现实主义的发展总体上可分为前后两个时期。19世纪30年代到60年代为前期,其中心在法、英等国;70年代到20世纪初为后期,其中心在俄国、北欧和美国等地。法国是欧洲现实主义文学的发源地。三四十年代的法国现实主义文学以描写封建贵族与新兴资产阶级的矛盾以及资产阶级内部矛盾为主,在表现出对现实强烈的批判性和揭露性的同时,也流露了对封建时代的依恋之情。

司汤达和巴尔扎克是法国现实主义的奠基人。1823—1825年,司汤达陆续发表文学评论集《拉辛与莎士比亚》中的论文,提出了文学反映现实,为现代人服务的创作原则,成为第一部现实主义的宣言书。1830年,他的长篇小说《红与黑》实践了现实主义创作原则,它的发表标志着现实主义的形成。巴尔扎克的《人间喜剧》使现实主义从理论到创作都臻于完善,它代表了西欧现实主义的最高成就。普罗斯佩尔·梅里美(1807—1870)是一位具有浪漫主义艺术品格的现实主义作家,他创作诗歌、戏剧和历史小说,但主要以中短篇小说赢得文学史上的地位。他喜欢写异国题材,塑造纯朴真诚而又剽悍粗犷的人物,表现反现代道德文明的主题。他的小说在冷峻的叙述中蕴含着激情。比较著名的作品有《达芒戈》(1829)、《高龙巴》(1840)和《嘉尔曼》(1845)。其中,代表作《嘉尔曼》塑造了个性鲜明的女性形象嘉尔曼。她真诚坦率又放荡不羁,蔑视任何法律和道德的规范,表现出对个性自由的绝对追求。小说以女主人公的"绝对自由"否定了资本主义文明,但"绝对自由"也毁灭了嘉尔曼自己。

从1850年代起,法国现实主义强调科学精神,表现出客观冷峻的风格,早期现实主义的社会批判精神有所削弱。这种创作风格的倡导者和代表人物是居斯塔夫·福楼拜(1821—1880),他是法国19世纪后期现实主义的重要代表。福楼拜出生于医生世家,父亲是鲁昂市立医院院长兼外科主任。他的童年是在父亲的医院里度过的,因此,他以后的文学创作明显带有医生的细致观察与剖析的痕迹。福楼拜曾在巴黎攻读法律,因病辍学。他依靠丰裕的遗产过活,专心于文学创作,终生独身。长篇小说《包法利夫人》(1856)是福楼拜的代表作。

居斯塔夫·福楼拜

作者以简洁而细腻的文笔,再现了19世纪中期法国的社会生活。女主人公爱玛在修道院度过青年时代,受到浪漫主义思潮的影响。成年后,嫁给平庸的市镇医生包法利。爱玛在失望之余为纨绔子弟罗尔多夫所惑,成了他的情妇。但罗尔多夫只是逢场作戏,不久便心生厌倦,离她而去。爱玛遂又成了莱昂的情妇。为了满足私欲,爱玛借高利贷,导致破产,最后服毒自尽。小说出版后,立刻震动了法国文坛,也激怒了第二帝国统治当局,以“有伤风化”的罪名把作者和出版者诉诸法庭。经过律师的努力,宣判无罪。这一事件从另一个侧面证明了《包法利夫人》深刻的批判力量。福楼拜从此一举成名,《包法利夫人》也成为19世纪中期法国批判现实主义文学的代表性作品。福楼拜的其他重要作品还有《萨朗波》(1862)、《情感教育》(1869)、《圣安东尼的诱惑》(1874)和《三故事》(1877)等。福楼拜主张小说家应像科学家那样实事求是,要通过实地考察进行准确的描写。同时,他还提倡“客观而无动于衷”的创作理论,反对小说家在作品中表现自己。在艺术风格上,福楼拜从不作孤立、单独的环境描写,而是努力做到用环境来烘托人物心情,达到情景交融的艺术境界。他还是语言大师,注重思想与语言的统一,他的作品语言精练、准确、铿锵有力,堪称法国文学史上的“范文”之作。

阿尔封斯·都德(1840—1897)是法国19世纪后期的一位带有自然主义倾向的现实主义小说家。他富于同情心,善于忠实地描写物质现象和人物的心灵世界,在他的作品中,真实与幻想、无情的揭露与诗情画意等因素往往和谐地结合在一起。《小东西》(1868)是他的长篇小说代表作,在这部带有自传性的作品中,作者描写了孤独的少年爱洒特在冷酷自私的环境中饱受欺凌的不幸遭遇,在冷静的叙述中隐藏着含蓄的讽刺与批判,对人物的内心感受表现得十分细致。都德的短篇小说享有更高的声誉。以描写普法战争为主的短篇小说集《月曜日的故事》(1872)中,就有《最后一课》和《柏林之围》这样的世界性名

阿尔封斯·都德

篇,这两个短篇小说强烈地反映了法国人民的爱国主义情感,情节委婉曲折,富有暗示性,具有动人心弦的艺术魅力。

19 世纪中后期出现的巴黎公社文学是一种新颖的现实主义文学。它真实地反映了无产阶级和广大劳动人民的斗争生活,表现了无产者为理想而奋斗的革命激情。为了当时斗争生活的需要,它采用通俗活泼的形式,以劳动群众自己的语言,表现现实生活,显得纯朴生动,富有感染力,为广大群众所喜闻乐见。巴黎公社文学包括公社成员在公社诞生前后约 20 年间所写的关于公社革命活动的诗歌、小说、戏剧、杂文、回忆录和历史著作等,其中以诗歌数量与成就最多最大。巴黎公社文学的创作队伍是群众性的,其中最有代表性的有欧仁·鲍狄埃(1816—1887)、路易丝·米雪尔(1830—1905)、茹尔·瓦莱斯(1832—1885)、让-巴蒂斯特·克莱芒(1836—1903)等。鲍狄埃是巴黎公社文学的代表。在巴黎公社革命斗争的过程中,鲍狄埃奋不顾身地投入战斗,被选为委员。公社被镇压后,他创作了不朽的无产阶级战歌《国际歌》(1871)。《国际歌》以饱满的无产阶级政治热情,号召全世界无产阶级和劳动大众团结起来,依靠自己的力量,运用革命的手段,彻底推翻资产阶级的反动统治,彻底消灭剥削制度,为争取自由和解放而奋斗。《国际歌》采用民歌的“复唱”形式,语言通俗明快,比喻恰当。此外全诗音律整齐,音调激越昂扬,风格刚健豪放,如战鼓紧催,似号角震响,很好地表达了无产者的战斗激情。巴黎公社文学为 20 世纪世界无产阶级文学的发展奠定了基础。

英国是欧洲资本主义发展最早最快的国家,因而,英国的现实主义文学较多地表现了劳资矛盾以及“小人物”的悲惨命运和苦难生活,人道主义和改良主义色彩特别浓。英国现实主义于 19 世纪 30 年代产生,到四五十年代达到繁荣,在这一阶段里,产生了马克思所称赞的“一派出色的小说家”,他们是狄更斯、萨克雷、勃朗特姐妹、盖斯凯尔夫人等。狄更斯是英国现实主义文学的杰出代表,他的作品描写了 19 世纪上半期英国社会的广阔图景,是当时拥有广泛读者的著名小说家。威廉·梅克皮斯·萨克雷(1811—1863)是一位讽刺作家,他认为道德训诫是作家的重要职责。他善于描写社会中上等阶层人与人之间风雅而又虚伪的关系。他的作品忠实于生活,细腻地刻画人的情绪状态,并以生动风趣的叙述、描写、对话及评论吸引读者,情节丰富而生动。他的代表作《名利场》(1848)以 19 世纪 20 年代的英国社会为背景,主要描写两个生活态度截然不同的妇女的命运,一个是穷画匠的女儿蓓基·夏泼,另一个是有钱人家的小姐爱米丽亚。小说着重描写的是不择手段的女冒险家蓓基·夏泼的形象。她冷酷而自私,利用一切关系往上爬,迎合上流社会的道德标准,为达目的不择手段,是一个十足的野心家。小说通过这个人物写出了资本主义金钱社会是一个冷酷自私、趋炎附势、尔虞我诈、弱肉强食的名利场,写出了上层社会那些貌似风雅的绅士们伪善、卑劣的精神世界。小说的副标题“没有主人公的小说”,

勃朗特姐妹

正好说明了在这个被金钱权势挤压下的名利场中正面人物的丧失,金钱才是真正的主人公。小说夹叙夹议,风格幽默而哀婉。《纽克姆一家》也是萨克雷的重要作品。勃朗特姐妹的小说在当时英国文坛引人注目。夏洛蒂·勃朗特(1816—1855)的《简·爱》塑造了简·爱这个追求心灵自由和人格独立,具有反抗精神的知识妇女形象。如果说蓓基·夏泼对金钱世界表现为顺向接受的话,那么,简·爱则表现为逆向反抗。简·爱出身低微,长得也不漂亮,但她聪明、倔强,特别是她有纯洁的心灵、高尚人格和丰富的内心世界。她那不肯依附于金钱和权势的独立精神与当时追逐金钱权势的社会风气形成鲜明对照。小说富有理想的色彩。爱米莉·勃朗特(1818—1848)的《呼啸山庄》(1847)描写18世纪末英国北部约克郡偏僻地区弃儿出身的希斯克利夫被恩肖家收养后的辛酸生活。他倾心爱着恩肖之女凯瑟琳,但遭到了家庭的排斥和歧视。凯瑟琳后来嫁给了阔少爷林顿,希斯克利夫蓄意对这两个家庭施行报复,并一直延续到第二代。小说情节离奇,富有戏剧性,对人物的压抑情感与心理描写得淋漓尽致。盖斯凯尔夫人是与勃朗特姐妹同时代的女作家,她的代表作《玛丽·巴顿》(1848)是欧洲文学史上最早接触劳资矛盾的小说。它从侧面反映了英国的宪章运动。书中描写了经济萧条时期工人与资本家的矛盾冲突,作者同情工人的不幸,但又用基督教的方式解决劳资双方的冲突,在各自都悔悟了之后互相宽恕、互相谅解,重新合作。

从19世纪70年代开始,英国逐步进入垄断资本主义阶段。英国后期现实主义文学中代表性的作家有哈代、萧伯纳、高尔斯华绥,其中后两位作家主要属于20世纪作家。

19世纪英国文坛上还出现了令人注目的宪章派诗歌,它是欧洲早期的无产阶级文学,也是一种新型的现实主义文学。宪章派诗歌是30、40年代英国宪章运动高涨时期出现的一种群众性的文艺现象。工人们以诗歌和歌曲等形式,配合他们反抗资产阶级的斗争,这些作品真实地反映了工人的生活与情感,在形式上,节奏明快,格调高昂,语言通俗。宪章派诗歌的代表是厄内斯特·琼斯(1819—1869)、威廉·林顿(1812—1897)、杰拉尔德·梅西(1828—1907)。琼斯的《未来之歌》(1852)、林顿的《人民集会》(1851)、梅西的《红色共和国党人抒情诗》(1850)等都是具有鲜明政治倾向、强烈战斗性和鼓动性的著名诗篇。宪章派诗歌不仅鼓舞了工人的斗志,推动了工人运动的发展,而且为后来无产阶级文学的发展做出了贡献。

德国是西欧资本主义发展较晚的国家。德国早期现实主义文学以批判封建君主专制和诸侯割据为主,同时也批判自由资本主义时期社会的弊病。普法战争结束后,德国实现了统一,资本主义发展迅速,现实主义才得以走向繁荣。海涅(1797—1856)是德国早期现实主义诗人,代表作为长诗《德国一个冬天的童话》。格奥尔格·毕希纳(1813—1837)也是德国早期现实主义文学的重要作家,他的创作以戏剧为主,描写法国大革命的《丹东之死》(1835)是他的代表作。格奥尔格·韦尔特(1822—1856)是德国工人运动中涌现出来的工人诗人。他深受马克思和恩格斯思想的影响。他的诗歌饱含着对无产阶级的苦难和不幸的深切同情,传达了劳动人民的心声,并号召他们起来斗争,展望光明的未来。他的诗有民歌风格,幽默、讽刺、夸张等手法交替使用,通俗易懂。《刚十八岁》(1845—1846)、《铸炮者》(1845)和《我愿做一名警察总监》(1848)等都是他的著名作品。

北欧现实主义文学是在西欧的影响下发展起来的,它形成于19世纪四五十年代。丹麦的汉斯·克利斯蒂·安徒生(1805—1875)是世界著名作家。他的童话作品立足于现实,既以真挚的笔触热烈歌颂劳动人民,同情不幸的穷人,又愤怒鞭挞残暴、贪婪、愚蠢的统治者和剥削者,批判社会的黑暗,体现了现实主义和民主主义精神。《卖火柴的小女孩》《丑小鸭》《看门人的儿子》等既写出了社会中贫富的对立和穷苦人的悲惨遭遇,又以美丽的幻想表达善良而美好的愿望。《皇帝的新装》《园丁和主人》等辛辣地讽刺了统治者的无知与骄横。安徒生的童话想象丰富而美丽,语言生动、自然而流畅。他的童话是世界文学史上最常被译成各国文字的作品之一。19世纪后期,丹麦出现了著名的文艺评论家和文学史家格奥尔格·勃兰兑斯(1842—1927),他提倡现实主义创作方法,主张文学产生于实际生活并研究现实生活。他的名著《19世纪文学主流》(1872—1890)研究了19世纪前期法、德、英诸国文学的流向和内因。他的理论推动了欧洲现实主义文学的发展。挪威的易卜生是北欧现实主义文学的最重要作家。比昂斯藤·马丁纽斯·比昂松(1832—1910)是挪威的剧作家、小说家和诗人,主要成就在戏剧方面,《破产》(1874)和《挑战的手套》(1883)是他的著名剧作。

《皇帝的新装》插图

俄国现实主义文学形成于19世纪30年代,50、60年代不断发展,70至80

年代达到鼎盛阶段,20 世纪初逐渐发生转向。俄国的资本主义发展大大落后于西欧,19 世纪上半期,当西欧资本主义已巩固和发展的时候,俄国还处在沙皇专制统治下的封建农奴制社会,资本主义还处于萌芽阶段。在这种社会背景下产生的俄国现实主义文学就始终和蓬勃开展的俄国人民解放运动紧密联系,俄国现实主义文学的批判锋芒直指封建农奴制及其残余,并表现出推翻封建制度的政治要求,直到后期,对资本主义的批判才逐渐加强。因此,俄国现实主义文学具有很强的革命性、战斗性和民主倾向。此外,俄国现实主义形成与发展始终得到了文学批评和美学理论的有力支持;文学理论与文学创作相互辉映,相得益彰。米哈依尔·尤里耶维奇·莱蒙托夫(1814—1841)为俄国现实主义文学的发展做出了重要贡献。他的诗歌赞美自由,歌颂祖国,谴责专制农奴制,表达了进步贵族的民主革命思想。为悼念普希金而写的《诗人之死》(1837)就是一首猛烈抨击沙皇统治的抒情诗。长篇小说《当代英雄》(1840)是他的代表作。小说由 5 个故事构成,以主人公毕巧林的活动为主线连成一体。毕巧林既有贵族的恶习,又不随波逐流,以批判的眼光看待周围的环境和自己;他渴望有意义的生活,又找不到生活的目标,内心充满矛盾与痛苦。他是俄国文学史上第二个"多余人"的形象。小说描绘了当时俄国社会的否定性图画,表现了反农奴制的思想,表达了作者对当代社会和那一代人的命运的看法。这是一部在社会内容和心理内容的描写上都十分出色的现实主义小说,它开了俄国小说心理描写的先河。

果戈理

1840 年代,尼古拉·瓦西里耶维奇·果戈理(1809—1852)继承并发展了普希金和莱蒙托夫开创的现实主义传统,确立了俄国文学史上的"自然派"——俄国现实主义。果戈理早期的短篇小说《狂人日记》《外套》继承和发扬了普希金描写"小人物"的传统。喜剧《钦差大臣》(1836)运用夸张的手法表现社会冲突。长篇小说《死魂灵》是他的代表作。小说描绘的是一幅俄国农奴制社会的讽刺画,塑造了玛尼洛夫、柯罗博奇卡、诺兹德廖夫、索巴凯维奇、普柳什金 5 个个性鲜明的地主形象。投机家乞乞科夫则是一个具有新兴资产阶级特征的人物形象。《死魂灵》由情节小说发展为性格小说,标志着俄国现实主义的进一步成熟。果戈理的"自然派"小说真实地描写和批判了俄国农奴制社会的黑暗与腐朽,表达了劳动人民要求变革社会的愿望,具有真实性、典型性、人民性和独创性特点。文艺批评家维萨里昂·格里戈里耶维奇·别林斯基(1811—1848)在果戈理受到攻击时,挺身而出,从革命民主主义的观点出发,在理论上阐发和捍卫了果戈理的现实主义传统。经过别林斯基的论证,由普希金开创的俄国现实主义文学传统才得以确立,以后俄国的进步作家都沿着这个传统进行创作,从而迎来了现实主义文学更辉煌的时代。

1850至1860年代,俄国现实主义文学大踏步向前发展,出现了一大批卓有成就的作家。亚历山大罗维奇·冈察洛夫(1812—1891)是重要的现实主义作家,他的小说反映了这一时期俄国社会的变化。他的代表作《奥勃洛摩夫》(1859)塑造了俄国文学史上最后一个"多余人"奥勃洛摩夫的形象。奥勃洛摩夫是一个受过良好教育、头脑聪明的贵族青年,但他优柔寡断,好空想而懒惰成性,没有从事实际活动的能力。他总是整天躺在床上或沙发里昏睡,甚至做梦也在睡觉,最后在睡梦中死去。这个人物身上表现出来的懒惰、优柔寡断、好空想的特点,被称为"奥勃洛摩夫性格"。这个形象概括了19世纪俄国社会的停滞、落后和腐朽,说明贵族知识分子在1850年代后的俄国已丧失了进步性,预示了俄国文学中"新人"的形象将取代"多余人"的形象。伊凡·谢尔盖耶维奇·屠格涅夫(1818—1883)在1860年代创作的小说《父与子》等作品中塑造了带有"新人"形象特征的平民知识分子的形象,这些形象表现了"多余人"向"新人"的转变过程,却不是典型的"新人"形象。屠格涅夫是俄国优秀的现实主义作家。他观察生活敏锐而细致,善于把握瞬息变化中的内心世界和自然景色;他的小说通常以爱情故事来构建情节的主体,结构严谨,引人入胜。他在1850—1870年代创作的《罗亭》(1856)、《贵族之家》(1859)、《前夜》(1860)、《父与子》(1862)、《烟》(1867)和《处女地》(1877)等,被称为俄国生活的"艺术编年史"。代表作《父与子》通过父子两代人的冲突,表现了民主主义对贵族自由主义的胜利。主人公巴扎洛夫是一个勇于否定旧制度而又对新生活缺乏了解的平民知识分子形象,具有"新人"的特点。小说的语言简洁、朴实、清新而富有抒情性。

尼古拉·加夫里洛维奇·车尔尼雪夫斯基(1828—1889)是革命民主主义者、文学批评家和作家。他的长篇小说《怎么办?》(1863)是一部社会政治小说,副标题为"新人的故事"。正是这部小说塑造了拉赫美托夫等"新人"的形象。他们崇尚理性,道德高尚,信仰坚定,意志顽强,有献身精神。他们反抗封建农奴制,摈弃贵族阶级的道德观念,在精神上和人民群众息息相通。他们中最突出的是拉赫美托夫。作者借"新人"形象表达了革命民主主义者反农奴制的政治主张。小说具有强烈的政论色彩,对当时的俄国解放运动特别是青年一代产生了重大影响。车尔尼雪夫斯基还写了《艺术对现实的审美关系》(1855)等一系列美学和文学评论文章,阐述了他的唯物主义美学思想。在这方面,俄国革命民主主义者、文艺批评家杜勃罗留波夫(1836—1861)的贡献也是卓越的。他的著名论文有《什么是奥勃洛摩夫性格》(1859)、《黑暗王国中的一线光明》(1860)以及《真正的白天何时到来》(1860)等。车尔尼雪夫斯基和杜勃罗留波夫的这些富有战斗性、思想犀利的美学和文学论文,维护了普希金、果戈理和别林斯基开创的现实主义传统,推动了俄国现实主义文学的蓬勃发展。

亚历山大·尼古拉耶维奇·奥斯特洛夫斯基(1823—1886)是俄国戏剧家,

被称为“俄罗斯民族戏剧之父”。他的著名戏剧《大雷雨》(1860)塑造了卡杰琳娜这一俄罗斯文学中十分动人的妇女形象。她热爱自由、勇敢争取生活权利的性格,与黑暗的封建宗法制社会的道德观念形成了尖锐的矛盾冲突,她的悲剧是对“黑暗王国”的控诉与抗议。尼古拉·阿列克塞耶维奇·涅克拉索夫(1821—1878)是19世纪中期俄国革命民主主义诗人,长诗《在俄罗斯谁能过好日子》(1866—1876)以童话的形式真实地反映了农奴制改革后俄国农村的贫穷与落后,揭露了农奴制改革的欺骗性,号召人民起来为幸福的未来而斗争。长诗大量吸取了民歌表现手法。

1870、1880年代,俄国现实主义文学达到了鼎盛时期。陀思妥耶夫斯基在这一时期完成了《群魔》(1871)、《少年》(1875)和总结性的《卡拉马佐夫兄弟》(1880)等作品。他是俄国现实主义文学的重要代表。萨尔蒂科夫(笔名为尼·谢德林,1826—1889)是19世纪后期俄国著名的讽刺作家。他的小说以“伊索式”的语言和多样的讽刺笔法抨击反动统治者,揭示俄国社会本质。他的代表作《戈洛夫略夫一家》(1875—1880)通过描写地主戈洛夫略夫一家三代人的生活,真实反映了地主阶级的腐化堕落及其必然灭亡的命运。小说成功地塑造了奸诈、凶恶、伪善、贪婪的地主形象。而列夫·托尔斯泰则在这一时期把俄国现实主义文学推向了高峰。契诃夫于1880年代登上文坛,他在中短篇小说和戏剧创作上取得了重大成就,是19世纪后期俄国现实主义文学的代表作家之一。

美国的现实主义文学在19世纪80年代才真正形成,这和美国资本主义发展较晚有关。南北战争结束后,美国资本主义发展迅速,资本主义固有的矛盾也表现得十分突出。美国现实主义文学往往从民主主义理想出发批判资本主义的罪恶,反映劳动人民的不幸遭遇,追求自由与平等的理想,具有较强的民主性和人民性。1850年代美国的废除黑奴文学中已蕴含了现实主义因素。废除黑奴文学以反对美国南方的蓄奴制,反映黑人悲惨生活为主要内容。理查·希尔德烈斯(1807—1896)的《白奴》(1836)和哈里叶特·比彻·斯托夫人(1811—1896)的《汤姆叔叔的小屋》(1852)是废奴文学的代表。《汤姆叔叔的小屋》描写了逆来顺受的老黑奴汤姆的不幸命运,从而把南方蓄奴制的罪恶公之于天下。这部小说把美国的废奴运动推向了高潮。1860年代末,美国的西部边疆出现了通俗易懂的“乡土小说”,它以真实地描写该地区的风土民情而著称,是一种具有现实主义倾向的文学。布勒特·哈特的《咆哮营的幸运儿》(1870)是“乡土小说”的代表性作品之一。马克·吐温是美国现实主义文学最杰出的作家,他吸取乡土小说的某些表现手法,为美国民族文学的繁荣做出了重大贡献,被称为“文学中的林肯”。亨利·詹姆斯(1843—1916)是美国现实主义的重要作家,他的小说开了美国文学史上心理分析的先河,开辟了小说艺术表现的新途径,主要作品有长篇小说《一位女士的画像》《鸽翼》及文学评论《小说的艺术》等。弗兰克·诺里斯(1870—1902)的《章鱼》(1901)描写铁路垄断资本主义对农村普通劳动者的压迫。斯蒂芬·克莱恩(1871—1900)的中篇小说《街头女郎梅季》(1893)描写美国大城市贫民窟的生活景象,小说有自然主义倾向。克莱恩的另一部小说《红色英勇勋章》(1894)是一部反战小说。欧·亨利(1862—1910)是美国著名的短篇小说家。他善于通过描写"小人物"的不幸命运,揭示资本主义的不平与虚伪。在艺术上他的小说常常以"带泪的微笑"和辛酸的欢乐打动读者,善于构思一个出人意料的结局,这种写法被称为"欧·亨利笔法"。代表性作品有《麦琪的礼物》《最后一片藤叶》《警察与赞美诗》《带家具出租的房间》等。

杰克·伦敦(1876—1916)是19世纪后期美国重要的现实主义作家。他出身社会底层,从小体验了贫穷的滋味,以后靠个人奋斗成了名作家。他的小说主要描写挣扎在社会底层的人,赞美在恶劣的生存环境中勇敢、坚毅、积极进取的精神,对社会的黑暗作了深刻的揭露。他善于刻画人物性格,往往以人物的行动来表现主题。《荒野的呼唤》(1903)和《白牙》(1906)通过对动物的描写表现"弱肉强食、适者生存"的思想。《铁蹄》(1908)是一部政治幻想小说,它以爱薇丝和埃弗哈德的爱情为线索,描写了工人阶级对资产阶级的斗争,展示了工人阶级必胜的前景。小说中也流露了尼采的"超人"思想。《马丁·伊登》(1909)是杰克·伦敦的代表作。小说写出身贫寒的马丁·伊登经过艰苦努力,终于成了著名作家,但成名之后感到理想幻灭,最后自杀身亡。马丁的悲剧说明,在一个虚伪的拜金主义社会环境中,追求正直、真诚的过程就是理想破灭的过程。小说写出了资产阶级道德的虚伪。马丁的"超人"思想也是造成他悲剧的另一个原因。小说情节紧凑而又起伏多变,成功地表现了作品的主题。

杰克·伦敦

第二节 司汤达

司汤达(1783—1842)是19世纪法国现实主义的奠基人之一。他生前文名寂寞,但死后逐渐被人们认识,西方现当代评论界认为他是19世纪法国一流作家之一。

一、生平与创作

司汤达原名亨利·贝尔,1783年1月23日出生于法国格勒诺布城的一个律师家庭。父亲是个虔诚的天主教徒,他敬神、守旧,害怕新思想,仇视革命。

司汤达

母亲是意大利人,出身自由主义者家庭,信仰伏尔泰主义。司汤达7岁时,母亲去世,他的童年生活变得黯淡无光。他爱恋母亲的聪颖和智慧,憎恨父亲的保守、冷酷和贪财,父子间一直怀有敌意。以后,司汤达和外祖父一起生活,并从他那里接受了启蒙思想和文学艺术的熏陶。司汤达少年时期的生活境遇和学校教育形成了他思想性格中的自我观念、平民意识、反抗精神以及行为的冲动性。

1799年,17岁的司汤达来到巴黎,在拿破仑军中任职。1800年5月,他随拿破仑部队抵达意大利米兰,不久被任命为龙骑兵少尉。在米兰期间,他接触了大量文艺复兴时期优秀的艺术作品,米兰的生活给他留下了终生难忘的印象。1802年,他辞去军职回到巴黎,专心研读爱尔维修、孔狄亚克、卡巴尼斯和卢梭等启蒙思想家和拉伯雷、蒙田等人文主义者的著作。1806年重返部队,随拿破仑进入柏林。1812年,他以军需官身份随拿破仑军队参与俄国战役。拿破仑帝国覆亡后,他看到自己在复辟王朝中前途无望,就去了米兰,开始了他的艺术生涯。

1814年开始,他发表了《海顿、莫扎特和梅达斯泰斯的生平》(1814)、《意大利绘画史》(1817)和《罗马、那不勒斯、佛罗伦萨》(1817)等作品。其中,后一部作品出版时首次使用"司汤达"这一笔名。这些作品常常涉及政治问题,表现出对封建复辟王朝的不满,还主张把艺术当作科学来研究。司汤达在侨居意大利米兰期间和当地的烧炭党人有交往,因而一直受到奥地利当局的监视。1821年,烧炭党人失败,他被当作烧炭党分子驱逐出境。从此,他离开了他一直热爱的米兰,来到巴黎。在忧伤郁闷的心境下,他发表了研究爱情心理的著作《情爱论》(又译《论爱情》)(1822),第一次展示了他的心理分析的才能。在这部著作中,他把爱情分为"激情的爱""趣味的爱""虚荣的爱""肉欲的爱"4种,并高度肯定了"激情的爱",这部著作为以后他在小说中描写爱情故事奠定了理论基础。在1821—1825年间,他参与了浪漫主义与古典主义的论战,陆续发表了文艺论集《拉辛与莎士比亚》(1823—1825)。这部论文集在浪漫主义的旗号下提出了现实主义的美学原则,是19世纪现实主义文学的第一部理论著作。司汤达认为,文学应随时代而变化,新文学的任务不是模仿古人,而是反映当代人的生活,因此要真实地描写现实,让社会看看自己的"印记";历史上一切伟大的作家都是自己时代的"浪漫主义者",因为他们都以天才之笔写出了自己时代的风貌。这部理论著作有力地推动了法国现实主义文学的发展。

1827年,司汤达发表了第一部长篇小说《阿尔芒斯》。小说通过对奥克塔夫和阿尔芒斯这一对贵族青年的爱情悲剧的描写，既细致地展示了男女主人公爱情心理的演绎过程，又真实地反映了复辟时期法国贵族的生活风貌，展露了心理描写的高超技艺，为以后《红与黑》的创作打下了坚实的基础。1830年，长篇小说《红与黑》发表，但当时没有引起人们的重视。1831年，司汤达为生活所迫，出任教皇管辖下的意大利一个海滨小城的领事，直到他去世。在此期间，他依然受人监视。1834—1835年，他创作长篇小说《吕西安·娄凡》（又译《红与白》），但未完成。小说批判了“七月王朝”的统治。此后，他又通过口述创作了著名的长篇小说《巴马修道院》（1839），完成这部作品仅用了52天时间。这是他生前唯一受人称赞的作品。小说以1796年间意大利的巴马小公国为背景，写主人公法布里斯追随拿破仑反抗封建势力，以及他和姑姑吉娜、将军的女儿克莱莉娅之间感情纠葛的故事。小说集中地通过对法布里斯的“自由的热情”和“激情的爱”同现实环境的矛盾冲突，展现出复辟时期意大利的社会风尚，特别是政治风尚，同时也揭示了男女主人公在激情、欲望和理想驱动下躁动不安而又丰富多彩、富有生命力度的心灵世界。小说的情节曲折动人，富于戏剧性，从而在结构艺术上超越了作者以前的作品。

1839年，司汤达还出版了中短篇小说集《意大利轶事》，它汇集了1828年以来创作的中短篇作品。它集中描写的是“激情的爱”与社会现实的矛盾，表现出作者对“力”和“热情”的赞美，其中《瓦尼娜·瓦尼尼》（1829）最为著名。这篇小说描写罗马贵族少女瓦尼娜爱上了年轻的烧炭党人彼得罗，但彼得罗立志投身民族解放斗争，不肯接受瓦尼娜的爱。后来，她告发了当地革命组织中除彼得罗之外的所有革命者。彼得罗得知后，毅然与她决裂。瓦尼娜代表着“激情的爱”，彼得罗则体现了另一种“激情”——革命激情。两种“激情”在强烈的冲突中都显示了自己的“力”。瓦尼娜不可抗拒的爱的激情衬托出彼得罗革命激情的强烈、坚定与崇高。小说以“激情”的冲突来描写情节，显得紧张而尖锐，富有戏剧性；在“激情”冲击下的人物心理，也描写得十分细腻感人。

1842年3月23日，司汤达在巴黎因中风去世。按照他的遗嘱，他的墓碑上刻着：亨利·贝尔，米兰人，写作过，恋爱过，生活过。

司汤达生活在封建专制向资产阶级共和制转变的时代，深受当时弥漫于社会的革命精神和英雄主义热情的熏陶。他倾向于法国大革命，十分崇拜拿破仑，对封建势力有一种本能的反感，自由、平等是他一生追求的政治理想。然而处于王朝复辟时代，他的理想无法得到实现。以后，他把这种政治热情转向文学创作，并总是在自己的作品中用各种方式表达对自由、平等理想的追求和对封建专制的反抗，因而他的作品总是在浓重的政治氛围中叙述故事，展开尖锐的矛盾冲突，表现出强烈的政治激情。从政治的角度反映时代风貌成了司汤达创作的一大特色。司汤达特别注重人的心灵世界的真实表现。他往往通过表现人的内心世界反映社会风尚和时代精神，显示出反映生活的内倾性特征，也表现出对人的激情-心理分析的高超技艺。司汤达总是以冷静机智的头脑去剖析人物心灵深处的奥秘,去寻找常人见不到的内在世界的东西;他仿佛在做实验,把人物放在各种环境中从而揭示人物心灵世界之颤动,努力发掘人的内在的真实之天性。所以,司汤达开创的是一种内倾性的现实主义传统,这种内倾性的创作取向,以后经由托尔斯泰、陀思妥耶夫斯基等一系列作家的创作延伸到20世纪的西方文学。司汤达在推动心理小说和现代小说的发展方面做出了重大贡献。

二、《红与黑》

《红与黑》的题材来自1827年《法庭公报》上登载的一桩刑事案。小说的主人公于连·索黑尔出身维立叶尔城一个锯木工家庭。他从小崇拜拿破仑,希望凭自己的才能出人头地。但他生不逢时,在王朝复辟时期,无法实现自己的理想。在德·瑞那市长家当家庭教师期间,他和市长夫人相爱,事情败露后,离开市长家来到贝尚松神学院。以后,他在彼拉神父的推荐下,到巴黎为木尔侯爵当私人秘书。侯爵的女儿玛特儿爱上了这个与众不同的年轻人。正当于连陶醉在成功的喜悦之中时,德·瑞那夫人的一封告密信使他断送了前程。于连一怒之下,向瑞那夫人开枪。最终,他被送上了断头台。小说通过波旁王朝复辟时期平民青年于连个人奋斗的经历,反映了19世纪20年代后期法国社会的风貌,它是一部具有深刻政治内容的小说。

《红与黑》首版书影

小说突出地表现了王政复辟时期法国社会的黑暗,揭示了当时尖锐的阶级关系与紧张的政治空气。经过急风暴雨式的大革命冲击之后,法国的贵族和教会势力虽然元气大伤,十分虚弱,但他们在复辟之后,唯恐再被推翻,因而,更为丧心病狂地加强了对人民的压制,千方百计地设法恢复并巩固旧制度,要把历史拉回到大革命之前的时代。新上台的贵族一方面趾高气扬,一方面百倍警惕,密切注视社会的政治动向。德·瑞那市长是个新贵族,复辟时期出任市长,平时总是摆出一副自命不凡、不可一世的架势。流亡贵族木尔侯爵返回巴黎后,大权在握,成了复辟派的首领。他的客厅成了"阴谋与伪善的中心",出入于这里的都是些流亡回来的反动家伙,他们一起密谋镇压革命的计划。这个客厅是一幅黑暗而腐朽的贵族社会的图画。为了集中力量对付革命者,贵族阶级与教会势力相互勾结,教士、神父都成了王朝的爪牙和密探。贝尚松神学院突出表现了复辟时期教会势力的猖獗、黑暗与反动。尽管贵族和教会势力拼命地加强控制与镇压，然而，经过大革命，自由思想已深入人心，人民群众普遍不满波旁王朝的复辟，怀念拿破仑时代。特别是年青一代，更是以拿破仑为崇拜的偶像。此外，资产阶级的力量也不断壮大，他们在复辟时期却没有贵族那样的社会地位，因此，他们中的革命情绪也日益高涨。这一切都使复辟势力陷入四面楚歌的困境，惶惶不可终日。木尔侯爵府中的贵族们总是担心罗伯斯庇尔在法国重现，甚至感到每一段篱垣后面都看见有一位罗伯斯庇尔和他驾来的囚车。木尔侯爵的儿子看到于连时就警告妹妹说："要当心这个青年，若再发生一次革命，他会把我们送上断头台的。"正是在这万分恐惧的情形之下，他们做着垂死的挣扎。小说第 51 章到第 53 章，描写了复辟势力在木尔侯爵客厅召开的秘密会议，会议决定引进外国军队镇压革命。木尔侯爵说："在言论自由和我们贵族制度的存在两者之间，唯有死斗而已。"司汤达在此处影射了法国 1818 年的"秘密备忘录"历史事件，有力地揭露了封建阶级的卖国行为。通过这些描写，小说真实地反映了 19 世纪 20 年代末期法国社会的特征，表现了反封建的政治主题。

于连是一个个人奋斗者的形象，是世界文学史上的一个不朽的艺术典型。于连的性格是多元、多层次的，强烈的自我意识则是他性格中的核心和深层的内容。这种自我意识在环境外力的作用下，又生出自由平等观念、反抗意识和强烈的个人野心。于连出身木匠家庭，地位低下，常受人歧视，即使在家里，也因不是一块当木匠的好料而常遭父兄的打骂。于连不甘心过这种受欺侮的生活，几次想离家出走，这表现出他对独立人格的渴求。当父亲要他到德·瑞那市长家当家庭教师时，他的回答是："我不愿当奴仆……要我和奴仆一桌吃饭，我宁肯死掉。"在市长家当家庭教师的过程中，他对门第观念极强的市长先生极为反感，在骄横的市长把他当仆人一样训斥时，于连"眼里射出残酷可怕的复仇的模糊希望"，愤然回答说："先生，没有你我也不会饿死。"为了报复、惩罚市长，他在夜晚乘凉时握住了市长夫人的手。由此可以看到他那强烈的自我观念、平等意识和反抗精神。于连从小崇拜拿破仑，对拿破仑凭自己的才能、"身佩长剑做了世界的主人"佩服得五体投地，时时追怀和向往不计资历、不讲血统而单凭个人才能便可以取得社会地位的拿破仑时代，并且怀有 30 岁当将军的雄心壮志。然而，拿破仑失败后的复辟时代，这条路已走不通，摆在他面前的则是另一条路：做神父，40 岁左右可拿 10 万法郎，三倍于拿破仑手下的将军。于是，于连就把对拿破仑的崇拜隐藏于心底，勤奋地读《圣经》，朝新的理想努力。在贝尚松神学院这个"到处是伪善"的地方，为了成功，于连不惜以伪善对付伪善。在那里，他"扮演一个崭新的角色"，把内心的隐秘掩埋得很深。他心里明明没有上帝而只有拿破仑，却以惊人的勤奋苦苦研究神学，当众背诵《圣经》和辱骂拿破仑，在虚伪手段的使用上，他"进步很快"。但是，"企图做些虚伪的行动，于连又觉得是多么大的困难呀"，因此，他又"凄苦地嘲笑自己"。其实他对虚伪、对到处是伪善的神学院是"充满了疯狂的愤怒"的，他的虚伪的深处还有正直的一面。在巴黎木尔侯爵府，也是为了成功，为了确立自我、寻找个人幸福,于连顺应环境,不惜为复辟势力效劳,表现出一种妥协性。直到成功的希望破灭、重新跌落到原来的平民阶层后,于连又表现出反抗者的本色,而且反抗的强烈程度是前所未有的。也是出于对人格的维护,他在监狱中不肯向贵族阶级低头,拒绝上诉,宁可以死表示对那个阶级的反抗。反抗性与妥协性是于连性格的又一重矛盾的侧面。

总之,于连的性格是复杂的、多侧面的,而由于自我观念始终是他的思想性格的底蕴,因而,在不同的生存环境里,他时而反抗,时而妥协,时而雄心勃勃,时而投机伪善,却又不失正直善良。他的孤身奋斗激荡着追求自由平等的政治激情,也充满追求个人幸福的利己主义欲望。于连是一个性格复杂的个人奋斗者的形象,在他身上既体现了大革命过后英雄主义尚存的法国社会的时代精神,特别是表现了受压抑的一代年轻人对人生与社会的理想,同时也投射出司汤达自身的人生体验和心理欲望。于连身上表现的反压迫、求自由、坚定地追寻自我生命价值的精神,体现了人的一种普遍的生存需求,因而具有象征意义,而他的那种利己主义思想则成了这一形象历来难以为读者完全肯定和接受的根本原因。

《红与黑》是法国19世纪现实主义文学的奠基作,司汤达通过于连形象的塑造,成功地体现了描写"典型环境中的典型性格"的现实主义创作原则。于连一生的奋斗主要是在维立叶尔城、贝尚松神学院和巴黎木尔侯爵府这三个典型环境中进行的。他的性格也随着环境的变迁而流变,揭示性格形成与发展的社会原因,也就达到了再现社会风貌、表现时代精神的目的。不过,于连的性格演变并不是被动地由环境决定的,而是既受制于环境的作用,又决定于性格系统内部的驱动力,是内因与外因共同作用的结果;环境的作用是性格演变的前提,性格系统内部的驱动力是性格演变的根据。比如,于连的反抗性与妥协性在不同环境的变化是性格深层的自我主义观念作用下为保护自我所作出的适应性自我调节的结果。又如,于连的虚伪是由自私伪善的环境引发的,但他对自私伪善的环境始终存有一种抵抗力,致使他没有完全泯灭良心,而是在虚伪的背后尚保留着正直与善良的天性。于连性格中的这种对环境的抵抗力和自我调节能力造成了于连在与社会搏斗过程中复杂多变的心理世界,也使这一形象的性格演变显得丰富多彩。因此,在司汤达笔下,性格与环境的关系是辩证的。

司汤达是一位内倾性的作家,他注重描写人物的心灵世界。《红与黑》不仅写出了于连在环境的重压下强烈的自我意识在他心灵中酿成的自尊与自卑、虚伪与正直、雄心与野心、反抗与妥协等多重心理矛盾,也写出了瑞那夫人、玛特儿小姐等人的复杂的心理内容,主要人物间的心理冲突成了这部小说情节发展的内在基础和根据。而且,作者在具体的心理分析中善于展示人物的激情与理智相冲突时的内心世界,由此表现了人物形象的"力"之美。例如,于连在夜晚的花园里与市长夫人一起乘凉时,偶然碰到了夫人的手,这只手很快地缩了回去。他头脑中的“责任”观念立即让他作出决定:我要让这只手留在我的手中。第二天晚上10点钟之前,他试图完成自己的“使命”,但又十分胆怯,“在等待与焦急中……于连心情过度紧张,几乎快要发狂了”。10点钟敲了最后一下,他不顾一切抓住夫人的手,尔后,“他的心里洋溢着幸福”。这不是因为爱,而是因为他内心“可怕的痛苦折磨”结束了。诸如此类的心理冲突是充满张力的,既有激情的冲动,又有理智的约束。在这种心理的驱使下,人物的外在行为既具有冲动性,又表现出果敢与坚毅,人物形象的“力”之美就由此而生。司汤达可谓是人的激情-心理的描绘者。

《红与黑》叙述简洁明快,语言清丽朴素、自然流畅。司汤达反对古典主义的矫揉造作、以辞伤情,而强调文学创作要表达自然真实的感情。在司汤达看来,莎士比亚的文风是朴素、真切、自然而生动的,所以,他给予了很高的评价。他在《阿尔芒斯》的序中说:“在这部小说的风格中,读者会发现天真的叙述方式,这一点我不忍改换。我觉得日耳曼式与浪漫式的夸张比什么都乏味。”“过分讲究典雅,势必导致呆板,令人敬而远之。”《红与黑》中铺陈描写的成分极少,而往往以简明、概括的笔触描绘出引人入胜的画面。如第25章写于连初到贝尚松神学院时,作者开门见山地写神学院大门上“那个镀金的十字架”,接着写开门者“相貌古怪”,“绿眼珠”,继而写院内的阴暗沉寂。这简约的文字就把神学院这个阴森恐怖充满罪恶的环境传神地勾画出来了。而对木尔侯爵府的描写仅用“多么壮丽的建筑呀”这一句赞叹,就简短而有力地勾勒出了这座贵族府邸的巍峨堂皇。这与巴尔扎克小说那种精雕细刻、大肆铺陈有重大差异。《红与黑》的语言也是口语化的,朴素而自然。司汤达对自然、朴素、简洁、明快之文风的追求,继承了17、18世纪法国散文的风格。

第三节 巴尔扎克

奥诺雷·德·巴尔扎克(1799—1850)是19世纪法国现实主义文学代表,也是世界公认的杰出小说家。他和列夫·托尔斯泰的创作构成了19世纪欧美现实主义文学的两个高峰。马克思和恩格斯对巴尔扎克十分推崇,他们的许多精辟论断为人们认识巴尔扎克和整个现实主义文学提供了方法论基础。

一、生平与创作

巴尔扎克于1799年5月20日出生于法国西部的图尔市。他的祖父是农民,父亲是在1789年法国大革命后发迹的暴发户。他的母亲比父亲小32岁,是巴黎银行家的女儿,金钱观念很强。巴尔扎克出生后不久就被送到附近的乡村去寄养,从上小学到中学毕业,也始终寄住在外。离开家庭的童年生活的痛苦使他毕生难忘。1812—1814年全家迁居巴黎。1816年巴尔扎克根据父母之

巴尔扎克

意,进巴黎大学学法律,课余时间常在法律事务所当文书。他醉心于文学,常常自己到附近的索尔博那学院去听文学和哲学课。在此期间,他接受了唯物主义思想。

1819 年大学毕业后,巴尔扎克违抗父母之命,放弃当律师的美好前途,执意要去当作家。他与父母达成协议:给他两年时间从事文学创作,若成功了,就让他从事文学创作,若不成功,则回头干法律工作。两年过去了,巴尔扎克写了许多浪漫主义作品,都没成功。但他想继续搞文学创作。父母不再给他提供生活费。为生活所迫,他曾投笔从商,当过出版商,办过印刷厂,但均以债台高筑而告终。他前后负债高达 6 万法郎。饱尝了失败的痛苦之后,巴尔扎克于 1828 年重新回到文学创作上来,并相信自己在文学上有独特的天赋。他在书房的壁炉上放了一尊拿破仑像,上面刻着巴尔扎克的一句名言:彼以剑锋未竟之事业,吾将以笔锋竟之。

1829 到 1848 年是巴尔扎克创作《人间喜剧》的时期,也是他文学事业的全盛时期。1829 年,他的第一部以“巴尔扎克”署名的小说《舒昂党人》出版,它是巴尔扎克的成名作,也是《人间喜剧》的第一部。他在作了许多实地考察的基础上创作出了这部作品,因而,尽管它还带有早期浪漫主义作品的痕迹,但已开始走上了描绘时代风俗的现实主义道路。此后他写的《高布赛克》(1830)、《苏城舞会》(1831)、《夏倍上校》(1832)等一系列作品都发展了这种现实主义的倾向。1833 年,他的长篇小说《欧也妮・葛朗台》发表,这标志着他现实主义风格的成熟。1834 年发表的《高老头》是巴尔扎克的代表作。他另外比较重要的作品还有《乡村医生》(1833)、《对于绝对的探讨》(1834)、《幽谷百合》(1836)、《塞查・皮罗多盛衰记》(1837)、《古物陈列室》(1836—1839)、《幻灭》(1843)、《农民》(1844)、《贝姨》(1846)、《邦斯舅舅》(1847)等。在从事《人间喜剧》创作近 20 年的时间里,巴尔扎克完成了 91 部小说。他以超人的毅力与才智,夜以继日地创作着。他常常在写到手发麻、眼流泪时才停下来休息,喝一杯咖啡后又继续写作。正是这种超负荷的勤奋劳作,才换来了“比岁月还要多”的作品,但同时也过早地耗尽了他的生命。1847 年,他已开始感到身心交瘁。1850 年,他在乌克兰和已有近 20 年通信交往的韩斯迦夫人结婚后就重病不起,于 8 月 18 日与世长辞。

巴尔扎克的思想是矛盾复杂的。在哲学上,他主要是一个朴素的唯物论者。他深受实证哲学、动物学、解剖学等自然科学的影响,认为世间一切都是运动的,大自然是一个密不可分的整体,一切事物都是互相联系的。这是他走上现实主义创作道路的思想基础。但巴尔扎克也接受了神秘主义唯灵论的影响,相信骨相学、占卜术、催眠术等。他认识到经济对社会发展的制约作用以及物质环境对人的影响作用,他接受古典经济学家的观点,鼓吹自由贸易。他激烈反对金融贵族所鼓励的金融投机和金钱无限权力,希望法国也有个强大的"工业波拿巴",并且学习英国,发展工商业。在政治上,他有阶级分析的头脑,并以此去理解法国历史。他从中小资产阶级立场出发,不满于"七月王朝"金融资产阶级统治下的社会现实,但他又幻想建立君主立宪制,实行强权政治,以发展中小资产阶级。他参加过保皇党,对贵族阶级是充满同情心的,但又不是一个正统的保皇派。在宗教思想上,巴尔扎克不信神,而且还抨击过基督教,但他同时又幻想用宗教来抑制人的情欲,克服道德堕落的社会弊端。巴尔扎克思想的矛盾性造成了他的作品内容的复杂性。

二、《人间喜剧》

《人间喜剧》是世界文学史上的一座丰碑。它包含了巴尔扎克从 1829 年到 1848 年创作的 90 多部作品,代表了巴尔扎克文学创作的辉煌成就。

一般认为,巴尔扎克以"人间喜剧"来命名他的小说总集,是受了但丁《神曲》的影响。《神曲》原意为"神圣的喜剧",它从题材到构思都包含了许多宗教的内容,主要描写幻景中的"地狱""炼狱"和"天堂"的生活。巴尔扎克的小说写的是真实的现实生活,因而相应的称之为"人间"的喜剧。此外,巴尔扎克小说写的都是人间悲剧,而作者则以"喜剧"冠之,这是一种讽刺,喜剧在欧洲是粗俗之作,而悲剧则是高雅严肃的艺术。巴尔扎克描写的主要是金钱腐蚀下人的堕落,主人公往往是金钱的牺牲品,而不是正面英雄,他们不具备真正意义上的悲剧人物的崇高美。所以,巴尔扎克用"喜剧"来命名,是出于对当时社会现实的嘲弄与批判。

《人间喜剧》中文版书影

《人间喜剧》有 90 多部作品,2 400 多个人物,怎样使这么多的"部件"组成一个有机的整体呢?巴尔扎克使用了两种方法。第一种方法是分类整理法。巴尔扎克将《人间喜剧》分为三类:《风俗研究》《哲学研究》《分析研究》。其中《风俗研究》主要描写法国当代社会风貌,内涵最为丰富,包括的小说也最多,它成了《人间喜剧》的主体部分。在这一部分里,作者根据作品反映生活的侧重点,又划分为 6 个场景:(1)"私人生活场景”,代表作有《高利贷者》《夏倍上校》《高老头》;(2)“外省生活场景”,代表作有《欧也妮·葛朗台》《幻灭》;(3)“巴黎生活场景”,代表作有《纽沁根银行》《贝姨》;(4)“政治生活场景”,代表作有《一件恐怖时代之轶事》;(5)“军事生活场景”,代表作有《朱安党人》;(6)“乡村生活场景”,代表作有《农民》《乡村医生》。第二种方法是“人物再现法”。作者让同一人物在几部作品中出现,每部作品中只表现这个人物的某一段或某一侧面的生活,几部作品合在一起就完成了对这一人物生活史的描写,构成一个完整形象。在巴尔扎克的《人间喜剧》中,有460多个人物是重复出现的,分散在75部小说中,有些重要人物重复次数达二三十次之多。通过再现人物的足迹,把整个小说反映的生活贯穿起来,构成社会整体。

《人间喜剧》是一部“百科全书”式的作品,它是法国文学史上规模空前、内容丰富的现实主义杰作,是一部包罗万象的社会风俗史。

首先,《人间喜剧》真实地再现了封建贵族阶级的没落衰亡史。在资产阶级金钱势力的逼攻下,贵族阶级节节败退,逐步走向死亡。他们有的在资产阶级的金钱腐蚀下转变成了资产阶级,如贵族青年拉斯蒂涅经受不住金钱的诱惑堕落为资产阶级野心家;有的自知敌不过资产阶级,含恨退出了历史舞台,如名门贵族鲍赛昂夫人,在情场上抵挡不住金钱的进攻,最后败在资产阶级手下,把上流社会的特权让给了纽沁根太太等新兴资产阶级。巴尔扎克按现实主义方法如实地描写当时的历史事实,因而揭示了贵族阶级必然要败在资产阶级手下并最终退出历史舞台的命运。就这样,《人间喜剧》真实地描写了法国历史上封建贵族和资产阶级之间的曲折斗争。但是,在这些描写中,巴尔扎克对贵族阶级寄予了深深的同情,为他们唱了一曲无尽的挽歌。这一方面说明了巴尔扎克头脑中残留着贵族观念,他有一种对旧阶级、旧时代的依恋之情。另一方面,从深层象征意蕴上看,一些贵族形象又是人欲横流时代人的理性与善的象征,在这些形象身上寄托了作者对异化时代人性复归的一线希望。

其次,《人间喜剧》真实地再现了资产阶级的罪恶发家史。资产阶级的发家史是充满罪恶的。巴尔扎克在《人间喜剧》中,以现实主义笔触,通过一系列资产阶级典型形象的塑造,真实地展示了他们的罪恶历史。《高利贷者》的主人公高布赛克,依靠放高利贷方式获取利润,是资本原始积累时期资产者的典型。《欧也妮·葛朗台》中的葛朗台,一身兼有高利贷者、银行家、工商业主、金融资本家的特点,是资本原始积累时期向自由竞争过渡时期的资产阶级典型。《纽沁根银行》中的纽沁根开办银行,用资金的不断周转来获取利润,且能利用法律保护银行,搞假倒闭牟取暴利。他是资本主义高度发展时期金融资本家的典型。这一系列形象各自代表着资产阶级发展过程中的断代史,连成整体时就构成了资产阶级的整个罪恶发迹史。

最后,《人间喜剧》描绘了人被异化的历史悲剧。《人间喜剧》中,真正的

“英雄”是灵魂交给了金钱上帝的人，被金钱煽起的情欲是小说的真正主人公。葛朗台老爹一生只恋着金钱，从来是认钱不认人。侄儿查理为父亲的破产自杀而哭得死去活来，他居然说：“这年轻人（指查理）是个无用之辈，在他心里的是死人，不是钱。”在葛朗台看来，查理应该伤心的不是父亲的死，而是他不仅从此成了一贫如洗的破落子弟，而且还得为死去的父亲负 400 万法郎的债。人死是小事，失去财富是大事。妻子要自杀，葛朗台根本无所谓，而一想到这会使他失去大笔遗产，心里就发慌。他临死时最依恋的不是唯一的女儿，而是将由女儿继承的那笔遗产，并吩咐女儿要好好代为管理，等到她也灵魂升天后到天国与他交账。葛朗台把爱奉献给了金钱，而把冷漠无情留给了自己，并通过自己又施与他人。于是，他手里的财富剧增，成了索漠城经济上的主人，也成了家庭中的绝对权威；高老头的女儿们领受了父亲的金钱而抛弃父爱，踩着父亲的尸体登上了巴黎上流社会的高层。纽沁根在金钱的战争中用无数人的尸体垒起了他银行家的高楼大厦；吕西安出卖灵魂而得以平步青云；大卫为保持灵魂的纯洁而身败名裂，锒铛入狱……上述种种，都告诉人们，谁能尽快地将灵魂交出来，把金钱的上帝请进来，谁就能尽快地成为“英雄”。巴尔扎克的这些描写应该说不无艺术夸张的成分，但这恰如通过放大镜观察微生物，巴尔扎克在这艺术性的集中和夸张中把握了金钱时代人性异化的本质特征，而且，他的小说还以一种象征隐喻的模式表述了人类生存发展中的悖谬现象：历史的进步是靠财富的创造来推动的，而财富创造的过程必然伴随着人性的失落；金钱所点燃的情欲驱动着人们去疯狂、忘我地积聚财富，而情欲之火又烤干了人性的脉脉温情，也耗尽了追求者的精力与生命；人类在与物质世界的不懈斗争中不断征服自然，创造物质文明，而与之抗衡的对象又不断吞噬着人类，使人沦为物的奴隶。在人类发展进程的“对物的依赖”阶段尤其如此，这是人类文明发展所要付出的沉重代价。巴尔扎克由此思考与探索着人的生存与发展的问题。

在艺术上，《人间喜剧》体现了“巴尔扎克式”现实主义的基本特点。

由外到内、广阔而深刻地反映生活是巴尔扎克现实主义的重要特色。巴尔扎克把文学作为研究社会的手段，主张真实地再现现实，强调艺术描写与现实生活的契合和对位关系，他在文学创作上为自己设立的追求目标首先是再现时代风俗史，做法国历史的“书记员”。较之同时代的现实主义作家，巴尔扎克特别擅长于研究与把握事物的外部特征，对社会外部形态的广阔而真实的描绘，是巴尔扎克现实主义的一大特色。但是，巴尔扎克同时也关心人的精神与心灵世界，只是，他对人的研究不像司汤达、托尔斯泰那样直接深入人的内心世界，而往往从描写所处的环境和外部形态开始；他更注重于研究人的心灵怎样在社会外部物质形态的刺激影响下产生惊人的变化，尤其是金钱时代，人的灵魂怎样在金钱的催化下引起奇妙的“裂变”。巴尔扎克是在丰富复杂的人和“生态环境”的描写中展开人的情欲的实验与解剖的，因而，他常常在小说中不厌其烦地描写人物住所的里里外外,细致地记录人物的言行举止、音容笑貌甚至鼻梁的高低、嘴唇的宽厚等等。他反映生活的起点是社会外部形态,而归结点是人的内部心灵;他试图记录法国社会的真实历史,而在自觉不自觉中披露了拜金主义时代“隐藏在金钱珠宝下”的人的灵魂的丑恶。所以,真实的社会外部形态是巴尔扎克小说所呈现的艺术世界的第一层面,金钱时代人的情感-心理状态是第二层面;第一层面因第二层面的存在显示其艺术的、本质的真实,而在第一层面的“外壳”内包藏的是更为广阔和躁动不安的精神宇宙。巴尔扎克既是19世纪上半期的法国社会的“书记员”,又是金钱时代人类灵魂的发掘者。

揭示人物性格对环境的依存关系,塑造“典型环境中的典型人物”,这是巴尔扎克现实主义的又一特点。19世纪现实主义作家普遍重视人物与环境的关系,刻画典型环境中的典型人物是他们共同遵循的一条基本原则。但是,不同的作家对这一原则的理解与实践各不相同。受动物学理论的影响,巴尔扎克常常把人类社会和自然世界相比拟,认为决定人的精神世界差异的是环境。在他的小说中,对人的生存环境的描写拥有极为重要的地位,无论是物质环境还是社会环境,对人的性格都起着决定性的作用。他笔下的主人公几乎始终处于物质环境和社会环境的重重包围之中。他们与环境有搏斗,但又无法高于环境和超越环境,而往往是被环境战胜、改造和重塑。他们与环境搏斗的过程,在终极意义上成了向环境学习并顺应环境的过程,性格的形成、发展与演变依赖于、受制于环境,甚至是环境的直接引申。《高老头》中的拉斯蒂涅来到巴黎后,一开始就对环境的诱惑失去抗衡能力,在环境的刺激下,他一步步走向了堕落;《幻灭》中的吕西安经不住环境的诱惑而出卖灵魂。他们的性格是环境的产物。巴尔扎克对人与环境之关系的理解是缺乏辩证法思想的,但这也体现着他对物欲横流、人被普遍“物化”的现实世界的洞察与理解,有其深刻性的一面。

巴尔扎克开创了西方小说新的结构模式。19世纪以前的西方小说的结构基本上采用“流浪汉小说”的结构模式,以单一线索纵向直线型演进为特色,通过一条纵向线索贯穿一个个独立的小故事,来反映生活的流程。巴尔扎克小说的结构模式则不同,它通过众多的情节线索有机的交织,形成纵横交错的情节网络,立体地展示生活的横断面。这是一种网状结构模式。例如,《欧也妮·葛朗台》就写了欧也妮的故事、老葛朗台的故事、查理的故事、拿侬的故事、蓬风所长的故事、克罗旭的故事等,其中又以欧也妮和老葛朗台的故事为中心,其余的情节都和两条中心线交织在一起,展现索漠城横向的生活面貌。纵横交错的情节构成了主人公生活于其中的复杂的人物关系,从而也展现出人物与环境的依存关系,这就为塑造“典型环境中的典型人物”提供了条件。欧也妮和老葛朗台的鲜明形象就是在这种复杂关系中塑造出来的。巴尔扎克小说的这种网状结构模式,既有助于反映日益复杂的社会生活,也有助于描写多元复杂的人物性格,合乎时代对小说发展提出的要求。因此,这种结构模式在巴尔扎克之后被广泛采用，这也标志着西方小说在结构上的发展与成熟。

三、《高老头》

《高老头》是巴尔扎克的优秀作品之一。在《人间喜剧》中，《高老头》最先开始使用人物再现法，就思想内容而言，它展示了《人间喜剧》的中心图画，在艺术上，它标志着巴尔扎克现实主义风格的成熟。

小说主要写高老头和他女儿，以及拉斯蒂涅的故事。小说以“高老头”命名，但又以拉斯蒂涅的经历和见闻贯穿全书，这个人物在情节结构中起穿针引线的作用，成了小说的主人公。小说通过高老头的悲剧和拉斯蒂涅走向堕落的故事，形象地反映了资产阶级最终取代封建贵族阶级的历史进程，深刻地揭示出金钱腐蚀人的灵魂、毁灭人的天然情感、破坏人的一切正常关系的严峻事实，象征性地表现了人类历史进程中文明进步与人性异化的悖谬现象。拉斯蒂涅是一个资产阶级野心家形象。他在《人间喜剧》中多次出现，《高老头》这部小说中他第一次出现，展示的是他的野心家性格形成的过程。拉斯蒂涅的野心家性格是在环境的影响下逐渐形成的，共可分两大阶段。

《高老头》书影

第一阶段：受物质环境的刺激，野心萌发。拉斯蒂涅出身外省一个没落的贵族家庭。为了供他到巴黎上大学，家里人省吃俭用，就盼望着他有朝一日能重整家业，支撑门面。刚到巴黎时，他是一个有才气、有热情的有志青年，那时的他只想好好念书，将来做一个清正的法官，按部就班地进入上层社会。但在巴黎生活不到一年，观念就发生了变化。他住的那个寒酸破败的伏盖公寓和纸醉金迷的巴黎上流社会形成鲜明的对照，使他的心灵引起了强烈的骚动，欲望开始萌发。暑假回家，乡下人简陋的生活、家里贫困的景象使他内心矛盾加剧。他对勤奋学习、做清正法官的路失去了信心，而急于想挤进上流社会，走野心家道路。以后，鲍赛昂夫人将他带进上流社会，让他目睹了豪华风雅的生活，这更进一步刺激了他的欲望，坚定了他向金钱王国进攻的决心。

第二阶段：受“人生三课”的教育走向堕落。拉斯蒂涅先是向雷斯多伯爵夫人进攻，谁料在她家碰了一鼻子灰。他就向远房表姐鲍赛昂夫人请教。情场失意的鲍赛昂夫人在满腔冤屈的情况下向他解剖了这个社会。她指出，要往上爬，就要善于运用“心狠”“女人”“作假”三件法宝。这个社会是傻子和骗子的集团，要以牙还牙对付之。她的训导使拉斯蒂涅大受启发。这就是他所受的第一堂极端利己主义的人生哲学课。

和拉斯蒂涅住在一起的在逃苦役犯伏脱冷充当了他的第二个引路人。伏脱冷指出,这个社会"有财便是德",所有的人都像"一个瓶子里的蜘蛛",势必你吞我,我吞你。他劝拉斯蒂涅,要想往上爬就得"大刀阔斧地干","不能心慈手软","人生就那么回事"。伏脱冷比鲍赛昂夫人更赤裸裸地从反面指出了这个社会寡廉鲜耻、金钱万能的本质。这是他所受的第二堂人生哲学课,它促使拉斯蒂涅朝野心家道路上不断迈进。

在拉斯蒂涅尝试着去满足欲望的过程中,他周围接连发生了三幕人生悲剧。伏脱冷精明强干,结果被米旭诺老小姐出卖后,锒铛入狱。鲍赛昂夫人曾红极一时,这位社交界的王后,最后被情人阿瞿达侯爵抛弃,含泪告别了上流社会。高老头为两个女儿献出了自己的所有财产,最终像野狗一样死去,女儿女婿们谁也不去看他。这三幕悲剧一幕比一幕惊心动魄,担任导演的都是金钱!它们构成了对拉斯蒂涅的第三堂人生哲学课。拉斯蒂涅从中更深地感受到了这个社会确实如伏脱冷等所说的那样,美好的灵魂是无法生存多久的。于是,他就顺应环境,甘于堕落了。

拉斯蒂涅就是这样,在物质环境的刺激下,在"人生三课"的教育下,经过良心与野心的激烈搏斗,完成了野心家性格发展的过程,从一个没落的贵族子弟变成了资产阶级野心家。他是贵族子弟资产阶级化的典型。小说通过他的堕落过程的描写,反映了金钱对青年的腐蚀作用和贵族阶级必然灭亡的历史趋势,具有典型意义。在拉斯蒂涅身上包含了作者自己的生活体验,表达了作者对主人公既同情又谴责的矛盾心情。

高老头是一个具有浓厚的封建宗法观念的商业资产者典型。在大革命前,他是面条商,大革命期间靠囤积粮食,打击同行,很快就成了拥有 200 万家产的暴发户。但他在家庭观念上却有浓厚的封建伦理观念。在妻子去世后,他把全部的感情都投放到两个女儿身上,让她们的生活奢侈得如公爵的情人。女儿们出嫁后,他又把自己的家产分给她们。但是,当他手中无钱、病入膏肓时,女儿女婿们把他当作榨干的柠檬扔掉了。高老头对女儿的爱可谓是一片痴情,甚至达到了荒谬的程度。他用金钱培养了女儿的金钱观念和利己主义人生观,他自己也成了利己主义和拜金主义的牺牲品。通过这个形象,作者对资本主义社会的金钱关系和金钱的罪恶揭露得极为深刻。

作为一个艺术形象,高老头是复杂的。从经济状况看,他是资产阶级暴发户;从道德观念上看,他又有封建宗法社会的家族观念。可是在当时的金钱世界里,他的两个女儿的金钱观念已取代了宗法式的父女情感。她们爱父亲,主要是爱他的钱,钱没了,父女感情就断了。因此,高老头的悲剧很大程度上是封建宗法观念被资产阶级金钱观念战胜的悲剧。巴尔扎克对高老头的"父爱"予以了高度的肯定,借此与两个女儿的拜金意识形成对照,否定和谴责了金钱的罪恶。巴尔扎克又希望用这种“伟大的父爱”去改善人欲横流、天伦泯灭的社会现实,这当然是不切实际的。

鲍赛昂夫人是在资产阶级势力逼攻下走向衰亡的贵族典型。她出身贵族名门,是巴黎社交界的“领袖”,而且才貌出众。她家的舞厅是巴黎贵族云集之地,是贵族权势的象征。但是,随着资产阶级势力的壮大,她的地位不断受到威胁。她感受到了时局的危机,但又不甘罢休。她恐慌地抓住阿瞿达侯爵,以便借此保全自己的荣誉和地位,但阿瞿达终于为娶一个有400万法郎陪嫁的资产阶级小姐而抛弃了她,最后,她无可奈何地含泪告别了上流社会,退隐乡下。她的悲剧展示了贵族阶级必然衰亡的历史命运。

伏脱冷是资产阶级野心家形象。在《高老头》中,他是在逃的苦役犯、某个高级盗窃集团的心腹,是一个尚未得势、正在发家的资产者。他对这个社会了如指掌,因而善于用以恶对恶、以不道德对不道德的方法来达到个人目的。他是这个社会罪恶的揭发者、反抗者,同时又是社会罪恶的制造者、社会掠夺者,他的思想本质是极端利己主义。他身上体现着资产阶级的冒险性。作者通过这一形象追溯了资产阶级的发家过程。

《高老头》在艺术上集中地体现了巴尔扎克小说的基本风格。

精细地描摹物质环境,为塑造典型环境中的典型人物服务。主人公拉斯蒂涅就是在特定的环境中形成野心家的性格,其余人物的行为方式和精神风貌也都有环境的依据。由于巴尔扎克十分强调人物性格与环境的关系,因而,《高老头》不仅通过复杂的情节来揭示人物所处的复杂的社会环境,还精确细致地描写出风俗画式的物质环境,揭示“物”对人的精神-心理的侵蚀作用。《高老头》对伏盖公寓的描写是精确而细致的,我们从寓所的“集体饭厅”这一角,就可窥见公寓的全貌。这个饭厅是伏盖公寓里的人活动的中心场所,作者精确细致地描绘饭厅,也便是在界定生活于其间的人的社会身份和精神面貌。透过这幅“毫无诗意”的寒酸的餐厅图画,我们就可以窥见就餐者的灵魂。小说对鲍赛昂府的描写也是精细的,那富丽堂皇的气魄与伏盖公寓恰成对照,活动于其间的人也就有另一番精神面貌。

环境的描写只是为性格刻画提供了客观依据,更重要的还在于性格描写本身。巴尔扎克认为,塑造典型必须表现出某类人物“最鲜明的性格特征”。为此,他在刻画性格时,紧紧抓住某个重要人物的一种炽烈的欲望进行反复描写,使人物的一言一行都受这种欲望驱使,并处于为满足这种欲望的煎熬之中。拉斯蒂涅始终受着金钱欲望的吞噬;高老头日夜渴望着父女之间爱的情感,因而被人们称为“父爱的典型”;鲍赛昂夫人企求的是贵族荣誉与地位。他们各自为某一欲望所驱使,也就显示出了各自的个性。此外,巴尔扎克还十分善于运用经济细节、肖像细节、行为细节、语言细节等来揭示人物的个性特征。如高老头在伏盖公寓的生活费数字是逐步下降的,在伏盖太太心目中,他的身价和人格也就随之下降,她对他的称呼由“高里奥先生”“高老头”再变为“老熊猫”“老混蛋”。这里的经济细节和语言细节活画出了伏盖太太充满金钱铜臭的灵魂。伏脱冷第一次出场时的肖像描写和语言描写活画出了这个黑社会铁腕人物的栩栩如生的形象。

《高老头》的结构很有代表性。小说写了拉斯蒂涅的堕落、高老头的惨死、伏脱冷的再度被捕、鲍赛昂夫人的退出巴黎、泰伊番小姐的遭遇、米旭诺和波阿莱良心的出卖、大学生皮安训的义举以及伏盖太太的活动等8个故事,其中拉斯蒂涅与高老头这两组故事是中心。这些线索不是独立存在、孤立发展的,而是相互纠缠、彼此推动的,从而使情节不断向前发展。其间,拉斯蒂涅起着穿针引线的作用,由此8条线索编织成一张有机的情节网。这是典型的巴尔扎克式小说结构模式。

第四节　狄　更　斯

查尔斯·狄更斯(1812—1870)是19世纪英国现实主义文学的奠基人和杰出代表,是继莎士比亚之后拥有最广大读者群的英国作家,他的名字在英语国家几乎家喻户晓。

一、生平与创作

查尔斯·狄更斯

1812年2月7日狄更斯生于英国南部海港朴次茅斯,父亲是海军军需部小职员,性情温和,爱好交际,讨人喜欢,但不善理财,常常借债。狄更斯12岁时,父亲因无力还债而被关进了债务人监狱,母亲及兄弟姐妹也随同住进监狱。12岁的狄更斯被迫到一家鞋油作坊当童工,他的工作是终日洗刷玻璃瓶,并在瓶子上贴上鞋油标签。作坊主把这个小童工当作招揽生意的活广告,让他在路人的围观下,在当街的橱窗中劳动,这严重地伤害了狄更斯的自尊心。童年的这段痛苦可怕的经历成为日后狄更斯的灵魂痛楚,他几乎终生受这种伤痛的折磨,多年以后他写道:“我深深记得全然被人看不起和绝望的感受,因地位低下而感到的耻辱……这种痛苦是难以名状的。”[①]但正是这段经历使他对下层人民的苦难特别是儿童的不幸怀着深切的同情,这成为其日后创作的一个重要题材。

① 〔美〕鲁宾斯坦:《英国文学的伟大传统》,陈安全译,上海译文出版社1996年版,第113—114页。

狄更斯的父亲后来继承了一笔财产而出狱。他也获得了上学的机会，但3年后便辍学到一家律师事务所当小职员。在那里他透过司法界这个窗口，接触了各式各样的人物，并了解了司法制度的黑暗，他以后的作品中对司法制度的深刻揭露和抨击，无疑跟这段经历有关。后来狄更斯进入报界，很快便成为出色的记者。在做记者期间他以"博兹"为笔名发表了一系列有关伦敦生活和风俗的特写，后来收集为《博兹特写集》，这部作品初步显示了他的文学才华。1836年，一个出版商邀请他为一组漫画写文字说明，长篇小说《匹克威克外传》就这样诞生了。这部小说表现了作者浑然天成的幽默才能，使25岁的他一举成名。此后狄更斯专职从事写作。

狄更斯始终对社会和政治问题保持着热切的关注和强烈的责任心。除写作外，他还主办报纸，宣传他的政治观点，呼吁改善穷苦工人的生活。晚年的狄更斯在经历了20年的不和谐婚姻后终于与妻子离婚。婚姻生活的不幸和繁重的写作损害了他的健康，但他仍然经常在公众面前朗诵自己的作品并进行即兴表演。狄更斯具有天赋的戏剧表演才能和导演幽默哑剧的本领，这影响了他的小说人物塑造上的戏剧化特征和幽默特质。

1870年7月9日，狄更斯突发脑溢血去世，终年58岁。他的遗体被安葬在威斯敏斯特教堂"诗人之角"。

狄更斯在30年里创作了14部长篇小说和许多中短篇小说，广泛地反映了维多利亚时代的英国社会风貌，其创作大致可分为三个时期。

第一时期包括19世纪30年代到40年代初的作品，主要有《匹克威克外传》(1837)、《奥列佛·退斯特》(1838)、《尼古拉斯·尼古贝》(1839)、《老古玩店》(1841)、《巴纳比·拉奇》(1841)。

《匹克威克外传》是狄更斯的成名作。小说描写伦敦退休商人匹克威克先生和他的三个朋友在英国的旅行。这些天真善良、仁爱为怀的伦敦绅士对生活的无知到了荒唐的程度，他们经历了许多有惊无险的冒险，闹出许多笑话。全书充满了一种轻松欢快的幽默感，不谙世故、善良轻信的匹克威克和他机灵的仆人山姆的关系类似于堂吉诃德和桑丘，相映成趣。作品的意义在于它通过匹克威克等人的游历，在浪漫主义之后，第一次向读者展示了当时的社会现实。小说也描写了一些社会问题，如犯罪、欺骗、选举的弊病、司法制度的阴暗面等，但那只是"阳光下的阴影"，并未造成重大灾难。骗子金格尔最后在匹克威克的道德感化下幡然悔悟，回归正途。这是一个真正"古老的、美好的英格兰"，"小说弥漫着一种类似诸神漫游英国的气息"①。

《奥列佛·退斯特》叙述孤儿奥列佛的不幸遭遇和坎坷人生。他从小在济贫院里过着地狱般的生活，不堪忍受逃到伦敦后又陷入贼窝。奥列佛历经苦难

---

① 罗经国编选：《狄更斯评论集》，上海译文出版社1981年版，第70页。

但始终保持纯洁的心灵，最后在有产者布龙洛先生的帮助下过着幸福的生活。小说对济贫院及贼窝生活的描写揭露出英国慈善机构的伪善和社会的黑暗。但小说的结局表明了作者改良社会的幻想。

狄更斯的早期创作致力于对社会全貌的展示，并初步涉及了一些重大的社会问题，但年轻的狄更斯对社会的认识还不够深入，认为这只是个别人的、偶然的行为所造成的，主人公最终都在善良的资产者的帮助下获得幸福。小说结构上多采用流浪汉小说的形式，通过主人公的流浪来反映广阔的社会生活，但存在着结构松散、描写冗长的缺点。

第二时期包括40年代初到50年代末的作品，代表作有《马丁·朱述尔维特》(1844)、《董贝父子》(1848)、《大卫·科波菲尔》(1850)、《荒凉山庄》(1853)、《艰难时世》(1854)、《小杜丽》(1857)。

《大卫·科波菲尔》是一部带有自传性的小说，很大程度上再现了作者本人的生活经历和奋斗历程。主人公大卫是一个遗腹子，从小受尽继父的虐待，母亲死后又被送往工厂当童工，因为不堪屈辱，离开工厂到了姨婆家，由姨婆抚养成人，最后成了著名的作家，与心爱的女友结婚。大卫的经历可以看作是19世纪资本主义社会中青年人命运主题的狄更斯式版本，这种"个人奋斗者"形象在19世纪欧洲文学中得到了系列式的呈现，比如司汤达笔下的于连、巴尔扎克笔下的拉斯蒂涅、萨克雷笔下的蓓基·夏泼等。只不过与于连、拉斯蒂涅、蓓基·夏泼不同的是，大卫在与社会抗争、奋斗的过程中，始终保持了正直善良的道德和一切优秀的品质。小说采用第一人称叙述，通过大卫的经历展现了狄更斯作品一贯的广阔的社会批判，如寄宿学校虐待儿童的制度、童工的悲惨处境等。其中的一些人物形象，如盲目乐观、附庸风雅、令人啼笑皆非的密考伯先生，性格古怪内心高尚的贝西姨婆等，都给人留下了深刻印象。

《荒凉山庄》主要批判司法制度的黑暗和议会政治的腐败。小说有两条情节线索：一条是庄迪斯遗产案，这件案子由于烦琐、荒唐的审判程序及司法人员从中营私而拖延几十年，多少代人因妄想得到遗产而死的死、疯的疯。另一条线索是贵族妇女戴德洛克的家庭悲剧，她因有一个私生女而受到家庭律师的要挟，被迫离家出走，死在情人墓前。作品中狄更斯批判的已不是一个资产者、一个法院院长，而扩展到整个司法制度和邪恶的资本主义法律本身。

《艰难时世》是直接描写劳资矛盾的作品。小说虚构的焦煤镇是产业革命后英国社会的缩影，小说在这个背景下描写了资本家庞得贝对工人的压榨以及工人们的斗争。另一条线索是退休议员、"教育家"葛雷梗"事实哲学"的破产。人道主义者狄更斯同情工人们的苦难，呼吁资本家改善工人的处境、调和矛盾，但不赞成宪章派的暴力斗争，通过工人斯蒂芬的形象呼唤宽容、温和和相互理解。

第二时期的创作显示出比前一时期更深的社会批判力度，它针对的已不是个别的人、个别的丑恶现象，而是整个的社会政治和法律制度。艺术表现上走向成熟,流浪汉小说的特征明显淡化。人物塑造上取得了突出的成就,俾克史涅夫、密考伯、希普、葛雷梗、小杜丽等,都是非常成功的人物形象。

第三时期的创作从50年代末到作者逝世,代表作有《双城记》(1859)、《远大前程》(1861)、《我们共同的朋友》(1865)。《双城记》是少有的正面反映1789年法国大革命的小说,在思想和艺术上都充分表现了狄更斯晚期小说创作的特点。《远大前程》描写孤儿匹普试图挤进上流社会但最终失败的故事。匹普在向上流社会靠拢的过程中变得轻浮、虚荣、自私,幻想破灭后才重新认识到下层人民的美德。小说展现的不是"远大前程",而是向过去(或试图向过去)的回归。

由于历尽沧桑而对社会的认识更加深入,狄更斯的晚期创作明显减少了早期轻松幽默的调子,而具有冷峻感伤的色彩。善虽然能够战胜恶,但这个过程却充满了痛苦和巨大的艰辛。艺术上,小说的结构更加纯熟。晚期小说都大量运用了悬念,它不仅增强了故事性,而且成为结构小说的重要手段。象征手法的使用是狄更斯晚期创作的重要特色,它大大深化了文本的诗意内涵。

狄更斯既是一个社会批判者,也是一个改良主义者,其批判的武器和改良的手段都是人道主义。仁爱精神是狄更斯人道主义思想的核心。他的作品对维多利亚时代政治、经济、法律、道德等各方面的腐败和不合理现象进行揭露和批判,对苦难的下层人民寄予深切的同情。但狄更斯在批判社会的不公时,并不主张推翻现实社会,只是呼吁人道主义的改良。狄更斯的作品表现出对人性的深入探索和揭示。他不仅从道德的角度来考察人性的善恶,如正直、诚实、高尚、仁爱,或卑劣、虚伪、残忍、自私等,而且还揭示了人性的扭曲和异化,以及人在异己力量面前的渺小和无能为力。像20世纪现代主义作家卡夫卡的《审判》《城堡》等作品对压制人、胁迫人的异己力量的描述一样,狄更斯早在半个世纪之前就揭示了这种异己力量的存在。在揭示人性的扭曲和异化方面,狄更斯与现代派思想一脉相承。

狄更斯的小说艺术取得了很高的成就,这首先表现在人物塑造上。莎士比亚之后没有任何一个英国作家像狄更斯这样创造了如此大量的富有生命力的人物形象。狄更斯常常依据人物道德的高尚或卑下,划分成善恶分明的两个阵营,人物性格大多单纯、静止,往往人物一出场,其本质就被确定下来,终生不变。英国现代小说家、批评家福斯特在《小说面面观》中区分了"扁平人物"和"圆形人物",把狄更斯的人物归之为扁平人物。他认为"真正的扁平人物可以用一个句子描述殆尽",一般来说,扁平人物的艺术成就不如圆形人物①。但狄更斯的扁平人物却丝毫不显单薄枯燥,而是鲜明生动,有着勃勃生气。在这方面,狄更斯的人物塑造带有明显的戏剧化特征,他不太关注人物的心理描写,而采用传统的戏剧手法,通过外在行为、语言来描写人物形象②。由于他对人物栩

① 罗经国编选:《狄更斯评论集》,上海译文出版社1981年版,第99页。

② 周颐:《表演出舞台效果的喜剧性格——狄更斯扁平人物论之三》,《淮北煤师院学报》,1991年第3期。

栩如生的表现,使得他的扁平人物也鲜活饱满起来。

幽默是狄更斯艺术魅力的主要来源之一。狄更斯继承了斯威夫特、菲尔丁以来的幽默传统,着力于表现生活中荒唐、滑稽的一面。狄更斯在塑造人物时常常运用重复、夸张和漫画化的手段。比如密考伯先生,这个时乖运舛的穷绅士总是得过且过,盲目乐观。当债主上门逼债时,他会愁眉苦脸,声泪俱下,甚至拿刮胡刀往脖子上抹,想一死了之。而债主一走,顷刻之间他又把皮鞋擦得锃亮,手舞足蹈,有说有笑。密考伯先生就这样进行着一次又一次令人不知所措的表演。其他如密考伯太太反复念叨口头禅、贝西姨婆执拗地赶走驴等,这些人物的性格在幽默中体现了作者对人性弱点的比较温和的揶揄。而对于反面形象,如伪善、狡猾的俾克史涅夫、宣扬"事实"泯灭人性的葛雷梗,狄更斯的幽默就变成尖刻的讽刺了。

狄更斯的叙事手法表现出对传统叙述方式的突破和创新,深受现代批评家的称道。狄更斯的叙述突破了他以前的作家所确立的规范。《荒凉山庄》由叙述者的第三人称全知叙述与小说人物埃丝特的第一人称回顾性叙述交叉进行。前者实现菲尔丁式的宏阔描写,后者实现第一人称的心理剖析,且双重视点的建立提供了对人物、事件的双重解释和关照,使得小说的色彩、意义更加丰富[①]。狄更斯小说多重视角的采用对维多利亚时代通常只有单一视角(即至高无上的叙述者)的小说创作而言,具有开创性的意义,并且经过乔伊斯、福克纳等作家的发展延伸到现代主义小说的叙事革命中[②]。

二、《双城记》

《双城记》是西方文学史上少有的正面反映1789年法国大革命的小说。故事发生在巴黎和伦敦。法国大革命前,巴黎外科医生马奈特因向朝廷揭发埃弗里蒙德侯爵兄弟将一对农村兄妹无辜残害致死的罪行,而被投入巴士底狱囚禁了整整18年。获释后他被女儿露西接往英国伦敦。露西与法国青年代尔那相爱,代尔那是埃弗里蒙德的侄子,但马奈特为了女儿的幸福还是答应了他们的婚事。法国大革命爆发,代尔那为营救昔日管家而回到巴黎,作为逃亡贵族而被捕。在法庭审判的关键时刻,当年被害兄妹的妹妹得伐石太太出示了马奈特医生在巴士底狱中写下的控诉书,代尔那被判处死刑。深爱着露西的英国青年卡尔登混入狱中换出了代尔那。当马奈特一家安全离开巴黎时,卡尔登从容走上了断头台。

《双城记》写的是历史题材,但作者的意图在于借古讽今。他看到了维多利亚时代英国上层阶级对广大人民的压榨及其造成的尖锐激烈的阶级矛盾,从而

① 参见蒋承勇:《英国小说发展史》,浙江大学出版社2006年版,第140页。

② 参见艾晓玲:《〈远大前程〉的叙事特征》,《四川大学学报》,2000年第1期。

警示统治者进行社会改良以缓和社会矛盾,否则人民就会以残酷猛烈的方式进行反抗和报复,法国大革命就是前车之鉴。

小说描写了法国革命前贵族阶级的骄横残暴,表达了对劳苦大众的深切同情,并肯定了革命的正义性。贵族爵爷们过着穷奢极侈的生活,下层人民却在饥饿和死亡线上苟延残喘。"朱古力爵爷"喝一次茶要由4个衣着华丽的仆人伺候,而巴黎贫民窟圣安东区到处是饥饿、贫困、肮脏、疾病。埃弗里蒙德侯爵抢占民女,虐杀农民,他的马车横冲直撞,轧死了一个平民的儿子,他从马车里扔出一个金币了事……人民"饥饿的眼睛充满怒火","阴郁的脸上饱蓄着仇恨",几个世纪以来淤积的愤怒爆发了。小说浓墨重彩地描写了人民攻打巴士底狱的壮烈场面,表现了人民的声威和力量,但肯定革命的正义性不等于认同暴力革命的合理性。狄更斯接受了卡莱尔《法国革命史》的观点,他通过小说表达的看法是,1789年的法国大革命基本上是悲剧性的,是从一个悲剧走向另一个悲剧[①]。一方面贵族的残忍暴虐引起了一个灾难性的后果,即民众的暴力复仇;另一方面,暴力复仇一开始就具有极大的破坏性。小说着力渲染了大革命的恐怖和混乱,整个时代的疯狂体现在跳麦卡纽舞的狂旋嚎叫的人们身上。群众对吉洛丁铡刀下的砍头流血有一种盲目狂乱的兴奋和热情。囚车隆隆地从大街上碾过,里面关押着送往断头台的囚犯,其中有老人孩子,有贵族也有平民,有有罪的,但大多数是无辜的,甚至包括真心拥护革命的孤苦伶仃的小女裁缝……作者认为,革命在摧毁旧世界的同时,也扭曲了人性,"铲除美好和善良"。《双城记》无论是肯定革命的正义性,还是反对革命暴力,都是出于狄更斯一以贯之的人道主义思想,对人的尊重和维护使得他笔下的法国大革命既伟大又可怕,由此显示出了狄更斯思想的矛盾性以及历史尺度与道德尺度的二律背反。历史的发展很多时候是以暴力、以"恶"的形式来推动的,但文学有自己的关注点,它关注的是人,是对完美人性的追求。令人触目惊心的是革命带来的那些负面效应,如革命法庭的冷酷残暴、群众非理性的狂热自私、专政过程中对个体生命的漠视和践踏、革命给人们带来的极度恐惧等等。对这些现象,雨果的《九三年》、帕斯捷尔纳克的《日瓦戈医生》等也表达了与《双城记》一样的痛心和思考。作家们都认为"在绝对正确的革命之上,还有一个绝对正确的人道主义"。也许作家诗人的思考不能达到

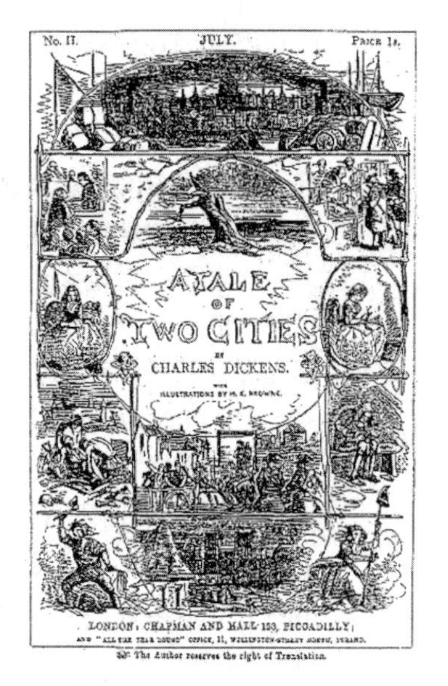

《双城记》书影

① 龚翰熊:《欧洲小说史》,四川大学出版社1997年版,第333页。

政治家、革命家那样的高度,却不能否认这些思考本身的人性意味及由此产生的艺术感染力。

与仇恨、残忍、暴力相对立,狄更斯通过马奈特医生、卡尔登、代尔那、露西等一系列形象的塑造表现了仁慈、博爱、宽恕的人道主义精神,并以此表达了改良社会的道德理想。

马奈特医生是人道主义思想的典型体现。青年时代的马奈特正直勇敢,在目睹埃弗里蒙德侯爵强占民女、虐杀其兄弟的暴行之后,良心促使他写信向朝廷揭发,因而蒙冤入狱。18 年的监狱生活把他变成了一具形容枯槁、麻木呆滞的活尸。出狱后,女儿的温柔照顾使他恢复了理智和正常的生活。马奈特复活后成为仁爱精神的化身,他用爱来消除痛苦和仇恨。他明知代尔那是仇人之子,但为了女儿的幸福还是同意了他们的婚事。在巴黎营救女婿期间,他超越于一切暴力和仇恨之上,诊治一切被囚的和自由的、善的和恶的人们,对于一切杀人者和被杀者,同样仁慈地施以医术,表现出完全的仁爱精神。作者称他为"往来于芸芸众生中的圣灵"。

最能体现这种基督仁爱精神的是卡尔登。这个形象体现了作家心中人道主义的最高理想:利他精神和自我牺牲。从外表看,卡尔登是个落拓懒散、乖张怪僻、自暴自弃的人,富有才华却不能施展,被上流社会视为堕落者,平素也表现出自甘堕落的精神状态。但他内心怀有崇高的感情,他热恋着露西,深知不能得到她而主动退出了情场角逐。为了心爱的人的幸福,他冒名顶替了代尔那,自己走上了断头台。他临刑前的容貌庄严崇高,犹如先知。在作者看来,卡尔登不仅救了心爱的人,还救了自己,救了人类,他向世人敞开了爱的更高意义。

与上述两个人物相对的是得伐石太太。她是革命群众的代表,但作者把她塑造成了一个令人同情又令人畏惧的复仇者形象。贵族阶级虐杀了她的全家,她有着深仇大恨,她无时无刻不在编织、记录着贵族的罪行。作者以理解和尊敬的笔调描写了革命前得伐石夫妇的革命准备工作,得伐石太太表现出卓越的才智、超人的胆识和坚定的革命信念。但随着革命的深入,她对统治阶级疯狂的报复远远超过了必要的程度,她不仅要杀死早以放弃贵族特权的代尔那,而且要杀死露西和他们的女儿,甚至连马奈特医生都不放过。最后,她在与露西的仆人普洛斯小姐摔打时被自己的手枪打死。她阴沉可怕、冷酷无情、嗜血成性,代表了残忍、仇恨以及扭曲的人性。

此外,作者还塑造了真诚严谨的代尔那、美丽温情的露西、言行古怪却充满人道主义牺牲精神的普洛斯小姐、傲慢凶残的埃弗里蒙德侯爵等鲜明生动的形象。正面人物身上都体现出鲜明的仁爱精神。用爱来消灭恨,用仁慈、怜悯和宽恕来代替暴力复仇和阶级对抗,这就是狄更斯为社会开出的改良药方。显然,狄更斯的这种人道主义思想不乏虚幻的成分。

《双城记》在艺术上体现了狄更斯成熟时期的创作特点。首先是严谨巧妙的情节结构。《双城记》采用了多元整一结构。小说包含几个相对独立的故事，分别是马奈特医生的故事、得伐石太太一家的故事、埃弗里蒙德的家族罪恶、卡尔登的经历与献身等等。但这些故事之间并不彼此分裂，而是通过人物、情节有机联系在一起。正是埃弗里蒙德的罪恶造成了马奈特医生的悲惨遭遇，也造成了得伐石太太的疯狂复仇，而这又把代尔那、卡尔登等无辜的人卷进了风暴的中心。悬念是结构小说的重要手段。小说一开始就写马奈特医生的出狱和"复活"，他为什么入狱？代尔那向露西求婚时，医生为什么不让他说出自己的真实姓氏？医生为什么一听说巴士底狱发现过去犯人的手稿就非常不安？得伐石夫妇为什么对代尔那如此仇恨？直到小说结尾代尔那第二次受审，得伐石太太出示了医生当年在监狱写下的控诉书，一切才真相大白。狄更斯采用这种类似侦探小说的结构技巧，在故事结尾处将前面种种伏笔、种种疑惑归诸一缕、环环解开，同时小说情节也达到高潮，有很强的戏剧性。此外，小说在整体情节布局上贯穿着明显的对比原则，如血腥骚乱的巴黎和安宁祥和的伦敦，贵族阶级的骄奢淫逸和广大人民的民不聊生，宽恕仁爱和疯狂复仇等等。鲜明的对比有力地突出了小说主题。

《双城记》中狄更斯惯有的幽默因素大大减少，而辛辣的讽刺则贯穿全篇。最有意味的是不动声色的冷嘲，尤其是对某些荒谬情景和人性弱点的反讽。如小说中的那个修路工，他属于最受压迫和损害的阶层，按理应该对统治阶级充满了仇恨，事实上他以后也参加了革命。但当他在王宫见到国王和王后，见到达官显贵们风度翩翩，见到绫飞缎舞、粉香四溢、光华耀眼的景象的时候，简直心醉神迷、忘乎所以，"不禁高呼国王万岁，王后万岁，人人万岁，事事万岁！"且有大量其他的人跟他一样高喊、哭泣，"感动得痛哭流涕"。作者对人性中向往华贵事物的虚荣、媚俗和软弱进行了讽刺和揶揄。除冷嘲外，辛辣的热讽更是见于全篇。如写到群众尊敬的马奈特大夫的女婿代尔那被判处死刑的时候，法官宣告"这位共和国的好医生无疑会由于将他的亲女儿变为寡妇，将她的孩子变为孤儿，而感到神圣的荣耀和快乐"，讽刺了在爱国、革命的旗帜下人们的行为是如何荒谬地违反人性。讽刺大量的使用增加了作品的含蓄性和批判的力度。

第五节 哈 代

托马斯·哈代（1840—1928）是19世纪后期英国杰出的现实主义作家，其作品既继承了批判现实主义精神，又蕴含着现代主义成分。

一、生平与创作

哈代于1840年6月2日出生于英国西南部多塞特郡的一个普通石匠家庭。

托马斯·哈代

他的父亲专门从事教堂的修缮工作,母亲是一个虔诚的基督徒。受家庭宗教气氛的感染,哈代从小学习拉丁文,熟读《圣经》,希望将来成为一名传教布道的牧师。1862 年哈代前往伦敦学习建筑,在名建筑师布洛姆菲尔德手下当绘图员。一般认为,哈代小说如几何图形般严谨匀称的结构与他早年从事建筑有关。在伦敦的 5 年,他熟读了达尔文、斯宾塞、赫胥黎、叔本华等人的著作,接受了达尔文进化论、叔本华唯意志论、赫胥黎不可知论的影响,从小形成的宗教信仰受到冲击并发生动摇。他后来的一系列作品都表现了对基督教僵死教条、虚伪道德的质疑、反叛和攻击,引起维多利亚社会的震惊和恐惧。1867 年哈代因身体不适返回家乡,当了几年建筑师,后来致力于文学创作。他一生基本上在家乡度过,对多塞特郡的自然风光、风土习俗、人们思想观念非常熟悉。多塞特郡的自然风光,特别是荒原,极大地影响了他的创作,哈代作品的悲剧感、宿命意识,都跟那片阴沉苍茫的荒原有关。

哈代以诗歌开始他的文学创作,后转而写小说。他一生共出版了长篇小说 14 部,这些小说分为三类:“浪漫和幻想小说”“机敏与经验小说”“性格与环境小说”。“性格与环境小说”是哈代小说创作的最高成就,共有 7 部:《绿荫下》(1872)、《远离尘嚣》(1874)、《还乡》(1878)、《卡斯特桥市长》(1886)、《林地居民》(1887)、《德伯家的苔丝》(1891)、《无名的裘德》(1895)。这些小说以哈代故乡英国南部的多塞特郡为背景,描写 19 世纪末资本主义入侵农村后社会经济、政治、道德、风俗等方面的变化以及农民的悲惨命运,具有浓厚的悲剧意识和宿命论色彩。由于多塞特郡古称“威塞克斯”,故这类小说又称为“威塞克斯小说”。

威塞克斯是一个远离现代文明的宗法制农村社会,这里有着古老的风俗传统,人们日出而作,日落而息。古老的爱敦荒原苍茫沉郁,万古如斯。但在哈代生活的年代,资本主义生产关系已开始向农村渗透,造成农民破产、农村社会瓦解。哈代“热爱古老的生活方式和纯朴的农民”[①],对农村社会不可挽回的崩溃深感悲哀。但作为进化论者,他又深知威塞克斯社会的落后,因此对之充满了既爱又恨、既留恋又批判的复杂感情。

《绿荫下》的副标题是“荷兰派的乡村画”。小说描写青年农民狄克·丢勒

① 〔英〕弗吉尼亚·伍尔夫:《论小说与小说家》,瞿世镜译,上海译文出版社 1986 年版,第 8 页。

与乡村女教师芳西·黛的爱情故事,展现出一幅幅优美的田园图景以及宗法制农村的美好生活。但小说也通过描写牧师打算把风琴引进教堂以取代象征传统的梅尔斯托克乐队,表明宗法制社会已开始受到外部世界的冲击。小说总体上充满了哈代早期作品的明朗欢快的气氛,但以田园牧歌中潜伏的可能悲剧而标志了"性格与环境小说"的开始。

《远离尘嚣》仍以宁静、优美的田园生活为主,但悲剧的因素有所增加。小说描写美丽能干的女农场主芭斯谢芭与三个男子的爱情婚姻纠葛。其中奥克憨厚、正直、忠诚、利他,是传统威塞克斯人的典型形象,但特洛伊代表的资本主义利己原则已开始闯入"远离尘嚣"的世界,破坏了这里的宁静与欢乐。小说虽以圆满爱情结束,但悲剧气氛非常浓郁。

这种悲剧主题在《还乡》中得到了进一步的展开。小说描写一个在巴黎经营珠宝的商人克林·姚伯,厌倦了浮华的城市生活,立意还乡从事教育事业。他的新婚妻子游苔莎美丽高傲、热情奔放,难以忍受荒原上"可怕的抑郁和寂寥"。她之所以嫁给克林,就是想让他把自己带离荒原。两人在世界观、人生理想上背道而驰。后来发生了一系列误会和不幸事件,游苔莎失望之余与情人韦狄私奔,希望去巴黎享受"城市快乐的残渣余沥",结果在荒原黑夜中双双失足溺水身亡。《还乡》是哈代小说中最具有古希腊命运悲剧特点的作品。"一片苍茫万古如斯"的爱敦荒原是一种神秘的超自然力量的象征,它"有一副郁郁寡欢的面容,含着悲剧的种种可能。"小说的悲观主义气氛非常浓厚,克林最后得出的结论是:"我们不能打算怎样在人生里光荣前进,而只能打算怎样不丢脸地退出人生。"

从《卡斯特桥市长》起,命运悲剧中出现了性格悲剧的因素。主人公亨查德是个打草工人,醉酒后把妻女以 5 几尼的价格卖给了过路的水手纽森。酒醒后后悔不已,发誓从此滴酒不沾。18 年后他已是个成功的干草和谷物商人,并当上了卡斯特桥市长。他的前妻以为纽森已葬身海底,携女归来。家人团聚之际,性格上的弱点却使亨查德渐入困境。他满脑子宗法观念,保守固执,在与代表资本主义新兴观念和经营方式的法弗瑞的商业、政治、情场竞争中节节败退。妻子死后,他把全部情感寄托在女儿身上。但纽森又突然出现,原来亨查德的女儿早已夭亡,妻子带回来的是她与纽森的孩子。亨查德最后孤独地死在爱敦荒原的一所草棚中。亨查德的形象有着俄狄浦斯王和李尔王的影子。他的悲剧充满了命运因素,造成他破产的反复无常的天气、被传已死的纽森的突然出现等,都凸显了命运弄人的主题。但其悲剧更是其偏执、保守、冲动、暴烈的性格所致,他遭到的每一次打击都可以在其性格缺陷中找到直接的原因。小说副标题"一个有性格的人的生与死",突出地表现了性格即命运的主题。

随着对社会认识的加深,哈代的创作很快深入到了社会悲剧的层次。在《德伯家的苔丝》和《无名的裘德》中,他加强了对造成悲剧的社会因素的分析,引起极大的反响。

《无名的裘德》是哈代发表的最后一部长篇小说,作家对社会的批判达到了前所未有的程度。主人公裘德是个孤儿,从小胸怀大志,一心想进入基督寺大学(影射牛津大学)读书。但因受不了情欲的诱惑,被屠夫的女儿艾拉白拉引诱,与之结婚。后来当他终于到达基督寺时,却发现高等学府的大门永远向穷人关闭。他与表妹淑真心相爱,但他们非婚同居为社会礼法所不容,因而处处遭到歧视和排挤。孩子死后,淑认为是上帝对她的惩罚,怀着赎罪的心理回到前夫身边。裘德在绝望潦倒中结束了"无名"的一生。小说对资产阶级不合理的教育制度、婚姻制度、宗教制度、道德礼法等进行了全面的批判,它们是造成主人公悲剧的根本原因。同时,小说突出了裘德悲剧中灵与肉的对立冲突,他将"灵"的追求寄托于淑,又将"肉"的幻象投射于艾拉白拉,从而使世俗的爱情三角关系具有象征的意义。而灵与肉对立冲突的深层是基督教精神与古希腊精神的冲突,小说内含着有关宗教和文化的隐喻①。小说结构如几何图形般严谨、对称。裘德从笃信基督教到最终抛弃上帝,淑则从反对基督教到后来皈依上帝,两人的交叉换位表现了基督教精神和古希腊精神冲突的主题。

《无名的裘德》因"亵渎宗教"而遭到资产阶级卫道士的猛烈攻击,哈代愤而放弃小说创作,转而写作诗歌。哈代共出版诗集 8 部:《威塞克斯诗集》(1898)、《今昔诗集》(1901)、《时光与笑柄》(1907)、《即事讽刺诗集》(1914)、《幻象的瞬间》(1917)、《晚期和早期抒情诗集》(1922)、《人生小景》(1925)、《冬话》(1928)。这些诗大多取自日常生活,弥漫着乡土气息,并对人生进行形而上的思考。

《列王》是哈代创作的一部气势磅礴的大型史诗剧。他在剧中表达了在小说中一再表达的思想,即世间万物都受一种神秘的不可知力量的支配,即使拿破仑这样的天才也不过是它手中的玩偶。作品凝结着哈代多年对人生、世界思考的结果,可视为他全部探索的一个艺术总结。

1928 年 1 月 11 日,哈代逝世。他的遗体被葬于威斯敏斯特教堂"诗人之角",心脏则葬于他永远眷恋的故乡。

哈代是 19 世纪继狄更斯之后伟大的英国小说家。他的作品反映了残存的宗法制农村社会向资本主义演变的过程,对破产农民的命运寄予人道主义的同情。受世纪末思潮的影响,哈代小说表现出明显的悲观主义和宿命论色彩,伍尔夫称他为"英国小说家中最伟大的悲剧大师"。他对人生的看法就是:"一个人高举手臂站在我们面前,每当我们向可能成功的方向跨出一步,他就把我们打回来。"②这个"高举手臂的人"就是"命运"。哈代的小说表现出浓厚的古希腊命运悲剧的氛围,一种强大的、不可知晓的超自然力量主宰着人世的祸福,造

① 参见李迎丰:《〈无名的裘德〉:一个分裂的文本》,《国外文学》,2000 年第 3 期。
② 董翔晓:《 英国文学名家》,黑龙江人民出版社 1984 年版,第 282 页。

成人的灾难与毁灭。命运以神秘的大自然、遗传与因果报应、偶然与巧合等形式表现出来。在哈代笔下,人物的悲剧命运、生命的无情毁灭总与那片阴霾冷漠、荒凉粗犷的爱敦荒原有着某种神秘的关联。哈代小说情节充满了偶然和巧合这几乎成了他的一种叙事成规。在他看来,生活中的偶然和巧合都是冥冥中最高意志的安排,是命运力量的体现。因果报应和家族遗传也以一种无形的力量把人物推向悲剧。《无名的裘德》中,“范立家的人都生来就跟结婚没有缘”,无论裘德怎样挣扎,都逃不脱命运和家族遗传的诅咒。哈代的悲观主义是对维多利亚社会种种社会问题的危机感的反映。他接受叔本华“唯意志论”影响,认为宇宙万物都受一种盲目的、非理性意志的支配,他把它叫作“内在意志”。人类在它面前卑微渺小,只能任其把人的生存演变成一系列的不幸和绝望。不同的是,叔本华的悲观主义是厌世的、消极的,而哈代的悲观主义更多是暴露生活悲剧的一面,从而使这个“有毛病的”世界得到改善。哈代始终否认自己是一个“悲观主义者”,而坚持自己是一个“社会向善论者”。他的悲观主义是一种“战斗的悲观主义”,这表现在他对社会法律制度、宗教制度、婚姻制度、虚伪道德的批判上。威塞克丝小说从“命运悲剧”发展到“性格悲剧”再到“社会悲剧”,最终着力于对造成悲剧的社会原因的揭示,反映了作家认识的逐渐深化和理性化①。

哈代是一个站在传统和现代交接点上的作家。一方面他是19世纪批判现实主义的继承者,另一方面他的思想意识和艺术手法又表现出20世纪现代主义的精神。哈代的威塞克斯小说再现了资本主义入侵宗法制农村,造成农民破产和悲剧命运的过程,正如卢纳察尔斯基所称,他是“描述各国屡次发生过的、稳定的私有者阶层衰落现象的优秀编年史家”。他的创作手法基本上是现实主义的,小说情节完整连贯,人物形象鲜明生动,叙述语言明白清晰。但哈代的现实主义与狄更斯、萨克雷的现实主义又有明显的不同。他对人的生存痛苦和困惑的表现,对象征手法、心理描写、叙事手法的运用等,都具有现代主义的特征。在哈代看来,盲目的“内在意志”无端地造成人的失败和毁灭,人的生存本质上是痛苦的、困惑的。这种悲剧观排除了基督教赏善罚恶的上帝的存在,回应了古希腊悲剧的精神,强调命运的冷酷、残忍、令人畏惧。所不同的是,哈代的困惑和命运意识不像古人那样是蒙昧的产物,而是文明的恶果,人在这个复杂无序的世界中感到比古人更加难以理喻的困境。20世纪以后,几乎所有的现代主义作家都致力于传达人对自身的困惑以及充满了痛苦、幻灭和荒诞感的人生体验。卡夫卡的作品表达了人生存于世的灾难感、无能为力感,而这正是哈代对“命运”的感受。“命运”在这里也就具有了现代意义,是对现代人生存痛苦的传达。此外,哈代运用白日梦、梦游、梦境来表现潜意识,他重视人物心理的刻画,他笔下的景物和意象充满了象征色彩。在这些方面,哈代的创作都具有明显的现代主义特征。

---

① 参见聂珍钊:《悲戚而刚毅的艺术家:托玛斯·哈代小说研究》,华中师范大学出版社1992年版。

二、《德伯家的苔丝》

《德伯家的苔丝》是哈代的代表作,它讲述了一位贫苦的农家女子的悲剧。苔丝是位美丽纯朴的农家姑娘,父母为摆脱贫困叫她去亲戚家认亲,结果被这家的恶少亚雷奸污。两年后,苔丝到一家牛奶厂做工,与牧师的儿子安玑·克莱相爱。苔丝为自己的失贞非常痛苦,写信告诉克莱自己的过去,不料信被插到了地毯下面。新婚之夜克莱在与苔丝的相互倾诉中了解了苔丝的过去,无法接受妻子失身的事实,遗弃了苔丝,独自去了南美。苔丝独自顶着生活的压力,在父亲去世、一家人流离失所的情况下,不得已接受了亚雷的保护,与他同居。不久克莱归来,苔丝悔恨交集,近乎疯狂,激愤中持刀杀死了亚雷。与克莱一起在荒原上过了几天幸福日子之后,苔丝被捕,被判处绞刑。

《德伯家的苔丝》中文版书影

作者在扉页题词中满怀深情地引用莎士比亚的诗句:“可怜你这受了伤害的名字!我的胸膛就是卧榻,要供你栖息。”表现出对苔丝的极大同情。在作者笔下,苔丝是纯洁美好生命的化身,她美丽、纯朴、善良、勤劳、坚强,富于反抗精神,可以说集中了淳朴农民的一切优秀品质。她不慕虚荣,不稀罕贵族的出身而坚持用农民的姓。她勤劳朴实,虽天生丽质却毫无父母那种联宗认亲嫁给阔人的侥幸心理,只希望凭自己的劳动养家糊口。她诚实纯朴,不愿以欺骗的手段获取丈夫的爱,敢于向丈夫坦然道出自己心灵的隐痛。她心灵高洁,对克莱的爱不掺杂任何世俗功利色彩,纯洁真挚、忠贞专一。她性格坚强并富于反抗精神,经历了被人奸污、被丈夫遗弃等重大打击之后仍然表现出对生活的热爱,以柔嫩的双肩挑起家庭的重担。她反抗虚伪的宗教道德,自行为死去的孩子行洗礼。最后她手刃亚雷,对不合理的社会作了最惊心动魄的反抗。苔丝形象最明显的特点是她那来自大自然的纯朴,她是“自然的女儿”,她生活在一个保存着远古风俗、远离虚伪文明的异教主义的世界。作者有意将她与异教的神祇相联系,叫她阿提迷,叫她狄迷特。她与自然水乳交融,有着纯朴自然的天性,符合自然法律和自然道德,却受到虚伪的基督教文明的打击迫害。失身以后,基督教的“道德的精灵”压迫她、折磨她。新婚之夜,丈夫遵循文明社会“规范化的评判标准”,冷淡她、遗弃她。她走投无路作出绝望的反抗,文明社会的法律却冷酷、不公正地惩罚她。这个自然的女儿无法容于社会现实和基督教虚伪道德,最后做了社会的牺牲品。可以说,自然精神与虚伪文明冲突是小说的深层主题。作者明确指出了苔丝代表的自然精神高于虚伪专横的文明法则。小说副标题是“一个纯洁的女人”。作为对苔丝品格的赞美,作者强调“这个形容词在‘自然’中的意义”,明显以异教的自然道德质疑基督教的传统道德。小说结尾苔丝和克莱在布兰和宫中的结合是不合世俗礼法、游离时空之外的结合,它是对自然的肯定,对社会的否定。它的美满象征着自然之优于社会,而它的短暂则说明了社会势力的强大黑暗和悲剧的必然性。

亚雷和克莱从两个方面完成了对苔丝的迫害。亚雷是资产阶级暴发户的代表,仗着权势和财富称霸乡里,为非作歹,他是造成苔丝悲剧的元凶,却受到资产阶级国家机器的保护。亚雷对苔丝的压迫体现为人身迫害,克莱对苔丝的压迫则体现为一种精神上的折磨,这对苔丝来说是更致命的。克莱是具有自由思想的资产阶级知识分子。他厌恶那种“血统高于一切”的偏见,认为人应当以知识道德而受到尊重。他拒绝本阶级的贞德淑女,而爱上了地位卑微的苔丝。他对苔丝的爱是真诚的、严肃的,但他对旧传统、旧道德的背离又是很有限的。当真正的考验到来的时候,他还是“不知不觉地信从小时候所受的训诫”,成了成见习俗的奴隶和帮凶。他既是苔丝悲剧的酿造者,也是悲剧的受害者。他的内心充满了痛苦和分裂,属于自然的克莱在夜半梦游中满含愁苦地倾吐他的爱情,属于社会的克莱却清醒冷酷地做出了抛妻远走的决定。安玑正如他的名字一样(Angel,“天使”之意),神性多于人性,基督教道德胜于尘世爱情。因此安玑后来的转变就有了隐喻之意。南美漂泊对往昔的追忆之中,本性纯洁的苔丝复活了,他终于踏上了重寻苔丝的归途,将世俗的礼法抛在了后面。只有这时,自然才战胜了虚伪的文明,天使才有了人性的光辉①。

正是亚雷代表的经济剥削和强权压迫、克莱代表的虚伪道德以及冷酷荒谬的宗教制度,将苔丝推向了悲剧的深渊。苔丝的悲剧从根本上说是个社会悲剧。作者就此实现了深入的社会批判。

苔丝的悲剧也是她自身的性格悲剧。尽管她有坚强的反抗性格,却不能彻底摆脱旧道德观念和宿命论观点。被人奸污她深知自己的无辜,但还是依据陈腐的贞操观念认为自己是“有罪”的。与克莱相爱,她在爱情的幸福与自责的痛苦中挣扎。被克莱遗弃,她认为是自己应得的惩罚,从而默默忍受命运的不公。有时她把人生苦难归咎于命运作祟,有一种对生活无从把握的惶恐和悲观。苔丝性格的矛盾和局限更突出了传统道德观念对她的毒害,由此才更显出悲剧的深沉。

哈代在解释苔丝悲剧时也常常突出一些神秘的超自然因素的作用,使小说带上命运悲剧的色彩。小说结尾,作者写道:“已经明正‘典刑’了,诸神之中的

---

① 徐梅:《风雨后天晴月明——评托马斯·哈代〈德伯家的苔丝〉与〈无名的裘德〉》,《外国文学》,1995年第6期。

那个主神也结束了对苔丝的作弄。”很显然,这最后的点题表明作者将苔丝的毁灭看作冥冥之中的最高意志的手笔。这个最高意志化身为偶然与巧合、神秘因素等各种形式出现。苔丝一家生活无着之时老马恰好死去,向克莱坦白过去的信偏偏插到了地毯下面,被弃无奈之时去克莱家,未能见到克莱父母,却在回来的途中遇到亚雷等等,似乎正是诸多的偶然与巧合把苔丝一步步地引向毁灭。德伯家神秘的马车、结婚日塔布篱牛奶厂午后鸡啼等神秘因素加强了苔丝悲剧的命定色彩。哈代认为宇宙受一种盲目的“内在意志”的支配。正因为其盲目,它就成了一种没有道理的惩罚,对人的残酷的戏谑,正如小说前言所引莎士比亚的诗:“神们看待我们,就好像顽童看待苍蝇。他们为自己开心,便不惜要我们的命。”苔丝既是社会的牺牲品,也是命运的牺牲品。

《德伯家的苔丝》在艺术上取得了很高的成就。作者准确把握了人物性格与时代、环境的关系,塑造出具有复杂性格的圆形人物。在叙事、写景时,作者常常插入自己的议论,发表对世事的观点和对人物的看法。此外,小说在景物描写、象征手法的运用、心理描写等方面都表现出了独特的艺术个性。

哈代的景物描写极具魅力。他的“性格与环境”小说的“环境”不仅指社会环境,而且将自然环境作为一个极重要的方面加以描写。他笔下的大自然不是单纯的自然景观,而是渗透进了作家的主观情愫和哲学思想,成为人物情感的延伸和人物命运的象征。季节的变化象征着人物命运的发展。春天,苔丝美丽、纯洁,充满朝气和对生活的希望。秋天,被辱失身的苔丝像霜打的花朵,忍受旁人的冷眼和歧视。夏天,苔丝重新焕发生机和活力,与克莱热烈地相爱。冬天,被遗弃的苔丝在严酷恶劣的自然条件下忍受生活的煎熬,她的心像冬天一样的冰冷。再如苔丝和克莱清早幽会的描写:“平旷的草原上面,一片幽渺、凄迷,晓光雾气,氤氲不分,使他们深深地生出一种遗世独立的感觉,好像他们就是亚当和夏娃……”这段描写优美至极而又富于象征意味。景物环境空灵缥缈、绝尘遗世,象征着克莱对苔丝的爱是不染尘寰、纯然理想化的。而一旦落到现实的地面,它就会消失,就像雾气中苔丝缥缈的美在阳光下消失一样。当主人公遭遇厄运的时候,往往伴随着荒原黑夜。神秘冷漠的爱敦荒原渲染了弥漫全书的悲剧氛围,体现了悲剧的必然性。

《德伯家的苔丝》多运用预兆和象征手法。红色代表凶兆①。苔丝第一次去见亚雷时,亚雷递给她一枝玫瑰,“苔丝天真烂漫地低头看着她胸前的玫瑰花时,一点也没料到,在那一片弥漫帐篷、有麻醉性的青烟后面,正伏着她一身的戏剧里那‘悲剧性的灾害’——一条要在她的绮年妙龄的灿烂色光中变做血色的光线。”苔丝失身以后,看到路边用红色油漆涂写的宗教戒条,就感到非常害怕,觉得那鲜红格外刺眼。苔丝杀人后与克莱逃亡来到古居民给太阳献祭的巨

① 龚翰熊:《欧洲小说史》,四川大学出版社 1997 年版,第 491 页。

大石阵前,她在祭坛上睡了最后一晚。象征苔丝不可避免地充当了献给神明的祭品。第二天早上,当红日从石阵后面升起时,警察顺着红光包围过来,苔丝的生命就此结束了。红色的象征意义有其宗教背景,《新约·启示录》中常用红色来象征罪恶和凶险。结婚日午后鸡啼、神秘的十字手路标等都是不祥之兆,预示着苔丝的悲剧。预兆和象征手法的运用加强了小说的神秘色彩和悲剧氛围。

哈代重视人物心理刻画。苔丝与克莱相爱,在“绝对的快乐”和“绝对的痛苦”间挣扎。巨大的内心压力使得她犹豫不决、惶恐不安、自责不已。整个相爱的过程充满了激动、兴奋、疑虑、恐惧、悔恨、羞耻。深入细致的心理描写是哈代对后世小说的贡献。

第六节　陀思妥耶夫斯基

费奥多尔·米哈伊洛维奇·陀思妥耶夫斯基(1821—1881)是19世纪俄国杰出的现实主义作家,其创作对20世纪西方现代主义文学有深远影响。

一、生平与创作

陀思妥耶夫斯基于1821年11月11日出生在莫斯科一个普通医官家庭。阴暗的卧室、凄苦的病人以及漫长冬夜中母亲讲述的恐怖故事,构成了其难以忘怀的童年记忆。1834年,他被父亲送到彼得堡的军事工程学校学习。1843年大学毕业后,在彼得堡工程部制图局供职,一年后辞去了工作。此后,贫困,尤其是彼得堡贫民窟穷人的贫困生活,成了他重要的人生体验。

陀思妥耶夫斯基

1846年,陀思妥耶夫斯基发表处女作《穷人》并一举成名。之后发表的《双重人格》(1846)、《女房东》(1847)、《白夜》(1848)等中篇小说,使他成了在俄罗斯颇具影响的青年作家。《穷人》描写公务员杰符什金与孤女瓦莲卡之间由同情而相爱、由相爱而分离的悲剧故事。作品深化了普希金和果戈理开创的描写“小人物”的传统,不仅充分描写底层穷人在俄国社会的转型期所遭受的灾难,而且致力于展现他们善良而又软弱、敢于自我牺牲而又自卑自贱的复杂内心世界。小说发表后,受到包括别林斯基在内的革命民主主义评论家的高度赞扬。《双重人格》描写小公务员高略德金不甘于被欺辱被嘲弄的现实,于是在心里幻现出一个面貌相同、性格迥异的小高略德金。他对小高略德金既害怕又向往,在困惑矛盾的内心世界找不到出路,最后疯狂。这种具有双重人格的人物形象在作家后来的创作中一再出现。

1847 年,陀思妥耶夫斯基参加了激进政治团体彼得拉舍夫斯基小组。1849 年 4 月被捕;同年 12 月,被判处死刑。当行刑队的士兵举枪瞄准时,沙皇颁发了"从宽处理"的特赦令,陀思妥耶夫斯基被改判为苦役。1850—1859 年,近 10 年的西伯利亚苦役和流放生活摧残了他的肉体,加重了其心底固有的消极情绪,更兼长期与俄国进步力量和革命运动长期隔绝,陀思妥耶夫斯基的思想发生了急剧的变化,逐渐形成了系统的"土壤派"理论:认为革命民主主义者的无神论观点及暴力革命主张脱离了俄罗斯民众的文化心理与民族性格,声称俄国不具有宣传革命和进行革命的"土壤",转而主张通过爱和宽恕的基督教精神来净化人的灵魂,并以此缓解阶级对立,达成社会改造。

1860 年,陀思妥耶夫斯基回到彼得堡,旋即在他与哥哥一起创办的杂志上宣传"土壤派"理论,参与政治文化论争,并很快相继发表了《被侮辱与被损害的》(1861)、《死屋手记》(1862)、《地下室手记》(1864)等作品。长篇小说《被侮辱与被损害的》是描写"小人物"命运的又一力作。《死屋手记》是长篇见闻录式的作品,再现了沙俄监狱的野蛮残暴,探讨了犯罪的社会根源,挖掘了人性的奥秘。《地下室手记》由内心充满了病态的自卑但又喜欢剖析自己的地下室人以第一人称的方式叙述,主要由两部分组成:第一部分是地下室人的长篇独白,内容探讨了自由意志、人的非理性、历史的非理性等哲学议题;第二部分是地下室人追溯自己的一段往事,以及他与妓女丽莎相识的经过。与革命民主主义者车尔尼雪夫斯基的《怎么办?》进行论战,乃该作的直接创作动机。《地下室手记》虽然篇幅不长,但它却是陀思妥耶夫斯基一生创作过程中的一个重要转折点:与之前的《穷人》《被侮辱与被损害的》《死屋手记》等充满了人道主义同情的作品相比,此书历来被视为存在主义的先声,哲学意味更浓,更富于思辨性;其中所表达的非理性主义思想,不仅直接影响到尼采等很多后来的存在主义哲学家,也预示了其本人后来诸多重要作品的思想艺术走向。

1866 年,他的第一部社会哲理小说《罪与罚》出版后,其创作进入辉煌的巅峰期。《白痴》(1868)、《群魔》(1871)、《少年》(1875)和《卡拉马佐夫兄弟》(1880)等思想艺术品质一流的重要作品接踵而出。

《白痴》主要围绕女主人公娜斯塔西雅·费里波夫娜的悲剧命运展开。她从小父母双亡,成年后被地主托茨基霸占。她憎恨社会,同时也生发出"自虐"心理。由是,她无情地捉弄那些蹂躏过她的男人,也高傲地拒绝梅什金公爵的无私帮助,宁愿以毁灭自己的代价揭露一个个卑鄙的灵魂。小说中梅什金公爵是作者创造的理想人物,他纯洁善良,向往人人友爱和睦的社会,以博大的爱心、宽容、忍让和克制的基督教精神来帮助他周围不幸的人。但是梅什金公爵既没有使不幸者摆脱厄运,也不能使作恶者受到惩罚,最终连他自己也毁灭了,于是他发了疯,成了一个地地道道的白痴。

《卡拉马佐夫兄弟》是陀思妥耶夫斯基最后一部长篇小说,充分表现了作家后期的思想矛盾和创作特点,被认为是作家思想发展与艺术探索的总结。小说描写卡拉马佐夫家父子、兄弟之间围绕金钱和情欲展开的争夺。他们互相仇视、钩心斗角、矛盾重重,最后发生弑父惨剧。这个家庭成员之间的复杂关系是农奴制改革后资本主义迅速发展所带来的人与人之间畸形关系的缩影,反映出社会生活的混乱和不合理。而这个家庭所共有的“卡拉马佐夫性格”——卑鄙无耻、贪婪自私、野蛮残暴、放荡堕落等卑劣品质,则是病态社会的产物。

巴赫金在研究《卡拉马佐夫兄弟》等陀思妥耶夫斯基的小说时,针对其创作特点,提出了“复调小说”的理论表述。所谓“复调小说”,是指在陀思妥耶夫斯基的小说中,每一种思想的声音都享有自己不被其他思想的声音吞没的存在权利,众多思想形成了多声部的复调合唱。具体来说,陀思妥耶夫斯基的“复调”不仅体现为多种声音的和谐共存,更体现为作者与小说人物的思想声音之间(如《群魔》中作者与主人公斯塔夫罗金)、人物与人物的思想声音之间(如《卡拉马佐夫兄弟》中伊凡与阿廖沙)、同一人物不同方向的思想声音(如《罪与罚》中的拉斯柯尔尼科夫)之间存在着没完没了的相互争论和对话,而所有思想的声音就在这种对话所展示出来的冲突和竞争中不断生成,呈现出永恒的流动性、未完成性。

陀思妥耶夫斯基的小说对俄国由封建农奴制向资本主义转变时期社会矛盾和危机的描写极其深刻,具有传统现实主义的文学特征。但作家独具只眼,把文学创作视为研究人的灵魂和展示这种研究的舞台,认为文学“应该描写一切人类灵魂的底蕴”,这也就是其所谓“虚幻的现实主义”或“心理现实主义”。而正是这种独特的现实主义,使其通向了后来的现代主义。其小说非但明显体现了西方小说“向内转”的趋势,而且其对人物潜意识心理的发掘与变态意识活动的描摹,明显使西方的叙事艺术达到了一个新的境界。正因为如此,陀思妥耶夫斯基的创作才对20世纪现代主义作家产生了极为深远的影响。

二、《罪与罚》

《罪与罚》是陀思妥耶夫斯基的代表作之一。小说讲述的是在彼得堡学法律的大学生拉斯柯尔尼科夫,因为家境贫寒而不得不放弃学业,谋杀了一个邪恶的做典当生意的老太婆,并误杀了老太婆的妹妹,一个善良虔诚的宗教徒。后来,他为杀人特别是为误杀老太婆的妹妹而备受内心的折磨,投案自首后被判流放西伯利亚。小说结束时暗示他将幡然悔悟,开始新的生活,用受苦受难来赎罪。

19世纪六七十年代的俄国,旧的封建农奴制度迅速瓦解,新的资本主义势力以十分野蛮的方式急遽发展。普通民众不仅没有摆脱旧的封建势力的残酷剥削,反而因资本主义滋生的弊病而受到双重压迫。《罪与罚》以震撼人心的描

《罪与罚》插图

写展现了彼得堡下层人民生活的可怕困境。在贫民窟里,居住着形形色色被生活逼得走投无路的人们。大学生拉斯柯尔尼科夫居住在贫民公寓的顶楼,缴不起学费又无力付房租,由于衣衫褴褛,想当家庭教师也无人聘请,只好靠母亲的养老金和妹妹当家庭教师的薪金度日。小公务员马尔美拉托夫无端失业,一家人生计无着,长女索尼雅被迫以出卖肉体来维持全家人的生活。马尔美拉托夫整日借酒浇愁,在一次醉酒后被马车碾过,横死街头。他的妻子半疯半傻并患了肺结核,带着饥肠辘辘的孩子们沿街乞讨,最后吐血而死。那些纯情少女或被逼为娼,靠出卖肉体养活家人,或变相卖身,嫁给中年绅士,或在街头被人灌醉,成为男子掌中玩物,满目尽是凄凉悲惨的景象。小说工笔描绘出彼得堡暗无天日、阴森可怖的贫民窟以及“被侮辱与被损害”的人们濒于绝境的苦难,从而强有力地说明这个贫困、混乱的社会正是滋生罪恶的温床。

拉斯柯尔尼科夫是一个复杂的人物形象。他纯洁善良、富有同情心,头脑清醒、善于思考,但是,却被贫穷压得“喘不过气来”。当他得知妹妹为了帮助自己,决定嫁给讼棍卢仁时,心潮更是激荡难平。不过,这种生计的艰难还不是他走向深渊的主要原因。现实的生存困境迫使他思考,使他发现了现实社会弱肉强食的生存法则和极端利己主义的人生哲学——只有那些毫无人性的家伙才能靠着卑鄙无耻的手段当上统治者。他根据现实的生存法则得出了自己的结论:所有的人被分成“平凡的”和“不平凡的”两种,即“超人”和“凡人”;“凡人”必须俯首帖耳,唯命是从,没有犯法的权利,“超人”有权利从事各种犯罪行为,归根结底就是因为他们是“不平凡的人”。拉斯柯尔尼科夫屈从了他的理论并付诸实际行动,杀害了放高利贷的老太婆及其妹妹丽扎韦塔。但这并没有给他带来惊喜,反而带给他无止境的心理上的折磨,因为他从本质上并没有丧失人性。隐藏在他所有恐慌背后的是其基于人性对自己理论的怀疑,这又导致了他对自己的行为——杀死放高利贷者阿廖娜和她的妹妹丽扎韦塔——的怀疑。这些怀疑一经确认也就否定了自己。拉斯柯尔尼科夫内心深处无法泯灭的人性与其理性思维中的现实生存法则构成了内心矛盾的主要方面。他在犯罪前把自己跟资本主义社会的领袖联系在一起,犯罪后,他知道自己不是那种材料造成的,自己根本不是什么"超人",而是罪人。他之所以不能成为自己的统治者,并不是因为他太软弱的缘故,而是因为他的天性。他最后之所以自首,是因为他——不是用理智,而是凭他的整个天性——不再相信他的残忍的理论。这里,人的心灵力量、人的良知终于突破了这种残忍的食人理论的重压,获得了胜利。在西伯利亚,拉斯柯尔尼科夫最后获得了新生。

索尼雅在《罪与罚》中是一个理想化的形象。她具备了陀思妥耶夫斯基认为一个人必须具有的所有美德:信仰、忍耐、无私、奉献等等。拉斯柯尔尼科夫第一次来到索尼雅的住处,只见她的房间像个棚子,形状极不规整,墙壁糊的纸已经发暗,肮脏不堪,屋里几乎没有家具。站在他面前的这个18岁的女孩子,每天从早6点到晚8点都得到街上出卖自己的肉体。她不仅白白地毁了自己的青春,而且连投河自尽的权利也没有:她必须活下去,否则卡杰琳娜的孩子们就得饿死。拉斯柯尔尼科夫想到这里,情不自禁地跪到索尼雅的脚下,对她说:"我不是向你膜拜,我是向人类的一切苦难膜拜。"索尼雅是人类苦难的象征。她自觉地为人类受苦,同时对人类怀着基督的爱。

陀思妥耶夫斯基的长篇小说是一种独特的社会哲理小说。他的作品不仅深刻地揭露了尖锐的社会矛盾,而且也反映了这个时代的思想冲突。作家把这些矛盾和冲突提到哲学的高度加以解释和进行艺术描写,使作品具有极大的思想容量。高度概括的社会哲学问题,包括作家为反对"虚无主义"所宣扬的基督顺从与忍耐的思想倾向,与情节融为一体构成了小说的基础,并决定了作品中人物形象体系和情节发展的走向。在《罪与罚》中,作者所提出的社会哲学问题体现在主人公拉斯柯尔尼科夫的"理论"之中,这种"理论"又与这个人物的整个形象浑然一体:他的行为既出于他的生活境遇和性格气质,又符合他的"理论"主张。这注定了他的反叛是个人主义和无政府主义的。另一方面,陀思妥耶夫斯基又把拉斯柯尔尼科夫的"理论"与革命民主派所谓的"虚无主义"联系起来,从而否定了革命暴力,鼓吹人不应该反抗,而应该靠着心灵和宗教信仰而生。索尼雅用基督的爱拯救了拉斯柯尔尼科夫,使他的灵魂获得新生,这一形象体现着作者关于宽恕、和解的理想。

陀思妥耶夫斯基的小说体现着"哲理小说"的倾向,但绝不是一般的哲理小说。一般的哲理小说,如18世纪启蒙思想家的哲理小说,其基本特征是用小说的形式来表达哲学的理念,理念化所带来的僵硬严重伤害了小说的艺术品质。在陀思妥耶夫斯基笔下,是混沌复杂的"人"之"思想"在流淌,而非清晰简单的哲学"理念"之"推演"在展开。作为混沌复杂的人的"思想",随着生命境遇的不断展开,在与其他各种思想的争论所构成的"对话"中不断向着未知生成,无有穷期。显然,这种"思想"与其说是哲学,倒不如说更是生命本身。对理性极权主义或唯理论的质疑与否定使陀思妥耶夫斯基更认同有机论而非机械论,更认同相对主义而非绝对论,更认同多元共生而非一元独大,更认同向着未知不断生成的“不确定性”而非“确定性”。这种思想取向不但厘清了其与18世纪启蒙哲学家的界限,更使其创造出了独特的“复调小说”。

在《罪与罚》中,陀思妥耶夫斯基内心独白手法的运用极为成功。作者把主人公杀人前后的痛苦与复杂的心理搏斗大多放在他处于热病的状况下来描写,伴随着这种病态在小说中的周期性发作,这种独白就真实地展露出高智商者所特有的意识分裂。作者有时还借用第三者来映衬主人公的内心活动,揭开他的心灵帷幕。拉斯柯尔尼科夫第一次到老太婆那里典当东西后,“一个奇怪的念头在他脑子里不停地敲击”。他心事重重地来到一家小酒馆,此时在他身旁的桌边有一个大学生正在高谈阔论:“杀死那该死的老太婆,拿走她的钱,为的是往后利用她的钱来为全人类服务,为大众谋福利。”这段话,使拉斯柯尔尼科夫听后如沉雷轰顶,浑身打颤,因为他“自己头脑里刚才也是有过这样的……完全一样的想法”。作者运用这种方法,一方面揭示了主人公隐秘的、其本人还不敢承认的内心世界,另一方面又巧妙地再现了这种思想的社会基础。

在小说创作中,陀思妥耶夫斯基经常运用心理独白的手法,但又绝不限于一般的心里独白。在传统的独白小说中,主人公往往是作者打造的、体现着作者某种理念的定型化的人物(不管是“气质类型”还是“性格典型”),独白之后的心理或思想往往是封闭的、完成或定型了的,且在很大程度上乃作者思想的传声筒。但在陀思妥耶夫斯斯基的笔下,因为人物不再简单地是作家表达自己某理念的工具性存在,而是自始至终地体现为与作家完全平等的思想的主体,因而其独白后面的思想也就不再是完成或封闭的,而是流动或趋向生成的,不再是清晰简单的,而是混沌复杂的。一句话,不再是纯粹的理念,而是厚重的生命本身。

陀思妥耶夫斯基很善于安排故事情节,他的长篇小说情节曲折离奇,变幻莫测,紧张集中,波澜起伏,即使书中经常插入大段的哲学和宗教议论,也并不使人觉得枯燥沉闷。《罪与罚》的中心情节紧紧围绕着主人公犯罪以及犯罪后的内心矛盾展开。小说没有按时间顺序介绍主人公犯罪前的生活史以及他犯罪动机的形成过程,一开始就进入情节,简洁地描绘了主人公犯罪前两天发生的几件事,接着马上把他带到犯罪现场。这样,犯罪就成了全书情节的开端,而情节的结局是主人公投案自首,尾声则简单地介绍了他服苦役时生活和精神上的变化。犯罪以后何去何从的问题,不仅关系到他本人今后的命运,而且也关系到他所思考的重大“理论”问题如何解决,因此犯罪以后的内心斗争,他在精神上所受到的“惩罚”,则是全书的重点,占有很大的篇幅,体现着情节的展开和发展的高潮。这样,“惩罚”不单单是一系列外在事件发展的结果,而是主人公内心斗争的逻辑必然。

陀思妥耶夫斯基也是安排结构的大师,他的长篇小说规模宏伟,线索复杂,头绪繁多,但是布局严谨,结构缜密。《罪与罚》包括数条情节线索,但作为全书基础的社会哲学问题，把这些线索组成一个有机的整体。这些线索彼此之间内在联系紧密，但又各有各的使命，分别体现着拉斯柯尔尼科夫的“理论”的某个方面或者不同的解决途径。马尔美拉陀夫一家的不幸反映了人类的苦难，是拉斯柯尔尼科夫痛苦思索的对象，使他觉得人生在世上只处于“一块只容两脚站立的弹丸之地”，这是他的整套理论的出发点和现实依据。与拉斯柯尔尼科夫相对立的索尼雅的线索，体现着他的“理论”问题的正面解决——对人类的爱、为人类而受苦和勇于自我牺牲。小说的中心情节是拉斯柯尔尼科夫的故事，直接体现着他的“超人”哲学及其破产的过程。而卢仁的线索则是主要情节的补充，从日常生活方面间接地体现了这种“理论”，表明拉斯柯尔尼科夫所向往的“超人”与那些为非作歹的恶徒，与那些在通行的道德范围之内不断犯罪的统治阶级代表人物毫无区别。卑鄙之徒卢仁是个生意人，在日常生活中实践了拉斯柯尔尼科夫的“有权犯罪”思想。因此可以说，《罪与罚》讲的不是一项犯罪，而是若干起犯罪及其所受到的惩罚。拉斯柯尔尼科夫企图通过流血的途径成为人类命运的主宰者；索尼雅是卖淫妇，也在犯罪，但她是在作自我牺牲，如果说她也有罪，那么她仅仅是对自己犯了罪，因此不该受到惩罚；卢仁不断犯罪，但他从不越过资产阶级法律所容许的范围，因此受不到惩罚。拉斯柯尔尼科夫与警察机关的周旋，不构成独立的情节线索，而跟他的自我斗争融为一体。

第七节　列夫·托尔斯泰

列夫·托尔斯泰（1828—1910）是 19 世纪俄国现实主义作家的代表，也是公认的世界上最杰出的小说家之一。

一、生平与创作

列夫·托尔斯泰

1828 年 9 月 9 日（俄历 8 月 28 日），托尔斯泰出生于莫斯科以南约 160 公里的图拉省克拉皮县亚斯纳雅·波良纳的一个贵族伯爵家庭。2 岁时母亲去世，9 岁时父亲去世，以后在姑母的监护下长大。童年家庭生活的不幸使托尔斯泰养成了沉思默想的个性，在幼年时他就开始了对人与上帝之类问题的追问。早年，他在家庭中接受的是贵族式的启蒙教育，1844 年进喀山大学东方语文系，次年转到法律系。在大学期间，他感兴趣的是文学与道德哲学，广泛阅读了这方面的著作，正是在这个时候，他接受了卢梭思想的深刻影响。1847 年，由于对学校教育的不满，他自动退学回到自己的世袭庄园。他一面有计划地自学各种学科的知识，一面亲理农事,并试图通过改革以缓解农民与地主的关系,但这种改革都因得不到农民的理解而告失败。在灰心失望的情况下,他在莫斯科上流社会过了一段懒散、荒唐的生活,同时也在心烦意乱、焦虑不安中思索着道德上自我完善的问题。1851 年随兄到高加索服军役,在高加索的 6 年生活中,他曾在克里米亚参加保卫塞瓦斯托波尔的战争,并担任炮兵连连长。在军务之余,他大量阅读文学作品和历史著作,并开始了文学创作,曾在《现代人》杂志上发表了《童年》《少年》和《塞瓦斯托波尔故事》等小说。1856 年退伍回到庄园从事农事改革,但又以失败告终。

《童年》(1852)、《少年》(1854)和《青年》(1857)是自传体小说,这组三部曲通过对贵族出身的尼古林卡的思想与感情变化的描写,揭示了一个青年人的成长及其同周围环境的关系,反映出他努力寻找自己生活使命的历史。托尔斯泰把主人公逐步发现世界和认识自身的历史作为三部曲内在的结构线索,深刻而细致地展现了主人公感情和心理世界的千变万化,表现出道德探索和心理分析的创作倾向。《塞瓦斯托波尔故事》(1855—1856)是反映克里米亚战争的短篇小说集,它不仅表现出作者对战争生活的深刻理解,而且还在发扬了三部曲道德和心理探索特点的基础上,显示出史诗式的叙事风格,初步展露出以后《战争与和平》中的创作才情。自传性的短篇小说《一个地主的早晨》(1856)首次表现了作者对农民问题的探索。主人公聂赫留道夫是一个探索者形象,他身上反映了当时托尔斯泰思想的主要特征。

在农事改革失败后的 1857 年,托尔斯泰带着苦闷矛盾的心情到德国、法国和瑞士考察。他在综合了这次旅行感受的基础上,写出了短篇小说《琉森》(1857)。小说在对资本主义文明与个人命运问题的探讨中,表现了对 19 世纪资产阶级文明的怀疑、不满与批判,以及对真理和善等永恒道德原则的呼唤。50 年代末,托尔斯泰与革命民主派在农奴制和艺术观问题上发生分歧,1859 年他与《现代人》杂志分离后,从彼得堡回到故乡的庄园。他在家乡创办学校,把教育视为社会改良的重要途径。1862 年 9 月,他和莫斯科名医别尔斯的女儿索菲亚结婚,婚后生活幸福,这减轻了他精神上的苦闷,也激发了他的创作热情。1863 年,他的中篇小说《哥萨克》发表。主人公奥列宁是一个自传性的精神探索者形象,作者通过他表达了自己对俄国社会问题和贵族出路问题的苦苦探索。小说表现出托尔斯泰史诗性风格的发展,为创作《战争与和平》作了准备。同年,托尔斯泰停止办学,潜心研究历史和从事文学创作,试图在历史和道德的研究中找到解决俄国社会问题的答案。

1863 年至 1869 年,他写出了长篇历史小说《战争与和平》,它是托尔斯泰的三大代表作之一。小说通过对安德烈 · 包尔康斯基、彼埃尔 · 别祖霍夫和娜塔莎 · 罗斯托娃这三个中心人物的描写,回答了贵族的命运与前途的问题。小说以包尔康斯基、别素号夫、罗斯托夫、库拉金四个贵族家庭的纪事为情节线索,从战争与和平两个主要方面来表现俄罗斯民族同拿破仑侵略者、俄国社会制度同人民意愿间的矛盾，肯定了俄国人民在战争中的伟大历史作用。他努力写人民的历史，把卫国战争写成是正义之战，高度赞扬了人民群众高涨的爱国热情和乐观主义精神。在历史事变中描写人是《战争与和平》的一条基本的创作原则，也是使小说产生宏伟的史诗风格的重要原因。《战争与和平》不仅描写了强大的和不同性质的生活激流，展现了历史和社会的运动，而且也展示了各种人物的心理发展和他们的内心生活激流，同时还揭示了内心生活激流与外部生活激流之间的联系，丰富繁杂的材料和为数众多的人物都得到了妥善的安排。作品的心理描写技巧不仅表现在个人内心世界的刻画上，而且也表现在人民群众群体心理的描写中，小说以其宏伟的构思、气势磅礴的叙述和卓越的艺术描写被公认为世界长篇杰作之一。但小说在不少章节中阐述历史和道德哲学观点时，过于冗长的议论破坏了小说结构的和谐性。

在托尔斯泰完成了《战争与和平》之后，俄国社会正处于急剧的变化中，他的人生哲学也在激烈的精神探索中发生了变化。1869年9月，托尔斯泰因事途经阿尔扎玛斯，深夜在肮脏的旅馆中他首次体验到了忧虑与死亡的恐怖，此后，这种恐怖频繁地向他袭来，打破了他先前宁静的心境。这种“阿尔扎玛斯的恐怖”预示了托尔斯泰精神危机的来临。1873年到1877年间创作的《安娜·卡列尼娜》流露出危机感和悲观情调，主人公们的内心矛盾往往得不到解决，有时还造成灾难，充满了悲剧成分。70年代末80年代初，在剧烈的社会变革的冲击下，托尔斯泰的内心矛盾更趋尖锐。为了找到出路和答案，他广泛接触、考察现实生活，阅读了大量有关社会、哲学、道德和宗教方面的书籍，其间还接触了叔本华的哲学。这是他一生最艰苦的精神探索阶段。经过紧张激烈的思想斗争，他的世界观发生了根本性的转变，彻底地与贵族阶级决裂，站到了宗法制农民的立场上。他思想转变过程中的许多观点，在《忏悔录》(1879—1880)、《我的信仰是什么?》(1882—1884)、《那么我们应该怎么办?》(1886)等论文中得到了阐述。就是在这一时期，“托尔斯泰主义”思想发展到了顶峰。“托尔斯泰主义”是指托尔斯泰于19世纪后期形成的一种思想体系，其主要内容是“道德自我完善”“勿以暴力抗恶”、上帝之爱和向上帝呼吁，把对上帝的信仰和道德的自我完善作为消除社会邪恶、改良社会的根本途径。在俄国民主主义革命日益高涨、人民日益觉醒的时代，托尔斯泰一方面对沙皇社会的政治、经济、法律、道德、宗教、进行最激烈的批判，表现出最清醒的现实主义，另一方面又竭力推行他的“托尔斯泰主义”，表现出了他思想的两面性和矛盾性。“托尔斯泰主义”作为他发明的救世新术，不论在当时还是今天，都有其积极和消极的两重性。

80、90年代，托尔斯泰创作了许多小说、戏剧、民间故事、传说、寓言、政论和艺术论文等。主要有：剧本《黑暗的势力》(1886)、《活尸》(1911)，中短篇小说《伊凡·伊里奇之死》(1886)、《教育的果实》(1890)、《克莱采奏鸣曲》(1887—

1889)、《哈吉·穆特拉》(1896—1904)、《舞会之后》(1911)、《谢尔盖神父》(1912)等,以及长篇小说《复活》(1889—1899)。这一时期的创作一方面表达和宣扬了作者世界观转变后的思想观点,另一方面对社会的种种罪恶作了尖锐批判。

《复活》是托尔斯泰世界观转变后创作的最重要的作品,是他晚年思想与艺术探索的结晶。托尔斯泰在这部小说中把人的精神复活看作社会根本转变的起点,这种思想集中地通过对男女主人公的精神复活过程的描写表现出来。

男主人公聂赫留朵夫思想和性格的发展经历了三个阶段。首先是纯洁善良、追求理想的阶段。这时,他健康、真诚、充实、崇高、乐于为一切美好的事业而献身。他信奉斯宾塞"正义不容许土地私有"的理论,把继承父亲的土地送给了农民。他真挚地爱着姑母家半养女半婢女的玛丝洛娃。当时,聂赫留朵夫内心迸发出来的对玛丝洛娃的爱情具有一种纯洁的和富于诗意的特点。第二阶段是放纵情欲、走向堕落。受习惯观念以及违背真与美原则的那种日常生活榜样的影响,聂赫留朵夫变得猥琐、低下、空虚和渺小。按作者的说法,这是"动物的人"压倒了"精神的人"的阶段。小说还较为充分地展示了主人公灵魂深处两种矛盾的感情冲突:真正的爱和淫欲、希望玛丝洛娃幸福和渴求肉欲的享乐。小说强调了生活中"通行的""习惯的"东西对他的影响。当他厌恶自己的不洁欲望时,"应该像大家那样去做才对"的声音很快压倒了那点善良的念头,于是,很自然地滑下了堕落的泥坑。第三阶段是从忏悔走向复活。法庭上与玛丝洛娃重逢后,聂赫留朵夫的心灵受到了强烈的震撼,深睡在心灵深处的精神的人开始苏醒。他认清了自己虚伪可耻的面目,决心悔过自新。他为玛丝洛娃四处奔走,还按"真理的原则"处理家庭财产,最后在上帝那里找到了灵魂的归宿。这时,按照作者的观点看,"精神的人"战胜了"动物的人",聂赫留朵夫走向了灵魂的"复活"。聂赫留朵夫由忏悔走向复活的过程,就是人性由失落到复归的过程,也即改恶从善、善战胜恶、道德自我完善的过程。不过,小说的具体描写又告诉人们,聂赫留朵夫的转变,是他在不断地接触现实,认识"通行的""习惯的"生活的恶,并经过内心的冲突、反抗,最终放弃他原先奉行的观点与准则的过程。这既是他的人的道德精神复活的过程,也是他转变贵族立场,走向人民的过程。这种转变具有现实的根据,也富有教育意义。但聂赫留朵夫最后信奉"勿以暴力抗恶"的不抵抗主义,使他俨然成了"托尔斯泰主义"的化身,这反而失去形象的真实性。聂赫留朵夫是一个"忏悔的贵族"的形象,他身上表现了作者自己世界观的矛盾,具有自传性。

玛丝洛娃是一个被侮辱与被损害的下层妇女的形象。玛丝洛娃原先是一个天真纯洁的少女,她最初对人的态度上的明显变化是在了解到聂赫留朵夫的欺骗的卑鄙之后。她受骗之后被人赶走,孤苦伶仃之下常常受人欺凌,丧失了做人的尊严,这一切都强化了她对人的最初认识,而对善、对上帝的信念开始动摇,对恶的存在与力量深信无疑。她所体验到的痛苦越多,就越相信所发生的事的必然性。在环境的影响、逼迫下,她沦为妓女,而且逐渐养成了一些新的生存观念和处世“哲学”。她不仅不再对自己的职业和习惯感到丑恶,而且还不无自觉地认同了它们,把原本令人厌恶和感到可怕的东西看作正常的。后来,她在聂赫留朵夫的行为中重新看到了人身上的善,恢复了从前有过的信念,内心也产生了真正的人的情感。玛丝洛娃内心重新爱上了聂赫留朵夫,却又不接受他提出的结婚请求,因为她觉得这不会给他带来幸福。她拒绝他的爱,同他为了拯救她而提出与她结婚一样,都是为对方而牺牲自己。作者认为,这种富于自我牺牲的爱是人类感情的最高形式。这说明玛丝洛娃也开始复活了。在去西伯利亚的途中,革命者高尚情操的影响是她走向复活道路关键的环节。与这些“好得出奇”的革命者相处,她感到自己看见了人与人之间的新天地,她内心有了对新生活的热切渴望。玛丝洛娃获得了新生,她的精神最终彻底复活了。这种复活是有深刻的生活依据的。

男女主人公复活的道路是不同的,但作者认为他们的精神归宿是一致的,即“博爱”与“宽恕”。托尔斯泰通过男女主人公“复活”的描写,强调了“道德自我完善”在改造人与社会中的重要作用。托尔斯泰所制定的这种拯救人类的宗教道德药方是空想性、虚幻性的,也是具有消极性的。不过,在作品中,作者“撕下一切假面具”,对沙皇俄国时代的一切国家制度、社会制度、教会制度和经济制度作了强烈的批判。小说对宗教式虚幻世界的追求与对现实中各种社会现象之实质的深刻洞察、揭露与批判是共存的。因此,尽管这部作品在思想内容上有消极性的一面,但它的社会批判的深度和力度以及对社会各阶级描写的表现力超过了作者以往任何一部作品。

《复活》在题材的广泛性、内容的深刻性和丰富性以及心理描写技巧的多样性方面又一次呈现了史诗的风格。此外,小说还突出地表现出作者讽刺的才能。这部作品的强烈的批判性和深刻的揭露性,常常是在对一定的生活方式、人的行为和社会制度的讽刺性描写中表现出来的,这是一部讽刺性的社会小说和心理小说。

托尔斯泰晚年致力于“平民化”工作,生活俭朴,希望放弃私有财产和贵族特权。但是他的平民化思想与贵族家庭的生活常发生矛盾冲突,连家里人也无法理解和接受他的思想。他在极度苦闷与矛盾中,于1910年离家出走,试图彻底摆脱贵族生活,途中得了肺炎,于11月20日病逝于阿斯塔波火车站,终年82岁。

托尔斯泰认为人身上存在着灵魂与肉体的矛盾,他把物质的、肉体的欲望同利己主义联系起来,主张人应该让灵魂主宰肉体从而走向道德自我完善。他认为私有财产是诱发人的私欲、滋生人类恶的外在根据,主张彻底铲除私有财产制度。他通过文学创作对现存的制度和现实生活中一切虚伪、荒谬与不人道、不道德的东西进行了无情的、毁灭性的揭露和批判。虽然这些揭露和批判只是否定了现实,未能为人们指出切实可行的未来之路;他思想发展的本质是同现有制度彻底决裂,同时又放弃一切形式的社会斗争,借助宗教求得"自我完善",这种思想在"最正确最深刻的含义"上是反动的。然而,托尔斯泰高度重视人、尊重人、同情人,对人及其内在的力量、对人类崇高的精神品质始终给予高度信赖。他的创作总是显示出对人类生存的无比真诚,即使在悲观性中也永远富有崇高与乐观,因而始终富有人性的魅力。其作品的最深处跳动着一颗正直无私、纯真善良的巨人之心。

托尔斯泰创作最突出的特点是全景式的史诗性叙事艺术。这种特点不仅表现在他的小说取材广泛、所包含的内容丰富多彩、叙述具有多层次性上,而且还表现在能真实地展现现实生活中人的内心世界的千变万化上。叙事的惊人广度和人物内心世界的深刻揭示、对社会恶的大胆暴露以及对崇高道德的追求、对那些应当成为社会生活之基础的真正合乎人道的原则的揭示,使托尔斯泰的小说既具有再现生活的广阔性和丰富性,又具有表现人的心灵世界的深刻性和真实性。他的作品既广泛描写了人的外在生活流,又表现了个体和群体的人的心理现象流,从而使他的创作显得气势磅礴、博大精深。

车尔尼雪夫斯基在评价托尔斯泰心理描写技巧时用"心灵辩证法"这一专门术语来概括。他认为:"托尔斯泰伯爵最感兴趣的是心理过程本身,它的形式,它的规律,用特定的术语来说,就是心灵的辩证法。"[①]按照车尔尼雪夫斯基的看法,托尔斯泰习惯于通过描写心理变化过程展示人物的思想性格的演变;他最感兴趣的是人物的心理变化过程本身,是这种过程的形态和规律;他能描述出一些情感和心理,展示心理流动形态的多样性和内在联系。这就是所谓"心灵辩证法"的基本内容。

二、《安娜·卡列尼娜》

《安娜·卡列尼娜》是托尔斯泰的代表作之一。小说主要由两条线索构成。一条写安娜·卡列尼娜和渥伦斯基之间的爱情纠葛,展现了彼得堡上流社会、沙皇政府官场的生活;另一条写列文的精神探索以及他与吉提的家庭生活,展现了宗法制农村的生活图画。

托尔斯泰在这部小说中关心的是家庭问题,但家庭的冲突是与时代的矛盾、社会生活的激流密切联系的,主人公的生活历史被纳入时代的框架之内,单个人物及其愿望、渴求、欢乐和痛苦是时代与社会生活激流的一部分。作者在描写现实生活时强调了习以为常、故步自封的社会关系对人的沉重的压制,这种压制使人的个性和生命发展受到了严重阻碍。小说以史诗性的笔调描写了资本主义冲击下俄国社会生活和人的内心世界的躁动不安,展现了"一切都翻

---

① 《古典文艺理论译丛》(五),人民文学出版社1963年版,第178页。

了个身、一切都刚刚开始安排”的时代的特点。小说的悲剧气氛、死亡意识、焦灼不安的人物心态正是人物同环境发生激烈冲突的产物。这种焦虑不安的气氛正是“一切都混乱了”的社会的特点,也是处于“阿尔扎玛斯的恐怖”之中的托尔斯泰自身精神状态的艺术外化。

《安娜·卡列尼娜》插图

安娜是一个坚定地追求新生活、具有个性解放特点的贵族妇女形象,她的悲剧是她的性格与社会环境发生尖锐冲突的必然结果。在作者的最初构思中,安娜是一个堕落的女人,但作者在创作的过程中改变了这种构思,赋予了安娜许多令人同情的和美的因素。安娜还是少女的时候,由姑母做主嫁给了比她大 20 岁的省长卡列宁。卡列宁伪善自私,过于理性化而生命意识匮乏。他的主要兴趣在官场,是一架“官僚机器”。相反,安娜真诚、善良、富有激情、生命力强盛。她与这样的丈夫生活在一起,不知爱情为何物,这种生活窒息了她的生命活力。在和渥伦斯基邂逅之后,她那沉睡的爱的激情和生命意识被唤醒了。此后,她身上总流露出一种纯真的、发自内心的对真正生活的热切向往之情。

安娜的不同凡响首先在于她不屈从于她认为不合理的环境,勇敢地追求和保卫所向往的幸福生活。对渥伦斯基的爱激起了她对真正有价值的生活的强烈渴望,那埋藏在心底的被压抑的东西驱动着她。她不愿再克制自己,不愿再像过去那样把自己身上那个活生生的人压下去。“我是个人,我要生活,我要爱情!”这是觉醒中的安娜的坚定的呼声。安娜对生活的这种渴求是有其合理性的,这不仅可由人的自然天性来证明,而且可由压制她的那个自私伪善的上流社会本身来证明,可由卡列宁冷酷无情的行为来证明。安娜在渥伦斯基的爱中看到了生命的意义,并义无反顾地去追求属于自己的生活。她拒绝丈夫对她的劝说,反抗丈夫的阻挠,冲破社会舆论的压制,公开与渥伦斯基一起生活。在她对爱情自由的执着追求中,表现出了她性格的纯真、坦率、勇敢和心灵的高尚、精神境界的崇高,展示出了有生命的、生机勃勃的东西对平庸的、死气沉沉的现实环境的顽强反抗。

然而,这种反抗本身决定了安娜的性格与命运是悲剧性的。她和渥伦斯基一起到国外旅行,尽情地享受了爱的幸福与生活的欢乐之后,对儿子的思念之苦和来自内心的谴责之痛逐渐使她难以忍受,来自社会的压力也使她悲剧的阴影日益扩大。社会已宣判了她这个胆敢破坏既定秩序和道德规范的人不受法律保护;上流社会拒绝接受这个“坏女人”;作为一个母亲,她因“抛弃儿子”而遭到了社会舆论的强烈谴责,说她为了“卑鄙的情欲”而不顾家庭的责任。凡是构成她幸福生活的东西都遭到了严厉的抨击。充满欺骗与虚伪的上流社会对安娜的要求是十分苛刻的,安娜的处境也就十分严峻了,她失去了支配自己命运的权利和可能,她的内心矛盾不断加剧。她一方面不顾一切地力图保卫和抓住已得到的爱和幸福,另一方面心底里又时时升腾起“犯罪”的恐惧,随着时间的推移,恐惧感、危机感愈演愈烈。这种内心的矛盾与痛苦说明了她爱的追求的脆弱性,也是导致她精神分裂、走向毁灭的内在原因。最后,失去一切的安娜绝望地想在渥伦斯基身上找回最初的激情和爱,以安慰那破碎的心,但渥伦斯基对安娜近乎苛刻的要求越来越反感,这使安娜的心灵受到了致命的打击,以致走上了卧轨自杀之路。安娜无法在这个虚伪冷酷的环境中继续生存,只能以死来表示抗争,用生命向那个罪恶的社会提出了强烈的抗议和控诉。小说也因此具有强烈的社会批判意义。

托尔斯泰对安娜的态度是矛盾的。他一方面认为安娜的追求合乎自然人性,是合理的;另一方面,从宗教伦理道德观来看,安娜又是缺乏理性的,她对爱情生活的追求有放纵情欲的成分。所以,在小说中作者对安娜既同情又谴责。他没有让安娜完全服从“灵魂”准则的要求,去屈从卡列宁和那个上流社会,而是同情安娜的遭遇,不无肯定地描写她自我意识的觉醒以及对自由爱情的追求,但另一方面又让安娜带着犯罪的痛苦走向死亡。“申冤在我,我必报应。”“我”就是作者一贯探索的那个永恒的道德原则,是维护人类生存与发展的善与人道。安娜的追求尽管有合乎善与人道的一面,但离善与人道的最高形式——爱他人,为他人而活着——还有相当的距离。这就是作者对安娜态度矛盾的根本原因。

卡列宁是一个伪善、僵化、缺少生命活力的贵族官僚的形象,小说通过这一形象严厉批判了那个腐朽的沙皇封建制度和上流社会刻板、虚伪的道德规范。卡列宁平常严格地按照既定的社会规范生活。他遵守法规,忠于职守,作风严谨,因而被上流社会称作“最优秀、最杰出”的人。然而,正是这个官僚队伍中的“优秀人物”,却是一个僵化的、生命意识匮乏的人。他的这一本质特征与渴望自由、不肯循规蹈矩、富有生命活力的安娜正好相反,而与那个僵死的、保守的和平庸的社会环境则恰恰一致。所以,卡列宁从内心深处难以接受安娜的生活准则,正如安娜难以接受卡列宁一样。他因为有环境的支持便总摆出绝对正确、居高临下的架势。他总是以社会所允许的宗教和道德规范逼迫安娜就范,给她设置种种障碍;他既不考虑自己的情感需要(实际上根本没有这种需要),也不考虑安娜的情感需要。在他的内心世界,跳动着的是一颗既不敢同外界抗争又企图占有一切的猥琐、卑怯的灵魂。当安娜向他请求离婚时,他首先想到的是“如何才能去掉由她的堕落而溅在他身上的污泥”,从而不使他的前途与地位受到影响。也正是出于这种自私的考虑,他不同意离婚,这样安娜与渥伦斯基的关系就是不合法的,于是就会招来上流社会对她的谴责与抛弃,这无疑等于置安娜于绝境。而他倒认为这是他对安娜的宽恕与拯救,因为他对犯了"罪"的安娜是那样地不计前嫌、宽宏大量,因而他是那么地道德高尚、富于宗教之心。这是何等残酷的虚伪!卡列宁以及由他这样的人组成的贵族社会无疑是冷酷无情地戕杀安娜、戕杀自然人性的杀人机器。

列文是一个带有自传性的精神探索者形象,他是俄国农奴制改革后资本主义迅速发展条件下力图保持宗法制关系的开明地主。他习惯于用批判的眼光评价现实社会和人们的生活原则,探究人的生活中不可动摇的道德基础。他不愿按照周围的人教给他的那种方式去生活,不怕背离人们普遍认可的时髦的东西,不怕违背上流社会认为高雅的道德准则,在生活中走自己的路,根据自己的信念去行动,追求合乎自己理想的生活。在这点上,他与安娜有精神内质上的相通与一致性。最后,他在宗法农民弗克身上领悟到,生活的意义在于"为上帝、为灵魂而活着";人生在世最重要的是要不断进行"道德自我完善","爱人如己",感到"上帝"在我心中。列文的痛苦探索和最后结局,反映了作者的思想状态,在这个人物身上体现了作者"托尔斯泰主义"的进一步发展。

《安娜·卡列尼娜》的艺术魅力很大程度上取决于出色的心理描写,人物的心理描写是整个作品艺术描写的重要组成部分。

第一,小说注重于描述人物心理运动、变化的过程,体现出"心灵辩证法"的主要特点。精神探索型的人物列文的心理过程是沿着两条路线发展的:对社会问题特别是农民问题的探索和对个人幸福、生命意义的探索。在农事改革上,他经历了理想的追求到失败后的悲观;在个人生活上,他经历了爱情上的迷恋、挫折、失望到婚后的欢乐、焦虑、猜忌、痛苦,最后在宗教中找到了心灵的宁静。他的心理运动是伴随着精神探索的历程有层次地展开的。小说对安娜的心理过程的描写则侧重于展示其情感与心理矛盾的多重性和复杂性。她一方面厌恶丈夫,另一方面又时有内疚与负罪感产生;一方面憎恨伪善的上流社会,另一方面又依恋这种生活条件;一方面不顾一切地追求爱情,另一方面又感到恐惧不安。作者把她内心的爱与恨、希望与绝望、欢乐与痛苦、信任与猜疑、坚定与软弱等矛盾而复杂的情感与心理流变详尽地描述出来,从而使这一形象具有无穷的艺术感染力。

除了对人物一生的心理运动过程的描述之外,小说中还有许多对人物瞬间心理变化过程的描述。这类描写往往准确、深刻地披露了特定情境中人物的心理变化过程。例如,小说在写到列文第一次向吉提求婚时,关于吉提内心变化的那段文字是十分精彩的。在列文到来之前,吉提欢喜地等待着,从外表的平静、从容、优雅显示了内心的镇静。当仆役通报说列文到了时,她顿时脸色苍白,内心是惊恐万状的,以至于想逃开。因为她虽喜欢列文,但更喜欢渥伦斯基,因而她必须拒绝来求婚的列文,但这又使她感到内疚与痛苦。见到列文后,她又恢复了内心的平静,因为她已决定拒绝列文,但她的目光中又流露出希望列文饶恕的内心祈求。吉提在见到列文前后这短暂时间内的心理流程是多层次的,作者对人物内心变化的把握十分准确。

第二,小说善于通过描写人物的外部特征来揭示其内心世界,一个微笑、一个眼神和动作都成了传达心灵世界的媒介。作者认为,人的感情的本能和非言语的流露,往往比通常语言表达的感情更为真实。因为语言常常对各种感受进行预先的"修正",而人的脸孔、眼睛所揭示的都是处于直接的、自然的发展中的情感与心理。这种直接的、自然发展中的情感与心理是作者热衷于捕捉的。安娜具有被压抑的生命意识,灵魂深处才蕴蓄着荡漾的激情,时不时地通过无言的外在形态流露出来,使她富有超群的风韵与魅力。小说第一部第18章中写到安娜与渥伦斯基在车厢门口打了一个照面,两人不约而同地回过头来看对方。接着,作者从渥伦斯基的视角描写了安娜。这段描写中,作者重点抓住了安娜的脸部表情和眼神,发掘出女主人公潜在的心灵世界。"被压抑的生气"正是安娜悲剧性格的内在本原,这种生气与来自外部环境的压制力构成她内心的矛盾冲突,丰富的情感被理智的铁门锁闭着,但无意中又在"眼睛的闪光",脸上的"微笑"中泄漏了出来。安娜形象的美主要导源于她那丰富的情感与心理世界,这种描写也常见诸其他人物身上。

第三,小说通过内心话语的描写直接展示人物的内心世界。托尔斯泰之前的作家描写人物的内心话语往往是条理化、程式化和规范化了的,具有连贯性和逻辑性,而托尔斯泰描写的内心话语则常常表现出不规则、间断跳跃和随机的特点,使所揭示的心理内容更真实、自然和深刻。小说对自杀前安娜的内心话语的描写是这方面的典型例子。这段内心独白先写安娜死的念头,接着是回忆她和渥伦斯基的争执,然后拉回到眼前的面包店,随之又联想到水和薄烤饼,再接着是回忆她17岁时和姑母一起去修道院的情景,随后又想象渥伦斯基在看到她的信时的情景,突然,那难闻的油漆味又使她回到现实中来。作者把人物的视觉、嗅觉、听觉等不同的感觉因素同想象、记忆、意志过程等知觉因素以及悔恨、羞愧、恐惧、痛苦、希望等情感交混在一起,心理流变呈时空交错、非规则、非理性特征。这段内心话语把处于生与死的恐惧中的安娜那复杂而混乱的情感与心理内容真实地展现了出来。

《安娜·卡列尼娜》是托尔斯泰在艺术表现方面最具功力的小说,就艺术的完美与和谐而言,是作者长篇小说中最成功的。它以其艺术上所达到的高度,历来受到文学史家与评论家的赞誉。

第八节　契诃夫

安东·巴甫洛维奇·契诃夫(1860—1904)是19世纪俄罗斯现实主义文学

的最后一位杰出代表,是世界闻名的短篇小说艺术大师和优秀的戏剧革新家。

一、生平与创作

契诃夫1860年1月29日出生在罗斯托夫省塔干罗格市一个普通商人家庭。开杂货铺的父亲威严而固执,常令儿子在店铺看店、写作业,他跟店里两个可怜的学徒一样度过了没有欢乐、经常挨打的童年。后来店铺破产,全家迁到莫斯科,只有契诃夫为完成学业留在故乡,靠当家庭教师养活自己,饱尝了饥饿、寒冷、疲乏和恐惧,决定了日后创作中对下层小人物不幸生活的敏感与关注。

契诃夫

1879年契诃夫靠刻苦自学考入了莫斯科大学医学系。5年后,从医学院毕业的契诃夫一面行医,一面从事文学创作。他非常热爱医生职业,曾说过:“学医对于我的文学事业有着重大的影响。它大大地扩大了我的观察范围,充实了我的知识。”

1880年3月,契诃夫在幽默杂志《蜻蜓》第10期上以“安东沙·契洪特”的笔名首次发表幽默小品,从此开始了长达20余年的创作生涯。他的创作道路分三个时期:1880年至1886年为第一时期;1886年至1892年为第二时期;1892年至1904年为第三时期。

契诃夫开始创作时,只是从自身的经历和感受中挖掘出滑稽笑料,写成幽默小品,大多内容空洞,社会意义不大,但艺术上已经显露出简洁凝练、轻松幽默的特点。这时期也有相当数量的优秀作品,用鲁迅的话说:“它不是简单的只招人笑。……不过笑后总还剩下些什么——就是问题。”如《在钉子上》(1883)写一群地位卑微的小官吏对上司诚惶诚恐的奴才相;《小公务员之死》(1883)写一个下等官吏切尔维亚科夫由一个喷嚏致死的荒唐故事,表现专制制度的恐怖和下层官吏的奴性心理;《变色龙》(1884)写警官奥楚蔑洛夫在处理一个首饰匠被一条狗咬伤的事件时,随着人们几次猜测地说出狗的主人,他几次像变色龙般改变态度,露出不同的嘴脸,使读者认识到他的职责就是维护强者的利益,是统治阶级的忠实奴仆和欺压人民的工具;《普里希别叶夫中士》(1885)主人公是个退伍的中士,可在村里却处处以卫道士身份出现,干涉人们的生活自由,是个死心塌地为统治阶级卖命的忠实走狗。这些作品中的人物内心冷漠、孤独、压抑,精神变态,行为荒诞,恰似“世纪末的多余人”。通过这些形象揭露了专制制度维护反动统治,压迫人民的丑恶本质,揭示了使人人格扭曲、奴性心理产生的社会原因。

与此同时,契诃夫的创作还对劳动人民的悲惨生活给予深切同情。《哀伤》

(1885)写年迈的铁匠为生活奔波了一辈子,在送老婆去医院时心里想着应如何重新开始生活,偏偏这时老婆咽了气,这才突然感到"哀伤"袭来。"他还没有来得及跟他的老太婆好好生活,也没有来得及向她表明心迹、怜惜她,她就死了。"而他自己也在严寒中冻坏了四肢而被截肢。契诃夫用抒情的笔调写出了普通人心灵的哀伤。《苦恼》(1886)曾被托尔斯泰誉为"第一流"作品,写的是名叫姚纳的马车夫因失去唯一的儿子充满了悲伤,可是迫于生计,他仍顶风冒雪赶车上街,他多想把心中无边无际的苦恼倾吐出来,可是茫茫人海之中却没有一个人愿意听姚纳诉说,他只好在夜深之时去向自己的母马诉说。小说由对一个车夫"苦恼"的强调延伸到对人类苦恼的深层挖掘,所揭示的是人的孤独及人与人的隔膜,已具有现代意识。《万卡》(1886)写年仅9岁的万卡受不了挨打、受饿、被虐待的苦日子,偷偷给爷爷写信,请求爷爷带他回家。他把这封没有地址的信寄出去了,当天夜里做了一个好梦。"信"寄寓了万卡摆脱苦难生活的希望,可谁能真正让万卡脱离苦海呢? 万卡的遭遇隐含着作家的忧伤和困惑。

至此,契诃夫抒情心理小说的创作风格基本形成,作品的情节基础不再是肤浅的趣味故事,而是从日常生活的不合理现象中挖掘题材;不追求情节的曲折,而是注重于表达人物内心的体验,揭示人物的心理活动,勾勒出精神-心理的变化过程;作者从不直接表露自己的思想情感,而是运用真挚而抒情的笔调进行纯客观的叙述,简洁而朴素。在以后的创作中,契诃夫不断地完善抒情心理小说的艺术形式,并继续挖掘其反映生活的艺术潜力。

从80年代下半期起,契诃夫的声誉与日俱增,著名作家格里戈罗维奇的信也给他极大鼓舞,他的社会责任感越发强烈,对生活的发掘更深刻,题材也更丰富了。他写出了《渴睡》(1888)、《草原》(1888)和《神经错乱》(1888)等出色的作品。

中篇小说《草原》中对草原晚景的描写蕴含着整部作品的思想意蕴:草原是美的,但无人欣赏,因此草原"孤独",它的美丽与财富"白白荒废了",这是草原的悲剧,也是人的悲剧。这个"草原"可引申为整个"俄罗斯",契诃夫对"草原"的关注,也便是对于俄罗斯命运的关注。

19世纪80年代下半期,契诃夫曾受托尔斯泰主义思想影响,随着民粹派运动的失败,俄国社会进入沉闷压抑时期,契诃夫不愿随波逐流,对流行的社会思潮表示了大胆质疑。他在《灯火》(1888)中大声疾呼:"在这个世界上你什么也看不懂!"在《没有意思的故事》(1889)中契诃夫借老教授的养女卡嘉之口提出"我该怎么办"的问题,反映了他对人生真谛的痛苦追问。

1890年是契诃夫人生旅途的一个重要里程碑。他不辞辛劳,只身来到沙皇政府流放犯人的库页岛进行三个多月的实地考察。岛上近万名囚徒和移民的非人生活给作家留下了不可磨灭的印象。他彻底放弃了信奉多年的托尔斯泰主义思想,确立了民主主义思想,更增强了社会责任感。旅行归来后,他一面积极投入扑灭霍乱和赈济饥荒等社会活动。一面将这段生活整理成《库页岛旅行记》(1893—1894)发表。此后的文学创作也留下了库页岛之行的痕迹。

中篇小说《第六病室》(1892)明显地加强了社会批判的力度。"第六病室"关着5个疯子,其中的格罗莫夫却显示出非凡的"智慧和理性"。新来的医生拉京被其不同凡响的言辞所吸引,常到病室与他交谈、辩论,他们最终得出:在这个世界上,善良的、正义的人注定要在地狱般的"第六病室"蒙受痛苦。拉京医生也被当作"疯子"关进了"第六病室"。"疯人病室"和"疯子"既是作家为转移书报检查官的视线而虚构的,同时也与作品的内容形成完美的统一。在腐朽黑暗、专制统治的俄国社会,任何有思想、有头脑、能清醒看透这个社会本质的人,不是被当作政治犯遭屠杀或流放,就是被当作疯子送进监狱般的"第六病室"。整个俄国就是一座大的精神监狱。这是一部思想性和艺术性完美结合的作品。这时期,契诃夫创作的题材又有拓展,特别关注知识分子的精神生活,如《跳来跳去的女人》(1892)等。在艺术表现上,幽默讽刺成分被悲剧性成分压倒,揭露和批判力量加强,充满着深沉的探索和严肃的思考。

90年代中期,作家的创作范围更加扩大,作品揭露批判更为深刻,揭示出社会对人的压迫,如《农民》(1897)、《出诊》(1898)等,各阶层人们普遍感受到的压迫似乎成为人与环境的永恒冲突;契诃夫还热切关注人在庸俗环境中的生存状态,如《姚内奇》(1898)、《醋栗》(1898)的主人公姚内奇医生和尼古拉·伊凡内奇在金钱铜臭的庸俗环境中,一个变成衰老、肥胖、以数钞票为乐的庸人,另一个成为像猪一样懒惰、贪婪的俗物。作家嘲讽了这种自私浅薄、心灵空虚的生存状态。1898年契诃夫还创作了《套中人》《关于爱情》,与《醋栗》一起,组成契诃夫的"短篇三部曲"。《套中人》更以其对现实的深刻认识和精湛的艺术表现成为作家的代表作。

这一时期,契诃夫创作了堪称"20世纪现代戏剧的开端"的4部代表作:《海鸥》(1896)、《万尼亚舅舅》(1897)、《三姐妹》(1900)和《樱桃园》(1903)。剧本的共同点在于把诗的抒情性、小说的叙述性都编织进戏剧中,也对19世纪末的自然主义与象征主义作了去粗取精的借鉴,从而实现了对于传统现实主义的超越。

《樱桃园》是契诃夫的最后一部剧作,无论从思想探索还是戏剧艺术探索的角度看,它都具有总结性意义。剧本围绕拍卖樱桃园的事件,写出了贵族无可避免地退出历史舞台和新兴资产阶级的兴起,表现了作家毅然向过去告别、向往幸福未来的乐观情绪。朗涅夫斯卡娅是樱桃园贵族之家的女主人,她沉醉在寄生虫式的生活中,迷恋巴黎式的资产阶级生活方式,花天酒地,荡尽了家产,债台高筑。面临破产的她却依旧幻想、空谈、寻欢作乐,而不正视现实,最后终于拍卖了樱桃园去巴黎追求毫无价值的"爱情"。罗巴辛是个商人和企业主,是暴发户。起先他曾做过朗涅夫斯卡娅的仆人,由于精明强干、善于经营而发了大财;他精力充沛,野心勃勃,像一头"遇到什么就吞什么的食肉野兽"。作为资产阶级的代表,他们取代封建贵族是历史的必然,有其进步意义。但契诃夫敏锐地察觉到俄国的未来并不属于他们,所以他刻画了年青一代新人如安妮雅和特洛费莫夫,只是这些形象比较模糊。但剧本中樱桃园里伐木的斧声伴随着“新生活万岁”的欢呼声,给人希望,洋溢着乐观情绪。

浓厚的象征性是这部戏剧的突出特征。家庭教师夏洛蒂就是一个象征性的人物,她是个浮萍式的人物,也是个孤独的人,这两个特征恰是她的女主人朗涅夫斯卡娅性格命运的象征。而两次出现的“类似琴弦绷断的声音”是一种非常特殊的象征手段。尽管很难确定它的象征含义,但能感觉到是在暗示女主人某种难以名状的情绪和在她胸中积郁的不快之感。“樱桃园”本身又是一个巨大的艺术象征。它的主人的变换与它被“别墅楼”取代象征着贵族阶级的没落和资产阶级的兴起。在 20 世纪 50 年代末,契诃夫夫人克尼碧尔曾指出,《樱桃园》写的“乃是人在世纪之交的困惑”。这困惑显然发自于人们面对新时代喜忧参半的复杂情感,其意蕴可以作多重解读。

1904 年 6 月,契诃夫病情恶化,在克尼碧尔陪同下,前往德国南部的巴登维勒治疗。同年 7 月在该地病逝。

契诃夫的小说成就受到世界文坛的一致公认并产生深刻的影响。他创造了一种独特的抒情心理小说形式,截取平凡的日常生活片断,凭借精巧的艺术细节真实地刻画人物,揭示人物精神-心理活动,从而展示深邃的思想底蕴,集中揭露了沙皇专制制度的腐朽及其走狗的横行霸道;满怀同情地描写劳动人民的苦难与不幸;对小市民的庸俗习气、奴性心理及知识分子的浅薄自私、空虚无为进行有力抨击。他继承了俄国现实主义文学传统,同时又以一种超越生活表层现象的哲人的慧眼关注人的生存状态,并以其具有精神病态的人物形象塑造,使他站在现实主义文学与现代主义文学之间。艺术上运用了夸张、幽默和讽刺等手法,形成了含蓄蕴藉的“含泪的笑”的独特风格。

契诃夫作为剧作家的世界性地位是从 20 世纪 60 年代开始得到承认的。他的戏剧的革新特征体现在,真正的戏剧动作不是在外部生活而是在内部生活之中,即在人的心灵中;戏剧的冲突不再是“人与人的冲突”的模式,而是“人与环境的冲突”。他天才般地预见到了 20 世纪现代人的人生困惑。这就像拉克申院士说的那样:“生活在 19 世纪的契诃夫,就其对人和对世界的认识而言,变成了一位 20 世纪的作家。”

二、《套中人》

《套中人》是契诃夫短篇小说的代表作。小说主人公别里科夫是一所中学的希腊语教师,他性格怪僻,思想守旧,行为可鄙又可笑。他惧怕生活中哪怕是极微小的变动,凡是他认为脱离常规、违反法令的事,都使他闷闷不乐。他还盯梢、告密,全城的人都怕他,十多年来人们一直战战兢兢地过日子。当有人好心成全他与活泼开朗、爱唱爱笑的瓦连卡的婚事时,他竟忧心忡忡,彻夜难眠,生怕闹出什么乱子来，迟迟不敢求婚。“自行车事件”后，他被吓得生了大病，不久便一命呜呼。全城人都松了口气，可不久，生活又像从前一样沉闷、无聊。

小说成功塑造了一个极端保守、害怕一切新事物、极力维护现存制度的卫道士的典型形象。别里科夫的形象猥琐可笑，“身材矮小，背脊弓起”。即使在晴朗的天气也经常带雨伞，穿雨鞋，而且总是穿着暖和的棉大衣；他永远让自己的脸孔藏在竖起的衣领里，让眼睛蒙上黑眼镜，让耳朵塞上棉花；甚至他的雨伞、挂表和小折刀也是装在套子里，总是千方百计无微不至地维护自己的一切，害怕发生任何万一的变化。他只要一有机会，就把自己“套起来”，坐马车要让车篷支起来，回到家就要钻到帐子里，用被子蒙住脑袋。他的“思想也极力藏在一个套子里。只有政府的告示和报纸上的文章，其中写着禁止什么事情，他才觉得一清二楚”。他的口头禅就是“千万别闹出什么乱子来”。

别里科夫不仅把自己装进套子里，而且要把别人也装进他的套子里。同事到教堂祈祷迟到、女教师晚上陪军官玩迟了，他要干涉，甚至连同事穿绣花衬衫、骑自行车他都要出面劝阻。结果教师怕他，校长怕他，“整个中学都在他手心里，足足15年”，甚至“全城都抓在他的手心里！”人们“不敢大声说话，不敢写信，不敢交朋友，不敢看书，不敢周济穷人，不敢教人念书写字……”整个小城都仿佛被他装在套子里了。

别里科夫的形象不仅可笑，而且是一种极可怕的力量，他千方百计地扼杀一切新生事物和自由思想，自觉自愿地为专制政权效劳，代表了社会上一股强大的保守势力，体现着沙皇专制制度的本质特征。

小说还深刻地揭示出别里科夫的性格是在沙皇俄国专制社会这个典型环境中形成的。小说中写到，在别里科夫的阴影下，人们变得什么都害怕。全城的人，包括那些思想正派的人，居然也忍气吞声，听从别里科夫的摆布，像蜗牛一样缩进自己的壳里，过着浑浑噩噩、苟且偷安的生活，不敢起来与顽固保守势力进行斗争。这种窒闷、停滞、死气沉沉的套子式的生活正是当时俄国社会生活的特征，也是产生别里科夫式人物的社会土壤，如果不改变这种社会土壤，一个别里科夫死了，还会出现另一些别里科夫。作者通过猎人之口大声疾呼：“不能再照这样生活下去啦！”从而揭示了这篇小说的主题思想，表现了契诃夫对沙皇专制制度的否定和对新生活的渴望，激励人们为推翻套子式的旧生活而斗争。“套中人”也因其蕴含的深广的社会意义，而成为顽固保守、反对变革者的代名词。

在艺术创作上，契诃夫是严格的现实主义者。他的作品往往是取材于平凡的日常生活，在表层生活中蕴含深刻思想底蕴。《套中人》也是写一个胆小怕事的教员日常生活的普通故事，但却深刻地揭露出沙皇专制统治下整个社会的停滞和窒息，说明变革的必要，激励人们追求美好未来。这是契诃夫创作的显著特点。

在艺术结构上采用了故事套故事的形式，别具匠心。小说通过讲故事的方式展开故事情节，将叙述人的叙述背景放置在月夜乡村的堆房内，营造了一个特殊的抒情氛围,自然而生动。而且作者还通过叙述人对故事中的事件、人物进行评论,从而加强了作品的思想容量,加深了对作品主题的开掘。

在形象塑造上,契诃夫认为"最好还是避免描写人物的精神状态,应当尽力使得人物的精神状态能够从他的行动中看明白"。作家精心运用肖像细节、行为细节、语言细节等来揭示人物的精神状态及性格特征。如别里科夫的口头禅:"可千万别闹出什么乱子来啊",充满了对一切新生事物的恐惧,活画出他的顽固、保守。另外,为突出人物性格,契诃夫还运用了对照手法。村长的老婆玛芙拉与别里科夫形成对照,"她一辈子也没有走出过她家乡的村子,从没见过城市或者铁路,近10年来一直守着炉子坐着,只有到了晚上才上街走一走"。同样是"套中人",性情孤僻,玛芙拉却绝不干涉他人生活,与别里科夫给人们生活及社会带来的危害形成对照。别里科夫与柯瓦连科兄妹又形成对照:别里科夫身材矮小,背脊拱起,看上去好像刚用钳子把他从家里夹来的一样;柯瓦连科兄妹生得又高又壮,身材匀称,瓦连卡更是"黑眉毛,红脸蛋",像是"蜜饯水果"。别里科夫总是无精打采,缩头缩脑,战战兢兢,而瓦连卡却又是笑又是唱,跳跳蹦蹦,满脸放光。兄妹俩的思想方法更是让别里科夫感到古怪而害怕,成为别里科夫结束人间生活的直接原因。在强烈的对照之中,"套中人"的性格特点更加鲜明、突出。

契诃夫还善于把自己的思想情感倾注于对景物的描写之中,巧妙地借景抒情。在小说结尾,作家描写了农村的月夜景色,突出了自然界的辽阔广大,强化了对别里科夫式"套中人"生活的厌恶,也借此抒发了对生活中一切套子的谴责,为读者留下了思考生活与人生的空间。

第九节 易卜生

亨利克·易卜生(1828—1906)是19世纪后期挪威最杰出的戏剧家,"社会问题剧"的开创者,被誉为欧洲"现代戏剧之父"。

一、生平与创作

易卜生于1828年3月20日出生在挪威东南海滨小城斯基恩镇一个富有的木材商家庭。8岁时父亲经营的木材生意破产,家道中落所带来的生活境遇的变化对少年易卜生性格的形成产生了重大影响。1844年他因家庭生活贫困而辍学,来到格利姆斯达镇一家药房当学徒。期间大量阅读莎士比亚、歌德、拜伦等人的作品,开始创作诗歌,写有长诗《醒醒吧,斯堪的纳维亚人》《致马扎尔人》等。他同时也开始戏剧创作,写有剧本《凯蒂琳》(1850)。

1850年易卜生到首都报考大学失败后,就留在那里从事报刊编辑工作,同时进行文学创作。1852年的易卜生已经是一个小有名气的诗人、剧作家兼评论家了。1851年至1864年,易卜生先后担任卑尔根民族剧院编剧和首都剧院的艺术指导，为建立挪威民族戏剧艰苦劳作，付出了极大的心血。

1864年，面对奥普联军入侵丹麦危及挪威安全，易卜生不满统治者的中立政策。与此同时，国内的一些政客借评论他的《恋爱的喜剧》为名，对其进行恶意攻击和中伤。这一切使得易卜生离开祖国侨居异乡达27年之久。其间，他密切关注欧洲的社会变革进程，关心挪威国内的局势发展，写有十多部反映当代重大社会问题的“社会问题剧”。1891年，63岁的易卜生载誉回国，定居首都奥斯陆。晚年，作家患有严重的心脏病，心情忧郁、生活孤寂。1906年5月23日易卜生去世，挪威为他举行了国葬。

亨利克·易卜生

在长达半个多世纪的创作生涯中，易卜生除了早期的诗歌外，共写有剧本26部。他的创作大体可以分为3个阶段。

第一阶段（1850—1868）为浪漫主义戏剧时期。主要以北欧民间传说、叙事谣曲和挪威中世纪历史故事为题材，抒发民族精神和爱国情怀。该时期的主要剧作有《凯蒂琳》（1850）、《觊觎王位的人》（1863）、《布朗德》（1866）、《培尔·金特》（1867）等。贯穿于易卜生创作始终的所谓“个人的精神反叛”主题，在《布朗德》与《培尔·金特》中得到了最初体现。

《布朗德》中的同名主人公是牧师，同时也是彻底的理想主义者，毕生追求纯洁的道德和圣洁的理想。他认为精神生活才是人生的意义之所在，其他的东西得到的越少或失去的越多则越好。他满腔热情地吁请信徒们随他“向高处去！”可在抽象的理想与可见的物质之间，他们却更愿选择后者，于是纷纷弃他而去。布朗德独自一人在艰难困苦中坚定地向山顶进发，最终死于雪崩。个人与大众、精英与庸众的矛盾构成了该剧的基本冲突。《培尔·金特》中的同名主人公是极端利己主义的市侩，同时也是一位执念于个人自由的冒险家。他毫无道德准则，只有自私自利，为了个人的快乐幸福，甚至拐骗新婚朋友的妻子，后来又抛弃她。这个一度幻想当上国王的人四处冒险，但晚年却穷困潦倒，最终在恋人索尔薇格爱的感召下，终于认识并找回了真正的自我。剧作将丑恶现实与美好幻想融成一体，寓言式描绘中寄寓着深刻哲理。作家对这个人物显然怀有复杂的感情，既欣赏他身上那种一往无前的勇气，又鞭挞其极端个人主义的恶行。作品一发表即在全欧引起轰动，给易卜生带来极大的声誉。

第二阶段（1868—1883）为现实主义“社会问题剧”时期，也是易卜生创作的鼎盛期。社会问题剧是易卜生独创的一种戏剧类型，以尖锐地提出现实生活中人们所关心的社会问题来进行分析讨论而著称。这些剧本涉及当时的政治、宗教、法律、道德、家庭、婚姻等一系列社会问题,思想尖锐,文笔犀利,具有强烈的批判精神。大致来说,易卜生的社会问题剧又可分为两类:一类为家庭问题剧,另一类为政治问题剧。前者如《玩偶之家》(1879)、《群鬼》(1881)等;后者如《社会支柱》(1877)、《人民公敌》(1882)等。如上提到的4个作品又被统称为易卜生的"四大社会问题剧"。

《玩偶之家》作为易卜生的代表作发表后,遭到了社会舆论的恶毒攻击。《群鬼》是易卜生为反击对《玩偶之家》的攻击和非难而写的。剧中主人公阿尔文太太的丈夫混迹于花街柳巷,被苦闷折磨的她试图离开丈夫寻找昔日的情人曼德牧师,但曼德牧师却规劝她在家中恪守妇道,甚至要求她对外隐瞒丈夫的恶习以维护他的名声。后来她将自己的全部希望都寄托在儿子身上,不料想儿子因受父亲的影响早就开始性乱——与父亲的私生女私通,还因此染上了父亲的花柳病。最终,她只能在绝望痛苦之中呼号:"给我阳光!"女主人公的悲剧有力地控诉了所谓幸福婚姻、和睦家庭的虚伪性和欺骗性。

《社会支柱》的主人公博尼克是一家造船厂的厂主,表面看来衣冠楚楚,被当成社会的"模范公民"、家庭的"理想丈夫",是具有一切美德的"社会支柱",但实际上,他却是一个极端无耻的骗子、刑事犯和淫棍。作品揭开了资产阶级道德的虚假外衣,对那些所谓的"社会支柱"——其实是作恶多端的政客达人——进行了无情的讽刺。

《人民公敌》是一部揭露性最强的社会问题剧。主人公斯多克芒是挪威某城温泉浴场的一位正直善良的医生,当他发现温泉被污染含有传染病菌时,不顾当市长的哥哥与浴场主的威胁利诱,主张关闭并改建浴场,结果遭到了以市长为首的政客及其他小业主们的激烈反对。面对来自各方面的压力和威胁,斯多克芒单枪匹马地对抗着打着自由招牌的"多数者"。最后在群众大会上他被宣布为"人民公敌"。剧本高度肯定了斯多克芒坚持真理、敢于斗争的精神,称颂他是"一个有完整人生理想的人",并称"世界上最有力量的人是最孤独的人!"

第三阶段(1884—1899)为象征主义戏剧时期,作品中现实主义成分减少,戏剧重心从社会批判转向人生哲理和人之内心活动的探讨,作品具有浓郁的象征色彩。这一时期的主要作品有《野鸭》(1884)、《海上夫人》(1888)、《建筑师》(1892)、《小艾友夫》(1894)、《当我们死人醒来的时候》(1899)。其中《野鸭》为该时期最重要的作品。剧中的雅尔马在生活的泥潭里苟且偷生不思进取,像一只被打折了翅膀的野鸭一头扎在深水里忘却了飞翔。

易卜生以戏剧为载体,表达自己对社会和人生问题的思考,形成了其强调人的个性与精神因而放言人格大于国格的"易卜生主义"。他的"社会问题剧"打破了欧洲剧坛的格局,把剧场由一个娱乐场所变成激发观众思考社会问题的舞台。他对社会生活中的道德、法律、家庭、婚姻、自由等问题所进行的一系列严峻拷问,极具颠覆精神。在艺术表现上,易卜生戏剧改变了长期以来戏剧以情节和巧合为主要手段的表现方法,将远离生活的古典戏剧转变为反映现实生活的白话剧。在欧洲戏剧史上,易卜生不仅是继莎士比亚之后最伟大的剧作家,同时也是西方现代戏剧的奠基人。

二、《玩偶之家》

《玩偶之家》是易卜生最著名的作品之一。

圣诞节的前夕,娜拉格外高兴,因为,丈夫海尔茂将被提升为银行经理。这天,她把好朋友林丹太太也请到家里做客。林丹太太托娜拉帮她在海尔茂的银行里找一份工作。正好,海尔茂准备辞退一个名叫柯洛克斯泰的职员,因此,他欣然答应让林丹太太接替柯洛克斯泰。但是,将被辞退的柯洛克斯泰则以写信给海尔茂、揭发娜拉几年前伪造签名借钱的事为要挟,逼娜拉劝丈夫收回辞退令。一开始,娜拉以为,海尔茂得知她借钱的事后会原谅她,甚至还可能出来为她承担全部责任。谁知海尔茂看了揭发信后勃然大怒,恶语相向。娜拉简直不敢相信这就是天天说爱自己的那个海尔茂。而当林丹太太说服柯洛克斯泰将借据还给娜拉、海尔茂的危机由此解除时,海尔茂立即换了副面孔,对娜拉又笑脸相迎。然而,她看透了丈夫的虚伪自私,也看清了自己在这个家庭中玩偶的地位,于是,愤然离家出走了。

《玩偶之家》剧照

《玩偶之家》是“社会问题剧”的代表作之一。以往评论界称该剧是妇女觉醒与解放的宣言书,易卜生则是描写妇女解放、为妇女争取自由的戏剧的先驱。这在我国学界几乎也是无可争议的。

应该说,这样的文本解读并没有偏离原作本身所演绎的内容,因为该剧确实通过男女主人公娜拉与海尔茂的矛盾冲突的描写,撕下了男权社会中温情脉脉的家庭关系的面纱,暴露了建立在男权统治基础上的夫妻关系的虚伪,提出了妇女解放的问题。剧本的描写中,表面上娜拉和海尔茂的家庭和谐美满,小两口日子过得十分温馨。海尔茂看上去似乎很爱娜拉,平日里对她满口的甜言蜜语。他说夫妻应当分挑重担,并且,他常常盼望有一件危险的事威胁娜拉,好让他拼着命,牺牲一切去救娜拉。但他发现了娜拉曾假签名借债后,不但没有挺身而出,反而怒骂娜拉是“道德败坏”的“下贱女人”,因此不准娜拉有教育子女的权利。可见,他关心的只是自己的名誉和地位,他爱妻子不过是口是心非的玩意儿。相反,娜拉在父亲病重因而无法拿到他的签名的情况下,不得已冒充父亲的签名借钱为丈夫治病;当伪造签名的事将败露时,她曾决定牺牲自己,甚至以自杀来保全丈夫的名誉。这些都表现出她的真诚与善良。

在“爱”的问题上,他们两人观念也截然不同,一个虚伪,一个真诚。海尔茂看起来爱娜拉,但骨子里只是把她当作好看的“纸娃娃”,是一个玩偶,没有自由的意志,一切要由他来支配。在他看来,妻子对丈夫只有责任,而没有任何权利,因此在家庭生活中,娜拉是自己的私有财产和附属品;男女是不能享受平等权利的,女人可以为男人做出牺牲,而男人则不行。他曾直接对娜拉说:“人不能为他爱的人牺牲自己的名誉。”相反,娜拉对丈夫的感情是真诚纯洁的。为了给丈夫治病而伪造假签名借钱,突出反映了她对丈夫的体贴;当伪造签名的事将要败露时,她曾决定牺牲自己,甚至以自杀来保全丈夫的名誉。这些方面都表现出她的爱的真诚。娜拉和海尔茂的冲突展示了各自不同的思想境界和性格特征。如果说海尔茂代表了当时欧洲普遍的男权主义思想,那么,娜拉则代表了女性对独立人格与尊严的追求。随着剧情冲突的展开,温馨家庭的面纱被掀开了。当娜拉明白了自己在家庭中不过是个玩偶之后,就毅然出走了。

娜拉的出走,向男权主义提出了公开挑战,向社会提出了男女平等、妇女解放的问题。因此,该剧上演后,在当时引起了社会的巨大反响。所以,以往评论界说《玩偶之家》是妇女解放的宣言书,易卜生也被誉为描写妇女解放、为妇女争取自由的戏剧的先驱,是不无道理的。正因如此,这个经典剧本对当时和后来一个时期西方社会的妇女解放运动起到了激发和推动的作用,并且其影响是世界性的。

然而,易卜生自己对该剧的创作却别有一番心机。在该剧发表20年后的一次演讲中他说:“谢谢大家为我的健康举杯,但我的确不敢领受为妇女运动而自觉努力盛誉。我甚至不明白什么是‘妇女运动’。我只关心人类本身的事……我不过是一个诗人,却不是人们通常认为的社会思想家……就像许多其他问题,妇女的社会问题应当给予解决,但是那不是我创作的原始动机。我的创作的目的是描写人类。”在此,易卜生起码表达了两层意思:第一,《玩偶之家》的创作动机不是妇女解放、男女平等;第二,该剧讨论的根本问题上是人类而不是男女平等之类的一般“社会问题”。虽然研究一个作家及其作品时不能被作家自己的“一家之言”牵着鼻子走,但也不能不作参考,更为关键的是,要借此通过文本解读去证明其可靠性。

从《玩偶之家》深层意蕴看,该剧表达的是“人”的觉醒和人性解放的问题;换言之,娜拉不仅代表妇女,更代表生存于西方传统文化中的整体的“人”。男女平等、妇女解放,诉求的是男女人格尊严上的平等,指涉的主要是社会道德和制度问题,而“人”的觉醒和人性解放,不仅仅是社会道德和制度问题,更是其赖以存在的文化根基问题。

剧本的开场是圣诞节前夕,海尔茂马上要升任银行经理了,他家里气氛格外热烈。从象征意义角度看,圣诞节意味着希望与新生;从剧情发展的角度看,主人公的精神与灵魂将迎来新生——娜拉在痛感“玩偶”地位后的觉醒与反叛，这是剧本结局的深沉隐喻。剧中，海尔茂极力规劝准备离家出走的娜拉，而她说：“这些话现在我都不信了。现在我只信，首先我是一个人，跟你一样的一个人——至少我要学做一个人！”娜拉说的“我是一个人”，当然包含了“女人也是人”的意思，同时也是指人类的意义上的“人”。从后一层意义上说，娜拉提出的不仅仅是男女平等、妇女解放的问题，而且是指西方传统文化中人的自由与解放的问题。因为，剧本中海尔茂极力维护的不仅仅是传统的家庭婚姻的道德规范，而且是那个社会赖以存在的传统文化体系，娜拉则是它的叛逆者。

在娜拉提出要出走时，海尔茂就搬出宗教和法律来逼迫娜拉就范，在他眼里，这一切都视为是天经地义的。海尔茂认为，宗教能拯救人的灵魂，犯有过失的人就应当认罪，要“甘心受罪”，也就是说，娜拉应该认罪并受罚。娜拉则提出反驳说：“不瞒你说，我真的不知道宗教是什么，‘尽管’牧师告诉过我宗教是这个，宗教是那个。‘实际上’牧师对我们说的那套话，我什么都不知道。”“等我离开这儿一个人过日子的时候，我也要把宗教问题仔细想一想。我要仔细想想牧师告诉我的话究竟对不对，对我合用不合用。”这是她对宗教合理性的大胆质疑，其间隐含了尼采式关于传统文化死亡——“上帝死了”的意味。海尔茂认为，现实社会的法律是神圣的、合理的，他还用法律来威胁娜拉。娜拉则公开对这种法律提出抗议，认为它是“笨法律”。她说：“国家的法律跟我心里想的不一样，可是我不信那些法律是正确的。父亲病得快死了，法律却不许他女儿给他省去烦恼。丈夫病得快要死了，法律不许他妻子想法子救他的性命！我不相信世界上有这种不讲理的法律。”

显然，上述讨论的问题已经远远超越了婚姻与家庭问题，而是这个社会赖以存在的文化对于人之合理性的问题，是人的自由与权利的问题。所以，娜拉反叛的不仅仅是家庭道德、婚姻规范和“男权主义”，而且是西方社会的传统文化价值体系；她追求的不仅仅是女性的人身自由，而且是“人”的精神自由、人性的解放。在这种意义上，娜拉的觉醒不只是妇女的觉醒，更是“人”的觉醒，海尔茂所代表的不仅仅是所谓的“男权社会”和“男权主义”，而是传统的文化体系，并且他本人也是一个不自觉地受制于这种文化的非自由的人。因此，该剧讨论的问题也由一般家庭婚姻的“社会问题”，上升为更具超前性、革命性的人性解放和“人”的觉醒的西方文化之普遍性问题。易卜生自己曾言，从早期开始，他创作的就是“关于人类和人类命运的作品”，他认为基督教传统文化世界就像一艘行将沉没的船，拯救的唯一方法是文化自新，他的创作所揭示的就是西方传统文化所面临的这种危机。这是易卜生戏剧之“现代性”特征在文化哲学内涵上的表现。

在此，我们来看看这个剧本的结尾，请注意以下这段对话中多次出现的“奇迹”两个字：

海尔茂：娜拉，难道我永远只是个陌生人？

娜拉：（拿起手提包）托伐，那就要等奇迹中的奇迹发生了。

海尔茂:什么叫奇迹中的奇迹?

娜拉:那就是说,咱们俩都得改变到——喔,托伐,我现在不信世界上有奇迹了。

海尔茂:可是我信。你说下去!咱们俩都得改变到什么样子——?

娜拉:改变到咱们在一块儿过日子真正像夫妻。再见。(她从门厅走出去。)

海尔茂:(倒在靠门的一张椅子里,双手蒙着脸)娜拉!娜拉!(四面望望,站起身来)屋子空了。她走了。(心里闪出一个新希望)啊!奇迹中的奇迹——

[楼下砰的一响传来关大门的声音。]

海尔茂希望娜拉回心转意回归家庭,但就娜拉来说,对应剧本开场的圣诞节灵魂"新生"的隐喻,那么,"新生"了的娜拉是不可能回归的,除非发生"奇迹中的奇迹",但是现在的她根本不相信什么"奇迹"。所以,结尾最后那"砰的一响"的关门声,意味着海尔茂期待的"奇迹"不过是一种幻想。剧本结尾的潜在文本是一种象征隐喻,它表达了人对传统文化信仰的动摇以及人的个性意识的觉醒与"复活",而不仅仅是娜拉的女性意识的觉醒。这就是《玩偶之家》乃至易卜生的所有戏剧所表现的对传统话语体系的解构意义,以及对人与人关系重构的期待。此处那"砰"的一响的关门声,似乎回荡着另一个声音:"上帝死了",预告了一种新的现代文化和现代人的诞生。娜拉出走所告别的不仅仅是传统婚姻道德束缚下的旧家庭,更是那个疾病缠身的传统文化社会,娜拉的觉醒表达了易卜生对西方传统文化的反叛,揭示的是"人"的觉醒与解放的问题。这是易卜生"社会问题剧"之"问题"的文化哲学内涵和现代意蕴所在,也是"易卜生主义"的精髓之所在。"世界上最有力量的人是最孤独的人。"这是易卜生《人民公敌》中主人公的名言,其实这何尝又不是作者本人内心的真实写照?剧作家的易卜生在文化哲学上的超越性、超前性,达到了哲学家尼采的反传统境界,在同时代人中,他们必然陷于精神和文化上的孤独之境。

作为最出色的"社会问题剧",《玩偶之家》体现了"社会问题剧"的基本特征。

第一,严峻的真实。"社会问题剧"所写的往往是现实生活中人们熟悉的人和事,矛盾冲突就是现实中存在的问题;在组织戏剧冲突时,总是把人物性格和事件的发展跟现实生活紧紧地结合起来,这样,在整个舞台上展现的就是日常生活。《玩偶之家》中,娜拉和海尔茂有生活原型,他们之间冲突的爆发乃是现实生活中的妇女、法律、道德、宗教等问题的集中反映。剧中人物性格和剧情的发展十分自然真实,合情合理,合乎生活逻辑。

第二,"追溯法"(或"回顾法")的运用。所谓"追溯法",就是不把跟主要情节有关的人和事直接在舞台上加以表现,而是在主要情节发展的过程中,通过剧中人物的对话等方式交代出来;这样,就使过去的情节和现在的情节交织起来,以过去的情节推动现在的情节,甚至现在的情节只是过去情节的结果。"追溯法"是易卜生在继承发展古希腊悲剧结构基础上形成的一种特殊方法,而此种方法的运用使其剧本在结构上形成了简练、集中的独特风格。《玩偶之家》描写的是 7 年前后的事,但实际上在舞台上表现的只是 3 天左右的时间内发生的事。大幕一拉开,虽然我们看到的是圣诞节前夕娜拉家里欢度节日的良辰美景,然而实际上是"山雨欲来风满楼"的非常时期,娜拉伪造签名的事隐瞒了 7 年,如今即将暴露。而这件事,是通过林丹太太上场后通过追溯法交代的。柯洛克斯泰的一封信令娜拉和海尔茂的矛盾冲突爆发,冲突的结果是娜拉出走。这里,假签名是过去的事,林丹太太的到来、柯洛克斯泰的揭发则是现在发生的事,海尔茂和娜拉冲突、决裂既是现在的事,又是过去事件的结果。可见,现在的事推动了过去事件的发展,带来了过去事件的结果。

运用追溯法构建戏剧冲突的好处是多方面的。首先,使剧情简练、集中紧凑。次要的情节仅仅通过人物对话就交代清楚,做到了最大程度的简洁,突出了主要情节。其次,有利于戏剧冲突的迅速发展,把描写的重点落在一触即发、图穷匕首见的关键时刻。《玩偶之家》一开始就直接表现结果,戏一开始矛盾马上要爆发,高潮即将到来,剧情的节奏快,冲突的进展迅速,扣人心弦。再次,有利于在矛盾中表现人物性格。在假签字一事公开之前,出现在观众眼前的娜拉是一个热情、真诚的贤妻良母,海尔茂则是所谓的"正人君子"。事情一公开,也即矛盾冲突一爆发,两个人物就被放在了矛盾冲突的风口浪尖,性格得到了成功的刻画。

第三,将"讨论"带进戏剧,富有辩论色彩。易卜生的"社会问题剧"很注重在作品中提出重大的社会问题,让剧中人物展开争辩,进而表述作者本人的态度。讨论的展开和剧情的发展紧密结合,讨论的内容渗透在剧情之中,使戏剧带上了论辩的色彩,具有引人入胜的逻辑力量。第 3 幕的辩论是全剧最精彩的部分。讨论不仅涉及男女平等问题,而且涉及宗教、社会制度、法律、道德、责任义务、人权等问题。易卜生把讨论带进戏剧,既激发读者和观众探讨问题的激情,将观众与剧中人合二为一;又推动了情节的发展,使议论性与戏剧性融合在一起,创造了一种新型的戏剧模式。

第四,运用细节和人物动作刻画人物心理。戏剧人物的心理活动常常是通过人物的独白或旁白来表现的,但易卜生的《玩偶之家》不轻易用独白和旁白,而是通过人物动作、细节来表现。比如,"信箱"这个细节,"跳舞"这个动作,反映了娜拉紧张、焦急的心理。柯洛克斯泰将揭露娜拉假签字一事的那封信投到了海尔茂的信箱,信箱的钥匙只有海尔茂有。海尔茂回来后要去开信箱,娜拉紧张到了极点。这时,娜拉用狂乱的跳舞来阻止海尔茂开信箱,狂舞恰好是娜拉心乱如麻内心世界的表露。作者运用这个强烈的动作,表现人物复杂而激动的内心活动,收到了极好的艺术效果。

第十节　马克·吐温

马克·吐温(1835—1910)是19世纪后期美国现实主义文学最杰出的代表作家,也是美国著名的幽默作家。

一、生平与创作

马克·吐温原名塞缪尔·朗亨·克莱门斯,1833年11月30日出生于美国密苏里州门罗县佛罗里达镇。父亲是一个很不得志的小法官,家庭生活艰难。他4岁时,全家迁居到密西西比河西岸的汉尼拔镇,他几乎是在离家不远的叔叔家的农场度过了自己的童年时代。在农场,他认识了黑人丹尼尔大叔,听这位黑人讲了许多动人传说,受到民间文学的熏陶,并与黑人结下了深厚的友谊。12岁时,他的父亲去世,他不得不外出谋生,先后当过排字工人、矿工、水手、领航员,他的笔名"马克·吐温"是水手行话"12英尺",意思是水够深了,轮船可以安全通过。

马克·吐温

1862年,他当了一家小报的记者,第二年,正式以马克·吐温为名发表作品,主要是以密西西比河的水手生活为题材的幽默小品。1864年,他转到《晨报》和《黄金时代》工作,在西部幽默作家哈特等人的帮助下写作幽默小说。1865年,他发表了第一部短篇小说《卡拉维拉斯县著名的跳蛙》,这部故事集幽默风趣,大受读者的欢迎,使他一举成名,并因此获得了"幽默大师"的称号。两年后,马克·吐温到国外旅行,到过中东和欧洲,途中发表了50多篇通讯。1869年,他将这些通讯编辑成散文集《傻子出国旅行记》发表。这本书用讽刺的笔法,嘲笑了欧洲的封建残余和愚昧落后的宗教习俗,嘲笑了美国人的自大和无知,轰动了美国新闻界和文坛,他因此成为"文坛上的林肯"。1870年,他发表了短篇小说《竞选州长》和《哥尔斯密的朋友再度出洋》,这标志着马克·吐温早期创作的结束。《竞选州长》写独立候选人"我"与政坛老手伍福特和霍夫曼一起竞选纽约州的州长,"我"自信地认为自己"声望好",比那两位经常干"无耻勾当"的对手有更大的优势,然而事情的发展正好相反。由那两个政坛恶棍控制的报纸连篇累赘地将"伪证犯、小偷、盗尸犯、酗酒狂"等莫须有的罪名加到"我"的头上,使"我"有口难辩,成了臭名昭著的罪人。他们还让流氓代表"正义",将"我"的家具通通捣毁。最令"我"惊奇的是,他们在"我"发表演说时,竟然让9个不同肤色的孩子

"抱紧我的双腿，管我叫爸爸"。"我"被弄得焦头烂额，狼狈不堪，只好偃旗息鼓，退出竞选。这部小说运用了夸张和反讽的手法，为美国的所谓民主竞选画了一幅令人啼笑皆非的讽刺漫画，撕下了美国"民主政治"的虚伪面纱，暴露了"民主自由"的幌子下的腐朽和堕落，具有强烈的喜剧效果。《哥尔斯密的朋友再度出洋》是由一个天真老实的华工艾颂喜的几封信组成，主人公艾颂喜听信了美国是人间天堂的诺言，背井离乡来到美国寻找幸福，以为在美国人人平等，人人自由。谁知他刚到港口，就遭警察的棍打和脚踢，行李被没收。后来，他不但被狗咬伤，而且还被关进了监狱。艾颂喜是背井离乡到美国来的千千万万华工的代表，作品用他的不幸遭遇，批判了美国的"民主自由"，表达了对华工的同情。早期的创作已经表现了马克·吐温幽默大师的天才，他以锐利的目光，抓住社会的丑陋面进行了辛辣的讽刺和批判，虽然是开开玩笑，但他的主题是非常严肃的，作品充满了轻松乐观、幽默诙谐的格调。

19世纪70年代到90年代中期是马克·吐温创作的中期，也是他创作最旺盛的时期。随着生活阅历的加深，他对社会有了更清醒的认识，他开始在作品中探讨一些深刻的社会问题，笔锋更加犀利，讽刺更加激烈。这个时期他创作的作品，主要有长篇小说《镀金时代》(1873)、《汤姆·索亚历险记》(1876)、《哈克贝利·费恩历险记》(1884)、《傻瓜威尔逊》(1894)和两部历史题材的作品《王子与贫儿》(1881)、《亚瑟王朝廷里的康涅狄格州美国人》(1889)等，还有一部比较重要的短篇小说集《百万英镑及其他新作》(1893)。《镀金时代》是他的第一部长篇小说，与华纳合作，是一部现实性很强的作品。美国南北战争后出现的经济繁荣掩盖不了社会的腐败混乱，投机像瘟疫一样地弥漫在美国，金钱主宰了一切，每个人都抱有谋求横财、一夜暴富的幻想，整个社会贪污成风，到处是诈骗、贿赂、盗窃的恶行。小说取名镀金时代，形象地反映了这个时代的特征。小说围绕兴建城市、铺设铁路等投机发财的事件展开，塑造了一个靠投机取巧发财致富的小市民典型形象塞拉斯上校，用犀利的笔触，揭露讽刺了美国的政界、司法界、新闻界的种种丑恶行径。《汤姆·索亚历险记》是一部著名的儿童惊险小说。小说以南北战争前美国南部的一个小镇为背景，写一个名叫汤姆的孩子的历险故事。汤姆是一个聪明活泼、富于幻想、喜欢冒险的孩子，他不能忍受学校枯燥无味的教育方式，不满死气沉沉的生活环境，希望能自由自在、无拘无束地生活，因此他追求自由的天性与那些保守古板、虚伪做作的成年人主宰的社会发生了激烈的冲突。作品通过汤姆的故事，讽刺了美国的陈腐呆板的学校教育、迷信落后的宗教和虚伪庸俗的社会风气，指责美国社会束缚了人的自然美好的天性，禁锢了儿童的心灵，妨碍了儿童的健康成长。小说描写儿童的心理惟妙惟肖，情节生动有趣，语言风趣幽默。《傻瓜威尔逊》描写一个身上只有十六分之一黑人血统的女奴罗克森娜，怕自己的儿子被主人卖了，就将儿子与她的白人小主人在摇篮里对调了。她的儿子在白人的圈子里长大，娇生惯养，沾染了白人的许多恶习，最后成了一个罪犯。而那个白人小主人在黑人的圈子里长大,养成了逆来顺受的奴性性格,成了一个驯良的奴隶。小说以喜剧的方式,通过这个离奇的故事,批判了白人的所谓"血统论"。《亚瑟王朝廷里的康涅狄格州美国人》是一部杰出的童话体小说,写的是19世纪美国的一个铁匠汉克·摩根"转世"到6世纪英国的亚瑟王朝廷里,他看到朝廷中的贵族、骑士、教会的僧侣个个都贪婪、残暴、愚昧无知。小说借古讽今,表面上是讽刺骑士时代封建王朝的腐朽暴虐,实质上是批判当时欧洲的君主制度和美国投机商人囤积居奇、滥发债券牟取暴利的行为。作者让这位19世纪的美国人为那个封建王朝创建了一个理想幸福的王国的设想,表达了马克·吐温的社会理想。这部小说将童话的形式与严肃的讽刺主题完美地结合起来,既有趣味性又有深刻的思想性。《百万英镑》写穷汉亨利一次偶然的机会,得到了一张百万英镑的钞票,因此成了轰动伦敦的名人。人们不问这张钞票的真正主人是谁,也不辨它的真假,见到它就欣喜若狂,立刻对亨利产生信任感。他们对这张百万英镑顶礼膜拜,因此对亨利也十分敬畏,一时间荣誉、金钱、爱情向亨利蜂拥而来,令人招架不住。小说用夸张的方式讽刺了金钱万能的美国社会。

1889年,马克·吐温与人合伙经营的一家出版公司倒闭,令他负债累累。为了还清债务,从90年代初开始,他到世界各地作演讲,到过澳大利亚、新西兰、印度、南非等地,创作了大量的游记、杂文。他晚年的作品主要有散文随笔集《赤道旅行记》(1897)、中篇小说《败坏了赫德莱堡的人》(1899)以及历史传记《贞德传》(1896)等。他宣称自己是一个"反帝国主义者",他在10年旅行所见所闻的基础上写了大量的反帝反战的政论文章,著名的有《给在黑暗中的人们》(1901)、《为芬斯顿将军辩护》(1902)和《战争祈祷》(1904—1905)。这些政论文控诉了帝国主义和殖民主义的罪恶,表达了人道主义的立场。晚年的代表作《败坏了赫德莱堡的人》通过一袋金子的故事,无情地撕下了资产者诚实、廉洁、清高的面具,揭露了他们拜金主义的真面目。赫德莱堡实质上是美国社会的缩影,那19位模范公民就是美国资产者的代表。这些人自命清高,被人公认是廉洁、诚实的公民,但他们却为了一袋根本不属于自己的金币你争我斗,丑态百出,最终原形毕露。马克·吐温辛辣地讽刺资产者虚伪的道德,说明金钱已腐蚀了人们的灵魂,美国已病入膏肓,无药可救。由于马克·吐温晚年对人类前途充满了悲观情绪,所以他将自私贪婪作为人类的共性,认为人性的卑劣,使人类陷入不能自拔的罪恶深渊,所以他的幽默中有一种悲凉的意味。马克·吐温对人类前途的悲观情绪来自他的民主主义理想的破灭,这种思想倾向在他死后发表的中篇小说《神秘的陌生人》和杂文《什么是人》表现得十分明显。1907年以后,他开始撰写自传,1910年4月21日病逝于美国的康涅狄格州。

幽默讽刺是马克·吐温小说创作的最显著的特征,鲁迅说他的幽默之中含着哀怨,含着讽刺。他的幽默独具特色,他喜欢贴近生活,选择生活中最具讽刺意义的事物加以漫画式的夸张,让人在捧腹大笑之余对现实进行深刻的思考,使幽默具有丰富的现实内容。他的作品往往是叙述者一本正经而所叙述的故事却荒诞不经,两者形成鲜明的对照,由此产生令人发笑的喜剧效果。他喜欢用亦庄亦谐的揶揄挖苦,用通俗易懂的"林肯式"的大众幽默达到引人发笑的效果。由于马克·吐温早期对美国资产阶级民主抱有幻想,所以他的早期作品幽默乐观诙谐,讽刺中带点嘲弄的意味,而在中期的幽默讽刺中批判的成分则增强了,晚年随着他的民主理想的破灭,他早期幽默中的诙谐逗乐被尖锐的讽刺和无情的揭露批判代替,而且还有一种悲凉的色彩。

二、《哈克贝利·费恩历险记》

小说的故事发生在美国南北战争前,在南部的一个小镇,哈克贝利·费恩是一个不受管束的孩子,为了逃避酒鬼父亲的毒打,不愿意过寡妇道格拉斯太太为他安排的"体面、规矩"的生活,他逃到了一个离小镇不远的荒岛上。在岛上他遇到了华森小姐的黑奴吉姆,吉姆因为不愿意被华森小姐卖到别处去而藏到岛上。于是两人商定一起乘木筏顺着密西西比河而下,到一个不买卖黑奴的"自由州"去。一天他们好心救了两个被追捕的人,想不到这两个人竟是作恶多端的骗子,他们一个自称"皇帝",一个自称"公爵"。后来这两个骗子为了得到一笔赏金背着哈克出卖吉姆。哈克十分伤心,决定要救出吉姆。后来汤姆来了,告诉他一个好消息,华森小姐临死时宣布吉姆为自由人。

《哈克贝利·费恩历险记》不但是马克·吐温的代表作,也是美国文学史上最重要的文学作品。海明威说:"全部美国文学起源于一本叫《哈克贝利·费恩历险记》的书……这是我们所有的书中最好的一本。"它无论是思想上还是艺术上都达到了很高的水平。

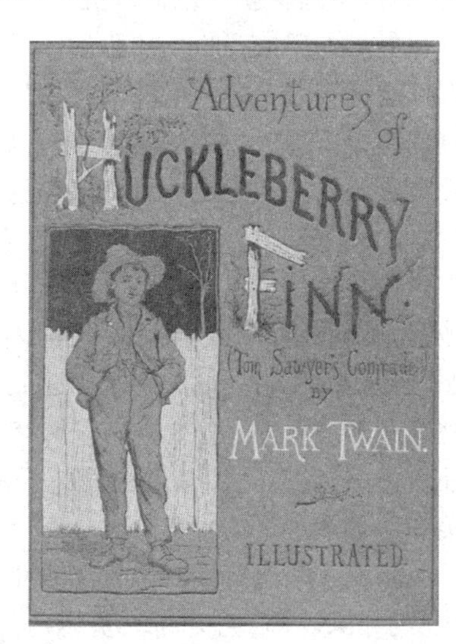

《哈克贝利·费恩历险记》书影

这部小说以丰富的思想内容,多方面地表达了马克·吐温的民主主义思想。反对种族歧视和种族压迫是小说的主题。南北战争以后,美国虽然在法律上废除了蓄奴制度,但黑人受奴役、受歧视的社会地位并没有得到根本性的改变。因此,这部作品以废奴运动之前一个白人少年帮助黑奴逃跑并与黑奴结下了深厚的友谊的故事,鲜明地表达了反对种族歧视的主题,具有现实的意义。小说塑造的白人少年哈克的形象,寄托了马克·吐温的民主主义理想,他将维护人类淳朴、正直、善良的品格的愿望寄托在小主人公身上,反映了他对那个时代的有浓重的种族歧视思想的成年白人的失望。小说通过哈克的经历和所见所闻,描绘了美国密西西比河沿岸美国内地的生活面貌。阿堪索镇就是美国内地的一个缩影,它破旧衰败,令人不堪入目,居民都贫困懒散,精神趣味低下,愚昧无知。哈克沿途见到的都是强盗横行、骗子乱窜的情景。这些人巧取豪夺,贪婪无耻,下流到了极点,说明了美国社会到处充满了罪恶和衰败,这个号称民主自由的国度,实际上与自由是格格不入的,以此批判了美国的社会现实。作品成功地塑造了哈克与吉姆两个生动鲜明的人物形象。哈克是一个聪明机智、心地善良、正直无私的白人少年,他不愿受"规矩"和"礼节"的束缚,不满学校陈腐呆滞的教育方式,喜欢自由自在地生活,他不与周围的环境苟合,顽强地追求自由和独立,形成了一种令人赞叹的"哈克精神"。在与吉姆结伴而行的日子里,哈克开始时受种族歧视的影响,把吉姆当作黑奴看待,搞一些恶作剧来戏弄吉姆。相处一段时间后,哈克发现吉姆诚挚忠厚,是"一个好黑人哩"。吉姆像其他的白人那样记挂家人,是有血有肉的人,而不是像白人说的那样野蛮无情,没有人性。患难见真情,最后他们两个成了生死与共的好朋友。帮助黑人逃跑在当时是大逆不道的事情,死后是要下地狱的,因此,在帮助吉姆逃跑的路上,哈克也曾经自责,甚至写信给华森小姐,告诉她吉姆的行踪,但他最后还是将信撕毁了。他想到一路上吉姆无微不至地关心照顾自己,出卖吉姆这个好人于心不忍,于是他就抱着"下地狱就下地狱"的决心,决定再也不动告密的念头,与吉姆一起到自由州去永不反悔。哈克的心理矛盾形象地反映了人的自然美好的天性与违背人性的种族歧视之间的冲突,最终是"健全的心灵战胜了畸形的意识"。作者以哈克抗拒了种族歧视的影响、与吉姆平等相待的行为,张扬了人类淳朴的天性,呼唤人们用淳朴的天性来荡涤种族主义者在人们心灵中涂染的污垢,捍卫资产阶级的民主理想。吉姆是一个黑奴,但他不逆来顺受,听从命运的摆布。他冒着生命危险从主人家逃出来,与白人少年哈克为伴,一起去寻找自由的家园。他有一副"无私的好心肠",一路上照顾哈克,甚至冒着失去自由的危险留下来照顾受伤的汤姆。他的感情丰富,为自己盛怒之下打过女儿一巴掌后悔不已,逃跑在外还不停地思念亲人。作者描写吉姆身上具有勇敢坚强、真诚无私、向往自由的优秀品格,有力地驳斥了种族偏见,寄予了作者对黑人美好品德的赞美和对种族主义的鞭挞。

马克·吐温的作品散发出浓郁的乡土气息,他是第一个将文学创作"美国化"的作家。《哈克贝利·费恩历险记》是美国现实主义文学的典范。主要艺术特色有以下几个方面:第一,现实主义的客观描写与浪漫主义的主观抒情完美地结合在一起。作者在冷峻地描写密西西比河沿岸小镇的衰败鄙陋、居民的愚昧贫困的同时,又满怀深情地描写两岸如诗如画的自然风光。让丑恶的社会与美丽的自然风光形成鲜明的对比,表达作者对现实的不满和对美好生活的向往。作者常在用现实的笔触描写一场血腥的暴行之后,用抒情的笔法描写迷人的自然风景和淳朴的水上生活,这样既舒缓了气氛又使作品情景交融,具有浓郁的抒情气氛。第二,小说故事情节生动曲折,蕴含丰富的情感内涵。马克·吐温是一个说故事的能手,他的阅历丰富,对生活有深刻的感受,他没有受过“正规”的创作训练,不愿受各种“写作技法”的束缚,写作时喜欢“率性而为”,凭借情感支配一气呵成,故事娓娓动听,引人入胜。第三,将轻松的幽默和辛辣的讽刺融为一体。作品行云流水般地向读者讲述了一个又一个幽默的故事,但幽默之中常伴有犀利的讽刺,如写两个骗子“皇帝”和“公爵”到处招摇撞骗的故事,作者在描写他们荒唐的行骗伎俩时,给予了辛辣的讽刺。第四,大量地使用经过提炼的方言和俚语,语言生动形象,朴实无华,具有民族特色。作家对密西西比河沿岸的风土人情非常熟悉,他大量地吸收了密苏里地区的方言和黑人的俚语,语言表达生动、准确、富有感染力。第五,细腻地刻画了儿童心理。马克·吐温对儿童心理非常熟悉,他笔下的儿童都聪明勇敢,不愿受传统和礼节的约束,他们身上还保留着自然淳朴的天性。作品中哈克的心理矛盾刻画得非常细腻,他一方面认为吉姆是好人,自己应帮助他去寻找自由,但同时又觉得自己在犯罪,害怕将来要下地狱,他想告发吉姆,写了一封信给华森小姐,但想到吉姆对自己的种种关心和帮助,心理又矛盾起来,“只要是他(吉姆)想得起的事,他总是在拼命地照顾我……想到这儿,我恰好转过身来,一眼就瞧见了那封信……我浑身哆嗦起来,因为我得打定主意,在两条路中选定一条,永远不能反悔……我琢磨了一会儿,好像连气也不敢出似的,随后才对自己说:好吧,那么下地狱就下地狱吧——接着我就一下把它扯掉了。”这段心理描写既真实又有趣,符合哈克的个性。

第八章

19世纪自然主义和其他文学流派

第一节 概 述

19世纪下半叶的欧洲文学,现实主义方兴未艾,古典主义消退殆尽,浪漫主义余波犹存,此外又陆续出现了好些新的流派,其中影响最大的是源自法国的自然主义、象征主义和唯美主义。

一、自然主义文学

"自然主义"一词最初是指学者所从事的博物史工作,而后又指自然科学和生物学。19世纪,该词进入美术领域。1865年,左拉以"自然主义"指称初露端倪的一种文学流派,并逐渐对这种文学流派进行了系统性的理论阐述。从此,"自然主义"便成为文学史、文艺学和美学等领域的一个特定范畴。19世纪60年代的法国,随着工业革命的基本完成,工业发展领先全欧,进入了一个科学主义时代。科学技术的飞速发展和推广普及极大地冲击了社会心理和文化观念,神学意识面临危机,各种弘扬科学主义的理论争相问世。

在文坛上,50年代以前以巴尔扎克为代表的作家们竭力倡导写实并在实践中树起了不朽丰碑,但他们沿用浪漫主义旗号,理论上未形成独立的完整体系,创作上多承袭浪漫主义因素,致使不合时宜的浪漫主义仍然不乏生机。而且,他们着重描写社会生活中经济关系的创作倾向,到了自然科学风靡于世的60年代,也面临着新的挑战。

在新兴的哲学和自然科学理论中,实证主义、遗传学说和决定论对许多作家的观念更新造成了深刻影响,成为自然主义文学的理论先导。"实证"一词含"实在""确定""精确"之义。孔德(1798—1857)的实证哲学只研究具体的事实和现象,把一切现象看成不变的自然规律。他强调艺术要探索人,认为个人的社会性取决于生理条件,主张以人的病理状态作为道德研究的基础。泰纳(1828—1893)则把孔德的观点进一步引入文学研究,提出了决定文学发展的"种族、环境、时代"三要素的理论。种族包括人的先天的、生理的、遗传的和特定民族影响等因素,环境包括物质和社会两重因素,时代包括文化和当时占优势的观念等因素。他主张描写特定时代、特定环境、特定类型的人物形象,综合研究人所受到的各种影响,特别是种族影响。以吕卡斯医生为代表的"自然遗传论”把一切肉体和精神的病例都归结为跟遗传有关，并且把遗传分为先天与后天两种，生育具有先天性，但个体又存在独特性和个性，所以兄弟有不同。他认为遗传可表现在外部相似或内部（头脑、神经系统）相似，一个家族成员的过失可影响整个家族，如酗酒、纵欲、犯罪、疾病等都会遗传。他还提出隔代遗传、父母的遗传有选择性等观点。至于“决定论”，则是贝尔纳医生对自己的世界观方法论的命名，它“就是承认随时随地都有规律”，认为研究任何事物的性质都必须探讨其特性和环境，承认自然界的客观因果性、必然性和规律性。这一理论成为当时医学界、哲学界和文学界的权威理论。

巴尔扎克的英年早逝使法国文坛一度失去支柱。1857年，福楼拜的长篇小说《包法利夫人》发表后，在人们由衷欢呼“巴尔扎克复活了”的同时，评论界盛赞其“具有解剖学家和生理学家的素质”，“把一种崭新的思维方法应用于文学”，“在文坛上产生了类似革命的效果”。福楼拜反复强调“客观而无动于衷”的创作原则，认为“小说是生活的科学形式”，“文学将越来越采取科学的姿态”，作家应该以科学的态度真实全面地描绘生活，不应夸大一点不及其余；主张作家退出小说，不让自己的情感和倾向在作品中流露出来。福楼拜实际上成了自然主义文学的理论先驱。

爱德蒙·龚古尔（1822—1896）和于勒·龚古尔（1830—1870）兄弟合写的《翟米妮·拉赛特》（1865）为自然主义小说观念的形成提供了契机。作品描写了拉赛特一生悲惨的生活经历。她14岁到咖啡馆当侍女，身体刚发育时就遭富人诱奸，怀孕不久又小产。接着去乡村牛奶店做女佣，跟少年杰皮罗姘居，生下一子。在再度怀孕时被杰皮罗遗弃，她于是喝烈性酒白兰地堕胎。后来她又跟一油漆匠私通。终于沦为妓女，最后病死路旁。龚古尔兄弟以他们家女仆罗斯的生平纪实为蓝本写成了这部长篇小说。作者对导致主人公悲剧命运的社会原因涉及甚少，而是像医生分析病例一般，从生理学、遗传学、病理学等角度渐次研讨拉赛特步步走向堕落的各个阶段，其间特别强调悲剧的决定性因素在于饮酒和纵欲。

龚古尔兄弟

爱弥尔·左拉（1840—1902）是自然主义的理论家和代表作家。其理论体系的基本观点为：强调真实性，主张文学应无一例外地、完整地再现自然；鼓吹科学性，认为文学创作就是对人的科学研究和科学实验，主张作家创作运用生理学、遗传学理论及其实验方法；倡导纯客观性，提出“非个人”原则，要求作家做解剖学家,完全消失在所叙述的情节后面,不要夸张,不要强调,只要记录事实。

左拉又是自然主义的领袖。70 年代末,当发表了长篇小说《小酒店》而一举成名之后,他在巴黎近郊梅塘购置了一栋别墅,经常邀集一批青年作家在那里聚会,并以“梅塘集团”命名。他们共同开拓自然主义阵地,促成了自然主义文学运动的勃兴。莫泊桑(1850—1893)在“梅塘集团”中脱颖而出,成为一代名家。该团体中的著名作家还有阿尔封斯·都德(1840—1897),他的短篇名作《最后一课》《柏林之围》都取材于普法战争。《最后一课》的故事发生在洛林省内的一所小学里,全部情节以小弗朗士的叙述角度步步展开。早晨,小弗朗士去上学,对路上有些异样的情景并未引起注意。走进教室,他看见韩麦尔老师穿戴十分齐整,教室后排坐满了神情忧愁的镇上人,教室里由喧闹迅速转为肃静,这一切都使他感到情况很不平常。上课了,他听到一向严厉的韩麦尔的声音变得又柔和又严肃。韩麦尔在恳切沉痛地进行自我责备之后,激动地赞美法国语言是“最美的”,是开启心灵的“钥匙”。到了下课时间,他看到脸色惨白、嗓子哽塞的韩麦尔用全力在黑板上写下了“法兰西万岁”。小说的结构集中、紧凑,通篇都是语言、表情、动作和场景的客观描写,既生动刻画了小弗朗士由幼稚淘气到成熟深沉的性格发展过程,又深刻反映了法国人民不屈的民族气节和强烈的爱国精神。《柏林之围》以新颖别致的构思讲述了一个催人泪下的故事。中了风的懦夫上校由于一再听信小孙女不断向他编造的法军获胜的假战报,病情日渐好转。而当普鲁士军队攻陷巴黎的真相暴露之时,他呼喊着“快拿武器”轰然倒地而死。作品着重描写人物在各种战报面前的情感反应,塑造了一个法国军人的高大形象。小说采用虚实结合、悲喜相衬的手法渲染了浓重的悲剧气氛。

19 世纪 80 年代,自然主义流传到欧洲各国。在德国,盖尔哈德·霍普特曼(1862—1946)发表了以自然主义手法再现德国社会矛盾的剧作《日出之前》。在英国,乔治·吉辛(1857—1903)和莫里森(1863—1945)的小说从遗传学和病理学的角度描写英国贫民生活。在瑞典,斯特林堡(1849—1912)创作了《朱丽小姐》《债主》等欧洲自然主义典范剧作。

自然主义的渊源可追溯到古希腊的“模仿说”,它跟现实主义同属写实文学范畴。自然主义作家在创作实践中不同程度或时有不同侧重地采用现实主义审美方式和表现手法,在理论探索中又往往奉现实主义名家为先祖。但自然主义刻意追求现实主义经验跟科学意识相结合,把文学的真实性推向纯客观化,对人的描写虽不排斥社会性一面,但更着意于生物性一面。于是,它在文学运动中别树一帜,既对浪漫主义的主观性作了有效反拨,又背弃了现实主义的典型化原则。它在文化观念上创新超前,荡涤了古希腊以来蒙在人类“认识你自己”问题上的种种神话幻影,为传统理性主义文化向现代非理性主义文化的嬗变提供了中介。但自然主义偏执于当时的遗传学等理论,致使真实性中杂有谬见。又由于作家们热衷于解剖人性,并往往重笔展示原欲,因此曾招致较长时间的非议。还有,作家们注重细节真实且讲求完整实录,文风就不免繁冗琐碎。然而,对于20世纪小说观念中许多新的形态,诸如作家退出小说、情节淡化、追求生活的原生态、注重人物内在气质和心理变态、"非英雄"人物模式等等,自然主义无疑起了先导作用。

二、唯美主义文学

19世纪下半叶,欧洲资本主义长足发展,工业文明的恶性膨胀激化了社会矛盾,"世纪末"情绪迅速蔓延。在法国,普法战争、巴黎公社运动、德雷福斯冤案等震惊世界的重大历史事件接踵发生。一些浪漫派作家面对物欲泛滥、动荡不安、暴力横行的社会新秩序,理想失落,诗情消弭。他们不去追随现实主义和自然主义,而从康德等人的哲学思想中寻觅审美蹊径,先后形成唯美主义和象征主义两个流派。由于苦闷悲观是两个流派的共同倾向,也就被合称为"颓废派"。"颓废"一词既指某种不健康的生活态度,又专指某种文艺风格,后者跟前者有联系,但不含特别贬义。

唯美的观念源于德国古典美学思潮和英国浪漫主义运动。歌德认为艺术作品是独立的有机体,席勒提出把美作为一个自足而独立的"美的显现"。柯勒律治和济慈也从不同角度发表过唯美主张。而康德则为唯美主义提供了理论根据,他强调美的主观性、无功利性和纯粹性,认为美感"是纯主观的自由的愉快,不夹杂任何利害感,在纯粹的具有普遍性的不借助概念的鉴赏判断中得到",提出了"无目的之合目的性"的美感学说。

法国诗人泰奥菲勒·戈蒂耶(1811—1872)是唯美主义的先驱。他引申《模斑小姐》序言中美国文艺评论家爱伦·坡的"纯艺术"观点,倡导"为艺术而艺术"。他在小说中宣称:"唯有不为任何事物服务的东西才是美的,凡是有用的东西都是丑的。"他认为:"我们相信艺术的独立自主,艺术对于我们不是一种工具,它自身就是一种目的。在我们看来,一个艺术家如果关心到美以外的事,就失其为艺术家了。"诗集《珐琅和雕玉》(1852)是他的代表作,他以画家的眼光纯粹从色、光、线条、浮雕的效果出发,反复咏叹自然美、人体美和艺术美,刻意创造赋予人的感官,特别是视觉方面的美感。

受戈蒂耶的影响,60年代法国出现了阵容可观的帕尔纳斯派唯美主义团体。领袖人物勒孔特·德·李勒(1818—1894)认为艺术的最高任务是实现美,艺术独立于真理、功利和道德。该团体成员之一邦维尔写的《法国诗歌格律简论》,当时被视为诗歌写作指南。

19世纪下半叶,唯美主义在英国迅速发展。作家、批评家约翰·罗斯金(1819—1900)在英国被称为"美的使者"达50年之久,其观点对维多利亚时代的审美观造成重大影响。他认为对美的感受能力来自“道德知觉”。他推崇哥特式建筑是体现了基督教的“真理、牺牲和顺从”三大美德。他把美分为“典型的”和“生命的”两种,前者指自然界无机物的美,是上帝创造的完全而永恒的美;后者是生物身上体现的美。他又把人的美分为肉体美和精神美,认为精神美影响肉体美。作家、批评家瓦尔特·佩特(1839—1894)把罗斯金的观点发展成系统理论,所著的《文艺复兴史研究》(1873)的结论部分是唯美主义的宣言。他认为艺术的目的是培养人的美感,艺术欣赏强调刹那间的美感,人生的意义就在于充实刹那间的美感享受;艺术的生命开始于感觉和印象的生动丰富,艺术美是跟现实无关的形式之美或纯美。

《道林·格雷的画像》电影剧照(1945)

英国作家、诗人奥斯卡·王尔德(1854—1900)是唯美主义的代表。他的长篇小说《道林·格雷的画像》(1891)是唯美主义的代表作品。主人公格雷有两个朋友:画家贝泽尔和亨利勋爵。画家为他画了幅肖像,他如获至宝,希望自己永远像肖像那样年轻貌美。勋爵授以享乐主义,他便无所顾忌地为所欲为,甚至犯罪。当看到自己美貌依旧,他更加自得,亦愈堕落。可是他的肖像却逐渐变老变丑。在他致使爱恋他的女演员自杀时,肖像的嘴角露出了残忍;当他另觅新欢时,肖像的脸上出现了欲望。为此他竟把画家杀死,肖像的双手上顿时鲜血淋漓。他生怕被人识破真相,就向肖像的心脏一刀刺去。岂料刺中的却是自己,他应声倒地成了一具形容枯槁的尸体,而那肖像重又变得华美如初。作者以这个故事象征艺术美的神圣和永恒。诗剧《莎乐美》(1893)是王尔德的又一代表作。该剧借用《圣经·新约》题材,写女主人公不顾一切地追求瞬间美感享受的满足。王尔德认为“为艺术而热爱艺术,你就有了所需要的一切”;“只有崇拜艺术,把它看得至高无上,艺术才显示出自己的真正财富”;“讲述美而不真实的故事,乃是艺术的真正目的”。

唯美主义的基本原则在于超功利的艺术主张和唯美形式的追求两个方面,这就颠覆了艺术形式为思想内容服务的文学传统,因此长期被贬斥为“形式主义”。但唯美主义拓宽了美的领域，如把怪诞、颓废、丑陋、乖戾等现象纳入了艺术表现范围。在文学发展史上，它既是象征主义的先导，又对20世纪的文学造成了影响。

三、象征主义文学

象征主义流派的兴起，与19世纪中叶以后流行的唯心主义哲学密切相关。康德的先验唯心主义认为，空间、时间、因果性并不是自然界本身的特性，而是出自人类先于经验、不以经验为转移、成为一切经验的条件的认识能力。叔本华将康德这种意志高于理性的观点跟柏拉图的理念论相结合，首创了非理性主义哲学。他提出“世界是我的表象”，呈现在人们面前的世界只是主观的心影。他认为理性是意志的奴仆和工具，不能通向真理，只有直觉才能到达绝对真理。于是，通过不同感觉的材料，去把握主观和客观之间的隐秘联系就成了象征主义的理论支点。

“象征”一词源于希腊语的动词，意为“放在一起”，相应的名词是“标志”。黑格尔认为“象征首先是一种符号”，“象征所要使人意识到的却不应是它本身那样一个具体的个别事物，而是它所暗示的普遍性事物”。作为一种表意手段，象征在远古时代就被采用，原始社会的图腾、文身、饰物等就是初民观念的外化。后来逐渐积淀成颜色、图形、器物等形式的象征物，作为各民族传统观念的固定标志。作为一种艺术手法，象征是用具体事物来比拟有相似点的思想和情感，如以狮子象征力量，以青鸟象征幸福等。浪漫主义文学中出现了较多的象征，如雪莱、海涅的诗，霍桑、麦尔维尔的小说。这种处于萌芽状态的象征主义到19世纪中后期为唯美主义所催化。唯美主义强调形式、追求表现力和重视瞬间感受等主张给了象征主义直接启迪，波德莱尔、魏尔伦、兰波、马拉美等都曾是唯美派成员。

波德莱尔（1821—1867）是象征主义先驱。他在50年代提出“通感”论，发表诗集《恶之花》，为象征派的形成开辟了道路。

诗人让·莫瑞亚斯（1856—1910）在1886年发表的《象征主义宣言》中，打出了象征主义旗号，成为象征派出现的标志。

魏尔伦、兰波、马拉美是象征派的代表。保尔·魏尔伦（1844—1896）的诗集主要有《忧郁诗章》《佳节集》《无题浪漫曲》和《明智集》等。他善于抒写个人的忧思、爱情和失恋，作品富有音乐性。《无言的情歌》中的《泪洒在我心头》融诗与歌为一体，用音律营造出一种哀伤的情感氛围，音色低沉，韵脚单调，跟诗人无以名状的苦闷愁绪相对应。《秋歌》一诗借用小提琴的呜咽声、缓慢沉重的钟声等抒情，把很长的诗句拉成一连串音节很少的短行，欲断还连，如诉似泣，以浓重的秋色悲凉音响象征内心诉不尽的怨忧。

阿尔蒂尔·兰波（1854—1891）的长诗《醉舟》写喝醉的诗人随波逐流泛舟

大海,摆脱了“纤夫”“舵”“锚”等外界的束缚,看到了层出不穷的怪异景象,以此比拟感官麻醉、心灵开启的诗人抵达“未知”境界后的感受。他在《元音字母》一诗中使 A、E、I、U、O 这 5 个元音各具颜色、音响、气味和动作,同时作用于人们的视觉、嗅觉、听觉和感觉,用以表现诗人对字母的象征意义的感受。

斯泰凡·马拉美(1842—1898)是最典型的象征派诗人。1884 年后的十余年中,每逢星期二下午总有不少青年诗人到他的巴黎寓所听他谈诗。他认为诗的使命在于用不平常的艺术手法,揭露隐藏在平凡事物背后的“绝对世界”。只有绝对的境界才是最高的理想。他的诗用字和押韵别出心裁,常将毫不相干的形象搭配在一起,出人意料。初读会感到晦涩,细读才能渐渐意会到深邃意境。长诗《一个农牧神的下午》熔梦幻象征于一炉,集诗、画和音乐为一体,在蒙眬的色调和悠扬的牧笛声中,森林、湖泊、赤裸的仙女和轻盈洁白的纱裙构成了一幅奇幻图景。虚虚实实,恍恍惚惚,看不真切,难以把握,表现了一种纯美境界。瓦雷里称此诗为“法语文学中无可争议的最精美的诗”。根据此诗,德彪西创作了同名交响乐,莫奈创作了不朽名画。

象征主义的基本特征在于:借助感官可及的具体事物作为意象,用以暗示相对应的抽象情感;强调想象的作用,认为主客观之间、宇宙万物之间都能产生相互感应的“交感”,注重视觉、听觉、嗅觉、触觉的“通感”;追求诗歌跟音乐、绘画的结合和语言的不同组合,形式简练和谐,韵律多变。象征主义从内容到形式都打破了过去的传统,既超越了唯美主义对造型美的关注,重在抒写个人感情;又超越了浪漫主义对喜怒哀乐的夸张描写,把笔触深入内心不可捉摸的隐秘。而且,浪漫主义强调美丑对照,并在丑中见美,象征主义则集中写丑,以真实的丑入诗,使之成为艺术形象后产生美感。象征主义作为一个流派,自 1891 年起已经解体,但作为一种艺术风格,它不仅在 1890 年代传入英、美、德、俄和西班牙等国,而且对 20 世纪的世界诗坛产生了十分深远的影响。跟 20 世纪 20 年代以后的象征主义相对,它又被称为前期象征主义。

第二节　左　拉

爱弥尔·左拉(1840—1902)是一位对 19 世纪下半叶欧洲文学在理论上做出特殊贡献,在创作上取得杰出成就的法国小说家。

一、生平与创作

左拉 1840 年 4 月 12 日出生于巴黎一个建筑师家庭,在欧洲骑士文化的策源地普罗旺斯的埃克斯城度过童年和少年。7 岁丧父之后家境十分艰难。中学时代开始文学创作。1858 年随母迁居巴黎,因法语不好两度考大学落榜,又谋职无着而饱受失业之苦。1862 年进阿舍特书局当仓库打包工,在那里结识了实证主义文学批评家泰纳。他白天工作10个小时,晚上埋头创作。1866年辞去职务,专门从事小说创作。

爱弥尔·左拉

左拉特具一种矢志不移的创新精神。“我不愿走任何人走过的路……我想寻找一条还没有人走过的小路”,“我喜欢困难,喜欢做难以做到的事”,是他的人生格言。初涉文坛,他一度崇拜拉马丁、雨果、缪塞等浪漫主义诗人,处女作中短篇小说集《给妮侬的故事》(1862)和其他早期作品富有浪漫色彩。1864年,他就古典主义、浪漫主义、现实主义三大创作方法提出了“屏幕理论”,宣称“我的全部好感是在现实主义屏幕方面”,跟浪漫主义分道扬镳。此后他一面攻读哲学和自然科学理论,一面钻研文学大师们的创作,逐渐形成独特的文学观。

1864年,左拉接受了泰纳的“三要素”论,称泰纳为“自然主义哲学家”,表示要广泛运用泰纳的方法。同年,他又被达尔文的生物进化论深深打动,开始对人的生物性大加关注。1865年,贝尔纳的《实验医学研究导论》使他决意将科学的方法引进小说创作,确认决定论作为理论探索的坚实基础。此时,龚古尔兄弟发表的以生理病例为描写内容的小说《翟米妮·拉赛特》引起了他的极大兴趣。他在撰文评论龚古尔兄弟的创作时,把新文学的特征概括为:描写人的气质,探求“充分的人性”,毫不“遮盖人的尸体”。1867年,他发表了自诩为“对生理学和心理学的伟大研究”的长篇小说《戴蕾斯·拉甘》。作品描写的女主人公戴蕾斯不堪生理欲望的压抑而婚外偷情,继而与情人合谋害死丈夫,事后虽百般挣扎却无从摆脱负罪感的折磨,由心理变态而精神失常,终至自杀。翌年,左拉又推出了描写隔代遗传影响和病态爱情心理的小说《玛德莱纳·菲拉》。1869年《戴蕾斯·拉甘》再版时,他在序言里首次自称“自然主义者”。

受泰纳启发,左拉自1864年起的十多年里,认真研究了巴尔扎克、司汤达和福楼拜的创作。他高度评价巴尔扎克通过生活场景的展示活现整个社会广阔画面的成就,称巴尔扎克为“自然主义小说的创建者”。他十分赞赏司汤达心理描写的造诣和暴露黑暗的胆识,称司汤达为自然主义小说之父。他向福楼拜虚心求教,称福楼拜为“本世纪的先驱”,奉《包法利夫人》为自然主义小说的典范。

1868年,左拉拟订了一个创作《人间喜剧》式的连续性大型作品的宏伟计划,作品总名《卢贡-马卡尔家族》。他师承巴尔扎克,又志在超越。1868年至1869年,左拉研读了勒图尔诺医生的《激情生理学》和吕卡斯医生的《自然遗传论》,从而把遗传看成了研究人和社会的头等重要法则。他给构思中的巨著立了副标题——“第二帝国时代一个家族的自然史和社会史”,宣称创作目的在于“研究一个家族中的血统和环境问题”,以及“用事实和感觉描写出这个时代的社会面貌,在万万千千风俗和事件的细枝末节中刻画出这个时代”。他把卢贡-马卡尔家族的世系画成一幅树形图作为结构基础,不断增添分支,每支树丫将创作一部小说。1869 年至 1893 年,左拉根据家族的世系分支图完成了 20 部 31 卷小说,共 600 万字。全书内容广泛,涉及政治、军事、宗教、不动产投机、商业、金融、工人生活、农民、科学、艺术、交际界等等第二帝国社会生活的方方面面,描写了约 1 200 个各行各业各具个性的人物,构成了第二帝国时期的一部史诗。

《卢贡家族的家运》(1871)是全书的第一部,它以路易·波拿巴政变为背景描写了家族发展的初始阶段。老祖宗阿戴拉意德·福格是个受父亲遗传影响的精神病患者,她活了一百多岁,有过两次婚姻。18 世纪末她嫁给健康的园丁卢贡,所生的后代多数健康,但也有少数受母体遗传影响而患有精神病。卢贡死后她跟神经不正常、酗酒成性的私货贩子马卡尔同居,所生的后代都因遗传因素而患有各种先天性疾病。卢贡之子皮埃尔是个波拿巴主义者,他和两个儿子在政治投机中发迹;他的外甥及其女友是共和派,在反政变斗争中献出了生命。这是全书的序幕,在以后的作品里,卢贡血统的后代多为金融家、医生、政治家等上流社会人士,而马卡尔血统的后代多为工人、农民、店员、妓女等下层社会成员。两大家族的后代各有不同境遇和结局,社会原因和生理基因此起彼伏地交织成第二帝国的兴衰史,遗传的作用则贯穿社会矛盾演变的始终。

全书第六部小说《小酒店》(1877)里的洗衣工绮尔维丝是马卡尔家族的第三代,她曾以勤奋劳动创造幸福家庭,但灾难接踵而至。先是做盖房工的丈夫从屋顶摔下致残,一头扎进小酒店沦为酒鬼。接着是以前的情人趁机纠缠,使她肩负养活两个男人的重压。难以招架的穷困折腾得她心灰意冷,以致染上酒瘾,终于跟丈夫一起惨死。小说采用写实手法,既暴露社会的不公和工人的不幸,也不回避工人酗酒斗殴、纵欲堕落和未成年少女偷看男女性爱等生活现实。这是法国第一部取材于工人生活的小说,描写十分逼真生动,发表后使左拉的名字在巴黎家喻户晓,作家从此摆脱贫困。

小说《娜娜》(1880)的发表再次引起轰动,娜娜是绮尔维丝的私生女、马卡尔家族的第四代,她 16 岁失身而沦为暗娼,成年后因全裸扮演金发爱神而成为巴黎艺坛名角。伯爵、侯爵、银行家、证券大王、军官等“社会名流”耽于性崇拜而为她挥金如土,她的出卖肉体由原先的求生手段变成了报复行为。当她患疾腐烂而死之时,正值第二帝国崩溃前夕。小说以人的生物属性为轴心,采用向心结构展示特定的社会关系,形成了尖锐深刻的现实批判力度。

《巴斯卡尔医生》(1893)是全书的最后一部,而《崩溃》(1892)则是第二帝国“社会史”的末篇。《崩溃》运用白描手法再现普法战争,肯定普通人的爱国精神，揭露统治者的背叛和国家制度的腐败。

1880—1881年间，左拉连续发表了《实验小说》《自然主义小说家》《戏剧中的自然主义》等论著，创立了完整的自然主义理论体系。

1890年代到20世纪初，左拉又创作了《三名城》和《四福音书》两组长篇小说。1894年，法国发生德雷福斯大冤案，左拉拍案而起，一再发表声明并公开致信总统呼吁正义，引起国内外强烈反响。1898年他被当局无理判刑罚款，不得不逃亡到英国一年。

1902年9月29日，左拉在巴黎寓所死于煤气中毒。

左拉一生笔耕不辍，创作成果之丰硕世所罕见，长篇小说而外，还有数量十分可观的中短篇小说和剧作。他的作品对19世纪后半期法国社会生活作了全景式的客观展示。在法国，他第一个使工人成为文学的主要描写对象。场景壮观、气势恢宏、笔力酣畅遒劲、出色的群像刻画和逼真的细节描写等等构成了他小说艺术的独特魅力。他的自然主义理论探索和创作实践，虽受当时遗传论等伪科学局限而有失偏颇，但他的杰出贡献在于开拓了文学描写人的生理性的新领域，突破了古希腊以来积淀深厚的将人神化的传统，对现代小说观念的形成和现代非理性文化的出现都产生了深远影响。

二、《萌芽》

《卢贡-马卡尔家族》之十三《萌芽》(1885)是左拉继《小酒店》后又一部描写工人的力作，是左拉一生创作中思想水平和艺术风格的最高体现。

在法国的共和历里，“萌芽”是春季的一个月份(播种月)的名称，是大地回春种子发芽的季节。左拉引此作为书名，意在象征工人斗争的幼芽将在20世纪蓬勃生长。

19世纪80年代，法国工人运动高涨，矿工罢工风潮尤为活跃。《萌芽》取当时的罢工首发地蒙苏累明矿区为故事发生背景，围绕中心人物艾坚·朗杰的活动经历展开全部情节。艾坚·朗杰本是个跟国际劳工联合会有联系的青年机器工人，因信仰社会主义跟工头发生激烈冲突而被里尔铁路工厂解雇，于是来到蒙苏矿区打工。他埋头苦干又能读会写，赢得了矿工的信任。他在矿区组织互助会，启发矿工觉悟。当矿主推行新工资制和罚金制、矿井失事矿工遇难之时，他和矿工马厄领导了罢工，但遭到了在矿工中享有威信的小酒店店主赖赛纳和俄国流亡贵族苏瓦林的反对。他的朋友普鲁沙前来声援鼓动，上万名矿工加入了国际劳工联合会。罢工持续一个月后，许多矿工为饥饿所迫重下矿井复工。艾坚率三千坚定者又发动了声势浩大的游行示威。矿主调集宪兵武装镇压，马厄等一批人被打死。艾坚萌生妥协念头，遭到马厄嫂等的嘲骂，赖赛纳趁机取代艾坚。苏瓦林破坏排水设施使矿井遭淹，矿工们奋力救险。被淹埋的矿工中唯有艾坚幸存，矿主开除了他，马厄嫂原谅了他。他离开矿区时，感到自

《萌芽》插图

己已经成熟,也相信矿工们会把斗争坚持下去。

在着手写该小说之前,左拉为了实现“宣告将来,提出一个将是20世纪最重要的问题”的创作意图,曾跑遍刚发生过罢工的昂赞矿区,住矿工家,跟矿工一起下井和集会,搜集了有关罢工的各种素材。因此,《萌芽》在真实深刻地再现工人的劳动生活和罢工斗争方面达到了19世纪西方文学难以达到的高度。

首先,小说通过对现存制度的弊端和劳资间的尖锐对立的客观写实,揭示了工人贫困的根源和工人斗争的必然性。作品以精确的细节指出,工人们每天在500米深的阴暗闷热、水流不断的矿井里跪着、爬着、躺着干活,他们手脚被泡肿,肺被烧坏,有的贫血,有的残废,又随时都会横遭矿坑崩塌砸死压伤之祸。但他们收入菲薄,极度贫困,每逢发工资之日,工人区里哭泣声、号叫声响成一片。资本家靠榨取工人血汗,掠夺工人的面包和牛奶致富,一个入股1万法郎的股东的收入为50户矿工家庭收入的总和。他们拥有高楼大厦、华服贵饰、美酒佳馔,过着腐化享乐的生活。到了第三共和国初期,资本的自由竞争酿成了严重的经济危机,资本家则采用克扣工资、动辄罚款等专横残酷的手段将经济危机的损失转嫁给工人。矿工们忍无可忍之时,世世代代积郁的愤怒和仇恨就爆发了出来。

其次,小说淋漓酣畅地描写了工人运动波澜壮阔、惊心动魄的斗争场面。浩浩荡荡的罢工队伍从一个矿场涌向另一个矿场,扫荡一切,砸碎一切,“面包!面包!”“社会主义万岁!”“打倒资产阶级!”的怒吼声吓得资本家心惊胆战。再如参加国际劳工联合会的群众集会、三千矿工的森林集会、跟宪兵短兵相接的较量等等工人集体行动场面无不显示出排山倒海的声势。小说结尾处,工人斗争虽已失败,但作家乐观地预言:“无数的人,暗暗茁长起来,一个复仇的黑色队伍的胚种还在犁痕底下慢慢萌芽壮大,为了未来世纪的收获,不久就要裂开压盖着的泥土。”

此外,作品客观地再现了工人运动内部的各种思潮及其影响。赖赛纳强调合法斗争,反对暴力行为,属当时的“可能派”。苏瓦林怀疑一切,否定一切,是巴枯宁的信徒。两人的言行反映了小资产阶级机会主义和无政府主义对工人运动的干扰。普鲁沙提倡工会运动，主张联合斗争，代表着法国第一次成立的以社会主义者盖德为首的工人党当时对工人运动的积极引导。

小说在艺术上的突出成就是成功地塑造了工人阶级群体形象，其中着重描写了马厄一家的先进思想和高贵品质。他们世世代代都是勤劳正直、没有嗜酒恶习的挖煤工人。一家九口中有四个矿工，但每半月的总收入仅50法郎工资，常穷得揭不开锅又借不到钱。当认识到工人兄弟只有联合起来跟资本家斗争才能获得出路时，他们就成了勇往直前的工人运动中坚人物。马厄的父亲是干了50年苦力、双腿残废、一身疾病的老矿工，他拒绝资本家的虚假慰问，在搏斗中跟股东的女儿同归于尽。马厄在罢工中逐渐形成斗争信念，率领工人向总经理请愿，被开除后仍不妥协，在同宪兵的冲突中英勇献身。马厄嫂是刻画得最成功的形象，她从一个温和容忍、胆小怕事的家庭妇女成长为一个觉醒的、坚定不移的工人运动参加者。她年轻时在井下做推车工，婚后为维持子女多而极端贫困的家庭生活损害了健康。起初她曾寄幻想于资本家发善心，领着孩子去乞求施舍，丈夫参加斗争，她十分担忧，表示反对。后来残酷的现实使她的觉悟不断提高，为支持罢工她把仅有的一点家产全部卖光，一家人面临饿死，但她仍鼓励丈夫和其他矿工坚持斗争。罢工失败时，她谴责艾坚的动摇心理。罢工前后她失去了6个亲人，为支撑破碎的家庭她重下矿井干活，相信复仇的日子必将到来。

作者偏爱的人物艾坚·朗杰是个从基层成长起来的工人领袖形象。他鼓动、组织、领导罢工，既跟资本家斗争，又抵制错误思潮冲击，英勇无畏，不怕牺牲，在启发工人觉悟促进工人运动中发挥了积极作用。但他思想较混乱，既信仰马克思主义，又接受了空想社会主义和达尔文学说的影响，而且重名利，好虚荣，因此当罢工进入高潮、矿工们盲动情绪抬头时，他手足无措，提不出正确的行动纲领，自己也变得软弱颓丧起来。在他身上，已显露出现代小说“非英雄”形象的端倪。

对于人物的描写，左拉一如既往地偏重于生物学的角度。在小说里，是生理因素支配了工人的行为举动。他们日常生活中的男女关系由性本能所维系，显得任意混乱。他们的反抗是生存竞争的生物规律发展使然。而且，工人斗争必将会在最后取得胜利的依据是出于人类这一物种的美和延续、新陈代谢、弱肉强食，新兴而强大的工人阶级迟早会把腐朽而弱小的资产阶级吞吃掉。此外，小说还强调了遗传基因对艾坚的重大影响。他是绮尔维丝之子、马卡尔家族第四代成员之一，因此患有先天性凶杀疯狂症，只是能自我控制，转化成经常的破坏性行为而已。这类描写偏离科学的真理甚远，但它为文学对人的本质的把握开拓了新的思路。

在描写的技巧上，《萌芽》的造诣非同凡响。一方面用粗犷的笔法描写群众运动场面和社会生活场景，气势磅礴，震撼人心；一方面用细致的笔触描写矿工的非人劳动和悲惨生活,精微逼真,催人泪下。而且两者相辅相成,浑然一体,达到了史诗格调和生活真实全方位展示的和谐统一。因此无论思想高度或艺术水平,《萌芽》都超越了狄更斯和盖斯凯尔夫人等同类题材的作品。

第三节　莫　泊　桑

居伊·德·莫泊桑(1850—1893)是19世纪下半叶法国文坛的一颗巨星、举世公认的短篇小说大师。

一、生平与创作

莫泊桑1850年8月5日出身于破落贵族家庭。母亲具有文学修养,舅父是位诗人与小说家,这使他自幼受到文学熏陶。1863年他进伊弗托教会学校读书。1868年就读卢昂中学,著名诗人、博学的图书管理员路易·布耶成了他的良师益友。1870年普法战争爆发,他应征入伍,战后定居巴黎,1872年10月在巴黎大学法律系注册。1872年起,他先后在海军部和教育部任小职员达数十年之久。

莫泊桑自1871年开始创作,福楼拜对他有决定性影响。福楼拜是他舅父和母亲的朋友,1873年9月成了他的导师。福楼拜十分严格,要求他必须仔细观察生活,从中找到别人未曾发掘过的东西;反对在作品里说教,要坚持冷静客观;要揭露和鞭挞世俗偏见。福楼拜引布封的名言教诲说,"才华无非是长久的耐心",因此把他的早期作品久久压存,不急于发表。此外,侨居巴黎的屠格涅夫也悉心指导他和扶持他。

左拉的"梅塘集团"为莫泊桑提供了成功的机遇。1879年夏,莫泊桑等8位自然主义作家在梅塘别墅聚会,商定以普法战争为题材各写一篇小说结集出版。1880年4月,以《梅塘夜话》为名的小说集问世后,引起爆炸性反响,几周内连续印行8版,其中莫泊桑的《羊脂球》口碑最佳,严师福楼拜也称之为杰作。从此,莫泊桑"像流星一样进入文坛"。

在此后的10年里,莫泊桑写了300多篇中短篇小说、6部长篇小说、3部游记和3卷报刊专栏文章。他的长篇小说取材于上流社会,对男女私情多有描写,被认为带有自然主义倾向,其中《漂亮朋友》(1885)最为著名。小说塑造了一个通过勾引上层女性牟取个人名利的冒险家典型,揭露了第三共和国时期新闻界的黑幕和政府当局的殖民政策,在创作方法上继承了巴尔扎克的经验。另一个著名长篇《一生》(1883)描写了一个虔诚善良、逆来顺受而终至幻灭的女性形象,在对其个性刻画上有师承福楼拜笔法的一面。

莫泊桑从30岁起得了神经官能症,至1891年发展为精神错乱,经治疗无效,1893年7月6日病逝于精神病院。

莫泊桑

莫泊桑虽然身为“梅塘集团”一员，但他反对“把生命的平凡的照相表现给我们”的自然主义艺术观，强调“艺术是有选择的和有表现力的真实”，“要给我们提供比现实本身更全面、更鲜明、更令人信服的图景”等现实主义创作原则。然而在创作实践中，他的有些作品却较直露地描写了人物的动物性情欲本能，有些作品则从生理学的角度诠释人物行为。可见莫泊桑是一位名副其实的自然主义小说家，因为理论与创作不相一致是自然主义流派的一种普遍现象，再则自然主义跟现实主义的关系向来就十分密切。

二、短篇小说

莫泊桑的短篇小说大致为4类。第一类写普法战争，着重表现法国民众的爱国激情。除在《羊脂球》中描写一位可敬的妓女外，如《菲菲小姐》描写一位不甘受辱而置侵略者于死地的普通妇女，《米隆老爹》描写一位坚定沉着、视死如归的农民，《索瓦热老婆婆》叙述一个为亲人复仇的故事，《俘虏》叙述一个老百姓生擒普鲁士军人的故事，等等。

第二类写小资产阶级和小公务员，着重暴露追求虚荣、势利、庸俗、卑琐的社会恶习。名篇有《我的叔叔于勒》和《项链》。《我的叔叔于勒》中的菲利普夫妇，当听说曾被他们骂为“坏蛋”“流氓”“无赖”的弟弟于勒出国后发了财，就立即夸奖他“正直”“有良心”“好心”“有办法”，把摆脱家庭困境的希望完全寄托在他的身上，常常穿戴整齐地到海边去等候。一次全家旅游途中，远远看见衣衫褴褛的于勒正在卖牡蛎，他们脸色苍白、身体哆嗦、说话吞吞吐吐。走近后得到了证实，他们脸色煞白、两眼呆直、神色张皇，嘴里嘟囔着“这个小子”“这个家伙”。终于，他们神色狼狈，突然暴怒，骂于勒是“贼”，是“讨饭的”，急忙扯着家人像躲避瘟疫一般逃开了。《项链》中的玛蒂尔德因为嫁了个没有地位的小职员，日夜痛苦烦恼。一天，丈夫带回一张豪华晚会的请柬，她不由得喜出望外，为不失炫耀的时机，她向朋友佛莱丝吉夫人借了一串项链。果真，她在晚会上出尽风头，找到了梦想中的“幸福”，但散会后却发现项链丢失。为了赔项链，丈夫卖掉全部家当，又借了许多债务。为了还债，她苦苦熬了10年，身体变得粗壮耐劳，但回想10年前的晚会，心里还是很美。10年后她与佛莱丝吉夫人邂逅，才知道那项链原来是串不值钱的假货。这类题材的作品还有《骑马》《雨伞》《遗产》《勋章到手了》等等。

第三类写农村生活，表现各式各样的农村人物和多姿多彩的生活场面。如

《穷鬼》描写农民无家可归的悲惨命运,《一个女雇工的故事》描写农村妇女遭受欺骗、听凭摆布的处境,《西蒙的爸爸》描写铁匠菲利普为保护受人歧视的私生子西蒙而主动跟西蒙的母亲结婚,《小萝克》描写一个村长的兽性,《老人》描写两代人的淡漠关系和注重实利的农民心理,等等。

第四类写爱情和婚姻,歌颂纯真朴素的爱情。如《珍珠小姐》描写一个得不到爱情和幸福的私生女,《修软垫椅的女人》描写一位痴情的老妇人,《月光》描写一个因受了月下情侣的感染而由反对爱情到向往爱情的教堂长老,等等。

莫泊桑的短篇小说展示了19世纪下半叶法国社会生活的广阔画卷,其思想深度在三个方面超越了前人。其一,肯定人民群众是捍卫民族尊严的主力,他笔下的爱国者都是普通人,尤以农民在反侵略斗争中最为坚决。其二,使小资产阶级成为作品主角,既同情他们的不幸,又揭露他们的丑陋;不仅准确把握了社会发展的脉搏,而且拓宽了文学的社会生活画面。其三,深入描写农民的生活和思想,除了反映他们的悲惨遭遇,还表现他们的情感世界和价值观念。

莫泊桑的短篇小说在艺术上炉火纯青,平中寓奇、以小见大的技巧运用得自然天成,引人入胜。其高超之处首先在于取材平常,开掘深刻。小说的人物平常,多为小市民、小商人、小职员、穷人、下等人;情节平常,多为凡人的日常生活遭遇;主题平常,多为反映世态人情。但小说却总是能从一个侧面揭示当时社会的弊病。

莫泊桑以精巧自然的构思布局见长,他的短篇往往是开头平稳,中间突然转折,结尾出人意料而合乎情理,耐人寻味,发人深省。若用海面的曲线予以图解,则始而微波细浪,继而奇峰突起且急转直下,终而跌入海面,令读者视线未及而思绪纷起。例如《项链》,以玛蒂尔德一直感到失意开篇,接着在一次晚会上她得意到了极点,可是乐极生悲,她无奈地为此牺牲10年韶华攒钱还债,但结果却得知自己所付出的沉重代价并不值得。小说至此戛然收篇,意外的消息引起了玛蒂尔德怎样的反应?“那项链是假的”结语是否含有象征意味?诸如此类,作家只字未提,给读者留下了充分的想象余地。

莫泊桑继承和发展了现实主义美学原则,擅长把主观激情蕴藏于冷静的写实之中。例如《我的叔叔于勒》,以小菲利普“我”为叙述者,讲述在家里的亲身经历和目睹的父母对叔叔反复无常的态度,其间未作任何议论,却真切地表现了嫌贫爱富的炎凉世态。又如《两个朋友》的开头:“巴黎被包围了,在饥饿中苟延残喘。屋顶上难得看见麻雀,阴沟里的老鼠也少了。人们不管什么都吃。”既客观反映了巴黎被普鲁士人攻陷后的惨状,字里行间又渗透了对人民的无限悲悯和对敌人的无比憎恨。

准确、优美、清新、明快是莫泊桑的语言风格。例如《月光》结尾前的一段文字:“他终于在这一对边走边吻的人儿前面退却了。然而那就是他的外甥女儿。于是他问自己:他是否快要违抗上帝。既然上帝明显地用一幅如此清幽的景物去围绕爱情,他难道不容许爱情吗?"明白如画的寥寥数语,只写了长老的一个动作和一次内心反应,却生动地表现了一个宗教信徒走出禁欲主义樊笼的复杂的心理过程。

三、《羊脂球》

《羊脂球》是莫泊桑的短篇珍品。小说讲述的是鲁普士军队占领鲁昂城后,10个居民同乘一辆马车经多忒镇逃往勒阿佛尔港途中发生的故事。10人中,有9位体面人士,只有一个外号叫"羊脂球"的妓女是下等人。马车上路后,那些人对羊脂球嗤之以鼻,唯恐避之不及。但冰雪封路,马车误了行程,使没带食品的9位人士饥饿不堪。羊脂球则把自己准备吃三天的一篮食品献了出来,顿时被那些人吃了个精光。途经被敌军占领的多忒镇时,由于羊脂球不肯陪普鲁士军官睡觉,马车遭到扣留。那伙人密谋策划,巧设言辞诱骗羊脂球就范。第二天早晨,马车继续上路,那伙人一路上大嚼大咽美味佳肴,毫不理睬忍饥挨饿的羊脂球。

《羊脂球》中文版书影

作品通篇洋溢着强烈的爱国主义情调,突出表现了羊脂球的民族自尊心和爱国气节。她离开鲁昂城的原因是由于不愿让普鲁士人住进她家里,她曾经扑到进她家门的第一个敌人的脖子上,狠狠地想掐死对方,事后就"不得不躲藏了"。她固然是以供人玩弄为业的妓女,但因为普鲁士人是侵略她的祖国、凌辱她的民族的敌人,所以一再断然拒绝普鲁士军官的求欢。她对同胞满腔热情,乐于帮助,把自己精心选购的一篮食品慷慨地奉送给饥饿的旅伴们享用,甚至为了全车同胞的顺利过境,她终于牺牲了自己的肉体。

小说深刻的社会批判意义在于以不露声色的写实笔触鉴定了上流社会的道德水准,从一个平常的角度提出并回答了一个重大的社会历史问题。马车上其他9个人的社会地位虽然都比羊脂球高出许多,却是一群不顾国家和民族的安危、极端自私自利的丑类。省参议员于贝尔·德·勃雷维尔伯爵夫妇,州参议员、纺织厂厂主卡雷·拉马东夫妇以及葡萄酒批发商鸟老板夫妇,属于"信奉宗教、服膺原则、有权威的上等人";两个修女嬷嬷是张口不离"圣父经和圣母经"的圣徒;还有一个科纽岱先生是吃光了父亲遗产而高喊革命的"民主朋友"。他们离开鲁昂的原因,或是为了转移财产,或是为了保全生命。尤其是那位鸟先生,他利用战乱,把次等酒全部卖给了法国军需当局,大发国难横财。和羊脂球同乘一辆马车,他们起初都道貌岸然地对她不屑一顾,辱骂她为"婊子"

“社会的耻辱”,后来却把她的食物狼吞虎咽地一扫而光,又异口同声地称赞起她来。特别是在羊脂球要不要答应普鲁士军官无耻要求的问题上,他们更是丑态毕露。为了各自利益,他们可以轻易地向敌人屈服,可以卑鄙地出卖自己的同胞。起先他们虽听到了消息,但不清楚羊脂球的拒绝有碍他们的利益,于是一个个假惺惺地表示义愤,科纽岱甚至愤怒得摔碎了酒杯。而当得知了他们数天不被放行的原因正在于羊脂球的拒绝时,他们就在暗中商议对策,太太们赞美普鲁士军官“简直不坏”,鸟老板主张把羊脂球连手带脚捆绑起来交出去。然后他们对羊脂球发动集体攻势,先向她大谈妇女的使命在于牺牲自己,听凭摆布;接着由老修女以上帝的名义加以诱导;最后由伯爵大人挽着她的胳膊,用“你”和“亲爱的”称呼她,恳求她的帮助,致使涉世未深的羊脂球受骗上当。

小说结尾再次揭露了群丑不仁不义、践踏原则的卑劣灵魂。羊脂球因走时匆忙而来不及买食品,他们“没有一个人望她,没有一个人惦记她”。羊脂球因自己做了件违心事而一路哭泣,他们讥嘲说:“她哭自己的耻辱。”羊脂球所作出的牺牲已使他们的个人利益得到了满足,他们就“把她当作一件肮脏的废物似的扔掉”了。

《羊脂球》之所以在《梅塘夜话》同类题材的小说中独占鳌头,还在于它那卓尔不群的艺术造诣。小说中,对比手法贯穿于情节发展全过程。在马车上前后两次对待饥饿旅伴的迥然相异的态度,在多忒镇对待普鲁士人无耻要求的判然有别的态度,这种鲜明的对比描写,不仅凸现了下层人民的爱国精神和高尚品质,而且揭示了法国在普法战争中丧权辱国的基本原因——高贵者、圣洁者的卑鄙自私和屈节妥协。

小说的情节构思独特,结构布局巧妙。全篇内容仅由一辆马车、10 个旅客、两个空间(马车上和多忒旅馆)组成。情节编排富有韵味:马车上—旅馆里—马车上。以饥饿情节开端,又以饥饿情节收束。看起来似乎是一个并不复杂的故事实际上却是一个包容了当时整个社会的缩影。

逼真的肖像描写和个性化的语言描写是小说在艺术上又一成功之处。例如写羊脂球的外貌:“矮矮的身材,满身各部分全是滚圆的……手指头儿丰满得在每一节小骨和另一节接合的地方都箍出了一个圈,简直像一串短短儿的香肠似的;皮肤是光润而且绷紧了的,胸脯丰满得在裙袍里突出来……脸蛋儿像一个发红的苹果……睁着一双活溜溜的黑眼睛,四周深而密的睫毛向内部映出一圈阴影……一张妩媚的嘴,窄窄儿的和润泽得使人想去亲吻,里面露出一排闪光而且非常纤细的牙齿。”使人物的外表特征、外号由来、职业标志以及年轻纯真、妩媚可爱之态一一跃然纸上。对鸟先生的外貌描写只用了一句:“他身躯很矮,腆着一个气球样的大肚子,顶着一副夹在两撮灰白长髯中间的赭色脸儿。”就画活了这个投机商、暴发户的猥琐相。在语言描写中,羊脂球的幼稚率真、胸怀坦荡,鸟先生的厚颜无耻、俗不可耐,伯爵和实业家的表面高雅而内心肮脏,老修女的圆滑奸诈、趋炎附势……各色人等的不同性格都被贴切地表现了出来。

小说中准确传神的细节描写成为塑造典型、体现作家的情感取向和美学理想不可或缺的手段。例如写羊脂球提篮里的食品，除了鹅肝冻、云雀冻、熏牛舌、甜面包和梨子以外，还有醋泡乳香瓜和圆葱头——这个细节描写，既符合青年女子对食品种类的偏爱习惯，显得真实可信；而把自己精心选购来的美食主动赠送给了素昧平生的旅伴，又有利于突出她的慷慨大度，并使后来上等人对她的饥饿熟视无睹形成愈益强烈的反差。再如结尾处把羊脂球的哭声和“民主朋友”的《马赛曲》口哨声合在一起描写，既最后完成了对这两个人物的塑造，又使全篇的思想蕴涵更加耐人寻味。

第四节 波德莱尔

沙尔·波德莱尔(1821—1867)是法国诗人、文艺批评家、西方现代派文学的鼻祖、象征主义诗歌的先驱。

一、生平与创作

波德莱尔1821年4月9日出生于巴黎，6岁丧父。母亲改嫁陆军营长欧比克，继父后升为将军，任驻西班牙大使。继父的专制与高压，使得他们之间矛盾日益尖锐，不可调和，形成波德莱尔最初的痛苦、憎恨与反抗心理，产生一种“永远孤独的命运感”，极大地影响了他以后的精神生活和创作风格。波德莱尔中学时成绩优异，才华出众，因考试作弊受退学处分，对社会产生强烈反抗情绪。19岁时住进巴黎豪华的拉丁区，过着放荡生活。同时博览群书，广泛与画家、文学家交往，结识了巴尔扎克、雨果、圣伯夫等著名文人，成为戈蒂耶的弟子，被人们称为“浪荡文人”。家人对波德莱尔的放浪行为十分担心，决定让其改变生活，去印度加尔各答旅行。他于1841年出发，8个月后因厌倦航行而中途返回巴黎。海上见闻、热带风光、异国情调不断在波德莱尔以后的诗作中出现。1842—1844年，波德莱尔颓废浪荡，将父母的遗产挥霍一空，自此后一直贫困潦倒。1841年起创作诗歌，1845年发表第一首诗《给一位克里欧夫人》。1848年参加巴黎工人武装起义，登上街垒作战，和友人一起办报，发表反对资产阶级的激烈文

沙尔·波德莱尔

章。革命失败后,波德莱尔消极苦闷,埋头文学创作。1852 年至 1857 年,他的创作进入高潮,写有大量诗歌、文艺评论文章。1852 年起翻译和介绍美国作家爱伦·坡及其作品,把坡看作思想上的兄弟、苦难中的朋友、创作与理论上的导师。他翻译出版了爱伦·坡小说集《怪谈》。波德莱尔发展了坡的"纯艺术"理论,完成了由浪漫主义向象征主义的转变。1857 年发表他的代表作、诗集《恶之花》,一举成名。1865 年,波德莱尔因长期服用鸦片与大麻,健康状况恶化,但仍笔耕不辍。1866 年在比利时作系列讲座途中,突然中风。1867 年 8 月 31 日在巴黎去世。波德莱尔一生创作除《恶之花》外,另有散文集《人造天堂》(1860)、散文诗《巴黎的忧郁》(1869)、文艺美学评论集《美学旧人》(1856)和《美学新奇》(1860)等。

波德莱尔作为西方现代派文学的先驱,资产阶级的叛逆者、浪子,他的美学理论与文学创作具有划时代的意义,划清了西方古典文学与现代文学的界线,划清了资产阶级正统文学与非正统文学的界线,划清了传统艺术思维与现代艺术思维方式的界线,开创了 19 世纪文学"世纪末"文风。在诗歌创作中,表现出对现实社会强烈的反抗与叛逆情绪,暴露生活黑暗面,颂扬丑恶事物,赞美爱情与女人,讴歌醇酒与死亡,寻求官能刺激与陶醉,表现了一代文人愤世嫉俗、厌倦和逃避现实、以颓废绝望形式反抗社会的情绪。诗人因追求理想失败而忧郁孤独、病态颓废,从追随上帝转而向着撒旦,沉溺于酒色大麻和女人之中,以期寻求解脱,幻想"造出一个'人工天堂'"。应该说,波德莱尔一生及其创作,追求光明理想、抗争叛逆是主导的,以堕落的快乐和丑恶的赞美来表现他对现实的反抗叛逆。在他看来,人生本来就是一场悲剧,现实本身就是丑陋不堪的,诗人为什么不能深入其中,去洞察透彻,然后从社会的黑暗地狱中,从人的最隐秘卑劣的情欲中去大胆采撷几朵恶之花,呈现给世人呢?诗人所表现出来的一切忧郁阴暗的意象,一切颓废自戕的态度,一切毒辣的厌恶人类的心理,都源自诗人对光明与和谐的热烈向往,对艺术与美的执着追求。当他的希望理想破灭以后,诗人便求助于浪荡生活,沉溺于酒色、大麻之中,摆脱无底的精神痛苦深渊,以祈求自我的超越与解脱。既然现实生活中不存在美,诗人就通过艺术的创造,通过传统美的另一面丑恶来体验美感,"造出一个'人工天堂'",进入另一个美妙而神奇的世界。波德莱尔把自己当作现代资产阶级的标本来加以剖析,带着对社会和人生的全部的仇恨与失望,把资产阶级的淫乐丑恶,以艺术的形式赤裸裸地暴露在世人的面前。如果因此而指责波德莱尔的作品"烙上了不道德的印记,仿佛抨击邪恶本身就是邪恶,仿佛谁描写制造毒药的工厂,谁自己就中了毒"(戈蒂耶语),显然是不公平的。高尔基在《保尔·魏尔伦与颓废派》中评价波德莱尔"生活在邪恶中,却热爱着善良","他生活在黄昏但寄希望于黎明"。他是"更正直、更敏感的人,具有寻求真理和正义愿望的人,对生活有极大需要的人"。同时我们也看到,波德莱尔毕竟是资产阶级中的一员,他的叛逆与反抗是盲目的、无目的的,是个人意志的表现,具有极端利己和排他性的特征。他参加街头的武装斗争,高喊着"打倒资产阶级""枪毙欧比克"的口号,以他的诗文来表现他的叛逆精神,但一旦失败,就悲观失望,消极颓废。他从感官直觉的刺激中去体验快慰和美感,在揭露与展示的同时,消极颓废也同时并存。维尔哈伦把《恶之花》看作病态美的标本,是"把悲哀当作一种荣耀"。

波德莱尔丰富的个人内心情感世界、孤独忧郁、愤懑反抗是以象征暗示的手法表现出来的,开现代象征主义文学先河。波德莱尔创立了以丑为美的"丑美学"理论,以丑恶、病态、情欲、颓废内容作为创作的主要题材内容,极大地开拓了文学艺术审美领域,具有划时代的意义。他提出的以五官通感契合为核心的感应说,无论对作者还是读者来说,全面立体地打开了主体感受外部自然的审美器官,物我合一,感官相通,极大地丰富了主体对客观世界的感受力。诗作强调音乐性,富有音韵旋律,讲究格律。

二、《恶之花》

《恶之花》法文原意为"病态的现实花朵"。1857 年发表时收诗 100 首。1861 年诗人亲自选编出版第二版,收入诗歌 126 首。1868 年波德莱尔去世后由戈蒂耶作序的完整版本收诗 151 首。《恶之花》诗集以《致读者》为序,分 6 章:第一章《理想和爱情》107 首,按照艺术篇、恋爱篇、忧郁篇排列。一方面写对爱情和艺术的追求,另一方面写追求不得的孤独忧郁与厌恶无聊。第二章《巴黎之景》20 首,展现丑恶的巴黎社会生活场景。第三章《酒》5 首,因为内心和现实中都找不到出路,诗人又到苦难、汗水和阳光酿成的酒中去寻找。第四章《恶之花》10 首,诗人转而赞美吸毒、淫乐、酗酒等一切丑恶鄙陋意象。第五章《叛逆》3 首,表达对上帝的质疑和叛逆,赞美魔鬼撒旦。第六章《死亡》6 首,追求死亡的激情,将最后的希望寄托在到死亡的"未知之国的深部去猎获新奇"。

《恶之花》书影

《恶之花》是一个孤独忧郁的灵魂在光明与黑暗、灵与肉、堕落与升华之间挣扎求生的极其矛盾痛苦的心灵记录。以象征的手法,对丑恶、病态意象作描绘,再现个人丰富的内心情感世界,抒发对阴暗社会的仇恨,揭示社会、人生的本质。从第一首诗《祝福》,"当初,在最高之神的命令之下,/诗人降生到这个烦恼的世间",开始了诗人历尽磨难的人生。诗人追求理想,在艺术与爱情之中,寻求美。诗人渴望高翔,"越过池塘,越过溪谷,/越过崇山树林云朵海面,/越过太阳,越过太空,/越过星球的边缘","能以充沛的羽翼,/奔向灿烂清明的领域"(《高翔》)。然而在残酷的现实中,高翔的"信天翁"却"哀怜地垂下洁白的庞然羽翼","坠入笑骂由人的尘寰"(《信天翁》)。孤独忧郁与悲观绝望笼罩着诗人。于是诗人脱离自己的精神世界,走向现实,想在繁华的"巴黎之景"中找到美和欢乐。然而诗人所看到的却是一个"蚁聚的都市,充满梦幻的都市",历尽沧桑的老妓,幽灵般孤独的老人,贫贱的红发女乞丐,如梦游病患的盲人。另一些人则淫乐赌玩,醉生梦死。罪恶、丑陋的巴黎如"张开大口的深渊","把阴森倾注于麻木不仁的哀伤世界"。现实是丑恶的、悲惨的,只能给人以失望。于是,诗人就乞灵于"酒",想在酒中麻痹自己。同时深入到邪恶中去体验美,在女人和大麻的刺激中,去品味和欣赏"恶之花",想在放浪的生活中寻求精神安慰,创造出一个"人工天堂"来。但当幻觉过后,诗人的思维更敏捷,苦痛更深重。于是诗人绝望了,走上了"叛逆"反抗的道路。对不公的天主发出了强烈的反叛呐喊:"该隐的后代,/去登上天庭,/把天主揪下来摔倒在地上!"(《亚伯和该隐》)赞美魔鬼撒旦的叛逆精神:"撒旦,愿光荣和赞美都归于你,/在你统治过的天上,或是你/失败后耽于默想的地狱底下!"(《祷告》)最后诗人向"死亡"寻求解脱。"哦,死亡!开航!如果说天空和海洋,墨一般黑,你知道我们的心却充满阳光。"死亡是最后的反抗,也是一种"生命的目的",是诗人仅存的"唯一希望",诗人不甘心束手待毙,要到另一个世界去探索新奇,死亡是诗人拥有的最后赌本。"我们要不顾一切,/跳进深渊,/管它天堂和地狱,/跳进未知之国的深部去猎获新奇。"(《旅行》)诗人从死亡中寻求新的慰藉,追求宇宙无限,从而完成了其追求光明理想却充满忧郁颓废的人生历程。波德莱尔曾说:"在每一个人身上,时刻都有着两种要求,一种向往上帝,一种向往撒旦。对上帝的祈求或是对灵性的祈求是向上的愿望;对撒旦的祈求或是对兽性的祈求是堕落的快乐。"

《恶之花》是诗人上升的愿望和堕落的快乐的人生记录,是理想与忧郁、灵与肉的矛盾斗争的产物,体现了诗人内心向着上帝的上升愿望与向着撒旦的堕落快乐的二重性,象征现代人无望的追求,描绘出现代知识分子与文人追求而失望、反抗而颓废、孤独忧郁的心路历程。诗人代表了生活中对痛苦最敏感的一类人,作品展示了这一类人为摆脱肉体和精神上的痛苦而挣扎并终于失败的人生历程。他们是在生活中失去了依凭的青年带着遭贬谪的心情走上人生舞台的,然而在社会中却找不到自己的位置,厌恶与忧郁吞噬了他们勃发的精神状态。于是他们不再背负沉重的负罪十字架,不再于悲观绝望之中祈求上帝的拯救。他们起而抗争,以对恶的赞美来抗衡传统的美,以颓废堕落来嘲弄传统的伦理道德。波德莱尔在《恶之花》再版时给他母亲写信说:"这本书将留下来作为我厌恶和痛恨一切事物的见证。"在给他朋友的信中更加明确地说:"在这本残酷的集子里,我放入了我全部的心,全部的思想,全部的信仰,以及全部的仇恨。"作者反叛抗争的一生,虽以悲剧而告终,却还是以撕心裂肺的喊叫、发人深省的冥想使无数读者震惊与感奋。通过《恶之花》让我们看到了一个满目疮痍的社会和备受摧残的人生，获得了一副冷静审视的目光，映照出法国“七月王朝”和第二帝国时代资产阶级的丑恶面貌和心灵，不再为虚伪的纱幕所蒙蔽。《恶之花》中冷艳浓郁的愁绪情怀、大胆突兀的象征想象、丑恶颓废的审美感受、愤世嫉俗的绝望反抗使得作品一发表就引起文坛、诗坛和政界的轰动，各种评论纷至沓来。法庭以《恶之花》败坏风化、亵渎宗教罪名指控作者，并被罚款300法郎及禁诗6首。资产阶级的评论家、学者贬抑他为“颓废文人”，无产阶级作家、理论家也持否定态度，巴黎公社的作家们称他为“腐朽的老波德莱尔”。然而，雨果当时却写信给诗人，表示充分的肯定和赞赏，说“艺术的天国因为你而有了无比的光辉”；艾略特则称波德莱尔是“现代所有国家中诗人的最高楷模”。

《恶之花》中，诗人善于从丑恶、病态中去发掘美，打破了真善美的一致性。他说“艺术有一种神奇的东西、可怕的东西，表达了出来就是美”，诗要表现的是“纯粹的愿望、动人的忧郁和高贵的绝望”。波德莱尔将丑恶事物作为他描写的唯一对象，要在但丁般的地狱中去采摘几朵病态花朵。他认为美可以从天而降，也可以从深渊里上升。在《美的赞歌》中他写道：“美啊！你那神圣的眼光，把善行和罪恶混合着倾注出来。”“美啊！巨大恐怖而淳朴的妖魔。”他追求的美既是高尚纯洁的天使，也是荒淫丑陋的恶魔；既是光明无限的乐园，也是黑暗无边的深渊；既是精神感官的狂热，也是情感意志的堕落。他直接肯定丑，并从中去发掘美，成为西方现代主义的一个标志。波德莱尔第一次大规模地把表面绚丽多彩但内部却丑陋不堪的意象如腐尸、蛆虫，妓女、忧郁、孤独、死亡等当作诗歌主体加以赞美。波德莱尔在诗中所表现的“恶”包括三个方面：一是社会之恶，二是人性之恶，三是世纪病的痛苦忧郁。波德莱尔的名言是：“透过粉饰，我发掘地狱。”在《七个老头》中，美丽的巴黎清晨，诗人看到的却是肮脏的黄雾，阴沉的街道，眼前穿着破烂的黄衣服，“曲背、脊椎骨和腿部形成一个完全直角、拄着拐杖、步履蹒跚、幽灵般的老头竟一连出现七个”。面对“这队地狱行列”，诗人“恐惧万分，生病，冷得打战”，以致精神受刺激，变得恍惚而错乱。雨果读后写信给波德莱尔说：“在您的诗句中充满战栗和哆嗦。‘浓雾的墙’，‘如善良母狼般的痛苦’，道出了一切，更甚于一切。我感谢您这些如此精辟如此强烈的诗句。”诗中“蚁聚的都市，充满梦幻的都市”，一直作为文学佳句被后来的文人广为引用。雨果的称赞“你创造了新的战栗”，成为世人对波德莱尔的共同评价。波德莱尔的另一句名言是：“给我粪土，我变它为黄金。”在波德莱尔看来，诗人是崇高的，但不必去承担引导人类走向光明的重任，诗人是先知先觉者，但无须为人类社会的进步去鼓吹。诗人最崇高的事业是化腐朽为神奇，“发掘恶中之美”，把隐藏在感官世界后面、事物内在本质的东西揭示给人看。在《腐尸》中，诗人携女郎散步郊外，驻足于一具腐烂的动物尸体面前，栩栩如生地把龌龊丑恶、令人作呕的腐尸描绘呈现给我们。经诗人的美化，它竟被设想成就是他身边的美女。“阳光照射于这团腐肉上,/像是要烤熟它,/且百倍地还给结合万物的伟大‘自然’。”苍蝇的嗡嗡声,蛆虫的蠕动,是“这世界奏出奇怪的音乐,/宛如潺潺流水嘶嘶风语,/或是有韵律感簸箕上的麦粒/在筛子上的摇转声”。像是“一幅素描逐渐诞生于遗忘的画布上,/那是艺术家仅凭记忆完成的”。诗人暗示精神凌驾于肉体,美丽的容貌躯壳都可能像这具兽尸,被太阳烤晒,遭苍蝇、蛆虫包围,引来狗的垂涎,一切腐化后,唯有美是永恒的。即躯体可以腐朽,但爱情与爱人的美永存,诗人笔下的诗句所创造的美的本质永存。这种以丑为美的描写使波德莱尔具有“恶魔诗人”的称号,《腐尸》被认为是《恶之花》中最成功的作品,是波德莱尔作为“恶魔诗人”的代表作。徐志摩称赞它是“最恶毒最奇艳的一朵不朽的花”。波德莱尔“丑到极处也就是美到极处”的“丑美学”理论打破了传统的美学观,极大地拓展了文学艺术审美领域。表现生活中的丑陋、邪恶、病态,自波德莱尔开创以来,一直成为20世纪西方现代派文学的主导。

《恶之花》充满隐喻、暗示和象征,想象丰富,意象怪异,注重内心世界情感流露,表现纯粹诗意和超验心灵感应。如《天鹅》象征概括人的处境和命运。“天鹅”象征人,“樊笼”象征着人所受的困扰和束缚,“雪白的羽绒”象征着来自上帝的人的纯洁无邪。但逃出樊笼的天鹅仍旧只能在“凹凸不平的地上拖着雪白的羽绒,把嘴伸向了没有水的小溪”,他只能在心中怀念失去的乐园——“故乡美丽的湖”。天鹅的形象正是诗人的一幅自画像,波德莱尔正是一只逃出传统束缚樊笼、在污泥中挣扎而诅咒上帝、怀念心中伊甸园的白天鹅。“灯塔”是艺术美的象征;“高翔”是超脱尘世,自由浪漫的象征;“忘川”“列波”是情欲的代名词;对沉溺于女人、酒、大麻的描绘,隐喻诗人内心孤独;对巴黎的娼妓、卑贱、丑陋、凄然、冷漠、褴褛、淫乐等意象的刻画,暗示了它背后吃人的社会现实。《恶之花》诗集整个结构本身就是一个大象征,象征人生、社会和人类历史。诗中从希望一直追随到死亡,象征着诗人的人生经历,也象征现代人无望的追求和探索,同时也是人类从原始纯洁、奋发开拓到现代文明堕落的历史象征。《恶之花》中的《忧郁》是诗人象征手法运用的典范之作,他把天空比喻成压在头上的“盖子”,象征在长期受厌烦折磨的呻吟者心里,白日笼罩着比夜晚更哀愁的黑色,把大地形容成是“一座潮湿的土牢”,把人的希望写成是一只“蝙蝠”,在土牢中胆怯、挣扎,无法飞出;“蜘蛛”在诗人的“脑袋结网”,象征心灵中美已消失而被丑所占领;狂响呼啸的“钟声”是游子心中的呻吟;而“长列的灵车”则是死亡心灵的葬礼,象征着希望的幻灭。

波德莱尔把宇宙看成是一部丰富的象征词典,有待诗人去洞察、感受、翻译,作品中诗人以五官通感去表达对自然世界的感受,创建了以通感契合理论为核心的感应说。他认为“世界是一个复杂而不可分割的整体”,“我们的世界只是一本象形文字的字典”。认为在真实的“我们的世界”后面,还存在着“另一个世界”,那是更为真实的东西。诗人首先应该是自然这本字典的“翻译者”“辨认者”,以通感契合、通灵感应去识读自然万物。波德莱尔在著名的诗作《感应》中写道:“自然是一座神殿,那里有活的柱子,/不时发出一些含糊不清的语言;/行人经过该处,穿过象征的森林,/森林露出亲切的眼光对人注视。/仿佛远远传来一些悠长的回音,/互相混成幽味而深邃的统一体,/像黑夜又像光明一样茫无边际。”在这里,自然界成为活的有灵性的生物,组成一座象征的森林,并向人发出信息,人和自然界、精神和物质之间具有心心相印的契合,人可以感知人与事物、事物与事物之间的隐秘关系。兰波因而称“波德莱尔是最初的洞察者,读者人中的王者,真正的上帝”“通灵者”。在人与自然契合感应的同时,人的各种感觉器官之间也是通感的、“联觉”契合的。“芳香、色彩、音响全在互相感应。/有些芳香新鲜得像儿童的肌肤一样,/柔和得像双簧管,绿油油像牧场,/——另外一些,腐朽、丰富、得意洋洋。”(《契合》)不同感官对“自然”这个象征物的通感体验,象征暗示了诗人心灵与隐秘世界的交流沟通。波德莱尔说“色、声、香之间有某种类似性和某种秘密的结合”,当我们以五官通感去致力读解自然时,“那是大脑的真正的欢乐,感官的注意力更为集中,感觉更为强烈;蔚蓝的天空更加透明,仿佛深渊一样更加深远;其音响像音乐,色彩在说话,香气在诉说着观念的世界”。诗人反复强调通感契合这一美学观点,不仅把它当作诗歌创作的一种修辞手段,而且将其作为全部诗歌创作的理论基础,认为自然中的万物之间、自然与人之间、人的各种感官之间、各种艺术之间,相互有着隐秘的、内在的应和,存在着感应契合的关系,并在诗歌的创作中广泛实践运用。波德莱尔的通感契合理论成为象征主义诗歌创作纲领。梁岱宗在《象征主义》一文中高度评价波德莱尔,他说:“在波德莱尔底每首诗后面,我们所发现的已经不是偶然和刹那的灵境,而是整个破裂的受苦的灵魂带着它底对于永恒的迫切呼唤,并且正凭着这呼唤底结晶而飞升到那万籁天乐,呼吸皆清和的创造底宇宙:在那里,臭腐化为神奇了;卑微变为崇高了;矛盾的,一致了;枯涩的,协调了;不美满的,完成了;不可言喻的,实行了。”

《恶之花》中的诗作十分讲究音乐性,注重韵律、格律、旋律。一方面,诗歌具有音乐般的音响、韵律、节奏。诗句多用双音节,阴阳韵分明。另一方面,诗歌情感情绪渲染,具有音乐般的旋律,反复回环。诗歌注重格律,除少数十四行诗外,大多遵照古典诗歌音韵与格律规律创作。以抑扬顿挫的诗句,象征表现人物内心感受,渲染气氛。时而清澈嘹亮,时而婉转幽宁,时而多重复现,时而起伏波澜。瓦雷里说:“波德莱尔的诗的垂久和迄今不衰的势力来自它的音响之充实和奇异的清晰。”

第九章
20世纪现实主义文学

第一节 概 述

现实主义文学在20世纪虽不像在19世纪那样处于主导地位，但是，在欧美各国仍涌现出了一大批坚持并发展现实主义传统的作家。他们既吸纳20世纪人类思想文化的新成果，又借鉴其他文学流派的成功经验，继承与创新并举，不断给这股传统的文学思潮注入新的活力，使其保持着旺盛的生命力。

一、20世纪现实主义文学的产生及基本特征

19世纪末20世纪初，世界资本主义的发展进入了垄断资本主义阶段。整个20世纪人类社会，特别是西方社会，风云变幻，纷纭繁复。两次世界大战不仅给人类社会的思想意识和战争观念带来了巨大的影响，而且改变了国际关系的格局，出现了两种不同的社会制度和国家集团相互对峙的新局面，各种矛盾呈现出错综复杂的状态。到了20世纪后半叶，经由超级大国、发达国家和发展中国家等“三个世界”的重新组合，美苏争霸和国际反霸权主义力量的对比，苏联解体和东欧各国剧变等事件，国际局势由紧张渐趋缓和。虽然局部性战争此起彼伏，但以对话取代对抗、和平和发展成为世界的主流，人类社会进入了一个新的历史时代。

20世纪科学技术飞速发展，生产力水平迅猛提高，整个世界成为一个统一的市场。这一方面为人类创造了丰富的物质财富和精神财富，人类对自然规律和社会规律的认识与理解达到了前所未有的深度和广度。另一方面，人类不断遇到困难曲折，非正义战争、生态失衡、下岗失业、艾滋病蔓延、恐怖活动等与人类文明现象相悖的现实引起人们对西方传统文明与价值观念的怀疑，西方现代人的精神世界普遍出现危机感，自我意识和悲剧意识日益增强。在意识形态领域，一方面是马克思主义的唯物史观和辩证唯物论的广泛传播，为越来越多的人所掌握，并在社会主义国家确立了主导地位。另一方面，形形色色的社会文化思潮异常活跃，19世纪流传下来的叔本华的唯意志理论、尼采的权力意志论和伯格森的生命哲学及其直觉主义也受到普遍重视。20世纪产生的哲学流派又非常活跃，弗洛伊德的精神分析学、萨特的存在主义、以索绪尔、列维-施特劳斯为代表的结构主义和以德里达、福柯为代表的解构主义等也造成了广泛的

影响。

20世纪的风云变幻和扑朔迷离的现实要求作家们寻找多种视角、多种方式去观照生活,去探究现代人的内心世界,作家的注意力由“写什么”转移到“怎么写”。正如罗伯-格里耶所说:“要描写这样一个现实,就不能再用巴尔扎克时代的那种方法,而要从各个角度去写,要用辨证的方法去写,把现实的飘浮性、不可捉摸性表现出来。”①另外,当代读者的审美趣味和思想情感方式的巨大变化,使19世纪读者与作品之间那种和睦信任的关系被打破。当代读者迫切需要从不同的角度、用不同的方式认识和鉴赏人类无限丰富的生活以及无比复杂的处境和命运。因而,只有多元化的文学才能满足读者多方面的认识需求和审美需求,这就能促使欧美文学由大一统向多元化的转变。

20世纪世界文学的相互影响更为直接和频繁,现实主义文学也不例外。随着无产阶级革命的胜利和社会主义制度的建立,自19世纪以来就得到发展的无产阶级革命文学和社会主义文学终于壮大起来,成为世界文学中一道独特的风景线。“十月革命”后的苏联大力提倡现实主义的创作方法,着力发展社会主义现实主义的新文学。它不仅是苏联时期强势的正统文学,而且也是其他社会主义国家的主流文学,对欧美作家产生过不同程度的影响,起到了壮大社会主义潮流的作用。20世纪前半期的苏联作家往往从人道主义精神出发,争取人的精神自由和独立,反对非正义和社会黑暗,除了接受社会主义思想外,还接受了无政府主义、和平主义、费边主义等各种社会思潮,但他们在总体上是进步的。50年代以后,苏联政治形势发生变化,苏联文艺界就社会主义现实主义问题展开过许多次争论,但众说纷纭,莫衷一是,社会主义现实主义文学逐渐失去了在苏联文学中的正统地位,文学思潮、文学创作日益趋向多元化与多样性,既有正统的社会主义文学,又有传统意义上的现实主义文学,还有受西方现代主义影响的新潮文学。

总体上说,20世纪现实主义文学是19世纪现实主义文学在新时代的延伸,它表现了欧美传统文学在新时代的转型和创新。但是,作家们又深受西方现代主义思潮的影响,与现代主义文学在人文观念、美学思想和艺术技巧上相互碰撞又彼此融合,表现出广泛兼容并蓄的开放性,拥有自身新的特征。这主要表现在以下几个方面。

第一,20世纪欧美现实主义作家继承了传统文学的人文思想,拓展并深化了对人性和人的生存状况的思考与追问。他们有的坚持以人道主义和民主主义为思想武器,揭露资产阶级对劳动者的压迫剥削,鞭挞资产者的冷酷无情,批判贫富悬殊现象;有的从人道主义原则出发,以变化中的人的精神世界及生活遭遇为描写对象,从人与周围环境的关系中探讨人性底蕴。他们以巨大的热情

---

① 转引自柳鸣九:《巴黎对话录》,湖南文艺出版社1983年版,第15页。

和批判的眼光审视复杂残酷的现实,反映复杂的阶级关系和经济关系,反对帝国主义战争,呼吁人类和平,支持弱小民族,在国际政治舞台上发挥了重要作用,使传统的人道主义精神得以弘扬。此外,20 世纪现实主义作家还探及一个更深的主题——现代资本主义生活如何造成人的异化,使人变成非人,从而表现出 20 世纪现实主义文学中人道主义的深化和发展。他们从不同角度反映在资本主义物质文明重压下冷酷荒诞的人际关系与极不和谐的生存环境,揭示人的自身价值的丧失,在对丑恶现实的揭露批判中流露出对人性本质和人类命运的深深忧虑和对未来的憧憬与向往。有的作家还特别注意挖掘物质对精神的重压以及随着传统信仰和价值观念的丧失而来的悲观空虚、失落无依之感,尤其注重写敏感的现代人复杂的内心世界。

第二,20 世纪现实主义作家在遵循现实主义创作原则的基础上,广泛吸收、借鉴现代主义的艺术手法,丰富了现实主义文学的艺术表现力。在人物塑造方面,强调性格的多重性,努力揭示人物隐蔽的内心活动和潜意识,传统意义上的典型人物塑造不再是艺术追求的中心。在作品结构方面,糅进了寓言、神话故事等内容,呈现出多层次、多角度的立体交叉结构与灵活多变的叙述方式;在情节安排方面,作品越来越淡化情节,采用怪诞、梦幻、象征、隐喻等形式,真假虚实熔于一炉。他们还从其他艺术形式如电影、电视、新闻报道中借鉴了一些有益的方法。很多作家把现实主义和现代主义结合在一起,在融汇综合中不断创新,从而把现实主义文学推向一个新的阶段。

第三,20 世纪现实主义作家更倾向于人物心灵世界的开掘,明显表现出主观化、内向化的特点。现代主义各流派在表现主观真实方面所造成的一次次轰动效应,也使现实主义文学引起艺术上的自我省察和自我调整。他们的创作从外在描写转向内在描写,从描绘形成人物性格、行为的客观世界走向直接描写人物的内心世界。上帝式"全知全能"视角的失落和"第一人称"视角的强化在 19 世纪的司汤达、托尔斯泰、契诃夫等作家的后期作品中已见端倪,在 20 世纪现实主义作品中则尤为明显。

第四,"长河小说"的出现繁荣了 20 世纪欧美的长篇小说创作。"长河小说"一般采用多卷本,字数大约在 100 万至 150 万之间。20 世纪现实主义文学从 19 世纪的《人间喜剧》《卢贡-马卡尔家族》式的整套小说向《约翰·克利斯朵夫》式的"长河小说"发展,从宏观综合性小说向微观分析性小说发展,较多反映下层人民生活和劳资矛盾。这类小说中战争题材作品为数众多,它们视野开阔,思想深邃,自传成分增强,在描写生活上具有传统现实主义的广阔性、真实性和深刻的批判性。"长河小说"深得现实主义作家的喜爱,从而有力促进了 20 世纪长篇小说的繁荣。

需要指出的是,有些 20 世纪作家的创作并不符合某种固定的文学范式。他们时而现实主义,时而现代主义,甚至后现代主义,有时在一部作品中采用不同的创作方法和艺术表现手法,我们很难界定这些作家属于现实主义还是现代主义。因此,我们不能对任何20世纪作家和作品都进行统一、固定的归类,而要从实际出发,具体地作出实事求是的分析。

二、20世纪欧美现实主义文学的发展

英国是20世纪现实主义文学最有成就的国家之一。这个世纪的英国现实主义文学加强了对英国社会的保守性和虚伪性的批判,具有一种冷峻地直面人生的特点。

萧伯纳(乔治·伯纳德·萧)(1856—1950)被誉为"英国现代戏剧奠基人"。他出生于都柏林,一生写了51个剧本。他在19世纪写出了《鳏夫的房产》(1892)、《华伦夫人的职业》(1895)等优秀剧本,20世纪初创作了以《巴巴拉少校》(1905)为代表的讨论式戏剧以及悲喜剧《伤心之家》(1916)等。《巴巴拉少校》在指出慈善事业不可能消除贫穷的同时,抨击军火商发战争财的不义,又渲染军火工厂的井然秩序和军火商的慷慨捐助,其间不乏对"力量"的赞美,表露出作者面对复杂的社会现实思想时的矛盾与迷惘。萧伯纳的作品或揭露资产阶级议会制度,或反对军国主义,或针砭时弊,或揭发资产阶级的虚伪,笔锋纵横,挥洒自如,且偕以幽默、俏皮等特有艺术风格,给读者留下深刻的印象和思考。1925年,萧伯纳因其作品"具有理想主义和人道精神""令人激动的讽刺性"获诺贝尔文学奖。

萧伯纳

约翰·高尔斯华绥(1869—1933)是20世纪英国著名的现实主义小说家。他一生主要的文学成就是三套三部曲:《福尔赛世家》(1922)[包括《有产业的人》(1906)、《骑虎》(1920)、《出租》(1921)];《现代喜剧》(1928)[包括《白猿》(1924)、《银匙》(1926)、《天鹅曲》(1928)];《尾声》(1934)[包括《女侍》(1931)、《开花的荒野》(1932)、《河那边》(1933)]。《福尔赛世家》和《现代喜剧》是两组情节连贯的三部曲,描绘了19世纪到20世纪初英国社会生活的真实图景,揭露了资产阶级的"财产意识"。作家以细致真实的心理分析与细节描写,创造了栩栩如生的福尔赛家族群像,而且福尔赛家族的历史贯穿在高尔斯华绥创作的大部分作品中。高尔斯华绥除了小说之外,还

高尔斯华绥

有 26 个剧本,以及 12 本短篇小说、散文、诗歌和书信集。他曾被选为作家联合组织“笔会”的会长,并于 1932 年获得诺贝尔文学奖。

赫伯特·乔治·威尔斯(1866—1946)是英国一位科学家兼小说家。他从事文学活动大约有 20 年,其创作大多是科幻小说。著名小说《星际战争》(1898)描写火星人入侵地球的恐怖景象,强调先进的科学技术如果掌握在毫无人性的人手中那将是非常危险的。此外,他还写了《时间机器》(1895)、《隐身人》(1897)、《月球上的第一批人》(1901)、《空中的战争》(1908)、《获得自由的世界》(1941)、《棒球员》(1936)等名篇。威尔斯的科学幻想小说以培养读者的科学思维为宗旨,“用艺术和幻想而不是用论证和理由来吸引读者”,以科学的发展为人类开辟宏伟的远景来鼓舞读者。他与法国的儒勒·凡尔纳并列被称为现代科学幻想小说的前辈。

威廉·萨默塞特·毛姆(1874—1965)是英国小说家、戏剧家。法国文化、海外旅行和学医生涯这三件事对他的文学创作影响最为深刻。毛姆的主要成就是小说创作,代表作是长篇小说《人性的枷锁》(1915)。该作品以作者自身的早年经历为蓝本,描写青年医生菲利普曲折坎坷的人生道路,一面斥责宗教意识世俗观念,一面宣扬摆脱欲望放弃理想,表现出对自然纯朴人生的强烈向往。这一思想在他的代表作《月亮和六便士》(1919)中得到了进一步的发挥,小说揭露了西方现代文明扼杀艺术天才与创作个性,并对自然、纯朴的生存环境寄予浪漫主义的幻想。1920 年他到中国,写了游记《在中国的屏风上》(1922)和以中国为背景的长篇小说《彩巾》(1925)。后期重要作品《刀锋》(1944)中的主人公执着地探索人生的道路,历尽艰险,终于在印度的宗教中找到了人生的归宿,是西方迷惘的一代的典型形象。这些作品贯穿着作家艰苦的思想探索历程,在西方知识分子中很有代表性。毛姆的足迹涉及远东、南太平洋、拉丁美洲诸国,对世界各地的文化广见博闻,不少作品具有浓郁的异国情调,有着别具一格的魅力。

康拉德

约瑟夫·康拉德(1857—1924)是英国小说家,他在创作上不像传统作家那样强调故事本身,而是强调讲故事的人,这位讲述者在自己讲述的故事中既是站在一旁的观察者,又是其中的主角,随着故事的演进,逐层展示自己的内心世界,这样,讲述者的心理就与故事主人公的心理扭结在一起,形成一种独特而复杂的心理结构。《吉姆爷》(1900)、《青春》(1902)和《黑暗的中心》(1902)都采用了这种技巧。作者还多采用象征手法,如《水仙号上的黑鬼》(1898)中的船、航行、风暴、海等都是作为与人对应的神秘、邪恶力量的象征。

D. H. 劳伦斯(1885—1930)是 20 世纪上半叶英

国最有个性、最有争议的重要作家之一,以性爱为题材的一系列作品影响广泛。劳伦斯曾在国内外漂泊十多年,对现实抱批判否定态度。他写过诗,但主要写长篇小说,共有10部,最著名的为《虹》(1915)、《恋爱中的女人》(1921)和《查泰莱夫人的情人》(1928)。《恋爱中的女人》通过矿主杰若德想以情欲来填补精神空虚遭女友戈珍拒绝而葬身冰穴的情节,反映了西方世界深刻的精神危机。劳伦斯侧重对人物潜意识中被压抑的欲望和冲动的分析,小说情节已趋"淡化",心理分析加强,较多地采用象征和富有宗教意味的意象,具有现代主义倾向。

D. H. 劳伦斯

E. M. 福斯特(1897—1970)介于传统与现代之间,在文学上继承了奥斯丁、萨克雷、梅瑞狄斯等人以描写风俗人情为主的现实主义传统。他强调"人与人之间的真诚关系",呼吁人们排除个性、种族、阶级的偏见与隔膜,寻求人类的共通之处,指责英国资产阶级的虚伪性和局限性。代表作《印度之行》(1924)谴责了殖民统治的不公正和不人道,指出只有赶走殖民主义者,两个不同的民族才能建立真正的理解和信任。演讲集《小说面面观》是关于小说理论的一部重要著作。作者通过分析不同的作品论述了小说中故事、情节、结构、人物、作者的观察角度和信仰等各种因素,提出了"平面人物"和"浑圆人物"的著名观点,这些观点对后来的小说理论产生了深远的影响。

威廉·戈尔丁(1911—1993)是50年代英国文坛上的实验派小说家、"寓言编撰家",1983年获得诺贝尔文学奖。

格雷厄姆·格林(1904—1991)是一位多产的英国作家。他的小说大致可分为两类。一类是他自己所谓的"消遣作品",即那些情节紧张、充满悬念的间谍小说,如《斯坦布尔的列车》(1932)、《一支出卖的枪》(1936)、《密使》(1939)和《第三个人》(1950)等。这些作品在不同的背景上反映了国际上尖锐的政治斗争,在一定程度上暴露了资本主义世界的黑暗和丑恶。另一类是他所谓的"严肃文学",如《这是个战场》(1934)、《英国造就我》(1935)、《权力与荣耀》(1940)、《沉睡的美国人》(1955)等。这类作品中,作者着力挖掘人物的内心世界,刻画人物心中善与恶、灵与肉的冲突,表现人格的分裂。格林十分重视细节和环境的描写,重视气氛的渲染,还常常插入巧妙自然的议论,不时采用一些电影的手法(如镜头的快速转换等),使作品显得有声有色,富于感染力。他的代表作是集消遣和严肃文学为一体,表现间谍、政治、道德内容的小说《人性的因素》(1978)。

格雷厄姆·格林

法国20世纪的现实主义文学在弘扬19世纪辉煌成就的基础上又有所创新,并取得了新的成就,其主要特征有两个:第一,开创了"长河小说"新体裁,从家庭的角度切入对社会的剖析,以家庭的兴衰变迁反映社会历史变化的轨迹,具有史诗般的壮阔性、历史发展的深刻性和现实生活的宏观性;第二,重视描写国际题材,关注人类社会命运,努力把握时代脉搏,心理描写向内心世界深化,更加重视人的内心生活的真实性,内倾化的程度明显加强。

阿纳托尔·法朗士(1844—1924)是法国世纪之交的重要作家、文学评论家和社会活动家。他的创作在20世纪达到成熟阶段。他在19世纪完成了《现代史话》四部曲之后,20世纪初又写出了《克兰比尔》(1901),无疑是对德雷福斯案件作出的直接反应。《企鹅岛》(1908)是对政客们的抨击。《天使的反叛》(1908)与《企鹅岛》相似,表达了作者对于宗教、生命、上帝、智慧等问题的思考。《诸神渴了》(1921)以法国大革命为背景,体现了作者娴熟的写作技巧。法朗士的其他作品,或用寓言形式针砭时弊,或总结法国大革命的经验教训,风格谑而不虐。法朗士于1921年获得诺贝尔文学奖。

罗曼·罗兰(1866—1944)则是20世纪法国最重要的现实主义作家之一。他在20世纪初完成了长篇小说《约翰·克利斯朵夫》,奠定了他在文学史上的地位,使他获得了全欧性的声誉,并于1915年获诺贝尔文学奖。

亨利·巴比塞(1873—1935)早年参加过象征派诗歌运动,第一次世界大战使他的思想和创作发生根本性的变化。他根据自己的战斗经历写了长篇小说《炮火》(1916)和《光明》(1919)。巴比塞对战争的认识是清醒的、深刻的,他的反战立场是正确的、革命的。1919年巴比塞发起组织国际进步文学艺术家反帝团体"光明社",包括高尔基在内的世界许多进步作家都参加了这一团体。1923年,他又和罗曼·罗兰一道,组织召开第一次反法西斯大会和国际反战同盟大会,为维护世界和平与进步事业做出了贡献。

马丁·杜伽尔(1881—1958)在第一次世界大战期间应征入伍,根据战争期间的社会见闻写了8卷本长篇小说《蒂博一家》(1922—1940),1937年获诺贝尔文学奖。这部小说通过蒂博一家父子、兄弟之间的矛盾纠葛,反映了法国资产阶级社会的动荡,以及政治腐败和道德的堕落。这部长河式小说从不同角度以不同方式描写社会生活,并采用了意识流手法来刻画人物,体现出现实主义兼容并蓄的开放性。

弗朗索瓦·莫里亚克(1885—1970)是跟杜伽尔齐名的法国现实主义作家,曾获1952年诺贝尔文学奖,被戴高乐总统称为“嵌在法国王冠上最美的一颗珍珠”。他的小说大都以爱情、婚姻、家庭生活为题材,在西方世界享有盛誉。成名作《和麻风病人接吻》(1922)、《爱的荒漠》(1925)、《苔蕾丝·德斯盖鲁》(1927)奠定了他在法国文学史上的重要地位。他着意于对人物内心世界的开掘,通过独白、回忆和生活画面的描写揭示人物的微妙感受和潜意识,将景物描写跟人物的偶然思绪相对应。莫里亚克因而也被称为心理现实主义大师。

安德烈·纪德(1869—1951)是20世纪法国杰出的作家,他更多地探索道德、宗教与人的自我之间的关系,叙事形式和体裁趋向多样化、复杂化,风格也由抒情转向了讽刺。作品有《背德者》(1902)、《窄门》(1909)、《梵蒂冈地窖》(1914)、《田园交响曲》(1919)等。代表作《伪币制造者》(1925)没有连贯的情节,采用“小说套小说”的特殊结构,使那些互不相连的松散片断犹如一面镜子,围绕着主人公旋转闪烁,从各种角射出当时的社会现实,揭露了形形色色的虚伪和黑暗。纪德于1947年获诺贝尔文学奖。

安德烈·纪德

此外,安德烈·马尔罗(1910—1976)的小说从自身的政治生活中撷取素材:《征服者》(1928)以中国1925年的省港大罢工为题材,《人的状况》(1933)描绘了1927年的上海工人起义,《希望》(1937)描写西班牙的反法西斯斗争。这些震动国际社会的重大事件在他的小说中都得到了真实再现。安托万·德·圣埃克苏佩里(1900—1944)的《夜航》(1931)以拉美早期运送邮件的飞机的冒险经历为线索,讴歌了先驱者英勇献身的精神,文笔简朴,富于哲理;而他的《小王子》(1943)是一篇20世纪流传最广、寓意深远的童话,这部充满诗情画意的作品像预言似的提出,物质丰富弥补不了精神匮乏,人不能忘记精神实体,至今已被译成100多种文字,销量逾5亿册。玛格丽特·尤瑟纳尔(1903—1987)擅长历史小说,《阿德里安回忆录》(1951)、《苦练》(1968)、《北方档案》(1977)等显示她对古代历史深邃的理解力和独特的叙述角度,文笔优美洗练。玛格丽特·杜拉斯(1914—1996)的《如歌的中板》(1958)着重刻画人物的心理活动和内在感受,显出不同凡响的观察力。《情人》(1984)和《原籍华北的情人》(1991)带有自传性质,她的叙述方式和描绘人物的心理都独树一帜,充满新意。米歇尔·图尼埃(1924—2016)的《礼拜五或太平洋的虚无缥缈之境》(1969)包含反殖民主义思想。勒·克莱齐奥(1940—)的《沙漠》(1980)、《蒙多和其他故事》(1980)善于描绘浩瀚、广漠的自然界,其中出现的是与社会格格不入的人物。帕特里克·莫迪亚诺(1945—)的《环城大道》(1972)追叙第二次世界大战时期的往事,喜用夸张、幽默的笔法。

20世纪的德国经历了前所未有的两次世界大战的浩劫,充满了矛盾和风云变幻,弥漫着希望与失望、乐观与悲观。在20世纪德语文学的总体格局中,现实主义仍然是重要和主要的一极,出现了一大批闻名遐迩的作家,拓宽了19世纪现实主义文学的叙述形式,使现实主义文学从内容到形式和表现手法都趋向多元化。

托马斯·曼(右)与亨利希·曼

亨利希·曼和托马斯·曼兄弟是20世纪德国现实主义文学的代表作家。亨利希·曼(1871—1950)一生共创作19部长篇小说、55部中短篇小说和其他作品。《帝国三部曲》(包括《臣仆》,1914;《穷人》,1917;《首脑》,1925)全面描写了帝国主义时代德国社会尖锐复杂的矛盾冲突,揭示了垄断资产阶级的得势和帝国主义战争爆发的社会根源。托马斯·曼(1875—1955)的代表作《布登勃洛克一家》(1901)和《魔山》(1924)堪称世界文学史上的经典之作。前者写一个旧式资产阶级家庭在与带有帝国主义色彩的新型资产阶级竞争过程中的失败和没落,小说同时也揭露了资产阶级腐朽堕落的精神面貌。后者则通过一所疗养院的生活,暴露了国际上形形色色的资产阶级分子的空虚、腐朽,反映了他们醉生梦死的病态心理,折射了第一次世界大战前后的时代空虚危机。1929年,托马斯·曼获得诺贝尔文学奖。

贝托尔特·布莱希特(1898—1956)是德国著名的戏剧家和戏剧理论家。他融汇了欧美、中国的戏剧文学和戏剧理论的各种因素,提出了独特的“叙事剧”理论。在创作上,他主张破除亚里士多德式的“幻觉”,追求“间离效果”(“陌生化效果”),使观众从新的角度、用新的眼光去看待它们,引起更大的兴趣和更深的理解。布莱希特的叙事剧按题材可分为三类:一类是“教育剧”,特点是长于逻辑说理,人物有概念化的倾向,如《措施》(1930)等。另一类是“寓意剧”,特点是多利用其他民族文学的素材对现实中的种种关系进行哲理性概括,如《潘迪拉老爷和他的男仆马狄》(1940)和《高加索灰阑记》(1945)等。还有另一类是“历史剧”,特点是使用历史题材回答现实生活中的重大问题,如《大胆妈妈和她的孩子们》(1939)和《伽利略传》(1947)等。他的代表作《伽利略传》运用小说技法,将15场戏各由一个“开场诗”衔接串联,叙述了伽利略的一生。其中许多“开场诗”不仅评论伽利略其人其事,而且阐释“人生真谛”,提示剧作旨意。《大胆妈妈和她的孩子们》也是一部重要作品，剧作以人物为生存不得不冒着生命危险上前线战壕推销货物，展现战争给普通平民带来的灾难与悲剧。该剧常用独唱和合唱“间离”或“中断”剧情，促使观众思考和评判戏中的人和事。剧本还充分利用舞台上的“转台”方法，表现时间与空间的距离。

埃里希·保尔·雷马克(1898—1970)以他参加第一次世界大战的经历创作的代表作《西线无战事》(1927)，堪与巴比塞的《炮火》齐名，是一部具有世界影响的优秀反战小说。这部小说取材于第一次世界大战，描写一个班8个士兵的战壕生活，着意表现战争给人们造成精神上和肉体上的巨大痛苦。小说控诉了战争的残忍，反战倾向十分明显，但是作者未能揭示出战争的责任问题，表现出资产阶级和平主义的倾向。《西线无战事》为雷马克的创作倾向定下了基调，形成他独特的艺术风格：文笔简练，比喻真切，讽刺辛辣，抒情动人，细节描写有自然主义成分，同时还具有一种近似海明威的硬汉子的冷峻色彩。小说结构貌似松散，实际上环环相扣，串串相连。雷马克的其他几部重要作品则取材于第二次世界大战，如《流亡曲》(1941)、《凯旋门》(1946)、《生死存亡的年代》和《黑色方尖碑》(1956)等。这些作品具有鲜明的反法西斯倾向，无论在思想上、艺术上都更为成熟。

斯蒂芬·茨威格(1881—1942)是20世纪奥地利杰出的作家。他的主要成就是传记文学和小说创作。其作品《马来狂人》(1922)、《一个陌生女人的来信》(1922)、《一个女人一生中的二十四小时》(1922)、《看不见的珍藏》(1927)、《象棋的故事》(1944)等，都是流传很广的名篇。茨威格的创作深受弗洛伊德精神分析学的影响，以心理分析见长，他善于把心理分析融入故事情节和艺术结构，揭示人物灵魂深处最隐幽的角落，让读者感受到其人物灵魂最精致的震颤。

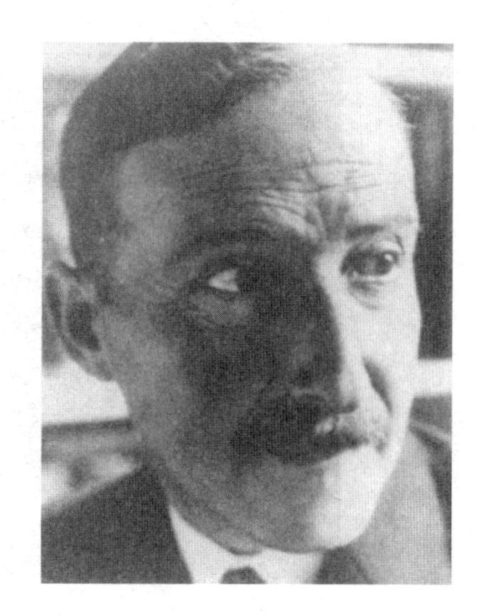

斯蒂芬·茨威格

赫尔曼·黑塞(1877—1962)的长篇小说《在轮下》(1906)，对德国不人道的教育制度提出猛烈的攻击和抗议。在第二次世界大战期间，他写了人道主义的著名长篇小说《玻璃珠游戏》(1943)，对于未来世界作了乌托邦式的幻想和预测，书中多处引述《易经》《吕氏春秋》和老庄哲学，显出他对东方文化的热爱。黑塞的作品侧重从精神和心理领域来描写和分析资产阶级社会，在世界上产生了很大的影响，是当代国际文坛上为人瞩目的作家之一。

此外，海因里希·伯尔(1917—1985)、君特·格拉斯(1927—2015)、若泽·萨拉马戈(1922—2010)、米兰·昆德拉 (1929—)等作家都是重要的现实主义作家。

20 世纪的美国文学始终保持着繁荣兴旺的态势。在多元并存的总体格局中，现实主义文学发展迅速。作家们锐意进取，不断创新，取得了举世瞩目的成就。

杰克·伦敦(1876—1919)是开创了美国文学中描写“美国理想”幻灭先河的作家。伦敦一共写过 19 部长篇小说、150 多篇短篇小说和故事、3 部剧本以及多篇论文、特写等。主要作品有：小说集《狼的儿子》(1900)、中篇小说《荒野的呼唤》(1903)、长篇小说《海狼》(1904)、《铁蹄》(1908)和《马丁·伊登》(1909)、特写集《深渊中的人们》(1903)等。《马丁·伊登》描写了主人公马丁·伊登靠个人奋斗成功后理想幻灭而自杀的故事，是杰克·伦敦最有影响的作品，具有明显的自传色彩，在思想上和艺术上有很高的价值，标志着美国现实主义文学在 20 世纪初的重要发展。伦敦的创作思想较为复杂，受到过马克思、斯宾塞、尼采等多人影响。作为现实主义作家，他在创作中带有明显的自然主义色彩，作品歌颂对生命的热爱和对大自然的斗争，同时反映了弱肉强食、生存竞争的哲学观点。伦敦善于通过行动刻画人物性格和揭示主题。小说结构紧凑，文字精练，生动感人。

欧内斯特·海明威(1899—1961)是经历过两次世界大战、富有传奇色彩和独特个性的杰出的美国作家，也是“迷惘的一代”作家的代表。由于他的文笔简洁洗练，风格独特，1954 年获诺贝尔文学奖。

西奥多·德莱塞

西奥多·德莱塞(1871—1945)是 20 世纪上半叶美国现实主义文学最重要的作家之一。20 世纪初期发表了《嘉莉妹妹》(1900)和《珍妮姑娘》(1911)。这两部小说都以新兴的资本主义社会为背景，突出了资产阶级价值观和道德观对人的腐蚀，反映了资本主义社会物欲横流的丑恶。如果说这时的德莱塞对资本主义社会的本质还只有感性的认识，那么 1925 年发表的《美国的悲剧》则是他更长时间冷静观察的结果。他一眼将当时的美国人看透：为了达到目的，实现他们所谓的梦想，不择手段；他们所关心的就是发财和握有大权。因此，主人公克拉德的悲剧便不是他个人的悲剧，而是美国的悲剧；主人公克拉德的足迹不是他个人的历史，而是当时所有美国人的历史。他的创作突破了美国文学极为顽固的“胆小与高雅的传统”，开拓了忠实、大胆的现实主义道路，对美国现代小说的发展产生了巨大影响。

厄普顿·辛克莱(1878—1968)以创作“揭露黑幕”小说而闻名，有《屠场》(1906)、《煤炭大王》(1917)、《石油》(1927)、《波士顿》(1928)等。1940 年开始，他以《世界的终点》为总题写了11部长篇小说，描述两次世界大战之间美国和欧洲各国的社会情况，他的代表作《屠场》是20世纪初期美国文艺界掀起“揭露黑幕”运动的第一部小说，它揭发了芝加哥屠宰场恶劣的劳动条件和丧尽天良的老板的唯利是图，描写移民约吉斯·路德库一家在美国定居后的悲惨遭遇。辛克莱的作品文字流畅，但人物描写缺乏特色。

厄普顿·辛克莱

辛克莱·刘易斯(1885—1951)是美国第一位获得诺贝尔文学奖的作家(1930)。他一生写了20多部小说，他的兴趣主要集中在中产阶级身上，对这个阶级表达了一种既爱又恨的矛盾心理。他以惟妙惟肖的写实笔法揭示了中产阶级面临的矛盾，在一定程度上暴露了社会的黑暗。他的主要作品有《大街》(1920)、《巴比特》(1922)等。

约翰·斯坦贝克(1920—1968)是在革命思潮和左翼运动风头正健的“红色30年代”崛起的左翼作家，是一位具有浓厚乡土气息的小说家。他的作品都以农村田园生活为背景，描写资本主义制度下一些小人物(主要是贫苦农民)的苦难与斗争。小说《胜负未决的战争》(1936)、《人鼠之间》(1937)、《珍珠》(1945)等是这方面的优秀作品。他的代表作《愤怒的葡萄》(1939)以写实手法描写美国中部农业工人乔德一家为生存而奋起反抗的故事，是反映30年代美国大萧条时期的一部史诗。斯坦贝克在小说中满怀同情与义愤，真实地描写了广大农业工人血泪和怒火，反映了他们的觉醒与抗争，塑造了约特、凯西等先进工人的形象，这在批判现实主义文学中是很可贵的。斯坦贝克于1962年获得诺贝尔文学奖。

司各特·菲兹杰拉德(1896—1940)是美国爵士时代的桂冠诗人、“迷惘的一代”的代表作家之一。代表作《了不起的盖茨比》(1925)以同情态度描写了主人公盖茨比的悲剧，表现了“美国梦”的幻灭。作者描写人物运用印象式的手法，善于突出人物的精神特征，爱好形象的比喻，构成诗的意境。

艾萨克·巴什维斯·辛格(1904—1991)是美国犹太人作家的杰出代表，主要代表作品是长篇小说《卢布林的魔术师》(1960)，小说真实地反映了犹太人的生活和艺术上的成就，使辛格跃入世界知名作家行列，他因此获得1978年诺贝尔文学奖。

阿瑟·米勒(1915—2005)是美国当代著名的戏剧作家，其重要作品有《全是我的儿子》(1947)、《推销员之死》(1949)、《桥头眺望》(1957)和《堕落之后》

(1964)等。其中《推销员之死》被公认为二战以来美国最好的戏剧。

除了以上的作家外,还有杰罗姆·大卫·塞林格(1919—2010),他是今日西方文坛一怪。其代表作《麦田的守望者》(1951)反映中产阶级子弟的苦闷、彷徨,暴露资本主义文明的虚伪和丑恶。心理描写细致入微,大量使用口语和俚语。索尔·贝娄(1915—2005)也是犹太人作家,他倾向于探索当代西方世界的精神危机,关注个人在社会中的命运。在艺术上将意识流手法和传统手法结合起来。重要作品有《奥吉马奇历险记》(1953)、《雨王汉德森》(1959)、《赫索格》(1964)、《洪堡的礼物》(1976)、《系主任的十二月》(1981)、《而今更见伤心死》(1987)、《偷窃》(1989)等。1976年,由于他"对当代文化富于人性的理解和分析",获得诺贝尔文学奖。伯纳德·马拉默德(1914—1986)跟贝娄一样,把犹太人作为在当代世界上奋斗的象征。《伙计》(1952)通过主人公的痛苦磨炼,写出人身上善的一面逐渐战胜了恶,风格幽默。拉尔夫·艾里森(1914—1994)的《看不见的人》(1952)的主人公是白人社会的牺牲品,从未被看作一个有独立个性的人,因此他是看不见的,成为异化社会中人的象征。约翰·厄普代克(1932—2009)的《兔子五部曲》包括《兔子,跑吧》(1960)、《兔子归来》(1971)、《兔子富了》(1981)、《兔子歇了》(1990)和《记忆中的兔子》(2000),描写了绰号为兔子的主人公在资本主义的死胡同里无处逃遁的境遇,记录了美国战后几十年社会历史的变迁。托妮·莫里森(1931—2019)的《所罗门之歌》(1977)提出美国黑人青年在西方精神文明的桎梏下受奴役的状况,具有浓郁的黑人民族文学色彩;《柏油娃》(1981)探讨了种族、社会阶层和性别之间的冲突;《宠儿》(1987)重现了美国历史上蓄奴制惨痛经历的集体回忆,揭示了美国奴隶制给黑人造成的巨大痛苦以及在蓄奴制废除100年之后仍然存留在黑人心中的巨大阴影。1993年,莫里森因"其作品想象力丰富,富有诗意,显示了美国现实生活的重要方面"而获诺贝尔文学奖,成为历史上第一个获此殊荣的黑人女作家。乔伊斯·卡洛尔·欧茨(1938—)的作品大多反映资本主义社会中人的物质生活丰富而精神空虚的状况以及冷漠的人与人的关系。《他们》(1969)反映30至60年代美国下层人民的命运,提出了美国城市生活中的严重问题,采用剪辑式的结构和跳跃行进的方式,并借鉴了意识流,因此有"心理现实主义小说大师"之称。

托妮·莫里森

20世纪的俄苏文学是世界文学的重要组成部分。由于20世纪俄国社会的独特性质和苏联的诞生,使俄苏文学经历了与欧美文学明显不同的发展道路。新世纪初,无产阶级文学兴起,象征主义、未来主义、阿克梅派等现代主义流派也流行一时。20年代,社会主义现实主义文学在苏联迅速崛起，现代主义走向沉寂。这种被称为社会主义现实主义的文学以其独特的思想内涵和艺术形式在世界文坛独树一帜。随着苏联国内政治形势严峻化，许多著名作家纷纷离开祖国，侨居西方各国，并取得了举世瞩目的文学成就，从而构成了境外的俄罗斯文学现象。在大半个世纪里，境外文学受到境内文学的排斥，80年代中期，境外文学“回归”，并受到了高度关注。80年代末至90年代初，后现代主义风行。最后10年，俄罗斯文学进入了多元并存且重视传统的时代。

19世纪末至20世纪初，在俄罗斯小说界，现实主义的地位相当稳固，新一代小说家高尔基、布宁、库普林、安德烈耶夫等作家是俄国文学传统的继承者和创新者。

高尔基是20世纪俄苏文学的杰出代表，他善于把浪漫主义的幻想、抒情、象征等艺术手法融进现实主义小说中，使当时的俄国文坛耳目一新。伊万·阿历克谢耶维奇·布宁（一译蒲宁，1870—1938）是俄苏文学史上第一位获得诺贝尔文学奖的作家。他的创作融汇了表现主义的某些技巧，擅长于借助自然界的声、光、色、影表达自己的内心感受。主要作品有《乡村》（1910）和自传体作品《阿尔谢尼耶夫的一生》（1927—1933）。库普林（1870—1938）的现实主义小说则以简洁清晰的文本突出点染对生活的印象，具有印象主义色彩。代表作是长篇小说《决斗》（1905）和《亚玛》（1909—1914）。从现实主义走向象征主义的典型代表是安德烈耶夫（1871—1919）和安德烈·别雷（1880—1934）。前者的《七个被绞死的人》（1908）和后者的《彼得堡》（1914）均是凭借“艺术感觉”创造的小说，运用了一系列象征性形象，来构筑“幻象表演”。

布宁

“十月革命”胜利之后，苏联国内阶级斗争极其尖锐复杂，文艺领域内的斗争也异常激烈。苏共采取行政命令手段解决文艺论争。这时期重要的小说作品有亚历山大·绥拉菲莫维奇（1863—1949）的《铁流》（1924）、富尔曼诺夫（1891—1926）的《恰巴耶夫》（1923）以及法捷耶夫（1901—1956）的《毁灭》（1927）。这三部作品一起被称为“国内战争时期的英雄史诗”，在广阔的社会历史背景上逐步展开人物性格，揭示他们的心路历程，对他们的行为和激情作准确而细致的刻画。与这三部小说近似的还有拉甫列尼约夫（1891—1959）的《第四十一个》（1926）。1926年，肖洛霍夫开始着手长篇小说《静静的顿河》的创作。

20世纪初的俄国诗歌呈繁荣昌盛景象。诗坛上的主导倾向是探索和创新，象征主义、未来主义、阿克梅派等现代主义诗歌成了时尚，这构成了俄罗斯文学史上仅次于19世纪以普希金为代表的“黄金时代”的“白银时代”的主要特色。这一时期新老诗人相济，呈现兴旺景象。

马雅可夫斯基(1893—1930)1912年登上诗坛,长诗《放开喉咙歌唱》(1930)揭开了30年代诗坛的序幕,诗作还有长诗《穿裤子的云》(1914—1915)带有未来主义的色彩、革命抒情诗《向左进行曲》(1918)、讽刺诗《开会迷》(1922)、歌颂列宁光辉一生的长诗《列宁》(1924)和《好!》(1927)等,艺术上多有创新。

杰米杨·别德内依(原名叶菲姆·普军德沃洛夫)(1883—1945)的《大街》(1922)是诗人在纪念"十月革命"5周年时唱的颂歌,表现在俄国1905年革命和1917年革命中劳苦大众汇成大军走上大街、跟压迫者展开殊死搏斗的浩荡气势。后来,由于写政治讽刺诗鞭挞腐败现象,他在1930年受到斯大林的严厉批评,其作品被斥责为对苏联现实的"诽谤",别德内依从此销声诗坛。

谢尔盖·亚历山大罗维奇·叶赛宁(1895—1925)的诗则以意境隽永、陶冶性灵取胜。早期诗作充满乡土气息和对乡村俄罗斯的热爱,如诗集《亡灵节》(1916)、《变容节》(1918)和《农村日课经》,叙事诗《约旦河的鸽子》和《天上的鼓手》等。革命后的现实与诗人的想象有差距,诗人一度陷入迷惘,组诗《莫斯科酒馆之音》等反映了他当时的思想情绪。诗人在生命的最后两年思想情绪有变化,创作了100多首抒情诗和大量的叙事诗,如《二十六人颂歌》《伟大进军之歌》《三十六个》《安娜·斯涅金娜》(1925)和《黑影人》,以及组诗《波斯抒情》(1924—1925)等。诗人以擅长抒情的笔调描绘了第一次世界大战、"二月革命""十月革命"以至农村的革命改造等历史性画面,在俄罗斯诗歌中首次探索了农民在无产阶级革命中的历史命运。

亚历山大·亚历山大罗维奇·勃洛克(1880—1921)早期诗作带有浪漫色彩和神秘色彩,是俄国象征派诗歌的代表人物之一。组诗《美妇人》开始显示诗人的艺术独创性。诗集《偶然的喜悦》和《雪面具》、组诗《在库里科沃田野上》、长诗《报复》和《夜莺花园》等,表达了诗人对现实生活的关注和对祖国的热爱。代表作长诗《十二个》(1918)描写了"十月革命"胜利初期彼得堡的独特的生活氛围,象征性地表现了革命所向披靡的气势,带有象征主义色彩。这些著名诗人都从不同角度拨动时代的音弦,唱出了苏联各族人民的共同心声。

1934年,第一次全苏作家代表大会召开,苏联作家协会建立,确立了社会主义现实主义创作原则。苏联文学出现了一个被称为"红色的30年代"的空前繁荣的局面。

阿·托尔斯泰(1883—1945)早年醉心于象征派诗歌,后转向小说创作。代表作是长篇三部曲《苦难的历程》(1920—1941)通过卡嘉、达莎、捷列金和罗欣等形象所经历的彷徨、探索和追求的历程,写出了知识分子同人民的结合过程,揭示了"失去了祖国而又重新得到了她"的主题。

尼古拉·阿历克赛维奇·奥斯特洛夫斯基(1904—1936)的《钢铁是怎样炼成的》(1934)在各种环境中多方面地刻画保尔的性格,着重从他对待革命斗争,对待生死、爱情、友谊,对待本职工作的态度来展示苏联第一代共青团员的思想品质和精神风貌。曾经对苏联和其他许多国家的青年一代产生过巨大影响。

肖洛霍夫(1905—1984)的《被开垦的处女地》第一部(1932)和潘菲洛夫(1896—1960)的《磨刀石农庄》(1928—1937)反映了农业集体化运动。此外,还有一些描写工农业生产的作品。小说的繁荣标志着苏联文学的成熟。

卫国战争时期和战后初期,作家们创作了各种题材和体裁的作品。特瓦尔多夫斯基(1910—1971)的长诗《瓦西里·焦尔金》(1941—1945)、伊萨科夫斯基(1900—1973)的诗篇、西蒙诺夫(1915—1979)的中篇《日日夜夜》(1944)、法捷耶夫的长篇《青年近卫军》(1945)、柯涅楚克(1905—1972)的剧本《前线》(1942)、波列伏依(1908—1981)的《真正的人》(1946)等都反映了苏联人民的反法西斯斗争。战后描写人民重建家园、反映社会矛盾问题的小说有巴甫连柯(1899—1951)的《幸福》(1947)、阿扎耶夫(1915—1968)的《远离莫斯科的地方》(1948)、柯切托夫(1912—1973)的《茹尔宾一家》(1952)、列昂诺夫(1899—1994)的《俄罗斯森林》(1953)等。

战后初期,联共(布)中央从1946—1948年对文学艺术问题连续作出4项决议,这些决议要求文学艺术为社会主义服务的同时,对文学创作进行了不适当的干涉,不仅造成了严重的后果,而且导致"无冲突论"得以流行,出现了公式化、概念化和粉饰现实的作品。

50年代中期,苏联文艺界展开对"无冲突论"的批判。号召文学和艺术"积极干预生活","大胆地表现生活的矛盾和冲突"。出现了一批能够比较真实地反映现实生活中各种矛盾的作品。奥维奇金(1904—1968)的农村特写《区里的日常生活》(1952—1956)无情地揭露了官僚主义,被誉为苏联文学中的"第一只春燕"。田德里亚科夫(1923—1984)的《不称心的女婿》(1954)和《死结》(1956)、尼古拉耶娃(1911—1963)的《拖拉机站长和总农艺师》(1956)和《征途中的战斗》(1957)、杜金采夫(1918—1998)的《不是单靠面包》(1957)等一系列以"写真实"著称的作品纷纷问世。这些作品大胆冲破禁区,触及了现实社会中存在的各种问题,提出社会主义应该更关心人的要求。

帕斯捷尔纳克

爱伦堡(1891—1967)的中篇小说《解冻》(第一部,1954;第二部,1956)发表后,形成了"解冻文学"思潮,在苏联国内外引起了强烈的反响,评论界和广大读者对小说展开了热烈的讨论,认为作品的积极意义在于触及了不少尖锐的问题,诸如社会主义社会应该更"关心人""爱护人";更注意发扬民主,重视法制,克服官僚主义;更尊重文艺创作的自由,不要片面地追求文艺紧跟政治的需要;以及文艺也要反对个人崇拜,反对粉饰现实,要敢于揭露社会的阴暗面等。在《解冻》前后出现过一批引人注目且有争议的作品,如帕斯捷尔纳克(1890—1960)的《日瓦戈医生》(1955)、索尔仁尼琴(1918—2008)的《伊凡·杰尼索维奇的一天》(1962)、特瓦尔多夫斯基的长诗《焦尔金游地府》(1963)等。与此同时,出现了反对全面否定苏联社会和社会主义的作品,如柯切托夫的《叶尔绍夫兄弟》(1958)和《州委书记》(1961)等。

1950年代后期,战争题材的小说创作又掀起了一个高潮。1956年底,肖洛霍夫的短篇小说《一个人的遭遇》(又译《人的命运》)发表,它从新的角度提出了"人在战争中的命运"问题,不仅开辟了战争题材创作的新天地,而且开创了注重日常生活描写和强调塑造普通人形象的新倾向。此后,一批亲身经历过战争的青年作家纷纷对肖洛霍夫作出响应,形成了"战壕真实派",创作了一大批描写战争的作品,他们也被统称为"前线一代"作家。较为著名的有:邦达列夫、巴克兰诺夫、贝科夫、阿斯塔菲耶夫、瓦西里耶夫等。这类作品大多以前线的"一寸土""弹丸之地"为背景,刻画在战争岁月中普通战士细腻的内心世界,感染力极强。邦达列夫(1924—)的成名作是《两个营请求火力支援》(1957)和《最后的炮轰》(1959)两部"战壕真实"作品。前者谴责战争中某些指挥员不珍惜士兵生命的行为;后者描写炮兵大尉诺维科夫的战地悲剧。巴克兰诺夫(1923—2009)的成名作《一寸土》(1959),描写在祖国的"一寸土"上默默献出鲜血和生命的普通战士的心理感受。贝科夫(1924—2003)的成名作《第三颗信号弹》(1962)叙述一个反坦克炮班战士在敌我众寡悬殊的情况下,坚持战斗,严守阵地,直到迎来后援部队的故事。女作家潘诺娃(1905—1973)接受了肖洛霍夫的另一种影响而成为"日常生活流派"主要开拓者。她的长篇小说《感伤的罗曼史》(1958)以平淡含蓄的笔触,描写20年代苏联某省城的几个共青团员的故事,只是将日常生活中各种琐事的真实状态原原本本地展现出来,而对当时的重大历史事件则保持冷静旁观态度,这种洋溢着浓郁生活气息的艺术风格,被评论界称为"新现实主义"。

索尔仁尼琴

1960年代初期"战壕真实"的写法开始与写"司令部真实"结合起来,既写前沿阵地血肉搏斗的激烈场面,也写高级指挥人员决胜于千里之外的运筹帷幄,力求反映战争或战役的全貌,对历史事件进行综合概括,表现出当代人对历史事件的规律性认识。这样的作品人物众多,多用复式结构,多层次多线索,形成了气势磅礴的历史画面,被称为“全景文学” 或“全景小说”。其代表作品有西蒙诺夫(1915—1980)的军事题材三部曲《生者与死者》《军人不是天生的》《最后一个夏天》(1957—1971)、恰科夫斯基(1913—1994)的《围困》(1968—1975)等。

此外,战争题材的小说这时也从表现“战壕真实”转向展现战争中人们的心灵和道德。阿斯塔菲耶夫(1924—2001)的青春两部曲《流星》(1960)和《牧童和牧女》(1971),以两个缠绵动人的爱情故事展现了人性的美好,谴责战争对人类感情的摧残。贝科夫的中篇小说《索特尼科夫》(1970)表现战场上的生死考验既造就了英雄又暴露了懦夫的主题;他后来的《方尖碑》(1973)、《狼群》(1975)、《一去不返》(1978)等同样都是描写战争考验中的主人公道德品格的作品。瓦西里耶夫(1924—2013)的中篇小说《这里的黎明静悄悄》(1969)是一曲颂扬战争中的美好心灵的悲壮赞歌。小说运用倒叙、回忆等时空交错的手法,描述女兵们不同的身世,刻画她们不同的性格,表现她们共同为国捐躯的美好心灵。作者通过女性与战争、生命与死亡之间的强烈反差和鲜明对比,使作品既充满浓重的爱国激情,又充满浓重的悲剧色彩,具有一种撼人心魄的艺术感染力。

20 世纪 60 年代末至 70 年代,苏联文坛大量涌现出道德题材的小说,以其数量多、内容涉及面广而引人注目。苏共提倡这种题材,要求作家努力去反映人的原则性、诚实和深厚的感情等优秀品质。但大多数这些题材的作品都带有揭露性质,反映出近几十年来苏联社会风气的衰微。这类作品主要有艾特玛托夫(1928—2008)的《白轮船》(1970)、特里丰诺夫(1925—1981)的《滨河街公寓》(1976)、利帕托夫(1927—1979)的《伊戈尔 · 萨沃维奇》(1977)、邦达列夫的《岸》(1975)、拉斯普京(1937—2015)的《最后的期限》(1970)、阿斯塔菲耶夫的《鱼王》(1976)等。此外,70 年代崭露头角的苏联青年剧作家瓦伦汀 · 切尔内赫(1935—2012)于 1980 年创作的电影文学剧本《莫斯科不相信眼泪》在道德探索题材的作品中也占有重要地位。

70 年代至 80 年代,作家们更进一步地把创作视野扩展到整个世界,对人类历史和人生命运进行深刻的哲理思考。在艺术形式上,接受西方现代主义的影响,叙事打破了以情节为中心的传统模式,结构具有某种“开放性”。越来越多的作家投入了以揭示人物内心世界为着重点的、被称为“主观史诗”或“向心小说”的创作。这类作品主要有艾特玛托夫的《一日长于百年》(1980)和《断头台》(1986)、邦达列夫的《选择》(1980)和《人生舞台》(1985)、冈察尔(1918—1995)的《你的霞光》(1980)、拉斯普京的《火灾》(1985)等。

80 年代中期以后,随着执政当局所提出“公开性”口号和对几十年来的苏联历史的否定,文坛上卷起了一股波涛滚滚的“回归文学”浪潮,一大批曾经被封禁的作品在短期内纷纷面世,大批过去受到批判的作家恢复了名誉,许多早已在国外出版却未能与本国读者见面的作品,也络绎不绝地"回归"到了祖国,揭露社会生活中的矛盾和问题的作品纷纷出现,苏联文坛形成了一股"回归文学"热。较有影响的作品有:雷巴科夫的长篇小说《阿尔巴特街的儿女们》、格罗斯曼的长篇《生活与命运》、帕斯捷尔纳克的长篇《日瓦戈医生》、索尔仁尼琴的长篇巨著《古拉格群岛》,还有 20—30 年代遭禁的作品,如扎米亚京的《我们》,皮利尼亚克的《红木》,布尔加科夫的《狗心》,普拉东诺夫的《切文古尔镇》《基坑》《初生海》等。"回归文学"是一种十分复杂的现象,如何实事求是地评价"回归文学"在俄苏文学史上的地位,是一个尚待研究和解决的课题。

随着 1991 年苏联国家的解体,苏联文学已成为一个属于历史范畴的概念。解体后的苏联社会出现了严重的社会分化,社会贫富悬殊,对社会进行批判的作品大量涌现。这一时期的文学无主导思想,呈现出多变性和不稳定性。

第二节 高 尔 基

马克西姆·高尔基(1868—1936)是苏联文学的奠基人,社会主义现实主义文学杰出的代表。他以自己卓越的作品承继传统,启迪未来,在 20 世纪的俄苏文学和世界文学的历史上留下了深深的印记。

一、生平与创作

高尔基的原名是阿列克谢·马克西莫维奇·彼什科夫,1868 年 3 月 16 日出生于下诺夫哥罗德城的一个木工家庭。马克西姆·高尔基是他的笔名,意为"最大限度的痛苦"。高尔基早年父母双亡,从 11 岁开始在"人间"流浪,在社会底层饱尝了生活的艰辛。他几乎未受过正规教育,只上过两年小学,靠自学成才。青年时代,高尔基参加过具有民粹派观点的秘密小组,并于 1888 年和 1891 年为了深入了解祖国而两次漫游俄罗斯,广泛接触到俄罗斯的社会生活,积累了丰富的素材。1905 年革命时,高尔基参加了布尔什维克党,经历了从民主主义走向布尔什维克的转变。种种生活体验,构成了他的平民意识和人道主义思想的基础,并激发了高尔基关注社会问题、认识生活奥秘的强烈愿望,促使他拿起笔在文学创作中将这一切表现出来。1934 年,高尔基主持苏联第一次作家代表大会,作了题为"苏联的文学"的报告,当选为苏联作家协会主席,1936 年 6 月 18 日,高尔基与

马克西姆·高尔基

世长辞。

高尔基的创作道路,可以分为三个时期。

前期创作(1892—1899),这一阶段是高尔基的探索时期。高尔基面对日益高涨的反对沙皇专制的斗争,以寻求革命真理的姿态走进俄国文坛。从1892年开始发表作品,共写了中短篇小说、特写、诗文约700篇,他的早期作品中浪漫主义和现实主义两种风格并存。

高尔基早期创作了一系列富于传奇风格的浪漫主义作品,热情赞赏自由和积极进取的人生。主要作品有:《马卡尔·楚德拉》(1892)、《少女与死神》(1892)、《伊则吉尔老婆子》(1895)、《鹰之歌》(1895)等。《马卡尔·楚德拉》是高尔基的处女作。作者以浓郁、豪放的笔触塑造了两个性格坚强的青年男女的形象——左巴尔和拉达,他们为了摆脱封建势力强加给他们的社会压力和精神枷锁,进行了英勇不屈的斗争,最后双双心甘情愿地抛弃爱情、追求自由而献出了年轻的生命。高尔基这个作品是当时时代特征的本质反映:一方面,这时的俄国社会在沙皇专制强权的统治下,像牢笼一般的令人窒息;另一方面无产阶级及其广大劳动人民纷纷觉醒,他们奋起反抗沙皇的专制统治,要求过一种自由、独立幸福的生活。左巴尔、拉达这两个形象正是这种状况的真实写照,高尔基通过这两个形象向人民发出了为独立、自由的生存而不惜流血牺牲的庄严号召。如果说《马卡尔·楚德拉》是一首自由的颂歌,那么与它写于同一年的《少女与死神》就是爱情战胜邪恶的赞美诗。作者以轻快优美的笔调描写一位普通少女为了爱情和幸福而反抗沙皇和死神的故事,着力塑造了三个典型:沙皇——社会恶势力的代表,死神——自然界恶势力的代表,少女——爱情的象征。作品一反传统爱情悲剧的写法,宣扬了爱战胜死、善战胜恶的思想。

1895年,高尔基发表了《鹰之歌》和《伊则吉尔老婆子》。这两部作品在高尔基的浪漫主义创作中占有重要地位,标志着高尔基的革命浪漫主义创作进入了一个新的阶段。《鹰之歌》通过鹰与蛇两个对立的形象,歌颂鹰所代表的人生哲学,即勇敢追求自由飞翔的生活理想,嘲笑蛇所代表的庸俗卑微、浑浑噩噩、安于现状的生活态度。《伊则吉尔老婆子》由两个民间传说和一个生活故事构成。作者塑造了两个对立的形象——腊拉和丹柯,腊拉是作者用辛辣的讽刺手法塑造的否定的形象,他是"贪得无厌、又强壮、又残酷"的极端个人主义的典型,他的生活哲学是以绝对的自我为中心。高尔基形象地揭示出腊拉的利己主义与私有观念的世界和万恶的资本主义的联系。丹柯是与腊拉构成鲜明对照的光辉形象,他是一个勇敢、正直、无私无畏、富于自我牺牲的英雄。丹柯有一颗献身人民的赤子之心,在民族处于生死存亡的严峻关头,以自己"燃烧着"的红心,把走投无路的部族同胞引出黑暗的森林沼泽,而他却在充满希望、迎来曙光的时候默默地离开了人间。他是以无私的奉献精神为生活哲学的。伊则吉尔老婆子作为故事的叙述者,是连接两个故事的桥梁,她是一个享乐主义者,一生体

高尔基和托尔斯泰

现了个人主义的危害。这一时期高尔基浪漫主义作品的艺术手法是多种多样的:在尖锐的冲突中刻画人物的性格,着重展示他们丰富的内心世界;经常用象征的形象和讽刺的艺术手法;语言明快艳丽,常用韵文以增强作品的节奏感。

高尔基在早期还创作了一些现实主义的短篇小说,主要有短篇小说《叶美良·皮里亚伊》(1893)、《柯诺瓦洛夫》(1897)、《好闹事的人》(1897)、《马尔华》(1897)、《切尔卡什》(1895)、《因为烦闷无聊》(1897)、《二十六个和一个》(1899)等。像欧洲批判现实主义作品一样,这些作品有的揭露资产阶级的残暴和伪善,有的描写小市民生活的空虚无聊,有的表达底层人民的痛苦生活和不满情绪。《切尔卡什》以流浪汉切尔卡什和雇佣农民加夫里拉相对照,赞扬切尔卡什的英勇和叛逆性格,谴责加夫里拉的自私和胆小卑下。切尔卡什的反抗一方面表现了他对奴隶般劳动的蔑视,另一方面也暴露出自发性和盲目性。

高尔基以写流浪汉出名,为俄罗斯文学增添了新的人物形象。在欧洲文学史上,还没有一个作家像高尔基那样写出大量的流浪汉文学作品,塑造出为数众多的流浪汉及流浪女形象。在高尔基的笔下,最引人注目的流浪汉形象就有叶美良·皮里亚伊、切尔卡什、柯诺瓦洛夫等。这些人物是高尔基笔下的正面人物,作品一般采用多种文学体裁,为流浪汉形象开拓了新的艺术空间;注重叙事形式的变化与转换,追求不同的艺术效果;打破传统的艺术结构模式,重新设计和塑造新时代的流浪汉形象。高尔基以被压迫、被剥削阶级的代言人登上文坛,给当时的俄国文学带来了一股清新的气息。

在这一时期的现实主义作品中,《福马·高尔杰耶夫》(1899)是高尔基的第一部长篇小说,是他的创作从短篇转向广泛概括社会生活的大型作品的尝试。《福马·高尔杰耶夫》以俄国资本主义的产生和形成为背景,运用传统的命运小说形式,按历史时间顺序描述了主人公的一生 ,通过福马与充满欺骗和罪恶的商人社会的剧烈冲突,透视俄国资产阶级内部分化现象,给处于上升时期踌躇满志的俄国资产阶级兜头泼了盆凉水。这既显示了作家在创作方法上的成熟,也可以看出作家创作视野的扩大。高尔基力图从发展的角度理解社会、把握世界,在大型叙事作品中除了追踪俄国社会现实的基本规律外,还要对俄罗斯民族性格和民族文化心理重新作探讨。1898 年,高尔基的两卷《特写与短篇小说集》出版,轰动了俄国文坛,并且扬名欧洲。高尔基的创作也向 20 世纪迈进。

中期创作(1900—1917)是高尔基为苏联文学奠定基础的时期。20 世纪初,俄国工人运动的蓬勃发展,高尔基接受了社会主义思想,积极投入革命运动,创作进入了成熟期。讴歌革命理想、表现时代精神是他一贯的创作主题。这一时期主要作品有:散文诗《海燕》(1901);剧本《小市民》(1901)、《底层》(1902)和《敌人》(1906)等;长篇小说《三人》(1901)、《母亲》(1903—1906)、《忏悔》(1908);中篇小说《奥古洛夫镇》(1909)、《意大利童话》(1911—1913);自传体三部曲的前两部《童年》(1914)、《在人间》(1916);游记《在美国》和《我的访问记》等。

《海燕》的问世是对 1905 年俄国革命前夕群众运动的艺术反映,洋溢着革命的浪漫主义激情。高尔基通过海燕的形象宣传了无产阶级革命思想,对革命起过巨大的宣传鼓动作用。作品综合运用写实、象征、隐喻等多种艺术手法,深受读者的喜爱。高尔基也被称为"暴风雨中的海燕"。

《底层》是他在 1902 年创作的一部优秀戏剧,它没有什么离奇曲折、引人入胜的故事情节,只是叙述了一群沦落社会底层的流浪汉的悲惨故事,但是这部作品颇具特色,蕴含着丰富的思想内容,堪称高尔基戏剧创作的代表作。首先,《底层》是高尔基流浪汉题材作品的深化,是他对流浪汉的世界"近 20 年的观察的总结"。作品不仅真实描写了城市下等客店里形形色色的已经成为流浪汉或即将沦为流浪汉的人们的悲惨命运,而且深刻抨击了剥夺了他们重返生活的可能和希望的专制制度,具有鲜明的社会哲理倾向。其次,显示了他的主要创作意向,即批判消极的精神状态,揭露忍耐哲学和虚伪的人道主义。这部作品颇能代表高尔基的戏剧风格,它没有贯穿全剧的重要事件和中心人物,戏剧效果产生于各类人物之间带有哲理性的交谈和论辩,戏剧冲突不表现在外表,不表现在台词中,而隐含于戏剧内部的变化,表现在潜台词中。剧中人物的语言完美地揭示出他们的社会特征、性格和思想感情,这一点与《底层》的哲理性相联系,为他思想的进步并成为一个无产阶级作家奠定了基础。

在 1906 年创作的《母亲》中,高尔基成功地塑造了巴维尔·符拉索夫、彼拉盖雅·尼洛夫娜等觉醒并走上革命道路、立志推翻剥削制度实现人类彻底解放的无产阶级革命者形象,对劳动人民的最后解放作出明确的回答,由此,也可以看到其人道主义思想发展的最后归宿。

《母亲》的创作成功标志着高尔基在艺术反映现实的美学探索中达到了一个新的境界。小说共两部,以 1905 年俄国革命中的工人运动为背景,集中描绘了在攻读禁书、"沼地戈比"事件、"五一"游行、法庭斗争、车站被捕等事件中,巴维尔·符拉索夫在革命实践中逐步成长的过程和他母亲彼拉盖雅·尼洛夫娜在革命运动中的精神觉醒。《母亲》是作家用个性化的发展眼光长期审视历史的结果,是他探索艺术表现现实的独特美学体验。主要表现在:(1)《母亲》体现了两种倾向的和谐统一,既有残酷的现实所激起的批判激情,又有对未来生活秩序的憧憬和浪漫主义感受;既描写了巴维尔·符拉索夫和彼拉盖雅·尼洛夫娜同旧的社会环境的矛盾,又表现了个人与集体之间新的相互关系。(2)《母亲》采用托尔斯泰《复活》结构模式,从政治生活层面出发,侧重表现了主人公心灵的复活历程以及人际关系的变化,并将三种现实(过去、现在、将来)的新观念突现在作品中,突出表现人的新概念。(3)人物的叙述角度的多样性体现了高尔基小说艺术的当代精神。小说除了作者的视角,还建立了彼拉盖雅·尼洛夫娜的艺术视点,借助她的外在面貌神情和内部心理的变化以及她的观察,写出了一系列场景以及儿子和许多人的觉醒。

20 世纪 20 年代是高尔基生活和创作的特殊时期。作家收集、整理了在俄国革命期间看到的那些疯狂的举动,发表了一组总标题为《不合时宜的思想》(1917)的政论文章,集中表达了作家关于革命与文化、政治与道德等问题的思考。尽管有些观点过于偏激,但却是他基于对革命的命运和文化的命运的忧虑而提出的尖锐批评,不少切中时弊。高尔基对待革命的这种态度是他和列宁产生分歧的重要原因。

晚期创作(1918—1936)1917 年以后,是高尔基为创建苏联新文学而紧张劳作的时期。主要作品有:自传体三部曲的第三部《我的大学》(1922)、《短篇小说集,1922—1924》、回忆录《列宁》(1924—1930)、剧本《耶戈尔·布雷乔夫和别的人》(1931)、歌颂社会主义的特写《苏联游记》(1929)和《英雄的故事》(1930)、长篇小说《阿尔塔莫诺夫家的事业》(1925)和 4 卷本史诗《克里姆·萨姆金的一生》(1925—1936 未完成)等。这些作品扩展了具有跨时代意义的哲理主题,深化了对俄国社会的历史认识和对人的全面认识。这种对世界、对生活的哲理观念的更新促使高尔基美学观念的变化,在艺术上运用更加多样化的技巧去揭示人的心灵奥妙。

自传体小说在高尔基的创作中具有独特的艺术价值。三部曲通过高尔基童年、少年和青年时代的亲身经历力求表现来自底层的主人公阿廖沙寻找真理,寻求光明,充实自己,探索有价值的人生。《童年》以蒙太奇的叙述结构展现了那些刺伤阿廖沙纯真心灵的件件丑事,《在人间》描述了年仅 10 岁的阿廖沙离家外出自谋生路的经历,《我的大学》描写阿廖沙怀着大学梦来到喀山的生活。三部曲凝聚了高尔基从艰辛探索中得到的生活真谛,作品中人物各具风采,自白与生活纪事交融,比喻奇妙、语言纯朴,给人以真实的美感。

1924 年列宁逝世后,高尔基怀着沉痛的心情写了回忆录《列宁》,通过描写列宁的革命活动和日常生活以及领袖和群众的关系,展示了革命导师的伟大智慧以及“像真理一样朴素”的崇高品质，成功地再现了伟大革命导师的光辉形象。《列宁》对苏联文学中表现革命领袖形象的作品有重大的影响。

长篇小说《阿尔塔莫诺夫家的事业》开始构思于20世纪初，是高尔基“十月革命”后创作中的佳作。1902年高尔基与托尔斯泰谈起此事时，托尔斯泰肯定了这个构思，鼓励高尔基把它写出来。列宁认为这是一个很好的主题，但现实还没有提供结局，于是建议高尔基留待革命以后再写，高尔基接受了列宁的建议。小说共有四个部分，以阿尔塔莫诺夫一家三代人对待“事业”的心理变化为基本线索，采用家庭生活和社会历史编年史相结合的艺术结构，运用象征手法从一个点揭示了俄国资产阶级的精神特征和俄国资产阶级的历史命运。第一部分写阿尔塔莫诺夫家族的第一代，第二、三、四部分写家族的第二、三代。第一代是“事业”的开创者老伊里亚，精明能干，他的财富超过了封建贵族，同时他反过来压榨工人。第二代是守业者彼得，则显得保守平庸，第三代雅可夫更是好吃懒做，形同废物，在“十月革命”后被扔下火车，只有小伊里亚走向了革命。所以这部旨在通过一个家族的历史反映俄国资本主义兴亡史的作品中，高尔基没有将阿历克塞和米隆作为作品的中心，而是将萎靡不振的彼得作为作品的中心人物，就是要通过这个具有浓厚的宗法制思想的工厂主真实反映俄国资本主义发展的具体历史特点，刻画俄国资产阶级所特有的精神面貌。彼得身上保守落后的特点恰好揭示出俄国资产阶级的保守性和落后性。彼得的死形象地凸现俄国资产阶级的精神退化和资本主义掠夺性“事业”的破坏力，人物的结局明确地演示出阿尔塔莫诺夫家族“事业”末日的降临。贯穿小说始终的还有一个人物，那就是阿尔塔莫诺夫家管院子的农民契洪。他既是阿尔塔莫诺夫家族一切罪恶的见证人，又是阿尔塔莫诺夫家族内部哪怕最微弱的退化的觉察者，当然，阿尔塔莫诺夫家族真正的对立面是彼得的大儿子小伊里亚和三代工人的莫洛佐夫家族。小伊里亚是阿尔塔莫诺夫家族中无论外貌还是性格都与老伊里亚最相像的一个，但半个世纪后他成了祖父事业的掘墓人。莫洛佐夫家族与阿尔塔莫诺夫家族三代人之间关系和态度的演变在小说中尽管着墨不多，隐于背景中的人物只是在需要时提一下，但是作为推动历史前进的力量，他们的存在反映出阿尔塔莫诺夫家族“事业”的脆弱。《阿尔塔莫诺夫家的事业》以深邃的思想、生动的形象重现社会生活的发展变迁，与英国的高尔斯华绥的《福尔赛世家》(1922)和德国托马斯·曼《布登勃洛克一家》(1901)并列为20世纪再现资本主义兴衰史的三大力作。

《短篇小说集·1922—1924》在高尔基的创作中占有独特的地位。它是一座独特的桥梁，把高尔基早期作品同《克里姆·萨姆金的一生》连接了起来。在这些作品中表现了作家艺术创作方法的改变和深刻的思考。

高尔基一生留下了许多文学理论和文学批评论著。在早期的《保尔·魏尔伦和颓废派》(1896)中，高尔基认为文艺应当肩负改造现实的社会使命，反对文学中的自然主义和颓废派倾向。苏联时期先后写的《我怎样学习写作》(1928)、《论文学》(1930)、《论语言》(1934)等阐述文学原则、创作方法与技巧等方面的论述,强调文学要鲜明地反映现实生活,强调从未来现实的高度观察描写现实,主张将浪漫主义与现实主义结合起来作为新文学的创作原则和方法。1933年写的《论社会主义现实主义》提出把"社会主义现实主义"作为苏联文学的创作方法,对苏联文学的发展产生了极为重要的影响。高尔基的伟大贡献就在于在文学史上形成了一个时代,即无产阶级文学的新时代。

二、《克里姆·萨姆金的一生》

《克里姆·萨姆金的一生》(1925—1936)是高尔基的最后一部长篇巨著,也是高尔基一生文学创作、思想探索的结晶。1926年,高尔基说,我自己也在写一本"告别"的东西,一部长篇小说,40年俄国生活的历史性演义的作品,一部篇幅很长的大部头作品。这部作品就是《克里姆·萨姆金的一生》。这部小说共4卷,约200万字,第四卷最后部分未能完成,作者就与世长辞。尽管如此,作家的基本构思已经实现。小说从19世纪70年代写到"十月革命"前夜,副标题为"四十年",史诗性地展现了近半个世纪来俄国社会变迁的全景图。

《克里姆·萨姆金的一生》是一部编年史,从小说的副标题"四十年"不难看出,高尔基描写的是俄国社会生活中的一个转折性的时代。小说不仅细致地考察了从哈登事件到第一次世界大战以及"二月革命"许多历史事件,展示了40年间所经历的一切,而且通过中心人物克里姆·萨姆金的心灵发展轨迹,多方面地揭示近半个世纪俄国的思想生活,描写的重点是主人公所感受到的社会精神生活,是他的心理、性格、灵魂的形成与发展过程。小说多方面地表现了他的思维方式、人生态度、情感方式、价值观念等。高尔基在对"人为什么活着"这个问题的探索中塑造了一系列艺术形象,通过作品人物不同的命运,揭示出高尚和腐朽两种不同的生活道路的生活本质,认为那些与祖国和人民命运息息相关的人具有无限的生命力,定会创造出辉煌的人生,而那些脱离人民群众、以自我为中心的人,只能落得个昙花一现的悲惨结局。

小说虽然先后出现了约500个人物,但处于人物中心体系的是萨姆金。小说从他的童年时代开始写,萨姆金出身民粹派知识分子的家庭,由于他的长辈因参与民粹派运动而遭受迫害,父亲被逮捕,伯父被流放,所以他的童年是在民粹派遭镇压的时代度过的,奠定了他精神空虚、信仰丧失的生活基础。他自幼娇惯,养成了傲慢、自私、装腔作势的恶习,小小年纪就自命不凡,认为别的同学都没有他聪明。特别是当小伙伴滑冰不慎落水时,他竟然一溜烟地跑了。萨姆金的生活经历虽然还不算复杂,但他从小就喜欢标新立异,对一切持怀疑态度,以显示自己的自由思想和独特个性,让人看起来好像是"超党派"的人物。萨姆金在外省中学毕业后来到京城深造,先在彼得堡,后又上莫斯科。在大学期间,他从不吐露真言，不时卖弄从家庭教师那里学来的一些华而不实的理论，表面上看去是个革命派，背后却向颓废派、虚无主义者取经问道。他大学毕业后在一家保险公司当法律顾问，穿梭于各派政治力量之间，装出不偏不倚的模样，讨得各方面的欢心，捞得一些小小的虚名。莫斯科工人武装起义时，他虽然被卷进了运动之中，但心里却一直在盼望革命早早结束，好让自己过上舒适安稳的日子。在与各种政治派别发生联系时，萨姆金极力采取“不偏不倚”的态度，实则是为了掩饰自己的自私心理。他标榜自己超然于党派之外，却推崇颓废派作家，为自由派文集《路标》大声喝彩。他还沉溺于女色，与沙皇的暗探有来往。他吹嘘自己有独立人格，实际上已沦为旧世界的奴才。1905 年革命时，他“迫不得已”地加入起义者的行列，但很快又转向与当局合作，成了告密者。当“二月革命”风暴来临时，作为旁观者的萨姆金在一次群众示威游行中被踩死，他的人生道路是那些灵魂空虚的知识分子走向精神毁灭的历史写照。萨姆金的性格存在深刻矛盾：强烈的“领袖欲望”和自命不凡与实际上的思想庞杂、平庸可笑，所谓的“自由独立”的生活态度与实际上的随波逐流和投机心态。在这个人物身上，深刻地揭示了社会转型时期一部分俄国知识分子市侩化和政客化的特征，集中体现了这一类知识分子“精神自由”“超脱党派”的个人主义的生活观。

与以往创作不同的是，高尔基在《克里姆·萨姆金的一生》中安排的主人公萨姆金不是他一贯称颂的正面人物，而是自以为“历史牺牲品”的、具有中等价值知识分子的“非英雄”。高尔基在 1905 年就开始构思的这个人物犹如俄国社会生活坐标上的一个交点，既充斥着作家深恶痛绝的市侩习气，又包含着资产阶级知识分子的典型特征。从这一方面来说，小说的确是高尔基在追踪俄罗斯历史、剖析俄罗斯民族性格和文化心理上所作的总结。在萨姆金身上，既充斥着作家深恶痛绝的市侩习气，集中地体现了俄国小市民阶层的要求、理想和观念，又包含着资产阶级知识分子最大的典型特征，鲜明地反映了他们的情绪和愿望。萨姆金是一个以利己主义、个人主义为价值标准和行为规范的“非英雄形象”，他妄图成为社会的主宰，到头来却造成了自己的毁灭。这是由于他平庸的“中等才能”和超群的“领袖欲望”存在巨大的反差所导致的必然结果。他本身思想平庸、才智有限，却要伪装成民主派，充当英雄好汉。他自私自利，害怕革命，又要投机革命，结果却在革命运动中屡屡成为旁观者，直到被群众抛弃。总之，从政治到生活，萨姆金在各方面都成了旧俄时代的一个典型代表。高尔基在谈到塑造这一类形象的典型意义时曾说，关于市侩习气，我们过去和现在都写了很多，但是还没有把市侩习气体现在一个人物形象身上，必须通过一个人物把它描绘出来，而且要描绘得像浮士德、哈姆雷特等世界典型那样巨大。高尔基力图在萨姆金形象的塑造上做到这一点。小说也正是通过这一形象去追溯俄罗斯的历史，剖析俄罗斯的民族性格和文化心理，这也是萨姆金形象的深刻意义之所在。同时,作家力求在性格与环境的辩证关系中探索俄罗斯历史、文化与人(尤其是知识分子)的命运之间的复杂的有机联系,揭示俄罗斯民族精神和文化心理的基本特征,促进民族精神的革命性转换。

与萨姆金截然不同的人物形象是他的大学同学库图佐夫,这是一个有理想、勇于献身、踏踏实实的革命者,也是充满生活情趣、有说有笑的普通人,喜爱音乐和民歌,喜欢和天真的孩子一起玩耍。高尔基虽然在这个人物身上没有花费太多的笔墨,却与全书体现的历史发展趋势相呼应,给我们成功地塑造了一个新型知识分子的形象,描绘了革命知识分子的成长历程。他是一个与萨姆金相对照的人物,更加突出了萨姆金是如何一步一步丧失人格、卑鄙自私的本质如何达到登峰造极的地步的。

尽管高尔基最终未能写完这部作品,但随着每一个历史事件的发生变化,人物精神面貌的动态反应,都预示出这类人的命运走向,折射出历史的发展趋势。或许在这部长篇小说以及“十月革命”后大部分作品中,高尔基刻意要从史诗的角度着力对俄罗斯民族的历史、文化做一番深入思考,因此作家创作的艺术风格也有了明显变化。小说具有史诗般的宏阔视野,辛辣的嘲讽语调突出了人物个性。小说以哲理统帅全篇,各类人生重大问题的论争与思辨此起彼伏,构成了内涵深刻的时代交响曲。

《克里姆·萨姆金的一生》不仅思想内涵丰富,而且在艺术风格上也取得了突破。

首先,《克里姆·萨姆金的一生》依然在一贯的现实主义基础上大胆借鉴西方现代主义的某些心理描写手法,用人物的幻觉、梦境、联想、潜意识展现人物的意识流程,揭示人物复杂的心理状态,再现人物思想的反复无常和精神上捉摸不定的丑态,显示出20世纪现实主义的新动向。作家还不时将自己的情感态度隐入含蓄凝练的叙述中,在更高的观照层次上使艺术风格和创作目的更为契合,并多次运用怪诞的手法,在主人公的梦境中把一个萨姆金变成数个萨姆金,每个都代表一种观念和思想,彼此较量。高尔基这种在现实主义基础上对非现实主义手法的兼收并蓄,说明了他艺术风格的多样化。

其次,结构庞大,历史生活画面广阔,具有史诗风格。小说具有较大的思想容量、鲜明的理性色彩和波澜壮阔的史诗风格。高尔基对小说的艺术结构作了巧妙的设计:历史过程不是靠串演重大历史事件来体现,而是通过人物的活动和思绪来折射。《克里姆·萨姆金的一生》人物众多,性格鲜明,时代气息浓郁,社会场景广阔,被称为革命前俄国社会生活的百科全书。40年中俄国社会的许多重大事件都尽收其中。小说按照时间顺序,让各种思潮和各个阶段的代表人物先后出场,让他们在社会生活中展现各自的社会政治观点、道德伦理思想、审美情趣以及人生价值观等,他们中间不管是实有的历史人物,还是作者虚构的艺术形象,都让我们看到历史背景和社会思潮的总趋势,尤其是通过人物之间的矛盾和斗争鲜明地传达出了时代的气息。各色人物以不同的方式与萨姆金一起活动在俄国的社会、政治和生活的大舞台,描写了民粹派的瓦解、马克思主义的传播、1905年革命、第一次世界大战和"二月革命"等重大事件,以及各种社会思潮和文化思潮的尖锐冲突,并着重考察了俄国知识分子的历史命运。同时,小说艺术构思大气,表现手法多样,现实主义和非现实主义手法交替使用,体现了高尔基晚年的创作风格。

最后,作者在小说中还突出了主人公性格中"观察"这一重要特点。萨姆金的职业是律师,并且经常往来于城乡,这使他有机会广泛接触各阶层的生活和观察各种社会思潮。作者正是借主人公的这一特点,以他的眼光为叙述视角,展示了广阔的社会背景以及伴随着巨大的社会变动而出现的人们精神生活的复杂变化。萨姆金的个人生活史和外部世界的叙述并不是小说的重心,重心在于对主人公心理情绪和精神生活的多方面揭示,处于社会转型时期的俄国社会精神生活的方方面面由此而得到深刻而又清晰的揭示。

第三节　肖洛霍夫

米哈依尔·亚历山大洛维奇·肖洛霍夫(1905—1984)是苏联著名作家,20世纪俄苏现实主义文学的杰出代表。

一、生平与创作

肖洛霍夫1905年5月24日诞生于顿河岸边的维约申斯克镇鲁日伊林村。肖洛霍夫家是从梁赞省迁居顿河的外来户。"十月革命"前,肖洛霍夫在小学和中学读书;国内战争时期,在农村从事扫盲和文化宣传活动,1920年参加苏维埃政权的征粮队,担任粮食征集员,同富农、白匪进行过艰苦的斗争,这为他后来的文学创作积累了丰富的素材。1922年,肖洛霍夫来到莫斯科,先后当过装卸工人、建筑工人和房产管理部门工作人员,业余时间从事文学创作。

肖洛霍夫从童年起就受到顿河地区人民生活方式和风俗习惯的熏陶。他喜欢顿河的景色,熟悉哥萨克人的尚武习惯,熟悉他们按照自然日历安排春耕秋收、割草捕鱼的日常生活。肖洛霍夫的一生基本上都在顿河地区度过,他一直生活和工作在他书中描写的人物中间。

肖洛霍夫童年时被父亲的藏书培养出来的文学兴趣,加上纷繁复杂的生活经历,促使他开始文学创作。1924年,他发表第一篇短篇小说并加入俄罗斯无产阶级作家联合会("拉普"),走上职业作家的道路。1926年,他出版短篇小说集《顿河故事》和《浅蓝色的原野》,1935年后又将两部小说集和其他早期短篇小说合为一本《顿河故事》再出版。《顿河故事》所收集的30个短篇都以顿河地区的国内战争和建立苏维埃政权的斗争为素材,突出表现了斗争的尖锐性、

肖洛霍夫

复杂性和悲剧性。反映阶级斗争尖锐复杂的作品如:《胎记》(1924)反映了父子之间的敌我斗争;《看瓜田的人》(1925)描写家庭内部斗争,更是尖锐复杂。一些作品还歌颂了战士的优良品质,如《粮食委员》等。“十月革命”的到来和国内战争的爆发,激化了哥萨克的阶级对立,在短篇小说《死敌》(1926)中,叶菲莫立场坚定,爱憎分明,敢于同伊格纳特进行针锋相对的斗争,他不怕打击,不受利诱,虽然后来被伊格纳特一伙杀害了,但他坚信自己一个人倒下去,将会有20个勇士站起来,革命事业必将取得最后胜利。《牧童》(1925)中的牧童在报上揭发村中一个富农的女婿窃取了苏维埃主席的职位,把好地分给富人,发生牛瘟也不请兽医医治。这个富农女婿得知揭发他的事情后,开枪打死了牧童。这些短篇小说特别着力于描写社会冲突的尖锐和严酷性,从而鲜明地表现年轻作家创作的现实主义特点。他对国内战争的描写、观察角度和表现方式与其他作家有所不同。绥拉菲莫维奇的《铁流》、富尔曼诺夫的《恰巴耶夫》、法捷耶夫的《毁灭》等作品所描写的国内战争,场面较大,规模宏伟,阶级、集团之间的斗争占据主位,个人之间的矛盾和冲突隐伏在集团和阶级斗争的后面。肖洛霍夫则不然,他把巨大的阶级斗争场面浓缩在人与人之间的关系上,通过家庭矛盾,通过父子、夫妻、兄弟之间的对立和冲突表现出来,这就更加鲜明地反映出时代变革的急遽和严酷。肖洛霍夫的早期作品虽然过于注意描写事件的戏剧性,但塑造的形象却血肉丰满、性格鲜明,因而在当时就受到评论界的重视和读者的欢迎。

1926年,肖洛霍夫开始着手长篇小说《静静的顿河》的创作,力图在这个4部8卷的鸿篇巨制中,借小说主人公青年哥萨克葛利高里·麦烈霍夫的个人悲剧,史诗般地再现20世纪初20年间顿河地区的社会变革和急剧的历史转折之下哥萨克的生活与命运。

20年代末苏联农业集体化运动达到高潮。“生活的新鲜足迹”为作家提供了文学创作的新空间。1932年肖洛霍夫发表《被开垦的处女地》第一部。小说描写的是顿河地区农业集体化问题。但不难看出,小说所反映的内容无疑是顿河哥萨克走进新生活的艰难曲折在新的历史条件下的继续。《被开垦的处女地》第一部以反革命的原白军军官和共产党员谢苗·达维多夫同时来到哥萨克的格列米雅其村为楔子,定下了紧张的阶级斗争基调。情节以一明一暗两条线索展开。以正面人物、优秀共产党员达维多夫为中心的明线,以原白军军官和村里的富农勾结在一起、暗地里制造一系列的破坏活动和反革命事件为暗线;一明一暗着力表现革命工人挺进农村、清算富农、建立集体农庄等一系列事件。这两条线索在渐次展开的事件体系中交叉发展,揭示出现实生活中各个阶级之间以及内部不可调和的各种矛盾和斗争。以达维多夫为中心的主人公们的性格既是个性化的,同时又十分鲜明地反映出时代的特点与历史转折时期的矛盾。

小说第二部是作家在50年代末完成的。时隔30年,苏联的社会思想,包括文艺思潮,都发生了很大的变化,因此小说第二部在人物情节的安排上与30年代的构思明显有所不同。与第一部里剑拔弩张的阶级斗争相比,第二部更多流露的是人情味,洋溢着浓厚的人道主义激情。作家把自己的笔墨更多地花费在人物的内心世界上,人物性格通过日常生活交往和个人的爱情波折真实细腻地展现出来。中心主人公达维多夫不仅是第一部中那个朝气蓬勃、紧张干练的共产党员,而且是具有深沉细致情感的普通人。他在爱情上的迷误和个性中的软弱,与他的革命性、坚定性一样,多侧面多层次地丰满了人物形象。他在工作方法上的改进突出体现了50年代下半期苏联文学大力提倡的人道主义精神,而这种关心人、爱护人、尊重人的抒情笔调构成第二部与第一部截然不同的基调,所以有人认为第二部是以感人肺腑的抒情笔调写成的具有广阔前景的人的情感教育的诗篇。

1941年卫国战争爆发,肖洛霍夫作为战地记者走上前线。战争期间,作家写了大量的战地报道、特写和随笔,例如《在镇河》(1941)、《在维约申斯克镇》(1941)、《在哥萨克农庄》(1941)、《在斯摩棱斯克一带》(1941)、《在南方》(1942)等。1942年,肖洛霍夫为纪念卫国战争一周年,发表短篇小说《学会仇恨》。1943—1944年开始发表长篇小说《他们为祖国而战》片断,此后分别于1949年、1954年、1969年发表这部小说的部分章节,但直到作家于1984年去世,这部小说仍未完成。

1956年12月31日和1957年1月1日肖洛霍夫在苏联《真理报》头版头条连载短篇小说《一个人的遭遇》。这篇小说的题名本身就含有人道主义的意蕴。小说用大故事套小故事的传统叙事模式,以第一人称的口吻让索科洛夫叙述他在战争中的遭遇。孤儿出身的索科洛夫战前是个司机,凭着勤劳本分他建立了虽不富裕但却幸福的小家庭。战争爆发后他上前线当了汽车兵,在一次执行任务时负伤被俘,在德国人的俘虏营里吃尽苦头,后来他利用给敌人工程师开车的机会逃回自己人的怀抱。但他的妻子和两个女儿在他离家后不久就被德国人的炸弹炸死在家里,他当炮兵中尉的大儿子不幸在战争即将结束前牺牲。战后失去所有亲人的索科洛夫收养了战争孤儿万尼亚,彼此相依为命。这篇小说是关于战争苦难的倾诉,是对苏联人民不可摧毁的坚毅精神的讴歌。小说发表后,在苏联全社会引起了极大的震动。

《一个人的遭遇》从正面描写战争的灾难,反思战争给人类造成的不可挽回的心灵创伤。小说把俘虏作为主人公,将普通人塑造成英雄。作家在描写灾难的同时,竭力开掘普通人的内在美,质朴平凡的英雄主义和凝聚在他们身上超越灾难的精神力量,这在俄苏文学史中也是开先河之举。小说名为一个人的遭遇,实际上当作家抒写索科洛夫的不幸遭遇时,贯穿始终的人道主义内涵已经放大到俄罗斯人民乃至全人类,一个人的遭遇成为全人类的共同命运,故而获得现实的和历史的不朽意义。肖洛霍夫的这部短篇小说由于"揭示了普通人的复杂和丰富的精神世界""具有深刻的人道主义思想"而被认为对苏俄文学的发展具有原则性的意义,并被视为当代苏俄文学的开端。

肖洛霍夫在苏联文学界享有巨大的声望。他生前曾是苏联科学院院士、苏共中央委员、列宁奖金和斯大林奖金的获得者。1965 年 10 月,肖洛霍夫因"在描写俄罗斯人民生活中一个历史阶段的顿河史诗中所表现的艺术力量和正直品格"而获得诺贝尔文学奖,成为苏联唯一一位被政府承认的诺贝尔文学奖获奖作家。1984 年 2 月 21 日,肖洛霍夫病逝。

肖洛霍夫的创作生动地反映了苏联"十月革命"、国内战争、农业集体化运动、卫国战争等历史时期的人民生活,特别是顿河哥萨克的生活。他的创作准确地表现了动荡时代的形势和复杂的矛盾斗争。深刻地描写了社会变革和战争给人民生活和人的命运带来的变化,因此,苏联文艺评论界称誉他为"顿河史诗作家"。更由于他善于描写历史急剧转折时期的悲剧性冲突和悲剧情势,描写处于历史矛盾旋涡中的人的命运的悲剧,所以又被称为"悲剧作家"。他的作品为人们展示了一个独特的艺术世界。肖洛霍夫的确是"在自己的作品中揭示新的、决定本世纪生活特征的内容"的真正的先锋艺术家。

二、《静静的顿河》

长篇小说《静静的顿河》是肖洛霍夫 20 年心血的结晶,共分 4 部 8 卷。第一部(1—3 卷)(1928)描写了 1912 至 1916 年间即第一次世界大战前后的事件,再现了顿河哥萨克的历史状况和传统生活方式。第二部(4—5 卷)(1928)描写了 1916 至 1918 年春顿河地区复杂的阶级斗争,包括"二月革命"、科尔尼洛夫叛乱、"十月革命",直至顿河地区国内战争开始。第三部(6 卷)(1933)表现了 1918 年春至 1919 年 5 月国内战争最激烈时期哥萨克的表现及思想状态。第四部(7—8 卷)(1940)反映了 1919 年春至 1922 年顿河地区苏维埃政权的巩固和匪帮彻底覆灭时期哥萨克的变化。

《静静的顿河》着重写的是俄罗斯历史上从 1912 年至 1922 年至关重要的 10 年,这是社会动荡、新旧制度交替、新的仪式开始同传统的思想和习俗激烈搏斗的年代。在这样的社会历史背景上,肖洛霍夫深刻地揭示了顿河地区哥萨克在历史转折关头的命运。哥萨克不是一个民族的名称,而是俄罗斯人中一个特殊的社会阶层。“哥萨克”一词源于突厥语,原意为“自由的人”“勇敢的人”。小说以顿河岸边鞑靼村几个哥萨克家庭的经历为线索,表现了 20 世纪初顿河流域农村动荡变革的过程。其中主要写了葛利高里·麦烈霍夫一家和他的邻居斯捷潘·斯塔霍夫等几个家庭。在 10 年的社会变革中,这几个保持着宗法社会家长制传统的家庭都遭到毁灭性的打击,家破人亡。葛利高里的妻子娜塔莉亚在战乱年代死于流产,兄嫂及父亲在哥萨克暴动中相继死去。斯捷潘在暴动失败后逃亡国外,他的妻子阿克西尼娅同葛利高里倾心相爱。葛利高里经过种种遭遇后决定和阿克西尼娅逃离鞑靼村,途中阿克西尼娅不幸被巡逻的红军士兵打死。葛利高里心灰意冷,当他把枪支弹药扔进刚刚解冻的顿河返回家园时,他那个曾经充满欢乐和幸福的大家庭只剩下已出嫁的妹妹和失去母亲的儿子。作者用经纬交织的笔法,通过几个哥萨克家庭的悲欢离合,展示俄国哥萨克社会的这段历史进程;描绘了大变革时期社会的冲突和人们的思想、意识、感情、习俗、性格遭受的激烈震荡。

尽管肖洛霍夫描绘这场历史变革时保持着冷静客观的笔调,但作品总的思想倾向是十分明显的。哥萨克宗法制社会生活的崩溃可以看作是一场悲剧,而肖洛霍夫是站在“十月革命”的立场上来看待这一悲剧的。一方面他为小说中哥萨克男女在历史动荡中的悲剧命运感到惋惜,深表同情,同时又认为“十月革命”是不可阻挡的历史潮流。整个小说的结构、情节安排、人物命运等都让人感到革命尽管不是一帆风顺,会遭受种种挫折,包括革命者的缺点和错误造成的失败和挫折,但革命终究要向前发展;哥萨克劳动人民只有摆脱旧制度的羁绊,才能获得新的生活。正因为这一点,小说中虽然写了哥萨克家破人亡的悲剧,但始终保持对生活充满信心的乐观基调。

小说的中心人物是葛利高里·麦烈霍夫,整个小说的情节、结构基本上都是围绕他展开的。葛利高里是一个普通劳动者,从小就跟着父兄干各种农活。他身上具有劳动哥萨克的种种优点:勤劳、淳朴、善良、真诚、热情、勇敢等。同时他身上也充分体现了哥萨克的种种弱点。效忠沙皇、遵守父命、入营当兵、哥萨克光荣等观念是葛利高里的生活信条。作为劳动者,他对土地的感情是纯朴的,但是作为私有者,他继承家业、占有财产的欲念是刻骨铭心的。如果不是生活在 20 世纪初期这个动荡的时代,葛利高里会像父辈一样,作为一个勤劳勇敢的哥萨克而度过一生。但是时代的潮流将他推到了历史选择的十字路口。在历史的剧变中,他有了新的追求,但是又不能摆脱传统观念的羁绊,于是便在人生的历程上留下了摇摆不定的轨迹,从而走上坎坷曲折的生活道路。在小说中,葛利高里这一性格和命运的特点是从两个侧面展示的。在爱情生活中,他深爱阿克西尼娅,但却不敢冲破哥萨克的传统观念,只能谨遵父命而娶娜塔莉亚,然而婚后又不忘前情,因而在某种程度上造成了两个女人的悲剧。在人生道路上,葛利高里少年时代在鞑靼村的生活是他最无忧无虑的幸福时光,但是从他入伍当兵起便被投入到颠簸激荡的历史长河中去了。作为血气方刚的哥萨克,他作战勇敢,但不明白为什么要打仗。布尔什维克贾兰沙的一席谈话揭示了战争的实质,葛利高里效忠沙皇、哥萨克光荣等传统观念第一次受到剧烈冲击,在他的头脑中发生了动摇。但是他一回到家中,家人的崇敬、邻里的奉承又煽起哥萨克的优越感和偏见,回到前线又继续效忠沙皇。葛利高里曾两次参加红军,又两度离开红军投入白军。在历史发展急骤变化的关头,他徘徊于人生的十字路口,茫然四顾,不知所向。当他终于认清了应走的道路时,已经铸成了终生的大错。这就是葛利高里的悲剧。葛利高里的"摇摆性"集中表现为他在红军和白军两个阵营之间徘徊不定,他每次脱离一个阵营而走向对立面,其中无不包含着对这个阵营和这种选择的否定,而他一次又一次由肯定到否定的悲剧性历程,最终步入了绝望的境地。在充斥着否定的悲剧性历程中,对社会、历史和人生的思辨和探索便成了他崇高精神的体现。在这样的意义上,葛利高里的"摇摆性"——肯定—否定或否定—肯定,则是他"人的魅力"的标志。

肖洛霍夫在葛利高里·麦烈霍夫身上表现出了人的魅力。这种"人的魅力"是以毁灭的悲剧形式来重建的。解读葛利高里形象的"人的魅力",必须从他最初的战争经历开始探讨,但最能体现葛利高里形象"人的魅力"的还是他严肃认真的人生态度和孜孜以求的探索精神。尽管葛利高里最终面临着必然的悲剧命运,但这毕竟展现了葛利高里的精神炼狱——"心灵的运动"的过程和他自身的"人的魅力"。"摇摆性"作为葛利高里独特个性的表征,也是他"人的魅力"的个性价值所在,而这种个性价值是通过他"心灵的运动"得以显示的。肖洛霍夫指出:"麦烈霍夫有着十分特殊的个人命运,我无论如何也不想在他身上体现中农哥萨克。"葛利高里具有独立、完整的个性,他的"摇摆性"是他性格的必然产物,使他从哥萨克群体中脱颖而出。

葛利高里是一个思想者,也是一个行动者,在这个缺乏深刻思辨的"思想者"身上,展示了严于解剖自我、否定自我、追求完善的品格;在这个近乎迷狂执着的"行动者"身上,凸现出百折不挠、不畏艰难的独特个性。这两方面说明葛利高里的悲剧既有自身的原因,也有客观形势方面的缘由。肖洛霍夫将葛利高里的命运置于小说结构的中心目的是想通过这个形象提出一个十分重要的问题:工人阶级在革命运动中如何对待农民,特别是如何对待处在中间状态的农民的问题。肖洛霍夫对于哥萨克劳动者寄予真切同情,他在肯定"十月革命"的同时,也注意到那些本不应该被历史淘汰、但却成为历史前进的牺牲品的人。对于他们所走过的一段弯路(或者说在历史进程中的迷误),他是站在"十月革命"的立场上从总结历史教训的高度来看待的,并不是简单地把他们归入反革命的营垒。肖洛霍夫的这一立场许多年来不被一些批评家所理解,因而使葛利高里成为苏联文学界争论不休的人物。有人用阶级分析的方法分析葛利高里,给他戴上富裕中农的帽子。也有人把他看作悲剧人物，认为他是历史转折关头的牺牲品。这些看法也许都有道理，但他们都脱离了哥萨克的特性来分析葛利高里。哥萨克是俄罗斯历史上形成的一个特殊群体。这个群体自我封闭、利益特殊、普遍比较富裕、性格强悍好斗。这个群体不是没有阶级分野，但事实上他们的政治态度是比较一致的。因此，我们只有从哥萨克的历史、性格和情绪方面来认识葛利高里，才能理解他，读懂他，也才能更客观，更符合实际。作者也正是从这些方面来营构自己的小说和人物的。

虽然在现代女性主义者看来，《静静的顿河》仍是一部从男性视角出发的作品，但令人惊异的是，在这部颂扬男性力量的英雄史诗中，作者竟创造了三个反叛男性中心的女性形象——阿克西尼娅、娜塔莉亚和达丽亚。虽然未必是作者的刻意安排，但这三个女性叛逆反抗男性压迫的行动和觉醒的女性意识赋予了《静静的顿河》一种特殊的意义。阿克西尼娅和娜塔莉亚作为俄罗斯文学中杰出的女性形象，一定程度上体现出了俄罗斯妇女的品性和人格的完整。她们努力挣脱传统人格的束缚，去寻求独立的个性发展，在不同程度上超越了哥萨克传统观念意识、文化心理结构的积淀，同时也超越了她们自身。阿克西尼娅在《静静的顿河》第一部里是小说结构和叙述的情感中心，她一露面便以一个成熟的女性形象出现在读者和葛利高里面前，在她的身上作家倾注了滚烫的热情。她所有的性格特征在与葛利高里爱情悲剧的整个过程中得以全部表现出来。作为宗法制度下的下层妇女，阿克西尼娅体验了生活的残酷和没有爱情的婚姻的痛苦。葛利高里的爱情使她的生命得以复苏，她平生第一次发现了自身的价值，她的爱情是无畏的，也是至诚的，在与娜塔莉亚两次正面交锋中，她的反诘道出了爱情的自白。虽然她与葛利高里的爱情道路不免曲折、起伏，但她最终还是获得了真正的爱情并为此付出了生命的代价。可以说，阿克西尼娅是越出个人生存范围的一种力量的体现者，是权利原则性格和某种反叛精神的体现者。

娜塔莉亚则是体现了“人的魅力”的另一个层面。娜塔莉亚的爱情是深沉而悲怆的。她仅仅是为自己真诚、无助的爱情而嫁给了并不爱她的葛利高里。她的爱情是悲剧性的，虽然她拥有所谓的“家庭”，然而她的一生却从未真正获得过葛利高里的爱情。痛苦和绝望使她想到了死，她也曾决心堕下葛利高里的孩子、弃绝这个形式上的家庭并诉诸行动等。娜塔莉亚“心灵运动”的这一过程全面展示了她独立的人格特征。在这样的意义上，阿克西尼娅是难以与她媲美的。娜塔莉亚最终成为其独立人格和自觉意识的牺牲品。她对葛利高里的爱又是博大的。还在当姑娘时，她便不屑有关葛利高里与阿克西尼娅私情的流言，毅然决定把初恋献给葛利高里。最后在弥留之际，她依然嘱咐儿子，让他代自己亲吻一下终生苦恋的葛利高里。至此，娜塔莉亚这一形象所包容的“人的魅力”已达到了至善至美的境界。

《静静的顿河》在艺术上所取得的非凡成就,首先在于以其宏大的叙述结构、深广的历史视界获得了诸多史诗的风格特征。在这部鸿篇巨制中,作家展示了决定哥萨克乃至整个俄罗斯历史命运的重大事件,描写了一系列独具个性的历史人物形象。作家将主人公葛利高里一家的"苦难的历程"置于广阔的历史背景上,并以此为主线,多视角、多层面地展现了俄罗斯哥萨克群体所经历的"世纪之路";反映了战争和革命在生活和人的心理上所发生的巨大变化。

其次,《静静的顿河》继承了俄罗斯古典小说的艺术时空表现方式:时间上的历史体验、人物形象心理空间的透视以及主观情绪化了的自然景物的空间呈现。小说艺术地再现了第一次世界大战、"二月革命""十月革命"、国内战争等历史事件。作者以历史时间为纵线,依据时间的自然顺序对战争史实作流动性介绍,在整个的时间流程中还叙述了葛里高利及其家族命运等虚构的情节。肖洛霍夫不仅将小说的整个叙事时间融入了历史的进程中,赋予小说深重的历史感,而且使小说虚构的故事与历史事件完全融成了一体。同样,小说里意识空间的描写主要是通过葛里高利与娜塔莉亚、普罗霍尔的谈话,从侧面反映出其意识空间中的痛苦与悲哀,对人的生存境况进行探索,以时空体对位和多重对话的复调形式来丰富客观时空。《静静的顿河》中人物与自然的描写除了它独有的艺术审美价值外,在表现人物的内心世界方面,更有一种特殊的作用。肖洛霍夫常常将自然的描写与人的心理描写联系在一起,从而成为描绘人物心理的重要手段。自然景物在作品中常常"错位"进入人物心理,情景难以截然划分,成为肖洛霍夫艺术描写的重要特征。

再次,以传统悲剧要素、现代悲剧要素和作家的创新要素的融汇统一,构成了《静静的顿河》独特的悲剧形式。传统悲剧总是与崇高联系在一起,但在20世纪,崇高的悲剧观念面临着非理性主义的挑战,在非理性主义哲学观念的观照下,整个现代文学都变成了一种广义上的悲剧文学而失去传统悲剧的内在特质。在这种文艺思潮的背景下,《静静的顿河》的创作在接受传统悲剧美学的基础上,也打上了时代的印记。在情节结构上,小说采用"突转"和"发现"将悲剧情势推向高潮,这是继承了传统悲剧的创作手法。"突转"手法在葛利高里携阿克西尼娅逃亡这一节中表现最为突出:葛利高里携阿克西尼娅逃离鞑靼村,去寻找期盼已久的安宁生活,但他的行动却将阿克西尼娅推向死亡的边缘。而"发现"手法作为特别的内驱力使得葛利高里在不断选择和否定选择中完成自己性格特征的建构,也使得葛利高里与阿克西尼娅、娜塔莉亚之间的冲突情势变得尤为复杂。在叙述模式上,小说则突破了传统悲剧的封闭性,实现了一定程度的开放性。而在选择普通人——哥萨克农民作为悲剧主人公的同时,将葛利高里等人的终极行动定位在对生存方式的选择上,这就大大减少了悲剧的崇高感而带上了反悲剧色彩。

此外,《静静的顿河》洋溢着一种富有地域特征的创作风格。小说运用富有独特个性的方言俚语，表现出具有普遍共性的哥萨克传统的民族文化和共同的心理特征，运用哥萨克民歌，如篇首所引的哥萨克古歌，从一开始就把读者带进了哥萨克自古以来的艰辛历史与悲壮情感的世界，比较全面地反映了这个群体的民族意识、民族心理和民族精神，再现了顿河哥萨克淳厚古朴以及带有浓郁乡土气息的生活场面和社会风俗，凸现了哥萨克热烈粗犷、自由豪迈的群体性格。

第四节 罗曼·罗兰

罗曼·罗兰(1866—1944)是20世纪前期法国最重要的现实主义作家。他一生追求真理，向往光明和人类解放，被称为“两个世纪的文化的一座桥梁”“欧罗巴的良心”，高尔基称之为“法国的托尔斯泰”。

一、生平与创作

罗曼·罗兰于1866年1月29日生于法国中部高原上的小镇克拉姆西的一个中产者家庭。母亲笃信宗教，酷爱音乐，给罗曼·罗兰以深刻的影响。1880年，罗曼·罗兰迁居巴黎。1886年考入巴黎高等师范学校学习文学和历史，一度去意大利考察艺术。1895年，他的论文《现代歌剧之起源》受法兰西学院褒奖，获艺术博士学位，后在巴黎高等师范学校和巴黎大学讲授艺术史，同时开始文学创作。罗曼·罗兰渴望成为一名艺术家，但对文学创作有着更为强烈的追求，他的座右铭是“不创作，毋宁死”，21岁时便拟定了一个终生的写作计划。22岁时他投书列夫·托尔斯泰求教，向他寻求生活的答案。托尔斯泰长达数十页的回信给罗曼·罗兰的思想和后来的创作产生了不可磨灭的影响。

罗曼·罗兰

罗曼·罗兰热爱雨果和莎士比亚，信奉启蒙思想，缅怀法国大革命和巴黎公社运动。面对当时资本主义过渡为帝国主义和颓废文学充斥文坛的严峻现实，他出于高度的社会责任感，渴望自己能“为新的社会创造一种新的艺术”，用来针砭时弊，鼓励行动。他的创作生涯从尝试创立“人民戏剧”起步，一生写过21部剧本，总题为“革命剧”的有8部，主题都是关于18世纪法国资产阶级革命，如《群狼》(1898)、《7月14日》(1902)、《爱与死的较量》(1925)、《罗伯斯庇尔》(1939)等；总题为“信仰剧”的有3部，以反战为主题，如《圣路易》(1896)、《哀尔帝》(1898)、《理智的胜利》(1899)等。在这些作品中，贯穿他一生创作的那种以巨大的热情呼唤英雄主义和激励民族信心的倾向已经初露端倪,但由于所描写的历史内容多处严重失实,艺术上也并不成熟,因此未获成功。

1903 年,他发表《贝多芬传》,用英雄主义来对抗“物质主义”(即市侩主义),是罗曼·罗兰追求人类进步与和谐的博爱心胸中吟咏出的一支歌。这部具有丰厚思想性与旺盛生命力的经典之作,以其特有的激越旋律震撼了世界,让不同民族不同时代的读者得以沐浴音乐大师神圣的福佑与烛照。《贝多芬传》获得巨大成功,从而促使他撰写古今名人传记。先后发表有《米开朗琪罗》(1906)、《托尔斯泰传》(1911)和《甘地传》(1923)等名人传记。《托尔斯泰传》是罗曼·罗兰为俄罗斯伟大的文学大师列夫·托尔斯泰所作的传记,辉映、诠释出托尔斯泰伟大、光荣、斗争的一生,展示出传主以神明的圣洁在这疮痍满目的世界中显示出来的无边的博爱。在这些名人传记中,他一方面赞美历史名人坚持真理、造福人类的伟大精神,寄改造社会的希望于英雄主义的发扬光大;另一方面他又推崇托尔斯泰的博爱主义和甘地的不抵抗主义,透露出对当时欧洲现实主义文学运动造成重大影响的“罗曼·罗兰主义”的思想轮廓。

罗曼·罗兰在 20 世纪初完成了 10 卷长篇小说《约翰·克利斯朵夫》(1904—1927),奠定了他在文学史上的地位,并获得了全欧性的声誉。《约翰·克利斯朵夫》的成功使罗曼·罗兰实现了“人民戏剧”中未能实现的夙愿。他坚持人道主义立场,反对战争。1914 年,他在《日内瓦日报》上发表政论文章《超乎混战之上》,在西方引起强烈反响。1916 年,罗曼·罗兰因“他的文学作品中的高尚理想和他在描绘各种不同类型人物时所具有的同情和对真理的热爱”而获诺贝尔文学奖。他把奖金全部赠给了国际红十字会等组织。1919 年,他发表《精神独立宣言》,号召世界各国知识分子联合起来,抵制帝国主义战争阴谋。

两次世界大战期间,罗曼·罗兰的创作又一次达到高潮。1919 年,他发表了中篇小说《哥拉·布勒尼翁》(1919),这部小说以日记体写成。作品通过同名主人公再现了当时的生活和风俗,塑造了一个富有正义感和乐天性格的手工艺人的形象,赞美文艺复兴时期的法兰西文化,用以否定 20 世纪初“垂死的文明”。1920 年,罗曼·罗兰发表了两部反战的中篇小说《格莱昂波》(1920)和《皮埃尔和吕丝》(1920)。

罗曼·罗兰继而完成的《欣悦的灵魂》(又译《母与子》)是一部长河小说。共 4 卷:《安乃德和西尔薇》(1922)、《夏天》(1924)、《母与子》(1927)、《女预言者》(1933)。小说以叛逆的女性、法国知识分子安乃德的人生经历为情节主线,着重描写了母子俩的精神探索和革命意识形成的全部心理过程,成功地反映了西方进步知识分子在帝国主义战争和社会主义革命的历史大动荡中探索光明、追求真理的人生道路。安乃德本是大资产阶级出身,因被公证人在交易所输光了她的财产而变得一贫如洗,不得不自谋出路。她渴望人格独立和精神自由,少女时代曾将理想的实现寄托于恋爱婚姻,但惨遭挫折。她顶着生活压力,以做家庭教师自立,悉心抚养教育儿子玛克。“十月革命”后,安乃德开始接近普通群众,投身社会斗争。玛克也由坚持精神独立而不愿参加政治斗争,转变为积极参与反法西斯和保卫苏联的斗争,不久在意大利被杀。安乃德则化悲痛为力量,以玛克的精神激励青年一代。《母与子》是一部真挚而坚毅、柔韧而顽强的女性的灵魂史。主人公的姓氏“李维埃”(法语原意为“河流”)以及她的故事象征着她的生命犹如一条蜿蜒曲折、奔腾不息的河流,展示了一种非但永不退缩、永不屈服而且要征服苦难、扫涤雾障而奔向未来的灵魂的力量。

此外,1935年,罗曼·罗兰发表了两部政论集《战斗五十年》和《通过革命》。他在30年代访问苏联所写的日记《莫斯科日记》,规定只能在50年后才能发表,表明罗曼·罗兰注意反法西斯斗争的需要。这部日记记述了他在苏联的见闻,表达了一个正直知识分子的历史审视和思考。罗曼·罗兰还有文学评论《旅伴》(1936)、回忆录《内心旅程》(1942)等。

罗曼·罗兰把自己的一生看成是“伟大的战斗”,矢志不移地探索人类进步的理想。罗曼·罗兰一生贯穿人道主义思想。前期受托尔斯泰影响较深,主张以全人类抽象的“爱”、以其“英雄精神”对抗社会沦丧、文化堕落,提倡艺术为普通人服务。“十月革命”的胜利和20年代的社会激烈矛盾使他的思想发生巨大变化,同情无产阶级革命事业,作品中出现了“新人道主义精神”。他一度幻想甘地主义跟列宁路线的结合,后来终于明白欧洲革命只能走苏联的道路。苏联舆论称他为“革命同路人”。从30年代开始,罗曼·罗兰与高尔基频繁通信,1935年应邀访问苏联与高尔基会见,高尔基称他是“法国的托尔斯泰”。同时,罗曼·罗兰又是一位举世闻名的反战斗士。30年代后期,他与法国进步作家一起,反对法西斯战争。两次世界大战期间,他发起组织“国际反法西斯委员会”,和巴比塞、爱因斯坦共同担任名誉主席。1932年8月,在荷兰的阿姆斯特丹举行的世界反战大会上,他被推举为大会主席。1933年,他拒绝接受德国政府颁发的“歌德勋章”,公然宣告同法西斯党徒势不两立,并参加了营救被纳粹分子陷害的保加利亚共产党领袖季米特洛夫的斗争。

罗曼·罗兰用自己毕生的精力为人类的进步事业而斗争,“真诚”是他一生为人和创作的根本,人们盛赞他为“欧罗巴的良心”。在西方现实主义发展史上,罗曼·罗兰卓越的文学贡献突出地表现在对小说体裁的革新方面。他不仅第一个把多卷连续性长篇小说的形式引入法国,而且首创了长河小说的形式和音乐小说的形式,还将史诗、悲剧、抒情诗、哲理小说等体裁纳入同一文本,融成一种新颖别致的小说表达方式。罗曼·罗兰往往在一部小说中,通过一两个人的一生经历去反映一个时代的变迁,这就发展了19世纪现实主义作家通过一整套小说去反映时代的写法。在他的影响下,有的作家从一两个家庭去描写一个时代。这种多卷本小说的优点是描写集中,容量比较大。罗兰认为,生活就像一条长河那样,连续不断地流动,小说也应反映这种丰富、博大、不停地发展的状态。这种“长河小说”,气势雄浑,具有史诗的规模。同时,发展脉络清楚,一气呵成,从结构上来说得更为完善。《欣悦的灵魂》和《约翰·克利斯朵夫》两部“长河式”的杰出成就,为罗曼·罗兰赢得“两个世纪文化的一座桥梁”的盛誉。

其次,罗曼·罗兰也是一位既沿袭传统又具有开拓创新精神的人物,把对社会人生的审视剖析由强调外部世界转变为注重内部世界,认为人物性格是在和环境的双向碰撞中展示出来的,他所追求的典型是高于环境的性格机制和不受环境支配的主人公的道德激情。英雄主题是他文学创作的灵魂。表现社会革新的希望、描写“真正的人”是罗曼·罗兰的美学理想,他善于描写个人的奋斗和思想探索的历程,在热衷于自我精神探索的直接经验表现的同时,让心理分析和心态描写处于作品的首要位置,不以主人公人生遭际中的灵魂经历构建故事情节框架,而且通过心灵的多层世界深刻地再现时代风貌和社会生活。

二、《约翰·克利斯朵夫》

《约翰·克利斯朵夫》是罗曼·罗兰一生最重要的代表性作品。作家以音乐家约翰·克利斯朵夫·克拉夫一生的奋斗为经,以第一次世界大战前二三十年间的欧洲生活为纬,把自己精神探索的直接经验跟谙熟于心的伟大音乐家贝多芬的传记材料糅合在一起,反映了世纪之交一代知识分子的精神探索,表现出作家反对现存秩序的进步立场和坚持人类进步文化的艺术观点。

《约翰·克利斯朵夫》共4集10卷,第一集有《黎明》《清晨》《少年》3卷,写约翰·克利斯朵夫早年生活在德国,童年和少年时代就表现出出众的音乐天赋,但卑微的出身使他从小感受到了生活的艰辛和社会的不平,开始形成反抗意识,反抗社会的不公和小市民庸俗势利的习气。第二集有《反抗》《节场》(又译《广场上的市集》)两卷,写他纯真的品格与德国贵族的傲慢和法国资产阶级的伪善格格不入,杀欺压农民的士兵,加之初恋受挫等,他的生活遇到了很大的困难和挫折,而且使得作为他生命自然流露的音乐作品也遭到非难。第三集有《安多纳德》《户内》《女朋友们》3卷,写约翰·克利斯朵夫与奥里维的相遇相知,并且开始关注普通群众,尽力去帮助他们,在思想上始终恪守用“爱”和充满了爱的艺术改

《约翰·克利斯朵夫》中文版书影

造社会的信念。第四集有《燃烧的荆棘》《复旦》两卷,约翰·克利斯朵夫与奥里维在“五一”游行中,奥里维被警察打死,约翰·克利斯朵夫出于自卫也打死一个警察。逃往瑞士后,在阿尔卑斯山隐居多年,潜心进行音乐创作。晚年成为誉满全球的音乐家。避世孤居罗马,追求精神上高远清明的境界。

约翰·克利斯朵夫是一个具有伟大心灵的贝多芬式的人物。约翰·克利斯朵夫的性格特征主要通过他的三个生活阶段显示出来。年轻的音乐家鄙视封建贵族,痛恨资产阶级暴发户,不愿让他们将艺术当作享受的玩物,但他因此也遭到社会的排斥和打击。后又因仗义救人,造成命案,不得不流亡法国。到了巴黎以后,他目睹巴黎文艺界乃至整个社会的堕落,十分失望。为了维护艺术的纯洁和人格尊严,他毅然对法国艺术界进行了激烈抨击。可是,他的反抗始终是孤独的,唯一理解和支持他的只有好友奥里维。约翰·克利斯朵夫的社会地位使他同情下层人民,但他身上的个人英雄主义意识和对艺术作用的错误估计,又使他无法很好地与人民结合在一起,并从中找到精神力量。好友奥里维在“五一”示威游行中受伤死去,对约翰·克利斯朵夫是沉重打击,从此他逃避斗争。晚年的约翰·克利斯朵夫反省自己的一生,不再过问世事。他陶醉在爱情之中,向现实妥协,与过去的敌人讲和,同时致力于宗教音乐创作,在追求内心和谐中度过自己的晚年。

约翰·克利斯朵夫这一形象概括了20世纪初西方整整一代进步知识分子的思想特征和精神面貌。约翰·克利斯朵夫是一个个人奋斗者、民主主义者、人道主义者,是一个具有高尚人格和音乐才华、追求真理的艺术家。作品力图将这一形象塑造成高于庸俗资产阶级社会的英雄人物。反抗精神和奋斗精神是他性格的两方面,他反抗和追求以及斗争的理想都是以博爱主义为思想武器,以个人奋斗为其实现的途径。他不赞成政治斗争,反抗暴力,同情群众而不信任群众,热爱生活而脱离现实,最终以皈依宗教了却余生。反抗斗争、挫折失败、妥协和解是约翰·克利斯朵夫一生经历的三部曲,他一生都在追求真善美,以艺术家的英雄气概对新世纪的理性需求作出积极反应。毫无疑问,约翰·克利斯朵夫的反抗具有积极意义,但是他的思想局限又使他陷入深刻的矛盾,并导致个人反抗以失败告终。约翰·克利斯朵夫反抗、失败、动摇、幻灭的生活历程包含着丰富的社会内容。它深刻地概括了19世纪末20世纪初具有民主主义思想的小资产阶级知识分子的精神面貌,广泛地反映了这一时期欧洲资本主义社会的现实和矛盾,尖锐地批判了腐朽文化对真正艺术的摧残。

罗曼·罗兰在小说《序言》里讲的一句话可以说点明了小说的思想内核,即真正的英雄之所以伟大,是由于他具有伟大的心。约翰·克利斯朵夫的这种“伟大的心灵”体现在四个方面的精神品格上:其一,高大健壮的躯体和昂扬的激情;其二,高度自尊、自信,在任何外部的压力下、艰难的处境中都能维护人格独立和自身尊严,孜孜不倦地追求生命价值的自我实现;其三,恪守信念,富有主见,坦诚表现自我,仗义执言,视艺术为爱和力量的至高无上,为艺术敢于斗争,不怕孤立,宁死不屈地捍卫自己所认定的真理;其四,博爱为怀,充满爱心,爱人类,爱艺术,爱生活,爱朋友,爱亲人,甘愿为爱而献身。

罗曼·罗兰既继承了法国理性主义的传统,又受到尼采超人哲学和柏格森生命哲学的影响。后来虽然对超人哲学的负面影响有所警觉,但从约翰·克利斯朵夫的形象可以看出,罗曼·罗兰一方面赋予理性以崇高的地位,另一方面又始终把人的本质定位在生命力的显现上,并且和世俗道德的虚伪对立起来,将具有自然生命力的人与凡夫俗子对立起来。

《约翰·克利斯朵夫》开创了"长河小说"这一艺术体裁。作品以主人公一生为主要线索,构成了基本情节。次要的人物虽各自有其独特的命运和遭遇,但处处呼应主线。整部作品就像一条由许多支流汇集而成的大河,奔腾不息。一方面作家将所涉及的事物均以河流做比喻,以此展示各种事物的流动性,如生命之河、生命之流,思想之河、思想之流等主要支流,使种种事物的流动性与主人公的命运彼此关联、相互渗透,凸现了作品雄浑的气势和史诗的品质。

《约翰·克利斯朵夫》是一部独具特色的"音乐小说",它最显著的艺术特点在于具有交响乐一样的宏伟气魄、结构和色彩。这不仅是因为小说写的是音乐家的一生,而且整部小说无处不富有音乐色彩。主人公的喜怒哀乐、悲欢离合,巧妙地被编织在交响乐般的旋律之中,音乐和小说结合在一起,形成一个和谐而完美的整体,产生了巨大的魅力。罗兰多次谈到这部小说包含着音乐性,那就是我的思想表达到人物身上,他们的相互吸引和冲突组成了一曲交响乐。在心灵的天地中有着节奏和旋律,这就是我的思维致力于达到的图景。从结构上看,《约翰·克利斯朵夫》的各卷犹如交响乐的几个乐章一样,分成序曲、发展、高潮和结尾,气势浩荡,浑然一体。有人认为主人公的童年、青年和反抗是第一乐章,他在巴黎达到成熟时的斗争是第二乐章,他的成功和平静是第三乐章。罗兰凭着他对欧洲音乐的深厚素养,在小说中穿插对音乐作品和音乐家的评点,带领读者漫游欧洲古典音乐的王国,使读者感到生活在管音琴声的氛围里,陶醉在音乐曲调的享受中。

《约翰·克利斯朵夫》开拓了有别于19世纪传统的现实主义的新的艺术手法。小说不以故事情节发展为程序,而是以主人公的感情心灵发展来结构作品的程序。约翰·克利斯朵夫的精神探索在情节框架中占据中心位置。作品着重描写一个音乐家的内心世界,而错综复杂的社会关系则聚焦于主人公的意识并内化成精神探索的动力,社会生活背景又总是随着约翰·克利斯朵夫内心活动的张弛起伏而时现时隐。德国封建专制经济制度下的非人劳动和等级偏见下的屈辱生活,使思想敏锐、感情细腻的约翰·克利斯朵夫把追求和捍卫自我尊严作为一生奋斗的起点。起初他试图向宗教寻求精神寄托,但因此陷入了虚幻迷惘而一度自暴自弃。祖父、舅父在他的心灵中注入了新鲜的血液,祖父的英雄主义思想使他幻想自己能成为创造自由平等新世界的英雄人物,舅父朴素的人生哲学使他立志成为用纯洁高尚的心灵和坚忍不拔的意志去追求和创造真正的音乐。法国之旅中的黑暗现实残酷地粉碎了他追求幸福自由的理想。在好友奥里维的帮助下,他举着“精神幸福”和“博爱”的旗帜奔走在中下层社会,取得了一些效果。在人民斗争夭折和最亲密的伙伴相继消失等一系列沉重的现实打击之后,他以“纯艺术”的观念求得超脱,在宗教神秘氛围中进行孤独的个人奋斗。作品以约翰·克利斯朵夫的心理变化作为故事情节发展的线索,通过深入透彻的心理分析,广泛反映了19世纪后期到20世纪初期欧洲的社会现实、文化风貌和人情习俗。这种以“表现心灵”来再现现实生活的成功尝试,走出了单纯“模仿自然”的创作模式,为现实主义注入了新的活力,使之得到了新的发展。

作品还运用了大量的象征手法,让莱茵河的形象跟克利斯朵夫的人生经历相伴随,使得这首交响乐显得更加多姿多彩。主人公诞生时,暴涨的莱茵河河水的隆隆声伴随着婴儿的啼哭声;童年时期,主人公学习提琴和作曲时的明朗钢琴旋律与莱茵河的奔腾声时时交融;主人公精神震荡或创作思潮翻滚时,又常常与莱茵河的水声、涛声相交织;主人公弥留之际,在梦中又见到莱茵河,心灵达到和谐。时而平静时而汹涌的莱茵河成了这位艺术家一生顽强奋斗的象征。作品的主要人物都有象征含义:约翰·克利斯朵夫是力的象征,奥里维和葛莱莉亚分别象征着法国的理想主义和意大利的艺术美。三者的友谊和爱情构成了作者所追求的充满生气、摆脱旧习、和谐美好的人道主义理想世界。

此外,这部小说在朴素中隐含着绮丽,流畅中蕴含着精粹,在宏伟的“长篇叙事诗”的独特格调中,穿插有出色的心理描写和自然景物描写以及饱含哲理和抒情色彩的大量议论等,这些在作品中互为条件,彼此联结,构成了《约翰·克利斯朵夫》不可缺少的艺术手段。

第五节 海 明 威

欧内斯特·海明威(1899—1961)是20世纪美国著名小说家,他以独特的现代叙事艺术开了一代文风,他的作品对20世纪欧美文学创作有重大影响。

一、生平与创作

1899年7月21日,海明威出生在美国芝加哥城郊的一个医生家庭。小时候,他经常跟随外出行医的父亲去钓鱼、打猎、踢球等户外活动,练就了一身强健的体魄和坚韧、强悍、好胜的性格,也从小感悟到了大千世界生生死死的自然现象。母亲是基督教徒,爱好艺术,经常带海明威去参观画展和听音乐会,使他养成了爱好艺术的习惯。

欧内斯特·海明威

成年后的海明威有着传奇般的人生经历。他的生活赶上了两次世界大战这最混乱最恐怖的年代,他是一个从“绝望的境地里”走出来而且继续抱有希望的人,一个具有“硬汉精神”的人。

1917年9月美国对德国宣战后,海明威兴奋地要求参战,但因左眼患疾和父亲反对而未能如愿,而只能在堪萨斯市的《星报》当见习记者。记者的写作生涯,练就了他简洁、含蓄的文字风格。1918年,不满19岁的海明威怀着“拯救世界民主”的愿望,志愿担任战地救护车司机,赴欧洲前线。他目睹了战争的残酷,并亲身体验了这种残酷。“1918年7月8日夜里,他正在皮亚维河沿岸的战壕里给士兵送烟、巧克力和明信片……突然一颗臼炮的炮弹飞来,当场炸死了4人。海明威受伤最轻”[①],但“中臼炮弹受伤227处”,“两个膝盖都打穿了”[②],而且还把一个意大利伤兵背进了战壕。在第二次世界大战中,“他作为战地记者曾到法国,并组织过游击队抗击德国法西斯。1944年8月,他参加了第一批部队攻进巴黎,解放了里兹饭店。”[③]期间,有一次因汽车失事身受重伤,头上缝了57针。面对世界的荒诞与邪恶,他不像一些现代主义作家那样失望、冷漠,而像一个古罗马角斗士一样昂然以对。他爱冒险、爱生活中的一切,他“爱上了三大洲,爱上了一些飞机与船,爱大海,爱他的姐妹,爱他前后的几个妻子,爱生也爱死,爱早晨、中午、黄昏和黑夜,爱荣誉、床第、拳击、游泳、垒球、射击、钓鱼以及读书、写作,也爱所有的优秀的影片。”[④]他选择的死也异常壮烈:1961年7月2日,他把猎枪口放在嘴里,一扣扳机,半个脑袋打飞了。这是他在长期备受各种病痛折磨、无法容忍病魔对生命的凌辱的情况下,以死表示对人的尊严的维护,是一种宁死不败的硬汉精神的体现。海明威是生活在动荡与混乱世界中的一个行动着且不言败的硬汉和英雄。正是这种不败的硬汉精神,构成了他小说人物的精神骨架。

1922年,海明威开始在《大西洋月刊》上发表文学作品。1923—1926年,他

① 董衡巽:《海明威评传》,浙江文艺出版社1999年版,第8页。
② 〔美〕卡洛斯·贝克编:《海明威书信选:1917—1961》,转引自董衡巽《海明威评传》第9页。
③ 王长荣:《现代美国小说史》,上海外语教育出版社1992年版,第142页。
④ 〔美〕莉莲·洛斯:《海明威肖像》,见《海明威研究》,中国社会科学出版社版,第22页。

的第一个作品集《三个短篇和十首诗》和短篇小说集《在我们的时代里》、长篇小说《春潮》相继出版。这些作品记录着海明威少时的人生体悟，如以尼克为主人公的系列短篇小说，富有自传色彩，也初露了海明威的叙事风格。

1926年出版的长篇小说《太阳照样升起》使海明威一举成名。当时评论界称这部小说为“迷惘的一代”的宣言书，海明威也因此成了“迷惘的一代”的作家。这部作品通过一个爱情故事描写了主人公精神上的迷惘与对人的生命意义的探索。女主人公勃莱特深爱着杰克，杰克也热烈地爱着勃莱特。然而，杰克在战争中因负伤而丧失了性能力，他们热烈地相爱却没有性结合，从而使双方都陷入了情感与心理的痛苦与焦虑之中。对勃莱特来讲，杰克是一个拥有丰富的精神与情感世界的人，然而他却没有爱情存在的物质与生命基础——性能力，因此，与他在一起，无异于让生命在痛苦中煎熬，“这是人间地狱般的痛苦”。所以，她说：“我不愿再受折磨了。”勃莱特从此剪掉了美丽的长发，戴着男式毡帽，沉醉于酒与非真爱的男人之间。对杰克来说，勃莱特是他唯一爱着的女人，他渴望与她在一起，却又不能不容忍勃莱特在自己的眼皮底下与别的男人在一起调情、接吻、睡觉。他用尽各种办法，力图把心爱的人与别的男人一起睡觉的情景在意识中抹去，然而一切都是徒劳的。他也照样忍受着如生活在“地狱般的痛苦”。在追求勃莱特的男人中，曾经是拳击手冠军的罗伯特有健美的身体却无丰富的精神世界，仅是杰克所丧失的性能力的象征。勃莱特在他那里虽获得了在杰克那里所无法获得的满足，但她很快就离开了他，这意味着对勃莱特来说，生命的意义不在于原欲式的性满足，尽管性原本是生命的象征。在狂欢节观看斗牛的活动中，勃莱特爱上了19岁的斗牛士罗梅罗。他不仅有健美的身体，还有勇敢的“打不败”的硬汉精神。然而，他除了有这种精神之外，仍不具有杰克那样的有血有肉的、丰满的和人性化的情感与精神世界，所以，勃莱特还是离开了他，最终又回到了杰克身边。海明威这样安排男女主人公的结局，并不意味着他们找到了圆满的归宿，找到了关于生命意义的圆满答案，而只是说明了生命存在的永不完满。生活永远残缺不全，勃莱特和杰克在一起，即使杰克并没丧失性能力，也是如此。这是让人迷惘的悲苦的命运使然。不过，小说的这种结尾却在迷惘中透出了男女主人公承受命运之悲苦而不断探寻生命意义的硬汉精神。

1927年，海明威出版了第二部短篇小说集《没有女人的男人》，作品中描写的多是拳击手、斗牛士、狩猎者，这些人物是海明威创作中的首批“硬汉”形象。

1929年出版的长篇小说《永别了，武器》中的迷惘气氛更浓。残酷的战争毁灭了人的肉体也毁了人的精神。在战争的魔影下，人的命运如着了火的木头上的蚂蚁，遭逢了不可抗拒的灭顶之灾。在这个世界末日来临之际，善良的人、勇敢的人都难免于死，因为上帝不存在了，文明与道德准则不存在了，末日的“审判”就无公正可言。主人公亨利在万念俱灰的情况下，唯一希望的是在与凯瑟琳的爱情的挪亚方舟中找到慰藉。然而,这只爱的小船也随着凯瑟琳的难产致死而沉没于茫茫苦海。小说透出了海明威生命意义探索过程中最悲冷的气息。也许正是这种悲冷的迷惘,促使他更理性、更清晰的探索阶段的到来。

1936 年,著名的短篇小说《乞力马扎罗的雪》发表。小说运用了现实与梦幻相交替的意识流手法,成功地描写了作家哈里临终前的人生追忆与反思。病榻上的哈里的思绪时而回到了过去,时而跳跃到了未来,时而又返回到现实,形成了空间、时间交错、重叠、延展的亦真亦幻的人生画面,展现了主人公哈里一生的经历和追求。那只艰难地登上雪山而后死去的豹子象征着主人公哈里不断追求的精神。小说有"迷惘"的情绪,但硬汉精神依然是主调。

1940 年,长篇小说《丧钟为谁而鸣》出版。这部作品的发表给海明威带来了世界性声誉。小说写西班牙内战期间一支游击队的战斗故事。小说的主人公罗伯特·乔丹原先是一名大学教师,志愿参加了支援西班牙的国际纵队。他接受了和西班牙游击队一起去炸毁一座桥梁的任务。任务完成了,乔丹则在战斗中失去了一条腿。他决定与敌人同归于尽。在生命即将结束时,乔丹深深地领悟到了"世界是个好地方,值得为之战斗"。小说让主人公置身于一个充满生与死、正义与邪恶、追求与困惑的矛盾复杂背景中展开生命意义的探索,展示其丰富的内心精神活动。他认识到自己是在"为全世界的人,反对所有的暴政",为"所信仰的一切"、为"理想的新世界"而战斗,因此也就值得为之献身。小说以乔丹深深爱着的西班牙姑娘象征他执着追求的和平、人性、美好、爱的至善极境。主人公在此种极境的追寻中以勇敢而优雅的姿态迎接死亡。小说标志着海明威的创作境界达到了新的高度。以前那消极迷惘的情绪大为消退,敢于和死亡与命运挑战的硬汉精神则更为高昂。

1952 年,中篇小说《老人与海》出版,这部作品使他于 1954 年获得了诺贝尔文学奖。

海明威被称为是"迷惘的一代"的代表,一生都在"迷惘"中探索,是一个从绝望的境地里走出来而且继续抱有希望的人。"迷惘"是海明威小说中的一个弥散性主题,它渗透于他的众多作品。这种迷惘既是一战以后一代美国青年厌战、恐战又找不到出路的痛苦、焦虑心态的反映,也是经受战争创伤、目睹世界之邪恶与混乱的海明威自我心态的表征。然而,在海明威的作品中,更集中而有力的主题是迷惘氛围中从不间断的硬汉式探索精神。海明威给我们描述的世界是残缺的和不完美的,那里有赤裸的野蛮、疯狂的暴力和歇斯底里的混乱,于是又有痛苦、失败和死亡。唯其如此,这个世界才令人迷惘而又值得人去探索。海明威从早期的短篇小说开始就一直进行着在一个不完美世界中人的自由与获救之途的探寻。海明威的"硬汉精神"与萨特的"自由选择"意识不无精神上的相似。因为,海明威笔下的人物在与邪恶世界抗争的行动中表现出来的"永远不败"的海明威式"硬汉精神",更具有行动的力度和现实意识。海明威告诉人们,真正的英雄是那些明明知道会失败却依然挺起胸膛向前的人。

海明威以自己的文学创作实践了他的“冰山”理论。他认为,“冰山在海里移动很庄严宏伟,这是因为它只有八分之一露在海面上”。他以“冰山”来表达他所推崇的文学创作中应该遵守的简洁、含蓄原则,从而形成了他自己独特的散文叙事文体。首先,海明威的作品在语言风格上简洁、明快,被称为“电报式文体”。他竭力避免使用铺陈描述的手法,避免使用形容词和华丽的词汇,而是尽力使用生动、鲜明、简短而又表意准确的词汇和句子。这种明快的“电报式文体”“引起了一场文体革命”。其次,海明威的作品含蓄、简约,富有弦外之音、言外之意,读来耐人寻味。海明威曾说:“如果一位散文作家对于他想写的东西心里有数,那么他可以省略他所知道的东西。”他常常用简洁的对话、内心的独白、象征的手法、意识流手法来含蓄地表达丰富复杂的情感与思想。因此,他的作品往往像海上的冰山,八分之七深藏于水下,给读者留下了丰富的想象空间。再次,作品的结构浓缩凝练。他摒弃了传统史诗式小说的宏大叙事方式,而往往把故事的叙事聚焦在人物生活的某个时间段,展示复杂的思想与情感内容,至于故事的前后经过,则如“冰山”的另外八分之七一样,隐藏在水下了。《乞力马扎罗的雪》集中写哈里临终前的追忆与反思,《丧钟为谁而鸣》的故事集中在3天内的几十个小时,《老人与海》主要写了老人出海捕鱼87天中最后3天的经历。这种结构模式和叙事方法强化了小说的含蓄、简约风格。

二、《老人与海》

《老人与海》的故事来自海明威1936年写过的一篇新闻。古巴的一个渔民捕了一条大马林鱼,但被鲨鱼吃了个精光。海明威原计划想写关于人与自然的长篇小说,题为《此刻的大海》。在构思时,海明威曾经考虑写许多背景材料,如渔村的历史和村中渔民的习俗、人与人之间的复杂关系,等等,但后来还是舍弃了这些繁杂的枝节,只写老渔夫的故事,于是,就形成了《老人与海》这样一个简短、凝练、紧凑、含蓄的中篇小说。

古巴老渔夫桑提亚哥连续在海上捕鱼84天没捕到一条鱼。但他毫不气馁,第85天,他终于钓着了一条特大的马林鱼。开始,鱼将小船拖到了远海,经过两天两夜的艰苦搏斗,老人终于制服了大鱼。他用绳子把鱼系在小船后,拖着往回赶。但在途中遇上了一群凶恶的鲨鱼,它们疯狂地冲上来争食马林鱼。老人奋力抗争。渔叉插入鲨鱼身子后被带走了,他就用刀子猛砍;船桨折了,他又以木棍作武器。当他疲惫不堪地返回渔港时,马林鱼已被撕食得只剩下巨大的骨架。

小说仅有两个人物:桑提亚哥和小孩曼诺林。小说情节集中、篇幅短小,但蕴含了深邃的意义。小说通过老渔人桑提亚哥形象的描写,展现了人与自然抗

《老人与海》电影剧照

衡的昂然气概,象征性地表达了人生的种种磨难以及人对待磨难的勇敢不屈的态度。桑提亚哥形象是海明威硬汉形象的典型和总结。

作为“迷惘的一代”的代表,海明威从早年的创作开始,就表达着一种人生无常的迷惘、困惑甚至悲观厌世的情绪,但其间又不乏倔强的追求精神,这种精神的表达随着时间的推移,随着他人生经历的不断丰富愈来愈强烈,致使他的作品在弥散性、持续性的迷惘情绪中,始终暗含了不屈的追求与探索精神,这就是他小说中始终贯穿的“硬汉”精神。这种“硬汉”精神在他的晚期创作中进一步凸显,在《老人与海》中得到了完满的体现。对海明威来说,这就像浮士德最终找到了智慧的结论,人生意义的探寻有了最终答案。

《老人与海》中的桑提亚哥是一个孤独的老人。他早年丧偶,无儿无女,全凭自己打鱼维持生计。年复一年,日复一日,他总是一个人驾着小舟飘荡在大海上。他几乎没有任何社会关系。作者把老人置于如此简单而孤独的背景中,意在淡化人物的社会身份,从而赋予他抽象人类的象征意义。作者着力描写的是老人与马林鱼的争斗。小说的开头,失败和孤独向老人袭来时,他自言自语地说:“我不再有好运了吗?”确实,出海84天没打着一条鱼,这对一个渔夫来说无疑是一个沉重的打击。但是,非洲海边的雄狮、黑人大力士狄马吉奥等的形象给了他力量和勇气,理性使他冲破了宿命论的藩篱,于是,他坚持继续出海。面对外形极美、力量无比的马林鱼,他先是自叹人不如鱼,接着,理性又使他顿醒:人毕竟是人,鱼终究是鱼,它们没有人那么聪明。在此,理性力量使他感受到了人的尊严,使他扬起了理想的风帆。后来,当马林鱼把老人逼到死角时,他那被唤起的自我意识像一股无名的强力支撑了他,帮他摆脱了曾有的失败心理,使他以一种崭新的姿态和前所未有的力量投身于“现在”的战斗。虽然,马林鱼这个庞然大物是很难对付的,但他坚信自己比它聪明,坚信“人不是生来要给打败的”,“你尽可以把他毁灭,但就是打不败他”。在这种精神的鼓舞下,老人终于降服了马林鱼。

在返航的途中,与成群的凶恶的鲨鱼搏斗,是一场更为艰苦卓绝的争斗。此时,老人面对凶恶的敌人无所畏惧,他靠着百折不挠的顽强意志,最终战胜了它们。在关于老人与鲨鱼搏斗的描写中，作者不仅表现了桑提亚哥作为个体的人的力量的强大，尤其表现了他对人的信念的执着，表现了他对理想的追求、精神的探索的不屈不挠。

小说通过老人与海和鱼的搏斗，既表达了人与自然的抗争的大无畏气概，歌颂了人在自然力量面前的勇敢精神，更表达了人类在不幸命运面前勇于抗争、不怕失败的硬汉态度，表现了海明威式的英雄面对厄运时的优雅姿态：你尽可以把他毁灭，可就是打不败他！桑提亚哥形象是抽象人类的象征，是人类勇气和力量的象征，也是人类无法抗拒和规避的悲剧性命运的象征。

当然，桑提亚哥形象同时也是海明威自身的精神自传。海明威有传奇般的经历，战争、磨难和创伤使他不断地感受着人的不幸与苦痛。在他的心灵深处，失败的心理和抗争的意志交织在一起。他不断地思考着人的能力与命运问题，不断体验并证明着人的意义、价值与力量，证明着自己是一个永远不败的强者。在创作《老人与海》的50年代前后，海明威已步入哲学玄思的创作晚期，生命与创造力之有限性考验着他的自我超越能力。而年迈的桑提亚哥那不屈的抗争精神正好是海明威创作中一贯的硬汉风格的延续和光大，也是他生命的后期不甘气馁、不息追求之心志的寄寓。

小说把传统的写实手法与富有现代感的象征手法有机地结合在一起。作者对日常生活的描写十分真实、客观、细致、准确。如对老人在海上的活动、对他的内心活动、对海上的景色和各种鱼的形体的描摹，都十分简洁、明快而准确。作者曾这样描写老人与鲨鱼的搏斗：

> “它们（鲨鱼）是成群结队来的，他只看到它们的鳍在水里划出的纹路，看到它们扑到死鱼身上去时所放出的磷光。他用棍棒朝它们打去，听到下颚裂开和它们钻到船底下面咬鱼时把船晃动的声音。”

这里的描写集视觉、听觉、触觉于一体，细致而逼真，既有现实性又很生活化。

象征手法的广泛运用，使小说真实的画面里蕴含了深刻的寓意。如前所说，桑提亚哥形象拥有多重象征意义，他既是人类的象征，也是耶稣基督的象征。小说开头交代了老人以前曾出海87天一无所获，眼下又出海84天一无所获，加上后面的3天，正好87天。这两个87天与耶稣的经历有暗合与暗示。耶稣曾被引到一个不毛之地经受魔鬼的考验，40天无点滴进食，备受饥渴的折磨；后来40天又受了各种各样的苦难；最后的7天即是复活节前的一周，更是重重磨难。桑提亚哥在海上奋斗的3天也可以看作是耶稣受难被钉在十字架的前3天。当老人看到第二条大鱼时，小说写道：

> “‘呀！’他嚷了一声，这个声音是没法表达出来的，或许这就像人在觉得钉子穿过他的手钉进骨头里的时候不自主地发出的喊声吧。”

这里，作者以耶稣受难复活与桑提亚哥的失败和成功联系起来，象征人在经受磨难后将获得精神上的再生。

此外,小说中的大海象征人生的角斗场,所以,作者多次用“黑色的”“暗黑的”“黑魆魆的”等幽冷、神秘的字眼来形容海水,暗示其凶险而不可捉摸。鱼类象征各种神秘的自然力量:马林鱼是强者,鲨鱼是复仇之神;狮子象征着胜利和权威,孩子则象征着希望与未来。

写实与象征的结合,使《老人与海》在真实、细致的故事描述中体现着含蓄、隽永的叙事风格。

《老人与海》体现了海明威一贯的“电报式文体”风格。小说用第三人称叙述故事,语句平实、准确、简练、含蓄、明快、流畅。作者不随便用形容词,也不多用词汇,被用上了的,就具有替代性。例如小说中打鱼回来的桑提亚哥睡觉醒来与孩子曼诺林的对话:

孩子:别坐起来。
　　　把咖啡喝掉吧。
老人:它们把我给打败了,曼诺林。
　　　它们真的打败了我。
孩子:它没打败你。那条鱼并没打败你。
老人:是的。真的没有。可是后来鲨鱼打败了我。
……
老人:他们找过我没有?
孩子:当然找过。找你的有水上警察,还有飞机。
老人:海洋很大,船小,不容易被发现。

这段对话平实、平淡而简短,没有华丽的形容词,也几乎没有多余的字,真像电报文。透过简单对话的字面意义,又可以感受到老人的孤寂而坚毅、自信又豁达。文字、文体的风格与人物的情绪、性格有对应关系。

第六节　伯　　尔

海因里希·伯尔(1917—1985)是德国著名小说家,1972年获诺贝尔文学奖,他为第二次世界大战失败后的德意志民族第一次获得了世界性的荣誉,他是战后德国这片废墟上崛起的“国际文坛巨擘”。

一、生平与创作

1917年12月21日,伯尔出生于科隆的一个木工家庭。1937年中学毕业后到波恩的一家书店当学徒。1939年,22岁的伯尔考入科隆大学德语系。这年9月,第二次世界大战爆发,他应征入伍,先后在法国、苏联、罗马尼亚、匈牙利等地作战。1945年4月被盟军俘虏,在美军战俘营里待了一段时间,同年底被遣送回国,继续到科隆大学学习。1950年大学毕业后在科隆市统计局任统计员。

伯尔自 1947 年开始发表小说,同年应邀参加了著名文学团体“四七社”。1951 年他成为专业作家,1979 年,伯尔夫妇退出了天主教会,并声明与天主教会一刀两断。1985 年 7 月 16 日伯尔逝世,终年 68 岁。

伯尔一生创作有小说、剧本、诗歌、广播剧、评论和游记等,其中小说的成就最高。伯尔的小说大致可分为两类:第一类作品以战争生活为背景。二战后,面对战争留下的一片废墟,西德人陷入了自我反省之中,文坛上出现了“废墟文学”。伯尔是“废墟文学”的代表作家。他的这类作品主要有短篇小说集《火车正点到达》(1949)、短篇小说集《流浪人,你若来斯巴》(1950)、长篇小说《亚当,你到过哪里?》(1951)。这类作品取材于第二次世界大战,反映战争对人类带来的灾难,格调低沉灰暗。第二类作品以战后西德“经济奇迹”时期下层人民的境遇为背景,主要有长篇小说《一声不吭》(1953)、《无主之家》(1954)、《九点半钟的台球》(1959)、《一个小丑的看法》(1963)、《莱尼和他们》(1971)、《丧失了名誉的卡特琳娜·布鲁姆》(1974)和《监护》(1979)。在这些作品中,伯尔对西德社会中的不良现象作了多方面的描写,对不幸的“小人物”寄寓了深切的同情。

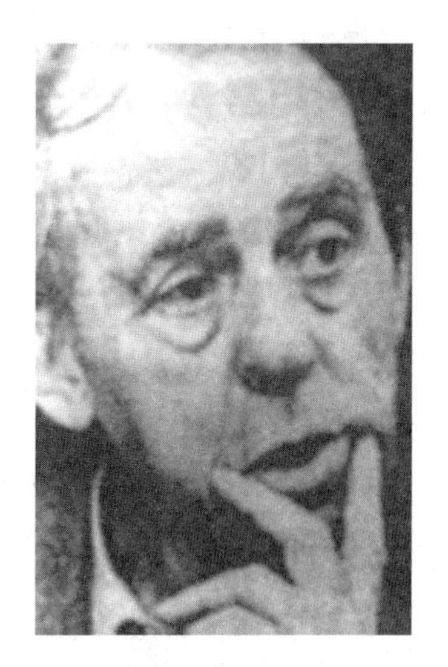

海因里希·伯尔

中篇小说《火车正点到达》是伯尔的成名作,它是西德战后“废墟文学”兴起的标志。小说生动地描绘了普通士兵安德烈亚斯内心的痛苦。他从前线回家度假,他厌恶战争,可迫于军令,不得不重返前线。在火车上,他十分清楚本次旅行的终点便是死亡,因而,不断地计算着还能活着的时间。在波兰的一个小城市,他与地下抵抗者奥维娜邂逅,她也厌恶战争。他俩处境颇为相似,同病相怜,一见钟情。他们打算一起逃往喀尔巴阡山,以摆脱战争与死亡,但汽车爆炸,这对死里求生的年轻人最终还是没有逃脱死亡的命运。伯尔通过安德烈亚斯与奥维娜展示了人们的厌战情绪和反战心理,说明了战争是可怕的病症,一种毁灭人类的瘟疫,一种无法抗拒的命运。主人公安德烈亚斯不是一个烧杀抢掠、灭绝人性的法西斯匪徒,也不是趾高气扬的胜利者与征服者,而是一个普普通通的人,是战争的受害者和牺牲品。战争不仅把物质化为灰烬,也把人的精神摧残殆尽。

长篇小说《一声不吭》深刻地反映了 1950 年代西德“经济奇迹”时期小人物痛苦的命运。男主人公弗雷德是某宗教机构里的小职员,他终日劳碌,却难以维持一家五口的生计,全家人挤在一间破烂狭小的房子里,夫妻俩平日只得到野外或旅馆里去过性生活。周围的人对他们没有同情,只有敌意。他们像置身于荒凉的沙漠一样,找不到希望,只能听凭命运摆弄。作者怀着满腔的同情描写了西德所谓“经济奇迹”时期劳动人民的悲惨处境。小说采用内心独白的方式,让男女主人公的内心矛盾痛苦随情节的发展交替显示,缓缓写来,如泣如诉,感人至深。该小说使伯尔获得了国际影响。

中篇小说《丧失了名誉的卡特琳娜·布鲁姆》是伯尔晚年的代表作。女主人公卡特琳娜·布鲁姆是一个年轻的家庭助理员,每天忙于挣钱糊口。一次偶然的舞会上,她结识了国防军逃兵戈顿,警察正把他当“匪徒”追捕。卡特琳娜对戈顿颇有好感,就带他到自己家中过夜,并帮助他逃脱了警察的监视网,而她自己却由此获难。警察拘捕了她,当地的《日报》接连披露一些关于她与戈顿的毫无根据的消息,说戈顿是杀人犯、抢劫银行的恐怖分子,而卡特琳娜早就是戈顿的同伙,她的家宅是匪徒的据点,她是强盗的情人,她父亲是暗藏的共产党人,等等。之后,她收到了18封对她进行侮辱谩骂、人身攻击的匿名信。《日报》上的不实之词差不多都是该报记者魏尔纳所为。他还刺激卡特琳娜病危中的母亲,致使其病情恶化身亡。卡特琳娜忍无可忍,申诉无门,开枪打死了魏尔纳。作者在这部小说的卷首写道:“这个故事里的人物和情节是虚构的,如果其中描写到某些新闻记者的行为与《日报》的所作所为有类似之处,那么,这不是故意的,也不是偶然的,而是在所难免的。”作者将批判的矛头指向了西德新闻界,指出了新闻界的胡作非为、侵犯人权的丑恶行径。卡特琳娜是一个诚实、勤劳、善良而又不入社会俗流的普通青年女性。她的不幸遭遇说明,在一个只为上层人服务的社会里,诚实、正直的劳动者往往无力维护自己的人格尊严,甚至连生存也十分困难。这是当时西德这个资本主义国家中普通人的生存状况。小说以卡特琳娜枪杀魏尔纳的案子为中心,以审讯、追查案子的起因为线索,且自始至终用新闻报道方式来描述故事,增强了叙述的客观真实感,也就增强了小说的揭露批判的力度。

伯尔亲身经历过二战,对战争的残酷有深刻的认识。他曾深入反思战争的原因及其罪恶,希望基督教精神在人们心灵中重新萌发,在一片污秽之中放射出圣洁的光辉。但他很快认识到这是一种不切实际的幻想,于是从一个基督教人道主义者转变为激进的资产阶级民主主义的人道主义者。在他看来,“战争是无聊的”,“像伤寒病一样”,是“人类互相残杀的怪物”。战后,随着西德经济的发展,社会的弊端逐渐显现,伯尔从人道主义出发,深切同情那些挣扎在生命线上的下层人民,对刚刚抬头的复辟军国主义思潮予以强烈的批判与否定。在人道主义思想的指导下,伯尔常常以生活在社会底层的普通人作为中心人物,有“小人物作家”之称。

伯尔是当代世界文学中卓有成就的现实主义作家。他始终恪守现实主义的创作原则,赋予作品浓厚的历史感。他的创作反映了二战中的德国和战后废墟中的德国以及恢复时期的德国,具有传统现实主义的那种历史文献价值。在具体表现手法上，伯尔坚持以传统的叙述方式为主进行创作，但也采用了现代主义手法，特别是他的后期作品，常用多角度、多层次和新闻纪实手法，在人称、时序和情节的变化上也出现转换、颠倒和跳跃。

二、《莱尼和他们》

长篇小说《莱尼和他们》是伯尔的代表作，被誉为伯尔"小说创作的皇冠"。

小说从主人公莱尼少女时代的20世纪30年代写起，一直到她48岁的70年代初为止。莱尼是花圈店的一名女工，父亲是某建筑公司的经理，后被判处无期徒刑，49岁就去世了，给她留下了一些房产。莱尼漂亮、诚实、善良，18岁学会抽烟，每天抽三根，偶尔喝几杯葡萄酒，但每次不超过半瓶。她穿着陈旧，不善交际，也不惹是生非。她的第一个丈夫是德国军人，婚后没几天，他就战死沙场。后来莱尼在花圈店里认识了俄国俘虏兵博里斯，两人情投意合，就组成了家庭，也有了孩子。可是，孩子出世三天后，博里斯被美军抓走，不久死于俘虏营。为了生计，莱尼将房子租给房客使用。那些无聊的房客经常在这寡妇身上打主意，遭到莱尼的拒绝后，他们还在外头瞎吹牛，说自己同莱尼如何如何，致使周围邻居看不起莱尼。她却不明白为什么这些人这样与她过不去。岁月流逝，她度日艰难，变卖家产，抚养儿子。但是，那唯一使她看到希望的儿子长大成人后却因触犯法律而被投入监狱。对这种磨难，莱尼总是无言地默默地承受着，似乎这一切原本就属于她。

小说以"莱尼和他们"（原文为"一个妇女周围的群象"）命名，意在写出以莱尼为中心的一群普通人的生活与遭遇。为了突出莱尼这一中心形象，作者用新闻报道的方式安排故事情节。莱尼是报道对象，她周围的人则是莱尼生活的知情者，因而也是采访对象，记者身份的"笔者"则是莱尼与"他们"的中介。关于莱尼的故事主要来自"他们"之口而由"笔者"叙述转达出来。因此，作者在小说中并没有按通常的叙述方式，以全知全能的叙述者姿态讲述故事，而是从不同的叙述角度，具体地展示主人公的生活与精神面貌。故事情节虽大体上是循序渐进，但并非连贯紧凑。全书共14章，第一章到第九章是小说的主体，即"他们"对莱尼的陈述；第十章到第十四章是故事的结尾，仅是一些补充说明莱尼的材料。所以，这部小说虽情节性不强，结构方式也是非传统的，但主体突出，很好地完成了中心形象的塑造与主题思想的表达。

小说以第二次世界大战前后的欧洲与德国为背景，客观冷峻地描述了莱尼与周围人的生活经历和不幸命运，揭示了人与人、人与社会之间潜在的矛盾冲突，真实描绘了战争与战后恢复时期西德资本主义条件下人的生存状态，提出了人的尊严的维护与人的自由生命的实现的问题。在这样的社会中，基督教的"爱"事实上是不起作用的。小说中的莱尼在像羔羊一样无声地承受着社会与他人施于她的种种磨难的同时，还以"爱"的胸怀去宽容社会与他人，这固然是令人起敬的,然而却无助于自身与他人命运的改变。小说提出的"人"的生存问题发人深省。

莱尼是一个追求自由生命、行为不合时流的"小人物"。在她身上,既有对生活的执着,又有对世态人情的冷漠。生活在战争的洗劫危及人的生存的苦难年代,一个普通人是怎样面对并度过这苦难的岁月的呢?这是小说塑造这一形象的落脚点。莱尼的生活态度每每有悖常理。她平时沉默寡言,生活俭朴,对生活没有过多的要求。长大后,对个人婚姻大事似乎毫不在意,竟匆匆忙忙地与一个认识了才三天的人结婚。别人手忙脚乱煞有介事地为她筹划婚事时,她却一人在房间里呼呼大睡。人们都瞧不起俄国俘虏博里斯,她则热情地对待他,还爱上了他。她会仅仅因为不忍心看到求爱者向她下跪,就接纳对方。她的这一切超乎常理的行为难免招来旁人的非议,对此,她并不在乎。在那个金钱世界里,金钱是许多人追逐的"上帝",莱尼却对它缺乏敬意。虽然她也得靠钱来生存,但从来都是大手大脚,平日也不善于料理家庭财务。在人与人之间的金钱交往中,她总显得不甚精明。房客不交房租,她无所谓;高利贷者盘剥她,她也不在乎;濒临倾家荡产的危机时,她照样没有"紧迫感"。然而,她如此"洒脱"的结果是穷困潦倒。尽管自己处境艰难,自身难保,她还常常助人于危难之中,以上帝般的爱与真诚待人,但她对现实的基督教却毫无虔诚之心。少女时代,她在修道院学习时就曾因为宗教课成绩极差而被勒令退学,而且平时总是没有基督徒们那种圣洁的念头,使神父们感到她只有"感性的欲念",这简直太可怕了。于是,她的第一次领圣体仪式被推迟举行,她也无所谓。愈是如此"无所谓",她愈被认为是不敬上帝的人而遭到歧视。其实,莱尼相信的是她自己心目中那个真正的"上帝"。面对几次结婚、丈夫相继死去、最后唯一的儿子也锒铛入狱,她无声地承受了一切。她的这种执着与冷漠固然表现了她对生活的勇气,但她终究是一个无辜的受害者,一头被宰割的羔羊。在这个人物身上,寄托了作者对小人物的深切同情,表达了作者对造成"小人物"不幸命运的社会的抗议与谴责。从这个人物身上,我们可以看到人在面对社会时的窘迫状态和荒谬处境。这种人生状态的揭示是颇有现代意义的。

《莱尼和他们》在艺术上最突出的特点是纪实性。小说以新闻报道的方式,把要叙述的故事以采访笔记的原始材料形式呈现给读者,而且还设计了一个"笔者",让他经常客观热心地评人论事,使读者感到自己在当面聆听一位记者的真实叙述,也像在翻阅一大堆原始材料一样,觉得一切都是真的,从而激发人的同情与思索。在这方面,这部小说具有当代"纪实文学"的特点。

小说的整体结构是清晰完整的,但有些情节游离于主线,穿插过多,显得琐碎繁杂。有时作者为了显示真实可信,还引用了一些长篇书面材料,反而破坏了小说的整体感。

第七节 戈尔丁

威廉·戈尔丁(1911—1993)是英国当代著名小说家,他的小说创作由于"运用清晰的现实主义叙述技巧和各种各样神话去阐明人类在当今世界的状况"而获得1983年的诺贝尔文学奖。

一、生平与创作

戈尔丁于1911年9月19日出生于英国西南部康沃尔郡,父亲亚历克·戈尔丁是马尔巴勒中学的校长,政治上是个激进派。母亲米尔德里德是个热衷于宣扬妇女参政的女权运动者。戈尔丁的童年是在乡村度过的,这是一段孤独的生活。他从小就喜欢读书,爱好文学,7岁时就写过一首诗。1930年中学毕业后,他考入牛津大学布拉塞诺斯学院学习自然科学,两年后,他自己选择了专攻英国文学的道路。大学期间,他发表过一些诗歌,虽然并无多少影响,但为他实现当作家的理想奠定了基础。

威廉·戈尔丁

1935年大学毕业后,他在一家低级剧院里担任编导,有时也参加演出。1939年由于父母亲的极力反对,他离开了剧院,到一所中学任教。第二次世界大战爆发,他应征入伍,在英国皇家海军服役,参加了诺曼底战役,曾获海军少校军衔。战后他仍回原先的学校任教。战争中的生活使戈尔丁的思想出现了重大的转折。他深深地看到了人类天性中"恶"和非理性的一面,从而定下了他对人类认识中悲观主义思想的基调,这种思想又使他以后的整个创作蒙上阴暗的色彩。

从1945年到1954年,戈尔丁一边教书,一边继续着他对人类问题的思考,并不断地写作,还专心研究希腊文学和历史。经过多年的练笔积累,1954年终于出版了他的第一部长篇小说《蝇王》。对他来说,这部小说的出版实在是件不易的事,它是在经历了21家出版社的退稿后才得以问世的。出人意料的是,这部"难产"的小说出版后,马上获得了好评,尤其为大学生所青睐。戈尔丁这个陌生的名字很快在欧美读者中流传。60年代开始,《蝇王》被英美等国选为文学教材和必读书。

继《蝇王》的成功之后,1955年戈尔丁又出版了长篇小说《继承者》。在这部小说中,作者描写旧石器时代中期在欧洲、西亚和北非一带生活的尼特德尔人,他们过着非常简朴的生活,与大自然十分和谐,但以后这种和谐简朴的生活被现代人破坏了。这个虚构的故事说明人性中存在着“恶”,人类也就不可能走向进步。如果说《蝇王》涉及的是人的天真本性的丧失,《继承者》涉及的是现代人与史前人的关系,那么1956年出版的长篇小说《平彻尔·马丁》则是涉及人与来世的关系。小说通过一个作恶多端的海军军官马丁临死前的挣扎,说明了人类在现世得不到自由,在来世也无法被拯救。在以上三部小说的基础上,1959年戈尔丁又在《赢得自由》中通过对主人公萨米·蒙特乔伊自愿选择堕落的描写,阐述人与人之间的关系,表达了人命定有罪的主题。1964年发表的第五部小说《塔尖》(又名《螺旋》)是戈尔丁60年代最重要的作品,涉及的是宗教主题。小说围绕着螺旋式教堂塔尖的建造问题,表现了人的高尚理想与本能之恶的斗争。此外,戈尔丁还创作了剧本《铜蝴蝶》(1958)、广播剧《珀尔肖思小姐》(1960)和《破碎的心》(1962)、短篇小说集《蝎子》(1971)以及长篇小说《金字塔》(1967)、《看得见的黑暗》(1971)、《过界的仪式》(1980)、《报人》(1984)等。其中,《金字塔》在风格上与以前的小说不同,作者用传统的叙述方法,描写主人公奥利弗青少年时期的心理活动与生活经历,表现了人与社会的关系。

戈尔丁是一位富有独创性的作家。他反对创作中的表面化、简单化的方法,强调独立地观察世界和思考人的问题。在艺术形式上,他反对因袭现代小说的那种固有模式,而主张从古典文学特别是古希腊文学中汲取养料。戈尔丁的小说总体上属于哲理小说,他把自己对人类生存问题的研究与思考都通过小说加以表达。由于他把社会的种种罪恶都归之于“人心的黑暗”、人性的“恶”,因而在他的小说中,往往有明显的悲观情绪。在表现手法上,戈尔丁的小说接近于英国的传统文学,但也受20世纪中期以来欧洲小说的影响。它们构思奇特,手法熟练。由于作者善于用寓言的叙述方法探讨哲理问题,并多用比喻、象征、讥讽的手法,虚构的成分多于现实的因素,因而,严肃的主题往往以神话式的故事表达出来。正是由于戈尔丁的小说在内容和艺术上的上述特点,他被评论家称为寓言家和道德家,也因此成为战后英国文学中最有影响的小说家。

二、《蝇王》

《蝇王》的故事发生在一个荒凉的孤岛上。在一次未来的原子战争中,英国一架正在疏散儿童的飞机被炸弹击中,迫降在一个荒岛上。此时,成年人已全部死去,飞机上幸存的这群男孩最大的12岁,最小的仅6岁,他们必须自己照料自己。孩子们在沙滩上召开临时会议,以民主选举方式推出拉尔夫为他们的领袖,由皮吉和西蒙做他的助手。

这座孤岛风景秀丽,野果丰盛。孩子们刚到时,仿佛到了童话世界一样兴奋不已。但是,夜幕降临之后,孩子们随之产生的是没有理性的恐惧。不久,孩子们分裂成了两派:一派以杰克为首,他们用色泥土涂在脸上,“掩盖了本来面目和自我意识的表现”,他们手执木头制成的长矛,自称是猎人;另一派以拉尔夫为首,他们固守文明的信条,始终维持山顶的烟火。杰克为人专制蛮横,野心勃勃,后来成了孩子们的真正首领。猎人派的队伍越来越庞大,而拉尔夫一派只剩4人。

杰克为首的打猎派捕获了野猪,但没有火种,难以将猪肉烤熟。在杰克的带领下,他们趁着黑夜,先偷走了皮吉的眼镜,接着又偷走了火种。拉尔夫和皮吉去找杰克讨还眼镜,却遭到他手下人的袭击,皮吉被石头打中,滚落悬崖而丧生。杰克还要除掉拉尔夫。在寡不敌众的情况下,拉尔夫只得藏身于树林中。杰克一伙就纵火焚烧树林,企图烧死拉尔夫。于是,整个孤岛成了一片火海。正是这场大火,引来了路过这里的英国巡洋舰。一个军官来到岛上,使拉尔夫获救,他和猎人派之间的冲突也就此了结。

《蝇王》是一部探索人性问题的哲理小说。戈尔丁所处的是第二次世界大战前后那个动荡的西方社会。他亲身经历了第二次世界大战,深感世界和社会中存在着严重的缺陷。他觉得人类是痛苦的,其原因在于人类天性的不完美;人的天性中存在着恶,恶是一个普遍的规律,“人制造恶犹如蜜蜂酿蜜”一样。戈尔丁企图通过小说来表达他对人类与社会研究的哲理问题,“人心邪恶”“人心黑暗”也就成了他的作品的基本主题,《蝇王》探讨的正是这一问题。所以这部小说和英国文学史上同类题材的小说大相径庭。传统的小说描写青年人遭到沉船或被弃在孤岛上,为的是描写他们能够发挥人的潜能应付各种困难从而得以生存。这类作品中最有代表性的是英国作家R·M·巴兰坦的《珊瑚岛》(1857)。这部小说也描写一群儿童流落在荒岛上,但他们能和睦相处,休戚与共,一切都十分美好,显示出人性中善良的和向上的天性。对此,戈尔丁深表怀疑,于是,在《蝇王》中有意和《珊瑚岛》唱反调。《蝇王》所描写的故事虽然和《珊瑚岛》相似,且带有模仿的痕迹,但通过这个富有神话色彩的故事,戈尔丁阐明的是:邪恶是人的天性,它之所以潜而不露,是由于受文明的约束,人不能离开文明,一旦离开了,人性中的邪恶就会暴露无遗,酿造出人类的种种恶果。

小说所描写的这群男孩中,最突出的是拉尔夫、皮吉、西蒙和杰克,善与恶的主题就是通过他们之间的矛盾冲突集中地表现出来的。

12岁的拉尔夫是这群孩子中年龄最大的。他性情开朗,为人和气,会团结人。他父亲是海军军官,因而他也懂得不少航海知识。作为孩子们的首领,他总是以民主的方式行使自己的权利,为全体孩子的生存而尽自己的职责。在困居荒岛的情况下,他坚信他们会得救。他带领孩子们搭起窝棚抵御风雨,燃起烟火以寻求救援的船只。当他和杰克在维持烟火与打猎食肉的问题上一再发生冲突时,他始终坚持要维持烟火。烟火不仅仅是求救的信号,而且是文明的象征。所以,拉尔夫是一个人类文明和理性的捍卫者。

拉尔夫一心要维护文明和人性的善,但由于处在远离文明的荒岛上,他自身天性中的恶也逐渐地得到暴露。比如他也参与了打杀西蒙的狂乱行动,他也顶不住"猎人"们那猪肉香味的引诱;最后,他也和杰克他们一样,丧失了人的天真,践踏了他一向维护的文明。他在和杰克为首的"猎人"的冲突中频频失利,他的周围只剩皮吉、西蒙等三个人,最后,皮吉和西蒙相继被杰克他们害死,他只身一人落荒而逃,并且险些丧命。所以,他是一个悲剧性的人物。这个悲剧告诉人们:人类的理性力量是微弱的,在文明和野蛮、善与恶之间,文明敌不过野蛮,善敌不过恶;人性是很复杂的,既有恶的一面,也有善的一面,这就是为什么一个人有时行善、有时作恶的原因。

皮吉在小说中是以拉尔夫助手的角色出现的。他身体矮胖,人称"猪崽子",他还患有气喘病。虽然他在身体素质上先天不足,但聪明、理智,是这个群体的智囊。他提议要拉尔夫用象征理性的海螺声召开全体会议,并使拉尔夫被选为领袖;他经常提醒拉尔夫,要冷静,不要犯错,在这座荒岛上,只有他最清楚错误会将导致什么样的后果;他明白世界是不以人的意志为转移的,人们只能努力去改造它;在孩子们差不多都为夜晚所恐惧、为传闻中的"野兽"所惊扰时,他坚信世界上没有鬼魂;他的眼镜,在太阳下为孩子们取来了火苗,带来了生的希望;火是文明的象征,他坚定地支持拉尔夫维护烟火,反对杰克一伙人的野蛮行为。所以,皮吉实际上代表了人格化的明智的声音,是科学和文明的化身,同时也因此成了杰克天性中恶的死敌。在这野蛮与恶占优势的荒岛上,皮吉每每成为孩子们的笑料,他们不仅不听他真诚理智的劝告,反而嘲笑他。最后杰克一伙"猎人"用石头将他砸得脑浆迸裂。人类的智慧与文明最后被人性的黑暗所扼杀。

西蒙这一人物,作者虽然着墨不多,但也十分重要,他具有更深一层的含义,用作者的话讲,他是一个圣人、神秘主义者和有洞察力的人。他身体瘦弱,患有癫痫症,平时少言寡语,处事羞怯,好沉思默想,性情有些古怪,但他敢于正视黑暗。刚来到荒岛上,他就乐于帮助别的孩子们采摘野果,搭建窝棚。他喜欢一人独处,东游西荡,思索各种问题。他常去的地方是一块林间的空地,这是他的"圣地",但以后却成了杰克和打猎队放置猪头、向"野兽"献祭的地方。正是在这块圣地上,他发现了"蝇王",并遭到了"蝇王"的奚落和嘲弄。在"蝇王"那里,他了解了孩子们所恐惧的"野兽"就是它,使世界变得如此丑恶的也是它。西蒙此时能不顾自己疯癫病的突发,冒着雷雨跑下山去,把所了解的真情告诉孩子们,但被杰克一伙当作"野兽"活活打死。西蒙是一个宗教式的人物,他身上那种宗教的神秘色彩可以使我们联想到基督教中的耶稣。当自己被犹大出卖时,耶稣仍然从容不迫。西蒙想把真理告诉人们,却被人们乱棍打死,这正是圣人们的共同下场,原因则在于人性的黑暗。

与上述三人相对立的是杰克。他生性高傲,专横野蛮,而且野心勃勃。刚一上岛,他就觉得自己是当然的岛上首领,而民主选举却推拉尔夫为首,但他依旧目空一切,总想超越拉尔夫,夺取领导权。他不愿执行拉尔夫维持烟火、寻求获救机会的命令,一心只想拉一伙人组成自己的野蛮“部落”去打猎,满足他心底的那种野性的杀戮欲。他命令孩子们浑身涂上有色泥土和猪血,跳狂乱的舞蹈,这显示的是人性中非理性的力量。他仇视皮吉,先是打碎皮吉一片眼镜,以后又带人偷去剩下的一片,把火种占为己有,最后还杀了皮吉,连拉尔夫也不放过,企图将他活活烧死。在杰克身上,凝聚着人性丑恶的多种侧面:仇视文明、崇尚野性、专制独裁、嗜血成性。他就是作者潜心研究、深入描绘的那个无所不在、作孽多端的人性恶的化身。

小说所写的以上述4人为代表的善恶双方的斗争,其结果,代表善的一方不是惨遭杀害,就是最终天真泯灭;而代表恶的一方则不可一世地雄霸于整个荒岛,人性本恶的主题也就得到了充分的表现。作者描绘的这个神话般的故事,在其表层叙述结构下面,蕴含了深刻的道德内涵;在其虚幻的艺术结构中,寄寓了作者对现实世界的深刻的哲理思考;孩子们在荒岛上的经历,仿佛使我们看到了20世纪欧洲社会的缩影。在第二次世界大战中,法西斯罪恶势力肆无忌惮地践踏真理和正义,许多无辜者在战争中丧生,历代先哲们所追求的自由、民主与博爱的理想,被残酷的现实击得粉碎;人类自己创造的文明却成了异己的力量,摧残人类自身。在戈尔丁看来,这正是人性恶带来的恶果。因此,他在《蝇王》中借荒岛故事表现了20世纪那荒谬动乱的社会现实;借孩童的世界再现了20世纪的成人世界。小说对我们认识人类的过去和现在,思索人类的未来是有深远意义和特殊价值的。

戈尔丁对人性问题的探讨固然是建立在对20世纪欧洲社会的深刻研究之上的,但是,他对现实的感受不无主观性。在人类问题的研究上,他忽略了形成人类罪恶的社会原因,特别是忽略了法西斯主义及战争形成的潜在的社会因素,而单一地从人性中找原因,在人本身的先天缺陷中找原因。他得出的结论是:人类是败坏了的,这不仅仅是个别人或某一社会制度,而是整个人类。在这种观点的指导下,《蝇王》中正义的和善的力量最终敌不过恶的力量,悲观主义色彩是很明显的。不过,戈尔丁并不是绝对的悲观厌世者,他没有把人写成自己的地狱,也没有把整个人类看成暗无天日的苦海。戈尔丁的意图只是想在人本身的缺陷中寻找社会制度的根源,借此“使人了解自己的本性”。他认为恶是可以认识的,所以,戈尔丁在强调人性恶的同时,并不赞成恶,他赞扬的正好是恶的反面。在他看来,人的高贵之处就是敢于正视现实,而不是对罪恶熟视无睹。拉尔夫为代表的一方虽然处于寡不敌众的劣势,但始终坚持维持烟火,为集体的得救而斗争。拉尔夫最后因发现天真的泯灭、人心的黑暗而号啕大哭,体现出作者对人类文明和人性善的维护与渴求。戈尔丁通过小说要说明的并不是人非善必恶,而是人应该而且必须有自知之明。人的最大不幸就是不了解自己,而且不想去了解人天性中的阴暗。他认为“现代人的重要责任是面对他的本来面目”,人类的唯一希望是自我认识,而作家的任务就是“使人们了解他们的天性”。他的《蝇王》就是要我们去认识我们自己,提醒我们要用文明去抑制人类天性中的恶,使人类以往的悲剧不至于重演。戈尔丁对人生、对人类实在充满了无限的爱!

作为一部哲理性的小说,《蝇王》的道德哲理说教目的是显而易见的。但是,作者所表达的道德哲理内容是寓于真实生动的故事叙述之中的,真实的叙述与寓言式的描写互相融合,深邃严肃的主题与虚构的人物和情节浑然一体,形成了既通俗易懂、又含义丰富深刻的风格。小说之所以会形成此种风格,关键在于作者成功地运用了象征的手法。

戈尔丁往往把抽象的哲理与观念寓于真实的具体形象之中,能够引发读者对具体事物更深层本质属性的联想与思考,因此,《蝇王》中的人与物甚至整个艺术世界,都具有外在的叙述层和内在的意蕴层双重结构。孩子们所经历的荒岛生活,表层是生动的儿童冒险故事,是儿童的世界,而深层则是现实的成人世界的缩影,是欧洲 20 世纪动乱、恐怖现实的哲理概括。拉尔夫是孩子们的首领,而其本质属性是人的理性;他为维持烟火所表现的种种外在行为,象征着人类为捍卫文明所作的不懈努力。杰克是“猎人”的首领,而深层含义是人的野性、人性的恶;他酷爱打猎,就意味着人的野性之不泯。皮吉的眼镜点燃了烟火,给孩子们带来了光明、熟食和求救的信号,同时成为毁灭美丽的小岛、杀害拉尔夫的工具,所以,它象征的是既抑制人性恶又毁灭人自身的现代文明。西蒙所看到的猪头就是“蝇王”,它是用来祭祀“野兽”的供品,而实际上它是孩子们日夜惧怕的那个抽象的“野兽”自身,是使杰克和他的猎手们变成凶手的那些神秘力量的外化物,也是人性恶的内在实体。诸如此类的象征描写,在《蝇王》中比比皆是,整部小说处处能拨响弦外之音,读来意味深长。也正是由于这种象征手法的成功运用,戈尔丁的小说才使现实主义的逼真叙述与神话般的虚幻描写得到了完美融合。

第十章
20 世纪现代主义文学

第一节　概　　述

现代主义是20世纪上半期欧美诸多具有反传统特征的文学流派的总称，它同时也涉及绘画、音乐、戏剧、电影等艺术领域，是20世纪一种很有影响的文艺思潮。现代主义文学的主要流派有：后期象征主义、表现主义、未来主义、超现实主义、意识流小说和存在主义等。

一、现代主义文学的形成及基本特征

现代主义文学是西方现代工业社会的产物，是20世纪上半期动荡不安的欧美社会之时代精神的艺术表述。

19世纪中后期到20世纪初，欧美的科学技术飞速发展，刷新了西方文明的面貌，改变了人们对宇宙、世界和人的看法。此时，科学对人的影响，比历史上任何时代都大得多，它改变着人们的生活方式、思维方式和文化价值观念。尤其是，科学技术作为生产力，它的迅猛发展，大大地推动了西方现代经济的发展，现代科学与现代经济相结合后，形成了强大的经济联合体。在新的经济结构体中，人的自由度反而降低，异化程度则加深，西方人在精神上的惶恐不安加剧。经济的发展反而使欧洲战乱不断，而且逐步升级，终于在20世纪初爆发了第一次世界大战。战争不仅破坏了人们生存的稳定感，也加速了西方传统理性主义文化的毁灭。俄国的“十月革命”既给被压迫的劳动者带来了希望，也给西方世界带来了危机感。总之，欧美社会的现实矛盾动摇了现代西方人传统的真善美的观念，动摇了宗教信仰，对人类的本性产生了怀疑，对未来的命运与前途深感悲观与焦虑。

在这种社会背景下，西方非理性主义的文化思潮一时间在社会中普遍流行。从文化思想的角度看，现代主义文学正是西方现代非理性哲学和现代心理学结合的产物。叔本华的唯意志论、尼采的权力意志说、柏格森的直觉主义、弗洛伊德的精神分析说等理论和学说，使现代主义文学染上了非理性主义和悲观主义色彩。

德国哲学家叔本华(1788—1860)的唯意志哲学认为，世界的本质是非理性的意志，世界由盲目的意志统治着，人生永远受意志的驱使，追逐无法满足的欲

望,因而人生注定充满了痛苦与挣扎,人生是无意义的,人类历史也是人与人之间一场无止境的互相残杀。叔本华生前默默无闻,而在19世纪末20世纪初特定的社会气候下,他的理论不胫而走。德国哲学家尼采(1844—1900)在19世纪末提出"上帝死了""一切价值重估"的口号,为现代主义文学怀疑一切和反传统这一总的创作倾向提供了理论依据。他的"权力意志论"认为,权力是生命意志的集中体现,权力意志是无目的的,超人是权力意志的化身,是世界的主宰。超人充满着生命活力,能超越自我、超越传统、拯救人类。尼采认为艺术是权力意志的一种表现形式,真正的艺术必须摒弃理性,艺术世界就是"梦与醉"的世界。法国哲学家柏格森(1859—1941)认为,世界的本体是"生命冲动"或称"意识绵延",它是宇宙的主宰和动力,客观存在的万物是其表象。对世界之本体的认识不能凭理性,只能靠直觉;理性分析只能围着对象转圈子,抓不住本质,而直觉却能打破空间设置在创作者和创作对象之间的界限,从而把握住智力所不能提供的东西。柏格森的直觉主义理论和时空观几乎为所有现代主义作家所接受。奥地利心理学家弗洛伊德(1856—1939)的精神分析说关于潜意识的理论改变了"人是理性的动物"的传统观念。他认为,潜意识是人的生命力和意识活动的基础,人的行为动机都出自本能冲动;人是充满矛盾冲动的生物,矛盾的根本原因在于人的本能欲望受社会习俗、道德法律和良知理性的束缚。文艺创作就是被压抑的本能欲望的升华,创作活动就是"白日梦"。弗洛伊德对潜意识、性本能的肯定对现代主义作家产生了广泛而深刻的影响。

现代主义文学也是西方文学自身发展演变的结果。20世纪以前的欧洲文学,尤其是19世纪中期的现实主义文学,受亚里士多德的"模仿说"影响较大,强调真实再现客观世界,认为艺术不仅可以模仿自然,而且所模仿的现实本身是真实的,把文学对现实世界描写之真实性的追求强调到了前所未有的高度。但是,19世纪后期的一些作家开始感觉到,以往的文学,尤其是现实主义文学,在模仿自然理论的指导下过于强调再现外部客观世界,使得文学自身应有的表现功能相对萎缩,艺术形象中的客观外部因素过于突出,而主观内在因素一定程度上遭到排挤。于是,他们开始反其道而行之,抛弃传统文学对客观外在真实的刻意追求,转而重视对主观内心世界的真实展示。这种现象在19世纪后期的"世纪末文学",特别是在唯美主义和象征主义文学中表现尤为突出。"世纪末文学"是欧洲传统文学向现代文学过渡与转折的中介环节。20世纪现代主义文学基本上倾向于表现一种心理的和超现实的真实,与传统文学明显拉开了距离。随着作家文学观念的变化,现代主义文学在内容、形式和审美功能上都发生了重大变化,具有明显的反传统特征。

现代主义作为一个由多种流派组成的文学思潮,其观念演变和价值取向是多元的和复杂的,不同的流派与团体往往各有各的主张,但它作为20世纪一个极富于创新和反传统精神的文学思潮,在总体上又有基本一致的特征。

第一,现代主义文学突出地表现异化主题。文化是人的外化与象征,也是人类文明发展的标志。现代主义文学倾向于文化批判,本质上是基于对人的生存状况、人的本质问题的探索。人类创造了文明,但文明在本质上与追求人性自由、追求自然的人相对立。20世纪高度发展的西方现代文明使人处于严重的异化之中,现代主义文学对文化与文明的批判正是基于西方人力图摆脱异化走向自然的愿望,因此,异化也就成了现代主义文学的重要主题。这种异化主题主要从自然与个人、社会与个人、个人与个人、个人与自我的关系的异化等4个方面表现出来。自然与人的关系的异化主要是物质世界对人的异化,表现了物质与精神的对立。社会与人的关系的异化主要是社会对个体的人的异化,表现了整体的人与个体的人的对立。人与人的关系的异化就是他人对个人的异化,表现了人与人之间的对立关系。人与自我的关系的异化主要指人的个性的异化、自我的消失,表现出现代主义作家对自我的稳定性和可靠性的怀疑。

第二,现代主义文学强调表现内心生活和心理真实,具有主观性和内倾性特征。19世纪末、20世纪初现代哲学和心理学的发展,打破了传统的思维模式,人们开始把目光从客观物理世界转向主观心理世界。现代主义作家视客观实体为非真实,认为心灵世界才是唯一真实的世界;艺术的使命是非写实的、泛表现的,文学创作应表现内心世界的真,追求超现实的、抽象的、形而上的真。在一些现代主义作家看来,传统文学那种看似逼真的人物和物象描写实则是一种假象;现实并不是一个循序渐进、紊而不乱的整体结构,而是片断的、琐屑的、非逻辑的无序结构。因此,必须摒弃对人物性格和一切与之相关的附属品的描绘,使读者进入人物的心理现实。他们面对错综复杂的现实生活,所关注的不是巴尔扎克式的外在社会结构形态,而是人的精神、心理现象。如表现主义作家力图展示"本质的东西和藏在内部的灵魂",即使写具体的人物和场景,也只是将其作为精神现象的外壳与形式,写物的目的不在物本身,而在与之对应的精神力量。意识流小说家往往把人的意识流动状态作为客观现实生活加以描写,把转述人的变化的、不可知的、难下定义的精神世界看成自己的主要任务。现代主义对主观真实和内倾性的刻意追求,拓展了文学表现的领域,改变了传统的艺术思维模式。

第三,现代主义文学普遍运用神话式的象征隐喻,追求艺术的深度模式。神话式象征的意义在于对未知领域的诗性揣摩,是将最内在的、最深刻的心灵体悟转化为认识的对象,因而,它的价值就不在于对象本身而在于它所含的内在体悟,这种体悟往往是多义性的。出于表现内心生活和心理真实的需要,现代主义作家不注重对社会生活的表象作直观的再现,而往往用非纪实性、时空颠倒与变形、结构错乱等手段,构建一个象征性的神话式艺术世界,以揭示生活中更深刻、更广泛的意蕴。艾略特的《荒原》用古代繁殖神性能力丧失而造成的土地荒芜、庄稼枯死来建构一个象征体"荒原",全诗大量运用人类学、神话学、圣经故事和西方古典名著故事形成一个庞大的象征框架,意象重叠、意蕴纷呈因而显得艰深。卡夫卡的小说往往故事背景模糊,主人公无名无姓,是某种观念、思想、意志的代表,他用象征隐喻的思维方式创造了一个个与现实世界相统一的神话世界。此外,普鲁斯特、里尔克、乔伊斯的创作也往往把读者置于意义的深渊之中,通过不断的阐释和发掘,才能获得审美的意义。现代主义文学借助象征隐喻的神话模式,使文学对生活的描写从表象走向本质,从表层走向深层,从现实走向超现实,从所指走向能指,形成一种文学艺术的深度模式。

第四,现代主义文学提倡“以丑为美”“反向诗学”,大量描写丑的事物。现代主义作家处在20世纪这个宗教信仰失落、传统价值观念失落的社会,他们往往从更深层次上思考人的命运、人的本质和人类前途的问题。他们觉得人类自身具有恶的根源,人的本质力量有美的一面,又有丑的一面。因而,他们希望通过艺术来表示与人性之恶的抗争,表示对丑恶现实的反抗。但是,他们反传统的个性又使他们不愿再像古典艺术家那样一味地高唱人性美的赞歌,而是着意于描写丑、暴露丑。现代主义文学对死亡、黑夜、堕落、犯罪、畸形、变态、疯狂、瘟疫、尸体等物像的描绘,大大超过传统文学,表现出“以丑为美”“反向诗学”这一新的美学倾向。不过,现代主义作家的“以丑为美”不是把生活中的丑作为美来肯定,而是试图在丑的自我暴露、自我否定中肯定美;他们无情地解剖、否定现实与自我的平庸,通过与丑的战斗来表达对美的追求,正如波德莱尔所说:“发掘恶中之美”。因此,在这种美学追求的背后,蕴含着对人生的严肃而崇高的爱。但是,也有一些现代主义作家对人性和人类前途的认识是悲观主义的,他们热衷于表现丑,而看不到人性的美与崇高,这样的“以丑为美”是不无消极成分的。

第五,现代主义文学热衷于艺术技巧的革新与实验,某些作家的创作具有形式主义倾向。现代主义作家信奉艺术本体论,认为形式即内容,追求“艺术的非人格化”。他们对艺术形式和技巧进行大胆的革新与创造,敢于标新立异,表现出反传统特征。现代主义文学大量采用“自由联想”“时空倒错”“内心独白”“自动写作”“偶然结合”“意识流”以及顿悟、象征、隐喻、暗示等表现手法,对语言、符号、图画、结构、风格技巧等形式因素格外重视,追求“有意味的形式”。现代主义对形式技巧的探索与追求使文学的表现方法得到了丰富与拓展,但是,现代主义在形式与技巧上的革新与实验也并非都是成功的。一些作家刻意追求新奇,把文学原有的最基本的标准和特性也抛在一旁,这种走极端的标新立异,不能看作是人类优秀文学的典范。

二、现代主义文学的发展

象征主义。象征主义于19世纪末20世纪初越出法国,在欧美广泛流行,继而在20世纪20—40年代形成具有国际性影响的后期象征主义流派。后期象征主义继承并发展了前期象征主义的传统,使象征主义更趋完美,内涵更深广,更富有现代主义的特征。它仍然坚持以象征暗示的方法表现内心“最高的真实”,反对过多强调主观精神的自由与无限,以至于走向过分抽象化,也反对过于强调客观事物的形象、具体而走向平淡无意蕴,同时还反对前期象征主义的隐晦艰深,主张情与理、主观与客观、有限与无限的统一,从而形成了自己的独特性。后期象征主义跳出个人情感的小圈子,努力表现社会的与时代的总体精神。在创作方法上,从简单象征发展到意象象征,从个别象征发展到普遍象征,以揭示普遍的真理,从情感象征发展到情感与理智并举,具有思辨性与哲理性。后期象征主义在文学上的主要成就是诗歌创作。

英国的T. S. 艾略特(1888—1965)是后期象征主义的代表。威廉·勃特勒·叶芝(1865—1939)是爱尔兰诗人。他在继承前期象征主义传统的基础上,将民族性与现实性带进了象征主义诗歌领域。他成熟时期的诗歌具有现实主义、象征主义和哲理诗三种因素。叶芝的著名诗作有《茵纳斯弗利岛》(1890)、《基督重临》(1921)、《丽达与天鹅》(1923)、《驶向拜占庭》(1927)和《拜占庭》(1930)等。《驶向拜占庭》一诗以游历拜占庭来象征精神的探索,表达了对物质文明的厌恶与对西方世界精神与理性复归的企盼之情。诗的象征意象坚实而明朗,物质意象和观念意象和谐统一,富有哲理性。1923年,叶芝获诺贝尔文学奖。

威廉·勃特勒·叶芝

保尔·瓦莱里(1871—1945)是法国诗人,被誉为“20世纪法国最伟大的诗人”。早年崇尚爱伦·坡和马拉美,并深受影响。他在诗论著作《纯诗》中主张诗的极致是思想而不是物象。他的诗歌往往以象征的意境表达生与死、灵与肉、永恒与变幻等哲理的主题。长诗《海滨墓园》(1920)是他的代表作。诗中写诗人在海滨墓园沉思有关存在与幻灭、生与死的问题,得出了生命的意义在于把握现在、面对未来的结论。长诗巧妙地运用海、太阳、白帆、涯岸、铁栅、风等象征体,表达神秘与静穆、绝对与永恒、圣灵与信徒、生与死等多种哲理性概念。诗中采用古典形式,格律严整,音乐性强,显得含蓄隽永。这是瓦莱里最富有哲理、最充满抒情性的一个诗篇。此外,《年轻的命运女神》(1917)也是瓦莱里的著名诗篇,《幻美集》(1922)是他的短诗集。莱纳·马利亚·里尔克(1975—1926)是奥地利诗人。他在注重诗歌的哲理性、音乐性的同时,引进了刻画精细的雕塑美,他的创作从单纯直接的主观抒情转向重视对客观事物的精确观察,从中获得直觉形象,借以象征人的主观感受。他的代表作是诗集《杜伊诺哀歌》(1922)和《致奥尔弗斯的十四行诗》(1922),这两部诗集在许多隐晦离奇的客观物象中,交织着诗人的探索、失望、恐惧、忏悔等内心感受,哲理性很强,且具有雕塑美、音乐美。莫里斯・梅特林克(1862—1949)是比利时象征主义诗人和剧作家。他的代表作《青鸟》(1908)通过兄妹俩寻找青鸟的故事,表现了对现实与未来的乐观态度和美好憧憬。青鸟既象征大自然无穷的奥秘,又象征人类的幸福。全剧借助象征手法,将抽象深奥的观念在美丽的梦幻仙境中得以铺展阐释,具有童话的优美。1911 年,梅特林克获诺贝尔文学奖。

埃兹拉・庞德(1885—1972)是美国意象派诗人。他早年对中国古典诗歌十分推崇,并深受影响。他主张以客观准确的意象代替主客之间的情绪表达,认为"准确的意象"能找到它的"对等物"。如他的短诗《在一个地铁车站》(1913)就是这种理论的最好例证。组诗《休・赛尔温・莫伯利》(1917)是庞德的重要作品,诗集展示了 1919 年英国文化生活的一个侧面。作者采用旁征博引的方法,表达丰富的内容,意象新奇,语言自然流畅。此外,长诗《诗章》(1917—1959)在庞德的创作中占有重要地位。庞德的诗歌创作和诗歌理论推动了英美现代派诗歌的发展。

俄国的勃洛克(1880—1921)、巴尔蒙特(1867—1942)和勃留索夫(1873—1924)也是后期象征主义的重要诗人,勃洛克的《十二个》(1918)以象征的手法抒写了崭新的主题。

表现主义。表现主义于 20 世纪初产生于德国,而后蔓延到欧美各国,是一个具有广泛影响的现代主义文学流派。表现主义文学善于透过事物的外层表象,展现内在的本质,从人的外部行为揭示内在的灵魂;善于直接表现人物的心灵体验,展现内在的生命冲动。表现主义的流行是对注重外在客观事实描写的现实主义和自然主义的反拨,它的反叛精神对其他现代主义流派产生了直接而深远的影响。

奥古斯特・斯特林堡

奥地利的弗朗茨・卡夫卡是表现主义的代表作家。此外还有美国的尤金・奥尼尔(1888—1935)、瑞典的奥古斯特・斯特林堡(1849—1912)、奥地利的格奥尔格・特拉克尔(1887—1914)、弗朗茨・韦尔弗(1890—1945)、捷克的卡莱尔・恰佩克(1890—1938)等。奥尼尔是表现主义戏剧的代表作家,他是从现实主义走向表现主义的。他的戏剧注重表现人同生存环境的斗争和对自身价值的追寻,善于用"思想外化"手法揭示人的复杂心理和精神状态。斯特林堡是表现主义戏剧的代表,他的创作从现实主义走向自然主义，又从自然主义走向表现主义和象征主义。他的《到大马士革去》(1898—1904)是最早的表现主义戏剧。该剧通过主人公内心独白、梦幻与现实的混合表现人物内心精神的发展历程。《鬼魂奏鸣曲》(1907)让死尸、鬼魂和人一起登场，以荒诞的情节、离奇的舞台形象，揭示现代西方社会人与人之间的巨大隔膜和欺骗性。恰佩克是一位科幻小说家和戏剧家。他善于用虚构的情节和戏剧冲突，揭示现实中的矛盾，通过动物或某种幻想的形象来讽刺社会生活中的丑恶现象。科幻小说《鲵鱼之乱》(1936)运用虚幻、讽喻、象征等多种手法，描绘了法西斯势力的发展过程，表现了作者对人类命运的担忧和鲜明的反法西斯立场。小说把幻想与现实巧妙地结合起来，在讽刺性的夹叙夹议中阐发主题。他的《万能机器人》(1929)也是表现主义小说的著名作品。

未来主义。未来主义是20世纪初从意大利流行到欧洲各国的现代主义文学流派。它的基本特征是：否定传统文化，主张彻底抛弃艺术遗产和传统文化；歌颂机械文明和都市混乱，赞美“速度美”和“力量”；主张打破旧有的形式规范，用自由不羁的语句随心所欲地进行艺术创造。未来主义有明显的文化虚无主义倾向，但它的创新性试验却丰富了文学创作的表现手法。

意大利的菲利波・托马索・马里奈蒂(1876—1944)是未来主义的创始人和理论家。他在1909年发表的论文《未来主义宣言》是这一流派诞生的标志。他提出了一整套反传统的理论，在文学创作的方法与技巧上提出了标新立异的主张，如“毁弃句法”“消灭形容词”“消灭副词”“消灭标点符号”等，还主张在文学中模拟音响，插入数学符号，引进“声响，重量和气味这三要素”，尽情发挥“自由不羁的想象”等。在马里奈蒂的倡导下，意大利未来主义迅速发展。马里奈蒂在剧本《他们来了》中实践了自己的理论主张。全剧无情节、无人物、无高潮，总共才几百个字、三四句台词。该剧对后来的荒诞派戏剧有较深影响。马里奈蒂以后参与法西斯党活动，成了墨索里尼的帮凶。法国的纪尧姆・阿波利奈尔(1880—1918)是一位从浪漫主义转向未来主义的诗人。他尝试把诗歌创作同绘画、音乐、声响结合起来，并借鉴立体主义绘画的技法，创立了“立体未来主义”。他的代表作《醇酒集》(1913)努力摆脱传统诗律的束缚，重视诗歌内在的节奏和旋律，而开辟了现代诗的结构方向。俄国诗人马雅可夫斯基(1893—1930)的一些早期创作也属于未来主义的作品，如《穿裤子的云》(1913)等。赫列勃尼科夫(1885—1922)也是俄国未来主义的重要诗人。

超现实主义。超现实主义是两次世界大战之间从法国流行到欧美的现代主义文学流派。超现实主义是从达达主义发展而来的，它试图将文艺创作从理性的樊篱中解放出来，使之成为一种自发性的心理活动过程，以表现一种更高更真实的“现实”，即“超现实”。超现实主义文学一般具有下列一些特征：强调表现超理性、超现实的无意识世界和梦幻世界；主张用纯精神的自动反应进行文学创作，广泛使用“自动写作法”和“梦幻记录法”进行创作，具有晦涩艰深的

安德烈·布勒东

风格;追求离奇神秘的艺术效果。超现实主义对后来的荒诞派、黑色幽默和魔幻现实主义产生了重大影响。

法国的安德烈·布勒东(1896—1966)是超现实主义的创始人和理论家。1919年,他与苏波合作写了第一部超现实主义的小说《磁场》,探索了“自动写作”的经验与方法。随后,他于1924年发表《第一号超现实主义宣言》,提出了超现实主义的理论主张。他提出的所谓“自动写作”,就是在创作时排除一切理性的道德考虑和审美选择,不受事实、逻辑的约束,记录下头脑在自在状态下的感受、幻想和直觉,使潜意识摆脱现代文明和传统的束缚随心所欲地外泄出来。代表作《娜佳》(1928)就是按照超现实主义手法创作的小说。小说写作者与娜佳相遇,向“我”揭示了超现实世界,这个超现实世界就是作者浮光掠影地写出的一些记忆。作品中没有连贯的情节、鲜明的形象,充满了意象与文字的自由组合,思绪跳跃,集中体现了“自动写作”的特色。法国的路易·阿拉贡(1897—1982)和绿尔·艾吕雅(1895—1952)也是超现实主义的重要作家。

意识流小说。意识流小说是20世纪二三十年代流行于英、法、美等国的一种现代主义文学流派。意识流小说不重视描摹表现人的意识流程,从而打破了传统小说的叙事模式和结构方法,用心理逻辑去组织故事。在创作技巧上,意识流小说大量运用内心独白、自由联想和象征暗示的手法,语言、文体和标点等方面都有很大的创新。意识流的创作方法以后被现代作家广泛采用,成了现代小说的基本创作方法。

美国的威廉·福克纳(1897—1962)是意识流小说的杰出代表作家之一,也是美国“南方文学”的领袖。他创造了“约克纳帕塔世系”系列小说,属于这一系列的小说主要有:《沙多里斯》(1929)、《喧哗与骚动》(1929)、《在我弥留之际》(1930)、《八月之光》(1932)、《押沙龙、押沙龙》(1936)等。这些作品大多描写美国南方庄园主世家的生活面貌。福克纳在文学创作上主张抛开时间的限制,随意调度书中的人物。长篇小说《喧哗与骚动》(1929)是意识流文学的代表性作品,作者采用复合型意识流、交叉互补式结构和独具匠心的神话模式等艺术手法,通过主人公康普生一家人的内心活动,表现了美国南方贵族社会的没落,具有典型的意识流文学的特征。1949年,福克纳获诺贝尔文学奖。

法国的马塞尔·普鲁斯特(1871—1922)是意识流小说的先驱。普鲁斯特从他的老师柏格森那里接受了真实存在于“意识的不可分割的波动之中”的观点,形成了“主观真实论”艺术观。他认为,描写事物真实面貌的传统现实主义离现实甚远,因为它粗暴地切断了以下三者之间的沟通:我们现时的自我;保留其本质的过去的对象物;鼓励我们再度寻求其本质的未来的对象物。普鲁斯特把“真实”分为外在的客观真实和内在的主观真实,而后者是“唯一的真实”。长篇巨著《追忆逝水年华》(1913—1922)是普鲁斯特的代表作。全书共7部15卷,通篇以回忆联想的方式表现主人公马赛尔复杂而真实的内心世界,展现了“我”30年“流水年华”中人生的悲欢苦乐。小说把“消逝的时光”与“重现的时光”交织在一起,将人物的主观意识、印象、感觉乃至潜意识活动连成一体,传统的物理时间被心理时间所取代。小说摒弃了传统小说的结构形式,没有完整的情节发展和典型人物性格,主要以回忆和梦幻的表现方式展示主人公的内心世界。这部小说是普鲁斯特“主观真实论”最成功的实践。

马塞尔·普鲁斯特

英国的詹姆斯·乔伊斯(1882—1941)是著名的意识流小说家。英国女作家弗吉尼亚·伍尔夫(1882—1941)也是意识流小说的重要代表。她致力于小说形式的革新与探索,认为文学应描写人的内心世界和个人感受。她在运用第三人称的间接内心独白表现人物意识方面取得了突出成就。《墙上的斑点》(1919)是她的第一部意识流小说。作品写一个妇女把爬在墙上的蜗牛当成一个斑点,并由这个斑点产生了种种联想。《达洛维夫人》(1925)和《到灯塔去》(1927)是她成熟的意识流小说。《到灯塔去》是一部自传体小说,全书以“窗”“时光流逝”“灯塔”三部分再现了作者双亲的形象和自己童年的生活情景。小说用象征手法表现人物的深层意识。“窗”是人物意识显现的窗口;“灯塔”是希望、理想和信仰的象征。这个作品的深度在于深入细致地表现了人物的思想和情感活动。

弗吉尼亚·伍尔夫

存在主义文学。存在主义文学是20世纪40年代产生于法国、50年代后盛行于西方文坛的一个重要流派,它是在存在主义哲学基础上形成和发展起来的。存在主义文学最初是作为对存在主义哲学思想的形象阐述而出现的,具有鲜明的哲理性。其基本主题表现出对人的生存状态的深切关注,肯定人的存在先于本质,揭示世界的荒谬和人生的痛苦,主张人的自由选择。在特定的虚构的境遇中表现人物,展示情节,让人物在特定的环境中自由选择自己的行动,造就其本质。注重介入生活,贴近生活,作品富有真实感,如同实地拍摄一样地展示生活内容、集美丑于一身。加强戏剧冲突,尤其注重表现人在选择与存在两者之间痛苦的心理冲突。结尾往往出人意料,意味深远,成为阐述问题的核心所在。存在主义思潮流派,对后现代主义文学产生了直接而重要的影响。1980 年以后,这个流派随着其代表作家萨特的去世而渐告隐退。

存在主义文学的主要代表作家有:法国的让-保尔·萨特(1905—1980)、阿尔贝·加缪(1913—1960)、西蒙娜·德·波伏瓦(1908—1986)等。萨特是存在主义的集大成者。加缪的代表作《局外人》(1942),描写莫尔索对一切都无所谓、甚至对死刑都等闲视之的生活经历,以他的冷漠、局外人生活态度,表现世界存在的荒谬性及其人物对世界秩序的精神不安与绝望心理。《鼠疫》(1947)是加缪的顶峰之作。通过鼠疫流行中人们的不同态度,表现重大的人生哲理。成功塑造了里厄医生这样一个既与鼠疫又与法西斯进行不屈不挠斗争的正面人物形象,展示世界存在的荒谬与罪恶,人类充满危机和无尽的灾难,只有选择正义才是人类生存的唯一出路。波伏瓦的代表作品有《女客人》(1943)、《大人先生们》(1954)。其他具有明显存在主义倾向的作家有:美国的诺曼·梅勒(1923—2007)、索尔·贝娄(1915—2005)、法国的雷蒙·盖夫(1905—1954)、莫里斯·梅尔洛-蓬蒂(1908—1961)和英国的戈尔丁(1911—1994)等。

第二节 艾 略 特

T. S. 艾略特(1888—1965)是 20 世纪最重要的诗人和批评家之一,后期象征主义最杰出的代表。

一、生平与创作

艾略特 1888 年 9 月 26 日出生于美国密苏里州圣路易斯商人家庭,祖籍英国,祖父是华盛顿大学的创办者并任校长。父亲是砖瓦商人,母亲出身名门,博学多才,爱好诗文。1906 年艾略特进哈佛大学攻读哲学和英法文学。大学期间受法国象征诗派波德莱尔、马拉美等的影响,走上象征主义诗歌创作道路。1910 年获硕士学位,同年赴巴黎大学就读,研究柏格森哲学,听柏格森讲课。1913 年任哈佛大学助教。1914 年定居英国。1915 年与英国姑娘维芬·海渥特结婚,在伦敦海格特学校教授拉丁文和法文,后在劳埃德银行当职员。与庞德相识,在其影响与支持下,从事诗歌创作。1917 年后担任先锋派杂志《自我中心者》文学栏编辑。1922 年至 1939 年创办并主编文学评论季刊《标准》,以高质量的书评使其成为有相当影响的国际性刊物。1926年任牛津大学讲师,1927年加入英国国籍和英国国教。1952年后任伦敦图书馆馆长。艾略特自称"文学上是古典主义者,政治上是保皇党,宗教上是英国天主教徒"。在接受法国象征派及庞德意象派影响的同时,十分推崇英国17世纪的玄学诗歌,思想上信奉僧侣主义和新经院主义,力图"宗教复兴"。由于"他对当代诗歌做出的卓越贡献和所起的先锋作用",1948年获诺贝尔文学奖。

T. S. 艾略特

艾略特的创作始于1909年,出于对象征派诗歌的兴趣而进行诗歌创作。第一首重要的长诗《普鲁弗洛克的情歌》(1915)是他早期诗歌创作中的代表作。诗人以拉福格的会话体和讽刺语调,以独白的方式,写出了一个上流社会中年男子求爱过程中的心路历程。求爱者内心矛盾重重,迟疑不决,"过于敏感,过分内省,胆太小,压抑太强",想爱又不敢爱,唱情歌又无感情,活像个精神病患者,终至一事无成,苟活在自欺欺人的幻觉之中,是第一次世界大战后西方知识分子想改变现实但又无能为力、困惑空幻、悲观绝望的矛盾心理写照。《一位夫人的画像》(1915)描绘的是上流社会妇女空虚无聊的生活情景。《小老头》以独白的手法,在老人一生回顾中,找不到爱情和信仰,来表达现代人对社会人生的空幻感受。《夜莺声中的威尼斯》写年轻人在放荡的生活中寻求精神慰藉。这些诗歌,象征地展示了第一次世界大战后英美上层社会人物内心恐惧、迷惘和空虚,同时又充满荒淫和堕落,初露出诗人的荒原意识,成为"通往《荒原》的历程"。

1922年,艾略特在《标准》杂志创刊号上发表长诗《荒原》。它不仅是艾略特的成名作,代表了诗人创作高峰,成为象征主义诗歌的里程碑,也是20世纪具有划时代意义的现代诗歌最高成就的代表,在西方文坛引起强烈反响。《空心人》(1925)描绘了"有声无形、有影无色",没有理想、充满空虚绝望的现代人形象。诗中人的本质内涵已经消失,人的存在仅仅是死亡国土上的一个空架子,成了"空心人"和"稻草人"。世界在"嘘"的一声中宣告终结。诗歌充满了悲观与虚无情绪。至此,艾略特的创作进入了顶峰期,并确立了作为西方现代派诗坛领袖的地位。

1927年后,艾略特成为天主教徒,极力宣传宗教救世思想。《灰星期三》(1930)写四旬斋的第一天,将灰撒在悔罪者头上,宣扬基督教义和人的原罪、悔罪思想。它标志了诗人由描绘荒原状态转向投入宗教怀抱,只有皈依宗教,人类才能得到拯救。长篇组诗《四个四重奏》(1935—1941)是艾略特后期创作的重要诗篇,1935 年开始陆续发表,1943 年正式出版单行本。组诗依照音乐的四重奏结构形式写成,以四个地点为题,即《烧毁的诺顿》中一座废弃的英国乡间玫瑰园遗址;《东科克》中艾略特祖先曾在英国居住过的村庄;《干燥的萨尔维奇斯》中美国马萨诸塞州的海边礁石;《小吉丁》中 17 世纪英国的一座小教堂。长诗以高度抽象的手法,以对历史、时间、人生的哲理思索,表述对生命短暂与时间永恒之间的对立统一观点,时间是一条包容过去、现在、未来的不可分割的永恒的链条,一切都在时间中轮回,繁荣预示着衰败,衰败则蕴含着新的开始。"时间这个毁灭者又是时间这个保存者",只有在宁静中与灵魂与上帝沟通,放弃自我,才能得到上帝的拯救。表现出虔诚的天主教思想。诗歌语言流畅,节奏性强,主题意蕴在四部分中交替重复出现,反复吟咏,此起彼伏,诗歌被看作是艾略特宗教哲理诗的登峰之作。

艾略特的后期创作主要是指 30 年代以后的诗体戏剧创作。最著名的戏剧《大教堂凶杀案》(1935)描写 12 世纪英国坎特伯雷大主教托马斯 · 贝克特与宫廷产生矛盾,抵住各种诱惑,坚持教义,最后被国王派来的骑士杀害,颂扬为世人赎罪的献身精神。《全家团聚》(1939)以犯罪致使家庭破裂的现代题材,表现人的赎罪心理,只有认罪赎罪才能全家团聚。《鸡尾酒会》(1950)、《机要秘书》(1954)以现实主义喜剧形式宣扬原罪思想,只有信仰宗教,才能给有罪之人带来光明。

艾略特作为 20 世纪卓越的文学批评家,也是英美新批评理论的开创者。最主要的理论文章有《传统与个人才能》(1917)、《批评的功能》(1923)、《诗歌的功能与批评的功能》(1933)等。艾略特在文中提出了"非个人化"与"客观对应物"的著名论断。他在《传统与个人才能》中强调,诗人的创作是一种智性活动,诗人应该隐匿个人感情的流露,"诗不是放纵感情,而是逃避感情;不是表现个性,而是逃避个性"。诗歌流露的感情应该是"非个人化"的,具有一种人类共通的智性和理念。在《哈姆莱特和他的问题》中,艾略特进一步提出,"表现感情的唯一途径"就是为感情寻找一种"客观对应物"。通过特定的意象情景、典故引语等,暗示象征地表达某种情感意向。艾略特的"非个人化""客观对应物"理论,成为象征主义诗歌的理论核心和主要的创作手法。

艾略特诗歌内容大量展示 20 世纪前半叶世界大战及其战乱给人类带来的巨大灾难,形象描述了现代西方人苦闷、空虚和幻灭的社会心态。作品充满了强烈的时代精神,是时代、社会、人生心理的真实描写。它一方面揭示了战争给人类带来的精神创伤与不幸,展现了动荡不安与文明堕落的社会环境,指出战争与情欲是造成世界病态与荒芜的主要根源;另一方面努力寻找人类社会的出路,最后把眼光投向宗教,指出只有信仰上帝,才是拯救人类社会的唯一出路,从而摆脱苦难达到至善至美的境地。

艾略特诗歌创作具有鲜明的个人风格。首先是作品表现出独特的象征性。主张以具体明朗的意象去对应地表达模糊、抽象的思想情感,通过联想暗示,表现内心世界的真实,为思想感情寻找出“客观对应物”。且象征含义具有多义性特征,常常用同一意象象征不同事物,使得诗歌内涵更具复杂性、暗示性和隐喻多义性。其次,艾略特诗歌创作中表现出对传统文化的继承与创新,通过大量运用典故、故事、神话传说,使诗歌意象成为哲理思辨的载体,以引经据典,旁征博引,提倡诗歌的“非个人化”“逃避个性”,而蕴含人类文化内涵,表现出重建社会秩序、拯救人类的理性追求。同时,其作品中具有浓厚的神秘主义与宗教色彩,宗教玄学、上帝教义等意象,使诗歌象征意义隐晦,深奥难懂,寓意深长。艾略特以其独特而宏富的艺术风格,被誉为“但丁最年轻的继承人”,开辟了一整个世纪的大手笔,并被认为,作为一个诗人,他“对同时代人和年轻同行所起的影响,也许要比我们时代的任何一个人都要深远”。

二、《荒原》

代表作长诗《荒原》是象征主义的顶峰之作,也是 20 世纪西方现代诗歌的里程碑式作品。全诗 434 行,由 5 部分组成。第一部分“死者葬仪”,展示现代荒原的败落景象。新春四月成了“最残忍的一个月”,寒冷肃杀,大地一片干涸,情欲泛滥、战争弥漫、信仰丧失,活着的人如同但丁笔下地狱中的幽灵,生活在百无聊赖的精神荒原之中。第二部分“对弈”。诗人以荒淫无度的情欲和奸情象征社会的腐败、道德伦理的崩溃。生活在豪华住宅中的上流社会女人与生活在“老鼠窝里”的下层女人,同样过着颓丧空虚、放纵情欲的庸俗日子。第三部分“火诫”。美丽的泰晤士河在恣情男女的玩乐后,留下一片衰败景象,唯利是图的商人的同性恋,女打字员与小职员有欲无情的淫乐,现代嫖客与娼妓的行径,构成一幅情欲肆虐的芸芸众生画卷。只有借助于佛陀净火的冶炼,戒绝情欲,进入涅槃,人类才能得到拯救。第四部分“水里的死亡”。弗莱巴斯沉溺于情欲大海,终于进入旋涡,落入死亡深渊。第五部分“雷霆的话”。大地缺水,岩石崩裂,世界成了“岩石堆成的”一片沙漠荒原。战争给人类带来灾难。恐惧与绝望中的乌云闪电、湿风雨丝,表示耶稣的降临,以雷霆代表上帝宣言,指明拯救人类的唯一出路:“舍己为人,同情,克制”,皈依宗教。

《荒原》的象征寓意及意象源自魏登女士的《从祭仪到神话》和人类学家弗雷泽的《金枝》。《荒原》的全部象征意义,正如诗人在原注中所说,“受魏女士有关圣杯传说一书的启发”。据说古代某个地方的渔王因年老或受伤,失去了繁殖的能力,他的领土因而变成了荒原,于是需要一位英俊的少年英雄手持宝剑、历经种种艰难去寻找圣杯,以便医治渔王,使大地复苏。诗人用暗示象征手法,展示西方文明的崩溃和精神的荒芜,指明战乱的欧洲,只有找到圣杯——宗教,信仰上帝,才能得到拯救,复苏荒原社会。

《荒原》用一系列生活意象,刻画出20世纪20年代西方荒芜社会的现实图景,形象地刻画出第一次世界大战西方文明的现实状态,表现一代人的迷惘幻灭心理。诗中的大都市伦敦犹如一个并不存在的实体,笼罩在"黄雾""毒日"之中,丑恶肮脏的罪恶时时在进行着,现实社会成了阴森可怕的人间地狱;战争带来的灾难使得愤怒骚乱的受难人群"在无边的平原上蜂拥而前,在裂开的土地上蹒跚而行",到处是"慈母悲伤的呢喃声""倾塌着的城楼";春意正浓的四月,诗人却感受到如同隆冬般的寒冷肃杀,人们过着醉死梦生的毫无意义的生活,无所事事的有闲阶层人士四处漫荡,充斥着空虚无聊;荒原的大地,笼罩着现实的阴影,"白骨""死水""坟墓""沉舟""蛛网"等阴森鄙陋的意象俯拾皆是。长诗艺术地折射出诗人对丑恶腐败的现实社会和人类忧郁颓废的"世纪病"的感受,给我们描绘了一幅生活着的人和大城市的灵魂的赤裸裸的图像。艾略特认为:"一个人在写作时,不仅要想到自己的时代,还要想到自荷马以来的整个欧洲文学,以及包括于其中的他本国的整个文学既是同时并存的,同时又组成一个同时并存的秩序。"正是这种时代感与现实感的"同时并存",使诗人能敏锐地意识到在历史长河中他的同时代人的命运。艾略特正是站在历史的高度来把握20世纪的时代脉搏,编织出现代社会生活的立体画卷,从而反映出现实社会的本质特征。

《荒原》蕴含着复杂的象征性,诗中意象所体现的象征意义丰富含蓄,多变多义。诗人多用模糊、抽象的象征体,其联想性、暗示性、象征性更委婉深沉,曲折多变。长诗所整体象征的主题意义是复杂的。有人认为"《荒原》的主题是绝望而不是希望",有人认为"诗的主题是荒原的拯救",也有人认为"《荒原》充分发挥了生死互转的主题"。艾略特自己则说是对生活的"毫无意义的牢骚"。其实,《荒原》立意的本身就是战栗的象征,"没有人会不感到这个标题的可怕含义"。诗中有希望也有绝望,绝望多于希望。它象征了现代西方文明世界,是一个没有信仰、精神空虚、情欲泛滥、充满世态炎凉的荒芜原野。同时也象征要以宗教作为"救世良方",要人们像寻找圣杯、治愈渔王的少年一样,克己献身,拯救社会,拯救人类。长诗所表现的象征意义交错重叠、复杂难辨,富于联想和暗示。"风信子"象征着春天与爱情;"枯死的树"是精神枯竭的象征;"岩石间没有水而有一条沙路""维也纳、伦敦并无实体",是对文明社会荒芜的象征;"破碎的偶像"是宗教被弃、信仰丧失的象征,而"雷霆的话"则是象征了上帝拯救人类的宣言。正如莫雷亚斯在《象征主义宣言》中所说:"在这种艺术中,自然的景色、人类的行为、所有具体的表象都不表现它们自身,这些富于感受力的表象是要体现它们与初发的思想之间的秘密的亲缘关系。"对于艾略特《荒原》复杂象征意义的理解,需要我们具有一定的感受能力,深入到诗人内心世界之中去,产生一种"契合"与共鸣,找出这种表象与思想之间的"亲缘关系",从而把握诗歌内涵。

《荒原》复杂的象征还表现在其象征含义的多样性、多义性,常常用同一意象来象征不同的事物。“岩石”意象,它是精神空虚的象征,“这里没有水只有岩石,岩石间没有水而有一条沙路”;同时又是避难所、坚定信仰的象征,如“请走进这块红石下的影子”。“水”有时是情欲之海的象征,具有滔滔洪水本身固有毁灭一切的性质,如“水里的死亡”,“小心死在水里”;同时又是生命甘泉的象征,“如果有水我们就会停下来喝了”;还可以是欢愉快乐的象征,“可爱的泰晤士,轻轻地流,等我唱完了歌”。同样,对“火”的描绘,在“对弈”中,“七枝光烛台的火焰”是上层妇女骄奢淫逸生活的象征;而“使点燃了很久的烛焰变得肥满,又把烟缕掷上镶板的房顶”中,烛火征服了黑暗,暗示罪恶之行在光亮中堂皇地进行;而在“火诫”中,火是圣火的代表,又是欲火的象征,在“雷霆的话”中,“他隐身在炼他们的火里”,火又是指炼狱之火。艾略特说:“一首诗对于不同的读者可能有着不同的意义,而所有这些意义可能都不同于作者的原意。……一首诗可能具有远远超出了作者本人所能觉察到的范围以外的内涵。”《荒原》意象的多重多义,象征意义的繁复多变,使得诗歌内涵更具复杂性、暗示性、联想性和含蓄多义的特征,使得“它实际说出的东西要比他有意表达的东西更多”。复杂多重多义的象征,正是诗人和读者的内心世界、情感体验丰富和多样性的表现。诗人运用暗示方法,一步一步引导读者进入具有多样性、丰富性的“心灵状态”和“某种体验”之中,去把握其深刻内含的象征意义,最终达到人类认识世界和掌握世界的目的。

艾略特称自己是“文学上的古典主义者”,他的诗歌自始至终都保留着古典的、历史的深度和广度。《荒原》中诗人将西方传统文化中的许多神话传说、历史典故、名作佳句,有机地融合进诗行中,从古典的、历史的维度进行人生阐述与探索:有人类学家弗雷泽《金枝》中的阿多尼斯、阿梯斯和俄西里斯等;有目睹了人类种种丑行的荷马史诗中的预言者阿瑞西阿斯;有上流社会的贵妇人和历史上传说的地位十分显赫的重要人物,如埃及风流女王、“妖术和美貌互相结合、再用淫欲加强它们的魅力”的克莉奥佩特拉,维吉尔史诗《埃涅阿斯纪》中因爱情而自杀的迦太基女王狄多,弥尔顿作品中的夏娃、伊丽莎白女王等;有奥维德《变形记》中的翡绿眉拉的故事;有奥古斯丁的说教,也有释迦牟尼的佛陀“火诫”。从古希腊神话传说、荷马史诗到但丁的《神曲》,从《圣经》故事到民间传说,从莎士比亚戏剧到波德莱尔《恶之花》,涉及6种语言、35位作家、56部作品。艾略特的用典并非卖弄学识,而是与其要表现的思想观念、情感感受融为一体的。他的用典方式与人不同,很少间接引用别人语言,而是去掉引号,改头换面,使其自然妥帖地出现在诗行中,成为诗歌的一个有机部分。《荒原》“对弈”的结尾:“请快些,时间到了,明儿见,毕尔。……明儿见,可爱的太太们,明儿见,明儿见。”诗中既给我们提供了男主角与服役军人之妻丽达勾搭后的告别情景,也暗指醉生梦死之徒离开淫乐场所时的语无伦次。它直接引自莎士比亚

《哈姆莱特》中奥菲莉亚自杀临终前的一段话:“来啊,我的马车!——明儿见,太太,明儿见,好太太,明儿见,明儿见。”暗示现代人在淫乐中寻求慰藉,与奥菲莉亚向死神寻求慰藉如出一辙。“‘唧唧’唱给脏耳听”,是以翡绿眉拉遭到野蛮国王的强暴后变成夜莺的悲啼声,象征今日所谓文明世界,“显然参与且仍在参与着国王的这个暴行”,表明了诗人对“现代世界的一种评价与象征”。而“一群人鱼贯地流过伦敦桥,人数是那么多,我没想到死亡毁坏了这许多人”,则是引自但丁的《神曲》:“这样长的一队人,我没想到竟毁了这许多人。”这里,既暗示世界大战使无数无辜百姓死于非命,又象征失去了精神信仰的芸芸众生,活着如死亡的幽灵,只是行尸走肉而已。艾略特引经据典式的征引扩大了诗歌内涵,使长诗成为各时代、各民族的神话传说、历史典故与现实生活有机组合而成的艺术精品,也使《荒原》显得含蓄凝练、简洁而深邃。英国批评家、诗人I·A·理查兹说:“在艾略特手里,典故是一种简洁的技巧,《荒原》在内涵上相当于一首史诗,没有这种技巧,就得由12本著作来表达。”艾略特显然是想通过古典与现代的撞击,用典故来唤回传统,产生复杂的现代效应,从源远流长的历史文化长河中观照现实社会与自我存在。20世纪的《荒原》是与历史和谐的,是历史的沉淀与发展的必然产物,从而使《荒原》成为集历史、神话、现实、典故与文学艺术为一体的经典之作。

《荒原》是艾略特“非个人化”“客观对应物”象征主义理论的成功实践。艾略特认为生活与艺术、诗人与诗是完全不同的两码事,诗人不应照搬个人生活,不应倾诉个人的痛苦欢乐。诗不是放纵个人情感,而是避却情感,使之变成“丰富而陌生、普遍而非个人的东西”。诗人应该学会隐匿个人情感,要防止创作中个人情感的流露,诗中并不存在诗人的个性和人格线索。换言之,个人的情感情绪、体验感受必须经过“非个人化”的过程,转化为艺术性、宇宙性、全人类的东西,使诗脱离诗人而成为独立存在的实体。文学家所展示的应具有“历史批评”和“美学批评”的价值,为了这些“更有价值的东西,诗人随时随地准备不断抛弃自己。一个艺术家的进展便是一种不断的自我牺牲、不断的消灭个性。”《荒原》中诗人隐匿个人的喜怒哀乐之情,放弃个人化表现,而体现出更为广阔、更为深层、更为本质的社会人类的情感。诗人笔下那些丧失生存环境的人,孤独而恐惧,“枯死的树没有遮阴,蟋蟀的声音也不使人放心”,人们生活在普遍的互不信任之中,相互猜疑较量,玩弄对方,活着的人“叹息,短促而稀少,吐了出来,人人的眼睛都盯着自己的脚前”,刻画出西方社会人与人之间貌合神离、尔虞我诈的普遍心理状态。即使是欲海中的男女,除了情欲的满足之外,心灵也还是在隔膜与虚无之中。女打字员与小职员有欲无情的爱,以致“没大意识到她那已经走了的情人”,她头脑中空虚的“半成形的思想经过:‘总算完了事,完了就好’”。男女之间的爱只是精神空虚的填充和刺激,根本谈不上心灵的沟通。这里没有典型化、个性化,也不带任何感情色彩,只是客观冷静地描绘了社会长链中的普通一环,代表了整个西方社会人们普遍的内在心灵感受。《荒原》中的人物形象,也只是某种观念的象征体,是抽象的符号而已,失去了人物自我个性。诗人把所有的男人归结为一个男人,把所有的女人看成“只有一个女人”。在这些超个人化的人身上所看到的,只剩下性的差别,只不过是性的符号,以此来暗示象征现代荒原的病根所在。这些男女被情欲支配,在情海欲舟中沉浮、丧生或偷生。夫妻间无爱情可言,家庭被破坏,婚姻等于买卖,友谊变成交易,道德沦丧。突破了个人而代表了广大的人类发展陷入了腐败溃烂的地步。诗人写的不是一个人的个性,而是一类人的共性,超越了对人物形象的个人情感的狭小圈子,而具有对人类、对社会、对人生的广阔而深层次的观照。

“非个人化”不是不要个人化,不要表现诗人的情意。与“非个人化”理论相配套,艾略特提出了为情感寻找“客观对应物”的理论。他主张通过某一客观的情景、事件、物体来唤起特定的情感,以不同的意象、典故、引语、传说等为载体,搭配成一幅幅图案,来间接表达诗人的情感、情绪和意念。“以知觉来表示思想”,像你闻到玫瑰香味那样地感知思想,从而给客观事物注入思想情感,使读者从客观事物中去体味揣摩并引发起所对应的思想情感,并上升到理性的认识。《荒原》开篇就写道:“四月是最残忍的一个月,荒地上/长着丁香,把回忆和欲望/掺合在一起,又让春雨/催促那些迟钝的新芽。”诗人以“残忍的四月”作为思想情感载体和客观对应物,象征和暗示对现实的恐惧之感。现实的残忍,庸俗不堪,即使是四月的明媚春光,也是一片残忍的凄凉和肃杀。象征着经过寒冷冬天、憧憬美好未来的“丁香”花,如今却长在“荒地上”,春风好雨也无法催发那些“迟钝的根芽”。诗人以此变形的春景来客观对应地表现内心对鄙陋残忍现实的感受。我们虽然看不出诗人直接的情感宣泄,但却能透过所描绘的对应物,看出情感的火花来。又如:“在下雨的时候,/来到了斯丹卜基西;我们在柱廊下躲避,/等太阳出来又进了霍夫加登,/喝咖啡,闲谈了一个小时。/我不是俄国人,我是立陶宛来的,是地道的德国人。/而且我们小时候住在大公那里/我表兄弟,他带着我出去滑雪橇……”诗人以客观冷静的叙述,展现了精神空虚的上层社会人士颓废无聊的全部生活内容。躲完雨,再喝咖啡,无所事事,毫无意义的闲聊,晒太阳,滑雪,这就是它所对应的荒原人的生活情形。这里看起来没有作者的直抒胸臆,诗人仿佛退出了诗,但事实上,诗人正是通过旁观式的描述,以此为“特定的媒介物”“思想的感情相称物”,来表达其内心对空虚无聊生活的痛心厌恶之情。“非个人化”及其与之相适应的感情的“客观对应物”理论运用,使《荒原》更含蓄内蕴,更具艺术韵味,更讲究客观冷静、抽象理念地表达思想情感。自艾略特以后,“非个人化”及“客观对应物”成为象征主义的代名词。

《荒原》充满了浓厚的神秘主义与宗教色彩。诗人把自己对自然世界、社会人生的感受,遁入玄学宗教神秘之中去体验,加上大量的征引用典与复杂的隐喻暗示,致使《荒原》成为西方文学中最难读懂的作品之一。如果说一般象征派诗人的作品是个谜的话,那么《荒原》就是一座迷宫。长诗的注释远远超过诗歌本身,以致不读注释就无法读原诗。艾略特在表现广博与深邃的同时,也使得作品虚幻神秘、晦涩玄奥。

第三节　卡　夫　卡

弗兰茨·卡夫卡(1883—1924),奥地利小说家,20 世纪西方现代派文学之父,表现主义文学的代表人物。

一、创作与生平

卡夫卡 1883 年 7 月 3 日出生于布拉格的一个犹太商人家庭。父亲艰苦创业成功,形成粗暴刚愎性格,从小对卡夫卡实行“专横犹如暴君”的家长式管教。卡夫卡一方面自幼十分崇拜、敬畏父亲,另一方面,一生都生活在强大的“父亲的阴影中”。母亲气质抑郁、多愁善感。这些对后来形成卡夫卡孤僻忧郁、内向悲观的性格具有重要影响。卡夫卡小学至中学在德语学校读书,后学会捷克语,自幼酷爱文学。1901 年进入布拉格大学学习德国文学。不久迫于父亲之命改修法律,1906 年获法学博士学位。卡夫卡中学时代就对法国自然主义文学以及斯宾诺莎、尼采、达尔文等产生极大兴趣。大学时代,接受了存在主义先驱、丹麦哲学家克尔凯郭尔的思想和受到中国老庄哲学的影响。在爱好文学的同学马克斯·布洛德的鼓舞和支持下,开始文学创作。并与布拉格的作家来往,参加一些社交活动,写成了他后来发表的首篇短篇小说《一场战斗纪实》(1904)。在法院实习一年,在“通用保险公司”当见习助理后,1908 年到工伤事故保险公司任职。1921 年卡夫卡肺结核复发,咯血。1922 年 6 月辞职。养病期间除继续创作外,游历欧洲各地。1924 年因肺病恶化,医治无效,于同年 6 月 3 日病逝于维也纳近郊的基尔灵疗养院。

弗兰茨·卡夫卡

卡夫卡一生都生活在强暴的父亲的阴影之下,生活在一个陌生的世界里,形成了孤独忧郁的性格。他害怕生活,害怕与人交往,甚至害怕结婚成家,曾先后三次解除婚约。德国文艺批评家龚特尔·安德尔这样评价卡夫卡:“作为犹太人,他在基督徒中不是自己人。作为不入帮会的犹太人,他在犹太人中不是自己人。作为说德语的人,他不完全属于奥地利人。作为劳动保险公司的职员,他不完全属于资产者。作为资产者的儿子,他又不完全属于劳动者。但他也不是公务员,因为他觉得自己是作家。但就作家来说,他也不是,因为他把精力花在家庭方面。而‘在自己的家庭里,我比陌生人还要陌生’。”安德尔十分准确而形象地概括了卡夫卡没有社会地位、没有人生归宿、没有生存空间的生活环境,同时也是对形成卡夫卡内向、孤独、忧郁与不幸人生的较为完整公允的阐述。

卡夫卡创作勤奋,但并不以发表、成名为目的。工作之余的创作是他寄托思想感情和排遣忧郁苦闷的手段。许多作品随意写来,并无结尾,他对自己的作品也多为不满。临终前他让挚友布洛德全部烧毁其作品。布洛德出于友谊与崇敬之情,违背了卡夫卡遗愿,整理出版了《卡夫卡全集》(1950—1958)共 9 卷。其中 8 卷中的作品是首次刊出,引起文坛轰动。卡夫卡文学创作的主要成就是三部未完成的长篇小说和一些中短篇小说。

卡夫卡于 1912—1914 年创作的第一部长篇小说《美国》描述的是 16 岁的德国少年卡尔·罗斯曼的遭遇,他因受家中女仆的引诱,致使女仆怀孕,被父母赶出家门,放逐到美国。

1918 年写成的《审判》是卡夫卡的第二部长篇小说。故事讲述的是银行襄理约瑟夫·K 无故受审判处死的事。K 在 30 岁生日的那天早晨被警察莫名其妙地秘密逮捕,并被法庭审判有罪。K 坚信自己无罪,四处奔波,找人帮忙,想搞个水落石出。然而一切努力都徒劳无益,K 终于明白,要摆脱命运的安排,摆脱法律之网的束缚是不可能的。最后毫无反抗地被两个黑衣人架走,在碎石场的悬崖下处死。

1922 年写成的第三部长篇小说《城堡》是一部典型的表现主义小说。小说讲述了主人公 K 踏雪来到城堡附近的村子,他千方百计想进入城堡,但始终没能成功。这部小说与《审判》一样,制造了一个庞大的官僚机构和这种机构的运作体制下无数的办事处和大小官吏。而作为一个无足轻重的小人物的 K,似乎在这些官僚机构中间有永远走不完的路。

在卡夫卡的中短篇小说创作中,其代表作首推《变形记》(1912)。其他著名的作品有:1912 年写成的《判决》,表现了父子两代人的冲突。乔治在父亲的淫威之下,竟害怕恐惧到丧失理智,最后执行父亲的判决,坠身河中,体现了卡夫卡独特的“审父”意识。《致科学院的报告》(1917)描写了马戏团试图寻找“人类道路”而驯化猿猴成为会说话的人的故事。通过被关在狭窄笼子里的非洲猿猴的凄厉哀号,表达了失却自由、没有出路的苦闷与悲观绝望情绪。《中国长城的建造》(1919)描写中国的老百姓受无形权力的驱使去建造毫无防御作用的长城,表现了人在强权统治面前的无可奈何与无能为力。

《地洞》(1924)是卡夫卡晚期创作中最具代表性的力作。主人公是一只不知名的人格化的鼹鼠类动物。作品采用第一人称自叙的方法,描写了“我”担心外来袭击,修筑了坚固地洞,贮存了大量食物,地洞虽畅通无阻,无懈可击,防御退逃自如,但"我"还是时时处于惊恐之中,惶惶不可终日。作品真实地反映了第一次世界大战前夕普通小人物失去安全感、生活与生命得不到保障的恐惧心态。

卡夫卡生活和创作活动的主要时期是在第一次世界大战前后,家庭因素与社会环境造成了他与社会与他人的多层隔绝,使得卡夫卡始终生活在痛苦与孤独之中。而社会的腐败、奥匈帝国的强暴专制、政治矛盾、民族矛盾、人民生活的贫穷困苦、经济的衰败,这一切更加深了敏感抑郁的卡夫卡内心的苦闷。那种时时萦绕着他的对社会的陌生感、孤独感与恐惧感,成了他创作的永恒主题。无论主人公如何努力抗争,强大无形的外来力量始终控制着一切,使他身不由己伴随着恐惧与不安,最终归于灭亡。在渗透着叛逆反抗思想、倔强地表现出不甘放弃希望的同时,又表现出对一切都无能为力、无可奈何的宿命论思想,形成了独特的卡夫卡式艺术内涵。因此,卡夫卡将巴尔扎克手杖上的"我能摧毁一切障碍"的格言改成了自己手杖上的"一切障碍都能摧毁我"。卡夫卡追随过自然主义,受过巴尔扎克、狄更斯、易卜生、高尔基等作品的影响,并对他们十分赞赏。但卡夫卡的卓越成就主要不是因袭前者,他不再去描绘丑恶的客观生活内容,而是逃避现实世界,追求纯粹的内心世界与精神慰藉,表现客观世界在个人内心引起的感受。而那种陌生孤独、忧郁痛苦以及个性消失、人性异化的感受,正是时代社会心态的反映。因此,著名诗人 W. H. 奥登说:"如果要举出一个作家,他与我们时代的关系最近似但丁、莎士比亚和歌德与他们时代的关系的话,那么人们首先想到的也许就是卡夫卡。"

卡夫卡的作品具有整体暗示象征的特征,意蕴丰富,耐人寻味,只有透过文字表面,透过虚幻离奇的情节,追究到背后的艺术底蕴,才能真正把握卡夫卡的思想脉搏。他的作品需要一读再读,可以从不同角度去阐释理解,因此,卡夫卡及其作品又被称为文学的无解方程。同时,卡夫卡还善于运用幻觉梦魇、扭曲变形、怪异荒诞的手法去表现生活,虚幻中又不失细节的真实。以类型化、抽象化的模式塑造人物,构思情节,许多人物干脆连性别姓名也没有,只以 K 表示。语言表述简朴平实,较少使用描绘性和比喻性句子,避免语句的感情色彩,以"电报式"的简洁冷漠语言进行叙述描写,形成了独特的卡夫卡式叙述风格。

二、《变形记》

卡夫卡的《变形记》描写的是人变成虫的荒诞离奇故事。主人公格里高尔·萨姆沙是一家公司的推销员,一天早晨醒来,突然发现自己变成了一只长有许多细腿的大甲虫,从此厄运降临。丢失了工作,遭家人厌恶。他有人性,有人的思维能力和心理,恐惧感与灾难感缠绕着他。逐渐地他又具有了虫性,喜欢爬行,吃霉变腐烂食物。格里高尔不能继续赚钱,家境每况愈下。尽管全家人都勤快工作,却无法维持生活。大家视格里高尔为累赘、怪物。格里高尔终于在孤独、寂寞与自惭形秽中悄然死去。家人如释重负,第二天心情愉悦地来到城外郊游,谈起了新的梦想和美好的前途。小说通过格里高尔变形成虫而死的悲惨结局,揭示了西方社会人性异化、人无法掌握自己命运、生活在恐惧与孤独之中的生活本质。《变形记》成为表现主义文学和卡夫卡小说创作的最重要的代表作。

《变形记》插图

20 世纪以来,随着大工业的发达、科技的进步、生活节奏的加快,尤其是紧张激烈的生存竞争、过细的社会分工,使许多人精神畸形乃至崩溃。马克思在《资本论》中把这种异变的现象归结为“物对人的统治,死的劳动对活的劳动的统治,产品对生产者的统治”。人更加依赖物质,转而成为物质的奴隶,最终导致了人性的异化,自我的丧失。《变形记》以人变成虫的荒诞经历,全方位地展示了这种异化。《变形记》中最精彩的是淋漓尽致地描绘了人与人关系上的异化,通过格里高尔与家人关系的变化过程揭示了金钱的本质。

格里高尔作为家里的长子,每月按时拿回亮晃晃圆滚滚的硬币,使他的父母和妹妹“住在一套挺好的房屋里,过着蛮不错的生活”。他是受人尊敬的,是家里的中流砥柱、中心人物。而一旦他变成了甲虫,不能再去上班,家庭经济每况愈下。父亲的债务无法再还,供妹妹上音乐学院的计划成为泡影。父亲去银行做杂役,母亲替人缝衣,妹妹不得不去当营业员。当他无法再为家人提供经济资源、无法再与家庭保持以往那种经济联系的时候,温馨甜美的家庭亲情、伦理之爱一下子消失了。父亲的第一个表情就是“紧握拳头,一副恶狠狠的样子,仿佛要把格里高尔打回房间去”。当格里高尔想逃回房间去而卡在门框上时,父亲狠命一推,使他“一直跌进房间中央,汩汩地流着血”。父亲甚至用苹果砸他,其中一个苹果陷进格里高尔背脊中。重创使他一个多月不能行动,溃烂发炎,全身疼痛,至死“那只苹果还一直留在他的身上”。母亲一看见虫形的儿子就会吓晕过去,当得知格里高尔死时,不由得露出了笑容,如释重负。一直关心和照顾着格里高尔的妹妹,最后也厌弃了他,并断言,这不是他哥哥,“如果这是格里高尔,他早就会明白人是不能跟这样的动物一起生活的。他就会自动地走开。”他们把格里高尔看成是“我们一切不幸的根源”。在西方社会中,人一旦失去了谋生的能力和手段,失去了和他人的经济交往联系,人无异于虫。格里高尔的悲惨命运再次证明,在资本主义社会中,“维护家庭的纽带并不是家庭的爱,而是隐藏在财产共有关系之后的私人利益”(恩格斯语)。金钱与物质的作用可以使亲人异化为路人,使家庭实质上分崩离析。作品深刻地揭示和嘲讽了资本主义社会人与人之间赤裸裸的金钱利害关系。卡夫卡揭示的是一种普遍的人类生存状况,人的变形成虫是人类一切灾难和不幸遭遇的象征。在资本主义社会和现代化大工业生产中,在金钱为中心的操纵驱使下,使人异化成为物的奴隶,成为工具。当人因种种原因丧失了工作能力,就不再被社会和家人承认,人无异于非人,无异于物和工具。卡夫卡对人的异化现象的形象展示与描述,发聋振聩,震撼人心。

格里高尔在变形以前是一个恪守职责、安分守己、勤快稳妥的公司小职员,但过分紧张的流动推销员工作使他不得不四处奔波,辛苦劳累之余,还要担心老板的训斥,内心十分压抑,没有欢乐,没有知心朋友。变形以后,时时关心家人对他的态度,自惭形秽,羞于见人。格里高尔是社会中芸芸众生小人物的典型。他的内心时时刻刻充满着一种灾难感和恐惧感,随时可能因一点小差错被解雇。由于欠老板的钱要五六年才能还清,他不得不谨慎行事,时时都有发生天灾人祸的莫名其妙的灾难感、恐惧感压抑心头。但最终灾难还是降临了。格里高尔变成甲虫后,灾难与恐惧依然缠绕着他。当秘书主任看见他变成了虫拔腿要回公司时,格里高尔恐惧极了,预感到新的更大的灾难将要来临。他苦苦哀求秘书主任能体谅他长期旅行推销的苦衷,替他说好话,以免被解雇。一副诚惶诚恐、胆战心惊的样子。格里高尔"匍匐在地板上的这间高大空旷的房间使他充满了一种不可言喻的恐惧",于是,他宁愿躲到头也抬不起的狭小的沙发底下去。当家人搬走了家具,格里高尔想保留图片镜框而贴在上面使母亲吓晕过去时,父亲为此"把脚举得老高"要踏死他,"格里高尔一看到他那大得惊人的鞋后跟简直吓呆了",急急地奔跑起来。最终还是被父亲掷来的苹果击中,昏死过去。为聆听妹妹优美的小提琴声,格里高尔爬出了房间,在房客及家人的愤怒情绪中,他恐惧地感觉到"极度紧张的局势随时都会导致对他发起总攻击",他害怕极了,衰弱地躺在地上一动不动,等待着灾难的降临。人生充满了危机,人难以去除心头的恐惧感、灾难感,这是卡夫卡借格里高尔所展示的世界大战期间人们的一种普遍心态。这反映了时代对人的窒息与摧残。同时我们也看到,格里高尔在社会生活中是一个弱者,在抑郁与孤独中凄惨地死去。格里高尔的内心孤独展示,正是卡夫卡对社会人生的强烈体验,是他的在"自己的家庭里,我比陌生人还要陌生"心理感受的表现。人物的孤独感成为卡夫卡式人物的一个主要特征。

卡夫卡作为表现主义代表作家,其创作的中心不在于展示外部世界,而注重人物的心理表现。在《变形记》中表现出虚妄荒诞与现实相结合的特色。人在一夜之间变成甲虫,一方面有人的思想情感,另一方面,又逐渐具有虫性,读来看似荒谬离奇。但在异化社会中,人丧失谋生能力,被社会遗弃,无异于一只甲虫,却是对社会现实的本质揭示。格里高尔早晨醒来发现自己变形成虫,并无惊恐之感,以为只是头痛脑热的小病而已。他像平常一样,想着他的工作,想去赶车。格里高尔虫形人心,时时还在关心家人,为自己不能上班赚钱造成家境贫困而内疚。这一切使小说虽充满了不可思议的荒诞性,情节虚幻怪异,但对荒诞事件描述的细节以及人物心理的表述却是现实的、真实可信的。家人从希望他好起来到完全失望,从小心翼翼地照顾到残忍无情地置他于死地,作品通过格里高尔的感受与心理活动,描绘了一幅现实的家庭生活图景。细细品味,便觉真实无比。卡夫卡将荒诞不经的事件安置在极为平常的家庭生活之中,同时又以极为真实自然的日常生活内容去进一步展示荒诞不经事件的全过程。卢卡契说:"卡夫卡作品的整体上的荒谬和荒诞是以细节描写的现实主义基础为前提的。""那些看起来最不可能、最不真实的事情,由于细节所诱发的真实力量而显得实有其事。"虚幻荒诞中蕴含着现实,现实表现中充满了梦魇荒谬。两者有机结合成一个整体,体现了"卡夫卡式"创作的主要艺术特色。

《变形记》构思奇特,象征意蕴丰富,叙事语言平实无奇、质朴自然,不故弄玄虚,不设置悬念与矛盾冲突,淡化情节,内容冷峻而严肃。以格里高尔变形后的一系列最细小的生活事例,甚至包括如吃饭、睡觉、看风景、休息、爬行等,表现异化问题的重大主题。这种内容情节荒诞离奇而表述形式平淡无奇的艺术风格,被以后的现代派作家所广为仿效。

三、《城堡》

《城堡》是一部典型的表现主义小说。主人公K来到城堡附近的村子,为了请求政府能让他在村子里安家落户,他踏雪前往城堡。城堡近在咫尺,却总也走不到。K冒称是土地测量员而住进了村子客栈。城堡统治者CC伯爵的爪牙辖制着一切,却谁也没见到过CC伯爵。K想尽一切办法,乃至勾引城堡官员的情妇,最后仍没能达到进入城堡的目的。小说没有写完,据卡夫卡好友布洛德回忆,卡夫卡原计划结局是,K临终以前终于接到城堡通知,他不许进入城堡,但可以在村子里居住。小说揭示了官僚机构的腐败和黑暗,表现了在强大势力控制下的小人物孤独悲惨的人生命运。

《城堡》在描写K千方百计地想进入城堡、面见城堡统治者经历中,揭露官僚统治罪恶与黑暗的内幕。重重叠叠的官僚体制、官僚机构统治着世界。城堡管辖下的村子并不大,可管理这个村子的官员却有数不清的一大群,比村里的居民还要多几倍。这些人整天忙忙碌碌,毫无政绩。只要发生一件微不足道的小事、收到一件无关紧要的申诉或无足轻重的申请,这庞大的官僚机器就长年累月地转动起来,它会制造出成堆的决定和决议,等到指示发下来时,大家已经想不起这件事了。层层的管理机构中,上级与下级互相推诿,什么事也办不成。腐败的官僚机构、僵化的行政官员却有着无上的权威,决定和控制着人们的命运。K连续不断提出正当要求,被城堡拒绝批准,但K的生活和行动却始终在城堡的密切监视之下。K 的不幸命运是官僚统治一手造成的,他的悲惨遭遇是生活在强暴统治下人类普遍生存状况的写照。城堡的官员却可以胡作非为,得罪他们就会惹祸上身。阿玛丽娅因拒绝委身于城堡官员,便灾难临头:官员的态度使得全村都处在一种诚惶诚恐之中,顾客们不敢再上她父亲的鞋铺,小铺里的伙计纷纷离去,村里的熟人见面也不敢打招呼了。最后,一个以前的伙计买下了鞋铺。阿玛丽娅一家被撵出了村子。卡夫卡试图向我们证明,其生死大权掌握在有权有势和有钱的人手中,任何人拒不执行他们的命令,拒不满足他们的无理需求,都会给自己惹下无穷无尽的灾难。代表整个官僚统治机构的 CC 伯爵是至高无上的权威,人人都知道,却谁也没见到过,他像一个恐惧的幽灵,无影无踪,却控制和笼罩着人们。在他的强暴权力统治下,一切人只是如动物、工具、奴隶一般活着,不允许人有任何生存的要求,摧毁人的任何希望。城堡及其行政官员象征着奥匈帝国统治下的强权政治与上层官僚机构的腐败、专制、强暴。统治人民又远离人民,在它的统治下,没有自由,没有希望。任何正当要求都不会实现,人只能在痛苦与绝望中孤独地死去。K 是资本主义社会中小人物的象征,他试图掌握自己的命运,明确自己社会中的位置。为了能定居村子,能进城堡去,他进行了不懈努力,吃苦耐劳,不惜做杂役,讨好别人,甚至勾引 CC 伯爵身边克拉姆部长的情人。然而这一切都无济于事,最后以毁灭而告终。K 一生都在孤独中,没有亲人,没有朋友,他是这个村庄的陌生人,被周围环境"异化"出来,成为孤独无援的、不被社会所承认的人。城堡控制下的一切恶魔般紧紧包围着他。城堡的影子、村庄的小巷楼房都在监视着他。这种寂寞孤独产生的恐惧颓丧心理,以致使他觉得脚下的皑皑白雪都怀有敌意。只有在梦中"他觉得自由了","可厌的知觉已经消失","当秘书在 K 的紧逼之下一反高傲的姿态,总是惊慌失措时,K 在睡梦中温和地笑了起来"。小人物可悲可叹的命运不禁令人心酸。其实 K 不再是人,仅仅是大资本工业生产中异化的物品,受强制的官僚机器操纵。这样,怎么可以再有自己的个性和追求呢?所以他的命运只能是随波逐流、一事无成。卡夫卡本人在谈到这种异化现象时也说:"不断运动的生活纽带把我们拖向某个地方,至于拖向哪里,我们自己是不得而知的。我们就像物品、物件,而不像活人。"更可悲的是,K 自己始终不认识城堡与自己,执意地想进入城堡,定居村子,做着无望的努力。K 身上渗透着一种叛逆、反抗的精神,倔强地透露出一种不甘放弃希望、不懈追求真理的精神,表现了卡夫卡对人生的看法,即只要 K 在,就还不算太黑暗,就还不是完全停止了探索和追求。从这个意义上讲,K 是当代的浮士德。另一方面,对 K 的执着追求、不息努力的探索的叙述也表现出了卡夫卡的宿命论思想,即真理是客观存在的,目标也是清晰可见的,但荒诞的世界给人设置种种有形无形的不可逾越的障碍,无论人怎么努力执着,要抵达真理的彼岸,都是不可能的,只能以失败毁灭而告终。在社会的强权势力面前,人是如此的渺小、无可奈何、微不足道。这对我们认识西方社会与人生有一定的借鉴价值。

卡夫卡作为一个表现主义代表作家,其作品的重点不在对现实的客观逼真描绘,而往往带有一种浓厚的虚幻朦胧色彩。主人公从何而来?什么身份?我们不得而知。他一生努力奋斗却遭到失败,愿望没能实现。但城堡并无守卫,吊桥和大门似乎并没有阻止他进入城堡,K的悲剧蒙上了一层神秘朦胧的色彩。他想通过X部部长的送信人巴纳巴斯接近城堡,到头来巴纳巴斯自己也没见过部长。他为能与部长面谈,勾引部长的情妇弗里达,没料到却得罪了部长,而断绝了他与城堡的一切联系。而城堡更是一个虚无缥缈、并无实体的存在。城堡是华丽尊贵、豪华权势的象征,但同时在K的眼中,“城堡原来只是一座寒碜的小城,一堆没有任何区的村舍”,甚至还不如他故乡简陋的钟楼,“上面雉堞参差不齐,断断续续,摇摇欲坠”。城堡就在眼前,却可望而不可即,总也走不到。城堡像幽灵、恶魔似的笼罩着一切。作品展示给人们的是一个梦幻虚无的环境、荒诞不经的情节、神秘莫测的人物,然而,作品整体所体现出来的本质内蕴却具有积极的现实意义。

同时我们也看到,《城堡》中充满了荒诞表现,作者以夸张、漫画、荒诞的手法叙述描写。警长为寻找一份丢失的公文,在卧室里搜查,文件盖满了地板,而且还在不停地往上堆。使人想到了喜剧电影中滑稽的快镜头。一笑之中,城堡公务的严肃庄重荡然无存。巴纳巴斯为谋送信之职,整天纹丝不动地端坐着,高高在上的官员忙忙碌碌,并不注意他,许久才从一大堆文件中抽出一封信,交给巴纳巴斯去送,而这封纸张发黄的信的内容却早已过时。城堡官员索尔蒂尼的办公室里四面墙壁都堆满了一卷卷文件,由于成捆的文件还在匆忙地送进来叠上去,同时又需要抽出来发出去,所以文件常常倒在地板上。人们正是通过文件倒地的哗哗声,才分辨出是索尔蒂尼的办公室,知道他在忙着。卡夫卡以这种极度荒诞的手法、夸张漫画式的刻画,展示了城堡官僚机构的丑恶现象,揭露了社会上层建筑国家机器的腐败本质,读来使人忍俊不禁,极富讽刺喜剧效果。

第四节 奥 尼 尔

尤金·奥尼尔(1888—1953)是20世纪美国著名的戏剧家、美国现代戏剧的奠基者、欧美表现主义戏剧的代表人物。他的戏剧创作深受欧洲传统戏剧的影响,但又有很强的探索性和实验性。1936年奥尼尔获得了诺贝尔文学奖。

一、生平与创作

奥尼尔于1888年10月16日出生于纽约。他的父亲是颇有名气的演员。奥尼尔从小就和母亲、哥哥一起随父亲的剧团遍游四方,这对他以后的戏剧生

尤金·奥尼尔

涯有重要影响。他7岁上寄宿学校,1906年进普林斯顿大学学习,一年后辍学。随后,他做过矿工、水手、演员、记者、小职员,甚至当过流浪汉。期间他结过几次婚,都以失败告终。这些生活体验为他日后的创作积累了丰富的素材。1912年奥尼尔因患肺结核住进了康涅狄格州的一家疗养院,时间长达5个月。他一边认真思考着人生道路问题,一边潜心阅读古希腊悲剧、莎士比亚、易卜生、斯特林堡等戏剧大师的作品,最后决定做一名剧作家。1914年到1915年,他在哈佛大学贝克教授主持的戏剧工作室学习。1916年,加入普罗文斯顿剧团,担任编剧。1920年,他的剧本《天边外》上演,取得巨大成功,并获普利策奖,从此奠定了他在美国戏剧家中的地位。以后,他的创作日趋成熟,逐渐形成了自己的思想与风格。在接下来的14年里,他有21部作品陆续上演,其中一些戏剧还被介绍到欧洲,成了与契诃夫、皮兰德娄齐名的戏剧家。第二次世界大战结束后,奥尼尔几乎同社会隔绝,只在"大道别墅"里继续写作。1953年11月27日病逝于波士顿一家旅馆。

奥尼尔一生创作了近50个剧本,4次获普利策奖,除了《啊! 荒野》是唯一的喜剧外,其余全是悲剧。他的创作大体分三个阶段。

第一阶段为1913—1919年,这是奥尼尔戏剧创作的早期,主要写的是"人生片段"的独幕剧。代表性的作品有《东航卡迪夫》(1914)、《归途迢迢》(1917)、《加勒比斯之月》(1917)等。这些剧本大多取材于他早年的航海经历,作品中的主人公主要是那些贫穷潦倒、无家可归的人,作者通过他们描写了社会环境的冷漠、人生的悲剧性、理想和现实的矛盾性。虽然这类独幕剧在艺术上还不很成熟,但在当时却有力地冲击了外国戏剧主宰美国剧坛及戏剧商业化的局面,无论在内容和形式上都为美国民族戏剧的发展带来了生机。

第二阶段为1920—1933年,这是奥尼尔戏剧创作的成熟期。自《天边外》(1918)于1920年在纽约百老汇成功上演后,他的一系列优秀剧作接连问世,它们是:《琼斯王》(1920)、《毛猿》(1921)、《安娜·克里斯蒂》(1922)、《上帝的儿女都有翅膀》(1923)、《榆树下的欲望》(1924)、《大神布朗》(1926)、《悲悼》(1931)等。这一阶段的创作在题材上有了很大的拓展,并集中于对人性和人的生命意义的探索,哲理性很强,艺术表现手法丰富多样,对人心灵世界的开掘十分透彻。他在创作上的大胆探索和革新,为美国的戏剧开辟了新局面。

《天边外》是一部现实主义与象征主义相结合的作品。主人公罗伯特和其他主要人物一开始对生活都有强烈的冲动和热切的向往,都想在生活中找到自己的幸福与生命的归属,但结果都在失望中结束,而且结局十分悲惨。该剧语言简洁而富有诗意,戏剧动作很少,主要通过理想与现实之间的矛盾冲突来揭示人物的生活环境与性格之间的矛盾,揭示人物的内心世界和生活中的悲剧性。主人公罗伯特对远方的向往只不过是一种对未知世界的永久性冲动。全剧用开阔的旷野和窒闷的室内两种场景相互转换,表现人的"渴求与失望"的交替,暗示人的梦想与现实世界的不可弥合。

《琼斯王》是奥尼尔的表现主义戏剧代表作之一。剧中的主人公琼斯原本是个黑人逃犯,他凭着个人能力和从白人那里学来的"手段",在一个小岛部落建立起了自己的王国,并渐渐把自己塑造成神,要当地的土人对他顶礼膜拜。最后骗局被识破,他仓皇逃进森林,在黑暗中迷了路,精疲力竭之际被土人活活打死。作者在该剧中融入了表现主义、象征主义、神秘主义以及情节剧等多种表现手法,借助布景、灯光与道具的变换,用音响、合唱、面具等舞台手段,力图通过舞台形象来外化人物的内心活动,把主人公琼斯的紧张、恐惧而扭曲的深层心理状态表现得淋漓尽致。

《榆树下的欲望》是奥尼尔重要的现实主义剧作。该剧的背景是美国新英格兰的一个农场。年过70的农场主卡伯特是个固执的老头,他和两任前妻生了三个儿子,却一个都不爱,待他们很苛刻。小儿子伊本特别恨父亲夺走了母亲的财产,诱使两个同父异母的哥哥偷盗了父亲一笔藏款后离家出走。老卡伯特从城里娶来一个叫艾比的年轻女人,目的是再生一个让自己满意的继承人。年轻的继母对伊本多方挑逗,意在借种生子谋夺家产,伊本经不住诱惑与之发生关系。艾比生子后,老卡伯特大喜过望,宣布婴儿将是田庄的主人。伊本痛诋艾比的阴谋,而艾比已真的爱上伊本,为表真心,竟将婴儿杀死。伊本向警局报案后,又被艾比的真情感动,不忍让她独自受死,遂自认是同谋而与艾比同赴刑场。老卡伯特还是没有继承人,只能一边埋怨上帝,一边继续耕作。作者细致地表现了男女主人公之间那难以抑制的情欲以及对财产的占有欲,正是这种无尽的欲望冲动,这种来自人本身的毁灭性力量,导致了两人的悲剧。

《大神布朗》是一部象征主义作品。剧中的主要人物都是某种抽象概念或人性类型的象征。女主人公玛格丽特象征着女性,男主人公狄昂和布朗象征着两种类型的男性,或者说是男性的两个侧面;他们俩围绕着玛格丽特展开的矛盾,表现了两种人性的冲突。

《悲悼》三部曲是作者套用和改造古希腊悲剧家埃斯库罗斯的三部曲《俄瑞斯忒斯》而成的现代心理剧。整个三部曲叙述了曼农家族三代人由爱引发的复仇故事。剧中夫妻之间、父母与儿女之间都充满着爱与恨、报复与忏悔的无尽纠缠,个个都陷入被杀或自杀的黑色旋涡中。剧中曼农的住宅是罪恶与仇杀的象征,而不断出现的原始海岛意象,则是隐喻着他们所向往而又不可企及的幸福人生。剧中人物的心灵深处总是潜伏着一种难以名状的欲望,而生活中又往往有一种神秘的力量不断诱发和驱动着这种欲望,使他们在无度欲望的渴求中难以自拔。奥尼尔把笔触深入到人物的心灵深处,揭示出人性中所有的欲求、无可奈何与挣扎。该剧隐含了古希腊悲剧的命运观念,但这种"命运"的内涵是弗洛伊德心理学所说的人的情欲。因此,虽然奥尼尔自己并不承认曾受弗洛伊德的影响,但他的《悲悼》和其他一些剧本对人的潜意识心理的深度探索,显然带有弗洛伊德主义的印记。

第三阶段为1934—1943年,这是奥尼尔创作的晚期。通过前一阶段的实验性探索,此时奥尼尔又热衷于写实的方法,且更注重人性的开掘和人物内心世界的展示,戏剧情节更趋淡化。晚期创作主要有:独幕剧《休伊》(1942)、多幕剧《送冰人来了》(1939)、《进入黑夜的漫长旅程》(1941)和《月照不幸人》(1943)等。《进入黑夜的漫长旅程》是奥尼尔的一部自传性作品,它描写他的父亲、母亲、哥哥和他本人之间又爱又恨的复杂关系。全剧没有激烈的戏剧冲突,只是一家人的日常谈话,他们相互责备、恼恨、伤害,又相互怜爱、同情、理解。奥尼尔通过该剧坦诚地把自己家庭内部不为人知的私事和自己内心的痛苦公之于世,诉说了颠簸在命运苦海之中的骨肉亲情。剧中有很多象征性意蕴,比如雾象征谎言、幻想,黑夜象征死亡,剧情从黎明到日落,然后进入黑夜,象征着人生的历程。所以,该剧不是一般意义上的现实主义作品,而是融入了各种现代表现手法的现代戏剧。

奥尼尔是美国戏剧史上有划时代意义的开拓性剧作家,他融古希腊悲剧和诸多近现代戏剧大师的创作技巧为一体,并推陈出新,形成自己的独特风格。他的出现"使美国戏剧几乎在一夜之间便赶上了欧洲"①。他的戏剧致力于人性的探索和复杂心理的展示。他曾说:"大多数现代戏剧关心的是人与人之间的关系。但我对此毫无兴趣,我的兴趣在人与神的关系。"②他所说的"人与神的关系"指的是人与灵魂、人与自我的关系,对"神"的寻求就是对人的生命意义、人的归属的寻求。他的作品不像近代戏剧那样热心于探讨具体的社会问题,而是注重表现现代人的精神迷惘和人的内心世界的本能冲突,是"灵魂的戏剧"。为了细致地展示人物复杂的内心世界,奥尼尔不重视外在客体的真实描摹,而注重内在心理本原的真实展示。他吸取了意识流表现手法,善于用旁白、独白来传达人物的心理活动;善于用布景、道具等来外化人物的内心世界;善于用象征的手法表达抽象的、神秘的意义和人物的情感、情绪和心理。他的剧作不注重构建曲折复杂的戏剧情节,而注重通过人物自身及人物之间强烈的情感波澜和心灵冲突来制造戏剧悬念和艺术魅力。奥尼尔的这种戏剧风格,正是20

---

① 〔美〕马库斯·埃利夫:《美国的文学》,中国对外翻译出版公司1985年版,第289页。
② 同上书,第292页。

世纪西方文学“向内转”趋势在戏剧中的表现。

二、《毛猿》

《毛猿》是奥尼尔的代表作之一。此剧写于 1921 年,1922 年 3 月 9 日在纽约作家剧院首次上演,获得了巨大成功,奠定了他表现主义戏剧创作的基础。

《毛猿》描写的是航海工人的生活。在一艘横渡大西洋的邮船上,烧火工人们居住在拥挤的前舱。他们生活穷困,性情暴躁,形容古怪。司炉工扬克是他们当中最有威信的。他和其他人一样,穿一条斜纹布裤子,着一双笨重难看的鞋子,光着上身,胸脯上毛茸茸的,长臂,小眼,力大无穷,凶恶、愤恨的小眼睛上面额头低低向后削去。他比别人更显得健壮、凶猛、好斗、自信和骄傲,人们也因此而惧怕和尊重他。他文化水平低下,头脑简单,对生活向来充满信心,根本不感到自己是处在社会的底层,终日悠然自得,认为自己是世界的基础,代表着一切。他的伙伴派迪和勤昂则不同意他的观点。有一天,资产阶级小姐米尔德里德来到船上,把他称为“肮脏的畜生”。他的自尊心受到了损害,决定要报复。以后,他在大街上向一位有钱的绅士大打出手,发泄心头的仇恨,结果被警察抓进了监狱。出狱后他打算炸毁米尔德里德父亲的钢铁公司,又没得逞。几番碰壁后,他十分沮丧地来到动物园,与关在笼子里的猩猩诉说衷肠,并打开铁门,让猩猩走出笼子。正当他想拉猩猩一起去报仇时,猩猩一把将他抱住,掰折他的肋骨后扔进了笼子。在笼子里,扬克痛苦地站起来,迷惘地环顾四周后,像一堆肉,瘫死在地上。

《毛猿》共分 8 场,不分幕,剧情简单,但含义深邃。奥尼尔在此剧中探讨的是人的归属与现代人的命运的问题。

人是什么?人生的意义是什么?什么力量主宰着人的行动?……这一连串的问题困扰过一代又一代的哲人。到了西方现代社会,高度发展的工商业活动和科学技术成为一种强大的异己力量,使越来越多的人感到精神的压抑与自我的丧失,人的异化成为一件普遍现象。因此,在这一连串古老的问题面前,人们感到的是更多的困惑与迷惘。生活在 20 世纪初的奥尼尔与往昔的哲人们一样,面对高度发达的美国文明社会,也苦苦追索着人生意义与归属的“司芬克斯之谜”。正是这种追索,才使他萌生了写《毛猿》一剧的欲望,也是他写其他许多剧本的动机所在。作品中主人公扬克的抗争,代表着人与命运、人与异己力量的抗争。

扬克的身份是邮轮上的烧火工人,实际上他是不断进取、不断探索的原始人类的象征。他脾气古怪,外貌像毛猿,缺少文化教养,但有强健的身躯和过人的体力。他认为自己是世界上最有力量的人,是世界的动力。他说:“我就是使煤燃烧的东西,我就是喂机器的蒸汽和石油,就是使你听得见的噪音里的那种东西,我就是烟和特别快车和轮船和工厂的汽笛,我就是使金子铸成钱的那种东西!”“我是终点,我是开始,我一发动,地球就转了。”他充满自信,完全沉醉在自我崇拜的安慰与快乐之中。其实,他不过是任人摆弄的被压迫者,“命运”的奴隶。他和他的工人伙伴们都生活在现代社会的“笼子”里。

剧本开始时展现的邮轮的前舱,就是现代社会“大牢笼”的象征。这里,“一排排窄窄的铁床,三层,四面都有……排排铁床支撑它们的立栏交叉起来,很像一个钢铁笼子。天花板压在他们头上,他们直不起腰来。”在这里烧火的工人就是“笼子”里“疯狂而愤怒地挣扎与反抗”着的“野兽”。他们的形象正如远古的毛猿;他们的工作和生活环境乱得一团糟;他们处于现代化机械社会中被奴役的地位,已堕落为机器的奴隶,兼之资本主义社会制度、法律的控制;他们完全丧失了自由,艰于呼吸视听,已被还原为原始的人。扬克自然没有逃脱此种悲剧命运,但剧本开始时的他并没有意识到自己的这种处境,自恃力量无穷,以为了不起,看不上那些有钱的资本家,认为炉膛口的烧火工人比头等舱里的那些“废物”高明,“谁开动这条船?难道不是我们这帮人吗?那么谁顶事呢?难道不是我们吗?我们顶事他们不顶事,就这么回事。”然而,资本家小姐米尔德里德却把他看作怪物、“肮脏的畜生”。这使他大为震惊,打破了他自我崇拜的梦幻,使他明白了自己在这个世界上的位置是值得怀疑的,在那些“上等人”眼里,自己无非是毫无价值的废物。他开始重新评价自己,同时因为心中愤愤不平,采取了向“上等人”复仇的行为。他要在现实中证明自己的位置与价值,从而维护自身的尊严。在大街上,他故意向先生太太们寻事挑衅,但这些人却若无其事、爱理不理地走开了。这说明,扬克对现代社会中这些缺乏生命力的人也无能为力。这可悲的事实更激怒了扬克,他就挥动拳头,大打出手,结果被警察投入监狱。于是,这个自以为力量无穷的扬克从邮轮这个“笼子”进入了监狱的牢笼。这是给扬克上的第一堂最深刻的现实教育课。

在监狱里,扬克并没有放弃报复的念头。狱中那幻化的“七嘴八舌的声音”一再地嘲笑他,说他是被关在动物园笼子里的猿人。而他原以为自己是钢,“是钢里面的肌肉,钢背后的力量”,但在思考以后明白,自己已被钢的“笼子”所囚禁,坐在他头顶上的是“钢铁托拉斯的总经理”。他的认识进入了这一层,也就使他的关于自我价值与意义的想象同现实之间的距离拉得更大,他内心的矛盾与痛苦也进一步加剧。顿时,他怒不可遏,要想如火一般烧毁这钢的牢狱,要冲出这铁的“笼子”,要与那些“上等人”抗争到底。他凭借自己那原始人般的强大体力,用力扳开了监牢的铁栅,逃了出来。软弱无力的警察拿他没办法。当他来到世界工人联合会、企图用暴力对付压迫工人的资本家、炸毁钢铁制造厂时,他仍然相信自己的力量,认为自己一人就能完成任务。可惜,他又被人们当作奸细赶出了工人联合会。从此,他陷入了极度的困惑之中,不知道该到哪里寻找归宿,精神失去了常态。在茫茫然中,他来到了动物园,和关在笼子里的大猩猩展开了意味深长的对话。此刻,他承认自己和猩猩都是“毛猿俱乐部的会员”。所不同的是，猩猩在笼子里，他在笼子外，但他们同时都被关在一个更大的无形的“笼子”里。如果说，猩猩可以冲出那有形的笼子，扬克则无法冲出那无形的“笼子”。而且，对于人来说，在无形的“笼子”里，还有无数大大小小的“笼子”。扬克的抗争无非是从一个“笼子”跳到另一个“笼子”而已。事实也正是如此。他离开邮轮的“笼子”，又落进监狱的“笼子”；当他以为猩猩是他的知己而要联合它去推翻那些制造“笼子”的人们、打开笼子放出猩猩、和猩猩拥抱时，猩猩却把他掐死并扔进了笼子。这说明，人类要退回到原始时代这条路是行不通的。

扬克的悲剧是发人深省的。在文艺复兴时期的人文主义者看来，宇宙是个美好的花园，人类是宇宙的灵长。在奥尼尔看来，社会处处是牢狱，人是无法找到归属的。确实，在西方文明世界中，人丧失了自我，丧失了和大自然的协调一致。社会越发展，人类越往前走，这种自我丧失及与大自然的分裂也越严重。现代人对自己在世界中的位置是认识不清的。因此，在现代社会中，寻找自身的价值、与自身的历史的斗争，也即人跟自己命运的斗争，是人的一项永恒的使命。扬克的抗争，正代表着现代人和文明社会、和不可知的命运的抗争。但扬克的抗争不被人所理解，他自己最后也不知应走向何处才能找到归宿。他只觉得自己“在天地之间”，挂在半空中，没处着落。他无法向前走——走向更高度的文明社会，因为那意味着他将更深重地被异化；于是，他只好向后退——走向猩猩的怀抱，然而，他被却猩猩掐死在笼子里。“笼子”成了他的归宿，死亡便是他的结局。这说明，现代人在寻找自身价值与位置的过程中，始终伴随着失败和痛苦，因为他们永远挣不脱现代社会的牢笼，永远无法和现代社会的异己力量抗衡。但是，失败、痛苦并不是人追求的目的，也不是人生意义与价值之最终体现。人与命运抗争和寻找归属难免有失败与痛苦，但这绝不意味着人生的绝望。相反，人不应该就此颓唐，因为人生的意义正寓于这种悲剧性的抗争之中。这种明知不可为而偏要为的精神才是人生意义的极致。所以，扬克的抗争尽管以悲剧告终，但他始终百折不挠，即使在临死之际，也拼死抓住笼子上的铁栅栏，想站起来，像个人样地死去。可见，《毛猿》这出戏通过扬克抗争过程的描写，将人类的命运和人生的意义作了深刻而透彻的表达。

《毛猿》作为表现主义戏剧的代表作，在艺术上最突出的是象征与独白的成功运用，从而达到了表现灵魂的创作目的。

剧中的人物大多具有象征意义，整个剧情也构成了一个象征的框架。扬克象征着人类不断进取的人类精神，他是全剧的核心人物。邮轮、监狱、动物园的铁笼都是现代社会的象征，扬克辗转奋斗于其中。他由自信到迷惘、由迷惘到抗争直至绝望与死亡。他的抗争先是在邮轮，继而在监狱，最后死于关猩猩的铁笼。这实际上是从“牢笼”到“牢笼”的悲剧性奋斗过程。全剧借这一基本情节框架隐喻了人类寻求摆脱苦难、寻找自身位置与价值、探索人生归属的过程，象征性地表现了现代人难以摆脱异己力量的悲剧命运,同时也表达了不屈不挠、永远进取和不断探索的人类意志。所以,《毛猿》虽然剧情平淡,但寓意深刻,耐人寻味。

《毛猿》还常常用大段的内心独白来展示人物心灵深处和精神世界。这也是奥尼尔整个创作的一大特色。如《毛猿》的结尾,扬克对大猩猩的那段著名独白,是表现这一人物心灵世界最淋漓尽致的片断。扬克在一连串的挫折之后,精神失常,茫然地来到动物园后,就和猩猩交上了"朋友",一见如故地谈开了:"不错!你是个好样的!你会坚持到底!我和你,嗨?——我们俩都是这个俱乐部的会员!我们打一次最后的漂亮仗,把他们从座位上打下去!等我们打完了,他们会把笼子造得更坚固一些!(猩猩使劲地拉扯铁栅,咆哮着,两脚交换着跳跃。扬克从外衣下面掏出一把短撬棍,撬开门上的锁,把门拉开了。)州长赦免你了!出来,握握手吧。我带你到马路上散散步。我们要把他们从地球上打下去,我们要在乐队伴奏中死去。走吧,兄弟……"这是作者借助于幻觉手法描写的一段人物独白。扬克此时已把猩猩当作在这个世界上唯一可以联合、可以倾诉衷肠的朋友,他们之间有一种和谐的关系,这意味着扬克已退回到了原始时代。这段下意识的长篇独白展示了扬克深层心理中非理性的内容,表明了他内心深处潜藏着不屈不挠的抗争意识,这个人物的象征意蕴也显得更加丰富。

第五节　乔　伊　斯

詹姆斯·乔伊斯(1882—1941)是英国现代主义文学鼎盛时期的杰出代表。他的创作代表了西方文学中小说的主题从19世纪的现实主义向20世纪的"构造神话"转变和小说文体从读者的文本向作者的文本转变的过程。从艺术手法上,他和弗吉尼亚·伍尔夫一起把意识流小说推向高峰,使意识流成为20世纪现代主义文学中别具特色而又广泛运用的技巧。

一、生平与创作

乔伊斯于1882年2月2日生于都柏林。在他出生前后的几年里,父亲只是个税吏,曾参加帕内尔领导的爱尔兰民族独立运动,但由于他不负责任的性格使他成为"马路上的天使、家里的魔鬼"。乔伊斯先是在一所有名的天主教寄宿学校上学,因成绩出众,学校希望把他培养成神父,但是在中学毕业前他已对宗教完全失去信仰。1898年,他进入都柏林的大学学院,4年后毕业并取得现代语言学位。此时,他已经以文学评论家而出名。他在一篇评论易卜生剧作的文章中明确表示不与以叶芝为代表的爱尔兰民族主义者合流,而且在他的笔记本中写下了十几首诗和一些散文速写,或者叫"灵感随笔"。随后,他离开都柏林去巴黎学医，但由于母亲病危不得不于次年返回家乡。他在一家私立学校里教了一段时间的书，出版了一些故事和诗歌。1904年6月，他结识了诺拉·巴拉克，当年10月，两人一起到欧洲大陆并在亚得里亚海边的波拉安了家，后迁至里雅斯特，乔伊斯受聘担任伯里兹语言教师。此后10年，除在罗马一家银行工作了一段短暂的不愉快时光外，他们一家都住在里雅斯特，并仅与弟弟斯坦尼斯洛斯保持着密切关系。

詹姆斯·乔伊斯

早在离开爱尔兰之前，乔伊斯就已经开始撰写一部自传体小说《斯蒂芬英雄》和短篇小说集《都柏林人》。前者始终没有完成，后者经过一系列的激烈论争之后于1914年出版。1907年他出版了一部诗集《室内乐》。后来他又把《斯蒂芬英雄》的故事重新组织写成《青年艺术家的肖像》，于1914—1915年在一家英语杂志《自我主义者》连载刊登。1914年间，他开始创作唯一的一部剧本《流亡者》，同时开始计划撰写《尤利西斯》。

1915年，由于第一次世界大战，乔伊斯举家迁往苏黎世。1920年夏天，在庞德的鼓动下，他决定迁居巴黎。1922年《尤利西斯》问世，因这部作品涉嫌淫秽而引起的喧嚣使他成了当时最出名的文学人物之一。1939年，他的又一部新作《芬尼根的守灵》问世，乔伊斯由于该书在读者中引起广泛的敌意和不理解而感到沮丧，于1940年又搬到了苏黎世。但就在他到达苏黎世4个星期之后，由于溃疡穿孔进行了手术。手术后未能恢复，于1941年1月13日去世。

在人生的道路上，乔伊斯走过了一个充满苦闷和矛盾的一生。苦闷和矛盾是乔伊斯思想的基调，而对民族、社会、宗教的认识和态度是形成这一基调的三个重要因素。乔伊斯生活的时代正是帕内尔领导的爱尔兰民族独立运动正酣的时期，由于父亲是帕内尔的狂热崇拜者，他的家也就成为帕内尔派高谈阔论爱尔兰民族独立的沙龙。乔伊斯从小一直受着爱国主义的熏陶。但帕内尔去世后的混乱情况给他带来悲观情绪，使他觉得“爱尔兰再没有任何政治和政治家值得他去献身”。他对爱尔兰的民风败坏感到痛心，称之为“患了半身不遂的病人”，并多次表示他的艺术追求是为他可怜的祖国写一部道德史，从精神上拯救爱尔兰民族。此外，帕内尔的反暴力主义也对乔伊斯的一生产生了决定性的影响，使他无意参与一切激烈的政治斗争，认为“暴力和仇恨是无用的”。正是这种思想使他看不到斗争的前景，而对死气沉沉的爱尔兰无计可施，于是就加入了出走的行列。他带着悲观的思想去国外寻找精神食粮，得到的却是彷徨和苦闷。19世纪末20世纪初的欧洲正是资本主义世界从自由竞争进入垄断阶段。资本主义上升时期所掩盖的政治经济危机日趋激化,资本主义持续繁荣的神话开始破灭,天真的乐观主义受到沉重的打击,旧有的观念已开始动摇,部分人失去信仰,失去信心,对现实感到恐惧和厌烦,出现了形形色色的“瘾君子”和精神分裂者。同时,随着垄断程度的加剧,整个社会向标准化、同步化、集中化发展,人变成了社会大机器的一个零件,这架大机器驱使人陷在硕大无比的组织中,在赫然逼近的卡夫卡式的世界里,彷徨徘徊,无路可寻。乔伊斯在国外碰到的正是这样的图景,而他自己在相当一段时期都过着十分穷困的生活,到处举债,这种屈辱的生涯使他对资本主义国家产生怨恨。在乔伊斯的精神生活中宗教思想也始终缠绕着他。他从小就受宗教思想的熏陶,在笃信天主教的爱尔兰长大,一直在教会学校念书,并曾严格遵守教义,甚至用苦行的办法磨炼自己对上帝的忠诚,而且差一点就踏进教士行列。但他逐渐看到,教皇和教士都是统治者的工具。因此,他拒绝了教士的位置,宣布离开天主教会。当他母亲弥留之际恳求他皈依天主教时,尽管他很爱母亲,也没有遂她最后的心愿。表面看来,他从笃信宗教到坚决反对宗教,似乎是个根本的转变,然而他只是竭力反对腐朽的教士,而没有真正认清宗教的本质。因此当他在现实中找不到出路时,他就用宿命论、历史循环论来解释世界,希望再出现一个救世主来改变这个混乱的社会,重新开始另一个神的时代。

总之,乔伊斯的一生,对爱尔兰民族既爱且恨,便有了一种离异感;对资本主义社会既憧憬又失望,便有了几多的危机感;对宗教既虔诚又叛离,便有了深刻的空虚感。他就是在这种孤独、苦闷、矛盾、彷徨中开始了他的创作生涯。

乔伊斯对文学的主要成就在于他创造了一种崭新的散文文体和一种崭新的小说形式。从创作技巧和风格上来看,他的4部重要作品可以分为两个阶段:前一阶段是《都柏林人》和《青年艺术家的肖像》,主要特征是传统与革新的结合和从传统到革新的转变;后一阶段是《尤利西斯》和《芬尼根的守灵》,表现为彻底的革新和意识流技巧的成熟,“标志着乔伊斯从现实主义到象征主义的转变过程的结束”。不过,后期作品中越来越晦涩的文字谜和越来越复杂的结构迷宫不但使一般读者望而生畏,而且也令文学批评家们煞费苦心。

《都柏林人》(1914)由15个短篇小说组成,可以说是乔伊斯的处女作。这些短篇以爱尔兰首都为背景,描绘了20世纪初都柏林形形色色的中下层市民的生活,中心主题是表现弥漫于社会的道德、精神、政治各个领域麻木疲软、死气沉沉、无所作为的瘫痪状态。由于都柏林人所面临的窘境也是伦敦人和纽约人的共同感受,因而瘫痪的都柏林正是整个西方社会普遍命运的缩影,他关心的也是整个人类的命运。《都柏林人》采取象征的手法,不仅反映了现代社会的精神瘫痪,而且还从中引出精神上的启示。那些市民受尽挫折之后,终于在某一关键时刻豁然开朗,看清了自己的处境,获得“顿悟”,从中悟出人生的本质,从而把故事推向高潮。

“瘫痪和死亡”的主题把《都柏林人》一书切分成4个部分,每一部分都有自己的副主题,形成了主题和副题之间的变奏和回旋,分别构成了一个完整的乐章。第一乐章:童年,包括《姐妹》《路遇》《阿拉比》这3篇。第二乐章:青少年,包括《伊芙琳》《车赛之后》《两豪侠》。第三乐章:成年,包括《寄宿舍》《一片小云》《互相般配》《泥土》《痛史》。第四乐章:社会生活,包括《委员会房子里的常青藤日》《一位母亲》《祈祷》《死者》。如果说《都柏林人》是一部交响曲,那么,《姐妹》就是这部乐曲的序曲,而《死者》就是尾声。从音乐学上说,序曲和尾声分别是交响乐中呈现主题和深化主题最重要的部分。

《姐妹》讲述了这样一个故事:一个无名的小孩听到一位他熟悉的神父去世的消息后,心里朦朦胧胧产生了对死亡的某些思考。这个小孩后来又与他的姑妈去灵堂吊唁死者,所看到和听到的情形又使他陷入了沉思。这个短篇故事的情节很简单,通篇都是平凡琐事,不能形成波澜,但是它所揭示的主题却非常耐人寻味。它试图通过小孩那双还很幼稚的眼睛去揭露都柏林人的文化瘫痪意识。在故事中,神父生前的生活习惯、穿着打扮、言谈举止等在小孩的心中产生了某种朦胧感。对神父所患的“瘫痪症”,小孩先是感到有些蹊跷,可是后来“(瘫痪)这个词听起来像是某个犯了罪、作过恶的人的名字,它使我恐惧,但是我却渴望着能靠它更近些,能睁眼看看它那致命的结果”。

《死者》是《都柏林人》的“压轴”之作。大学教师加布里埃尔和妻子格里塔去姑母家参加一年一度的圣诞晚宴,饭后一位客人唱起一首民歌,竟在这庆祝基督诞辰的聚会上勾起了格里塔对一位“死者”的怀念。那是她昔日的情人,当年经常满怀深情地唱这首歌给她听,后来深夜冒雨唱着这首歌来看她,结果受寒而死。格里塔向丈夫吐露了这多年来埋藏在心底的秘密,最后含着热泪说:“我想他是为我而死的。”这激起丈夫深深的嫉妒和愤懑,但他最后终于热泪盈眶地感悟到“他自己从不曾对任何一个女人有过这样的感情,然而他知道,这种感情肯定是爱”。故事结尾与圣诞聚会上怀念死者这条主线相呼应,以凄婉动人的笔调和诗一般的语言象征性地点明了整个作品的主旨,用生与死的交融象征了都柏林的虽生犹死。结尾的雪是一个多义象征,既代表滋养生命的养料,又使人联想到扼杀感情的寒冷。

作为乔伊斯的第一部作品,《都柏林人》在结构上保持了现实主义与自然主义作品的许多特点,但也开始表现出一些象征主义的倾向;文字清晰,笔法审慎,语气沉静,节奏平稳,没有大起大落的波澜,也没有高度戏剧性的情节与冲突。

《青年艺术家的肖像》(1916)是一部带有很大自传性的作品,是作者青年时代的生活写照。它描写主人公斯蒂芬·代达罗斯少年时代从宗教狂热到放弃宗教信仰的内心剧烈的搏斗,大学时期的学习生活,对祖国、民族、家庭等传统价值观念的挑战,以及对新思想、新信仰的探求。斯蒂芬是一位敏感的艺术型少年,他体质纤弱,天资聪颖。他生活的社会和他的性格截然相反,四周是贫困、争吵、冷漠、平庸、宗教的压抑和平民的闭塞。一方面,他对于传统的观念十分反感,另一方面,内在的艺术创作欲望又时时在激动着他。小说就在这样一种矛盾着的内心世界里展开,给作者提供了心理分析的无限深度。作者把主人公刻画成一个在童年时期就是极端神经质的、经常改变日常的事实和用普通的语言来表达他自己个性的人,同时使爱尔兰的历史、政治、宗教、家庭关系等都在斯蒂芬小时候幼稚、笨拙而不连贯的意识流动中展现出来。主人公经历了一个内心正在觉醒的青年对各种传统观念目空一切的怀疑时期,最后终于在反抗宗教、摒弃天主教的信仰、投身艺术创作中找到了自己的理想。这部小说在内容上是作者从表现人物平凡的日常生活到表现人物的下意识、潜意识的过渡;在艺术上,则是从现实主义向现代主义转变的过渡。作者努力让充当中间媒介的叙述者退出作品,依靠主人公的内心独白直接表现外部世界以及故事中的各种冲突。为了真实地反映人物的意识流动,乔伊斯施展了高超的模仿才能,运用不同风格的语言来展现人物性格发展各个阶段的不同思维特点、感觉方式以及说话语气等。可以说它是现实主义、自然主义、象征手法和意识流描写等风格和技巧的集锦。

《芬尼根的守灵》(又译《芬尼根的苏醒》)是乔伊斯的最后一部小说,1939年出版。这是一部用梦魇般的语言来表现自我意识的"梦幻小说"。小说描写芬尼根的一场噩梦,他在梦中看到爱尔兰和全世界的历史都从他的头上飘然而过,小说中的梦呓、狂想昏昏沉沉,模模糊糊,描述的是人世之间、天地之外的一切有形或无形、存在的或不存在的东西,通篇故布疑阵,叫人无从理解。书中18种语言杂然纷呈,不断进行自由组合。小说没有完整的故事情节,也没有清晰的轮廓,只是以一个五口之家为中心。家长伊厄威克做了一场噩梦,过去的一切都在梦中浮现出来。在他的梦中又有别人的梦。作者试图以此作为他想象中的人类历史活动的缩影,宣传情欲创造人、战争消灭人,彼此循环往复这种他所认识的人类历史。他把弗洛伊德的理论、荣格的"集体无意识"理论以及维柯的关于世界历史的阶段划分的理论熔于一炉,产生了这部"给失眠症人钻研一辈子"的登峰造极的意识流小说。

乔伊斯的创作真实地表现了现代西方社会人们对于传统价值观念诸如宗教精神、爱国主义、民族主义等的挑战与反叛,宣告了传统价值观念在他们意识中的全面瓦解和崩溃。但由于新的价值观念还没有形成,又使人陷入深刻的精神危机之中。乔伊斯作品中的人物是一些在荒谬环境中遭受蹂躏的、痛苦而又麻木、无知而又丑陋、人格遭到肢解、个性不完整、支离破碎的"人"的形象,大多属于非英雄化人物。他们对传统价值观念的反叛是一种消极的反叛、一种现代派式的反叛。乔伊斯是用非理性主义、虚无主义、悲观主义等思想来表现现代社会,用自己的危机意识去表现社会的危机。在艺术上表现为多方位的艺术创新,他的最主要的特点在于自然主义与象征主义的结合。说他是自然主义是因为乔伊斯常常以无数精确的细节把都柏林的生活完整、生动地呈现在读者的面前，它的神奇效果似乎可以使读者的视觉、听觉、味觉、嗅觉甚至触觉等各种感官都得到满足。至于象征主义，他的最主要特点在于利用语言形象来造成暗示性和音乐性。在西方现代派作家中，乔伊斯无疑处于一个十分显著的地位，他以为数不多的几部作品为西方现代派小说带来了一场革命性的变化。

二、《尤利西斯》

《尤利西斯》出版于1922年，从内容和技巧上来说，都是《肖像》的继续和发展，它无疑是现代小说中最具实验性也最有争议的作品。它几乎接触到都柏林生活的每一个侧面：哲学、历史、政治、心理学，等等，被有的评论者称为现代社会的百科全书。但是它的故事情节却十分简单。小说共18章，总共描绘了1904年6月16日早晨8点到次日凌晨2点45分将近19个小时内三个人物在都柏林的生活经历。前三章写斯蒂芬，也就是《肖像》中的主人公。母亲死后，

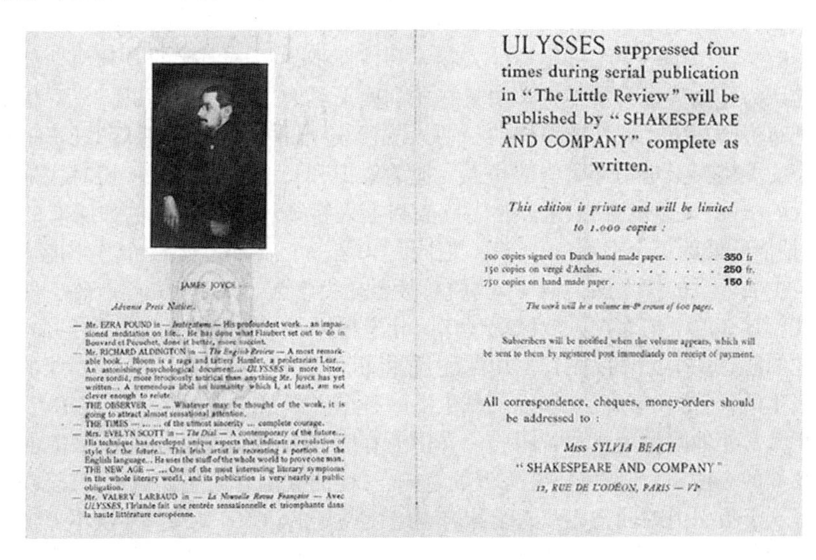

《尤利西斯》1922年首版宣传资料

他一直沉浸在悲哀和懊丧之中，为没有听从母亲的遗言而抱憾终身。这个在上一部小说中焦虑不安、神经过敏的少年已经成长为一名艺术家、一个愤世嫉俗的虚无主义青年。他对艺术和理想的追求在现实生活中连连遭受挫折。少年时期，他因为对母亲有过分的依恋而感到羞愧，现在他又因"恋母情结"而对父亲产生内疚，又因为他在精神上与宗教、家庭和国家决裂而感到无所依托，渴望重新找到一位精神上的父亲，来解脱内心的重压。随后的14章是小说的主体，集中描写主人公布卢姆。他是一家报馆的广告业务承包员，11年前他儿子的夭折在他心灵上留下了不可治愈的创伤。他走街串巷，终日奔忙，却常常劳而无获，虽身处都柏林，却处处表现得像个陌生的异乡客、流亡者。再加上自己性功能衰退，妻子却是个水性杨花的女人，使他蒙受着难言的羞辱。故事发生的那

天晚上,他和喝得大醉的斯蒂芬在妓院不期而遇,并把他带回自己的家中,细心照料。他们同病相怜,各自在对方身上找到了精神上的父亲和儿子。最后一章,写布卢姆的妻子莫莉在入睡前的种种心理活动,包括潜意识的联想、回忆等。她是个完全被性欲本能所支配的人物,床笫之欢是她的全部生活内容。当布卢姆把斯蒂芬将要加入他们的生活一事告诉她时,她竟然在朦胧中感到一种母性的满足,并隐隐约约地感到对一个青年男子的冲动。她在性方面的挫折和追求从另一方面反映了一种受伤的精神对健全的家庭纽带和社会联系的需要。

乔伊斯通过对三个人物的潜意识活动的表现,概括了他们的全部的精神生活和经历,反映出整整一个时代所面临的问题和危机。他把全部的生活、全部的历史、漫长的时间和巨大的空间浓缩在 19 个小时之中和方圆十几里的范围之内。乔伊斯所要展示的都柏林全局是关于一个社会无可挽回的分崩离析,这个社会在罗马天主教会和大英帝国的主宰下受到剥削,濒于毁灭。

就人物形象的真实性、全面性、丰富性、立体感和心理深度而言,布卢姆在 20 世纪的文学中是一个无可比拟的人物。乔伊斯把他写成现代的尤利西斯就是因为他认为迄今为止的世界文学中只有尤利西斯具有“最完整的人格”。乔伊斯意在把布卢姆写成尤利西斯那样的一切人的代表,既非天使又非恶魔,既不是超凡脱俗的英雄又不是卑鄙庸俗的小人。他的意识和行为既表现了一切时代最普通的人的本性,又显示出典型的现代特征和个人特征。我们看到他和所有的人一样,是他所处的那个社会的一部分,但同时又是一个孤独的人、一个并不能适应爱尔兰生活环境的犹太人。他为人宽容,甚至显得怯懦,却又不失尊严感。他有一切人所具有的七情六欲。他像现代知识分子那样,相信科学,关心人类的命运,但在他的潜意识中又可以见到一片混乱,显得粗俗不堪。他维持着一种小康的中产阶级生活,但他在家庭、工作以及私生活的各个方面又从来不是一个成功者,各种挫折常常使他陷入寂寞和苦闷……乔伊斯在表现布卢姆的性格时所采取的是一种超然的态度,写他的平庸并无讽刺意味,写他的挫折并无感伤情调,甚至在描写他最富于吸引力的同情心和人情味时也绝无颂扬的语气。在这里,谈不上道德与不道德、虔诚与不虔诚,乔伊斯对布卢姆所作的不是价值的评判,而是对现实的承认;我们在他身上看到的不是英雄,也不是恶棍,而是我们自己。正是在这个意义上,《尤利西斯》成了现代文学发展史上的一座里程碑。

小说中的另外两个主人公,斯蒂芬和莫莉,也是活生生的人物。与布卢姆不同的是,他们代表了两种极端的类型,他们性格中最具特色的方面也许弥补了布卢姆的不足。斯蒂芬是个毫不妥协的、具有潜在创造力的艺术家。为了摆脱一切束缚,为了追求艺术的理想,他不愿屈从于任何压力,不管它来自家庭、民族还是宗教,他拒绝为垂死的母亲祈祷,原因就在这里。当然,在小说里我们也可以看到,实际上作为一个人,他与家庭、民族和宗教有着千丝万缕的联系。不过最后他似乎已经打定主意,不能再在布卢姆所生活的这个现实世界中待下去了,他决定忍受痛苦,割断这一切联系,飞向他所渴望的精神世界、艺术世界,以便作为一个真正的艺术家,回过头来描绘这个造就了他的社会,创造出他的民族的良心。如果说斯蒂芬所渴望的是精神的、想象的世界，那么，莫莉则代表了另一个极端：现世的生活，肉体的世界。从她那段梦呓般的意识之流中我们甚至可以看出她的欲望更接近动物的本能。从现实主义的角度看，乔伊斯真实地描写了一个情欲旺盛的女性。而从其象征意义来说，作者是把她当作大地之母来写的，她既是生命之源，又代表了生命本身。小说结尾出自莫莉之口的那个词"是的"在某种程度上表达了作者对现实生活的肯定。正是在这里，布卢姆结束了一天的漫游，找到了自己的归宿；也正是在这里，乔伊斯找到了建造《尤利西斯》的庞大结构的基础。

在艺术上，乔伊斯推崇福楼拜小说的"客观化"手法，作了自己的"非人格化叙述"的尝试。《尤利西斯》的每一章都与《奥德修纪》有对应成分，但它没有真正意义上的故事，没有情节，没有真实的冒险或浪漫主义的旨趣，它所展示的是现代都市的幻象。荷马意义上的完整的叙述被分化成互不连贯的行为碎片；荷马的自然意象被置换和抹杀了，代之而起的是后宗教时代和俗世主义时代的城市意象。人们在这一天中谈论着各种传闻和轶事，在这种闲聊中每个人都是刻画者又都是被刻画者，这是种连续不断的描画，永远不会终止，每一种闲聊都指涉到对话之外。在这种对话中，一个暗示符号具有潜在的情节，一个典故下面就有一段生动活泼的故事。于是，一个标记、一个简单的评说、一段速记式的话题被无休止地转换成一种潜在的详尽叙述；也正是在这种闲聊中，每一个对话者都成了潜在的叙述者。在语言处理上，他刻意追求"陌生化"效果，一方面使用一种"处心积虑的卑琐文体"和复杂以至晦涩的语词，另一方面，他又使叙事过程中的文本与内涵形成一种象征关系，使得语言结构在与生活的内容的相互对应中显示出自身的意义。这部小说是由18段插曲式的章节构成的，为了表现不同的场景、不同的人物、不同的事件，乔伊斯采用了不同的文体和不同的语言形式。例如，第7章写报馆的争论，乔伊斯全部用了报刊短讯的形式，每一段前面都加了大字号的标题；第14章写布卢姆去医院探望一位产妇，乔伊斯便模仿了从中世纪到当代几十位英语作家的风格，以英语的发展来象征婴儿在子宫中的发育和成长；第15章写布卢姆和斯蒂芬在妓院的相遇，为了充分表现主人公精神的苦闷、潜意识的混乱和酒后的幻觉，作者全部采用了戏剧的形式，让死人与活人同时登台。乔伊斯所用的各种风格和手法中最有特色、对后世文学影响最大的是意识流手法。它并不是传统意义上的那种经过作家精心整理的有秩序、有条理、有逻辑的人物内心独白，而是对人物的真实心理状态的一种客观的模仿，似乎并未经过任何加工，往往呈现出一种无秩序的混乱的自然状态。它常常同对场景和人物行为的客观描述融在一起，造成一种现实与幻觉、客观世界与主观世界、现在与过去在一瞬间互相交织的多层次的立体结构。小说的最后一章甚至完全是由莫莉的意识流动构成的，整章40多页并无一个标点，只有以段落标出的8个句子，这种形式对于表现莫莉即将进入梦境时混乱的心理状态是再合适不过的了。

第十一章
20世纪后现代主义文学

第一节　概　　述

后现代主义是20世纪50年代以后在欧美各国出现的各种文化潮流的总称。它涉及哲学、社会学、文学艺术、美学评论、语言学等领域。后现代主义文学主要是指第二次世界大战以来,对现代主义文学继承发展同时又背离和超越的文学现象。它在70—80年代达到高潮。后现代主义文学的主要流派有:垮掉的一代、荒诞派戏剧、黑色幽默、新小说派、魔幻现实主义等。

一、后现代主义文学的形成及艺术特征

后现代主义文学是西方后工业社会的产物。后工业社会理论是50—60年代流行于美国的未来派代表人物丹尼尔·贝尔首先提出来的,认为人类社会已从前工业社会、工业社会(或资本主义社会)进入了后工业社会(或晚期资本主义社会)。后工业社会以科学知识、信息技术为主导,其特征是生产事务的信息化、电脑化和自动化,知识产业将成为社会的主导产业。在后工业社会中,一切传统的生活方式、文化习俗、价值评判、审美标准等都将被抛弃,一切传统的阶级社会分析的理论方法都已经过时,社会阶层将以知识和教育为准则重新分化组合。一个全新的科学技术、信息化时代已经来临。贝尔的后工业社会理论被西方社会普遍接受。后工业社会基础上形成的各种人文学科、理论主张统称为后现代主义。后现代文学作为后工业社会的产物,同时也是后现代主义文艺思潮的核心和主体。

20世纪50年代以来,科学技术迅猛发展,人类进入了以电子计算机为核心的第四次技术革命,即电子技术时代。科学知识和技术领域的空前扩张深刻地影响乃至规范着人类的行为和价值观念。科学的成就使一切事物失去了神圣性、神秘性和历史性。知识和教育、科学和信息成了后工业社会的中心。另一方面,50年代以后,世界大战的潜在危机、局部战争连绵不断、热核战争的恐怖阴影、东西方冷战、贸易大战持续不断,西方人由恐惧绝望的悲观主义,转向吸毒、斗殴、性解放、摇滚乐的激进主义,在疯狂的宣泄中解脱自我。人们放弃了偏执的信仰和绝对的社会目标,不愿再承担重建精神家园和美好世界的重任。西方社会形成了多元的生活准则,价值的变异、自由的变态、各种解放运动的风

行,全球范围的分裂和派系倾轧,恐怖主义肆意嚣张,虚无主义、无政府主义盛行,构成了一幅没有权威、丧失中心、处于分解状态的世界图景。社会心理的随意性和多样性成为后现代主义社会的主要特征,极大地影响着后现代文学。

后现代主义文学的主要哲学基础是非理性主义,除受柏格森的直觉主义、生命哲学和弗洛伊德的精神分析学说等的影响外,主要是受以海德格尔、萨特为代表的存在主义和以德里达为代表的后结构主义(解构主义)的影响。另外,诸如现象学、阐释学、分析哲学、法兰克福学派等,都不同程度地对后现代主义文学作家产生过一定影响。

法国的存在主义哲学家海德格尔(1889—1976)从本体论角度,提出了"此在"学说,他把个人及他人、外物的存在合称为"此在在此",建立了一元(浑然一体)的"生存本体论"。同时他又认为,作为人的"此在"与他物不一样,人是被迫抛入这个世界中的。"此在是一种可能的存在",人面临各种命运的可能,需要人不断筹划、不断超越自身。"此在"的本质是被现实遮蔽着的,在世俗生活中,人始终处于"沉沦状态","闲谈""踌躇"成为人生的主要内容。人生在世充满了"烦",与物相处,争斤论两(烦心),与人相处,钩心斗角(烦神),在与他人发生关系时,个人意志总要维系于他人,最终自我成了他人意志的玩偶。由此人永远处于生活的表面,不能实现个人的本质存在。人要解放自我,超越自我,只能依赖"思"(即"悟"),"让此在摆脱沉沦的自由的存在","让存在揭去晦蔽、敞开、澄明"。人只有处于挫折、厌恶、孤寂、烦恼、畏惧以至面临死亡时,才能获得这种领悟和体验。他称这样的"思是存在的思",是对存在的本质把握。后期的海德格尔进一步认为,人的本质内在体验或思想是通过语言来实现的,提出了"语言是存在之家"的学说,并认为诗是言说不可说的存在的语言的最好途径。诗就是通过语词的含意,捐赠出"存在"。诗人摆脱了他人与外物的羁绊,达到人神对话的境界,从而获得了真正意义上的完全自由。萨特的存在主义哲学观点大量地通过文学艺术作品的形式得以传达,无论对社会还是对文学艺术,都具有重大影响。德里达(1931—2004),法国后现代主义哲学家,后结构主义(解构主义)的核心代表人物。其主要理论主张:(1)解构中心。从反对"逻各斯中心主义"出发,否定传统的二元对立论。指出在传统形而上学的"二元对立"范畴中,如精神与物质、主体与客体、真理与谬误、内容与形式、本质与现象等,一方总是处在中心的、主导的、优先的地位,另一方则永远是在次要的、派生的、非中心的地位。认为这是一种封闭的僵死不变的"不平等"的谬论,一切绝对的、恒定不变的关系是不存在的,应该是一种无中心的、开放的、动态可变的、可以消解或解构的关系,它们之间存在既彼此区分又相互推延的对立或差异关系。德里达称之为"延分"。(2)解构结构。否定文学作品内容的完整性与确定性,反对深度模式。认为"文本不再是完成了的作品资料体,内容不再被封闭在一本书里或字里行间,而是一个区分网络、一种踪迹的织体,这些踪迹

雅克・德里达

无止境地涉及它自身以外的事物,涉及其他区分的踪迹”。他认为一切封闭的结构都是为“目的”“中心”“意义”服务的,具有极大的偏见性与不合理性,主张结构的开放性、多元性与任意性。(3)解构文本。反对文本的确定价值评定和对终极意义的关怀,认为一个文本的内容意义和形式表现都依赖和借鉴于其他文本,具有一种替换、补充的属性,文本永远是一系列网络中运动的“踪迹”,完全独立和原创的文本是不存在的。(4)解构阅读。德里达认为传统的阅读方式目的在于寻求真理,忠实译解作者的原意,以求读者与作者的沟通,这样,读者就沦为了作者的奴仆。他主张把阅读当作寻求快慰的游戏。认为文艺作品的阅读和欣赏不在于深究原意和本意,而是误读。强调发挥读者的主观创造性,寻找文本中的歧义点,嫁接上自己的理解以及所需要的内容,使文本内容增扩并产生出新的意义,即意义的“播撒”。德里达的解构主义曾在70年代法国掀起热潮,表现出彻底的怀疑主义和虚无主义特征,被公认为是后现代主义思潮的核心,至今仍有极大的影响。

“后现代主义”一词最早见于弗・奥尼斯1934年编纂的《西班牙及西属亚美利加诗选》一书。20世纪50年代美国“黑山诗派”的主要理论家查尔斯・奥尔生经常使用“后现代主义”一词,使之影响日广。此时的后现代主义概念,仅仅表现为文学中隐含的对现代主义文艺思潮的一种反拨,没有明确的内涵界定。60年代,美国批评界对后现代主义进行了一场影响深广的大讨论。70—80年代的利奥塔德与哈贝马斯之争,把这场源于北美批评界的讨论争鸣提高到哲学、美学和文化批评高度。80年代中期,国际比较文学协会先后筹办三次国际研讨会,正式将其作为一个前沿理论课题研究,后现代主义争鸣达到高潮,使之成为西方家喻户晓、广为运用的一个文化术语,在哲学、美学和文学艺术领域被广泛使用。一方面它包含对现代主义的继续、发展,并走向极端倾向,具有“先锋的”“最新的”和现代化含义。另一方面后现代主义又是对现代主义的否定和背离,具有荒诞、垮掉、彻底颓废之意,成为后现代社会一种普遍的人文语境和文化倾向。后现代主义的形成和发展大致经历了三个阶段。第一阶段:30—40年代,为萌芽阶段。在现代主义高潮中,一些作家作品表现出某种后现代主义倾向。如卡夫卡《变形记》《城堡》等作品中所体现的荒诞性,乔伊斯《芬尼根的守灵》及超现实主义作品中展示的虚幻性等,都带有某些后现代因素。作为一种与现代主义不尽相同的创作思维与表达形式，后现代主义引起了文坛的广泛关注，并为后现代作家广为仿效借鉴。但这些作家作品还只是局部的、个别现象，还不足以形成后现代主义文学潮流与主导。第二阶段：50—70年代，为后现代主义文学形成与盛行阶段。彻底反文化的“垮掉的一代”，反戏剧的“荒诞派戏剧”，反小说的“黑色幽默”与“新小说派”等，在不同的文学艺术领域掀起一浪又一浪波澜，成为20世纪后半叶以来的文学主潮。第三阶段：80年代以来为衰落和衍生阶段。此时除1985年因西蒙获诺贝尔文学奖而致使“新小说派”又掀起高潮以外，后现代主义文学表现出狂热以后的疲惫，声势大减，趋于衰落和沉寂。而另一方面，拉美魔幻现实主义的成功，则标志了后现代主义并非发达国家、后工业社会的专利，从而在世界文坛衍生发展。后现代主义文学艺术思潮仍然持续着，从文学艺术走向人类文化，又从文化层面上观照文学艺术的发展。

后现代主义文学是对现代主义文学的继承、超越和背离，它们都以非理性主义为基础，表现出激烈的反传统倾向。相比之下，现代主义文学在摒弃传统文学以“反映论”为中心的创作原则之后，又试图建立起以“表现论”为中心的新范式。而后现代主义文学则把反传统推向极端，不仅反对现实主义旧传统，也反对现代主义新规则。否定作品的整体性、确定性、规范性和目的性，主张无限制的开放性、多元性和解构性，反对任何规范、模式、中心对文学创作的制约，甚至试图对小说、诗歌、戏剧等传统形式及至“叙述”本身进行解构。在后现代主义文学中，艺术审美范围被无限扩大，街头文化、俗文学、地下文化、广告语、消费常识、生活指南等，经过精心包装，都登上了文学艺术神圣殿堂。文化被“技术化”“工业化”之后，原来由文学家、艺术家个人创造的文化精品，现在大量地被电子计算机设计、生产出来。尤其是随着计算机的流行及录音带、录像带和CD等被大量复制生产，文学艺术不再是阳春白雪，而成为人人可以任意享用的日常消费品。科学技术的发展改变了文化在社会生活中的地位和人的文化意识，导致了广泛的“反文化”“反美学”“反艺术”倾向。对后现代主义文学现象尽管论说不一，众说纷纭，但从后现代主义作家的理论主张及创作实践中，从对他们作品的审美观照中，我们还是可以看出其整体上的艺术特征。

第一，后现代主义文学不再试图去表现对世界的认识，既不像现实主义那样冷静地观察批判外部世界，也不像现代主义那样去痛苦地感悟内心自我，而是注重展示主体生存状况。认为世界是荒谬无序的，存在是不可认识的。对事物的本质、对社会、对客体、对人只作展示，不作评价，不强加预先设定的意义，其审美价值与内涵让读者去思索感受。不仅不相信外在物质或历史的世界，也不再相信人的智性或想象的内在世界。后现代主义从认识论走向了本体论，进而怀疑一切，否定一切。后现代主义作家不再追求文学的终极价值，把文学是人学、文学是生活反映的观念当作一种拙劣模仿、故作深沉而加以抛弃。面对混乱的客观世界和人的异化,他们不再严肃认真地去思考社会、历史、人生道德等问题,不再承担文学艺术家崇高神圣的社会职责与历史使命。后现代主义作品一方面表现出文学与哲学融为一体,具有精深的哲理性;另一方面大量表现幻觉、暴力、颓废、死亡的内容,展示人生的荒诞痛苦。那种文学艺术附庸风雅、严肃庄重、精英意识荡然无存。作品充满了颓废主义、虚无主义、无政府主义和悲观绝望情绪。

第二,在人物塑造上,以人为中心讲述完整的故事被自我表白的话语欲望所打破。人的性格情感、人生经历等被支离破碎的感觉代替。从对人性异化的表现发展到对人生虚无的展示,人成为社会的局外人。对人生命运、未来理想的追求变得幼稚可笑、毫无意义。人抱着无所谓的态度活着,尽可能强烈地感受到反叛和自由,没有责任心,没有罪恶感,没有同情,没有希冀,没有前途。主人公明确意识到自己不过是生活中的一个无关紧要的角色,他们随波逐流,嘲弄一切人,也嘲弄自己。人物不再思考"生存与毁灭"的价值与意义,从痛苦生存到自由选择,从为正义尊严自杀到不如苟且偷生,他们不再表现出对主体和个性失落的叹息、悲哀和留恋。当异化成为一种普遍现象的时候,人从对变虫的灾难恐惧转向了对变虫、变牛、变物的追求与向往。人物大多扭曲变形,常常以自我戏谑的形式出现,反讽和认同荒谬的社会现实生活,表现出自嘲、沉默、颓废、反英雄特征。在后现代主义文学中,主体已经消失,人不再有主体意识可言。科学替代了理性,成为一种无形的、无所不在的绝对力量,规定和统治了人。人成了科学大符号系统即社会秩序的奴隶和牺牲品,人时时处处置于"秩序"的控制之下,任何一种越轨和反抗都将导致个人毁灭性的悲剧。人物的命运充满了悲剧色彩,人生成了一场悲剧性的闹剧。人丧失了智性情感,不再高雅伟岸、温柔美丽,而变得猥琐渺小、滑稽可笑。

第三,后现代主义文学作品在情节内容上表现出明显的虚构性与荒诞性特征。以纯粹的虚构、特定的境遇取代了传统文学围绕人物关系、人物命运展开情节,消解了主人公与他人及自身发生的种种矛盾冲突。把人物从缺乏意义而又无法忍受的现实中拉开,出现了一个充满噩梦与幻想的毫无意义而又野蛮的世界,停滞和重复取代了动态和变化,作为虚构的"体验场"的情景,取代了现实生活与社会环境。后现代主义怀疑乃至否定文学的价值与本体,提倡"零度写作",即内容和意义消失,转向零度中立,把世界看作由无数"碎片"构成的混合体,否定中心和结构的存在。后现代主义主张元小说创作,不断地显示作品为虚构小说,写作转向了本体展示,对写作自身的欺骗性进行揭露。在显示虚构的同时,发掘"叙事的固有价值"。后现代作家使文学成了戏谑读者、嘲弄现实、玩弄文字的游戏,以此表现对生活现实的反抗,从而保持最充分的自由度。另外,后现代主义作家认为,要表现世界的混乱性、人生的悲剧性,只要表现生活的荒诞性即可。在作品中表现为各种成分相互分解、颠倒,内容重复,人物怪异,情节发展扑朔迷离,荒诞不经,不受因果关系制约,内容前后矛盾,残缺不全。荒诞性成为后现代主义文学表现的重要艺术特征。

第四,后现代主义文学打破了精英文学与大众文学的界限,出现了明显的亚文学倾向。"纯文学"、严肃文学与大众文学、通俗文学、乡土文学等之间的界限日益模糊,它们之间已不再有明确绝对的分界。后现代主义文学更多地从科幻小说、西部小说、通俗小说以及一些被看成亚文学体裁的作品中汲取养料。出现了诸如元小说、超小说、寓言小说、新新小说、"黑色幽默"、荒诞派戏剧、色情小说、西部小说、流行文学等形形色色的后现代主义文学样式。有的甚至以诸如贺卡祝词、明信片、流行歌词、影视文学、广告等大众化的文化消费品载体形式出现。文学出现了多元化的格局。

第五,后现代主义文学在艺术手法上注重艺术形式与艺术技巧的创新,表现出随意性、不确定的特征。作家追求写作(文本)快乐的艺术态度。作品内容被形式所替代,即被文本的语词、句法、反讽性修辞效果所替代。叙事中心、整体性、统一性被非中心、局部性、偶发性、非连续性的叙事游戏所取代。写作态度、生存态度与文本制作形式趋于同步,通过极度的嘲弄,想象性地把那些无价值的东西撕破给人看,使写作与阅读在其中获得瞬间的快感。在文本制作中,突出过程、行为、事件、上下文、形式技巧等,反对解释作品。罗伯-格里耶说:"读者只需观察作品所描写的各种事物、动作、言语和结局,无须寻找超出或少于他原有生活和死亡中的意义。"强调作家的创作和读者的阅读只是为享受创作或阅读的愉悦,是一种表演操作和体验过程。后现代主义作品注重表达的"叙述话语"本身。话语和语言结构成了后现代主义文学的艺术传达基础,表现出无选择性、无中心意义、无完整性甚至是"精神分裂式"的表述特征。作品中出现了冗长曲折的句子、语无伦次的语词、对话、独白、重复、罗列。大量运用蒙太奇手法、拼贴画法和意识流手法。洛奇把后现代主义创作中的随意性、不确定性、无选择性的表现方法归纳为 6 条原则:矛盾(文本中的各种因素互相冲突背离)、变更(对同一文本中叙述的事,可以更换不同的可能性,变更内容、情节)、断裂(作品叙述前后丧失必然性,没有因果关系)、随意(文本的随意组合,如可以任意拆装组合的"活页小说"等)、过度(有意识过度夸张性地运用某种修辞手法)、短路(情节内容在发展进程中突然中断,让读者参与对文本的阐释、解析与再创作)。其作品总体上体现出反讽嘲弄、黑色幽默的美学效果。

二、后现代主义文学主要流派和作家

荒诞派戏剧。荒诞派戏剧是 20 世纪 50—60 年代在法国兴起和形成而后流行于西方戏剧舞台的一种文学思潮流派。它受存在主义哲学思想的影响,是存在主义在戏剧舞台上的形象变体。荒诞派戏剧继承了象征主义文学、表现主义文学、超现实主义文学、意识流小说中所体现的荒诞性,并将荒诞性发展到极致的表现。在戏剧舞台上,这些剧作家认为传统的戏剧无法表现现代人对社会的恐惧感、幻灭感和不安全感,他们要用反传统的形式表现现代人的感受。荒诞派戏剧一反传统戏剧的规律、特点,又被称为“反戏剧派”“反传统戏剧派”。荒诞派戏剧注重揭示世界、人的处境和人自身生存状态的荒诞性,是存在主义在戏剧舞台上的延伸。它抛弃了传统戏剧的基本规则,淡化情节,没有一波三折的故事情节和激烈的矛盾冲突,戏剧多为短剧和独幕剧,以极度荒诞和夸张表演来代替情节,使荒诞本身戏剧化,戏剧形式荒诞化。人物形象个性丧失,角色不确定,外形残缺,稀奇古怪。语言怪异,没有逻辑性,人物对白文不对题,语无伦次,不断重复,杂乱无章,使语言失去意义而变得荒诞可笑。注重直喻性道具和场景的运用。

欧仁·尤奈斯库

法国的欧仁·尤奈斯库(1909—1994)是荒诞派戏剧的开创者与主将。他的代表作《秃头歌女》(1950)以马丁夫妇与史密斯夫妇莫名其妙的交谈、荒诞不经的故事情节,表演了一出现代社会生活寓言。在形象展现世界的荒诞和人性异化的同时,揭示人与人之间关系的隔膜。世界毫无意义,人的存在本身就充满荒诞性。人的自我丧失,人在社会中是角色错位的,是可以人格互换的。夫妻双方互不认识,人和人之间不可捉摸,不能沟通。作品将人与人之间关系的隔阂夸大到了极为荒谬的地步,是现代社会意识和社会心理的形象图解。《椅子》(1952)是尤奈斯库的又一重要作品。椅子成了舞台,即世界的中心,而前来宣讲人生奥秘的老年夫妇,即人类的代表,成了物的奴隶,最终被挤出世界,跳海身亡。荒诞的情节蕴蓄着人生的无奈、存在的虚无,一切的探索追求都显得徒劳无益。尤奈斯库说:“这出戏的主题不是老人的信息,不是人生的挫折,不是两个老人的道德混乱,而是椅子本身,也就是说,缺少了人,缺少了上帝,缺少了物质,是说世界的非现实性、形而上学的空洞无物。戏的主题是虚无。”他最负盛名的杰作《犀牛》(1958)以人变成牛的过程描述,把世界的荒诞、精神的堕落以及人变成非人、人性异化的主题推向了极致。人变成虫,人变成非人,不再有卡夫卡式的忧郁和恐惧,异化成为社会的追求与时尚,《变形记》中悲哀的人类转向了《犀牛》中人类的悲哀。尤奈斯库提倡艺术虚构,反对现实主义真实观,主张“纯戏剧”,反对艺术的功利性,强调戏剧艺术的喜剧效果。法国的塞缪尔·贝克特(1906—1989)以代表作

《等待戈多》(1952)奠定了作为荒诞派戏剧的领袖地位。戈戈和狄狄两个老流浪汉于绝望之中苦苦地等待戈多的到来,象征人类生活在痛苦之中,希望有人来拯救。戈多是人类的唯一希望和憧憬,但无论人们怎样苦苦等待,寄希望于“明天戈多准来!”,戈多始终没有出现,结果总是幻灭。戏剧揭示了“人类在一个荒诞宇宙中的尴尬处境”。贝克特的其他主要作品有:《结局》(1957)、《最后一盘磁带》(1958)、《啊,美好的日子》(1961)、《喜剧》(1964)等。贝克特的戏剧舞台场景简单,人物形态猥琐,情节内容怪异,对话独白空洞,在滑稽荒诞之中蕴含着悲剧色彩。荒诞派戏剧另外的重要作家作品有:法国的阿瑟·阿达莫夫(1908—1970)的《弹子球机器》(1955)、《大小手术》(1950),让·热内(1910—1986)的《女仆》(1947)、《阳台》(1956);英国哈罗德·品特(1930—2008)的《生日聚会》(1957)、《看守人》(1959)、《归家》(1964)、《虚无乡》(1974);美国爱德华·弗兰克林·阿尔比(1928—2016)的《动物园的故事》(1960)、《美国之梦》(1961)、《谁害怕弗吉尼亚·伍尔夫》(1962)等。

新小说派。它是20世纪50年代在法国首先出现的一种以反传统小说为目标的文学思潮流派,也是批判现实主义小说以来出现的反巴尔扎克式的各种新颖小说样式的统称。二战以后,作家对描写现实有了全新的观念和理解。一方面他们明显受存在主义影响,主张文学以现实为主,以存在为主,现实生活与人生成为文学描述的中心,提倡介入生活。但同时,他们又认为文学不应编造现实、编造生活,而应客观真实地表现世界本来面貌,所以新小说派又被称为窥视派、摄影派、拒绝派、新现实主义、反传统小说派等。新小说派萌芽于40年代,至50年代正式出现,以罗伯-格里耶的《橡皮》发表为代表,尤其通过影视改编使新小说派作品被人们所接受。70年代召开的两次新小说理论与创作国际研讨会,1985年西蒙以他的《佛兰德公路》获诺贝尔文学奖,形成新小说派高潮。新小说作品被文坛广为接受,其艺术主张成为作家的创作信条,亦被影视界接受。新小说派反对虚构生活故事情节,冷眼视察社会现实。淡化情节,轻视逻辑,不塑造典型环境、典型人物、典型细节,直接展示外部生活流。写人物意识活动则借助心理回忆,十分细致真实地表现生活、思想的全过程,不再追求文学的社会意义和道德功能。轻视人物性格刻画,取消人物在小说中的中心地位,注重物体展示,对物作反复细致的描写。抛弃传统小说的叙事结构规范,刻意追求结构的新颖,以人物的视角为基点,以人物的活动经历为线索展开故事内容,情节往往含混不清,错位脱节,甚至

哈罗德·品特

互相矛盾,空白残缺。主张运用绘画原则,将小说由"时间的艺术"变为"空间的艺术",故又有"文学画""绘画体文学"之称。

阿兰·罗伯-格里耶(1922—2008)是新小说派的代表作家与领袖人物。代表作《橡皮》(1953)中,侦探瓦拉斯下意识地在迷宫般的街道中逛着,观看着街景、行人、房屋等,反复进文具店购买橡皮,重复描述橡皮的样子。作品注重展示的是人物一天真实的经历过程,用人物、情节错位的形式,制造一种看似相互矛盾、不可理解的情节,以展示事件的本来面貌,昭示生活的真实。而侦破杜邦教授被害事件以及与此有关的一系列重要内容,都仿佛被作者用"橡皮"擦去了,充满了隐喻。作品留下许多空白,让读者去体验想象,参与再创作。作品被认为是开"物本主义小说"先河。在他的另一部代表作《窥视》(1955)中,手表推销员马弟雅思窥视着小岛镇上的生活,而他奸杀少女雅克莲的全过程均为于连所窥视,马弟雅思又成为整个小岛的"被窥视者"。整个作品以描写真实生活为主,不去图解、编造生活,作品随主人公的行动与视觉展示生活,马弟雅思所见的是镇上的街景、房屋、居室摆设,脑海里经常出现的是烟头、糖纸、8 型绳索、毛衣等意象。小说将不可能看到的生活内容与情节抹去,犹如真实的生活流。罗伯-格里耶强调小说视觉效果,主张写外在真实,热衷于对"物"的细致描绘,大胆进行语言革新,运用表明视觉的和纯描写性的词汇进行文学创作。

娜塔丽·萨洛特

娜塔丽·萨洛特(1900—1999)的论文集《怀疑的时代》(1956)是新小说派的宣言书。她的代表作《无名的肖像》(1948)中,吝啬专制的父亲不满女儿言行,后来女儿找到了有钱的丈夫,父女言归于好。主人公(即叙述者)像一个暗探,窥视人物思想和行为的全过程。萨洛特注重对人物意识深处、原始状态的真实展示,以此揭露人与人之间的冷漠与隔阂关系。米歇尔·布托尔(1926—)的《变》(1957)中,以主人公台尔蒙从巴黎去罗马的火车上 18 个小时的回忆想象,显示他与妻子及情人的长达数十年的生活情景,当火车到达罗马时,他放弃了原先准备接情人去巴黎的打算,转而到旅馆写下了自己内心转变的感受。作品运用蒙太奇和意识流手法,时空颠倒,时序错乱,将过去、现在与未来融合在一起。克洛德·西蒙(1913—2004)是新小说的重要作家,他的创作丰富和发展了新小说的表现手法。代表作《佛兰德公路》中以佐治战后与骑兵队长的妻子接触交谈,产生出对往昔生活的各种零星模糊的回忆、幻觉和想象，多画面、多角度地展现战争给人类生活带来的灾难和厄运。西蒙以绘画的笔法，刻画出时间定格般的生活画幅，使文学艺术和绘画艺术一样，具有同时性和多面性。作品既是一幅历史长卷，又是无数个凝固时间的瞬间。其作品被称为“文学画”和“绘画文学”。新小说派作家还有玛格丽特·杜拉斯(1914—1996)、罗贝尔·潘盖(1919—1997)等。

玛格丽特·杜拉斯

垮掉的一代。这是第二次世界大战后在美国出现的一个文学流派，由一群不满现实的年轻知识分子组成，其成员主要是大学生。他们对战后美国的生活现实及其施行的麦卡锡主义表现出强烈的反叛情绪，不再承担社会精英分子的重任，对社会未来悲观失望。他们受存在主义的影响，采取消极而“脱俗”的方式反抗社会，全面否定传统的道德伦理观和社会价值观，否定中产阶级的文化标准和生活模式。他们提倡四处流浪体验人生，没有固定的工作，不修边幅，男女杂居，吸毒自残，放浪形骸，主张通过满足感官欲望来感知自我。文学创作中则热衷于表现色情、暴力、堕落、吸毒和犯罪等颓废生活，塑造的是“诗人、浪子、毒鬼”三位一体的现代青年典型。作家不受道德规范和社会责任感制约，把通俗发展到粗野，把激进发展到疯狂。另一方面，垮掉的一代以消极的方式去反叛社会，沉沦中富有理想，颓废中充满反抗，消极中满怀自信。艺术表现上全盘否定高雅文学，追求无节制的个人情感的放纵发泄，主张在“神志恍惚的瞬间”和“思想疯狂的时刻”去狂写乱涂，提倡“自动写作”。在强调个人感受自然流露和诗歌意象明晰的同时，也表现出作品结构杂乱无序、拖沓重复，语言庸俗粗野。艺术手法上标新立异，对语言和技巧刻意追求，将惠特曼式的自由精神与荒诞颓废情绪相结合，形成粗犷自然风格。“垮掉的一代”无论是对当代美国社会还是美国文学，都有一定的影响。

“垮掉的一代”主要代表人物艾伦·金斯伯格(又译艾伦·金斯堡，1926—1997)在代表作长诗《嚎叫》(1955)中，以怒气冲天的哀号表达“我这一代精英”的痛苦以及放荡不羁、自暴自弃的生活感受，发泄一代青年人焦躁痛苦，厌恶绝望的情绪。作品被称为垮掉的一代的“袖珍本圣经”。诗歌具有散文化倾向，不拘形式，运用“自动写作”手法，任意识情绪自由涌现，热烈奔放。他的作品还有《空镜》(1961)、《凯迪西及其他诗篇》(1961)、《现实三明治》(1963)、《电视宝

艾伦·金斯伯格

贝诗选》(1968)、《行星新闻》(1968)、《美国的衰亡》(1972)、《精神呼吸》(1977)、《白色尸衣》(1986)等。杰克·凯鲁亚克(1922—1969)的代表作《在路上》(1957),描写了一群"彻底垮掉而又满怀信心的流浪汉和无业游民"。他们在主人公狄恩带领下,驱车在各地流浪,无拘无束,为所欲为,是战后处于精神危机的美国一代知识青年的典型。小说所描述的生活模式深为精神苦闷的美国青年所倾慕,他们奉之为"生活教科书"。另有《小镇和城市》(1950)、《地下室居民》(1958)、《达摩流浪汉》(1958)、《大瑟》(1961)、《巴黎的开悟》(1966)等。凯鲁亚克作品中的主人公不隐讳自己的颓废生活,善于作自我剖析,议论自己的境遇及感受,表现出"个人新闻体"的特征。他的"自发式散文"写作法在"垮掉文人"中广泛流行。威廉·伯罗斯(1914—1997)、劳伦斯·李普顿(1898—1975)、肯尼斯·雷克斯罗思(1905—1982)、格雷戈里·柯尔索(1930—2001)等作家作品在"垮掉的一代"中也具有重要影响。

黑色幽默。它是20世纪60、70年代流行于美国的文学流派。黑色幽默作家信奉存在主义哲学,他们用病态的、荒诞变形的手法表现幽默。1965年美国文艺理论家、作家弗里德曼将这些作品结集起来,取名为《黑色幽默》,以后文坛把用这种方法进行创作的作家称为黑色幽默派作家。当时以美国为首的西方资本主义国家,对战争尤其对社会主义阵营的壮大深感恐惧,美国国内麦卡锡主义的高压政策,世界大战、朝鲜战争及其越南战争的阴影,使人们对生活普遍具有一种恐惧感、灾难感。他们以存在主义作为自我解脱的思想依据,嘲笑、戏弄、作践自己,直接产生黑色幽默效果和悲观绝望的情绪。作品表现世界的荒诞和混乱以及人与环境、社会的不协调,并将其放大、扭曲、变成畸形,更显其荒诞不经、滑稽可笑。以夸张到荒谬程度的幽默手法,以无可奈何又轻松调侃的嘲讽态度,展示人类的灾难、痛苦与不幸,即以喜剧的形式表现悲剧的内容。黑色幽默因而又被称为"绞刑架下的幽默""大难临头的幽默"。人物形象多为玩世不恭、性格乖僻的"反英雄"。情节结构无逻辑非理性,将真实细节与幻想虚构融成一体。艺术上运用漫画式夸张、寓言式象征,语言诙谐,比喻奇特。

约瑟夫·海勒(1923—1999)是黑色幽默代表作家。海勒认为人生是受某种非人力量控制的,其作品充满悲观绝望情绪。他以尖刻的讥讽和辛辣的嘲笑揭示荒谬社会与消极人生。他的代表作《第二十二条军规》(1961)中,主人公尤索林面对荒谬的世界,由一位正直勇敢的上尉轰炸手变成了贪生怕死的厌战者。他想方设法要逃避飞行，但无论是提出正当要求，还是装病装疯，都无法摆脱“第二十二条军规”的制约。最后成为开小差的逃兵。《出了毛病》(1974)中的主人公整天忧心忡忡，害怕一切，总觉得什么地方出了毛病，生活在孤独和冷漠之中，表现了人类惶恐不安的精神危机。海勒的创作以象征手法揭示现代人的灾难感、恐惧感，以荒诞滑稽、玩世不恭的幽默，表现人物内心的辛酸悲痛与忧郁绝望。作品结构散乱，情节断续，时序颠倒。以寓言、幻想形式讽喻人生，采用意识流手法表现人物内心探索。约翰·巴思(1930—)的创作体现了对世界、人生的哲理探索。《烟草经纪人》(1960)中，年轻主人公库克以“贞洁男子和马德兰的桂冠诗人”自居，充满幻想和理想，但在现实生活中却处处碰壁，备受欺凌。最后终于发现自己不过是一个滑稽可笑的小丑。小说所探索的是人与世界的关系，以人的幼稚而引出的种种矛盾及“黑色幽默”的种种笑料，说明荒谬的世界是何等险恶莫测，要想认识其本质和规律是不可能的，在荒诞世界面前人是无能为力的。库尔特·冯内古特(1922—2007)的《第五号屠场》(1969)，以科幻的形式，描述主人公比利在被太空人劫走之后，通过“思维波”和“时间经”重新经历自己过去的人生，再现残酷战争场面，暗示人类无法克服自身的劣性，充满了残暴与愚昧。作者运用“拼贴法”叙述情节内容，以空间、地点、场景的变化、重复、强化代替变迁和发展。采用“时间旅行法”，打破时空顺序，把过去、现在、未来的故事情节交错杂糅在一起，多层次齐头并进。托马斯·品钦(1937—)认为，荒谬的世界是由“死亡”统治着的，他在《万有引力之虹》(1973)中把情欲与科学联系在一起，试图说明死亡不仅仅是一种生理现象，而且是一种充塞于天地宇宙之间的物理学力量。不可抗拒的“万有引力之虹”，即死亡之虹，正在将人类导向毁灭。把社会现实和科学幻想融成一体，展示异化变态人性和荒诞混乱社会。其他如詹姆斯·珀迪(1923—2009)、布鲁斯·杰伊·弗里德曼(1930—)和唐纳德·巴赛尔姆(1931—1989)等都是黑色幽默的主要作家。

托马斯·品钦

魔幻现实主义。它是拉丁美洲最重要的文学流派，形成于20世纪30—40年代，50—70年代盛行，至今不衰。它的出现被称为是文坛的地震。魔幻现实主义文学除受拉美传统文化和拉美地理环境的影响外，还和西方文化的大量入侵有关，长期的殖民统治使欧洲各国的文艺思潮流派同步传入拉美，魔幻现实主义文学是拉美本地文学和西方文学相结合的产物。魔幻现实主义以小说创作为主,把神奇魔幻的神话传说和拉丁美洲现实生活描写结成一体,产生一种人鬼难分、魔幻与现实混淆的艺术效果,在反映现实的同时,融入神奇怪诞的人物、故事和各种超自然现象,变现实为魔幻而又不失其真。魔幻现实主义作品具有强烈的拉丁美洲民族意识,关心祖国和民族的命运,取材现实生活,反映拉美社会特有的社会、历史、文化、地理和人生。吸收西方现代派文学的技巧技法,尤其受超现实主义和意识流作家影响,大量运用象征、意识流和荒诞手法,通过夸张、怪诞、变形、神秘等,表现出对神奇美的追求。作品主题多义,寓意深刻,情节离奇,人物性格怪异,结构复杂多变,常用框型式、跳跃式、时空错乱式、蒙太奇式的结构,反映拉美社会生活与民族历史的丰富性与复杂性。主要代表作家哥伦比亚的加布里埃尔·加西亚·马尔克斯,在代表作《百年孤独》(1967)中,以马孔多小镇及布恩地亚家族七代的兴衰史,形象概括和展示了哥伦比亚和整个拉美地区100多年的殖民史、独裁专制和社会生活全貌。在《家长的没落》(1975)中,刻画了一个暴戾凶残、穷奢极欲的独裁者的形象。马尔克斯创作充满奇特怪异的情节和不可思议的人物,在表现社会生活真实的同时,作品具有浓烈的神话传奇色彩和象征含义。危地马拉的米格尔·安赫尔·阿斯图利亚斯(1899—1974)运用超现实主义梦魇、幻觉展示神奇世界的手法,创作出反映拉美神奇现实的文学作品。代表作长篇小说《总统先生》(1936)被公认是第一部魔幻现实主义作品。小说中独裁总统为巩固自己的独裁统治,借自己的忠实鹰犬上校被一个精神病人掐死之机,一手炮制了一系列残暴血腥事件,大肆诬陷和杀戮政敌,及至牵连和迫害许多的无辜者,展示危地马拉以及整个拉美地区暗无天日的黑暗世界,揭露统治阶级的腐败以及独裁专制、惨无人道的社会现实。小说也成为魔幻现实主义文学的第一个里程碑,宣告了这一思潮流派的正式诞生。在《危地马拉》(1930)和《玉米人》(1949)中,采用神话传说的虚幻神奇意境来反映现实,作品充满了浓郁的拉丁美洲印第安人的民族气息。1967年阿斯图利亚斯获诺贝尔文学奖。墨西哥的胡安·鲁尔福(1918—1980)在他的代表作《佩德罗·帕拉姆》(1955)中,借鬼魂胡安向另一个死人叙述的故事,展现了地主帕拉姆罪恶的一生,将鬼蜮世界和现实生活融成一体。小说成为魔幻现实主义走向高潮的标志,并成为该流派的经典之作。另外如古巴的阿莱霍·卡彭铁尔(1904—1980)、阿根廷的胡利奥·柯塔萨尔(1914—1984)、智利的何塞·多诺索(1924—1996)等,都是魔

米格尔·安赫尔·阿斯图利亚斯

幻现实主义中有影响的作家。

第二节 萨 特

让-保罗·萨特(1905—1980)是法国当代著名哲学家、文学家和社会活动家。作为哲学家,其哲学思想的载体却主要是文学作品;作为文学家,他的作品又只是其哲学思想的“具体图解和美化修饰”。他把存在主义哲学和存在主义文学有机地统一起来,使存在主义哲学风靡欧美各国,使存在主义文学几乎统治了战后法国文坛。作为社会活动家,他积极投身反战运动,热情宣扬人道思想,为世界和平与人类进步事业做出了巨大贡献。

一、生平和创作

萨特于1905年6月21日出生于巴黎。他的童年是孤独而不幸的,两岁丧父,10岁时母亲改嫁,他只得与外祖父同住,“一直到10岁,我孤独地生活在一个老人和两个女人中间”(外祖父、外祖母和母亲)。外祖父是个信基督教的大学教师,对他十分溺爱,希望他成为“神童”。于是萨特4岁开始阅读,在广泛阅读的基础上,开始模仿别人,学习写作。1924年,19岁的萨特考入巴黎师范学院哲学系读书,1929年在全国中学哲学教师资格考试中获第一名,并结识了获第二名的西蒙娜·德·波伏瓦,她后来成了萨特的终身伴侣,尽管他们从未正式结婚。1933—1934年,萨特获得官方奖学金赴柏林“法兰西学院”进修哲学,钻研了基督教存在主义哲学家克尔凯郭尔以及现象学派胡塞尔、海德格尔的著作,也阅读了黑格尔和马克思的著作。在此基础上,开始倡导他独树一帜的无神论存在主义哲学观点。

让-保罗·萨特

1938年,萨特发表成名作、第一部长篇小说《厌恶》。小说没有什么要紧的故事情节,主人公洛根丁的工作是研究历史,他或是钻到故纸堆里,或是进行思索,然后就是出入酒吧或公园。他周围的人物都给人一种幽灵和幻影似的感觉。小说的真正线索是洛根丁对存在的感受。人对自己的存在感到晕眩式的恶心,这是意识到自己的存在的人都有的感受:这就是萨特的结论。这部小说为萨特赢得了声誉。1939年出版的小说集《墙》是萨特的代表作之一,它包括

《墙》《房间》《艾罗斯特拉特》《亲密》《一位厂长的童年》。这几个短篇的主人公则都是不敢正视人的存在的无价值的人物。他们因为不肯承认世界的荒谬和不可理解,不肯像洛根丁那样认识到自己的自由,并面对荒谬的世界担负起自己的存在,于是就陷入一种荒谬,陷入一种非道德的、不自由的生活。他们往往是力争做一个正常的人而不可得,但又不能正视自己的自由,终于毁了自己。其中最值得一提的是《一位厂长的童年》中的吕西安,他可以说是一个反洛根丁。他不像洛根丁那样对存在感到恶心,是因为他始终把公认的价值法则当作天经地义,他甘愿用他人的法则去认识一切,包括认识自己,于是一切都有规有矩,稳定可靠。这是一个没有自由意识、甘心放弃自由的人。

1939 年第二次世界大战爆发后,萨特应征入伍,抵抗法西斯侵略者。1940 年 6 月,被德军俘虏,关在德国特里尔第 12 俘虏营,监禁 9 个月后因健康原因获释。回到巴黎后,他一面任教,一面埋头写作,为《欧洲》和法共地下刊物《法兰西文学》等杂志撰稿,坚持参加反法西斯抵抗运动。1943 年,发表了著名的哲学著作《存在与虚无》。这是他经过 10 年探索、用两年时间完成的存在主义哲学的代表作。它完整地阐述了萨特存在主义的基本原则,提出了"存在先于本质的"命题。萨特认为存在的本体是虚无,我们存在着,但我们找不出所以存在的理由,因此,我们是没有本质的存在。有识之士看了这本书之后兴奋地说:"一个新的哲学体系诞生了。"1945 年,他作为《战斗报》和《费加罗报》的特派记者去美国旅行。同年发表长篇多卷小说《自由之路》的前两部:《懂事的年龄》和《弥留期》。第三部《心灵的死亡》于 1949 年完成。这部作品主要写几对恋人间的纠葛。巴斯德中学的哲学教员玛第厄与玛赛尔同居而不结婚,这样他既可以保有自由的外表,又得到了婚姻的全部益处。可是玛赛尔怀孕了,他为无钱打胎而苦恼。但更令他苦恼的是,他不爱玛赛尔,而爱波利斯的妹妹伊维什。波利斯与比他年长的歌女罗拉相好,可是两人的关系如今已接近崩溃的边缘。证券经纪人丹尼尔则不时背着玛第厄来探望玛赛尔,并公开宣布要娶她为妻。小说通过这些人的私生活告诉读者:人是自由的,但无法改变不幸和荒诞的处境。玛第厄是体现存在主义思想的典型人物,他不满现状,但无能为力;他明知参加共产党可以使生活更有意义,但舍不得放弃"个人自由"。战争爆发后,玛第厄应征入伍,波利斯渴望打仗,但他还不到入伍年龄。主人公们不再在私生活的狭小天地里探索抽象的自由,而是在第二次世界大战的暴风骤雨中"介入"生活,但他们无力改变战争的进程。马德里陷落后,玛第厄加入敢死队,坚持抗敌斗争。一天清晨,德军开进村庄。村里其他几个防守点都被攻克,唯独玛第厄和他的伙伴们继续抵抗。他无畏地跳上钟楼阻击敌人。在英雄与懦夫之间,玛第厄作了成为英雄的抉择。

萨特于 40 年代中期发表《争取倾向性文学》和《什么是文学》等存在主义的重要文艺论著。萨特主张"艺术的自由"。他说:"作家——作为一个对自由的人们讲话的自由人——只有一个题材，那就是自由。”萨特主张“艺术的再创造”，他认为艺术只有通过读者的“再创造”才能实现。因为文学作品一旦完成，“那被创作出来的客体离我而去了”，成了一个相对独立的东西，“要使它显现出来，就需要一个叫作阅读的具体行为，而这个行为能够持续多久，它也只能持续多久，超过这些，存在的只是白纸上的黑色符号而已”。萨特主张“为时代而写作”。他认为真正的艺术家不能回避社会问题。他说：“自从我们成为作家以来，我们的任务是用我们的作品去创造一个欧洲。”

40、50年代是萨特的文学创作达到顶峰的时期。他独创了一种新的戏剧题材“境遇剧”来体现他的存在主义观点。对于这种新创立的戏剧，萨特曾作过这样的说明：“既然人在一定的境遇中是自由的，既然他在一定的境遇中自由地选择自己，那么在戏剧中就必须表现简单的、人的境遇，以及在这些境遇中选择自身的自由。”因此，所谓“境遇剧”就是“自由剧”。十多年的时间里，他接连创作了《苍蝇》（1943）、《间隔》（1944）、《死无葬身之地》（1946）、《恭顺的妓女》（1947）、《肮脏的手》（1948）、《魔鬼与上帝》（1951）、《克昂》（1954）、《涅克拉索夫》（1960）、《阿而托那的隐藏者》（1960）等9个重要剧本。加上他1940年发表的《巴里奥那》和1966年发表的《特洛伊妇女》，一生共创作了11个剧本。

《苍蝇》（1943）取材于埃斯库罗斯的《俄瑞斯忒斯》，俄瑞斯忒斯长大成人，知道了自己的身世，回到阿耳戈斯，见到满城都是苍蝇（象征罪恶）。阿耳戈斯人只是为那件罪恶悔恨不已，却又怯懦害怕，而不采取任何消除罪恶的行动。王后几乎向所有的人忏悔她的罪过，但又不能容忍她的女儿厄拉克特拉的谴责。厄拉克特拉一心想报仇，但又认为自己势单力薄，无能为力。国王每年在杀死阿伽门农的那一天都要举行祭祀，表示悔罪。俄瑞斯忒斯开始有些犹豫，后来在他姐姐的鼓励下杀死了国王、王后，为父报了仇。但此时，苍蝇开始围向俄瑞斯忒斯和厄拉克特拉，因为他们犯了杀母之罪。这时厄拉克特拉后悔了，逃向大神朱比特的怀抱。而俄瑞斯忒斯毅然背负起他的罪孽，带着苍蝇离开阿耳戈斯，走完自己的人生道路，让阿耳戈斯人过上正常的生活。在这里，俄瑞斯忒斯的行为得到了肯定。他正视了自己的自由，不顾周围人们的劝阻和大神朱比特的警告，作出报仇决定；在完成自己的选择之后，他又不带任何悔恨地承担起他的行为的后果，表示他是负责的。朱比特在这里显然象征一般价值准则或规范。它们从表面看来有无限的威力，约束着人的各种活动，但实际上，人在它们面前是自由的，因为价值是由人选择和创造的。萨特反对那种把价值法则、道德规范看成天经地义、把环境的压迫看成不可抗拒而为自己不行动作辩护的观点，强调人的自由是绝对的。

《间隔》（1944）生动地图解了《存在与虚无》中关于他人存在和“冲突”的观念。故事完全是虚构的，而且没有真正意义上的情节。三个死去的人被打入地狱，但这个地狱与神话中描写的完全不一样，只是一个出不去的房间。这三个人,一个男人是报社记者、胆小鬼加尔森,两个女人分别是同性恋者伊内斯和荡妇、杀婴犯艾斯黛尔。他们无法避免地互相冲突,互相折磨,发现自己总处于他人的注视之下,“他人就是地狱”。“他人就是地狱”这一命题正是存在主义对人与人之间关系的写照。

《死无葬身之地》(1946)塑造了几个在极限环境之下仍然保持着自己自由的英雄。故事发生在二战后期,几位游击队战士因战斗失利而被俘。他们将被枪毙的命运几乎是注定的。但敌人与他们展开了一场意志战,试图折磨他们,迫使他们供出游击队的领导人在何处,然后作为懦夫去死。开始他们并不知道他们的领导者在哪里。后来领导者被抓住了,与他们关在一起,但是身份还未暴露。游击队员们团结一致,保守秘密,没有向敌人屈服。剧本所描写的仍然是“自由选择”这一存在主义的基本命题。生死关头对每个人的考验、道德标准的相对性以及人的心理变化等均在这个剧本里得到充分的表现。剧本直接“介入”到现实生活中,描绘当代的生活,抛弃了《苍蝇》《间隔》等剧本里利用神话题材进行影射或利用虚设的地狱场面进行描绘的手法。

从 1960 年代到 1980 年去世,萨特创作的作品不多,除剧本《特洛伊妇女》和文论集《一种境遇剧》(1973)、《人们有理由反抗》(1974)外,只有一部回忆录《字》(1964)了。

作为一名政治活动家,从 1950 年代起,萨特就把越来越多的精力投入社会政治活动。1950 年,他谴责美国发动侵朝战争。1952 年,法共党员亨利·马丁反对印度支那殖民战争,因拒绝服役遭到监禁。萨特上书总统,要求特赦马丁。萨特的这一正义行动受到法国共产党的称赞,此后 4 年间他成为共产党的同路人。1955 年,萨特怀着对中国人民的友好感情,访问中国,并在《人民日报》发表《我对新中国的观感》,热情赞颂新中国。1956 年,他指责苏联出兵匈牙利,愤然辞去法苏友协主席的职务,并因法共支持苏联出兵而与他们分道扬镳。1957 年,他冒着被捕的危险,反对法国对阿尔及利亚的殖民战争。1964 年,瑞典皇家科学院授予他诺贝尔文学奖,他以“谢绝一切来自官方的荣誉”为由,拒绝领奖。1966 年,他参加伯特兰·罗素组织的越南战争“法庭”,作为该法庭庭长,亲自起草判决书,宣判美国总统为战犯。1968 年,他又支持法国的学生运动。70 年代,他积极支持工人罢工和学生运动,当法国左派的《人民事业报》受到政府的压制时,他挺身而出,支持这家宣传“毛主义”的刊物,并亲自上街卖报。

1980 年 4 月 15 日,萨特逝世。4 月 19 日出殡,巴黎数万群众自愿跟随灵车,送他到蒙巴那斯公墓。世界舆论纷纷表示哀悼。

萨特一生的思想发展大体经历了三个阶段。开始时,他觉得人的存在是孤独的,世界是荒谬的、令人恶心的。后来,二战的爆发打破了他的这种孤独,他把自己的命运和千百万普通人的命运连在一起,积极投身到反对德国法西斯的斗争中。他这个时期思想的特征是强调人的绝对自由,表现出一种英雄主义的豪情。二战结束时,他作为文学家和哲学家的声名鹊起,存在主义在西方世界的流行使他的名声超出了国界。在干预世界的过程中,他的思想也发展了,他开始注意到人被决定、不自由的一面,注意到改造环境、使之适合人的自由存在的一面。他的思想开始超出伦理学,注意社会历史的发展,从总体的观点来看待人的自由在整个人类进步中的地位。萨特一生没有停止过探索。随着思想的发展,他的政治态度也不断地"左倾"。年轻时他是改良主义者。二战后,他开始接近马克思主义。晚年,他的思想又倾向于无政府主义。他的文学创作在思想内容方面具有反传统性,而在艺术形式方面却具有对传统的继承。但内容和形式不可分割的密切联系又决定了他在表现手法方面必然有所创新。他调动一切现代的、传统的艺术手法来表现深刻的哲理内容,因此作品既有鲜明的人物形象、生动的故事情节,也表现人物精神状态的混乱和非理性。

二、《肮脏的手》

《肮脏的手》是萨特于1948年创作的一部重要戏剧。剧本一出版就被抢购一空,成为当年的畅销书,销售量达700万册之多。同年4月2日在巴黎安东剧院首演成功,就立即引起了共产党人的尖锐批评,说"为了30个银币和一盘美国扁豆,萨特把最后一点荣誉和正直都出卖掉了"。法共《人道报》称作者为"难于索解的哲学家,令人恶心的小说家,引起公愤的剧作家,第三势力的政客……"苏联也视《肮脏的手》为反苏反共的作品。该剧1978年被译成中文,1982年由上海青年话剧团在上海公演,强烈的反应引起了一场不大不小的争论。有人指责:"这出戏的效果给人的直接印象就是,共产党人和其他资产阶级政党、法西斯党没有什么本质差别,为了达到目的,什么事都干得出来;在共产党人看来,什么路线的正确与否,什么道德标准,都是无关紧要的,没有什么真理可言,'只要是有效的手段,就值得采取'。"还有人认为:"萨特通过《肮脏的手》试图达到一箭双雕的目的。一方面,萨特笔下的雨果名义上是共产党员,实际上是存在主义者的化身、政治上的无政府主义者、策略上的暴力主义者、哲学上的虚无主义者和道德上的自由主义者。另一方面,萨特又通过贺德雷的形象达到诬蔑共产党人的目的,把共产党上至高级领导人下至普通党员都描写成权力意志的体现者,他们为了掌权,什么肮脏的事都干得出来。"

实际上,《肮脏的手》从形式上说比较古典,有故事,有情节,有戏剧冲突。故事是讲二战后东欧某虚构国度内共产党中的两派斗争。在新的形势下,以贺德雷为首的社会民主党主张与以摄政王为首的反动政府和资产阶级五角大楼党联合,以便战后分享权力。但以路易为代表的少数派认为这是背叛行为,贺德雷是"一个叛徒",决定派雨果去谋杀贺德雷。雨果以贺德雷秘书的身份接近贺德雷,以便伺机行动。但当他听了贺德雷的一席谈话之后,便怀疑自己使命的“真实性”,因此迟迟没有动手。几天后的一个早晨,雨果看到贺德雷搂着自己的妻子捷西卡接吻,一怒之下,便开枪杀死了贺德雷。雨果枪杀贺德雷后被投进监狱。路易为了掩盖事实真相,“不让他开口说话”,暗中派人送香烟和有毒的巧克力给雨果,企图把他毒死在狱中。但雨果把巧克力分给了别人,侥幸活了下来。两年后,雨果出狱。此时,党所执行的政策正是当年贺德雷所倡导的政策。为了维护党的形象,雨果必须承认他是情杀,雨果不愿承认。路易立刻又派出两员干将去谋杀雨果。

萨特把该剧取名为《肮脏的手》是颇含深意的。它实际上是萨特的一篇关于谋杀问题的“政治手段论”。作为政治手段的谋杀,在萨特心目中可以从不同层次上去界定:从道德学的角度看,它是一种肮脏行径,应当予以谴责;从政治学的角度看,它是在特殊条件下针对特殊对象采取的特殊手段,是不可避免和迫不得已的措施;从人学研究的角度看,它是践踏个人尊严、否定个人存在的价值的非人道的极端行为。萨特说:“如果要为该剧题词,可以用圣鞠斯特的一句话,‘没有人无辜执政’。换言之,搞政治的人(不管搞什么政治),没有不弄脏手的,没有不被迫在理想与现实之间妥协的。”剧名实则是剧的灵魂。从萨特对“脏手”的阐释中可以看出:剧作者既不是共产党人,也不是共产党的敌人,只是共产党的同路人,而且是持批评态度的同路人。但是从剧本演出的客观效果看,萨特却始料未及。萨特在 1964 年 3 月 4 日谈到该剧时说:“客观上我们不能否认,在某个时候,由于当时的形势,剧本得承受观众所赋予的某种客观意义。毫无办法,整个法国资产阶级为《肮脏的手》叫好,而共产党人则加以抨击。这说明客观上产生了某种效果,就是说剧本客观上成了反共的了,却不把作者的意图当作一回事。”那么产生这种效果的原因何在呢?主要有三个方面:首先是题材问题。《肮脏的手》以托洛茨基之死为原始素材,自然涂有一层反共色彩。波伏瓦在谈到《肮脏的手》时说:“当初是托洛茨基的被刺使他想到写这个题材的。我在纽约时曾结识托洛茨基的一位前任秘书。他给我讲那位刺客如何想方设法让托洛茨基雇他为秘书,进而在很长一段时间中与托洛茨基一同生活在一座警卫森严的住宅中。”托洛茨基之死是当时众所周知的事件。萨特以他的素材为诱因,从中引出思考,构思人物与情节,自然给右派以口实,为左派所不容。这种素材的“先天不足”当然为剧本的反共色彩提供了原始基础。其次是情节问题。作者以非法谋杀的情节,反映党内高层的路线斗争,从而导引出错误情绪。党内路线斗争是个敏感、尖锐而又危险的题材,描写它必须谨慎从事。萨特缺乏政治斗争、路线斗争的经验,却要正面描写路线斗争的情节,就不能不出差错。尽管萨特把剧中人物冲突的性质和某些希腊悲剧相提并论,说什么“在希腊悲剧中,所有的人物都有理,同时大家都没有理,为此他们互相残杀,他们的死亡也就是悲剧的高峰”。这段话倘若作为表述戏剧人物的必有行为逻辑,就剧作家采用的艺术手段而言,无疑是有道理的。但就《肮脏的手》的路线冲突内容来讲,这种大家“都有理”又“都没有理”的是非不分的暧昧态度,正好暴露了他对路线斗争的一窍不通。更为严重的是,萨特利用情节的安排,把错误路线的头换成党的最高领导,从而丑化了共产党的整体形象。这正是该剧政治错误的根本症结所在。再次是剧外因素。党外敌视者的鼓噪掀起了反共喧嚣。在当时世界集团政治(以苏联为首的社会主义阵营和以美国为首的资本主义阵营)条件下,法国也分为左右两派,许多人都是自觉不自觉地带有倾向性的观众,尤其是那些党外敌视者,都敏感地抱着反共目的或对共产党的成见来看戏,自然把从肉体上消灭反对派首领、把政治暗杀视为共产党内部斗争的常规和真实。这种外部的观众条件也为该剧的反共后果起了推波助澜的作用。

但是,从作家的主观意图看,《肮脏的手》是一部发人深省的悲剧。萨特在构思和创作中的主观因素主要体现在几个重要人物身上。

对贺德雷形象的认识和评价是从政治角度对《肮脏的手》在思想上认识与评价的关键。贺德雷是无产阶级政党的领袖,又是萨特视为党的正确路线的受害者。作为领袖,他是有思想、有力量的,是极其成熟的。那些困惑着雨果或雨果式的资产阶级知识分子的“目的与手段”或“政治与道德”之类的问题在贺德雷那里是不存在的。或者说曾经存在过而现在已经不存在了。他的思想是一种经历了复杂以后的单纯,恰如在奔腾喧嚣之后而成的平静深沉的湖泊。他的思想与行为已达高度的统一。目标明确、思想深刻、意志坚定、行为果决、语言机敏犀利,这些都使他无愧于领袖的身份。他是一块钢。在对雨果自然而又自觉的心理进攻与思想训导中,他的思想和人格的力量彻底征服了负有谋杀使命的雨果。在与亲王、五角大楼党的谈判中,他对形势的洞察、对对手的了解以及对时机的把握给人以深刻的印象。对于死亡,他更有着成熟的革命者的坦荡与无畏。贺德雷还是一个“实实在在有血有肉的人”。他理解生活,珍视生命,尊重感情,充满幽默感。他偶尔的孤独感的流露,对温馨的追求,对捷西卡动情的一吻,对雨果在人格上的理解、信任与尊重,他语言的富于机趣,都具体而真实地反映了他品格的高尚和性格的魅力。萨特是怀着强烈的主观感情来刻画贺德雷这个形象的,这是一个更像传统的现实主义的理想人物。萨特在1964年3月答意大利《辩证理性批判》的译者时说过:“贺德雷是我的化身,当然是理想的化身,不要以为我自认为是贺德雷,但从某种意义上来讲,我在感情上更多地接近他。如果我是一个革命者,贺德雷是我效仿的榜样,因此我是贺德雷,哪怕从象征意义上讲也是如此。”

作品的另一个中心人物是雨果。他是一个热情、忠诚、追求真理、思考探索的资产阶级知识青年,但他的热情为党内政治斗争的一方领袖路易所利用。他承担了谋杀贺德雷的使命,他不自觉地被作为牺牲品送往政治斗争的祭坛。但他为贺德雷的思想与人格的力量所征服。这是他品质忠诚、执着思考的必然结果。然而他的思考具有空泛的抽象性。他不了解道德与包括政治在内的社会实践的关系,由此他有了贺德雷没有的“目的与手段”或“政治与道德”的困惑与痛苦。雨果在剧中的意义在于他体现了萨特对一批时代青年的某些认识与哲学思想。首先雨果是萨特对生活于40年代后期一批年轻的资产阶级理想主义者的表现与批判。萨特曾明确表示,他要通过雨果这一形象“体现某些青年的烦恼”。萨特对这些青年的认识是客观的。他们不满现实,寻求精神出路,但他们所接受的小资产阶级的自由化的教育与真正的革命是格格不入的。要他们对革命与现实有成熟的认识是需要时间、实践等主客观条件的,而且,也并非所有这样的青年都能完成这一艰难过程。雨果便是其中的一个。萨特表现的正是一个现代哈姆莱特痛苦的思想过程及命运的悲剧终局。其次,萨特又确以雨果的形象阐发了他“自由选择”的哲学思想。他把雨果安置在特定的“情境”中。这一方面是对戏剧效果的追求,但更是为表现他“自由选择”思想设置的最佳场所。雨果在剧中几乎可说是时时处于必须选择的境遇中。在家庭与革命中,他选择了革命;在谋杀与自杀中,他选择了自杀;在生与死中,他选择了死;在正义与邪恶中,他选择了正义。正是由于雨果作出了如此的“自由选择”,他的生命才获得了自身的价值。终局时雨果的自由选择是他令人同情的贫弱形象突然间变得悲壮的决定因素。选择的自由与责任的必然决定了生命价值的实现。雨果是萨特对当时一批青年知识分子的精神状态的表现与批判,也是他强调主观意志、强调行动的“自由选择”的存在主义哲学思想的形象阐释。

且不管作者的主观意图如何,作品所表现的戏剧冲突从道德角度看是个善恶问题,从政治角度看是个路线问题,而从人学角度看,则又是个体价值、个人尊严问题。站在今天“人学”的高度去审视,这出戏的意义并不在于是私人情杀还是政治谋杀,也不在于贺德雷是妥协投降还是主张正确,甚至不全在于正确还是错误地描写了路线斗争;而是在于把个人尊严、人格平等置于错误路线的对立面,以错误路线践踏个人尊严的悲剧,强烈呼唤个体价值的合理存在的崭新意识。这也正是萨特存在主义文学中的人学要义之所在。

第三节 贝 克 特

塞缪尔·贝克特(1906—1989)是爱尔兰戏剧家、小说家、诗人、评论家,荒诞派戏剧的主要代表之一,兼用法语和英语两种语言写作,1969年获诺贝尔文学奖。

一、生平与创作

贝克特1906年4月13日出生于爱尔兰首府都柏林一个犹太人家庭。父亲是测量、核查员,母亲是虔诚的新教徒。贝克特从小就读于法国人办的学校,对法语兴趣浓厚。1927年以优异的成绩毕业于都柏林三一学院。1928—1930年受聘于巴黎乌尔姆高等师范学院，教授英语，与詹姆斯·乔伊斯相识，并成为其亲密朋友与秘书。他与人合作将乔伊斯作品译成法语，在以后的创作中深受其影响。1930年回爱尔兰母校三一学院教授法语，并研究笛卡儿哲学思想，获硕士学位。1932年起漫游欧洲各国，1938年定居法国。第二次世界大战爆发后，参加反法西斯地下抵抗运动，因受追捕隐居乡间。战争结束后，曾回爱尔兰，临时为红十字会工作。后回法国，短期担任过盟军的翻译。1945年末回巴黎从事专业创作活动。

塞缪尔·贝克特

贝克特从20世纪20年代末开始创作活动。早期主要是写作诗歌、短篇小说和评论文章。创作上深受普鲁斯特和乔伊斯等现代派作家的影响。1930年发表的《魔镜》是一部用英语写成的诗作，表现人物面对魔镜而产生的对时间和人生的哲理思考，具有明显的现代派艺术特征。1931年出版评论专著《普鲁斯特》。小说创作中较有影响的有《少刺多踢》(1934)、《莫尔非》(1938)、《瓦特》(1945)等。

20世纪50年代以后，贝克特的创作进入高潮。小说方面，完成了长篇三部曲《摩洛依》(1951)、《马隆纳之死》(1951)和《无名的人》(1953)，被看作是贝克特小说创作的代表作。《摩洛依》中遭社会抛弃的作家摩洛依似是在寻找母亲与故乡，却又丧失记忆、目的不清，在密林中迷失方向，坠入深山沟壑。受雇于调查组织、前去寻找的莫兰也在荒野密林中陷入迷津、一筹莫展。小说以主人公苦闷的意识状态，寓意人生如漫游迷宫，充满悲哀与荒诞，任何探索都徒劳而无益。《马隆纳之死》写的是马隆纳临终前讲述的一些令人费解、毫无意义的故事，传达出人生充满荒诞、一切都毫无意义的生活感受。《无名的人》中一个不知姓名的人在喃喃自语，内心独白式的叙述使得内容无序而凌乱。三部曲小说注重内心独白和潜意识显示，抒发人生如梦的悲观厌世情绪。战后创作的小说还有《初恋》(1946)、《想象死亡》(1965)、《默西厄与卡米厄》(1970)以及长篇小说《如此情况》(1961)、《迷失的一群》(1971)等。贝克特的小说深受普鲁斯特和乔伊斯的影响，将荒诞内容与意识流表现融为一体，以荒诞的形式描写人类面临荒诞世界的苦闷和恐惧。贝克特在小说方面显露出来的艺术才华，使他被称为法国的"小乔伊斯"。

50年代以后，贝克特创作的主要成就在戏剧方面。第一个剧本《等待戈多》(1952)上演，以荒诞的形式和内容引起巴黎轰动，成为荒诞派戏剧的经典之作。其他主要的作品有：《结局》(1957)、《最后一盘磁带》(1958)、《啊，美好的日子》(1961)、《喜剧》(1964)等十几部作品。独幕剧《结局》中4个人物都是残缺不全的畸形人，盲人哈姆是个瘫痪病人，只能坐在轮椅中由他人推着走，推车的仆人克洛夫患上了一种只能站不能坐的怪病，哈姆的父母则各自生活在垃圾桶里，他们在孤独贫困与悲观绝望中等待死亡结局的到来。人的生存状态荒诞无聊，人生的悲哀与痛苦无穷无尽。《最后一盘磁带》中写一个年近70岁的近视、耳背、酒精中毒、残疾瘫痪的老头克拉普生活在孤独与无聊之中，每天反复听自己年轻时的录音，幻想中与瘦骨嶙峋的老妓女的影子打情骂俏，陶醉在逝去的岁月中，借以忘却当前的绝望处境，于快乐之中饱含着人生的悲苦心酸，令人不禁潸然泪下。《喜剧》中的一男两女成天待在瓦坛子里，境遇凄惨，却争风吃醋，闹起三角恋爱的"喜剧"来。两幕剧《啊，美好的日子》中，五十来岁的女主人公温妮已被土埋到了腰间、颈间，却不断地与身后土堆边的丈夫逗乐说笑，絮絮叨叨，语无伦次，反复地梳头照镜、剪指甲、擦眼镜、涂脂抹粉，唱着轻佻的情歌，及至土埋到了脖子，却仍然赞美道："啊，美好的日子。"生活在荒诞世界中的人麻木不仁、自欺自慰，不啻是人类的悲哀。

贝克特的创作以人生的虚无与绝望为主题，将存在主义的"世界是荒谬的、人生是痛苦的"哲学思想，寓于荒诞无稽、虚无绝望的舞台形象之中，塑造了一系列心灵空虚绝望、形态畸形丑陋的人物形象，有孤苦伶仃的流浪汉、行将就木的老人、语无伦次的精神病患者、钩心斗角的庸人、争风吃醋的男女，是二战浩劫后西方社会看似繁荣、实质上危机四伏、精神空虚、人性异化的真实写照。这些作品以荒诞的手法，描绘出一幅西方现代社会充满鄙俗浑噩与空虚荒芜的人生与生活画幅。

贝克特的戏剧布景道具十分简单，景象阴暗狭小，荒诞可怖。剧中人大多四肢残缺，行为荒唐。戏剧内容荒诞不经，情节怪异。人物动作机械可笑，毫无意义。他常常把人物放在想象的荒诞窘境，诸如土坑、麻袋、坛子、垃圾箱中去表现，使得人物形象猥琐渺小、肮脏丑陋。在对人生价值和意义作全面否定的同时，也是对人物无可奈何、空虚潦倒的悲剧命运的象征展示。人物对话和独白唠叨反复，废话连篇，在充满滑稽荒诞、令人啼笑皆非的言语中，体现出深沉的人生哲理。痴呆而具有睿智，诙谐而蕴含真理，麻木而不失清醒，荒诞幽默中饱含着凄惨绝望的悲剧色彩。贝克特因"他那具有新奇形式的小说和戏剧作品使现代人从精神贫困中得到振奋"，并且他的戏剧"具有希腊悲剧的净化作用"，而获得1969年诺贝尔文学奖。1989年12月22日，贝克特在巴黎去世。

二、《等待戈多》

两幕剧《等待戈多》的发表标志着贝克特文学艺术创作的高峰，作品被公认为是荒诞派戏剧的经典，贝克特也成为荒诞派戏剧流派的主要代表人物。第一幕，两个身份不明的老流浪汉爱斯特拉冈（又名戈戈）和弗拉季米尔（又名狄狄），在黄昏荒野小路旁的枯树下，等待着一个名叫戈多的人到来。他们长期生

《等待戈多》剧照

活在痛苦之中，戈多的到来会给他们带来幸福和好运，然而他们俩谁也没有见到过戈多。为消磨时间，他们语无伦次、东拉西扯地试着讲故事、找话题，做着各种无聊的动作。错把牵着名叫"幸运儿"的奴仆去市场出卖的富人波卓当作了戈多。直到天快黑时，来了一个小孩，告诉他们戈多今天不来，明天准来。第二幕，次日黄昏，两人如昨天一样仍在等待戈多到来。不同的是枯树长出了四五片叶子。记忆已经模糊，痛苦的生活与长久的等待已使他们无话可说而长时间地沉默。现实与未来的状况令他们恐惧起来。又见到先前路过的波卓和幸运儿，不同的是波卓成了瞎子，幸运儿成了哑巴。四人如蛆虫般痛苦蠕动，像白痴般呆傻妄言。天黑时，那孩子又捎来口信，说戈多今天不来，明天准来。戈戈与狄狄大为绝望，想死却因裤带不结实而没有死成，说走却又转悠着老是不走。剧作无论从剧情内容到表演形式，从舞台布景到人物语言，都体现出了与传统戏剧大相径庭的荒诞性。它的发表在法国巴黎乃至欧洲引起轰动，一时成为西方文学评论界关注的中心。

贝克特以戏剧化的荒诞象征手法，揭示了世界荒谬丑恶、混乱无序的现实，写出了在这样一个可怕的世界生存环境中人生的痛苦与不幸。剧中代表人类生存活动的背影是凄凉而恐怖的，人在世界中处于孤独无援、恐惧幻灭、生死不能、痛苦绝望的境地。两个老流浪汉，浑身发臭，穿着破烂衣服，生活在焦虑、痛苦与无聊之中。他们常年吃的是萝卜，不是红萝卜就是白萝卜，甚至品味不出萝卜的滋味，吃了一半还想剩下点儿留到下次再吃。当波卓扔下一根骨头，戈戈"一个箭步蹿上去，捡起骨头，马上啃起来"，以后回想起来还念念不忘，回味无穷。戈戈暴怒地说："我他妈的这一辈子到处在泥地里爬！……瞧这个垃圾堆！我这辈子从来没离开过它！"在社会中，他们是"猴儿""猪""窝囊废""丑八怪""阴沟里的耗子"。他们不堪忍受的生活既可恶又空虚，人生如"谈了一晚上空话""做了一场噩梦"。他们早就不能自由思想了，"咱们已经失去了自由的权利"。甚至连笑都怕违法。奴仆"幸运儿"其实并不幸运，他的命运悲惨，服侍主人60年了，如今年岁已高，头发花白，身上长满脓疮，被主人波卓用绳子拴住脖子去市场出卖。"他身上的精华全被吸干以后，像一块香蕉皮似的被扔掉了。"他的灵魂已经死去，连狗都不如，"狗都比他更有志气"，"从来没看见过他拒绝过一根骨头”,被主人唤作猪,他不断遭受主人的鞭打,“活像只猪”,跳着人生的“网舞”,陷入死亡的罗网,甚至悔恨当初没有“从巴黎塔顶上跳下来”。贝克特深刻而真实地揭示了西方荒诞社会的面貌,描绘出一幅可怕的荒原图景。以荒诞的形式剥落出苦难的人生,刻画出承受世俗痛苦、苟延残喘的现代人形象,象征人生凄惨无聊的感受。生活中只有黄昏没有阳光,失业、贫困、流浪、当仆人、受摧残,人被造物主抛掷到荒原上,却没有生存的立足点。贝克特借“幸运儿”之口愤怒地喊道:“生活在痛苦中,生活在烈火中,这烈火这火焰如果继续燃烧,毫无疑问将使穹苍着火,也就是说将地狱炸上天去。”作品中所体现出来的审美价值并不在于要刻意地去构筑一个动人心弦的故事情节,也不是试图去提出深刻的社会问题或通过曲折的演变和激烈的矛盾冲突去解决问题,而诚如西方评论家所认为的,旨在“揭示人类在一个荒谬的宇宙中的尴尬处境”。《等待戈多》中所展现的人类在苦难荒谬的世界中人格丧失、个性毁灭、无法生存、欲死不能的现实,揭示了社会荒诞、人生荒诞的本质。

《等待戈多》的核心和主题是等待希望,是一幕表现人类永恒地在无望中寻找希望的现代悲剧。“戈多”作为一个代名词始终是一个朦胧虚无的幻影,一个梦魇中的海市蜃楼。戈多虽然没有露面,却是决定人物命运的首要人物,成为贯穿全剧的中心线索。戈多似乎会来,又老是不来。戈多是谁? 他象征什么? 一直成为评论的焦点。有人说戈多是从英语“God”借用而来,暗示神、上帝、造物主;有的认为象征“死亡的结局”;也有认为剧中的波卓就是戈多,或是生活中的某个富人或重要人物等等,不一而足。当问及贝克特时,他则说:“我要是知道,早就在戏里说出来了。”无论戈多会是谁,从作品中我们可以明显看出,他的到来将会给剧中人带来幸福,戈多是不幸的人对于未来生活的呼唤和向往。从这个意义上讲,戈多是指人的“希望”。戈戈和狄狄生活在如此恶劣的环境中,想活连骨头也吃不到,想死连绳子也没有,裤带又不结实。但他们还是执着地在痛苦中希望着、憧憬着。人生就是一种等待,狄狄说:“咱们不孤独啦,等待着夜,等待着戈多,等待着……”无论戈多会不会来,也不管希望会不会如期而至,它使绝望中的人多了一层精神的寄托。贝克特曾借哈姆的口说:“人终生都在期望着,这些片刻能组成一生。”(《结局》)对于戈戈、狄狄来说,希望是黄昏过后的清晨,是谋生求存的精神支柱,是改变苦难人生的关键。在对希望的幻想中,在对戈多的孜孜盼望中,体现了贝克特拯救人类的美好而善良的愿望。

如果说戈戈和狄狄在荒诞的世界中丑陋可笑、百无聊赖地活着、希望着,具有一种幽默滑稽成分的话,那么他们在无望的希望中执着地等待戈多的到来,则具有浓郁的悲剧色彩。戈戈和狄狄对救星戈多的等待是无穷尽的。他们既不知道戈多是谁,也不知道戈多什么时候来,只是一味地苦苦等待。天黑了,戈多不来,说明天准来,第二天又没来。戈戈、狄狄的穿着更破烂,生存状况更糟糕,波卓成了瞎子,幸运儿成了哑巴。剧中的两天等待情景,是漫长人生岁月的象征。等待象征没有意义的生活。然而,戈多“迟迟不来,苦死了等的人”。贝克特在《论普鲁斯特》中说:“倘若受难者希望上帝援助他,他就错了,只有虚无等待着他。”《等待戈多》向我们揭示了一个残酷的社会现实,给我们以极大的启迪:希望是存在的,但要等待希望的实现却是遥不可及的;等待就意味着幻灭,任何以等待形式开始的,都将以永恒的失望而告终。《等待戈多》中对希望的等待体现了贝克特不愿将痛苦的人类推入绝望的深渊、于无望之中给人留下一道希望之光的存在主义人道主义思想。同时,戈戈和狄狄们在无望的希望中等待,在痛苦与无聊中生存,更加重了生活荒诞无聊和人生悲哀无奈的悲剧色彩。

《等待戈多》在艺术上表现出明显的反传统戏剧倾向,具有浓郁的荒诞性特征。首先,戏剧的情节结构是荒诞的。戏剧没有开端高潮,也无结局,戈戈、狄狄从何而来,为何要等戈多,我们都一概不知。整个内容情节以人物无聊的小动作、语无伦次的唠叨、含糊不清和支离破碎地讲述小故事以及人物的杂耍来代替。脱下靴子,往里看看,伸手摸摸又穿上。抖抖帽子,在顶上敲敲,往帽里吹吹又戴上,充满滑稽与无聊。戈戈、狄狄在一起等了一天,第二天见面时却又互不相识。一夜之隔,枯树长出了叶子,波卓变成了瞎子,幸运儿变成了哑巴。幸运儿成天替主人套在脖子上的那只沉甸甸的箱子,里面装的原来是沙土。戏剧只展示了两个傍晚,但次日却是个不定数。剧中的狄狄说:“也许有50年了。”事实上,他们必定熬过了许许多多个日日夜夜。在长期无望的等待中,两人已“腻烦得要死”,也深切感到等待的可怕、现状的寒心。然而他们已经习惯了,“只要等待”,永远等下去,“直到他来为止!”杂乱而荒诞不经的内容情节寓意着生活的荒诞、人生的荒诞。戏剧看起来是静态的、缺乏变化的,单调而循环的结构,重复而乏味的内容,人物不再谋求行动,也不再进行思索,仿佛什么也没有发生一样,却以象征的手法写出了人生的平庸虚无、生活的厌恶丑陋,整个世界如剧情般死水一潭,已经失去了生命活力。美国评论家L·普朗科说:“能够把一个所谓静止的戏、‘什么也没有发生’的戏写得自始至终引起我们的兴趣,这正是贝克特的才能。”西班牙批评家阿尔芬斯则说:“难道你不认为这本身就是一个不小的成就吗?什么也没有发生,这正是《等待戈多》的迷人之处。从这个意义上看,它清楚地表现了虚无的存在,我们不能否认,许多用伏线写成的戏,里面事情发生了一大堆,我们看得却冷冰冰的,而《等待戈多》什么也没有发生,倒一直吸引着我们。”

其次,《等待戈多》的舞台景象是荒诞的。舞台背景布置于简单、重复之中充满了荒诞性。空荡荡的舞台,荒郊野外,乡间小路旁,只有一棵光秃秃的枯树。日薄西山,临近黄昏,笼罩在一片阴暗肃杀的“苍白”光影下。象征着世界的荒芜残酷、人的生存环境的恶劣凶险。第二幕中,时间地点、布景道具都没变,只是枯树长出了几片绿叶,更衬托出荒原的悲凉。两个流浪汉在孤零零的枯树下等待戈多,如同被抛弃在荒漠的人生舞台上,充满凄惨与悲哀。贝克特称这种夸张变形、荒诞不经的舞台景象为“直喻”,赋予舞台道具、灯光、布景、音响以思想内蕴,寄寓人物的情感。舞台的荒诞就是社会、人生荒诞的概括而形象的展现。

最后,戏剧的语言是荒诞的。人物对话、独白颠三倒四,胡言乱语,充满梦魇般的荒诞,使剧情显得滑稽而混乱。剧中戈戈、狄狄断断续续、喃喃自语述说各自的生活经历与痛苦,牛头不对马嘴,唠叨重复,文不对题,你说你的,我说我的,既无说话的中心,也无交流的目的。被主人唤作“猪”的幸运儿,突然激愤地讲演起来,不带标点符号的连篇累牍、毫无意义的废话,使人不知所云。有时人物语言类似意识流内心独白的梦幻语言,自言自语,跳跃无序,絮语不止。有时人物语言也偶显哲理,流露出对荒谬世界与痛苦人生的真实心理感受。时而慷慨陈词,滔滔不绝,时而又木讷迟钝、时常沉默。混乱荒诞、毫无意义的人物语言传达的是非理性、非人化社会的荒诞无意义,寓示人物没有自由意志,没有思想人格,也是人物丧失自我本质、混乱而虚无的精神状态与生存状态的真实展现。《等待戈多》通过人物语言怪诞而夸张的运用,构成了一套独特的舞台情感信息传达的艺术符号系统,体现出荒诞派戏剧鲜明突出的荒诞特征。

第四节　罗伯-格里耶

阿兰·罗伯-格里耶(1922—2008)是法国当代著名小说家,“新小说派”的重要创始人和代表作家。

一、生平与创作

罗伯-格里耶于1922年8月18日生于法国布列斯特,1945年从国立农学院毕业后,先后从事过统计、生物学研究和农艺等工作。他醉心于热带植物的研究,曾到摩洛哥、几内亚、马提尼克等地进行过长期的考察。

罗伯-格里耶热爱文学,认为那些受过正规文学训练的人往往囿于陈规而缺乏创新精神,因而毅然放弃农艺研究投身文学事业。1953年,他在从非洲回国的轮船上创作了《橡皮》,从此闯入法国文坛。这部小说描写经济学教授杜邦在一个晚上突遭恐怖分子格利纳的枪击,幸未致命。其后,内务部派侦察员瓦拉斯从巴黎赶去调查此案。瓦拉斯在晚上潜入杜邦的书房设伏以防止刺客盗取重要文件,结果在教授回家取文件时将其误杀而死。《橡皮》情节扑朔迷离,叙事奇幻神秘,被认为是新小说的开山之作。

阿兰·罗伯-格里耶

《橡皮》问世后,在当时的文坛上几乎没引起什么反响。罗伯-格里耶没有因此气馁,继续坚持自己的文学实验。1955年,他出任巴黎子夜出版社的顾问;同年,发表了其第二部实验之作《窥视者》,但小说再次受到公众的冷遇。为了宣传自己的文学理念,罗伯-格里耶接连发表了《未来小说的道路》(1956)和《自然、人道主义、悲剧》(1958)等论文,呼吁文学家与干预生活的存在主义和“篡改真实”的现实主义划清界线,倡导用一种不带任何感情色彩的语言,冷静、细致、忠实地对物质世界做多侧面和多层次的“拍摄”式描述。这种反传统的文学主张,迎合了战后法国文艺创新的要求,终使“新小说”慢慢传播开来。

1950年代后期,罗伯-格里耶连接推出了《嫉妒》(1957)、《在迷宫中》(1959)等小说。前者写一个热带香蕉园主怀疑妻子A和邻居有暧昧关系,因而她的一举一动都让其疑虑丛生嫉恨难平,猜度与臆想使他几近疯狂。小说情节散乱,主人公被称为“叙述者”,其妻干脆以一个字母为代号。后者描写一个士兵带着亡友的遗物从前线回到城市,为将遗物交给亡友的家人,他一连三个昼夜迷迷糊糊地在迷宫般的大街小巷中暴走,但却始终未能见到约好的见面人,最后他将装遗物的盒子扔到了地沟里,却因此遭到追捕,并被一排突如其来的枪弹结束了生命。

1960年代,罗伯-格里耶出版了《快照》(1962)、《幽会的房子》(1965)等小说。同时,由他编剧并参加拍摄的《去年在玛丽昂巴》《不朽的女人》等电影连获大奖。

1970年代以后,罗伯-格里耶的创作势头不减,相继发表了《纽约革命的计划》(1970)、《美貌的女俘虏》(1975)、《一座幽灵城的拓扑学》(1976)、《金三角的回忆》(1978)、《吉娜》(1981)等实验性作品。《一座幽灵城的拓扑学》叙述公元前39年,突然爆发的火山毁灭了瓦纳德古城,只有一些被关在地下囚室中的女死刑犯幸免于难。此后,这座由女性统治的城市又惨遭海盗洗劫。海盗强暴了唯一没有战死的一个童贞女,使之生下了瓦纳德神的男性化身、阴阳合一的快乐之神——大卫。同时,小说还穿插了一个名叫大卫的变态男子连续残杀金发少女的暴行,为叙事设下了重重迷雾。1980年代中期之后,罗伯-格里耶推出了由《重现的镜子》《昂热丽克或迷醉》《科兰特的最后日子》构成的自传性“传奇故事”三部曲(1984—1994)。该作品明显具有传统小说的特点,可读性较强。

2002年,他的最新力作《反复》问世。2003年,罗伯-格里耶成为法兰西学士院院士。2008年2月18日,罗伯-格里耶在法国卡昂去世。

罗伯-格里耶以激烈的反传统姿态闯入文坛,为西方现代叙事艺术的革新带来了一股新风。其小说拒绝传统文学的“宏大叙事”,不再以叙述一个故事为目的,转而注重对物的精细描写——大量使用视觉性极强的词汇,不厌其烦地描写物的形状、数目、方位、性质、质地等表层特征。罗伯-格里耶在小说创作领域的先锋实验颠覆了巴尔扎克以来的现实主义文学传统,在20世纪后期的法国文坛上掀起了一场叙事革命。无论是文学理念的新颖大胆,还是小说创作的别具一格,罗伯-格里耶都堪称“新小说派”中最具代表性的人物。

二、《窥视者》

小说主人公马弟雅思是个手表推销员,从小喜欢收藏绳子。他渡海到一个岛上去推销手表。这个岛上只有两千多户人家,他的童年曾在这里度过。上岛后,他带着一只装手表的箱子,租了一辆自行车,准备去一个叫黑岩村的地方搞推销。途中,他来到一个水手家里,水手的小女儿13岁,名叫雅克莲,村里好多人骂她是“恶鬼”。这天,她一早把羊群赶到悬崖边去了。马弟雅思注意到了墙上挂着的雅克莲照片,她身着童装,却像一个已经发育成熟的姑娘。奇怪的是,马弟雅思脑中老是浮现女友维奥莱的形象。他骑车挨家去推销手表,在一片狭小的洼地里,他看到了雅克莲。手表快卖完了,但他没赶上返回的渡船。他的口袋里有早上捡来的绳子,香烟盒里少了三支香烟。

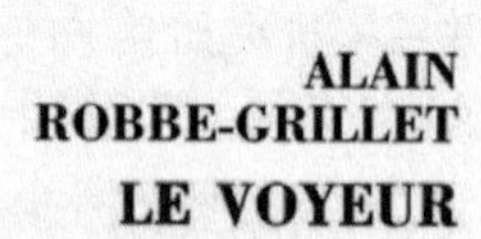

《窥视者》书影

第二天,渔民们在洼地发现了雅克莲的尸体。马弟雅思前往观看,只见少女赤裸裸地躺着,双手被反绑,嘴里塞着衬衣。在她尸体周围有两个烟蒂。人们推断,雅克莲是被人谋杀的。回到镇上时,马弟雅思看到了雅克莲的情人于连一家发生了激烈的争吵,父亲马力克指责儿子于连是杀人犯。马弟雅思不敢和于连握手,于连则两眼死盯着他。他再次来到悬崖的洼地,发现了一件灰色毛衣,并把它扔进了大海。于连跟着他,手里拿着一张红色的糖纸,它是马弟雅思扔在那里的。马弟雅思想杀了于连,但又觉得于连并没有什么敌意。晚上,马弟雅思躺下睡觉时感到十分疲倦。接下来,他继续推销手表,并于两天后回到了大陆。小说最终没明确说出谁是凶手,但根据故事情节的交代,凶手是马弟雅思。

小说名为“窥视者”,那么,谁是窥视者?窥视了什么?

小说描写的核心事件是少女雅克莲被奸杀,凶手是马弟雅思,他奸杀雅克莲的过程被于连所窥视。这里,于连显然是“窥视者”,而马弟雅思是被窥视者。不过,于连却从未站出来陈述马弟雅思犯罪的事实。作为被窥视者,马弟雅思在那间神秘的房子外,通过窗户、走廊和镜子的反光,反复窥视室内的情况,因而马弟雅思也是窥视者。其实,马弟雅思的犯罪过程也被由小岛上的人构成的社会所窥视,因而,作为整体的社会也是窥视者。然而,不仅作者始终没有说明凶手是谁,小说中所有的人,包括被害少女的男朋友于连,都没站出来揭发凶手。也就是说,所有的人都没有说出凶手,因为似乎谁也没有马弟雅思是凶手的确切证明,人们无论怎么努力也始终窥不见凶手犯罪的真实过程。

就小说的叙述策略和结构模式来看,窥视者的多元性和交错性造成了小说时空结构的不连贯性和故事情节的模糊性、非真实性。而从小说意义追寻的角度看,窥视者的多元性和交错性拉开了作品中人与人之间的距离(也拉开了读者与作品和作者的距离),呈示着人与人之间的背对关系和间隔关系,体现出人情感的漠然状态。对雅克莲的被杀,有那么多的窥视者也即知情者,有那么多的破案线索,却没有一人站出来揭发,甚至连深知内情的死者的男友于连也没有追查和惩治凶手的愿望。当马弟雅思说到雅克莲"再也回不来了"时,于连假装没听见,时而还帮他开脱。村里的其他人不是宽慰心虚的马弟雅思,就是帮他早早离开小岛。小岛是一个虚构的、封闭的社会,从小岛中人与人之间的这种"窥视关系"中,透出的是非传统人伦关系和价值理念维系的人的生存状态。这里的人,漠然得近乎冷酷、平庸得近乎卑琐、怪异得有些荒诞。"窥视"是小说透出的人的存在关系和状态。这大概就是新小说代表者罗伯-格里耶,在《窥视者》中通过非传统的故事叙述透出的某种非意义的意义。

相比于传统作家,罗伯-格里耶对自己笔下的人持有一种冷漠态度。在《窥视者》中,作者更多关注的不是人,而是物。小说中人与人的相互"窥视",透出的也是人对人的冷漠。似乎可以说,正是作者对人物的冷漠态度造成了小说中人的"窥视"状态。罗伯-格里耶一再强调新小说反对写人,要把人物从小说中驱逐出去。他认为,小说的主要任务是写出一个更实在、更直观的世界,以代替传统小说所提供的那种充满心理、社会和功能的世界。虽然不管怎么"驱逐",罗伯-格里耶也无法把人真正挤出小说,但他的《窥视者》到底还是让人物边缘化了,代之而起的是"物"占据了更多的空间和更重要的位置。《窥视者》从马弟雅思乘船赴海岛开始写,详尽地写岛上的各种静物,如码头、堤坝、斜桥、房屋、广场、纪念碑、广告,等等,就像画家在用工笔画静物画和风景画。不仅描写的物像数量繁多,而且是反反复复描写,如指甲、纸团、海鸥、小女孩、一张凌乱的床等物像,在书中反复出现。

读者本以为,等人物出现时,作者会重点写人。然而,作者固然也写人物,但往往将人物一带而过,笔触总是由人飞速转向并停留于物的描摹,人物则常常成了物与物之间的桥梁与过渡。如,主人公敲门,接着就写门:门上的油漆、门上木料的花纹、花纹中的树结。主人公打开箱子,接着就写箱子:箱子的形状、颜色、提手、锁链、箱钉子、衬布、衬布的图案、箱子里的物品,等等。这样的写法,读者难免产生一种琐碎感,但似乎也有一种客观感与自然感。这种自然感正是罗伯-格里耶所刻意追求的,他就是把"物"描写为"本来那样",要恢复物的一切功能。这就是他所谓的"中性描写"。这种"中性描写"不是以巴尔扎克式的"记录员"去代替人的目光观察,而是恰恰相反——要竭力排除这种总是含有作家主观性的目光,以恢复物-世界的纯粹状态和力量。因此,《窥视者》在繁杂的物像描写中还体现着"科学的准确"的追求。作者总是以一种冷漠的客观态度(即非人道的和非灵性的态度)写物。如,小说中用400余字写一盏灯,把黄铜与无色玻璃的质地、方形的台座、圆锥形的灯柱、半圆形的笔筒、褐色的液体、灯芯上的火焰、火焰的形状一一道来,达到了几何学的精确。

罗伯-格里耶的这种物像描写意识,使人物的概念也产生了变化:人物被"物化"了,其个性、思想、情感、意志纷纷隐退。在《窥视者》中,马弟雅思是奸杀少女的凶手,但动机何在?事后内心活动如何?这是传统小说特别是侦探小说所要重点描写的内容,但在《窥视者》中,马弟雅思始终神态如常,就连作案现场留下的物证也引不起他什么特别的心理反应。这种超然静观与冷漠无情使人物性格内涵被挤出,成了物化的、缺乏理性和意志的"物人"。这在他的日常工作中也表现出来。马弟雅思工作职责就是平均每4分钟卖出1只手表,他的动作也往往如同预先编排好的机械化的程序:把箱子放在桌上,按住开关,打开箱子,挪开备忘录,取出手表,递给顾客……这一套程序在书中周而复始地反复运行,说明马弟雅思的性格早被"机械化""程序化"的工作销蚀殆尽,这也进一步说明他是一个"物人",而非传统意义上作为文学形象的"人物"。在作品中,我们甚至始终找不到哪怕是一个字描绘主人公马弟雅思的外貌,他长什么模样,个头多高,是瘦是胖,一概不得而知。

罗伯-格里耶对物的高度重视与关注、对作品中的人和意义的漠视,以及由此带来的小说叙事方式、情节结构等方面的变化,表现出了他对传统小说的反叛以及对新小说艺术的实验式追求。

第五节 海　勒

约瑟夫·海勒(1923—1999),美国当代著名作家。他既是"黑色幽默"的代表作家,又是这一文学流派的创始者,对西方现代派文学的发展做出过重要贡献。

一、生平与创作

海勒于1923年5月1日出生于美国纽约市布鲁克林的一个犹太移民家庭。他祖籍俄国,父亲伊沙克·海勒为了躲避沙皇的迫害,于1913年迁移北美。海勒童年并不幸福,4岁丧父,全家人含辛茹苦,做工挣钱供他上学。中学毕业后,他辍学进入社会。第二次世界大战爆发,19岁的海勒应征入伍,被派往地中海战区美国空军第12大队的基地科西嘉岛,成了一名空军投弹手,后晋升为中尉。这段经历为他日后写作《第二十二条军规》提供了许多生活素材。第二次世界大战结束后,海勒退伍,旋即入纽约大学读书,于1948年获该校文学学士学位,两年后又进入哥伦比亚大学和牛津大学进修。1950—1952年间,海勒在美国宾夕法尼亚州立大学讲授英语写作课。1952—1958年先后在《时代》杂志、《观察》杂志撰写广告,并从事业余创作。

约瑟夫·海勒

作为作家,海勒不仅受惠于他的人生经历,而且还得益于他早年在“互忠社”的人际关系和阅读生活。海勒曾参加过一个名叫“互忠社”的邻居俱乐部,而且是年龄最小的成员。邻居俱乐部成员们的交际对话和活动对海勒都产生了影响,其中年长于海勒的丹尼尔·罗索福影响最大。罗索福浪漫反叛的性格以及他那插科打诨式的语言深深影响着海勒的写作风格。

1954年,海勒开始写长篇小说《第二十二条军规》,一共用了7年时间才完成。1961年该小说出版后,得到了不少评论家的赞赏,但小说看似混乱的结构亦遭到非议。随着越战的爆发和美国国内反战情绪的高涨,《第二十二条军规》越来越被看重,越来越被推崇,现在成了美国大学生的必读书。

1974年,海勒出版了第二部长篇小说《出了毛病》。该小说把笔触伸入人物的内心,写人的恐惧心理。小说的主人公是一家公司的职员,他总感到什么地方“出了毛病”,因此整天忧心忡忡。他害怕关着的门,害怕探望病人,害怕他人,同时也觉得别人害怕他,“公司里每一个都害怕另一个人”。整部小说就是通过人物的内心不安来揭示美国社会那种惶惶不安的精神危机,“出了毛病”是对这种精神危机的形象概括。它既有讽刺,又充满着笑料,是一部具有“黑色幽默”特征的小说。这部小说出版后,很快受到了读者的欢迎,发行量很大,使海勒名利双收。至此,他放弃了其他工作,专心从事文学创作。

1979年,海勒写出了一部描写美国官方内幕的政治小说《像高尔德一样好》,这是继《第二十二条军规》后又一部有重要价值的杰作。小说以犹太裔教授高尔德为主人公,他嘴上侈谈什么“原则、事业、方式、理想”,心里想的却是“商品、金钱与名誉”。他曾打算抛弃妻子和孩子,曾与外交官的独生女儿私通,曾同时和两个女人胡搞,过着荒唐的生活。在受尽奚落和侮辱之后,决心脱离白宫官场生活。小说中出现过艾森豪威尔、约翰逊等政要的名字,但人物和情节是虚构的。小说通过高尔德的社交、生活、工作等方面的描写,涉及主人公以及周围人堕落的私生活和空虚的精神世界,是上层社会的绝妙写照。

海勒创作的其他小说还有:《上帝知道》(1984),以年迈的大卫王与少女亚比萨的故事为主题,充满哲理地探讨了丈夫与妻子、父亲与儿子、人类与上帝之间的冲突与和谐。《这幅画》(1988),借助伦勃朗的名画《亚里士多德思考荷马半身像》的创作,以拼贴画的手法展现纷乱的历史事件,旨在构建作者的历史观:历史不是辩证发展的统一体,历史是重复的;“历史是胡言乱语”,混乱、无序,无规律可言。《最后一幕》(1994),作为《第二十二条军规的》的续集,重访尤索林、米洛、塔普曼牧师等人物,他们虽然未必变得更加明智,却都老了。他们不仅面临一个世纪的终结,也正在演出他们人生的最后一幕。小说继续沿用黑色幽默的笔法,并带有后现代的游戏成分,发表后受到了读者的普遍欢迎与文学评论界的高度赞誉。

海勒还写过剧本,主要有发表于1968年的《我们轰炸了纽黑文》,以及根据自己的小说改编的《第二十二条军规》。

海勒以《第二十二条军规》奠定了在美国文坛乃至世界文学史中的重要地位,受到了广大读者尤其是知识分子读者的推崇。他感受体验到了社会的腐朽、人们的疯狂以及人的异化,但也对这种社会现实感到无可奈何。他成功地找到了最宜表现自己这种感受的表达方式:让人们畅怀大笑,然后再让人们以恐惧的心理回顾思考他们所笑的一切。

二、《第二十二条军规》

《第二十二条军规》是一部轰动美国文坛的畅销书,被西方评论界誉为“60年代最好的一部小说”,并被认为是“黑色幽默”小说的经典作品。

《第二十二条军规》书影

小说描写的是第二次世界大战期间一支驻守在地中海某小岛上的美国空军的故事。小说的主要人物是空军轰炸手尤索林,他的求生图存构成了小说的主干线索。由于执行飞行任务随时有被击落的危险,所以他千方百计躲避飞行任务。根据《第二十二条军规》规定,疯子可以不执行飞行任务,要想停止飞行任务必须由本人申请,而如果能明确地提出自己的要求就意味着不是疯子,就必须执行飞行任务。《第二十二条军规》规定,飞行员执行32次飞行任务后可以回国,但有一个条件那就是在停止飞行任务之前必须服从上级的命令,不得违抗。尤索林在飞满规定的任务后,上级又把规定的任务逐次增加到40次、50次、60

次……没完没了,尤索林终于明白,第二十二条军规是个不可逾越的大网。最后,为了保住自己的性命,他逃往瑞典去了。

小说冠名为《第二十二条军规》,并且在题头赫然写道:“这里面只有一个圈套……这就是,第二十二条军规。”小说中的人物也屡屡谈到这条军规,这条军规把人弄得团团转。究竟,第二十二条军规代表着什么?海勒为什么把自己的小说叫作“第二十二条军规”?它包含着什么样的意义呢?

海勒说过,这本书写下了自己对于一个处于混乱的国家的感受。作家在作品构思之初,对自第二次世界大战20年以来的美国社会历史进行了总体上的理论性判断,虚构了第二十二条军规这一寓言式的形象。之所以定名为“军规”而不是民规或其他法规,是因为首先,“军规”比其他法规更具有强制性,其次,军规是适应于战争的产物。海勒发现,无论是战时或战后,美国人深深地受着一种不可捉摸而又无所不在的异己力量的压迫,人们生活在布满控制力的巨掌中,大家都惶惶然但又无可奈何。作家对客观现实高度概括和抽象之后,把这种神秘的可怕的力量定名为“第二十二条军规”。由此看来,第二十二条军规存在着一个巨大的隐喻空间,属于更高层次的真实,即处于现象事物之上的形而上的真实,它比现象事物具有更多的包容性。海勒很容易地把小说中的全部人物和事件都纳入其间。

主人公尤索林曾听说过,第二十二条军规就是指无论何时何地都得执行司令官的命令。由此说来,第二十二条军规就有了相当明确的内涵,即军人必须服从命令。但随着小说情节的展开,第二十二条军规的内涵却在不断地变换着。一会儿它规定军官必须检查士兵的信件;一会儿它又规定所有官兵都必须参加忠诚宣誓活动;一会儿它断然拒绝尤索林的回国请求,一会儿它又向尤索林发出可以回国的诱惑。罗马妓院里的姑娘被赶出了门外,姑娘们问,我们做错了什么?答曰:没有。姑娘们问为什么把我们赶出去?答曰:根据第二十二条军规。姑娘们问什么是第二十二条军规?答曰:没有必要给你们看。姑娘们问为什么?答曰:法律规定。姑娘们问什么法律做这样规定?答曰:第二十二条军规。第二十二条军规是个并不存在而又无所不在的东西,它像一根魔棒,在统治者手里任意使用,随意解释。很显然,这条具有无上权力和随意性的军规是官僚统治集团炮制出来的,是专门维护统治阶级权力和意识的表现形式和化身,它是一项具体的条文,更是一种抽象的现实。西方评论界称之为“一种使不真实显得真实的方式”。这种方式不仅存于美国军队,在美国社会也比比皆是。因此,第二十二条军规对美国官僚体制以及专制主义的残暴、蛮横和虚伪进行揭露的含义也就不言而喻了。

操纵着第二十二条军规、把它玩弄于股掌之间的是一批无耻的官僚政客以及美国的官僚体制。他们利用第二十二条军规制造悖谬来维护权威,获得名利,制服那些无辜的人和不服从的人。如佩克姆将军认为自己唯一的缺点就是没有缺点,他训诫下属说:“凡是法律不禁止的事大家都可以有权利去做,而法律又没规定不许对你撒谎。”卡斯卡特上校为了显示自己独一无二的才能,把飞行指标一升再升,从最初的32次升至80次。谢司科普夫少尉最后升为战区的最高长官中将司令,他的功绩是发明了士兵在正步走时不摆动双手的新花样。他曾计划用铜丝把飞行员的手腕固定在胯骨上练步伐,只不过战争期间铜丝太缺乏而没有做到。27岁的伙食管理员米洛更是一个谙熟第二十二条军规并从中获利的“了不起的”人物。此人精于投机,工于钻营,因勾结官僚集团出卖国家利益而左右逢源,并且获得众多国家和地区行政长官的头衔:巴勒莫市的市长、奥兰的王储、马耳他的副总督、巴格达的领袖、阿拉伯的酋长等。在军队,他操纵着辛迪加公司,不分敌我都可入股。他一面同美军当局签合同,轰炸德军的桥梁,一面又跟德军当局签合同,用高射炮攻击美军飞机,保卫桥梁。他用德军飞机运送辛迪加的蔬菜,美国宪兵要没收飞机时,米洛却能振振有词地发问:“美国政府从什么时候起开始执行没收私人财产的政策了?你们可耻啊!只要想一想这种可怕的念头你们就够羞耻了!”米洛形象实际上是一个概念、一个寓言,是第二十二条军规的幻化,他永远都能为自己的行为找恰如其分的理由。

主人公尤索林是清醒的,他看穿了隐藏在第二十二条军规后面的阴谋和无耻,表现出了相当的机智。当科恩中校责问他:“难道你不愿意为你的祖国而战吗?”尤索林反唇相讥:“别再告诉我是为祖国而战了,我一直在全力为祖国而战,现在我要稍稍地出点力为自己而战。”在尤索林看来,既然一切蝇营狗苟之事都能找到堂而皇之的理由,既然当今社会美丽的信条里能够包容这么多的罪恶,那么,还有什么值得信任、值得为之奋斗和献身的呢?因此,他对于一切表面上看来合理合法的事情,统统失去了信任,进而对整个世界产生怀疑。当理想的大厦轰然倒塌之后,尤索林是个卑琐的胆小鬼。当别人执行任务时,他躲进医院,溜号到罗马。每次执行任务时,他总是扔完炸弹就疯狂似的逃命,至于是否投中目标他毫不在乎。在飞机上,他总是瑟瑟发抖,冷汗唰唰直下,“直流到了胸口和腰里,又热又黏”。他的理想就是活着再降到地面上来。在飞行中,他只考虑自己的安全,甚至不惜破坏战斗队形,使同伴的飞机成了德国战斗机容易攻击的目标,这是尤索林内心所期望的,因为他可以趁机逃命了。就这一点说,尤索林是一个极端的个人主义者。尤索林性格在小说后半部分也有一些变化和发展。卡斯卡特上校想和尤索林做一笔交易,只要尤索林不反对他们,就把他作为英雄送回国去,以此来欺骗舆论。他曾一度答应合作,但很快又幡然悔悟,认识到这是一笔卑鄙和丑恶的交易,毅然脱下军装,拒绝服从,逃往理想化的和平国度瑞典,并且为自己的出逃找了个理由:“我不是要逃避我的责任,我是去承担责任。”

尤索林出逃的决定并非产生于冷峻悲壮的灵魂交锋,没有崇高可敬的灵魂震撼,也没有令人钦佩的自我超越,他是在非理性的社会和悖论式思维中作出的非理性选择。在他看来,美国社会是丑恶的,整个现实世界是丑恶的;所有人都疯了,整个世界都疯了。更令人痛心的是,这种现状是无法改变的。尤索林的悲剧命运和悲观认识反映了美国社会蛮横专断的官僚体制对个人主体意识和个人价值的摧残,也反映了美国疯狂世界中人们日益严重的精神危机。

《第二十条军规》并非战争小说,亦非历史小说,而是一部当代寓言。上述军官们的残酷与专横、荒唐与虚伪不仅限于军队本身,而泛指由他们所代表的疯狂的美国社会。尤索林所遭遇的也不限于他本人,而是浓缩了美国普通人无奈无助、左右掣肘、动辄得咎的人生。正因为如此,读者在这部小说出版之后报以热烈的态度。"第二十二条军规"也由一个专有名词成为一个普通名词而进入美国人的日常语言。

该小说不仅思想内涵耐人寻味,而且在艺术上独辟蹊径,开了"黑色幽默"文学的先河。《第二十二条军规》运用了独特的幽默手法。海勒有着非同一般的幽默,与传统的幽默有很大的区别。传统的幽默是一种喜剧感情被制约于崇高感之下所产生的混合感情,即在幽默中,保持信心和崇高感。它肯定真善美,蔑视假恶丑,它所引起的笑是欢畅明朗的。这种笑是一种被激起的读者热爱美好事物的健康的笑。可海勒的幽默就不同了,它是一种病态的苦笑,是一种毫无快乐、只有痛苦的可怕的笑,它最大的笑声是建立在最大的痛苦和最大的恐惧之上的。海勒的独特幽默有其形成的原因:在当代西方,荒谬的现实使传统理性主义的认知失去了存在的土壤,个人意识、个人愿望以及个人力量备受压抑而无以解脱,于是就采用喜剧性的态度来对待悲剧性的遭遇。笑声就成了宣泄痛苦、悲愁的手段,它既嘲笑物质世界,又嘲笑内心世界,既嘲笑社会,又嘲笑自我,以此求得心理上的平衡。作家曾解释他的这种幽默:"我要让人们先畅怀大笑,然后回过头去以恐惧的心理回顾他们所笑的一切。"这种笑料在作品中俯拾皆是。尤索林评价战争唯一可取的是它打死了许多人,从而使孩子们摆脱了父母的恶劣影响。梅杰少校撒谎之后非常得意,因为他发现一个真理,即撒谎的人比不撒谎的人更加理智、更有抱负、更加顺遂。丹尼卡军医非常羡慕尤索林,因为尤索林还有一个可能被打死的指望。而他自己则无法证明自己的存在(因为他坐的飞机已失事),也不能确立他的死亡(他确实在东躲西藏地活着)。米洛用德国飞机运蔬菜飞抵美军基地,理应被没收,可他却说有这种"没收"的念头就很可耻,而基地的几个军官听到后居然自觉理亏。小说中人物语言也非常需要读者去深思其深刻寓意,体味其悖论性内涵。请看科恩中校创立了天才般的规定:"唯一允许提问的人就是那些不提问的人。"医生说:"救命不是我的事。"米洛说过:"我只在需要时才说谎。"谢司科普夫少尉的妻子说:"我不信上帝,可是我不信的上帝是一个好上帝,一个公正的上帝,一个仁慈的上帝。"法庭的审讯官说:"只有判他有罪,才能证明他有罪。"

就语言形式上看,海勒的幽默与传统的幽默有其一致性,他总是把两种不相干的东西牵扯在一起,在彼此转换之际产生喜剧的意味,但就读者的内心感受来说是很不一样的。海勒的幽默除了冷峻的讽刺之外,还有一种恐惧、残酷、压抑、沉闷的心理感受。海勒的幽默给幽默建树了一种现代化的认知意向,其功能在于让人和难堪的现实环境之间保持较大的距离,从而在主观上减少过量的痛苦。实际上,它已超越了审美的范畴,体现了其明显的功用效能。正因如此,它获得了较高的成功指数。

《第二十二条军规》的故事缺乏连贯,情节结构松散。作者借用了戏剧中的"人物展览式"的艺术结构。该小说计42章,有37章是以人物的姓名或称呼作为章名的。小说每一章有一个人物作为描写中心,唯有尤索林的形象贯串全书,起串线作用。在叙述方法上,纵观各章乃至全书,也没有一个绵延相续、首尾连贯的中心故事或中心情节,而是由若断若续的若干个小故事、小情节拼贴而成。场面的转换很像一种平行的电影蒙太奇剪辑,众多的线索在混乱的时序中发展、交错、重合甚至多次重复。一方面,它给人的视觉印象是混乱杂沓,眼花缭乱。另一方面,它也在朦胧混乱中建立了人物和事件的立体感。小说的开端和发展部分相互缠绕,难分泾渭,散漫杂芜,因而,有人据此说该小说没有高潮,过于平淡。其实,该小说的后面部分还是很有章法的,高潮和结尾写得相当清晰,还是能够辨识的。自第38章始,作家集中笔墨描写了尤索林与第二十二条军规冲突的激化以及他对现实世界认识的加深。我们能够从这些章节了解到尤索林由疯狂到清醒的过程,了解到尤索林性格中的升华,感受到尤索林对第二十二条军规由迂回抵制到公开反对的转变,看到了他公开表示与它决裂,并以自己独特的方式向它宣战。这应该是尤索林形象的亮点。海勒是把尤索林当成一般美国人中间敢于向"第二十二条军规"打开出口的人来设计的。第38—41章写了这样的内容:尤索林踯躅于罗马街头,脑际也曾想过用拳头打不幸者来表示同情的恶作剧念头。旋即又变得十分深沉,一连提出了12个义愤填膺的发问,对可恶的世界痛加控诉,对大多数人的痛苦深表同情。后来,他与官僚阶层的矛盾进一步加剧,统治者提出三个行为方向供他选择:或者把他"作为英雄送回国去",跟他们一起炮制谎言,欺骗公众;或者留下继续执行飞行任务;或者把他送往军事法庭。他曾为获得自由而接受第一种选择,但很快又放弃了这桩交易。这不能不说是小说的高潮所在。结局在最后一章,写尤索林在奥尔驾机脱逃消息的鼓舞下,步其后尘破网而出。因此,小说结构虽散,但也有焦点所存;人物虽多,但也有中心人物所在。

海勒是把自己置身于正视战后现实和反思战时生活的坐标系上来认定自己的创作使命的。作品的背景是大战最后几个月,但又不限战时,它还包括作家过去的生活经历和生活体验。他分析现实生活的态度是严肃、清醒、敏锐和深沉的,但作家所重视的是自己对生活素材的体会,反应和感受等情感素材。在作家看来,战争以及社会生活是残酷的,更是荒诞的,而荒诞中又包含着疯狂、混乱和悖理,所以战争又是可笑的。因此,作家在小说中通过扭曲、变形、漫画式夸张等手法,以荒诞的画面传达着他对战争以及社会现实的理解。

在《第二十二条军规》中的扭曲变形,在大至作品整体形象、小至具体的人和事上都随处可见。就大处说,扭曲变形主要体现在“第二十二条军规”这个整体形象上。作家通过对它的扭曲,强化了当时社会中那种异己力量的神秘和恐怖。它像梦幻般瞬息万变,像幽灵般飘忽不定。任何人都看不见它,摸不着它,但谁也别想躲避开它。下层士兵因为它而备受欺凌,官僚集团因为它而为非作歹,奸商掮客因为它而暴发横财,有人因为它有业难守,有人因为它而生死不能。所有的灾难、所有的不幸和所有的怪诞离奇都在第二十二条军规这里变形、幻化、扩展和集结。显然,作家把当代美国社会罪恶的原因与结果、现象与动力都抽象为扭曲变形为“第二十二条军规”。

就具体的事情来说,作家描写了是非不分、黑白不辨甚至是非颠倒、黑白易位。在小说中,谁要保持清醒,反而被人们认为是不清醒,是疯子,而且越辩白越会被认定为疯子。人们一旦变成了疯子,却可以得到勋章作为酬劳。士兵所听到的训诫是:“要么你拥护我们,要么就反对你的国家。”他们所看到的是:军用飞机上被刻上“辛迪加水果土产公司”的标志;忠诚于祖国的丹比少校的忠于职守被认为是“可耻”;丹尼卡医生的妻子因为丹尼卡得到了优厚的抚恤金和人身保险金,成了富婆,而丹尼卡却靠别人施舍度日,还得东躲西藏,否则有被火化的危险。这真实吗?这是经作家扭曲变形后形而上的真实。

就具体的人来说,出卖国家利益、内心龌龊不堪的米洛被扭曲变形为外表诚实正直,乃至憨态可掬。这是个高度漫画化处理过的人物,他集中地体现了作家长期以来对资产者的理解。不愿死于非命、也不愿丧失自我的道德原则的尤索林被扭曲变形为可耻的逃兵形象。这也是个漫画化处理过的人物,他在某种程度上体现了作家对美国荒诞社会中人生选择(要么死亡要么逃亡)的认识。

《第二十二条军规》富含辛辣的讽刺和无穷的笑话,夸张、变形、不真实的人物和不可能的细节,故意的语法错误和逻辑错误等。常以散漫的态度去对待骇人听闻的事件,以轻松的口吻去讲述那并不轻松的话题等。总之,它是一部幽默的喜剧,疯狂的喜剧。

第六节 博尔赫斯

豪尔赫·路易斯·博尔赫斯(1899—1986)是对当代世界文坛产生重要影响的阿根廷诗人、小说家,拉丁美洲魔幻现实主义文学的代表作家。

一、生平与创作

博尔赫斯1899年8月24日出生于阿根廷布宜诺斯艾利斯一个有文化的富

豪尔斯·路易斯·博尔赫斯

裕家庭,祖父是位上校军官,参加过战争。父亲是律师,在语言学校兼任心理学教师,精通英语,是斯宾塞的崇拜者,向往自由的无政府主义者。母亲出身名门,婚后除操持家务外,博览群书,通晓英语。博尔赫斯的早期启蒙主要受益于家庭教育,生活在阿根廷,却受到家庭英语环境的熏陶,使他能在父亲偌大而丰富的书房里大量阅读英文版的世界文学名著。读书成为他的一种生存方式和工作方式,并使他对写作产生了极大的兴趣。1914年第一次世界大战爆发,他随全家前往欧洲,先后在英、法、瑞士居住,后定居日内瓦。他在英国剑桥大学和瑞士日内瓦大学接受教育。1919年随全家移居西班牙,加入西班牙极端主义派诗人行列。1921年返回布宜诺斯艾利斯,在市立图书馆工作,同时从事写作、讲学、编辑期刊的活动,成为阿根廷先锋派"佛罗里达派"作家成员,创办了《棱镜》《船头》杂志,介绍欧洲的先锋派文学,宣传欧洲最流行的超现实主义文学运动,其间结识了泰戈尔。

1923年,博尔赫斯自费出版他的第一部诗集《布宜诺斯艾利斯的激情》,诗中歌颂了家乡美丽的自然风光,充满了对家乡故土的热爱之情。此后又相继出版了几本诗集和散文集。主要有诗集《面前的月亮》(1925)、《圣马丁的手册》(1929)和散文集《探讨集》(1925)等。作品除了具有自由热情、优美清丽的特点外,同时受极端主义的先锋派影响,表现出了怀疑、孤独和神秘的倾向。

1935年出版第一部短篇小说集《恶棍列传》,作品中人物多为不同时期的罪犯,描写他们玩世不恭的人生态度。小说发表后获得好评,奠定了博尔赫斯在阿根廷文坛上的地位。1937年,博尔赫斯在布宜诺斯艾利斯市立图书馆谋得一等助理职位。1939年发表第一部幻想小说《特隆,乌克巴尔,奥比斯·特蒂乌斯》引起了文坛的关注。1941年,他的代表作短篇小说集《交叉小径的花园》出版,其独特的艺术表现手法与题材内容受到拉美文坛的普遍好评。小说集在次年的阿根廷全国文学奖评选中落选,引起一片抗议之声。博尔赫斯声誉日增,1945年,阿根廷作家协会授予他的短篇小说集《虚构集》(《交叉小径的花园》和另一部短篇小说集《手工艺品》的合并版)特设的荣誉大奖。

1946年,博尔赫斯因在反对庇隆独裁政府的声明上签字,被革除市立图书馆的工作职务,任命为市场家禽稽查员。他愤而辞职并发表公开信抗议,得到知识界的声援。其间以讲学和办学习班为生。他被邀请到研究院讲学以及到各省进行巡回讲演,声望和影响日广。1950年被选为阿根廷作家协会主席。

1955年庇隆政府倒台,新政府特别任命他为国立图书馆馆长,这个职务一直担任到1973年庇隆党重新执政为止。他被选为阿根廷人文科学院院士,成为布宜诺斯艾利斯大学哲学文学系教授、美国得克萨斯大学客座教授,并在英国、法国、西班牙、瑞士等国讲学。博尔赫斯获得了大量国际性荣誉。

博尔赫斯其他主要作品有小说集《阿莱夫》(1949)、《死亡与罗盘》(1951)、《布罗迪报告》(1970)、《沙之书》(1975)、《莎士比亚的记忆》(1983)等。博尔赫斯早年就患有家族遗传的眼疾,50年代以后逐渐至双目失明。但仍以口授的方式继续创作,主要以创作诗歌散文为主,有散文集《诗人》(1960)、《影子的颂歌》(1969),诗集《老虎的金黄》(1972)、《深沉的玫瑰》(1975)等。博尔赫斯的诗歌语言质朴,风格纯净,意境悠远,被诗坛誉为与帕斯、聂鲁达齐名的拉美三大诗人之一。此外他还发表了大量的小品文和文学评论,翻译德、英、美、法等国的文学作品,自己的作品也被译成各国文字而在世界文坛广为流传。

博尔赫斯创作成就非凡,但他的婚姻生活并不如意。他长期独身,由母亲照料其生活,1967年与孀居的埃尔萨·阿斯泰特·米连结婚,3年后离异。1986年4月他与追随他20多年的日裔女秘书玛丽亚·儿玉结婚。6月14日博尔赫斯因患肝癌在日内瓦去世。

博尔赫斯的文学创作被称为是20世纪现代主义文学与后现代主义文学的分水岭。作为一位具有深厚英国文化造诣的拉丁美洲文学大师,博尔赫斯以拉美人独特的视角反映世界镜像,作品具有广泛的世界意义。博尔赫斯的小说创作构思精巧独特,情节魔幻神秘,具有很浓重的梦幻虚构色彩,以魔幻现实主义常用的荒诞表现手法,营造出一种扑朔迷离、似真非真的气氛,传达对世界和人生的感受。如他的代表作《阿莱夫》中的主角阿莱夫,原来是一个直径只有两三厘米却包含着宇宙空间于其中的小圆球,在上面可以看到大地、海洋、黎明和黄昏,看到了宇宙的一切。"阿莱夫"是希伯来文的第一个字母,意为无所不包的真神。小说描写充满了神秘和虚幻。然而小说中"我"对贝阿特丽丝的单恋以及"我"与其表兄阿亨蒂诺的交往,使得小说具有一种可捉摸的现实性。小说中魔幻虚构与真实现实描绘紧密结合在一起,激发起读者浓厚的阅读期待。

《布罗迪的报告》也充满了神秘色彩。小说以叙述者的口吻,讲述了一位苏格兰传教士布罗迪以亲身经历的内容写下的"报告",其中所描绘的原始部落牙呼人,富有传奇色彩的"过去、现在和将来发生的事,都已桩桩件件地储存在上帝有预见的记忆中,存在于永恒之中"。同时又从叙述者的角度,考证布罗迪的真实身份。小说真实和虚构有机结合在一起,亦真亦幻,真假难辨。小说中作者、叙述者、作品中的报告者融成一体,多角度、多方位地提供了阅读的视角,丰富了阅读内涵。

梦幻小说《特隆,乌克巴尔,奥比斯·特蒂乌斯》中模糊真实时间和虚构空间界限被打破,文中是关于一个虚构然而又无所不在的特隆国度的叙述,小说将阅读者吸引进一个意义概念、历史真实和虚幻神秘的迷宫。在魔幻与神奇的描绘中,传达出作者的创作主旨:在一个走向疯狂的世界中,知识分子的反应只能是极端的禁欲主义形式,享受文学的情节,除自成体系的文学范畴之外,否定一切秩序。博尔赫斯说:“我用神话和梦的方式来思考”,“梦是我的一部分。所谓‘现实’很难区别于此时此刻我们称之为历史的东西,‘现实’是一连串梦的结果……”博尔赫斯试图告诉读者,梦幻中充满了人的睿智,体现了对生活的探索与追求,“梦”造就了世界,造就了历史。

迷宫意象、迷宫般的故事叙述与交叉错综的情节结构,在双重或者多重叙事构架中,使平淡无奇的故事体现出一种神秘美感,成为博尔赫斯小说创作的又一大特征。《圆形废墟》中一位魔法师从沼泽地里死里逃生,来到一座古庙宇。他躺在圆形废墟台座下,用做梦的方式完成了新人的肉体塑造后,又在梦中给他身上注入灵性,让他通晓生的奥秘和死的神圣。一天环形废墟遭到火焚,当魔法师走向火焰时,大火不但没有吞噬他的皮肉,反而抚慰他。临终时他终于“害怕地知道他也是一个幻影,另一个人梦中的幻影”。小说中火神庙宇的圆形废墟是一座迷宫,人物的梦幻是一座迷宫,其中的故事情节从魔法师在火焰中最后完成新魔法师的创造,到魔法师在火焰中消亡前明白自己也是别人梦中创造的人。整个小说在迷宫般的意象和情节中,揭示人生与生命的哲理内涵,在历史与虚构、梦幻与真实、现实与想象的无尽迷宫中,人是多么的渺小和无奈,人生犹如游戏,生命充满神秘。

在《两个国王和两座迷宫》中,巴比伦国王建造了一座无与伦比的青铜迷宫,阿拉伯国王率领军队攻打时深陷其中,后在上帝的引领下,终于攻克迷宫,并将巴比伦国王投进阿拉伯王国的沙漠迷宫中。巴比伦国王最终无法走出迷宫,饥渴而死。小说被看成是对“真正的迷宫”的讨论,是对事物价值的讨论,也是对人生命运的讨论。两个迷宫的表层传达出对事物的评价,即“磅礴的简单胜过复杂精巧”。两个国王的不同结果体现了迷宫的深层含义,即人的命运的无常与神秘的宿命论思想。博尔赫斯的《交叉小径的花园》《死在自己迷宫的阿本哈坎·艾尔·波哈里》《永生》《死亡与罗盘》《两个国王和两座迷宫》《皇宫的寓言》等作品对迷宫的描述,无不蕴含着对世界和生命奥秘的探索。

博尔赫斯的许多作品具有元小说特征,作家所关注的是小说的虚构本身及其创作过程,采用叙述人和想象的读者对话的形式展开故事情节,并常常打断叙事的连续性,直接对叙述本身发言,对叙事进行思考和质疑。作品中的叙述人“我”具有多重身份,既是故事里的人物,又充当作家的代言人,有时候甚至就是作家本人出场,现身说法,传递关于其作品的某些信息,从而激发阅读者的兴趣,引导他们的情感想象。

如《塔德奥·伊西多罗·克鲁斯小传》中,同名主人公在加乌乔史诗《马丁·菲耶罗》中原本是一个并不重要的虚构性人物,可博尔赫斯以十分崇敬的态度为伊西多罗·克鲁斯立传,从他的出生一直叙述到他认识到了马丁·菲耶罗的生活经历与自己有着极大的相似性,在马丁·菲耶罗身上看到了自己的影子,最后他从追捕马丁·菲耶罗中反戈出来,与马丁·菲耶罗站在一起,与不公正的命运抗争。在博尔赫斯(即叙述者)对伊西多罗·克鲁斯貌似真实细致的传记叙述中,人物的故事是在完全写实风格中展开的,直到小说的结尾,我们在博尔赫斯的交代中才明白,这个"真实叙述"原来是对虚构人物的"虚构"。小说中历史的真实与艺术的真实、生活的真实与虚构的真实合而为一。作家、叙述者、作品人物分别从不同角度分别叙述,使得作品具有多层次、多角度的审美视野。

博尔赫斯经常把故事说得令读者信以为真,使读者在作家的暗示下进入一个认同作者、认同叙述者的阅读心态中,然而小说结尾突然告诉你,所有的暗示都是一种阅读误导,让读者在对小说最终恍然大悟的读解中,产生出一种阅读的愉悦和审美的情感体验。如博尔赫斯小说《刀疤》中,叙述了革命者文森特·蒙用革命思想教育"我",然而在革命实践中文森特·蒙却是个懦夫,"我"舍命保护他,没想到他却因为贪生怕死而出卖了"我"。小说的最后,"我"突然说道:"我把我这个故事用这种方式讲出来,是为了使您可以一直听到底。是我告发了庇护我的那个人,我就是文森特·蒙。现在您唾弃我吧。"

在《博尔赫斯和我》《两个博尔赫斯的故事》《另一个,同一个》等中,博尔赫斯甚至从自己身上剥离出另一个博尔赫斯,将两个处于相互矛盾中的博尔赫斯,安排在一个共时性的空间里,互为印证,诉说同一个人身上的矛盾和悖论。如在《博尔赫斯和我》中讨论了一个写作者作为"作家"与"自我"以及"文字"与"时间"之间的关系。他坦言作为一个生活在凡庸生活中的人与一个功成名就的名作家之间存在人格分裂。文中表现了作为作家的博尔赫斯对一个属于生活的博尔赫斯和一个属于荣誉的博尔赫斯的不满情绪,因为那个荣誉的博尔赫斯让生活中的博尔赫斯感到自己不像自己了,就如同老虎不像老虎、石头不像石头那样。然而到了最后,博尔赫斯笔锋一转说:"我不知道我俩之中是谁写下了这一页。"《两个博尔赫斯的故事》中,61 岁的博尔赫斯见到了 84 岁的博尔赫斯,他们在一个旅馆中见面说话时。年轻的博尔赫斯听着年老的博尔赫斯说话,仿佛感到是在录音带中听着自己的声音。"我们是两个人,又是一个人……"这个事实使两个博尔赫斯都深感困惑,他们相信这可能是一个梦。完全虚构的元小说叙述中,体现了作者对宇宙世界、时间空间、人生命运的哲理思考。

博尔赫斯短篇小说大多短小简练,构思新颖,结构巧妙,安德烈·莫洛亚说:"博尔赫斯是一位只写小文章的大作家。小文章而成大气候,在于其智慧的光芒、设想的丰富和文笔的简洁——像数学一样简洁的文笔。"博尔赫斯的创作将拉丁美洲的神奇故事、魔幻神秘内容与对现实世界、对人生命运的思考探索,有机融合在一起,表现出优美性、抒情性和神奇美的艺术风格。他的创作内容标新立异,主题富于哲理,构思精巧,内容荒诞,手法多样。创作中的虚构性和神奇梦幻使作品显得丰富复杂而奇幻诡秘,亦真亦幻,神奇魔幻,将幻想和现实融成一体。博尔赫斯开创了独特的迷宫文学,而迷宫世界的最后谜底,无不具有对人生命运、宇宙世界的哲理思索。他作品的元小说倾向更加体现出后现代文学创作风格,使得作品在多维视角下,对世界人生进行理性探索思考。博尔赫斯的创作特点成为20世纪现代主义文学与后现代主义文学的分界标志,如文学不同种类的界限被打破、客观时间被取消、幽默与荒谬结合、写真与魔幻统一等等。尤其是博尔赫斯以拉美人独特的视角去反映世界的普遍性,他以欧洲传统为荣,从欧洲文化层面去关照阿根廷文学民族文学发展方向,将哲学的冥思、文学的想象、史学的博识、宗教的神秘有机融合在创作中,使作品的基调具有玄奥深邃、隽永优美、真实丰富、玄学神秘的特色,也使他的作品具有更深的欧洲文明印记,具有更加广泛的世界意义。评论界因此将博尔赫斯的创作概括为"宇宙主义"或"卡夫卡式的幻想主义"。智利诗人巴勃罗·聂鲁达称誉博尔赫斯为影响欧美文学的第一位拉丁美洲作家。奥克塔维奥·帕斯则评论道:"他的小说和诗歌精美绝伦,他的作品将永远赋予我们生命之光。"

二、《交叉小径的花园》

作为博尔赫斯最主要的代表作之一,短篇迷宫小说《交叉小径的花园》全面体现了作者独特的叙述技巧,不仅具有丰富的内容,而且在艺术表达上新奇独特,构思别出心裁,给人以意犹未尽、回味无穷的艺术审美体验。

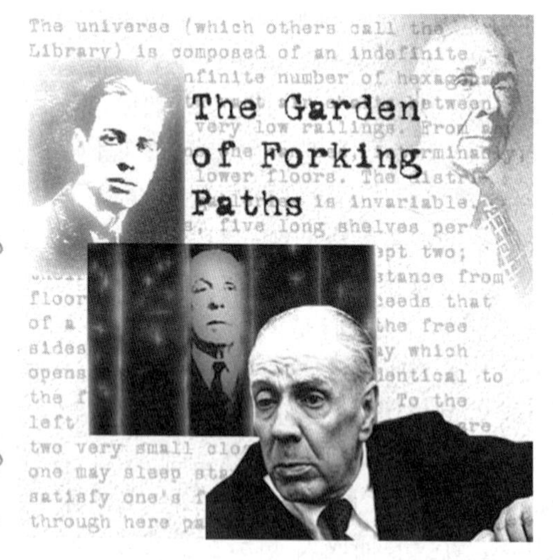

《交叉小径的花园》宣传资料

小说讲述的是第一次世界大战期间发生在英国的故事。叙述人青岛大学前英语教师余准博士被英国特工当作德国间谍抓住后关押在狱中。小说的内容是余准在被处绞刑前的一份书面供词:一战中余准为了证明黄种人也能拯救欧洲军队而成为德国间谍。1916年7月,他获得英军的绝密情报,一个准备轰炸德国军队的英国炮队聚集在法国小城艾伯特。在情报还未送出前,余准受到了英国特工马登的追捕。危难之际,他想出了一个传递情报的办法,即杀死一个姓名与英军炮队所在地名相同的人,以便通过新闻媒体的报道而将情报传递给他那整天喜欢阅读报纸的德国上司。于是,余准乘坐火车来到阿什格罗夫村,找到了居住在交叉小径花园里的那位曾在中国当过传教士的汉学家艾伯特博士。艾伯特热情接待了余准,并同他谈起自己试图破解的交叉小径花园迷宫。余准惊讶地发现他们谈论的正是自己的祖先、生前曾在云南担任总督的崔鹏。艾伯特13年来一直在潜心研究崔鹏生前的两件秘事:一部比《红楼梦》人物更多的小说《交叉小径的花园》,建造一个谁都走不出来的迷宫。如今艾伯特已成功地破解了其中的秘密。艾伯特向余准解释交叉小径的花园的来龙去脉,并告诉余准从来没有人发现过这个迷宫,那其实只是存在于崔鹏小说里的有关人生与时间的迷宫。崔鹏的小说其实是一大堆矛盾百出、杂糅混乱的材料,是一个结构多维、小径分岔的时间迷宫。余准和艾伯特之间有关时间的精彩对话交流,充满了对人生的哲理思索,意蕴深刻。最后,余准看到了正沿着艾伯特家花园小径向他走来的马登。他知道自己已经没有时间了,于是故意要求艾伯特让他再看看崔鹏留下的那封残笺。当艾伯特站起来转身背向余准开抽屉时,他用左轮手枪中唯一一颗子弹打死了艾伯特。果然,当余准被马登上尉逮捕并被判处绞刑后,伟大的学者艾伯特被余准谋杀的新闻被披露报端。余准的德国上司轻易地从中读出了隐含的情报信息。德国军队精确地投下炸弹,摧毁了在艾伯特的英国炮队。

作为迷宫小说的代表作,《交叉小径的花园》建造了一座引人入胜的艺术迷宫。小说本身就如同书名,是一座可以供读者在其中徜徉和欣赏不同景色的交叉小径的美丽花园迷宫。余准为了传递情报而要去杀死同法国小城同名的艾伯特博士,而艾伯特一生都在研究的交叉小径的花园的主人崔鹏,又恰好是余准的祖先。崔鹏生前辞官后苦心经营13年造就了一座美丽的交叉小径的花园,写下了一部他自认为比《红楼梦》人物更多而更伟大的作品。当读者对那座美丽的花园充满想象的时候,艾伯特将他毕生研究所发现的交叉小径花园的秘密告诉余准,原来交叉小径的花园不在现实空间,而只是存在于同名的《交叉小径的花园》书中。艾伯特被余准杀死,余准又作为间谍被绞死后,交叉小径的花园的秘密再也无人知晓。迷宫留在了作品之中,留在了余准的想象中,留在了艾伯特的叙述中,留在了崔鹏的小说中,留在了读者的心目中。环环相扣的故事迷宫不断吸引读者在这个充满分岔的美丽的艺术迷宫中左顾右盼,欣赏着故事悬念的破解和情节叙述的精彩。小说中,作家将客观的迷宫和幻想的迷宫、空间的迷宫和时间的迷宫、生活的迷宫和书上的迷宫、现实的迷宫和未来的迷宫交叉融合在一起,为读者提供了一个可以与小说人物产生情感共鸣的场所,从而让读者介入其中,产生一种在场感。博尔赫斯的高妙在于他假托玄学小说与侦探故事的结构形式,在"幻想的迷宫"中探究现实的迷宫和未来的迷宫,"我将我的交叉小径的花园遗留给各种不同的(而并非全部的)未来。"而生活在现实中的那位崔鹏奇书的破译者艾伯特,则把这种幻想的交叉花园赋形于自己的处所,建造了一座迷宫花园,不仅是花园中小径分岔复杂,从车站到花园间也布满了无数个十字路的迷宫式小径。博尔赫斯把崔鹏心目中一座幻想中的迷宫真实地营造在一座真正小径分岔的花园中,把一个经过微缩的时间花园寄寓在一个实际可感的空间花园中。梦幻的诗化意象、通俗的侦探故事、内蕴的玄学哲理相结合,使得博尔赫斯最终在文本内部建造起令人神往的迷宫世界。

小说对虚幻的交叉小径花园迷宫的叙述体现了作家对战争的反思主旨。作品表面看来是一个间谍故事、一篇侦探小说、一部虚幻与现实结合的迷宫小说,体现了博尔赫斯小说创作的游戏风格。其实,小说以战争作为背景,内容从开始到结束,无不与残酷战争和血腥杀戮紧密相连,人物的思想与行为自始至终都与战争事件缠绕在一起,在迷宫探寻的游戏中体现了严肃的反战思想。无论是余准为了传递间谍情报杀死对自己祖先崇拜而一生都在研究的艾伯特,还是余准自己成为战争牺牲品,或是英军的炮队受到德国毁灭性的打击,无不呈现出战争对人性的扭曲和异化,以至于当最后余准的计划得以圆满实现时,余准内心感受的并不是成功后的欢欣,而是充满了"我的无限悔恨和厌倦"。小说用很大的篇幅描绘了余准所想象的人们传说中的美丽的交叉小径的花园。"我在英国的树下思索着那个失落的迷宫:我想象它在一个秘密的山峰上原封未动,被稻田埋没或者沉在水下,我想象它广阔无比,不仅是一些八角凉亭和通幽曲径,而是由河川、州县和王国组成……"那是一个多么美好、令人向往的美丽的花园,那里有"模糊而生机勃勃的田野、月亮、傍晚的时光,以及轻松的下坡路,这一切使我百感丛生。傍晚显得亲切、无限。道路继续下倾,在模糊的草地里岔开两支。一阵清悦的乐声抑扬顿挫,随风飘荡,或近或远,穿透叶丛和距离。"那是一个与战争世界迥异的美丽的花园世界,在那里,人与自然完全融成一体,"一个人可以成为别人的仇敌,成为别人一个时期的仇敌,但不能成为一个地区、萤火虫、字句、花园、水流和风的仇敌"。小说将幻想与真实有机结成一体,营造出一种亦真亦幻的令人神往的美丽景象。然而,那样美丽的迷宫般的花园在现实中其实并不存在。作家以曲折委婉的手法,在幻想美丽的迷宫描述与迷宫并不存在的证明中,表达了对混乱可怖现实和战争世界的否定。作家在书中假借余准之口,直接表达出这种情绪:"我预料人们越来越屈从于穷凶极恶的事情;要不了多久世界上全是清一色的武夫和强盗了;我要奉劝他们的是:做穷凶极恶的事情的人应当假想那件事情已经完成,应当把将来当成过去那样无法挽回。我就是那样做的,我把自己当成已经死去的人,冷眼观看那一天,也许是最后一天的逝去和夜晚的降临。"小说从恐怖战争与间谍故事叙述开始,进入一个现实而可怕的迷宫世界。在寻找艾伯特的过程中,作家通过人物心中宁静而美丽的迷宫的描述,反衬出现实的残忍,同时让读者在美丽而虚幻的花园迷宫中感受着美。崔鹏的交叉小径的花园其实并不存在于客观空间,于是作家又接着带领我们进入时间的迷宫中,去感悟人生和死亡。当余准和艾伯特沉浸在时间迷宫交叉花园中美的探寻中时，马登的出现代表着战争和恐怖现实的出现，不仅将作品中的人物，同时也将读者从虚幻的美丽花园迷宫中拉拽了出来。一系列事件诸如可怕的间谍行为、马登的追杀、余准亲手杀死艾伯特、余准被绞死、德军的轰炸等，无不体现出作家对战争的残忍以及战争下人性扭曲异化的深层思考。

《交叉小径的花园》蕴含着深层的人生哲理，作品以东方玄学和宗教超生的理念，阐述人物对世界、人生、宇宙、生命、时间、生死等的哲性思考。小说通过艾伯特所描述和解说的、崔鹏留下的小说残简，给我们营造起一座发人深省的时间的迷宫，从而体现出博尔赫斯创作中的“宇宙主义”观念。时间迷宫的发明人崔鹏曾任云南总督，精通天文、星占、经典诠诂、棋艺，又是著名的诗人和书法家。然而他鄙视这一切，抛弃了炙手可热的官爵地位、娇妻美妾、盛席琼筵，甚至抛弃了治学，在明虚斋闭户不出，沉迷于写一部比《红楼梦》人物更多的小说，建造一个谁都走不出来的迷宫。他在这些庞杂的工作上花了13年工夫，但是一个外来的人刺杀了他。他的迷宫无人发现。继承人只找到一些杂乱无章的手稿。然而，他的犹如天书般的小说却被艾伯特读懂，原来崔鹏所指的迷宫就是记录在书稿中的时间的迷宫。那是一种来自东方哲学和宗教玄学的宇宙理念，时间作为一种无限永恒的存在，没有了西方观念中的统一性和绝对性，一切都处在相对的存在之中。时间犹如交叉小径的花园，具有无数的分岔和通道，它包罗万象、繁若星辰。“时间没有同一性和绝对性。他认为时间有无数系列，背离的、汇合的和平行的时间织成一张不断增长、错综复杂的网。由互相靠拢、分歧、交错，或者永远互不干扰的时间织成的网络包含了所有的可能性。”在时间的迷宫中，有无数的排列组合，时间不存在先后次序，那仅仅是人为自设的观念。在大部分时间里，我们并不存在；在某些时间，有你而没有我；在另一些时间，有我而没有你；再有一些时间，你我都存在。时间永远分岔，通向无数的将来。在崔鹏的小说中，各种结局都有，“每一种结局是另一些分岔的起点。有时候，迷宫的小径汇合了。”作者暗示我们“时间永远分岔，通向无数的将来”。人的无限的幻想就能构成无限的迷宫，写作是通向无限和永恒的途径，一种原因会导致无数的结果，那结果又会成为另外的原因。迷宫没有限制，它向每个人开放。在无限的时间坐标中，人只是一种相对的存在，永远有无数种不定的结局，人只能坦然接受而无法改变。相对和虚幻的时间观和宇宙观表现了作家的宿命论思想。

透过时间迷宫的交叉小径，我们能够看到这个迷宫的核心隐含了一种深层的死亡意识。如崔鹏的小说中描述方君有个秘密，一个陌生人找上门来，方君决心杀掉他。无论何种结局，不外乎是方君可能杀死不速之客，可能被他杀死，可能两人都安然无恙，也可能都死。显然，从相对的观念来说，不死是暂时的，死亡则是必然的。崔鹏的突然被杀死应验了他自己的预测。同样，艾伯特在精通崔鹏时间迷宫的同时,也全盘接受了崔鹏的死亡意识。艾伯特对余准说:“目前这个时刻,偶然的机会使您光临舍间;在另一个时刻,您穿过花园,发现我已死去;再在另一个时刻,我说着目前所说的话,不过我是个错误,是个幽灵。”“因为时间永远分岔,通向无数的将来。在将来的某个时刻,我可以成为您的敌人。”显然,对艾伯特而言,即将到来的死亡是早就在预料之中的事情。作品中余准的间谍迷宫、艾伯特的探索迷宫、崔鹏的时间迷宫以及小说中描写的交叉小径的花园迷宫,在死亡的核心处交汇了。“时间”作为死亡意识的代名词,在这些迷宫的分岔处惊人地重叠交叉了,消失的迷宫也由此复活。通过时间的秘密甬道,今人与古人、自我与他人可以相通,所有的梦都可以导向一个梦,一个梦又分解成无数的梦——“每一种结局是另一些分岔的起点”。而这个时间的甬道所通向的正是一种人物挥之不去的死亡意识。这种死亡意识是第一次世界大战背景下人类的共有的社会心态的体现,博尔赫斯虽然没有直接说明,却从事件的叙述、人物的语言行动和共同命运中体现了出来。

小说本身也是一座叙述的迷宫,故事中套着故事,运用多重叙事构架使平淡无奇的故事神奇起来,显示出博尔赫斯高超的叙事技巧。小说中第一层叙述的迷宫是关于余准的间谍故事,在余准即将被绞死前的叙述中,我们知晓了余准作为一个中国学者,看不惯德国人对东方人的偏见和傲慢,为了证明东方人同样可以拯救德国军队,而成为德国间谍。艾伯特仅仅是因为名字与余准要传递的情报的地名相同,而成为余准的谋杀对象。余准所叙述的交叉小径的花园迷宫,通向战争,通向英国、法国和德国,通向东方中国,通向艾伯特、崔鹏,通向古代,通向无限的时间,通向死亡……第二层叙述的是汉学家艾伯特的迷宫。艾伯特在自己的营造的交叉小径的花园中,毕其一生研究着余准祖先崔鹏的迷宫花园和小说,艾伯特是现实世界与虚幻世界、存在与虚无、绝对客观时间与相对抽象时间的中介人和解说者,是余准与崔鹏渊源关系的证明者,是带领余准和读者进入崔鹏交叉小径花园的引领者,也是读解时间和死亡含义的谶语者。第三层叙述的是迷宫的营造者——在作品中没有露面的崔鹏。崔鹏非凡的人生经历让人无法捉摸,他写的谜一样的小说《交叉小径的花园》,令人无法卒读,他所建造的迷宫花园从未有人见过。然而,他“所设想的一幅宇宙的图画,他没有完成,但并非虚构”。通过他的小说《交叉小径的花园》,我们看到了其中所创造的各种时间的存在、各种未来的可能、各种命运的结局、各种人物的关系。余准的迷宫、艾伯特的迷宫、崔鹏的迷宫,层层相连,环环紧扣,从现实走向虚幻,从存在走向未来,从空间走向时间,从真实走向神秘,从形而下的恐怖世界表现走向形而上的玄学哲理探究。小说结构严谨,层层递进,犹如抽丝剥茧,从而体现出对现实生活和世界历史这个令人迷惘和失望的迷宫的本质揭示。

《交叉小径的花园》与其说是一篇传统观念中的小说,不如说是一部供人从不同角度读解的后现代文本。它综合了不同的文本要素、包括不同的文体类型、不同的叙述方式和议题模式，体现了博尔赫斯高超的杂糅、嫁接的本领。杂糅是博尔赫斯小说创作的主要手法和重要组成部分，他能很好地把握其中的度，使“葡萄干布丁”恰到好处。文本从纯粹的表述形式来看是一个间谍被处死前的犯罪供词；作为侦探小说，博尔赫斯津津有味地给我们讲述了间谍为完成使命而经历的一场生死角逐；作为一篇史料勘误，文本通篇以余准的见证，对《欧洲战争史》一书中的一段史实作了新解；同时这也是一篇哲理小说，时间的迷宫充满了对人生哲理的阐释。小说将幻想因素和真实处境杂糅一体，创造了一个神奇的小径分岔的花园，它存在于人们的传说中，存在于艾伯特的花园中，存在于崔鹏的小说中，存在于时间的迷宫中，存在于余准脑海中国式的幻想中，抑或也是存在于博尔赫斯的理想中。博尔赫斯将东西方神秘哲学理念与通俗的侦探和间谍故事杂糅在一起，创造出一种文字的“严肃的游戏”。小说将宏大丰富的玄学虚无思想微缩在人物对时间的简洁对话中，使得封闭的文本空间穿透了无限时间和宇宙空间，将过去、现在和未来融成一体。作家在相对的无限时间与间谍叙述的有限时间中，杂糅进暗杀事件和文本谶语，加上小说叙述的多重框架，在不同的异质元素的杂糅中，为我们读解小说文本提供了多种艺术鉴赏和情感体验的可能性。

第七节　马尔克斯

加布里埃尔·加西亚·马尔克斯(1927—2014)哥伦比亚小说家，拉丁美洲最负盛名的魔幻现实主义作家。

一、生平与创作

马尔克斯1928年3月6日出生于哥伦比亚马格达莱纳省的阿拉卡塔卡镇。父亲是报务员兼顺势疗法医生，母亲是家庭妇女。他从小寄养在外祖父家。外祖母极富文化素养，马尔克斯从她那儿听过各种稀奇古怪的神话传说和民间故事，7岁就通晓《天方夜谭》中的许多故事。外祖父是位受人尊敬的上校，晚年凄凉孤独，靠回忆和制作金属小金鱼打发日子。这些对马尔克斯日后从事文学创作有极大的影响。马尔克斯8岁进入首都波哥大附近耶稣会办的学校读书。至中学毕业期间，大量阅读世界文学名著，偏爱西班牙的优秀古典文学名著和阿拉伯神话故事。1946年进波哥大国立大学攻读法律。1948年转学卡塔赫纳大学新闻系，不久中途辍学，任《观察报》记者，被派驻欧洲，遍访意大利、法国等。该报副刊总编辑是哥伦比亚先锋派小说创始人爱德华多·萨拉梅亚·博尔达，在其影响下，马尔克斯正式走上文学道路。1954年回波哥大，先后担任过电影编剧、时事评论员等职。1955年，马尔克斯因撰写《一个海上遇难者的故事》揭露了海军参与走私的丑闻，受军事独裁当局指责，被迫流亡国外。先后在

加西亚·马尔克斯

委内瑞拉、古巴、墨西哥当记者。1961年后长期居住墨西哥,从事文学、新闻和电影工作。

1954年,马尔克斯发表他的第一个短篇小说集《周末后的一天》,收录了自进波哥大国立大学以来写作的短篇小说,展露了他的文学创作才华,获哥伦比亚全国文艺家协会奖。1955年,他的第一部长篇小说《落叶》发表。小说追叙和回忆被毁灭了的马贡多小镇的过去,表现苦闷不幸的生活和忧郁孤独的情绪。小说将神奇丰富的想象与严峻的现实有机结合起来,标志着马尔克斯魔幻现实主义风格的形成。1961年,他创作了中篇小说《没有人给他写信的上校》,写一位建有功勋的70多岁的老上校,退休以后被社会抛弃,生活在孤独与悲凉之中。1962年,马尔克斯发表了第二部短篇小说集《格朗德大妈的葬礼》。其中具有代表性的一篇就是写马贡多地区女庄园主格朗德的,她的去世象征了独裁专制统治由盛而衰。

20世纪60—70年代是马尔克斯文学创作的全盛时期。相继发表了《长翅膀的老头》(1968)、《世界上最漂亮的溺水者》(1968)、《纯真的埃伦蒂拉与残忍的祖母》(1972)等中、短篇小说。1967年,马尔克斯经过长达18年的构思创作,发表了他的顶峰之作、长篇小说《百年孤独》,引起了一场“文学地震”。它奠定了马尔克斯作为魔幻现实主义最杰出代表作家的地位,并使他获得世界声誉。1975年发表的长篇巨著《家长的没落》是一部反映拉美寡头独裁专制的杰作。这是一部反映和揭露拉丁美洲独裁统治的作品。主人公拉美某国总统尼卡诺尔是一个野蛮愚昧、专横武断、暴戾凶残的独裁者。他活了几百年,指甲都变成了化石,却仍然过着荒淫无耻的生活。一天,第一夫人与太子外出,被猎狗吃掉了。总统疯狂至极,竟然大肆滥杀无辜,致使尸陈遍野,瘟疫蔓延,连外国占领军也被吓跑。最后在四面楚歌中,暴君耳聋眼瞎,趴在地上,孤独地死在总统府。小说摄取当地古老的神话传说,杂糅拉美社会现实中某些独裁者的特征,运用讽刺和夸张的手法,塑造了“家长”的典型,鞭挞了他们的丑恶灵魂。这部小说在结构形式和叙事方式上颇具独创性,它以多人称独白的手法叙述了暴君尼卡诺尔的罪恶一生。全书共分为6个部分,每一部分都借一个仆从之口叙述“家长”的身世及其所作所为,多角度、多方位地展示了独裁者的性格特征。《家长的没落》是作者将西方现代主义手法与拉丁美洲社会现实相结合的成功典范。小说的发表又一次在拉美文坛引起了“文学地震”。

20世纪80年代以后，马尔克斯创作中的魔幻现实主义成分逐渐衰退。1981年发表长篇小说《一桩事先张扬的命案》，以新闻报道的方式真实再现了30年前的一场凶杀悲剧。小说新闻报道式的真实和对凶手杀人前后的心理描述被评论界认为可与陀思妥耶夫斯基的《罪与罚》相媲美，作品中魔幻的成分已经明显减退。《霍乱时期的爱情》(1985)中描写一对青年的爱情故事，魔幻现实主义的成分消失。

马尔克斯的创作以哥伦比亚农村生活为主要题材，揭示民族愚昧落后现象，抨击殖民统治和独裁专制，反映社会历史及其人民的苦难生活。马尔克斯继承拉丁美洲本土的文学传统，并借鉴福克纳、卡夫卡、乔伊斯等西方现代主义作家的创作技巧，同时也从阿拉伯神话故事中汲取养料，从而形成了他独特的审美品格和艺术思维方式。他以“魔幻”的方式反映生活，把神奇的事物作为日常生活的一部分来描写；又以夸张的手法渲染生活的神奇性，营造出虚实结合、人鬼混杂、时空交错的奇异世界，在扑朔迷离、神秘魔幻的色彩中反映哥伦比亚以及拉丁美洲地区真实的社会历史与人民的苦难生活，表现了拉丁美洲人民不屈不挠地与天灾人祸作斗争的意志与愿望，也表达了作者对人类现实处境与未来命运的理性思考。马尔克斯的创作从艺术构思到表现方法都实现了民族性与世界性的真正统一，不仅为魔幻现实主义赢得了世界性声誉，也为当代文学艺术的发展提供了宝贵的经验。马尔克斯成为魔幻现实主义文学的集大成者。1982年，瑞典文学院因其“创造了一个独特的天地……那里汇集了不可思议的奇迹和最纯粹的现实生活”，而授予他诺贝尔文学奖。

二、《百年孤独》

《百年孤独》是马尔克斯的代表作，经过18年之久的构思才创作完成，是拉美魔幻现实主义文学的代表作品。小说在一个令人迷惘困惑的神话世界里真实地再现了哥伦比亚和拉美国家的历史，流露出现代人对人类前途与命运探索的困惑与焦虑。作品中凝结着拉美古老的文化心理、精神意识，以及人类千百年生存斗争中积淀而成的深层情感、经验和原始意象。

小说主人公霍塞·阿卡迪奥·布恩地亚与表妹乌苏拉近亲结婚，因害怕出现像乌苏拉姨母嫁给布恩地亚叔父而生出长猪尾巴孩子的丑事，乌苏拉婚后拒绝与丈夫同房。村里人因此讥笑布恩地亚。一次斗鸡，邻居阿基拉尔因败给布恩地亚而恼羞成怒，当众以其妻子拒绝与他同房一事污辱他。布恩地亚一怒之下用长矛刺死阿基拉尔。从此，死者鬼魂搅得布恩地亚一家不得安宁。全家人只得远走他乡。经过两年跋山涉水，来到一个荒无人烟的地方定居下来，取名为“马贡多”。布恩地亚一家7代人在此生养繁衍。100年后，布恩地亚家族第6代的小巴比洛尼亚与姑母阿玛兰塔·乌苏拉乱伦，生出一个带猪尾巴的孩子,并被红蚂蚁吃掉。与此同时,马贡多也在一阵飓风中被夷为平地。

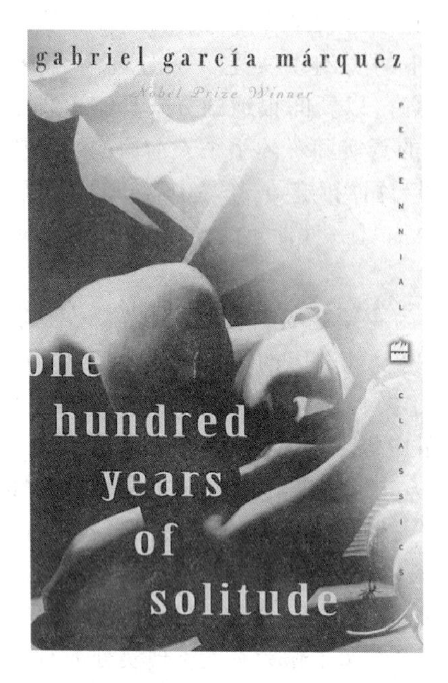

《百年孤独》英文版书影

马尔克斯融神奇于现实,以布恩地亚家族7代人的奇特经历,以小镇马贡多从荒芜的沙滩上形成到最后被旋风卷走的神奇故事,形象地展现了哥伦比亚19世纪初至20世纪上半叶受殖民和独裁统治的历史。

马贡多的兴衰史是哥伦比亚社会演变的缩影。小说一开始,处于史前阶段的马贡多充满了落后、愚昧、迷信。居民们日出而作,日落而息,勤劳朴实,与世无争。"这里的天地是如此崭新,许多事物尚未具名,提起来还得用手指指点点。"以吉卜赛人为象征的殖民主义者把文明带入马贡多的同时,一方面改变了马贡多与世隔绝的状态,另一方面大量掠夺财富,愚弄和欺骗老百姓。吉卜赛人用两块磁石换走了一头骡子和一群山羊,又用一架放大镜换回了两块磁石和三块金币。布恩地亚父子三人为看一眼冰块,就得付30个里亚尔,摸一下又外加5个里亚尔。殖民主义者巧取豪夺的行为使人民生活更趋贫困。随着火车开通,汽车、轮船、电灯、电话、电影相继出现在马贡多,法国艺妓、巴比伦女人、赌博、酗酒也开始出现在马贡多街上。帝国主义入侵,外国资本投入,跨国公司建立,"舶来品商场挤掉了原来的朱顶雀市场,商场的灯光使土耳其人大街更加富丽堂皇"。这么短时间里发生的变化如此之大,"连马贡多的老居民都得早早起来,以便仔细认认他们自己的镇子了"。美国香蕉公司惨无人道地奴役和剥削工人,最后导致了大罢工,这反映了哥伦比亚反对超级大国经济掠夺的第一次大罢工以及被卖国独裁政府血腥镇压的社会历史真实。

《百年孤独》深刻揭露了哥伦比亚封建专制与军事独裁统治的罪恶。如霍塞·阿卡地奥当政时,侵吞了目光所及的一切田地,连墓地都不放过,居民埋葬死者,都得交付一大笔钱款。"每逢星期六,他肩挎双筒枪,带着一群狗去强征税款"。封建土霸主横行乡里、强征暴敛的恶行跃然纸上。随着马贡多的兴旺、由小村落变成了热闹的市镇,政府派来了第一位命官镇长,教区调来了第一位神父尼康诺尔,建起了第一座教堂,并派来了警察,标志着独裁专制对马贡多在政治、经济、军事、宗教、文化上的全面统治。与此同时,党派纷争、内战政变在马贡多此起彼伏、连续不断。而这正是拉美社会长期动荡不安的最直接的原因。支持自由党的奥雷良诺上校“发动过32次武装起义,32次都失败了,躲过14次暗杀、73次埋伏和1次行刑队的枪决”。到头来,奥雷良诺发现,“革命变成了争当头目的血腥内讧”,人民却为此付出了血和生命的代价。在一次政府攻打马贡多、自由派失败的武斗冲突中,“抵抗者毫无掩护地在街上跟敌人厮拼”,“最后展开了肉搏战”,“一群妇女也被迫操着木棍、菜刀奔上街头”。当枪炮声平息后,没有一个人幸存下来,阿卡迪奥眼前只剩下一幅凄惨悲哀的景象。作者站在历史的高度,展示民族愚昧落后,暴露社会病态弊端,憎恨内战黩武,反对外来势力入侵,表现出强烈的民族意识与历史使命感。

《百年孤独》中塑造了一系列栩栩如生的人物形象。布恩地亚一家人经历不一,性格各异,生性奇特,各具神奇,然而却都具有孤独的本性。布恩地亚失去理智,最后被绑在栗树底下孤独地死去;奥雷良诺上校17个儿子在同一个晚上被打死后,以制作小金鱼排遣孤独,制成后“就把它们熔化在坩埚里,重新再做”,周而复始;俏姑娘雷梅苔丝“孤独的惯常举止”则是数小时地待在浴室里冲洗身子;阿玛兰塔整天织着裹尸布,日织夜拆,并反复拆钉纽扣;雷蓓卡把自己关在房内三天三夜,最后孤独忧郁而死。马尔克斯说:布恩地亚一家人“尽管相貌各异,肤色不同,脾气个性各有差异,但从他们眼神中,一眼便可辨出那种这一家族特有的、绝对不会弄错的孤独的神情”。小说中亲人之间、友人之间、邻里之间是相互隔绝的,缺乏对他人的爱。为排遣孤独,一家人都沉溺于情欲、乱伦,从中去寻求慰藉,最后导致毁灭。

在艺术表现上,《百年孤独》充分体现了魔幻现实主义“变现实为幻想而又不失其真”的原则。小说采用极度夸张的手法,写出了既神奇又真实的社会现实。如写吉卜赛人拖着磁石挨家串户走过,各家的铁器纷纷落地,“木板因铁钉和螺钉没命地挣脱出来而嘎嘎作响”,跟在磁石后面乱滚。霍塞·阿卡迪奥被杀后鲜血像一股溪流,沿着街道,漫上台阶,进入布恩地亚家门,把不幸事件报告给亲人。奥雷良诺第二的情人狂热的情欲可以使家禽成倍繁殖。而独裁政府屠杀罢工者后,把3000具尸体运到海里扔掉,那火车竟有200节车厢,由3个车头牵引。作品所描写的内容真假难分,虚实交错,具有较强的艺术感染力。

小说中大量运用东西方神话传说,加强了作品的奇特神秘气氛。如雷梅苔丝抓住床单升天使人想起《天方夜谭》中飞毯的故事。马贡多一连下了4年11个月零2天的大雨,犹如《圣经·创世记》中洪水浩劫及挪亚方舟的故事。布恩地亚一家受鬼魂缠绕,则取材于印第安传说。吉卜赛老人墨尔基阿德斯用梵文把布恩地亚家族命运写在羊皮纸上,百年以后,一一应验。这些与拉美生活融为一体的神话传说,已使读者忽略了它们的出处,而更热切地去感受充满生活情趣、神秘奇特的现实生活本身。

小说广泛运用了象征手法,寓意深刻,具有鲜明的现实意义。小镇马贡多就是哥伦比亚的象征,小镇的变迁史就是哥伦比亚的近代史。小说充满象征,如:“他买了一张永久性的车票,登上了永不停止运行的火车。”“这是马贡多的过去遗留下来的最后一点东西,它的毁灭尚未完成,因为它还在无限期地毁灭下去。”无论是“永久”还是“无限期”,作者要夸大突出的是时间的久远,象征着哥伦比亚人民苦难岁月的漫长。又如,马贡多村民染上了一种不眠症,进而丧失了记忆,为了不忘记日常用品名称,他们不得不在每件物品上贴上标签。其象征意义在于提醒人民不要忘记历史,要警惕历史遗忘症。马尔克斯多次强调:百年的意思是象征年代久长,“孤独的反义词是团结”。《百年孤独》以马贡多为象征去揭示社会历史的同时,其目的在于唤醒人民,尽早结束拉美和哥伦比亚的苦难岁月。

另外,小说创作融合了西方现代派技巧技法,接受了超现实主义运用离奇的想象、梦幻、梦呓体现“神奇即美”的美学主张,常以幻想梦境描写,再现布恩地亚家族眼中的梦幻现实。作品中借用卡夫卡式的荒诞手法,采用海明威新闻报道式的准确描述。最明显的是吸收了乔伊斯、福克纳的意识流手法,表现人的本能、潜意识心理,如阿玛兰塔的嫉妒、乌苏拉浸于对往事的回忆、阿卡迪奥对散发烟味女人的迷恋等。作品中颠倒交错的顺序构成作品的独特结构。小说一开头写道:“许多年之后,面对行刑队,奥雷良诺·布恩地亚上校将会回想起,他父亲带他去见识冰块的那个遥远的下午。”容纳了过去、现在与未来三个不同历史阶段的时间和空间,从而把读者吸引到马贡多的初期。小说中颠倒交错的时空结构多次重复,层层递进,环环紧扣,悬念迭起,唤起了读者的审美心理,极大地增强了作品的艺术审美效果。

下编

东方文学

东方文学·导论

东方文学又称亚非文学。亚洲、非洲既是人类文明的重要发源地,也是世界文学的源头。早在公元前3500年左右,地处两河流域的古代巴比伦人、尼罗河畔的古代埃及人、恒河流域的古代雅利安人、东亚黄河和长江流域的古代中国人,其文化的创造与积累就均已达到了较高水平。古代巴比伦、埃及、印度、中国因此被称为人类文明的四大重要发祥地。

东方文学经过了漫长的发展阶段,大致可分成如下三个时期。

上古东方文学,即原始社会至奴隶社会时期的东方文学,主要发源于埃及、巴比伦、希伯来、印度和中国。相比于西方,东方的亚洲人在文字的创造与使用方面要更早一些,这使得他们更早由最初的口传文学发展到书面文学。早在公元前3000年前,亚洲的苏美尔人就创造了人类社会最早的文字——"楔形文字"。在公元前2000年的埃及古王国时期,人类最早的书面文学之一《亡灵书》就已经出现。关于奥西里斯的传说,乃是世界上最早的神话;而古巴比伦的《吉尔迦美什》则是人类已知的最古老的英雄史诗。印度最古老的诗歌总集《吠陀本集》及其两大史诗《摩诃婆罗多》(世界上最长的史诗)和《罗摩衍那》,体现了古印度人的社会理想、伦理观念以及宗教观念;印度寓言故事总集《五卷书》、迦梨陀娑的诗剧《沙恭达罗》等也都是世界文学宝库中的艺术珍品。另外,汇集于《圣经·旧约》中的古希伯来人的神话传说、英雄故事、寓言及各类诗歌,则是后来欧美文学的两大来源之一。

中古东方文学,即封建社会时期的东方文学。这个时期,亚非地区发生过数次大规模的文化融合:佛教东传使南亚和东亚两个文化圈相贯通;伊斯兰教的南传与东传使西亚与南亚相贯通。此种文化融合使得亚洲各地的文学呈现出空前繁荣的局面。阿拉伯民间故事集《一千零一夜》汇集了印度、波斯、埃及、希伯来乃至希腊、罗马的民间故事,乃是一部既有众多民族文化色彩又具有阿拉伯文化个性的民间文学精品,其在世界各地的广泛传播对后世世界文学的发展产生了巨大影响。古波斯被称为"诗国",鲁达基、菲尔多西、萨迪等著名诗人创作了诸如颂诗、抒情诗、叙事诗、双行诗等10多种不同体裁的诗歌。公元10世纪前后,日本进入了"平安文学"时代,清少纳言的《枕草子》和紫式部的《源氏物语》被誉为平安时代贵族妇女文学的"双璧"。朝鲜的《春香传》是有名的说唱体叙事文学。越南诗人阮攸的长篇叙事诗《金云翘传》是整个越南中古文学的最高成就。

近现代东方文学,即殖民地、半殖民地时期及其后的东方文学。工业革命改变了西方世界,而东方诸国则均处于封建社会的末期;西方殖民主义者凭借坚船利炮，打破了亚非国家的闭关锁国，印度、埃及、中国等东方文明古国以及整个非洲相继沦为殖民地、半殖民地。东方古老文明与西方现代文明发生剧烈冲撞，传统与现代、民族化与世界化、救亡与启蒙、革命与改良的种种矛盾与困惑，使得“东西之争”与“新旧之辩”不断在“西方派”和“传统派”之间爆发。在如此火爆、动荡的现实-文化背景中，东方文学历经新生的阵痛，呈现出极其复杂的面相。在印度，一代文学宗师泰戈尔为东西方文化的相互理解与融合找到了完美的艺术形式，并因此成为第一个获得诺贝尔文学奖的东方作家；普列姆昌德的小说则涵纳了西方现代文化与印度传统文化的诸种冲突。在日本，曾经留学英国的夏目漱石，其小说以擅长表现19世纪末叶日本知识分子那种特有的惶惑心态令人侧目；广泛借鉴西方现代主义表现手法的川端康成，其小说始终秉承日本特有的“物哀”审美传统，成为日本的第一个诺贝尔文学奖得主；其后大江健三郎等人的创作，无论是世界观还是叙事技巧，显然进一步向西方文学靠拢。

20世纪后半期，全球化进程的推进明显加速，东方文学与西方文学的融合进一步深化。东方文学的这一历史性走向，在由西方主导的诺贝尔文学奖的东方获奖作家人数中得到了充分的揭示。从1901年设立至1970年代，获此殊荣的东方作家仅有印度诗人泰戈尔、犹太作家阿格农和日本小说家川端康成3人。但在1980—1990年代，东方却有4位作家获奖，其中3人集中在过去被冷落的非洲：尼日利亚的沃莱·索因卡（1986），埃及的纳吉布·马哈福慈（1988），南非的纳丁·戈迪默（1991），另一位则是日本的大江健三郎（1994）。21世纪伊始，高行健（2000）与莫言（2012）两位华人作家的获奖进一步印证了如上判断。种种事实表明：在东西方文化两个多世纪的冲突碰撞中，东方作家逐渐找到了一条在传统与现代、民族性与世界性之间保持平衡的良好状态，历经痛苦蜕变的东方文学，正以其独特的表意方式与美学风格彰显自己存在的价值。

与西方国家源于同一宗教信仰系统、有着共同的语系和大致同步的社会历史进程不同，东方世界种族繁多，信仰有别，语系庞杂，且社会历史进程迥异。凡此种种，决定了东方文化的多元化特征。就亚洲而言，就有三大相对独立的文化体系，即中国为首的东亚文化体系、印度为首的南亚文化体系以及西亚的阿拉伯-伊斯兰文化体系。多元化的文化背景决定了东方文学的多源性与多元性。

在政治上，与西方很早就有雅典城邦民主制度不同，东方源远流长的则是集权专制体制。东方各国都有一个至高无上、不受任何监督和约束的独裁王权或皇权；通常它既是世俗的统治者，又是精神上的信仰与支柱。在价值取向上，东方文化往往高标集体价值，漠视乃至抹杀个人价值，强调以氏族或宗族血缘关系为根基的伦理道德——东亚文化圈的儒家伦理与南亚印度的种姓伦理均然。在思维方式层面，东方人强调直觉与顿悟，所谓佛教的“悟”、伊斯兰教苏菲派的"神智"、中国老庄的"涤除玄览"都是这种思维方式的不同表述。在人与自然的关系上,东方民族大都强调顺从自然,追求自然与人的合一,而不是驾驭和改造自然。在这样的社会-文化背景中,东方人普遍形成了一种特有的东方心理范式:知足常乐,容易满足,保守内向,缺乏开拓和进取精神;若不追求权力,那就追求精神上的超脱与灵魂上的安逸。与欧美文学这种迥然有别的价值取向不仅使东方文学有着自己独特的发展道路与展开逻辑,而且也使其形成了自己不同于西方的文学传统与审美倾向。

与西方文学中灵与肉的剧烈冲突所带来的那种高度紧张和无法解脱的痛苦不同,东方文学的艺术风格倾向于和谐、温雅、恬静,和谐美是东方审美理想的核心。

东方文学中抒情文学极为发达,几乎所有文学大国都以诗歌为文坛正宗;即使叙事性文体,也是表现性的。如东方的传统戏剧往往是写意性、象征性的,表演中注重的不是情节,而是渲染气氛以及心境。

东方文学作品在社会功能上强调"文以载道",大力提倡文学作品惩恶扬善、因果报应。"善有善报、恶有恶报,不是不报,时候未到"乃东方叙事文学的基本情节模式与结构框架,这也决定了其往往有与西方文学之悲剧传统大相径庭的"大团圆结局"。

世界三大宗教——基督教、佛教、伊斯兰教的发源地均在东方,各种不同的宗教观念构成了东方各民族文化的精神内核之一。在其形成和发展过程中,东方文学与宗教有着更为紧密的关联,尤其是在其上古与中古时期。犹太教之于古代希伯来文学,婆罗门教和佛教之于古代印度文学,伊斯兰教之于中古阿拉伯文学,莫不如是。

第十二章
上古文学

第一节　概　　述

上古东方文学指的是亚非地区从原始公社制社会末期到奴隶制社会时期的文学。它主要反映公元前5000年到公元5世纪左右的亚非社会现实，少数作品也反映了封建社会初期的社会生活。

一、上古东方文学的产生及基本特征

在人类历史发展的过程中，亚非地区的一些大河流域是世界文化的发祥地。肥沃的土地、良好的气候和相对集中的人口，成为在当时情况下，从狩猎捕鱼时代向畜牧农耕时代发展过渡的优厚条件，生产发展较快。公元前4000年至公元前3000年的时候，西亚幼发拉底河和底格里斯河流域的巴比伦、北非尼罗河流域的埃及就出现了早期的奴隶制国家。以后，南亚恒河流域的印度和东亚黄河、长江流域的中国也相继进入了奴隶制社会。而当时世界的其他地区大多数还处于蒙昧状态。

作为人类早期社会生活的艺术折射，上古东方文学是在一定的历史条件下产生和发展起来的。上古东方文学产生的社会背景和文化根基明显不同于西方，主要体现在以下几个方面。

第一，在社会的发展形态上，古代东方的奴隶社会具有早熟性和发展的停滞性的共同特征。在原始的东方，氏族社会往往没有经过充分的发展便已进入奴隶社会，这种早熟的社会发展导致了东方文化传统的多源性。一方面，古代东方社会的核心结构是家庭奴隶制的剥削方式，保留了较多的氏族制度的残余；另一方面，由于古代东方众多国家村社形式的财产所有制长期存在，严重阻碍了奴隶所有制的进一步发展。总的来说，东方社会的发展不但时间长，而且极为缓慢，甚至出现停滞。

第二，专制统治的严酷性。古代东方的奴隶主大多由原始部落首领转化而来。在与奴隶的冲突中，逐渐形成用来镇压奴隶的国家机器和实行中央集权的君主专制统治。君主或国王具有至高无上的权力，同时也是最大的奴隶主。他们凭借军队和官吏机构，以国有制土地、税收和战利品作为经济后盾，用严酷的法律治理国家，要求臣民绝对服从自己的指令，否则必将受到严惩。古巴比伦

的《汉穆拉比法典》和印度的《摩奴法典》正是这一时期的历史见证。

第三,国家政体与宗教的紧密联系。原始宗教与其说是一种信仰,不如说是一种礼仪,一种模仿并试图把握客观外界的努力。在古代东方,原始宗教已经深深地渗入到人们的思想情感和社会生活之中,形成了带有本地域特色的思想文化传统。宗教在古代东方世界的作用和功能是双重的:其一,作为构成神奇东方文化的要素,尤其是许多原始宗教中的奇异想象和进取精神,展现出一种质朴健康的哲理之美。其二,东方的专制统治者经常利用宗教将自己神化,宣扬"君权神授"的思想,以巩固其统治地位。

第四,特殊的文化心理。村社制度的长期存在使许多东方文明古国都过着一种闭关自守的生活,社会制度的狭隘性不仅限制了社会生产力的发展,还突出地表现在文化心理上。小国寡民的自然经济使人们的眼光不是投注于横向的广大空间,而是从纵向追溯,保存氏族社会的记忆,从而不具备民主自由的氛围,更缺乏独立进取的个人精神。

东方国家社会文化方面的这些特点,是促使古代东方文学发展的必不可少的条件;悠久的历史和多民族文化源头更造成了东方文学丰富的沉积。由于社会历史类型的相似,上古东方文学也表现出一些共同的基本特征。

第一,古代东方文学是世界上最古老的文学,也是世界文学最早的源头,文学本身具有辉煌而悠久的历史。同时,古代东方的文学创作,不仅内容丰富,而且体裁多种多样,既反映了古代东方文学的创作水平,又为以后各种文学体裁的进一步发展提供了广阔的空间。

第二,与西方文学相比,上古东方文学的形成是多源性的。西方文学源于古代希腊罗马文学一支,而东方文学却是在埃及、巴比伦、希伯来、印度和中国等几大文明发源地独立形成和发展起来的。

第三,上古东方文学富于民间口头创作的特色。上古东方文学的早期作品本身就是来自民间的口传文学,即使是在文人创作的作品和经过后人搜集、整理、加工、编定的书面文学中,口头文学的特点仍然十分明显。在体裁上,以神话传说、民歌民谣、史诗箴言、说唱故事居多;在结构形式和创作手法上,也有明显的民间文学和口头文学的痕迹。民间口头创作不仅是上古东方文学的母体,而且也为它的进一步发展奠定了基础,对后世文学产生了深远的影响。

第四,东方文学在形成之初就与宗教有着紧密的联系,同时又有许多著作,它们既是文学作品,同时还是民族宗教文化的文献汇编。古代印度、埃及、希伯来、波斯的一些作品,如《吠陀》《摩诃婆罗多》《亡灵书》《旧约》就属于这样的类型。强烈的宗教观念对东方文学的影响有积极和消极两方面,其中,积极的作用是主要的:神奇的浪漫色彩、引人入胜的艺术效果。更有一些古老民族,他们把神话传说中的神发展转化为本民族宗教的神加以崇拜,并从神话中演绎出宗教的教义。

第五,上古东方文学强调集体力量,重视道德规范。在长期专制统治和自然经济条件作用下,古代东方民族的观念体系对集体力量极其关注,表现在文学创作中就是很少描写个人奋斗的英雄事迹;道德教谕是上古东方文学非常突出的主题,文学作品往往用某一种道德标准去约束作品中的人物,以道德的善与恶对人物进行褒贬,从而使作品在整体风格上逐渐变得庄重肃穆、敦厚恬静,带有明显的警世训诫特点。

二、上古东方文学发展概况

作为人类的第一批文学遗产,上古东方文学经历了从民间口头创作到文人创作的几千年历程,作品的艺术魅力至今仍给人以美的享受。

东方文学最早产生于西亚两河流域的苏美尔和阿卡德,在公元前 4000 年至公元前 3000 年的时候已经获得很大发展。之后,在亚非许多文明发源地出现上古文学的繁荣,创作出大量的神话传说、诗歌、散文故事和戏剧等文学作品。除中国外,成就最高、影响最大的还有埃及文学、巴比伦文学、希伯来文学和印度文学。

古代埃及文学。发源于尼罗河流域,是古埃及文化的重要组成部分。公元前 3300 年左右,古代埃及人发明了象形文字,使大量流传在口头上的文学作品被记录下来。古埃及最早的文学作品以象形文字书写在纸草卷或金字塔的墓壁上。公元前 3000 年左右,古埃及就已产生了神话、传说、歌谣、颂诗、故事和箴言、笔记等,这一时期流传下来的文学遗产有金字塔祷文和墓碑传。至公元前 2000 年左右,也就是埃及奴隶制鼎盛时期,文学空前繁荣,诗歌、故事、箴言等各种体裁的作品层出不穷,在艺术表现上也达到了较高的水平。公元前 1500 年后,古埃及的文学水平进一步提高,还出现了传记、旅行记等新型体裁的作品。

从保存下来的古代埃及文学材料来看,成就最高的是神话、诗歌和故事。

神话是埃及最古老的文学作品,反映了古埃及人的宗教信仰。古埃及人崇拜图腾,信仰多神。他们认为各个生活领域都有一个或多个神主宰,如太阳神拉,水神努,智慧之神托司,爱情女神赫托尔等。古埃及最著名的是关于奥西里斯与伊希斯的神话。此外,有关开天辟地的神话、拯救人类的神话、太阳神拉的神话以及战神贺鲁斯的神话也流传甚广。这些神话反映了古埃及人对世界起源、自然现象及社会生活的原始理解。

诗歌也是古代埃及文学的最早形式之一。从内容上,它包括世俗诗和宗教诗两大类。世俗诗有民间的劳动歌谣和情歌。劳动歌谣是劳动人民的口头创作,例如,《庄稼人的歌谣》和《打谷人的歌谣》都是公元前 16 世纪用象形文字记录下来的,反映奴隶对奴隶主的仇恨和对剥削的不满。歌谣语言朴实、节奏明快,具有独特的艺术风格。情歌是用笛子和竖琴伴唱的爱情诗,以男女对唱的形式表达恋人之间纯真的感情。宗教诗主要反映古代人的宗教信仰和宗教祭祀活动。现在保存下来的宗教诗歌大多是公元前2000年左右的记录,其中第十八王朝时期的《阿通太阳神颂诗》是古代埃及宗教颂诗中的名篇,赞颂了给万物带来生机的太阳神(阿通神也就是太阳神拉),代表了古代埃及颂神诗方面的最高成就。宗教诗中最有代表性的是《亡灵书》,《亡灵书》中很多是对神的颂歌和对于魔的咒语,是埃及最早的诗歌总集。现存的善本《亡灵书》是属于公元前16世纪的作品,它汇集了颂诗、祷文、神话和咒语等,内容丰富,具有浓厚的宗教思想。作品涉及古代埃及人的宗教信仰、思想、风俗习惯,并且从中可以看到古埃及人对生命、生活的看法和对神学、圣典的理解。由于《亡灵书》是以亡灵说话的艺术手法来表现的,想象丰富、构思精巧、形象生动。另外,在古埃及还有一些诗歌是赞颂埃及文明的摇篮尼罗河的。

《亡灵书》所载死者的灵魂接受冥神俄赛里斯审判的情景

埃及古代的故事起源于民间的口头创作,尤其是生活故事,例如《能说会道的农夫的故事》《赛努西的故事》《遭难水手的故事》《两兄弟的故事》等。这些故事有的是虚构的,有的则以历史事件为依据,情节曲折,想象丰富,语言风趣,引人入胜,表现了古代埃及人的社会生活场景和善恶是非的道德观念,开创了后世短篇小说的先河,对阿拉伯地区和地中海沿岸的文学发展产生了一定影响。

早在埃及古王国时期,即公元前3000年左右,就产生了人类最早的戏剧,金字塔祷文中保存有哀悼奥西里斯和欢呼其复活的宗教剧片断。但戏剧的发展与演出联系在一起,古代东方不具备希腊雅典城邦那样的社会基础和民主条件,上古东方民族戏剧大多停留在原始歌舞和宗教祝祷阶段,发展缓慢。

古代巴比伦文学。公元前3000年前,苏美尔人和阿卡德人就创造了自己的文学。巴比伦文学是苏美尔和阿卡德文学的继承和发展,是靠刻在泥板上的楔形文字记载得以流传的。

古代巴比伦文学作品保留至今的有神话传说、史诗、劳动歌谣、寓言、赞歌和箴言等,其中史诗《吉尔伽美什》代表着古代巴比伦文学的最高成就,而且是迄今为止发现的世界文学史上最早的一部完整的史诗。

《吉尔伽美什》这部作品是在人们口头长期流传的过程中逐步发展定型的。公元前3000年左右,其基本情节已经开始形成,在公元前19世纪初至公元前16世纪中叶期间经历了一个收集、整理、汇编成书的阶段。全诗长3 000多行,用楔形文字记载在12块泥板上。

记载《吉尔伽美什》的石板残片

《吉尔伽美什》是一部古代两河流域神话传说和英雄故事的总集。主人公吉尔伽美什是乌鲁克城的城主,史诗一开始写他继承"七贤"事业,给城市带来文明,修筑起环城的乌鲁克城墙,但他在统治时期的专横和残暴也引起了居民们的不满。他们向上天申诉,于是天神让创造女神另外创造了一个半人半兽的勇士恩启都来与之对抗。在激烈的搏斗之后,恩启都反而和吉尔伽美什结为至交。两人共同为人民造福,协力战胜杉妖赫巴巴,杀死爱神派遣来危害人间的天牛。由于他们的行为触怒了天神,恩启都受惩病逝,吉尔伽美什因好友的死而远走异乡探寻永生的奥秘,虽然失望而归,却意识到人只要继承"七贤"的事业,为城邦建立的功业将是永存的。

这部人类文明之初的史诗,对于认识古代巴比伦人的思维和文化心理有着重要的意义,从原始但引人入胜的史诗情节中可以看到当时人们对于人与自然关系的理解;吉尔伽美什和恩启都的关系形象地反映了古代两河流域苏美尔城邦奴隶制文化和闪米特游牧民族原始文化的冲突与融合;同时,史诗中还表现了古代巴比伦人对生命奥秘和自然规律的探讨与认识。吉尔伽美什的形象在很大程度上体现了从原始公社制社会向奴隶制社会转化时期英雄人物的性格特征。全诗情节发展自由灵活,基调乐观,语言富有艺术力量,表现出积极进取精神,后来被不断改写成不同版本流行于西亚,并对古代希腊神话和荷马史诗都产生了影响。

对天地万物的来源、人类的产生,古代人都有朴素的解释。在东方的创世神话中,以巴比伦叙事诗《咏世界创造》中的神话最为生动。远古时候,既无天也无地,只有原始天父阿普苏海洋和地母娣阿玛特深渊,他们的水混合而成为太初的混沌,后生出众神。众神不满地母深渊的统治,预谋造反篡权,娣阿玛特大怒,众神惶恐,只有马尔都克挺身而出,力战地母,经一番苦斗终于获胜。他将地母撕作两半,一半为天,一半作地,继而创造出星辰万物,又以黏土和神的血调和,创造了人类。创世竣工之日,众神在天庭兴建神庙和巴比伦塔,拥戴赞颂马尔都克。

古代东方还有不少解释四季更替、自然万物的神话。其中苏美尔神话《杜姆兹和印南娜》曲折而富于东方特色:丰产之神杜姆兹和储备女神秋天结婚,后因丈夫被冥王劫去,整个大地凋零枯萎。印南娜闯地府与冥王协商,每年让杜姆兹定期返回大地,大地又充满生机。这个解释季节变换的神话在巴比伦衍化为《伊什塔尔下地府》的神话。后经叙利亚辗转到希腊,成为著名的美神阿佛洛狄忒与英俊少年阿都尼斯的恋爱故事。

在东方各民族早期神话中都有关于洪水浩劫的神话。虽然各族的洪水神话有各自不同的特点,但对洪水汹涌泛滥、吞噬一切的情形都有具体生动的描述,保留了原始东方人对洪涝灾祸的恐怖记忆。苏美尔人的洪水神话在古代巴比伦史诗《吉尔伽美什》中再现,并深深影响了希伯来神话,流传下"诺亚方舟"的著名传说。

古代巴比伦文学以其古朴和丰富多彩著称,在世界文学发展史上占有极其重要的地位。

古代希伯来文学。希伯来文学的主要成就是《圣经·旧约》和其他一些与《圣经·旧约》有关的作品,如《次经全书》。

古代印度文学。梵语是古代印度文学共同使用的语言和文字,所以古代印度文学通称为"梵语文学"。它的发展大致可以分为三个时期。

(1) 公元前3000年至公元前10世纪,又称吠陀时代,是古代印度从原始公社解体到奴隶制社会形成的过渡时期。这一时期出现了印度最古老的文献和诗歌总集《吠陀》。

"吠陀"的本义是"知识""智慧",《吠陀》是古代印度祭祀典礼中保留下来的诗句经文的编订总集。一般分为4种:《梨俱吠陀》是最古老的一部诗集;《阿达婆吠陀》也是诗集,但时间稍晚;《娑摩吠陀》和《夜柔吠陀》是依附于《梨俱吠陀》的两部文选,前者是一部配曲演唱的歌词选集,歌词大多选自《梨俱吠陀》,后者是一部说明如何运用这些歌曲进行祭祀的文献。《梨俱吠陀》大约在公元前15世纪前后编成,是印度现存最古老的一部诗歌总集,共10卷,1 028首诗。作品借用赞美诗的形式叙述了古代印度的神话、传说和歌谣,反映了印度上古时代人们的思想和社会风俗。《阿达婆吠陀》成书于公元前5世纪左右,是一部用于驱灾镇邪的诗集,共有730首诗,是古代印度人幻想通过咒语和巫术去征服困惑的文字记录。这两部诗集大多是由口头创作整理而成,富于生活气息,被印度人民视为神圣的经典,不仅对印度文学,而且对印度人民的生活和习俗都产生了深远的影响。

《吠陀》和稍后出现的史诗《摩诃婆罗多》《往世书》中保存有大量优美的神

话传说。总的说来,印度神话虽然不像古希腊神话具有严密完整的系统,但同样具有人的性格、特征和欲望。尤其是关于因陀罗、大梵天、毗湿奴和湿婆的众多神话,想象丰富,曲折动人,成为后来印度一千多年文学题材的重要来源,可以说是印度文学的源泉。

(2) 公元前10世纪至公元前1世纪,又称史诗时代,是印度奴隶制社会形成、发展和巩固时期。文学成就中最突出的是两部史诗《摩诃婆罗多》和《罗摩衍那》。

印度史诗《摩诃婆罗多》和《罗摩衍那》规模宏大、内容丰富。传说《摩诃婆罗多》的作者是毗耶娑,《罗摩衍那》的作者是蚁垤。实际上,两大史诗都是民间口头创作而成的,所谓作者,只是在形成过程中起关键作用的人或进行加工汇编的人。"摩诃婆罗多"的意思是"伟大的婆罗多族",作品产生于西印度,主要叙述婆罗多王后代般度族与俱卢族为争夺王位而发生的战争,以般度族取得最后的胜利而告终。史诗中对原始公社向奴隶制社会过渡时期以般度族长兄坚战为代表的氏族上层进步势力进行了歌颂,批判了狂热的贪欲、争权夺利和不义的战争,表达了古代人民争取和平与美好生活的强烈愿望,体现了古代印度人民维护正义、坚持善行的愿望。在叙述两族大战和每个重要人物活动的故事里,安排了许多神话故事、民间传说和其他一些与史诗联系不大的故事和插话。另外,有关政治、法律、道德、哲学、宗教法典的内容占史诗很大篇幅。由此可见,《摩诃婆罗多》不是一部单纯的英雄史诗,而可以称得上是古代印度的"百科全书",因此有"历史传说"的美誉。《摩诃婆罗多》的故事所依据的历史事件大约发生在公元前10世纪至公元前9世纪间,史诗形成于公元前6世纪至公元前5世纪左右,最后定型于公元前3世纪左右。史诗共有正文18篇,附录1篇,从篇幅上来说,是上古民族史诗之最。《罗摩衍那》产生于东印度。"罗摩衍那"的意思是"罗摩的漫游"或"罗摩的传记"。史诗以阿逾陀城宫廷阴谋及罗摩与妻子悉多悲欢离合的故事为基本情节,广泛地反映古代印度社会的道德伦理观念和人们的精神面貌。作品的主题是正义与邪恶之间的斗争,表达善必然战胜恶的坚定信念,主要特点则在于表现英雄人物完美的思想品格:罗摩智勇双全,具有不畏困苦的坚毅精神,是一个理想化的英雄形象;悉多则表现出受难而不屈的顽强意志;罗什曼那敢于反抗命运,忠于正义事业。在篇幅上,《罗摩衍那》仅为《摩诃婆罗多》的四分之一,共分7篇,成书时间在公元前3世纪到公元2世纪左右。

两部史诗反映了上古印度奴隶社会时期的现实,表达了古代印度人的伦理观念和人生理想。从两部史诗表现的文明进化程度看,《罗摩衍那》晚于《摩诃婆罗多》。在艺术表现上,《罗摩衍那》更为成熟,描绘精细、叙述生动、情景交融。在艺术特色上,《摩诃婆罗多》语言简明、朴素、粗犷,场面宏伟,气势磅礴,节奏感强,具有一种雄浑、壮阔的美;《罗摩衍那》结构严谨,语言精致,性格描写细腻,手法多样,既有悲剧的力量,又有喜剧的轻松和谐,更富有诗的韵味。但两部史诗都体现了以瑜伽哲学为中心的印度精神,成为婆罗门教和印度教的经典,史诗中的许多人物成为印度人至今膜拜的"神"。两大史诗也成为印度后世文学的源泉,对两部史诗的改编、扩写、演绎成为以后千余年印度文学的重要内容,从史诗中选取题材、汲取灵感的作家诗人不计其数。印度两大史诗早就越出国界,对南亚、东南亚地区和中国西部、西南部地区少数民族文学都有难以估量的影响。

佛经文学是史诗时代另一突出的文学成就。其中,《佛本生故事》是印度佛教寓言故事的集大成者,约成书于公元前 3 世纪,是世界上最古老的寓言故事集之一。现存的《佛本生故事》共收集了 547 个故事,用巴利文写成。它以讲述佛祖释迦牟尼前生故事的方式出现,实则是将流行于民间的故事加以编订而成的。这些寓言、神话传说、劝善惩恶故事以弘扬佛旨、褒贬善恶为基本主题,通俗易懂,质朴幽默。既有佛教经典的作用,又有文学欣赏的价值。《佛本生故事》在信仰小乘佛教的东南亚地区国家广为流传,成为那些国家古典文学的重要题材来源。

(3) 公元 1 世纪至 12 世纪,被称为古典文学时代,正处于印度奴隶制向封建制度转变并逐渐进入封建社会的时期。就古代印度文学而言,是指它的早期,即公元 1 世纪到公元 6、7 世纪这一时期的文学。

随着民间口头文学创作的进一步发展,故事和寓言在这一时期极为流行。其中,《往世书》和《五卷书》最为重要。

《往世书》是用史诗体裁写成的神话、传说、故事的总集,流传至今的共有 18 部,主要内容包括宇宙起源的神话故事和印度教三大主神的神话故事。其中流行最广的是《薄伽梵往世书》,这一故事中的黑天是大神毗湿奴的化身。他父母结婚时天上传来声音说他们的儿子将杀死当时在位的残暴国王。国王于是将其父母囚禁,黑天出生后被调换寄养在牧民家中。少年时期黑天与前来牧村捣乱的各种妖魔战斗,杀死化作牛犊、巨鹤和大蟒的阿修罗,消灭了危害人类的阿修罗部落。他曾吞下突然爆发的森林野火,保护牧童和牛群的安全。当猛烈的暴风雪和冰雹袭来时,他单手托举一座大山,使牧民和畜群躲过灭顶之灾。长大后他和异母哥哥大力罗摩一起,杀死暴君,救出父母,击退邻国的多次进犯。在婆罗多族大战中,他支持正义的般度族,对战争的胜利起了决定性作用。黑天是印度神话中一位降妖伏魔、除暴安良、保家卫国的英雄。

《五卷书》是一部具有世界影响的作品,是在公元前后几个世纪中形成的印度民间故事的总汇。作品以婆罗门学者教诲三位王子的事件为大框架,通过生动有趣的动物故事,在飞禽走兽世界的描绘中,宣传婆罗门教为人处世的理论,包括治国方略、处世经验、实用知识和道德规范等。作品采用故事套故事的叙事结构及格言诗插在散文中的形式,共分 5 卷,每卷有一个中心故事,内容丰富，含义隽永。

《五卷书》在8世纪被译成阿拉伯语，经过编译后更名为《卡里莱和笛木乃》。这个编译本随着中古东、西文化交流而传遍世界主要国家，其内容和形式都对后世文学产生深远影响。

这一时期，其他各种文学体裁也都得到了相应的发展，文人的创作也开始成熟，出现了不少著名的作家作品，其中尤以诗歌和戏剧成就最为突出。当时著名的诗人除迦梨陀娑以外，还有马鸣、伐致呵利等。马鸣是公元1至2世纪的佛教诗人和剧作家，作品有叙事诗《佛所行赞》和《美难陀传》等。伐致呵利是公元1至2世纪的著名抒情诗人，其代表抒情诗集《三百咏》集中反映了印度社会贫苦文人的思想感情，语言简洁朴素，是印度流传最广的抒情短诗集之一。

戏剧是梵语文学的一个极其重要的组成部分，作品大多出自古典作家之手。最早的戏剧是在《吠陀》对话诗的基础上发展起来的。公元前2世纪的《大疏》中就提到了戏剧表演，在迎神赛会上演员戴着面具表演黑天故事。在古代印度戏剧发展的同时，戏剧理论也在这一时期开始形成。公元2世纪出现的《舞论》相传是婆罗多牟尼所作，是对早期梵语戏剧实践经验的总结，也为以后的戏剧发展提供了有益的理论指导。这部作品以戏剧表演为中心，涉及戏剧的各个方面，尤其是对印度古典美学中的基本范畴如"情""味"进行了深入细致的研究，并从观众接受的角度对戏剧的审美情感和审美效应作了自成体系的探讨。它认为现实生活是戏剧得以产生的基础和来源，戏剧应当全面地反映现实，模仿社会生活；同时，戏剧不应只求能够满足观众的娱乐需要，而更应具有教育意义。这部著作不仅是印度戏剧理论的奠基作，而且也是现存古代印度最早、最系统的文艺理论著作和戏剧美学著作。《舞论》的理论成就表明，在公元前后，印度戏剧就已有相当程度的发展和积累。

早期梵语剧作流传下来的很少。现在知道最早的梵语剧作是马鸣的《舍利佛》残卷。而代表早期梵语戏剧成就的剧作家是跋娑（约2、3世纪）、首陀罗迦（约3世纪）和迦梨陀娑（约4、5世纪）。

跋娑是为后世称道的古典梵语戏剧大师，但他的剧作到20世纪初才在南印度某寺庙中被发现，共有13部。剧作大多取材于两大史诗，戏剧性强，人物性格鲜明，场景描写生动。其中《惊梦记》是跋裟的代表作，剧作主要描写优填王和王后仙赐的爱情，并以拯救国家于危难中为其政治背景。作品成功地塑造了仙赐这个救国图存而富于牺牲精神的艺术形象。戏剧结构严谨，采用明暗人物和旁白手法表现人物性格与复杂关系。

首陀罗迦生活在公元2至3世纪左右，10幕剧《小泥车》是首陀罗迦的代表作，也是印度最早直接描写现实生活的一部戏剧。这部上古东方文学中最富于社会意义的现实主义作品以妓女春军和婆罗门商人善施的恋爱故事为主要情节，并反映了城市人民的生活和斗争的主题，在印度古典文学中占有特殊的地位。剧作情节曲折生动,语言流畅生动,充满戏剧冲突和紧张气氛,同时又洋溢着对生活的乐观理解,是一部驰名世界的戏剧经典之作。

迦梨陀娑的戏剧创作代表着印度古代戏剧发展的最高成就。

第二节 《旧 约》

一、古代希伯来民族及其文化

今巴勒斯坦地区古称迦南,是地中海东岸的狭长海岸平原,土地肥沃,物产丰富,又是沟通埃及和两河流域的交通枢纽,具有重要的经贸和战略意义。早在公元前3000年左右,这里定居的迦南人受埃及、亚述、波斯及巴比伦等文明古国的影响,开创了“迦南文化”。

希伯来民族的祖先属闪米特族的一支,公元前2000年左右游牧于幼发拉底河流域的草原,后来逐渐向北迁徙,经古城哈兰、叙利亚,于公元前1500年左右进入迦南。迦南土著称他们为“希伯来人”,意为“河那边来的人”。希伯来人进入迦南以后,由于饥荒曾经流徙尼罗河三角洲,受到埃及法老的压迫和歧视。公元前13世纪中叶由族长摩西率领逃出埃及,再次进军侵入迦南,最终征服了迦南人并逐渐将他们同化。公元前12世纪,希伯来人遇到一个新的强敌非利士人的进攻。非利士人是从地中海东岸附近诸岛上来的部落,被称为“海上民族”。非利士人一度占据了迦南西南沿海的几个城市,还把迦南改名为“巴勒斯坦”,意为“非利士人的土地”。此后希伯来人与非利士人之间战争频仍。

公元前11世纪下半叶,为了联合抗敌,希伯来人开始建立独立的王国,各部落推选扫罗为首任国王,后经大卫的治理,王国迅速强大,至所罗门在位的时候(公元前973—前933年)达到鼎盛。这时期正是希伯来文学开始发展的时代。所罗门死后,王国分裂成南北对峙的以色列和犹太国。两国纷争不断,外强乘虚而入。公元前722年亚述灭以色列,掳去国王臣民近3万人;公元前586年,新巴比伦灭犹太,掳去的“巴比伦之囚”达5万多人,独立的以色列——犹太王国彻底沦亡。公元前538年,波斯国王居鲁士统治了巴比伦,成为西亚霸主,希伯来人得以返回耶路撒冷,重建城墙与圣殿。此后,在马其顿和罗马统治时期,圣殿和城墙屡遭毁损,民族文化受到排斥。不少复国志士不愿忍受异族压迫,多次率众起义,也曾一度于公元前142年成立马卡比王朝,但最终仍遭残酷镇压。公元1世纪,罗马为镇压希伯来人的武装起义,扫荡犹太全境,古代希伯来民族的历史全部结束,遗民及其后裔流落世界各地。

古代希伯来人的民族文化是在几次大移民和生存发展过程中创建的。一方面,它在产生发展过程中广泛受到西亚古代文明影响,古代巴比伦、苏美尔、埃及、亚述、波斯的文化都在希伯来文化中得以融合。也就是说,在古代希伯来文化中保留了上述古老民族文化的因素。另一方面,从公元前13世纪起,直到

“巴比伦之囚”以后数百年,希伯来人尝尽了民族压迫的苦头、战争的蹂躏、被俘的命运和被放逐的苦痛。灭族之灾和亡国之痛是希伯来民族的集体情感体验。在追求、抗争、挫败、挣扎的漫长岁月中形成了希伯来民族文化中渴求和平与安宁的思想,也使生活在水深火热中的人们产生了“救世主”的思想。他们祈求和幻想着“救世主”的降临,使他们从异族的压迫和奴役下解放出来,最终形成了他们的宗教——犹太教及其经典《圣经·旧约》。

二、古代希伯来文学总集《旧约》

《圣经·旧约》绝大部分是用希伯来文写成的。它大致形成于公元前12世纪至公元2世纪之间,在公元前6世纪到公元2世纪陆续汇编成书,是古代希伯来人历史和文化的大型文献汇集。《圣经》包括《旧约》和《新约》两大部分。这里所谓的“约”是说相传上帝曾经与犹太人订立过三次“约”。第一次是上帝看到人间充满了罪恶,要用洪水把世界毁灭,重新创造人类,可又不忍心将世界毁灭净尽,所以让心地善良的诺亚制造方舟,跟其他一些生物躲进方舟,逃避洪水浩劫;洪水过后,天空出现彩虹,是上帝示知人类,洪水不会重发,愿诺亚的子孙繁衍昌盛。这就是上帝和人类之间的最初立约。第二次“约”是上帝和犹太人的祖先亚伯拉罕订立的,规定犹太人信奉耶和华是唯一的神。第三次“约”是上帝和犹太英雄摩西订立的,制定了犹太教徒恪守的“十诫”。由于书中记述着这些订“约”的故事,所以犹太人把它称为“约书”。后来基督教认为耶稣降生后,神和人又订了“新约”,故把犹太教承袭下来的经典称《旧约》,而把基督教本身的经典称《新约》,合起来也称《新旧约全书》。作为犹太教的经典,《旧约》记录了上帝的言行和犹太教的教义、教规、信条。它还以大量篇章记载了古代巴勒斯坦、埃及和两河流域诸民族的神话故事、历史传说、人物传略、训诫律法、诗歌谚语和小说传奇。因此,从文学角度看,《旧约》是希伯来民族历代文学遗产的结晶。

《旧约》共分39卷929个篇章。按照内容和体裁来划分,可分为4个部分,其内容大致如下。

(1) 律法书:即所谓“摩西五经”,包括《创世记》《出埃及记》《利未记》《民数记》《申命记》共5部,相传是由摩西撰写而成的。这部分内容在《旧约》中产生最早,公元前444年之前就已汇集成书。包括上帝创造天地和人类、“伊甸园”、洪水方舟等神话和族祖亚伯拉罕、雅各、摩西等人的传说,中心内容是犹太教所订的教规和法典,所以被称为“经”或“律”。

(2) 历史书:包括《约书亚记》《士师记》《撒母耳记(上、下)》《列王记(上、下)》《历代志(上、下)》《以斯拉记》《尼希米记》共10卷。“历史书”记述了以色列和犹太王国的兴衰史。这些作品成书的年代大致在公元前6世纪即“巴比伦之囚”前后至公元前2世纪。

(3) 先知书:包括《以赛亚书》《耶利米书》《以西结书》《十二先知书》等15卷。所谓“先知”,意思是最先领受上帝旨意的人,是上帝选派到民众中的使者,实际上是一些感受敏锐、忧国忧民、不畏强权、追求真理的思想家和社会改革家。他们奔走于宫廷和民间,抨击社会的陋习与种种不平现象,立志以他们的言行唤起民族的觉醒。“先知书”就是他们针对当时的社会现实而创作的作品。在作品中,他们揭露黑暗,抨击丑恶,呼吁变革,预言未来。作品经常是以先知们慷慨陈述、面对教徒演讲和说教的形式表现出来的,充满鼓动性和感召力。《以赛亚书》和《耶利米书》是先知文学的代表作。成书的年代大约是在公元前8世纪至公元前3世纪,当时正处于国家的多事之秋。

(4) 诗文集:其中包括《路得记》《以斯帖记》《约伯记》《诗篇》《箴言》《传道书》《雅歌》《耶利米哀歌》《但以理书》《约拿书》共10卷。“诗文集”在《旧约》中文学价值最高,成书年代却最晚,大约在公元前400年至公元前150年之间,编入《旧约》的时间,最迟的在公元1世纪左右。

作为一部文学总集,《旧约》是一部蕴藏着丰富的智慧和美感的文学作品。它反映了希伯来民族从氏族部落时期直到沦为“巴比伦之囚”之后几百年即从原始氏族制末期到奴隶制时代古犹太人、古以色列人的生活和斗争。

神话、传说是《旧约》中最古老的文学作品,主要收集在《创世记》里,其中最有代表性的是上帝耶和华创造世界、创造人类的神话和挪亚方舟躲避洪水的传说。前者反映了古代希伯来人对宇宙的起源和人类起源的朴素的理解;后者反映了远古时代洪水对人类的危害和人们试图战胜洪水、征服自然的强烈愿望。考古发掘证明,《旧约》神话中的许多故事情节以及细节来源于苏美尔-巴比伦神话,希伯来人将两河流域的远古神话和迦南本地的原始神话融合在一起,并进行了加工改造。《旧约》神话是古代希伯来人在天真的幻想中对于自然现象和社会现象的朴素理解和解释;而关于几代族长的传说则有一定的史实依据,是希伯来人对开创民族历史和做出卓越贡献的祖先的追忆和缅怀,只是加入了太多的虚构和想象内容,从而具有一定的神话色彩。希伯来传说中的民族英雄人物个性非常鲜明:亚伯拉罕勇敢公正,以撒淳朴厚道,雅各精明谨慎,约瑟志高才宏,摩西坚毅睿智。由于神话传说简约古朴、典雅隽永,对后世文学产生了深远影响,成为许多文艺作品永恒的母题。

《旧约》中的叙事作品还包括史诗性的英雄故事、历史故事和生活故事。英雄故事和历史故事基本上以希伯来民族历史为素材,交织穿插民间传说,真实史料和艺术想象交融,既真实地再现了征服迦南、建立联合王国、反击异族入侵、维护民族信仰的历史事件,又艺术地刻画了这一历史过程中的民族英雄,其中记载于《士师记》的女士师底波拉和传奇式人物参孙的故事尤其引人入胜。生活故事以《路得记》为代表,这是一部公元前400年左右的作品,以“士师时代”的生活为题材,叙述摩押族女子路得在丈夫亡故后随婆婆生活在犹太族,后改嫁犹太族近亲，最终成为大卫王祖母的故事。小说在田园诗般的气氛中反映古代希伯来的风情，赞美异族女子的贤淑勤劳，提倡团结互助，也表达了反对“禁止异族通婚”的狭隘民族主义的主题。整部作品简洁明净，情节紧凑，讲究结构艺术，以虚构故事表达明确的主题，成功塑造了普通人物形象，具备了近代“小说”的基本因素，被认为是希伯来文学中最早的一篇小说。

《旧约》中的诗歌是希伯来民族流传下来的最珍贵的文学遗产。《旧约》诗歌种类繁多，有劳动歌谣、英雄战歌、祝祷辞、赞美诗、格言诗、寓言诗、诗剧、哀歌、情诗等，大致可分为抒情诗和哲理诗两大类。前者的主要诗集有《诗篇》《耶利米哀歌》《雅歌》；后者的主要诗集有《箴言》《传道书》《约伯记》。《诗篇》是《旧约》中最大的诗集，收录了公元前 11 世纪至公元前 2 世纪近千年间的抒情短诗 150 首，大多表现古代希伯来人的宗教生活和情感，也有些篇章抒写人生的体验。《耶利米哀歌》是希伯来最动人的一组抒情诗，也是希伯来诗歌发展到顶峰的标志。诗人耶利米是一个伟大的先知，他生活在民族的悲剧时代，目睹耶路撒冷被劫后的惨景，以悲愤之情抒发亡国之痛，“哀歌”五章被后人尊为民族绝唱。《雅歌》在《旧约》中又称“所罗门之歌”，是公元前 2 世纪的作品。《雅歌》是希伯来文学中最具争议的作品，关于它的作者、内容和语体都有不同的观点。这部作品在艺术上既有埃及爱情歌谣的对唱形式，也采用了希腊田园牧歌形式，属于世俗的抒情诗，充满了生活气息，是《旧约》中最少宗教色彩的诗作。它既表现了情爱的纯真和强烈，同时又强调了“爱的专一”，认为爱是不能用财宝换取的。作品洋溢着生命的内在要求，极力渲染青年男女的情爱，炽烈奔放、酣畅淋漓但格调清新、不失优雅。《箴言》汇集了数百首格言警句式的短诗，是哲理诗中最有积极意义的，被称为哲理诗的“集中之集”。这些箴言是“巴比伦之囚”重返耶路撒冷以后收集的，体现了希伯来人丰富的经验和智慧。形式短小，语言凝练，风格朴实，能启人心智。《传道书》是一部哲理诗集，成书于公元前 250 年至公元前 200 年间。那时正是希伯来人受马其顿王朝统治时期，民族文化受到希腊文化的压制，人心沮丧，社会腐败。作品对人生和生命的意义作形而上的思考，提出在“虚空”的人世及时行乐享受的观点，反映了万事皆空的思想情绪。哲理诗剧《约伯记》通过正直善良、品德高尚的义人约伯接连遭受不幸——家破人亡、全身长满毒疮、受尽痛苦磨难，探讨了“好人为什么要受苦”的宗教哲理问题。诗剧结构宏大，气势磅礴，表现了实事求是、辩证地探讨问题的哲学思考；简洁的叙述、插曲性抒情、哲理化独白、戏剧式突转，四者交织融汇，形成深沉凝重的风格。诗剧以论辩性对话为主，很少动作和表演因素，只具备了戏剧的雏形。

《旧约》诗歌在体式上具有鲜明的民族特色。首先，《旧约》诗作篇幅较短。古代希伯来民族以诗抒情言志，叙事由其他文学形式承担，因而篇幅较大的叙事诗未能获得发展。其次，希伯来语只有声母，没有韵母，因而《旧约》诗歌不押脚韵,而是用头韵,即所谓"贯顶体":全诗 22 节,按照希伯来文 22 个字母的顺序,依次作为每一节诗的第一个字母。《旧约》诗歌中用"贯顶体"创作的诗为数不少。

《旧约》文学是通过犹太教折射出来的古代希伯来民族的历史投影,体现了古代希伯来人的宗教、文化、经济、政治以及社会风气等方面的情况,是古代希伯来民族形象的生动写照。《旧约》文学题材广泛,包括了希伯来民族 1 000 多年的民间创作和文人创作,作品呈现出综合性、多样化的特点。虽然出于宗教目的,《旧约》文学的创作总是和人与上帝关系的传教意图相联系,从而使作品弥漫着神秘色彩,但由于《旧约》文学绝大部分是民间通俗文学,从整体上来说,语言风格质朴简洁,形象塑造鲜明生动,叙述笔调明快。

《旧约》是全人类的经典文献之一。在人类生存中,任何人所感受过的那种希望与失望、幸福与悲哀、爱与恨,都能在《旧约》中找到。《旧约》文学不仅是东方文学的重要组成部分,而且随着《旧约》成为基督教《圣经》的一部分内容之后,迅速传入欧洲,对欧洲的社会生活影响巨大。它像古希腊罗马文学一样,是西方文学发展的又一源头。

第三节 迦梨陀娑

迦梨陀娑是印度享有世界声誉的古典梵语诗人和戏剧家。

一、生平与创作

迦梨陀娑的生平和其他印度古代作家一样,没有留下任何资料。据学者考证,他大约生活于公元 350 年至 472 年之间,是笈多王朝全盛时期的宫廷诗人,被誉为"宫廷九宝"之一。传说他出身婆罗门,但家境贫寒,被一牧人收养,由于迦梨女神的恩惠而获得智慧,成为伟大的诗人,"迦梨陀娑"即"迦梨女神的仆人"之意。

迦梨陀娑流传下来并得到公认的作品有 7 部:抒情诗集《时令之环》,抒情长诗《云使》,叙事长诗《鸠摩罗出世》和《罗怙世系》,剧本《摩罗维迦和火友王》《优哩婆湿》《沙恭达罗》。

《时令之环》(又译《六季杂咏》)包含 6 组抒情短诗,分别描绘印度六季(夏、雨、秋、霜、寒和春季)的自然景色以及男女欢爱和相思之情。其中表现出诗人对自然景色和情人心理的细致观察,也不乏优美动人的比喻,但有些诗缺乏意蕴,过于浅露,意境雷同,重复较多。

《云使》是一部抒情长诗。以第一人称抒写恩爱夫妻离别的相思之情。有个药叉因玩忽职守被贬谪到南方罗摩山苦行林。在雨季来临的时刻,看到一片由南往北的雨云,勾起他对远方爱妻的无限眷恋。于是他托雨云带去他对妻子的思念。《前云》部分写药叉向雨云指点到达他爱人居住地阿罗迦城的路程，对途经的每一处秀丽景色作了充满感情的生动描绘。《后云》部分描述阿罗迦城药叉们的欢乐生活，想象爱妻独处的孤寂和痛苦，抒发对妻子炽烈的思念，并请雨云安慰她说夫妻不久便可团圆。《云使》是印度文学史上第一部抒情长诗，它充分发挥了抒情诗歌的艺术因素：强烈缠绵的感情，丰富奇特的想象，优美精妙的比喻，和谐“缓进”的韵律，代表了印度古代抒情诗的最高艺术成就。

叙事诗《鸠摩罗出世》取材于印度古代神话传说。共计 17 章。前 8 章叙述大神湿婆和雪山神女波哩婆提的恋爱婚姻故事，湿婆失去爱妻后弃绝尘世，在雪山苦行修炼。山神愿将女儿波哩婆提嫁给湿婆，而湿婆毫不动心。此时，天界受到魔王骚扰，大梵天建议天神设法让湿婆与波哩婆提结亲，唯有他们的儿子能降伏魔王。爱神奉命欲射出弓箭之时，被湿婆察觉，用额上的第三只眼睛喷出烈焰，将爱神化为灰烬。波哩婆提意识到不能凭美色获取湿婆的爱情，便下决心用苦行来获取，最终感动了湿婆，赢得了爱情。后 9 章叙述了湿婆的儿子鸠摩罗的出世成长、锻炼及成人后如何降伏罗刹而成为战神的故事。一般认为后 9 章是他人的续作，叙事诗表达了对世俗生活的充分肯定。印度现代诗人泰戈尔认为大神代表善的精神，波哩婆提代表现实的精神，波哩婆提“作为现实的精神”，通过谦卑、忍辱和苦行赢得了湿婆的心——善的精神。由此，真的自由和善的制约相结合，产生英雄主义，使天国乐园摆脱非法的恶魔侵扰。

《罗怙世系》也是叙事诗，共有 19 章。采用帝王谱系的形式，没有贯穿全诗的统一的情节。迦梨陀娑以诗人的眼光提炼和剪裁历史传说，着重描写罗怙王族历代著名帝王的主要事迹，并借以表达自己的社会道德理想。认为国王应该恪守正道，依法治国，为臣民谋利益。全诗以绚丽多彩的画面和人情味、优美的语言和韵律、温和的教诲，被奉为印度古典梵语叙事诗的最高典范。

迦梨陀娑传世的 3 部戏剧《摩罗维迦和火友王》《优哩婆湿》《沙恭达罗》都是以宫廷生活为背景，以爱情为主题，而且男主角均是国王。古典梵语戏剧是诗剧。迦梨陀娑充分发挥自己的诗歌才能，善于描绘景色和抒发感情，又严格切合剧中人物的环境和心理；善于驰骋想象，又完全根据剧情需要；善于修辞炼句，又不是故意卖弄诗才。迦梨陀娑还善于按照戏剧艺术的要求，安排情节，设计戏剧性场面，塑造人物性格，揭示人物心理，使诗歌和戏剧在他的诗剧中达到最完美的统一。

五幕剧《摩罗维迦和火友王》描写火友王和“宫娥”摩罗维迦的爱情故事。火友王是孔雀王朝将军的儿子，他爱上摩罗维迦后，大小王后都竭力阻挠，最后发现这位宫娥原是一位逃难的公主，于是两人成婚，皆大欢喜。这部戏剧只写了宫廷艳史，但它结构严谨，情节生动，戏剧性强。一般认为它是迦梨陀娑初露戏剧才华的早期作品。

《优哩婆湿》也是五幕剧。取材于印度古代神话传说，描写天国歌伎优哩婆湿和人间国王补卢罗婆娑相爱的故事。补卢罗婆娑在一次礼拜太阳的归途中，从一个恶魔手中救出天国歌伎优哩婆湿，两人一见倾心，互相爱慕。国王回宫后，念念不忘优哩婆湿。优哩婆湿也曾偷偷来到人间看望国王，投递情诗。后来，优哩婆湿在天宫演戏，把剧中人物名字错念成自己心上人的名字，招致师傅恼怒，被罚下凡人间。天神因陀罗告诉她，一旦见到亲生儿子即可返回天国。优哩婆湿下凡后与国王相会，结成姻缘。她害怕兑现因陀罗的诺言与国王分离，怀孕分娩一直瞒着国王，儿子一出生就将他寄养在一个女苦行者家里。儿子长成少年后，女苦行者把他送回。优哩婆湿又喜又悲，喜的是见到了亲生的儿子，悲的是就要重返天国。这时传来天神的命令，恩准她与国王白头偕老。于是，皆大欢喜。

优哩婆湿和补卢罗婆娑的故事是印度最古老的神话之一。而迦梨陀娑进行了创造性的改编，赋予这个古老的神话传说以全新的意义。他着重歌颂了优哩婆湿冲破天罗地网、大胆追求恋爱自由和世俗幸福的叛逆精神。全剧富于浪漫色彩，诗情洋溢，风格爽健明朗，文字朴素、生动、优美，结构紧凑。其中的第四幕尤为著名。在这一幕中，迦梨陀娑充分发挥自己的诗歌天才，通过补卢罗婆娑向自然界生物和无生物探问优哩婆湿的下落，并伴以幕后的唱诗，将补卢罗婆娑失魂落魄的情状、他对优哩婆湿炽热的爱以及优哩婆湿的形体美，表达得淋漓尽致，具有极强的艺术感染力。

迦梨陀娑的创作充分肯定现世人生，赞美对自由与幸福的大胆追求，向往人与自然的统一和谐，充满理想色彩。其作品全都以爱情为中心，往往是在春光明媚、鸟语花香的绚烂背景下，着力烘托恋爱双方热烈的相思、离别的焦灼、意外的痛苦、结合的欢愉，带有浓烈的“艳情味”。作为一个敏感的诗人，迦梨陀娑也看到实现人生幸福的种种阻力，但他往往将其推到背景上去处理，或以离情别绪及由此导致的悲伤与痛苦反衬美好情操，或者映衬后来的皆大欢喜。总之，他极力抒写和表达的是美好的理想，在他的作品中美好的自然、美好的人物、美好的情感与美好的生活最终都会完美和谐地统一在一起。

二、《沙恭达罗》

《沙恭达罗》是迦梨陀娑最杰出的作品，代表古典梵语戏剧的最高成就。剧本取材于印度古代传说，描写国王豆扇陀和净修女沙恭达罗的恋爱故事。国王豆扇陀外出打猎，在净修林遇见美貌的沙恭达罗，两人一见钟情，并自主结婚。国王回宫后，沙恭达罗日夜思念国王，怠慢了一位路过的大仙人，仙人大怒，发出诅咒让豆扇陀忘却沙恭达罗。果然，当沙恭达罗前往宫中寻夫时，国王怎么也想不起她来，临别时国王赠送的戒指又在途中失落，这便无法破解仙人的咒语。沙恭达罗悲愤交加，走投无路，这时她的生母天女将她带往仙山。最后，国王重新获得戒指，恢复记忆。在帮助天神战胜恶魔后，与沙恭达罗团圆，他们的儿子就是婆罗多族的祖先。

诗剧通过豆扇陀和沙恭达罗的恋爱故事歌颂了纯洁真挚的爱情，表达了对美好生活的向往。女主人公沙恭达罗是王族仙人和天女的女儿。幽美、恬静的净修林并没有让她像其他净修者那样，压抑住人的天性，却培养起她天真淳朴、善良温柔、热爱生活的美好品格。她爱护大自然中的一切生物：把花木当成自己的姊妹，整天浇水灌溉；把小鹿看成是自己的义子，经常关心它、抚爱它。她不愿忍受清规戒律的束缚，向往人间的幸福生活，对爱情的追求热烈而忠贞。她一见钟情地爱上豆扇陀，爱得真诚深挚，但又羞于启齿。在女友的催促下好不容易吐露衷情，但当恋人出现在她的面前时，她又转身走开，走了几步又借口转回。本来托女友转交情书，女友说出真情又让她生气。这种娇嗔腼腆的神态充分表现了沙恭达罗在爱情面前的纯洁和柔情。

《沙恭达罗》插图

沙恭达罗温柔但并不怯懦，她还有刚强的性格和反抗的精神。在冲破了净修林的束缚、考验了豆扇陀的爱情后，沙恭达罗终于用干闼婆的方式和豆扇陀结婚了。不需要父母之命和媒妁之言、不举行任何仪式的干闼婆方式，正表现了沙恭达罗在爱情婚姻问题上的自由愿望和自主要求，大胆而果敢。在豆扇陀回宫后，沙恭达罗去找豆扇陀。由于达罗婆娑仙人的诅咒，豆扇陀已失去了对沙恭达罗爱情的记忆，他已经不认识沙恭达罗，否认了他们曾经结过婚。这时候，沙恭达罗有力地斥责了豆扇陀，说他是“口蜜腹剑”的骗子，是“卑鄙无耻的人”。沙恭达罗的坚韧、刚强完全是东方式的：发怒时决不蛮横失态，而是依理辨情，不失矜持与庄重。当豆扇陀向她认错，她自己尽管饱尝辛酸，但仍宽容大度，不咎既往，与豆扇陀重归于好。

总之，在迦梨陀娑笔下，沙恭达罗的形象是丰满的，性格是完整的。他成功地塑造了一个印度古典女性美的理想形象。她生长在大自然中，和大自然融为一体，具有自然质朴的美，没有世俗的虚伪，也不知人心的险恶和国王的朝三暮四。她天真无邪，温柔多情，敦厚善良。然而一旦受到不公正的对待，又敢于反抗，表现出刚强的性格。席勒曾赞赏地说：“在古代希腊，竟没有一部书能够在美妙的女性温柔方面或在美妙的爱情方面与《沙恭达罗》相比于万一。”

国王豆扇陀的形象具有两重性,作者一方面把他描写成理想化的国王,并借以表达自己的爱情理想;另一方面又曲折地、或明或暗地揭露了他的荒淫,并以此影射统治阶级。当然,作者的主旨是要表现他和沙恭达罗的真挚爱情。

在净修林中,豆扇陀对沙恭达罗一见倾心,然而在追求爱情的过程中并没有忘掉理性、放情纵欲,而是尊重古老的习俗、正义的舆论和公认的道德。因而,他没有接受摩陀毕耶的建议:“快快去抢”来沙恭达罗。在两个人“爱情的果实”成熟之后,豆扇陀说:“这爱情是双方的,我是非常幸福的。”并且深情地对沙恭达罗说:“住在我心里的人呀! 我的心里绝没有任何人,只有你。”他终于以干闼婆的方式与沙恭达罗结婚了。没有强迫,没有掠夺和霸占,这是两颗心的相印,是纯洁的爱情,是幸福的结合。由于仙人的诅咒,豆扇陀失去记忆,给他们的爱情带来一场意外的波折。一旦记忆恢复,豆扇陀便追悔莫及,痛恨自己的薄情,对沙恭达罗仍然一往情深。显然,作者将豆扇陀理想化了,寄托了对真挚爱情的热切向往。

剧中豆扇陀对沙恭达罗的赞美强烈地表现了他对沙恭达罗美丽肉体的迷恋,爱情追求中具有强烈的肉欲色彩。这其中蕴含着古代印度人,尤其是崇拜湿婆大神的印度教徒的宗教观和人生观。他们主张在肉欲的满足中,保持心灵的纯洁和精神的超越,在男女性爱中体现人神合一的快乐而神圣的境界。因而,《沙恭达罗》的爱情主题具有超越现实的意义,蕴含了古代印度深层的文化观念。

《沙恭达罗》在艺术上取得了高超的成就,充分显示了迦梨陀娑的诗歌和戏剧才能。全剧诗意盎然,充溢着平和、抒情的色彩。一幅幅美妙的画面,缓缓地、温和地把人引入剧情,诗意的美、人情的美构成和乐、幸福的美好境界。

宁静、优美的自然景物描绘富有特点。大自然在剧中起到多重作用:作为人物活动的背景,烘托戏剧气氛,构成诗情画意,映衬人物性格等。其独到之处在于,赋予大自然以人的品性,理解人的情意,与人物形象发生了密切的联系。例如,在《沙恭达罗》第四幕,写沙恭达罗进宫寻夫、告别净修林时,整个大自然都向她表示了离别的不舍与伤感。森林寂然,杜鹃哀鸣,野鸭丢下嘴里的莲藕,孔雀不再展翅舞蹈。藤蔓焉下翠绿的叶子,小鹿牵住行人的衣襟。沙恭达罗和它们一一告别,把藤蔓妹妹托付给女友,抚慰了从小饲养的小鹿。流着泪,一步一回头。情与景,人与物,水乳交融,紧密相连。这种描写是印度文化中“宇宙和谐统一”论的自然观的艺术显现。

戏剧情节波澜起伏,曲折有致。作者创造了仙人诅咒和失掉信物的情节,增加了剧情的曲折性,强化了戏剧冲突,产生跌宕起伏的戏剧效果;同时增加了诗剧的思想意蕴,这场波折体现了印度人的一种人生观念,即“通过了痛苦的欢乐”才是真正的欢乐,苦行是求得幸福的手段。

此外,诗剧人物性格鲜明,心理刻画细腻,语言优美动人,达到了内容与形式的完美统一。歌德在1791年写诗赞美《沙恭达罗》:“倘若要用一言说尽——春华秋实,大地天国,心醉神迷,惬意满足,那我就说:沙恭达罗!”

第十三章

中古文学

第一节　概　述

一、中古东方文学产生的社会历史条件及基本特征

中古东方文学是指亚非封建社会的文学。在封建中央集权制和僵硬的意识形态影响下,亚非国家封建社会的形成、发展和衰落是一个漫长而不平衡的历史过程,中古东方文学是这一社会历史过程的精神产物。中古东方文化的发达及其社会历史基础对中古东方文学的发展产生了直接的影响。

1. 兴旺发达的中古东方经济文化

中古前期,即公元1至9世纪左右,东方文化正处于上升阶段,各国各民族的交通贸易、文化交流和宗教传播十分频繁,构成了一个神奇富庶的东方世界。在中国、日本、印度、阿拉伯地区相继出现了社会文化飞跃发展的局面。中古中期,大约在10至14世纪,东方文化进入鼎盛阶段,亚非很多国家都在民族文化深沉厚积的基础上出现了普遍繁荣,大量经典著作产生,众多的哲学派别学术中心纷纷涌现,形成博大精深的文化体系,标志着东方文化的发达和恢宏。直到中古后期,约15至18世纪,东方文化在模式化和定型化的基础上文化出现了僵化和停滞现象,一些地区开始出现文化转型。西方传教士和商人的到来给亚非地区带来了西方的思想文化和科学技术,形成早期的西学东渐。16世纪以后,欧洲列强开始了对东方的殖民入侵,东方文化也逐渐殖民化。中古东方文学正是这一时期东方文化发展演变的产物。

2. 东方文化圈的形成和文化交流

中古东方文学是随着东方三大文化圈的形成而产生和发展的。亚非封建社会初期,在几个古老文明古国的带动之下,经过地区内各民族文化的交融互动,形成了三大文化圈,即以中国文化为中心的东亚文化圈,以印度文化为中心的南亚文化圈和以阿拉伯文化为中心的西亚北非文化圈。每个文化圈都有自己的历史渊源、社会构成和文化特质,具有鲜明而独特的个性,并且涌现了中国的长安、阿拉伯的巴格达等著名的国际中心城市,打破了东方自上古以来相对

闭锁的社会状态,国际交往日益频繁。中心国一方面成为各大政区政治、经济、思想、宗教、文化、艺术的核心,另一方面中心国之间也同时存在密切的经济文化交流。文化的交流和融合,加上东方社会共同的生产方式的制约,使中古东方文化既有统一性又有差异性。其中,统一性在人的外部社会关系、世界观、哲学理念等方面都有所体现,差异性则跟三大文化圈在地缘、传承和文化思想方面的独立性有很大关系。中古东方文学就是在东方文化互补、并存、互动的格局中产生和发展起来的。

3. 宗教的重要影响

三大文化圈的形成除了地理环境、种族、语言等因素外,主要得力于宗教的传播。世界三大宗教——佛教、基督教和伊斯兰教都发源于东方。东方宗教容纳了语言、哲学、伦理、政治、法律、文艺、科学等方面的内容,成为一个庞大的文化知识体系,对大多数国家和地区的意识形态产生了深刻的影响。儒家思想、佛教、伊斯兰教等宗教思想的价值观念贯穿于文艺活动的各个方面,成为各种文学艺术的精神内核。各宗教教派的经典本身都是文学作品,而且往往是各民族文学的奠基之作。在宗教思想支配下,中古东方文学作品经常表现出超越现实、追求无限和永恒的思想倾向。但是,宗教对文学也有也较明显的消极影响,造成文艺作品的晦涩难解,甚至限制和阻滞了文学的健康发展。

以中国、印度和阿拉伯帝国为中心的三大文化圈共同创造了丰富的物质文明和多姿的精神文明。中古东方文学因此呈现出空前繁荣的兴旺局面,许多国家在这个时期都涌现出了自己民族优秀的作家和作品。在上述社会历史背景下,中古东方文学逐渐表现出一些文学发展的特点和方向来。

1. 文学主体性和独立性的加强

中古时期,东方文学逐渐从神话与史诗的文化混合体中分化出来,确立了文学的主体性和独立性。随之而来的是文学审美观念的自觉化。于是,东方各主要民族均在这一文学时代出现了不同程度的唯美倾向,形成了中古东方文学以和谐为美的审美理想。在抒情性文学作品中感情温柔敦厚,乐而不淫,哀而不伤;在叙事类故事和小说作品中,讲求善有善报、恶有恶报;戏剧作品不追求强烈的悲喜效果,戏剧冲突内向化;叙事类作品结局一般是大团圆。与文学的审美价值相适应的是文学典范样式在这一时代的形成和确立,东方各主要国家在这一时期都出现了较为系统和成熟的文学美学理论。

中古东方文学题材丰富多样,英雄事迹、宗教生活、宫廷生活及世俗悲欢的描写反映了封建社会各个方面的内容。文学体裁多样,有诗歌、戏剧、散文等,其中诗歌的地位在中古文学中最为突出,在题材、内容、艺术手段上都达到了很高水平。在人物形象塑造方面,文学作品主要描写道德君子和忠勇之士,将史诗或民间故事中的英雄形象进行再创造，使其更加鲜明、更加深入人心，具有教化和典范意义。除此之外，妇女形象也是这一时期书写的重点。忍辱负重和富于自我牺牲精神的贤妻良母、大胆追求爱情自由并敢于反抗社会压迫的叛逆女性及深受压迫和欺凌的弱女子，从各个层面体现了东方文化以伦理为中心的道德观。

2. 文学中理性意识的增强和创作个性化倾向

与上古东方文学中充斥的非理性神秘性特点不同的是，中古东方文学充满了对宇宙、对社会、对人生的理性思索，哲理诗和散文的发达是最典型的产物。虽然宗教对这一时期的文学的影响仍是深刻的，但是，东方各大宗教，如婆罗门教、佛教、犹太教、伊斯兰教等，在它们成为体系化的宗教之后，都是以更为理性、更合乎逻辑的思辨的方式阐述和宣扬其信仰的。因此，在东方文化中，宗教信仰与理性意识的增强并不矛盾，理性思索最深刻的文学往往是与宗教联系最密切的文学。而且，东方的各大宗教，尤其是佛教、婆罗门教、犹太教，与文学艺术具有一种特殊的亲缘关系。宗教的繁荣与文学的繁荣常常是相辅相成、协调一致的。

创作者个性意识的强化也是这一时期文学进步的一个重要方面。虽然这一时期占统治地位的文学是贵族文人的文学，他们的创作存在着大体一致的贵族化倾向，或歌功颂德，或讽喻劝诫，或逍遥自乐，或风花雪月，但这种一致性并不能掩盖创作的个性。当时的大多数贵族文人作家都具有比较深刻的思想和比较独立的人格，并且明显地反映在他们的创作中。作家个性观念的形成和强化促进了文学风格的个性化、多样化和复杂化，文学成为个人独立思考的表达方式，成为表现个人喜怒哀乐等各种思想感情的手段。

3. 中古东方文学的“世俗化”倾向

中古东方文学的“世俗化”，也就是非宗教化和平民化。这一时期的文学不再像古代东方文学那样以创造神和英雄这两种信仰对象为主要特征，取而代之的是强烈的民间性和世俗倾向。文学发展方向的改变是社会历史发展和阶级关系变化的必然结果。贵族时代，文化教育和书面文学创作被统治阶级所垄断，民众的口头创作要依靠贵族上层文人的记录和编纂才能定型和流传。随着东方各民族贵族阶级在文化上的衰落，民众就成为文化创造的主导力量，也成为文学创作与文学欣赏的主体。东亚的日本和朝鲜在贵族阶级衰落、社会日益腐朽的情势下，民间市井文学大量兴起。在印度的梵语文学和后来的各种方言文学中，民间文学与宫廷贵族文学的发展始终并驾齐驱，民间文学在宫廷贵族文学失去创造力之后，成为印度古代文学的主流。东南亚各国、阿拉伯各国的民间和市井文学也在这一时期得到繁荣。总之，在东方各民族和地区，世俗化的文学在这一时期逐渐发展起来,形成了文学主潮。

二、中古文学发展概况

1. 中古朝鲜文学

早在公元前8世纪左右,朝鲜半岛上就逐渐形成了奴隶制国家。早期朝鲜文学以歌谣、神话和“说话”为主。

中古时期的朝鲜文学因为历史原因分三国新罗时期文学、高丽时期文学和李朝文学三部分。三国新罗时期的朝鲜文学以朝鲜语抒情诗“新罗乡歌”为代表。崔致远(857—?)是三国新罗时期最杰出的诗人。公元918年,高丽王朝崛起。高丽时期文学仍以汉文学为主。《三国史记》和《三国遗事》这两部历史著作是代表了这一时期高丽散文的最高成就。此外,这一时期的“高丽歌谣”在朝鲜古代民间歌谣文学中占据重要位置。高丽时期的汉诗创作中,涌现出大批著名的作家作品。李奎报(1169—1241)和李齐贤(1288—1367)是其中最突出的代表。李朝(1392—1910)是朝鲜历史上时间跨度最长的王朝,是朝鲜民族文学突破性发展和鼎盛时期。1443年,郑麟趾等人奉命创制朝鲜训民正音,将朝鲜语言文字规范化,开创了朝鲜国语文学的新时代。之后,朝鲜文写作开始风行。金万重(1637—1692)是朝鲜国语叙事文学的代表,他的长篇小说《谢氏南征记》“标志着朝鲜文学中开始产生了现代意义上的长篇小说”。李朝末期,朝鲜文人创作以朴趾源、丁若镛等实学派为杰出代表,民间创作则涌现了以三大古典名著《春香传》《沈清传》《兴夫传》为代表的一批优秀小说和说唱文学。朴趾源(1737—1805)是朝鲜文学史上最重要的作家之一,这位实学派思想家和卓越的写实主义小说家的作品都用汉文写成,名作有《热河日记》《两班传》《许生传》《虎叱》等。

朝鲜三大古典名著《春香传》《沈清传》《兴夫传》是中古朝鲜文学的最高成就。《沈清传》是一部美丽动人的民间传奇,这部平民文学的主要渊源有朝鲜固有的口头传说、印度古代传说及日本民间故事。《兴夫传》则是一部带有神话传奇色彩的朝鲜名著,以深刻的民众性和高度的艺术性著称。《春香传》是三大古典名著中成就最高的一部,它以朝鲜全罗道南原地方的“烈女传说”和“申冤传说”为基本素材,再加上几种“御史传说”而成,具有浓厚的乡土气息。《春香传》分上下两卷,叙述艺妓之女春香与翰林之子李梦龙悲欢离合的爱情故事。这部写实主义杰作将爱情与反暴政主题交融在一起,使一个关于才子佳人的传说富于时代精神。《春香传》遵循了朝鲜民间小说的结构,故事性强,矛盾冲突紧张激烈,在尖锐而深刻的社会矛盾冲突中塑造人物的鲜明形象,真实生动地展现民族生活的画面,在朝鲜小说艺术发展史上具有重要意义。

2. 中古越南文学

越南与中国山水相邻,自古以来在政治、经济、文化各方面都有着密切的联系。越南古代文学以神话与民谣为主。由于深受中国古典文学的影响,越南的诗歌、史书及其他文献都是用汉字写就,直到陈朝(1226—1400)时期,刑部尚书阮诠首创以字喃代替汉字,使人们第一次可以用自己本民族文字来吟诗作赋。字喃文学的著名作家作品有无名氏的《林泉奇遇》、阮嘉韶的《宫怨吟曲》等,其中最负盛名的是阮攸的长篇叙事诗《金云翘传》,这部优秀作品标志着字喃文学乃至整个越南文学的高峰。

阮攸(1765—1820)是越南文学史上最杰出的诗人。他出身官宦世家,具有深厚的文化素养,还曾出使中国清朝。阮攸一生的丰富的创造可分为两类:汉文作品主要有《清轩前后集》《南中杂吟》《北行诗集》;字喃作品则以《金云翘传》为代表。《金云翘传》取材于中国明末清初流行于民间的王翠翘与徐海的故事,书名从诗中金重、王翠云、王翠翘三人姓名中各取一字连缀而成,以中国清初青心才人十余万字的章回体小说《金云翘传》为蓝本改写而成。故事情节大致如下:明朝嘉靖年间,北京城王员外家翠翘、翠云、王观姐弟三人春游踏青,与王观的同窗金重邂逅。翠翘与金重一见钟情,遂私订终身。后来,在金重遵父命去奔丧期间,翠翘一家遭奸商诬陷被抄家。为了避免家破人亡的命运,翠翘被迫卖身赎亲。此后,翠翘屡遭陷害,最终沦落风尘。在度日如年的卖笑生涯中,翠翘偶遇徐海并结为伉俪。草莽好汉徐海为翠翘雪了10年来所遭受的屈辱,后因中了官兵招安的奸计而被杀。心灰意冷的翠翘投江自尽,幸为觉缘所救。长诗的结尾处,金重与王观双双金榜题名,赴官上任,四处寻觅翠翘,两人在江边设道场祭奠翠翘亡灵时,巧遇觉缘,才知道翠翘的下落。《金云翘传》的结局是翠翘与金重再结鸾凤之好,合家欢喜,共享荣华。阮攸在《金云翘传》这部作品通过翠翘这个美丽少女悲惨坎坷的际遇,反映了当时广大民众辛酸忧患的生活和混乱丑恶的时代。在艺术成就上,这部叙事长诗采用越南民歌特有的六八体诗歌形式,运用优美、形象的诗歌语言着力绘制了一个现实世界。如今,《金云翘传》成为越南家喻户晓、妇孺皆诵的文学瑰宝。

3. 印度文学

中古印度文学分为前后两个时期,前期为梵语古典文学时期,12世纪之后是各地方语言文学时期。在那个年代,作为书面语言的梵语同现实生活用语越来越远,梵语文学逐渐失去了它昔日的活力,日趋没落,而地方语言文学如印地语、乌尔都语、孟加拉语和泰米尔语文学则相继崛起,日益繁荣。中古印地语文学的繁荣时期,涌现了4位代表诗人:格比尔达斯、加耶西、杜勒西达斯和苏尔达斯。格比尔达斯(大约生活在14—16世纪之间)以格言诗见长;加耶西(1493—1542)则以叙述爱情悲剧的长诗《莲花公主传》(又名《伯德马沃德》)而驰名;杜勒西达斯(1532—1623)是印地语文学史上最负盛名的诗人,他的《罗摩功行录》是以《罗摩衍那》和《神灵罗摩衍那》为蓝本的中古印度名著,长达4万余行,是《罗摩衍那》之后以罗摩为主角的最出色的叙事长诗,也是印地语文学史上影响最大的作品。它在印度被当作文学的典范、宗教伦理的圣典和生活的百科全书,并成为印度广大的北部和中部印地语地区亿万民众广为传诵的经典。盲诗人苏尔达斯(大约生活在15、16世纪左右)以擅长歌颂毗湿奴大神的凡身黑天的诗歌而著名,他所唱的诗歌由追随者记录下来,定名为《苏尔诗海》,共计4 000余首。乌尔都语文学以诗歌而闻名,17世纪杰出的乌尔都语诗人瓦利(约1668—1725)有一部《瓦利诗集》传世,他的抒情诗在印度文学史上占有重要地位。

4. 中古日本文学

公元3世纪左右,日本逐渐向奴隶社会过渡,后来大和国强盛起来,建立了以天皇为中心的奴隶制国家,史称“大和时代”(300—520),稍后的飞鸟时代(公元6世纪至710年),日本发生了具有重大历史意义的“大化革新”(645年),走上了富国强民之路,此后约300年间,日本先后多次派出大规模使团到中国学习,中国、朝鲜、日本的文化交流也日益频繁。在吸收中华文化的过程中,日本利用汉字创造了日本的片假名(楷体)和平假名(草体),发展了生动活泼、占文学主导地位的“假名书”文学,同时,又将“汉文学”在日本弘扬光大,形成悠久的传统。幽美的风景和特殊的地理位置培育了日本民族富有温和、纤细、现实精神的性情和对于大自然的细致的感受性。文学受到这种环境的影响,具有强烈的密切结合日常朴素生活体验的倾向。总的来说,日本文学具有一种书写人生和自然的抒情性的特殊表现,而文学的发展具有连贯性特点;同时,文学善于融合外来文化,呈现出多元化态势。

日本文学的最早期,在文学史上称为“古代文学”时期。从大和政权建立开始,经过奈良时代(710—784),出现了最早的书面文学作品,到平安时代(794—1192)最为兴盛。

奈良时代的日本文学,叙事文学以“记纪文学”即《古事记》和《日本书纪》为代表;抒情文学的汇集《万叶集》则是这一时期最突出的成就。

《古事记》(712)是日本最古老的书面文学。这部记载日本古代神话、传说、歌谣、历史故事、帝王家谱等的综合性古典文献,以古汉语或用汉字为日语注音的方法写成,全书按三卷排列,约8万余字。上卷是“神代卷”,汇集了日本古代神话传说,讲述宇宙万物、日本国土及民族的诞生等;中下卷主要为“帝纪”,记述自神武天皇至推古天皇的世系史迹。《古事记》贯串始终的主题是以皇室为中心的国家统一和发展的政治意图,中间又有着生动表现日本民族祖先生活和精神的物语和歌谣。《日本书纪》(720)在日本与《古事记》齐名,它是仿中国《史记》《汉书》而编写的汉文国史,记载了日本上古至持统天皇期间的史事,其中也包括一些神话传说和诗歌。这一时期日本的汉诗集《怀风藻》(751)

也有一定的文学价值。

《万叶集》是日本最古老的和歌总集。和歌，意为大和之歌，是日本民族传统的诗歌形式，特色鲜明地表现了日本民族的社会生活和美学意识。所谓“万叶”，被认为是“万言”之意，以此来形容诗作宏大至极。《万叶集》是在日本民族的古代歌谣基础上形成的，共分20卷，收入和歌计4 500余首，留有姓名的作者达500余人，几乎囊括了当时社会各个阶层。《万叶集》主要分为杂歌、相闻、挽歌三大类。杂歌数量最多，表现的思想广泛复杂，有描写自然景象、寄托爱国怀乡的情思、咏叹民间生活疾苦、对皇族贵胄生活的歌咏与感怀、四季杂歌，等等；相闻是以男女间的情歌为主，包括长幼、兄弟间相亲相爱的诗歌；挽歌主要是悼亡之作。《万叶集》中的诗作真实描写社会生活，同情民众疾苦，同时歌颂纯真热烈的爱情和劳作生活，它的抒情风格自然、纯真、质朴、深沉。《万叶集》是日本抒情文学的奠基之作。

《万叶集》中文版书影

平安时代400年间的日本文学，除汉诗文曾鼎盛一时外，值得注意的是日本和歌和散文文学的发展。

公元905年，《古今和歌集》问世，收入自《万叶集》成书之后直至当时的诗作，意在以民族诗文与汉诗文相抗衡。“适遇和歌之中兴，以乐吾道之再昌”，表现了一种强烈的民族文化自豪感。

散文文学包括物语文学、随笔、日记等。以《源氏物语》为代表的物语文学是平安时代最令人瞩目的文学成就，也是日本文学史上古代小说发展的重要里程碑。物语一词，意为将发生的事向人仔细叙说。物语文学脱胎于日本古代神话故事与传说，是一种叙事性散文的统称，其形式最初有两大类型：一是具神话传奇色彩的“传奇物语”，亦称“虚构物语”；一是以和歌为中心的“歌物语”。前者以《竹取物语》和《落洼物语》为代表；后者以《伊势物语》和《大和物语》为代表。《竹取物语》是日本最早的物语文学作品之一，细竹辉夜姬充满传奇色彩的生活和富士山的传说是它的故事核心，充满着神话般的瑰丽想象，在主题上则暗示着人类的无能和美的永恒性问题。《伊势物语》作为“歌物语”的代表，是一部以男女相爱的和歌为中心的诗文故事集，全书共分125段，每段自成一个小故事，每个小故事都以一首乃至若干首和歌为核心，全书共计206首和歌。《伊势物语》的叙事简洁素雅，切近生活，其“寂、静、雅”的特色表现了日本古典艺术之美。随笔文学以女作家清少纳言的《枕草子》为代表。作为日本随笔文学的开山之作，《枕草子》的内容主要是作者在宫中侍奉皇后定子时的随笔、回忆录等,计 300 余段,作品以强烈的、富有个性的主观精神捕捉事物刹那间的美,以精确简洁的笔致描绘人生的剖面。日记文学大多出于贵族女子之手,著名的如藤原道纲母的《蜻蛉日记》,它是一位女性在悲叹丈夫的爱情变幻无常的情况下,回忆自己度过的 21 年虚幻岁月的记录。其他作品还有《和泉式部日记》《紫式部日记》《更级日记》等,都是建立在自省与批判精神上的回顾人生之作。

日本文学发展的第二个阶段称为"中世纪文学"时期,从历史上说,主要包括镰仓时代(1192—1333)、室町时代(1392—1573)、江户时代(1603—1868)。

中世纪文学的前期也就是镰仓室町时代,在文学上占主导地位的是叙事诗和戏剧。

《平家物语》是以描绘武士的战斗生活和侠义行为为特色的"战记物语"的代表作,它是日本文学史上著名的叙事诗。这部作品内容取材于 12 世纪下半叶日本源氏与平氏两大武士集团的纷争,重点记述了公元 1156 至 1184 年间以平清盛为首的平氏一族的盛衰史。《平家物语》最突出的特征是多方面颂扬日本中世纪武士的忠勇、刚毅和儒雅,讴歌他们富于牺牲精神的侠义行为。作品以其虚实结合的手法翔实生动地反映了日本中世纪的社会风貌,尤其是关于战争的描写,叙述技巧娴熟,场面有声有色。

这一时期,除了"战记物语"兴盛之外,戏剧文学也在日本文坛崛起,其主要的形式有两种:一是反映贵族生活的悲剧性的"能",一是带有民间喜剧性质的"狂言"。"能"被称为最具有代表性的日本古典戏剧,曲目共约 200 出,内容非常丰富,大多与物语文学内容有关,比较脍炙人口的曲目有《熊野》,后来,能剧泰斗世阿弥元清(1363—1443)的创作探索了复杂的人性和隐秘的精神领域,是这一戏剧形式辉煌成就的缩影。"狂言"和"能"一样最初都发源于农村的祭神猿乐,但它更多地继承了其中的民众传统,逐渐成为以对白为主的独幕喜剧。"狂言"滑稽诙谐,从一个侧面展示了日本中古时期错综复杂的社会矛盾和丰富多彩的时代特征,远比"能"要富于戏剧性。著名的作品如《两个大名》《附子》,都很有讽刺意味。

江户时代亦称德川幕府时代,在文学史上属于中世纪文学的后期。德川家康 1603 年在江户建立幕府,开创了日本封建历史新的一页。这一时期,社会相对稳定繁荣,城市町人所从事的商业经济迅速发展,日益削弱着武士阶层的政治统治和经济实力,市民文化逐渐取代了武士文化。

江户时代具有时代特征的文学样式是"浮世草子"。在商业经济上成长起来的町人阶层对生活抱着现实的、享乐的态度。日本的"浮世草子"是一种以反映市民情趣和享乐思想为主要内容的通俗小说,反映了町人阶层的生活。井原西鹤(1642—1693)是日本"浮世草子"的创始者和江户文学杰出的小说家,他笔调幽默诙谐,擅长状物写情,极有艺术才华。1682 年发表的长篇小说代表作

《好色一代男》,使浮世草子成为17世纪末风行江户的文学类型。这部作品以完整的艺术结构和娴熟的叙述技巧描述了町人世之介与众多女性交往的经历,被视为町人文学的奠基作和日本近代小说艺术成熟的重要标志。

这一时期,日本剧坛的代表人物是近松门左卫门(1653—1724),他开创了净琉璃和歌舞伎两种戏剧样式,标志着日本戏剧发展的一个新的高峰。净琉璃指的是由说书演化成的木偶傀儡戏,歌舞伎是由充满世俗色彩、肉感和挑逗的舞蹈演化成的歌舞剧。近松门左卫门的代表作有《曾根崎情死》(1703)和《天网岛情死》(1721),他的剧作结构紧凑,描写细腻,情节发展自然,富于艺术感染力。

俳句是江户文学最突出的成就之一。从艺术形式上看,俳句是从日本和歌脱胎而来的,早期的日本歌人将长连歌中最重要的"发句"独立出来,使之成为一种新的吟咏形式。作为世界文学中最短也是最有生命力的格律诗之一,俳句含蓄隽永,虚实相间,反映了日本文学的抒情特质。俳句善于在只言片语中凝聚丰富的思想感情和深刻的人生内容,创造出一种难以言传的优美诗境。在格律上,每首俳句不甚讲究押韵,由17个音节构成,句式分为上五、中七、下五3个节奏;俳句中都必须有一个能表示季节的词,称为季题。

江户时代的松尾芭蕉(1644—1694)是日本文学史上的"俳圣"。芭蕉原名宗房,出身下级武士家庭。他不仅学习俳谐,还博览日本和中国的诗文典籍,研究过禅学、中国道家学说和医学,善书画。松尾芭蕉一生四处漂泊,亲历了生活的艰辛,这位节操高尚的诗人和他弟子的诗作留在了12卷本《芭蕉七部集》中。芭蕉俳句中最明快的作品都会有一种缠绵幽长的伤感,寥寥数句便将读者带入广袤深邃的诗境,但是这种伤感在作品本身中是找不到的。作为丰富多彩的生活经历的结果,它似乎是人的天性的自然发展。写于1686年的短诗《古池》是其中的代表:"古池塘,/青蛙跃入,/水清响。"这首诗原句只有5个实词,诗中的"青蛙"是春天的"季题"。这首诗透过字面可以引发大量的联想,从青蛙跳入古潭的一刹那获得美的灵感,动静相宜,细腻入微,清纯脱俗,闲寂幽雅,被誉为俳句的千古绝唱。松尾芭蕉的俳句在雄壮、纤巧、华丽等方面都表现出色,尤以描绘孤寂幽玄的自然美和人世感触见长,给原来滑稽诙谐的俳句注入了严肃而丰富的内容,开创了全新的诗风。

1868年,在明治新政府的统治下,日本开始跨入了近代,文学也进入到"近代文学"时期。

5. 中古阿拉伯文学

中古阿拉伯文学主要是指阿拉伯帝国时期的文学,包括除波斯外的用阿拉伯语写作的阿拉伯半岛、中近东和北非地区的文学。阿拉伯文学的发源地是阿拉伯半岛,7世纪中叶,阿拉伯帝国形成,并将版图扩充到亚非欧三洲广袤的地区,创造了显赫一时的世界性规模的文化。

穆罕默德(570—632)是阿拉伯帝国的创立者。这位麦加城没落贵族的后代在长年的经商生涯中积累了丰富的社会经验,大约在610年左右,他开始传播伊斯兰教,以安拉的最后使者、信徒的先知面目出现,赢得了大批教徒。622至630年,穆罕默德征服麦加,正式建立政教合一的阿拉伯帝国。

蒙昧时期的阿拉伯文学成就以7首"悬诗"为代表。这7首悬诗是格西特长诗中的精粹。所谓"格西特",是一种抒写系列主题的特定长诗,或者说是"有艺术效果(或意图)的诗歌",即由诗人将若干种短歌进行有目的的组合,让它们成为一首新的按固定次序依次出现的组诗。所谓"悬诗",跟当时阿拉伯半岛的习俗有关。当时各游牧部落都有自己拥戴的诗人,人们每年都在麦加附近的欧卡兹绿洲聚会,举行诗歌比赛。参加赛诗会的诗歌由公认的著名诗人仲裁,评选出优胜作品,然后用金水将它们书写并悬挂在麦加的克尔白天房的帷幕上,故称为"悬诗"或"描金诗"。流传下来的这7首悬诗都是诗赛的优胜之作。它们格律严整,和谐优美,生动地反映了阿拉伯氏族社会瓦解时期的游牧生活、自然风光,显示出一种野性精神和原始质朴的魅力。这7首悬诗的作者分别是乌姆鲁勒·盖斯、塔勒法、海力泽、伊本·库勒苏姆、祖海尔、安塔拉和拉比德,其中乌姆鲁勒·盖斯(500—540)有诗王之誉。

在阿拉伯帝国蓬勃发展的时期,《古兰经》代表伊斯兰时期文学的最高成就。这部伊斯兰文化的鸿篇巨作共30卷114章,是穆罕默德的信徒对传教过程中所发表演讲的记录。《古兰经》分为"麦加"和"麦地那"两部分:"麦加部分"产生于艰苦创教的麦加时期,经文内容以宣讲教义为特色,格调尖锐激愤,慷慨昂扬;"麦地那部分"产生于伊斯兰教确立并取得胜利的时期,内容主要是关于琐细严格的立法制度,包括各种斋戒律条、礼仪民法。内容丰富、文体美妙的《古兰经》是阿拉伯散文的里程碑,它的面世标志着阿拉伯文学由诗歌时代进入到散文时代。

阿拔斯王朝(750—1158)是阿拉伯帝国臻于全盛、文学空前繁荣的时期。中古阿拉伯文学最辉煌灿烂的丰碑《一千零一夜》主要是在这一时期广泛流行和形成的。诗歌和散文是这一时期最主要的文学成就。

阿拔斯时期杰出的代表诗人有努瓦斯、穆泰奈比和麦阿里等人。努瓦斯(726—814)是阿拔斯王朝最负盛名的诗人之一,他一生留下颂诗、讽刺诗、爱情诗12 000余行,尤其擅长咏赞饮酒行乐,有"酒诗人"之称。穆泰奈比(915—965)被誉为"中古最重要的阿拉伯诗人",他的诗歌洋溢着高傲、自尊、激昂、坚忍的精神。麦阿里(973—1057)是著名的哲理诗人。

这一时期的散文作品除《一千零一夜》外,还有伊本·穆格法(724—759)的《卡里莱和笛木乃》、"玛卡梅"故事(即"骗局故事")和贾希兹(775—868)的《动物书》《吝人传》等。

寓言故事集《卡里莱和笛木乃》以印度梵文的《五卷书》为蓝本，是阿拔斯时期文学最突出的成就之一。750 年左右，穆格法将《五卷书》转译成阿拉伯文，并在译写过程中加进了新的内容，进行了艺术上的再创造。因此，《卡里莱和笛木乃》其实是融合了印度、波斯和阿拉伯三种思想文化的艺术结晶。这部寓言故事集共分 15 章，约 68 个故事。卡里莱和笛木乃是两只狐狸的名字，它们俩善恶迥异，代表了人性的两极对立。《卡里莱和笛木乃》在结构上以大故事套小故事，每一章都有引子和小结，寓以哲理或教诲，形成了结构谨严、层次丰富、色彩斑斓的故事群。这些故事表现出丰富的寓意和象征性，它的劝诫、教诲意义十分明显。《卡里莱和笛木乃》在艺术上是中古阿拉伯散文的光辉典范，它以优美舒畅的文字把外来文化中表现社会、科学、哲理的寓言故事第一次引入了阿拉伯文学，在阿拉伯文学史上占有重要的地位。

6. 中古波斯文学

波斯位于亚洲西部，是东西方文化的融汇处之一，也是闻名世界的文化古国。中古波斯指伊朗高原通用波斯语的中亚细亚诸国。宗教上，波斯信奉以善恶二元论为核心的琐罗亚斯德教（亦称祆教、拜火教等），该教创始人琐罗亚斯德（又名查拉图士特拉，前 660—前 583），是著名的东方贤哲，他所撰的琐罗亚斯德教圣典《阿维斯塔》（又译《波斯古经》）是波斯历史与文化的总汇，其中保留了不少古代神话传说、民间歌谣和史诗片断。波斯文学在 10 至 15 世纪的黄金时期，先后产生了鲁达基、菲尔多西、欧玛尔、海亚姆、内扎米、萨迪、莫拉维、哈菲兹等 8 位驰名于世的大诗人。

“诗歌之父”鲁达基（858—941）是波斯古典文学的始祖，他奠定了波斯古典诗歌的基础。鲁达基自幼双目失明，但他能诗善琴，声音圆浑动人，一度成为宫廷诗人。他的诗歌存世的有《瓦米克与阿兹腊》、长篇叙事诗《卡里莱和笛木乃》《辛伯达》、颂诗《酒颂》《咏暮年》等。波斯古典诗歌的主要形式与体裁如抒情诗、颂诗、四行诗、两行诗、叙事诗等都是在他手中定型的。他的诗歌内容丰富，思想寓意深刻，形象鲜明生动，韵律谐畅，抒情优美自然，开创了波斯诗歌瑰丽多彩的一代诗风。

叙事诗人菲尔多西继鲁达基之后开拓了波斯古典诗歌的史诗领域。菲尔多西的《王书》（又译《列王记》）是东方文学史上引人注目的文人史诗。全诗分为 50 章，以宏伟的结构容括了公元 651 年萨珊王朝被阿拉伯人灭亡前波斯帝国史上 50 个帝王公侯的传略，以及 4 000 余年流传于民间的神话故事、勇士故事和历史故事。整部史诗充满着强烈的民族意识，隐含着反抗阿拉伯统治的爱国热忱，同时也是古代波斯社会生活的百科全书。

欧玛尔·海亚姆（1048—1122）是波斯“鲁拜”诗体创作的代表。海亚姆在医学、数学、天文学、哲学方面都有很深的造诣，但他却一生处在动荡不安的社会生活中。在文学上,这位性格豪爽、叛逆精神十足的诗人以咏叹人生的哲理诗集《鲁拜集》闻名于世。“鲁拜”在阿拉伯语中意为四行诗。这种古典抒情诗体源于民间口头创作,经鲁达基之手定型后,成为波斯古典诗歌的传统诗体,而海亚姆则将其发挥到了极致。海亚姆的诗歌善于创造广袤深邃的意境,在独特的时空感中体味哲理,凝练晓畅的诗风浪漫旷达,字里行间常杂糅着人生无常及时行乐的情绪。

内扎米(1141—1209)是中古波斯文学“伊拉克体”诗歌代表诗人。“伊拉克体”专指波斯西南部委婉细腻、典雅含蓄的诗风。内扎米以其《五诗集》而成为有影响的波斯大诗人。《五诗集》实际上是内扎米创作于 1174 至 1200 年间的 5 部叙事长诗的汇集,共约 12 万行。内扎米是在东方乃至世界都有影响的波斯大诗人,他的创作是波斯叙事诗向现实主义发展的重要标志。

谢赫·莫什莱夫·本·莫斯莱赫(1208—1292)以笔名“萨迪”享誉世界。在波斯文学史上,他的诗文著作是波斯文学的最高典范,成为后世效仿的楷模。萨迪幼年丧父,一生饱尝生活的艰辛。王朝的混战和社会的动荡不安使萨迪的前半生几乎是在颠沛流离的旅途中度过的。云游四方的经历让他广泛接触到各地不同社会阶层的各种人物,对劳苦大众及其悲惨生活有了切身的感受和体验。后来,他隐居故里,埋头写作,把自己从现实生活中悟出的人生哲理和处世哲学诉诸文字。流传至今的《萨迪全集》包括叙事诗集《果园》(1257)和诗文故事集《蔷薇园》(1258)、《抒情诗集》,以及其他一些诗文佳作。

《果园》除序诗外共分 10 章,由 160 个小故事组成。通过讲故事达到醒世育人的目的,体现了萨迪文学创作的主旨:将生动有趣的各类故事与亲切感人的道德说教结合起来,动之以情,晓之以理,使读者在不觉枯燥乏味的氛围中,欣然接受扬善惩恶的教诲。

《蔷薇园》是萨迪一生经验和智慧的总结。全书分为 8 卷,均可独立成篇。各卷的目次分别是记帝王的言行、记僧侣的言行、论知足常乐、论寡言、论青春和爱情、论老年昏愚、论教育的功效、论交往之道。仁爱慈善是萨迪思想的核心,无论是《果园》还是《蔷薇园》,都洋溢着深厚的人道主义精神。《蔷薇园》有很大篇幅反映了暴君对人民的压迫,并对统治者提出警告。他同情受欺压的人民,对他们倾注了无限的爱。赞美劳动、歌颂劳动人民的高尚品德是作品的一大内容。《蔷薇园》在艺术上运用写实的方法来描绘和反映他所处的时代,记述了劳动人民对真理、正义、自由和幸福的追求。书中故事比较简短,但情节完整,人物刻画生动;散韵相间的作品结构,富于变化又井然有序,生动活泼又不失寓意精深。萨迪作品的语言都来自口语,经过他的加工改造,平易而新奇,凝练而畅达,质朴而优雅,被视为中古波斯散文的经典。

莫拉维(1207—1273)是伊斯兰教内部四大派别之一苏菲派的神秘主义诗人。莫拉维是萨迪的同时代人,在文学与神学方面造诣颇深,后来成为著名的学者和教派领袖。莫拉维的抒情诗作品后来汇集成3万余行的《夏姆斯诗集》。莫拉维的诗歌善于通过隐喻、象征、寓意等手法，以爱情、美女、醇酒、鲜花等诗歌意象，委婉含蓄地暗示或咏叹苏菲教徒与真主的关系。

哈菲兹(1320—1388)是驰名世界的波斯抒情诗大师。他自幼聪明好学，才华过人，哈菲兹是他的笔名，意思是"一位牢记的人"。哈菲兹一生贫苦坎坷，崇尚独立自主精神。哈菲兹的诗歌作品是《波斯语诗集》，这部抒情性的短诗集采用"嘎扎勒"(ghazals)的形式。"嘎扎勒"是波斯古典抒情诗的一种传统形式，最早出现在鲁达基等诗人的诗歌中，嘎扎勒一般由5至16个对句组成，一韵到底，每个对句构成一个诗的意境，通常最后两句诗行点题并出现诗人的名字。哈菲兹之前的嘎扎勒主要是一种单纯的爱情诗。哈菲兹大大地丰富了这种诗体的内容题材，并在艺术表现上达到前无古人的境地。他的诗歌思想深沉，感情炽烈，辞藻雅丽，想象瑰奇，格调自由奔放，带有浓郁的浪漫主义抒情色彩。读他的诗，不仅会获得美的感受，更重要的是还会在精神上感到一种痛快淋漓的自由解放。

贾米(1414—1492)是波斯古典诗坛上最后一位著名诗人，他以创造性的模仿成为波斯古典诗歌的集大成者，被誉为"诗人之王"。贾米在文学、历史与苏菲教派发展史上留下了卷帙浩繁的著作。他最负盛名的作品是模仿内扎米《五诗集》的《七宝座》和仿效萨迪《蔷薇园》的《春园》。贾米在中古波斯文学史上完整地继承和发扬了自9世纪以来波斯古典文学的优秀传统，并推动它达到了光辉灿烂的顶点。

7. 其他国家文学

在中古东方文学的发展史上，乌兹别克、格鲁吉亚、亚美尼亚、印尼马来、缅甸、非洲等地也有一些名家名篇问世。

乌兹别克在14世纪后出现了大量描写世俗爱情生活的诗歌，鲁特菲(约1367—1465)的长诗《古利与诺弗鲁兹》是其中的代表。乌兹别克大诗人阿·纳沃伊(1441—1501)的主要文学成就是以本民族语言写成的叙事长诗《五诗集》，共5万余行，这部诗歌作品受到波斯诗人内扎米的影响，大部分取材于波斯文学和民间故事，表达了生活在社会底层的人解救自身的进步思想倾向。

格鲁吉亚在公元12世纪出现了著名诗人鲁斯塔维里的长篇叙事诗《虎皮武士》，描写武士阿夫丹吉和虎皮武士塔里埃尔之间的友谊以及他们各自的爱情经历。这部爱情历险作品富于浪漫色彩，艺术形象充满诗意，表现了进步的社会思想和道德观念。

9—10世纪出现的英雄史诗《萨逊的大卫》是亚美尼亚民间文学创作的高峰。史诗由四部分组成，分别叙述了萨逊家族四代英雄的业绩，表现了亚美尼亚人民反抗阿拉伯民族压迫的斗争。

中古时期印尼马来文学形式多样,15 世纪之后出现的历史传奇小说《杭·杜亚传》是印尼古典文学的杰作。缅甸文学的代表作家是诗人兼剧作家吴邦雅(1812—1866),他著有讲道叙事诗《六彩牙象王》和剧本《卖水郎》等名作。

中古时期的非洲文学基本是口头文学,这些口头文学主要通过一些专门的讲述人保存和流传。这种口头文学内容非常广泛,有神话传说、童话寓言、历史传记、民间故事等。长篇史诗《松迪亚塔》便是这种讲述文学的代表。作品主要讲述马里帝国的开创者松迪亚塔的宏伟业绩。史诗以历史事实为基础,结合各种神话传说,将松迪亚塔塑造成一位传奇英雄,情节跌宕起伏,想象奇特诡谲,叙述质朴生动,充分体现了非洲口述文学的特点。

第二节　紫　式　部

紫式部(约 978—1014)是日本平安时代的杰出文学家,她的《源氏物语》代表了日本古典文学的最高成就。

一、生平与创作

紫式部本姓藤原,因其父藤原为时曾担任式部丞一职,所以用其父的官职称为藤式部,以示其身份。后来紫式部的由来,一般认为是在藤式部的基础上,由于写成《源氏物语》,书中女主人公紫姬为世人传颂,因而改为紫姓。紫式部出身于中等贵族家庭,曾祖父藤原兼辅为《后撰和歌集》主要歌人之一,曾任中纳言,其父藤原为时对中国古典文学颇有研究,紫式部在《紫式部日记》《紫式部集》中多次言及其父对她的影响。受家庭环境的熏陶,紫式部自幼博览群书,很有汉学素养,对佛学、音乐、美术、服饰也多有研究。

紫式部画像(土仕光起)

公元 998 年,紫式部与比自己年长 26 岁的藤原宣孝结婚,婚后生育了一女贤子。但是未满三年,丈夫染病去世,紫式部从此过着孤苦的孀居生活,她对自己的人生不幸深感悲哀,对前途几乎陷于绝望,曾作歌多首吐露自己痛苦、哀伤的心境,“我身我心难相应,奈何未达彻悟性”。公元 1005 年前后,一条天皇册立太政大臣藤原道长的长女彰子为中宫。藤原道长召名门才女入宫做女官侍奉中宫,紫式部也在被召之列。她作为中宫的侍讲,给彰子讲解《日本书纪》和《白氏长庆集》,显示出卓越的才华,得到天皇和中宫的赏识。其间,紫式部有机会浏览宫中藏书和艺术品,接触宫廷生活。当时摄政关白藤原道隆辞世,藤原道长权倾一时,宫中权力斗争趋于白热化。紫式部对道隆关白家的繁荣与衰败和宫中争权的内幕，以及对妇女的不幸有了更全面的观察和深入的了解，对贵族社会存在不可克服的矛盾和逐渐走向衰落的趋向也有较深的感受，还曾作歌“凝望水鸟池中游，我身在世如萍浮”以抒发自身无奈和苦闷的胸臆。可以说，紫式部在宫廷的生活体验，加上她长期以来观书阅世的经历，对她最终完成《源氏物语》的创作意义重大。

除了代表作《源氏物语》外，紫式部的《紫式部日记》写于1008年以后的几年间，这部作品以彰子皇后分娩为中心，比较详细地记录了这段时间藤原道长家的盛况、宫内的种种见闻和感受，尤其是书中的回忆、感慨和议论部分，是后世研究紫式部生平思想的重要资料。同时，这部日记情感真挚，表达自然，语言亲切优美，娓娓动人，是平安时代日记文学的典范作品。长和二年(1013)彰子被立为皇后，紫式部仍侍奉其左右，著有《紫式部集》，这是一部和歌集，收入了她各个时期创作的和歌128首，以吟咏生离死别的哀伤和与宫中少数女官交友的内容为主，这是她一生欢乐的憧憬与梦想的歌唱，也是悲哀的失望与绝望的咏叹，“何必嗟叹此世道，似观山樱无忧虑”。《紫式部集》是以和歌的形式将《源氏物语》的文化精神延长，同时也生动地记录了紫式部自己的人生片断。

紫式部是日本文学传统风格的奠基人之一。这位中古时代的女性作家巧妙地将古老东方的文学传统与宫廷故事、人物塑造以及作家的想象力结合在一起，开创出新颖独特的文学样式，对后世产生了深远的影响。

二、《源氏物语》

《源氏物语》是日本平安时代物语文学的典范，代表了日本文学的最高成就，也是世界上最早的长篇小说之一。

《源氏物语》的成书时间，一般认为始于长保三年(1001)宣孝去世后，至宽弘四五年(1007—1008)完成。全书共54回，出场人物有400余人，主要角色也有二三十人，其中多为上层贵族，也有中下层贵族和一些宫廷侍女、平民百姓。小说的结构很有特色，第一部分以主人公光源氏为中心，主要描写了光源氏在情场上的悲欢离合和官场上的浮沉起落的故事。光源氏是桐壶天皇的儿子，因其生母桐壶更衣出身低微，为免其日后受外戚妒恨，桐壶帝将他降为臣籍，赐姓源氏。由于他长得聪明俊美，光彩照人，被人称为“光君”，桐壶天皇更是疼爱有加。12岁时，光源氏与左大臣之女葵姬结婚。光源氏在全面的贵族生活与教育中长大成人，生性多情好色，17岁开始追逐其他女性，先后与空蝉、六条妃子、夕颜、末摘花等人偷情，并与继母藤壶妃发生了乱伦关系，生下儿子冷泉。葵姬死后，光源氏纳养女

《源氏物语》中文版书影

紫姬为正妻。21岁时,光源氏晋升为近卫大将,显赫一时,其间也曾因为皇位的更替一度失势而被流放。冷泉帝即位后,光源氏被重新起用,官任太政大臣,荣华绝顶。但是,不久光源氏发现他新纳的夫人三公主与头中将的儿子柏木私通,生下一子薰君很像柏木。光源氏感到这是对自己当年"乱伦"的报应,陷入难以解脱的痛苦之中。这时藤壶、紫姬先后故去,光源氏深感人生无常,在万般苦恼、精神崩溃的情况下,最终遁入空门。小说第四十一回《云隐》只有题名,没有正文,似乎是在此处留下空白,暗示光源氏之死。从四十二回起,是小说的第二部分,主要写薰君对浮舟等女子的追逐和失意的故事。薰君和光源氏当年一样,长得年轻俊美,但他却一直生活在哀伤之中,私生子的身份和爱情的失意使他痛苦万分。小说在充满凄楚悲凉气氛的"宇治十帖"中结束。

紫式部创作《源氏物语》采取了一种以写实为基础的观照态度,对文学进行反省。她认为,物语"详细记录记述着世间的重要事情","由于所有物语写的都是世上的情况和人的种种精神状态,读了它,自然能充分懂得世上的一切情况"。在这里,紫式部所指的文学的真实并非所见所闻的事实的原本记录,而是强调了文学的虚构中应包括真实。紫式部在《源氏物语》的创作实践中清晰地展现了光源氏的荣辱沉浮,艺术再现了当时贵族社会上层之间围绕权力互相倾轧的现实。从这个意义上说,紫式部对社会和人生具有一定自觉的批评意识。正如《源氏物语》研究专家佐藤谦太郎所说:"《源氏物语》不单是写一两个人物的心理,它是描写社会世相,而且历史地分析了属于那个社会政治中的阶级,因此内容涉及多方面,且十分复杂。……它的故事是以政权争夺史作为背景,以光源氏的恋爱生活作为焦点而展开的",并在此基础上,将对人生不如意的哀感以及注定要灭亡的阶级的预感加以发展。因此,《源氏物语》的主题,是从人的精神史的角度来描写贵族社会的矛盾及其没落的历史。公元10至11世纪,整个日本社会危机四伏,已经到了盛极而衰的时期。《源氏物语》正是以这段历史为背景,通过主人公光源氏的生活经历和爱情故事,描写了当时贵族联姻、垄断权力的腐败政治与淫逸生活,并以典型的艺术形象,逐步深入揭开贵族社会生活的内幕,真实地反映了这个时代的面貌和特征。

《源氏物语》中出场人物众多,紫式部探索了不同人物丰富多彩的性格特征和曲折复杂的内心世界,人物描写细致入微且具有鲜明个性,富于艺术感染力。由于《源氏物语》是在宫廷矛盾斗争的背景下进行描写的,所以通过光源氏的爱情经历可以反映当时日本妇女欢愉、哀愁和悲惨的命运。在贵族社会里,男女婚嫁往往同政治利益联系在一起,女子无论出身高贵还是低微,都成了政治交易的工具,也成了贵族男人手中的玩物。紫式部在《源氏物语》塑造了妇女群像,并对她们的不幸命运倾注了满腔同情。小说着墨最多的是源氏家族三代人对妇女的摧残,桐壶天皇对更衣,光源氏对空蝉、夕颜、藤壶、末摘花、紫姬、明石姬等许多不同身份的女子,薰君对弱女浮舟,这些悲剧故事正是人性紊乱、政治腐败的一种反映。《源氏物语》描写了光源氏等人的好色和风流，却对他给予同情和肯定，可见这一类描写更多是为了揭示时代的特色、人心的嬗变、世间无常以及荣华背后的衰落。

从文学发展的角度来看，《源氏物语》是日本古代文学的集大成作品。在和歌、物语文学逐渐走向成熟的过程中，紫式部借用、化用和自作和歌，以适应故事发展的需要，丰富和深化所要表达的内容的文化内涵，提高作品的艺术性，同时，她还学习和借鉴了大量前期物语文学的经验，扬长避短，使散文与韵文、内容和形式达到完美的统一。如《源氏物语》中描写源氏与众多女子的爱情，有着《伊势物语》的影子；而在作品的风格特点上则学习和借鉴了《蜉蝣日记》，将日常生活体验直接加以形象化，在更深层次挖掘人物的内面生活，继承了“哀”和“空寂”的美的理念；除此之外，清少纳言冷静的观察事物的方法也对紫式部有很大的影响。在语言方面，作者根据宫廷内人物众多，身份差异甚大的特点，充分发挥作为日本一种特殊语言现象的敬语作用，以符合不同人物的尊卑地位和贵贱身份。

同时，《源氏物语》有着深层的历史意义和深邃的文化内涵。紫式部以她的博学多艺，在书中展示日本宫廷的四时行事和自然景物。日本宫廷的仪式多从中国传入，为适应日本平安时代贵族社会生活而加以洗练，《源氏物语》中的宫廷行事多在小说故事的转换和内容展开中被采用，以描绘出一个宫廷生活的真实世界。对于四季自然景物的描写成为四时行事场面描写的重要组成部分，常常在一些叙事场面中出现，以增加抒情的艺术效果。而且，一年中春、夏、秋、冬的各种风物，都是随人感情的变化而有所选择，这是与《源氏物语》的主调相连的，那些忧郁而虚无缥缈的景象，容易抒发人物的无常哀感和无常美感，体现日本文学“美”的精髓，同时也可以让人物在自然风物中求得解脱，来摆脱人生的苦恼和悲愁。日本学者本居宣长指出《源氏物语》是以“幽情”为基本精神的，因为“在人的种种感情中，只有苦闷、忧愁、悲哀，即一切不能如愿的事，才是使人感受最深的”。一部物语，体现了“幽情”，表达了符合世间人情的情感就是善的；不能体现“幽情”且不合世间人情者就是恶的。也就是说，《源氏物语》不是以道德的眼光来看待和描写男女主人公的恋情行为，而是借这个题材使人兴叹，使人感动，使人悲哀，即表现出“幽情”，让内心的情感超越这污浊的男女恋情，得到美的升华，也即把人间情欲升华为审美的对象。

当然，由于受儒佛思想与神道思想的影响，紫式部在《源氏物语》中贯穿了浓厚的无常感和宿命思想，她对佛教教义进行思考，发现了潜在深沉的哀，表现在作品中就是光源氏及其恋人们对自己不伦行为的恐惧，原罪意识和消极遁世出家的念头又加深了这种独特的感受。还有，书中第四十一回只有“云隐”题名而无正文，以这种奇特的表现手法来暗喻源氏的结局，也是一种独特的哀婉心情的表达。

作为世界文学史上长篇小说创作的一位先驱，紫式部在《源氏物语》这部篇幅恢宏、文风优雅的宫廷传奇中给后人提供了小说创作的范本，直到今天，这部旷世奇作仍然被看成是人类创造的最优秀的早期作品之一。

第三节 《一千零一夜》

《一千零一夜》(又名《天方夜谭》)是中古时期阿拉伯地区著名的民间故事集。它以卷帙浩繁的规模、绚丽多姿的画面、离奇突兀的情节、奇特诡异的幻想代表了古代阿拉伯文学的最高成就。由于它真切地反映了当时人民的思想感情、理想和憧憬,因而在不少国家和地区家喻户晓。

一、《一千零一夜》的成书过程

随着阿拉伯帝国的建立,阿拉伯人在商业上获得了极大发展。商业的发展促进了城市的昌盛和市民阶层的成长,民间文学由此得到繁荣。这一时期,阿拉伯民间文学的主要形式是故事和说唱。《一千零一夜》是由中东、近东各民族、各地区的民间市井艺人、文人学士在8、9世纪至16世纪长达数百年的时间内收集、加工、整理而成的。书中共300多个故事,包括神话传说、历史故事、现实故事、道德训诫故事、笑话、童话等,它以浓郁的东方情调和瑰丽的传奇色彩跻身于世界名著宝库。但从故事的背景、内容和人物来看,占主导地位的是市井商人的故事。

《一千零一夜》女主人公、苏丹的新娘山鲁佐德(E. 杜拉克)

8世纪,东方出现了地跨亚、非、欧三大洲的阿拉伯帝国,帝国境内各民族文化互相融合,《一千零一夜》就是在这样一种历史条件下形成的。它的故事来源包括:波斯文(伊朗)的《一千个故事》,这一部分是全书的核心,它提供了故事集的基本情节和脉络以及主要的男女角色(包括《引子》中山鲁亚尔国王和山鲁佐德王后的故事);以巴格达为中心的伊拉克阿拔斯王朝时期的故事;以开罗为中心的埃及王朝时期的故事,主要讲的是从公元1440到1550年100多年间埃及的风土人情。

从这部作品所反映出的文化特征、民族精神、风俗习惯、宗教信仰和它的高度艺术水平来看,《一千零一夜》中最古老的故事大约产生于8世纪,随着阿拉伯帝国政治、经济和文化发展到鼎盛时期,民间文学的繁荣使得阿拉伯民间文艺“说书”得到了进一步的发展。《一千零一夜》是历代阿拉伯市井说书艺人反复加工创作的结晶,它开始以口头文学的形式流传,后经过许多次、无数人的辑录整理,并随着时代变迁而不断添加新内容。《一千零一夜》约在12世纪基本编定,成书于16世纪。《一千零一夜》的故事有300多个,编定者们用故事套故事的方法把它们组织起来,然后套在一个统一的框架之中——《国王山鲁亚尔及其兄弟的故事》,它在结构上起到贯串的作用,在思想价值上也起到纲领性的作用。这个故事讲述的是:国王山鲁亚尔发现王后行为不端后,就下令杀死王后,并发誓要报复所有的女人。于是他每日娶一少女,次日清晨就将她杀害。宰相之女山鲁佐德为了拯救无辜的姐妹,面对邪恶,挺身而出,机智巧妙地与他展开了富于策略的周旋。这场斗争是艰苦而又长期的,她必须每一夜都用故事去争取时间。经过一千零一夜的努力,她最终感动了国王,显示了善良和聪颖的力量,这也是《一千零一夜》书名的由来。

《一千零一夜》的成书过程是一个对不同地区、不同民族的神话、传说、故事不断吸收再创造的过程。《一千零一夜》里的故事不论何种类型和篇幅大小,都具有鲜明的阿拉伯色彩。《一千零一夜》故事套故事的框架结构形式为它的兼容并蓄提供了无限的包容性。不仅一个大故事可以套数个小故事,故事本身可以增长、延展,而且对当时独立流传的大故事亦可包而含之,用移植、融合、借取等方式加大本身的故事量。如《辛伯达航海历险记》《国王太子和将相嫔妃的故事》等重要故事,就是当时独立流传于阿拉伯地区,后来被收进《一千零一夜》中才逐渐发展成现在的规模的;如《巴索拉银匠哈桑的故事》以哈桑和羽衣姑娘的爱情故事为线索,最早源于印度或中国,在《一千零一夜》中该故事的背景则是在巴格达市区;《阿里巴巴和四十大盗》《阿拉丁与神灯》这些著名故事甚至并不包含在《一千零一夜》的定型本中,今天已经被当作《一千零一夜》中最富魅力的故事。

二、《一千零一夜》的内容

《一千零一夜》所包含的内容十分丰富,既有现实生活中的宫廷传奇、民间轶事、恋爱婚姻、经商冒险,又有想象世界中的神奇传说、妖魔鬼怪。它们广泛而生动地反映了中古时期阿拉伯地区的社会生活、风物人情、宗教信仰。《一千零一夜》那些奇思妙想的故事大致分成以下几类。

(1) 体现正义战胜邪恶,歌颂真善美的故事。这类故事在《一千零一夜》中占有很大比例,大多用自然写实和浪漫的幻想互相交织的表现手法,歌颂了劳动大众在与邪恶势力作斗争时所表现的勇气和智慧,刻画了他们淳朴善良的品质和对美好生活的憧憬。如《渔夫与魔鬼》中的渔夫在面对强大的神魔时充分显示人的力量和智慧,用计制服了妖魔。《阿里巴巴与四十大盗》和《阿拉丁与神灯》中的主人公,都是靠着正直善良、勇敢刚毅,战胜了各自的对手。阿里巴巴战胜了贼心不死的强盗头子,阿拉丁战胜了奸诈狡猾的魔法师。这类故事的主题就是劳动者以智慧战胜愚蠢,卑贱者以聪明战胜淫邪,弱小者以机智战胜狡诈,赞美正义鞭挞邪恶势力。在作品中,不畏强暴、舍己为人或同舟共济、患难相扶的优秀品质常常受到赞美,贪婪、嫉妒、残忍等恶行败德则屡屡遭到谴责,善有善报、恶有恶报。显然,这种价值判断具有鲜明的东方文化意识的特征。

(2) 斥责社会风气败坏和同情百姓疾苦的故事。《一千零一夜》里面的国王、宰相、总督、官吏等统治阶级人物常常作为邪恶力量的代表出现,他们横征暴敛,穷奢极欲。作品在批判他们丑行的同时,暴露了社会的丑恶现象。如《艾彼·顾辽伯和金银城堡的故事》《死神的故事》《修鞋匠马尔鲁夫》中出现的国王和朝臣,他们就过着穷奢极欲、挥霍无度的生活,而《辛伯达航海历险记》里的穷脚夫辛伯达和《渔夫与魔鬼》中那个渔夫却生活艰难,勉强度日。这种鲜明的对照是阿拉伯封建社会的真实记录。那些普通的劳动者——渔夫、农民、樵夫、鞋匠、理发师、侍女——是善的代表,具有崇高的道德品质和巨大的道德力量。平民对自己遭受的横暴并非逆来顺受,而是表现出斗争和反抗。《聂尔曼和诺尔美》和《女人和她的五个追求者》中,主人公表现了毫不屈服的抗争精神和对权贵的极度蔑视。

(3) 描述爱情的故事。《天方夜谭》中有许多故事表现了劳动人民对幸福生活的强烈愿望,对忠贞不渝的爱情的向往。《卡麦尔·宰曼》和《乌木马的故事》中描绘了男女主人公在追求纯真爱情过程中的坎坷和磨难。《巴索拉银匠哈桑的故事》描述的是凡人和仙女之间的爱情,这种神人恋爱的故事描写了青年人为争取婚姻自由而进行的斗争,情节曲折生动,具有很强的艺术魅力。有的爱情故事与城市商品社会有着紧密关系,故事本身并无神奇色彩,现实主义倾向较强,但却说明了当时人们对爱情、婚姻、家庭观念的新变化。

(4) 描绘经商和航海冒险的故事,反映阿拉伯城市平民的思想意识。阿拉伯帝国出现之后,随着城市的兴起,城市平民的思想意识突出表现在人们对于财富的向往和对尘世生活的热爱方面。《一千零一夜》这部作品强调,对财富的向往是同强烈的好奇心和勇敢的冒险精神融为一体的,在许多故事中歌颂了人们为取得财富而进行的冒险行动,《辛伯达航海历险记》是其中的名篇。辛伯达是个不知疲倦的冒险家,他为了追求财富,曾 7 次投身于航海冒险事业,每一次旅行他都遭到难以想象的磨难和危险。但是,在每一次巨大灾难面前,他都运用勇敢和智慧去顽强地搏斗,从而战胜敌人,摆脱困境。在辛伯达的身上既表现了新兴商人进行创业活动时的坚毅勇敢、不畏艰苦的顽强进取精神,也可以看到他们贪婪、自私、唯利是图的本质。对尘世生活的热爱是市民意识的又一表现。故事中的主人公常常在经历了天上人间一番奇特的经历之后,最终归宿都被安置在尘世生活中。《一千零一夜》中以商人为主人公的故事约占全书的一半以上,商人在经商冒险活动中所体现的进取精神、冒险精神以及突出的市民意识,实际上是呼之欲出的时代精神。

《一千零一夜》中还包括两个篇幅较长的故事《阿基布·艾里布和赛西睦》和《叔尔康、臧吾·马康昆仲和鲁谟宗、孔马康》。前者表现伊斯兰扩大版图时期阿拉伯各部落间的争斗和残杀;后者以伊斯兰王子叔尔康与基督教公主伊彼丽箬的爱情为线索,展现了伊斯兰国家和基督教国家在海上、陆地的较量和争夺。两篇故事内容丰富,人物众多,表现了民众希望各民族间和睦相处友好交往的美好愿望。此外,《一千零一夜》中还有两则行骗故事《戴莉兰和宰玉纳白母女》《阿里·载依白谷·米斯里》,两篇故事反映了中古阿拉伯时期赋税沉重、民不聊生和盗骗横行的社会现实。

在《一千零一夜》的成书过程中,阿拉伯社会不断发展,人们的思想观念、审美情趣也随之发生变化,因此,这部《一千零一夜》的故事内容驳杂,旨趣各异。

三、《一千零一夜》的艺术特色

现实主义与浪漫主义的交织是《一千零一夜》的最大特色。《一千零一夜》以绚丽多彩的笔触勾画出一幅幅中古阿拉伯社会生活的风俗画,上至宫廷的权力争夺,下到市井的奴隶买卖。故事把我们引入了一个富有浓郁东方色彩的阿拉伯世界之中。但是,这一作品吸引人的主要因素还是它的浪漫主义的表现和无比奇特的想象,它创造了一个可以实现一切奇迹的神话世界。神鹰、大鱼、魔鬼、戒指、神灯、飞毯,一切闻所未闻的怪诞形象和奇异宝贝各显神通。这些不可思议的事物与故事中的人情世态奇妙地融合起来,相互辉映,大放异彩,使读者不但了解了古代阿拉伯人民的生活,也知道了他们的理想和愿望。

故事套故事的框架结构是《一千零一夜》又一艺术特点。民间故事往往情节曲折,变幻莫测,有很强的吸引力,但它们往往又散乱庞杂,难有统一的主旨。《一千零一夜》用简便灵活的故事套故事的方式将它们组织起来,并把它们统一套在了开篇第一个故事《国王山鲁亚尔及其兄弟的故事》中,形成框架结构。这样,所有的故事都与开篇中主人公的命运紧密相连,使散乱的故事有了一个共同的主旨。同时,这些故事以“夜”为单位,环环相扣,连绵接续。故事的生动性与丰富性、传奇性与现实性达到了完美的统一。故事套故事的框架结构形式是内容与形式高度统一和谐的体现,这种结构对后来许多著名作家的作品都产生了影响。

真善美与假恶丑的强烈对照是《一千零一夜》刻画人物的主要手法。这种对照是广泛的,有形象和性格的对照:神仙容貌姣好,善良可亲;魔鬼外貌凶煞,心地邪恶。有力量和智谋的对比:魔鬼法力无边,却愚蠢可笑;渔夫弱小善良,但聪明勇敢。在使用对比的同时,还注意在突出人物的某一特点时运用夸张手段,这更加强了艺术形象的鲜明色彩。除了强烈的对比外,《一千零一夜》中还有一些艺术手法运用得颇为成功,如细节的描写、成功的心理刻画等。

《一千零一夜》的另一个艺术特色是诗文并茂、语言大众化。作品叙事状物行文流畅,诗歌运用则通俗易懂。所引诗歌有的是古代诗人之作,更多则来自市井艺人。这种散韵相间的文体使作品不仅具有浓郁的生活气息,还有很强的抒情色彩,增添了作品的艺术感染力。

在《一千零一夜》中,财富、权力和美女这三个并行的话题象征了人们对物质世界与精神世界的美好追求与向往,它们在书中无所不在,同时也体现了这本书一个明确的目的:寓教于乐。《一千零一夜》是阿拉伯人民智慧的宝库,各种文化传统的人们都能从中受益,它也是人类文化的灿烂瑰宝,对世界文学的发展产生了深远的影响。

第十四章
近现代文学

第一节　概　　述

近现代东方文学是指亚非地区19世纪中期至21世纪初100多年间的文学。根据东方文学的社会及文学发展状况，我们可以把它分为近代（19世纪中期至20世纪初）、现代（俄国“十月革命”至第二次世界大战结束）、当代（20世纪50年代至21世纪初）三个阶段。

一、近现代东方的社会及文化状况

西欧在文艺复兴之后，科学文化迅速发展，国力猛增。自15世纪以来，西欧各国就不断地入侵亚非地区。到了近代，东方各国封建社会逐渐解体，而西方各资本主义国家已向帝国主义过渡。为了求得更多的生产资料，开辟更广泛的贸易市场，他们加强了对东方的侵略和扩张，东方各国除日本经“明治维新”后走上发展资本主义的道路外，其他均先后沦为殖民地、半殖民地或保护国。西欧列强对东方的瓜分、奴役使这些国家的社会经济得不到很好的发展而长期处于贫穷、落后状态之中。但东方人民并未被吓倒，自殖民主义者入侵之日起，反帝反殖、争取民族独立和自由的斗争就不断掀起，成为这一时期文学反映的基本主题。

从思想文化上看，以古巴比伦、古埃及、古代中国、古印度等4个人类文明最早诞生的地区为代表的东方文学在中古以前是雄居世界文学之前列的，并对西方文学产生了广泛而深远的影响。如希伯来的《旧约》在欧洲是家喻户晓的读物，它对欧洲的政治、经济、文化、宗教、哲学等各方面都有巨大影响。阿拉伯的故事集《一千零一夜》以其丰富的内容、精巧的结构，对东西方文学均产生了重大影响。印度著名的寓言故事集《五卷书》传到欧洲后，启发了英国的乔叟、意大利的薄伽丘、法国的拉·封丹等人的创作。但是到了近代，东方文学却远远落后于西方。

从文学自身发展来看，东方的封建文学在题材、内容及表现技巧上都已趋于陈旧、僵化，已无法适应新的历史要求，跟不上世界文学发展的步伐。帝国主义和殖民主义的入侵一方面给东方人民带来了灾难，另一方面也在客观上强行打开了东方国家长期封闭的大门。随着国门的打开，西方各种文化、文明纷纷传入东方,给东方国家带来了政治、经济、文化等诸多方面的变化,加强了人们对西方先进的文化、文学的心理渴求。许多留学西方、深受西方文化熏陶而又有强烈民族意识的知识分子,自觉地担负起唤醒民族、拯救民族的启蒙工作。他们通过办报刊、译介外国文化、文学等方式,把西方各种社会思潮、文学思潮引进了东方,扩大了东方各民族的精神视野。资产阶级自由、平等、博爱的人道主义思想对长期处于封建专制之中的东方民族产生了积极的启蒙作用。在东西方文明的碰撞中,西方文明的传播也为东方近代文学的发展提供了特定的基础。

从社会心理来看,殖民主义的坚船利炮震醒了闭关自守、夜郎自大的东方人,西方资本主义高度发达的经济和强大的国力促使人们反思,资本主义经济在东方一些国家不同程度的发展激发人们开始探索民族的出路,旧的传统观念受到严重冲击,渴求发展、变革社会及争取民族独立、解放的愿望使文学在某种程度上起到了传播工具的作用。

1917 年,俄国“十月革命”的胜利促进了东方各国人民的觉醒和反抗,为殖民地、半殖民地的人民指明了一条争取民族独立解放的道路。这时,除了日本走上了向帝国主义发展的道路外,其他东方各国均在“十月革命”的影响下,掀起了民族解放运动,如中国的“五四运动”、朝鲜的“三一起义”、印度的反帝“四月”民族起义、印度尼西亚的民族大起义等。历史的巨变对文学产生了巨大影响,一方面有力地推动了民族革命文学的发展,另一方面不少国家出现了无产阶级的政党组织,并成为民族解放运动力量的领导者。东方现代文学也产生了新的变化,出现了以共产主义思想为指导的无产阶级文学。同时,西方 19 世纪末及 20 世纪初的现代主义文学思潮及其作为理论依据的哲学也影响到了东方文学。东方许多作家在立足于民族文学传统的基础上,努力探索、寻找东西方文学的契合点。20 世纪 20 年代末到 30 年代初世界性的经济危机使法西斯挑起第二次世界大战,战争使人类遭受了空前的灾难,东方文学受到了严重的摧残,残酷的现实促使文学家们在更高层次上冷静思考民族的前途和命运,对东西方文明作出客观、理性的分析和价值判断,并继续以客观、冷静的现实主义创作态度描绘、记录这一时代的历史面貌,探索民族的出路。因而,使东方现代文学对促进东方国家民族解放运动的发展做出了重要贡献。

第二次世界大战结束后,东方各国相继结束了殖民地、半殖民地状态,取得了民族独立,进入了和平发展时期。政治上的独立带来了经济的繁荣和文化的发展,虽然刚刚独立的东方各国大多属于经济不发达的“第三世界”,但对经济建设的探索与追求,日益影响到这一时期的文学领域,东方各国的文学陆续发展到一个崭新的时代——世界性的文学时代,即与西方文学建立了一种平等交流、相互影响和相互渗透的关系,由一元化的文学格局开始向多元共生转变,并获得了巨大成就。

二、近现代东方文学的特征

近现代东方文学受时代、社会影响较大,文学的发展基本上与社会发展同步。

东方近代文学是在西方文化和文学的冲击与影响下由旧的封建文学向新的近代化文学转型的,这种转变的标志就是出现了启蒙文学和民族文学。殖民地、半殖民地是资本主义的一种特殊形式,随着资本主义的发展和资产阶级的形成,19世纪中后期,东方各国先后发生了近代化的启蒙运动,而启蒙文学正是启蒙运动的产物。启蒙文学家大都是启蒙思想家,他们是一批具有爱国主义思想的资产阶级知识分子,目睹国家的贫穷、落后及沦陷,痛心疾首,自觉地担负起启蒙、救亡、变革社会和改革文学的重任。他们积极向西方近代文学汲取有益的营养,大量翻译介绍西方优秀的文学名著。西方文学中的民主意识、人道主义精神、反映现实的风格及创作技巧对东方近代文学产生了深刻的影响。在向西方学习的过程中,东方文学在内容和形式上都发生了巨大变化。东方近代文学在内容上,逐渐摆脱了以王侯将相、才子佳人为主人公的旧文学,转向了描写现实生活、体现时代精神、反映重大的社会斗争、以平民为主人公的新文学。在形式上,突破了中古文学的某些陈规戒律,创造了一些新的文学样式。如以小说代替了故事,以自由体诗代替了格律诗,还移植了话剧、歌剧等新的文学样式。启蒙文学虽然受西方文学影响明显,但它又不能摆脱本国固有的文化的束缚,因而造成西方化和本土化的匆忙结合,显得幼稚、粗糙,但它的承上启下的作用是不可否定的,它为东方文学的进一步发展起了先导作用。

民族文学是在帝国主义对东方人民的掠夺加强和东方人民民族意识高涨的条件下产生的。民族主义文学在印度声势最大,它一方面揭露垄断资本主义和殖民主义的暴行,另一方面歌颂反侵略的民族英雄,讴歌民族优秀的文化传统,激发民族的自豪感和自信心。民族主义文学虽然推动了民族独立斗争,但也有盲目排外的倾向。

现代东方文学是以"十月革命"的胜利为起点的,这一时期,随着无产阶级文学运动的掀起和西方现代主义文学思潮的引进和形成,造成了与既有的文坛三足鼎立的局面,从而为近代化文学向多极化的世界性文学的过渡奠定了基础。无产阶级文学和早期现代主义文学是从两个不同的方面对近代化文学进行否定和挑战的。无产阶级文学是以苏联化的马克思列宁主义为理论基础的,它孕育了独特的世界观和美学观,宣扬了崭新的人类生活理想,它是一个有组织、有纲领的流派,在许多国家都有自己的组织机构。如日本的"纳普"、朝鲜的"卡普"等。无产阶级文学以描写劳苦大众的悲惨生活、反映无产阶级政党为争取民族自由、解放而进行的艰苦卓绝的斗争为主要内容。在社会主义国家,无产阶级文学还反映了社会主义革命与建设的新内容,反对近代化文学中的资产阶级和小资产阶级的某些思想倾向。西方19世纪末以来以柏格森、尼采、叔本华的悲观主义哲学和弗洛伊德的心理学为理论依据的现代主义文学思潮极大地影响并萌生了东方现代主义,具有否定传统的现实主义、理想主义等倾向。

随着第二次世界大战的结束,东方文学进入了当代文学阶段。东西方文学经过近现代阶段的冲突、碰撞,到当代走向了融合,世界性的文学时代到来了。这时出现了许多有较大影响的作家,他们往往是文化融合型作家,文学中的民族主义情绪削弱了。但是,融合并不意味着取消、放弃民族传统,而是要把鲜明的民族风格与开放的世界意识密切地结合在一起。随着国际对话的增多、文学交融的加深,文学的表现形式呈现了多样化风格。20世纪50年代以后,东方作家由于受到世界大战的震撼和世界性思潮的冲击,社会视野进一步开阔,人生体验进一步加深,全球意识、世界意识的增强使作家们得以站在全人类的高度和全世界的广度观察与思考问题,因此,他们在创作中追求一种形而上的东西,努力揭示他们所意识到的世界和人类的普遍问题,尤其是揭示现代人生的荒诞性、个人与社会的对立性、自我的矛盾性和分裂性。同时,东方现代主义作家又把西方现代主义与东方古老的民族文化传统相结合,从而形成了东方化了的现代主义文学。现实主义仍是这一时期东方文学的主要思潮,而且在前一时期的基础上获得了更进一步的发展。它一方面与通俗的大众文学结合,产生了一大批通俗化了的现实主义作品;另一方面,更注重对现实广度的开拓和历史深度的挖掘,特别是借鉴了现代主义的某些方法和技巧,使东方现实主义在主题内涵及容量方面大大加强与深化了。

东方近现代文学在100多年时间内赶上了世界文学发展的步伐,走完了西方文学自文艺复兴以来花了几百年走过的道路,取得了巨大成就。随着国际对话的增多、文学交融的加深,东方作家的视野日渐开阔,他们在保持本民族文学独特性的基础上汲取、融合西方优秀的创作思想与技巧,从而将本民族文化推向世界。既强调了本民族文化的自身发展,也表现了与世界文学一体化的愿望。东方当代文学走向世界的标志就是出现了一批在世界范围内产生了广泛影响的作家。在最近的40年间,东方有6位作家获得了诺贝尔文学奖。他们是日本的川端康成、大江健三郎,埃及的纳吉布·马哈福兹、尼日利亚的沃莱·索因卡以及南非的纳丁·戈迪默和约翰·马克思韦尔·库切。这表明,在近百年间与西方文学的碰撞中,东方作家已找到了一条传统与现代、东方与西方的融合之路,并在融合中创造了世界一流水平的文学。这也代表了今后东方文学乃至世界文学的一种发展方向。

尽管亚非地区幅员辽阔、民族众多,经济发展不平衡,社会制度多种多样,但因东方各国在近现代有相同的历史遭遇和相似的民族特性,我们还是可以找到在他们文学上的共同特征的。具体表现在以下几个方面。

(1) 以反帝反殖反封建作为文学创作的主题,具有鲜明的时代特色。东方近现代文学是在反帝反殖反封建运动的推动下展开的,它是民族民主运动的组成部分,又是解放运动的实录。因此,尽管这时在东方文坛上出现了各种文学流派,它们的文学审美观及创作技巧各不相同,但是在作品中揭露殖民主义、帝国主义的野蛮暴行、批判国内封建主义的腐朽、启迪人民的爱国主义思想、维护民族尊严、探索民族的出路是一致的。因而,除日本文学外,东方近现代文学很少以纯文学标榜。

(2)在纷繁复杂的文学思潮中,始终以现实主义作为文学创作的主流。东方近现代文学家为了发展民族文学,大量借鉴、引进西方各种文学思潮,一时间使得一些国家社团林立、流派众多、变幻不定,新古典主义、自然主义、唯美主义、现代主义等思潮、流派此起彼落,情况十分复杂。但这些流派都未得到充分发展,往往刚一"亮相",就因与时代风云不合拍,倏忽而止。而以展示东方各民族的近现代现实生活的巨幅画面为目的现实主义文学思潮,却始终贯穿于整个近现代文学史。

(3)在与西方文学的冲突、碰撞中,寻找民族文学与世界文学的融合之路。近现代东方文学是在西方文学的影响下产生和发展的,为了赶上世界文学发展的步伐,改变东方近现代文学的落后状态,探索民族文学的出路,东方各民族作家一方面以复兴民族文学为己任,努力保持文学的民族性,另一方面又自觉地、全方位地学习西方文学。在与西方文学的冲突、碰撞中,东方一些杰出的作家逐渐找到了既能使自己独特的民族精神文化在世界文坛中获得一席之地、又能把鲜明的民族风格与开放的世界意识密切结合的创作道路,使东方文学与世界文学相互融合,跟上了世界文学的发展步伐。

三、东方近现代文学的发展概况

1. 日本及东亚地区的近现代文学

日本是"明治维新"后第一个自觉地、大规模地系统引进西方文明并走上资本主义发展道路的国家,日本的近现代文学也是在引进和接受西方文学的基础上产生并发展的。日本文学家们在吸收西方文学的同时,又十分注意把西方文学与本民族特有的文学传统、审美趣味融合在一起,因而,在近现代东方文学中日本文学成就最大。日本近代文学的奠基之作是二叶亭四迷(1864—1909)的现实主义长篇小说《浮云》。森鸥外(1869—1922)是浪漫主义的开拓者,他的短篇小说《舞姬》被认为是日本浪漫主义文学的开创之作。但现实主义和浪漫主义文学在日本尚未得到充分发展就为以岛崎藤村(1872—1943)、田山花袋(1871—1930)为代表的自然主义文学所替代。自然主义文学的出现标志着日本古典文学完成了向新文学的过渡。第一部成熟的、具有日本特点的自然主义作品是岛崎藤村的长篇小说《破戒》。田山花袋的《棉被》被认为是日本自然主义文学的典范之作,小说把日本自然主义由《破戒》的较为广阔的社会领域导向狭窄的私生活领域。由此,日本一种独特的、以告白的方式专写身边琐事的小说——"私小说"形成了。夏目漱石(1867—1916)是日本近代文学最著名的作家,他的创作标志着日本近代文学的成熟。夏目漱石在创作上总的倾向是现实主义的,他的作品真实、细腻地再现了日本明治维新后集东西方弊病于一身的畸形社会中的知识分子的心态,同时也表现了作者本人的苦恼、彷徨和探索。《我是猫》是他的成名作,也是他的代表作。小说以主人公苦沙弥家养的一只猫的观感和议论来描写、评判现实生活,揭露、抨击了明治时期日本社会的黑暗及资产阶级的丑恶,描写了知识分子的善良正直及其软弱可怜。小说在艺术上结构新颖、语言幽默、讽刺巧妙、韵味深长。可以说,《我是猫》是日本讽刺文学的典范之作,对其后的日本文学产生了极大的影响。随后,日本文坛先后出现了唯美主义、白桦派和新思潮派等文学流派和团体。唯美主义文学以谷崎润一郎(1886—1956)为代表。他们的作品以描写人的变态心理和变态情欲为目的,是一种表现在官能享乐中寻求精神满足的文学。谷崎润一郎的中篇小说《春琴抄》最能体现唯美主义的创作特色。白桦派以《白桦》杂志的同人组成,这派作家追求个性解放,提倡人道主义精神,强调人的尊严和意志,代表人物有志贺直哉(1883—1971)等。新思潮派以菊池宽(1888—1948)和芥川龙之介(1892—1927)等《新思潮》的同人组成,是第一次世界大战后出现的小资产阶级文学流派的综合,代表了小资产阶级的思想意识和要求,代表作品有芥川龙之介的短篇小说《罗生门》。

夏目漱石

20世纪20年代,随着无产阶级文学和"新感觉派"的出现,日本文学进入了现代史阶段。无产阶级文学以小林多喜二(1903—1933)、德永直(1899—1958)为代表。小林多喜二是无产阶级文学的杰出代表,他的《蟹工船》和《为党生活的人》描写了日本无产阶级可歌可泣的斗争生活。新感觉派是日本第一个现代主义文学流派,它是在西方象征主义、未来主义、表现主义、达达主义、超现实主义、意识流等各种现代主义文学思潮的综合影响下产生的,代表人物有横光利一(1898—1947)、川端康成等。这些作家以反传统的姿态出现,大胆追求文学创作的新感觉和新方法,开拓了日本文学新的表现形式。横光利一的《苍蝇》是新感觉派的奠基作。

二战后到60年代,日本文坛相继出现了"战后派""无赖派""太阳族""大众文学""存在主义""内向派""都市小说"等文学流派。野间宏(1915—1991)是战后派文学最卓越的作家,他的短篇小说《脸上的红月亮》深刻地揭露了法西斯战争对人的精神扭曲和肉体摧残。三岛由纪夫(1925—1970)是战后派文学中创作倾向十分复杂而又在当代世界文学中有重要影响的作家。他是一个极端民族主义者,信奉天皇制,主张恢复贵族社会的旧秩序,发扬武士道精神。然而日本的战败使他失去了精神支柱,战后的现实又令他绝望,因而,他以在作品中描写变态的人物、变态的心理来对抗日本战后的现实。他的长篇小说《金阁寺》突出地体现了他的思想观念、美学风格。无赖派是在日本战后社会混乱的情况下产生的,这派作家对一切权威抱着强烈的不信任感和反抗意识,以自嘲自谑的态度来表现战后人们心灵的创伤、市民社会的伪善,带有颓废倾向。太宰治(1909—1948)的短篇小说《维荣的妻子》和中篇小说《斜阳》均表现了无赖派的创作特点。

日本的存在主义是在西方存在主义哲学和文学的影响下产生的,集中体现存在主义文学特征的作家是安部公房(1924—1993)和大江健三郎(1935—)。大江健三郎是日本当代杰出的小说家。1994 年成为日本第二位诺贝尔文学奖获得者。他的主要作品有:长篇小说《万延元年的足球队》(1967)、《核时代的森林隐遁者》(1968)、《洪水涌上我的灵魂》(1973)、《同时代的游戏》(1979)、《M/T 与森林里奇异的故事》(1986)等。《万延元年的足球队》是他的代表作。小说的主人公根所密三郎有一个脑残疾的儿子,为此他十分消沉。弟弟根所鹰四在反对日美安全条约受挫后曾到美国漂泊。为了寻找自我、寻找心灵的归宿,兄弟俩回到了故乡四国的深山密林中。鹰四仿效百年前曾祖父的弟弟领导的农民暴动,组织足球队,利用村民们对操纵村庄经济命脉的“老板”(天皇)的不满,发动暴动,抢超级市场。当晚,鹰四向密三郎坦白了自己使白痴妹妹怀孕、自杀的秘密,遂开枪自杀。密三郎由鹰四的死而意识到人应顽强地超越心灵的地狱,于是开始了新的生活。小说将现实与历史重叠在一起,创造了一个扑朔迷离的新神话。在大江健三郎的作品中,“森林”具有其特殊的寓意。在这部作品中“森林”的恐怖神秘表现了现代人的困惑不安。密三郎与从美国回来的弟弟鹰四一起离开城市返回故乡的森林山谷,反映了人们对现代化的怀疑而要求回归土著的反现代倾向。作者把过去农民暴动与现代青年抢劫超级市场、正常的过去人与畸形的现代人交织在一起,表现出自己的焦虑:人类应如何走出那片象征着核时代的恐怖和不安的“森林”。作品的起点是城市,落点则是对整个新人性的期盼,表现了作者对于现代社会产生的失落和理想中的回归。小说规模宏大、情节丰富,倾注了作家对人类命运的深切关注和对人

大江健三郎

生问题的积极思考，显露出作家深厚的艺术功底和独特的艺术风格。在艺术上，小说善于把虚构（神话）与现实相交织，表现其深刻的思想。作者将故事的背景置于虚构的森林、山村，这个森林、山村是作为主人公的归宿而设置的。密三郎夫妇与鹰四因对生活感到厌倦、惶惑、孤独，于是决定去寻找一块心灵的“绿洲”，在这块“绿洲”里，他们寻根访祖，想从祖先那里得到一贴仙丹妙药，来医治自己的“绝症”。作者通过一幅幅离奇怪状图画的镶拼，组成人类关注的主题，即人类怎样从不自由走向自由。

70年代初，日本文坛又出现了一个新的现代主义流派——内向派，这派作家受卡夫卡表现主义影响，将文学视野收缩到个体之内、主观世界之内，出色地表现了现代生活的某些本质特征。内向派的出现标志着日本现代文学向后现代过渡。到了80年代，还出现了具有后现代主义特点的、表现生活于现代都市中的青年人生活的都市小说。村上春树（1949— ）被认为是最有都市感受性、最能掌握时代特质与节奏的作家，他的代表作有《且听风吟》（1979）、《挪威的森林》（1987）、《海边的卡夫卡》（2003）、《1Q84》（2009）、《奇鸟行状录》（2013）等。

总之，日本文学在20世纪创造了自己的辉煌，并通过诺贝尔文学奖获得者川端康成、大江健三郎而走向了世界。

东亚朝鲜于1910年成为日本殖民地，因而朝鲜的近现代文学是在反帝反殖争取民族独立的斗争中发展起来的。当时以韩文印发的刊物《新文学》最先表达了一种新的民族意识。随后出现了朝鲜近现代文学的第一个高潮，即以“新小说”“翻译政治小说”“新体诗”为代表的启蒙文学和以英雄传记为代表的民族爱国主义文学。新文学是对汉文和中国文学传统的一种反动，它赞成按欧洲方式发展韩语文学。李光洙（1890—1950）的《无情》（1917）是第一部现代小说，小说表现了强烈的民族思想。李箕永（1895—1985）的长篇小说《故乡》被认为是朝鲜现代文学的奠基作之一。留学日本的金东仁（1900—1950）、玄镇健（1900—1943）、廉想涉（1897—1963）等的创作则较多受西方19世纪末文学思潮的影响，带有悲观思想。

20年代后，在“十月革命”影响下，一批进步作家组成了朝鲜第一个无产阶级艺术团体——焰群社。他们的作品大多取材下层人民的生活，描写他们对不合理的社会的反抗，塑造了工农先进分子和革命者的形象，开辟了新的文学领域，所以被称为“新倾向性派文学”，崔曙海（1901—1932）的《出走记》最能代表这一派文学的特点。随后无产阶级文学不断发展，20年代中期“卡普”（朝鲜无产阶级艺术联盟）的形成更促进了无产阶级文学的发展，涌现了一批优秀作家、作品。战后朝鲜分裂成南北两部分，形成了不同的社会制度。朝鲜继承了战前无产阶级文学的优良传统，而韩国则受现代主义文学思潮的影响较大。崔仁勋（1936— ）的《广场》表现了战后知识分子企求重新发现自我、追求自由的渴望，反映了存在主义思想的影响。

60、70年代,韩国出现了“新感觉派”,这显然是受战前日本新感觉派的影响和启发的。金承钰(1941—)的讽刺小说《首尔:1964年冬》是其代表。小说对人的感情的冷漠和人的存在的荒谬性作了令人可怕的悲喜剧式的描写,在形式上作了一种新的尝试。黄晳暎(1943—)的《客地》(1971)则表现了对当代社会政治问题的关注。朴景利(1926—2008)的被称为当代最优秀的小说《土地》(1970),以日本殖民化时期一个地主家庭的兴衰为背景,全方位地展现了新旧价值观念的冲突与变化。

80年代光州民主化运动后,涌现了探讨各种社会问题的“分治”文学。李文烈(1948—)的《英雄时代》(1984)和赵钟来(1942—)的《太白山》(1986)是“分治”文学的代表。同时,还出现了反映工业化问题的“民众小说”和“劳动者小说”。

2. 印度及南亚、东南亚地区的近现代文学

印度是个多民族国家,各民族都有自己的语言、文学,在近代文学中,孟加拉语文学和印地语文学成就最高。孟加拉语文学中,般吉姆·钱德拉·查特吉(1838—1894)是印度近现代文学的创始人之一。他的代表作《毒树》第一次提出了寡妇再嫁的问题,抨击了种姓制度;历史小说《阿难陀寺院》(1882)充满了爱国激情,是印度近代文学的杰作。萨拉特·钱德拉·查特吉(1876—1938)是仅次于泰戈尔的小说家,代表作有自传体小说《斯里甘特》。泰戈尔是这一时期印度文学最杰出的代表。印地语文学的代表是帕勒登杜·哈里什·钱德拉(1850—1885)的剧本《印度惨状》(1880),被誉为印地语近代文学中第一部爱国主义作品。

20世纪初,印度现代文学的代表作家除泰戈尔外,还有普列姆昌德(1880—1936)和安纳德(1905—2004),他们在继承近代进步文学的基础上,把文学题材从表现资产阶级社会生活范畴扩大到对苦难的下层人民生活和斗争的描绘,深刻地反映了现代印度社会的面貌。代表作《不可接触的贱民》描绘了印度最底层人民的悲惨生活。普列姆昌德是以印地语创作的第一位批判现实主义小说家,他的作品大多以受苦受难的农民为主人公,真实地再现了印度农民的不幸生活,歌颂了他们勤劳朴实的品德,表达了他们的理想和愿望,并揭示了造成他们不幸的社会根源。因而,他也成了印度千百万农民的代言人。在创作风格上,他既继承了《五卷书》和《一千零一夜》的传统,也吸收了西方近代小说的艺术成就,创立发展了民族新文学。《戈丹》是他的代表作,讲述了农民何利悲惨的一生。何利一生最大的愿望是买一头奶牛,并为之奋斗了30年。然而,在警察、头人、高利贷者及婆罗门祭司的层层盘剥下,最终心愿未了,悲惨死去。小说通过何利的遭遇,真实地再现了挣扎在死亡线上的印度农民的生活状况和他们的思想感情,展现了印度农村尖锐的阶级对立的画面,揭示了农民悲惨命运

的历史根源和社会根源。40 年代出现的“实验主义”文学,努力确立人在文学中的主体性,表现个人在现实中的痛苦与孤独的感受,为 50、60 年代形成成熟的现代主义流派“新小说派”打下了基础。1947 年,印度独立,开始了当代文学时期。乌尔都语小说家克里山·钱达尔(1914—1977)在印度当代文学史上占有重要地位,被称为“短篇小说之王”,他的短篇小说反映了广阔的社会生活,并有较高的艺术成就。60 年代印度还出现了“区域派文学”,其主要特点是:描写乡村或城镇的风土人情,展示区域的政治经济、文化宗教、人物关系等综合性、立体性画面,不注重刻画人物和铺叙情节,常常把方言土语作为文学语言而广泛使用,具有浓厚的乡土气息。帕尼什瓦尔那特·雷努(1921—1977)的长篇小说《肮脏的裙裾》(1954)就属于这类作品。“新小说派”也在这时出现,印地语作家莫汉·拉盖什(1925—1972)的短篇名作《又一次生活》具有新小说的特色。70、80 年代,印度文坛又出现了被称为“非诗歌派”和“非小说派”的文学流派。

东南亚地区的印度尼西亚、泰国、缅甸、菲律宾等国家,近现代文学成就较大。

印度尼西亚在“十月革命”后,出现了无产阶级著名作家马斯·马戈尔(1878—1930),他的代表作是长篇小说《自由的激情》。莫赫塔尔·卢比斯(1922—2004)的中篇小说《虎! 虎!》,在现实主义写实手法的基础上,融进了现代主义的象征与暗示,并取得了极大的成功。这篇小说无疑是东方当代社会批判小说派现实主义小说中有特色的、第一流的作品。现实主义作家普拉姆迪亚·阿南达·杜尔(1925—2006)是当代印尼文学中享有世界声誉的作家。他的代表作是被称为“布鲁岛四部曲”的《人世间》《万国之子》《足迹》《玻璃屋》,描写了印尼人民在荷兰殖民者的压榨下的苦难、觉醒和反抗,具有很高的艺术水平。

泰国新文学是从译介西方名著开始的。国王拉玛六世就翻译了莎士比亚的许多剧本。泰国新文学的奠基人是西巫拉帕(1905—1974),他的中篇小说《画中情思》以恋爱婚姻的悲剧为题材,反映了传统观念与现代意识之间的冲突,具有强烈的反封建性。前总理克立·巴莫(1911—1995)也是这时的一位重要作家,他的代表作是长篇小说《四朝代》。社尼·骚瓦蓬(1918—2014)的代表作《魔鬼》是当代泰国文坛上最优秀的长篇小说之一。

缅甸新文学是在 20 世纪 20 年代的反帝反封建运动中发展起来的。德钦哥都迈(1875—1964)是缅甸新文化运动的主将,他的爱国主义诗歌有《洋大人注》《孔雀注》《德钦注》等。诗中他以自己民族的光荣历史来激发人民的爱国主义思想。貌廷(1909—2006)的长篇小说《鄂巴》(1947)被认为是缅甸现代文学的代表作。吴登佩敏(1914—1978)的《旭日冉冉》则是当代缅甸文坛上的名著。菲律宾著名诗人何塞·黎萨尔(1861—1896)是菲律宾近代新文学的创始人之一,他的创作受西方影响较大,他是用欧化的文学为菲律宾人民呐喊和复仇的。他的长篇小说《不许犯我》和续集《起义者》描写了菲律宾人民在西班牙殖民统治下的种种苦难及其悲壮的反抗。

3. 埃及和阿拉伯地区的近现代文学

阿拉伯近代文学是指西亚、北非地区的阿拉伯各国文学。埃及是阿拉伯近代文学的中心。由传统文学向近代文学过渡的第一个标志就是阿拉伯文艺复兴运动的掀起,它是在西欧先进文学的影响下产生的。“复兴派”针对土耳其奥斯曼统治时期陈腐僵死的文体,提出了文学革新。著名诗人巴鲁迪(1838—1904)是复兴派的先锋,他既崇尚阿拉伯古典诗歌的奔放、质朴,又在作品中表现出强烈的时代精神。现代诗人哈菲兹·易卜拉欣(1871—1932)、艾哈迈德·邵基(1869—1932)等是复兴运动的主要继承者,也是复兴派诗人的杰出代表。其中邵基功劳最大,他率先移植了阿拉伯文学中所没有的文学样式——诗剧和话剧,填补了阿拉伯文学中的一个空白,邵基也因此被称为“阿拉伯戏剧之父”。“创新派”又称“笛旺派”“诗集派”,是20世纪初形成的一个诗歌流派。他们推崇英法浪漫主义,首先引进西方的自由体诗,打破了阿拉伯古典诗歌的清规戒律,创作了阿拉伯近代文学史上的第一批新诗。阿卜杜·拉赫曼·舒凯里(1886—1958)的诗集《曙光》是这一流派的奠基作。“埃及现代派”又称“埃及现代主义派”,这派作家大多留过学,具有一定程度的欧化倾向,但同时又与自己国家的历史文化传统与现实生活保持着密切联系。尽管他们在创作倾向上各不相同,但在复兴、革新阿拉伯文学这点上是一致的。主要作家有侯赛因·海卡尔(1888—1956)、塔哈·侯赛因(1889—1973)、陶菲格·哈基姆(1898—1987)、穆罕默德·台木尔(1892—1921)等。侯赛因·海卡尔是埃及现代小说的开创者,他的长篇小说《宰乃卜》是按西方小说标准写成的埃及和阿拉伯的第一部近代小说。塔哈·侯赛因是埃及现代派的中坚,被称为“阿拉伯文学之柱”。代表作是长篇自传体小说《日子》。作者以真挚而坦率的态度描写了一个贫苦农民出身的盲童变成一个闻名阿拉伯的著名学者和作家的艰难历程。被誉为“阿拉伯小说之父”的当代埃及著名作家纳吉布·马哈福兹(1911—2006)的代表作是三部曲:《宫间街》《思宫街》《甘露街》。小说通过描写开罗一个家庭三代人的生活经历,史诗般地概括了埃及20世纪上半叶的风云变幻。“三部曲”在思想和艺术上,开拓了“阿拉伯文学的新时期”。他的作品不仅代表了埃及小说创作的高峰,还影响了几代阿拉伯作家,形成了阿拉伯小说的“马哈福兹时代”。由于他的小说“形成了一种适用

纳吉布·马哈福兹

于全人类的阿拉伯叙事艺术”，于1988年获诺贝尔文学奖。

黎巴嫩文学在近现代阿拉伯文学中也很有代表性。20世纪初，一些在美国的黎巴嫩作家组成了“笔会”，以此为中心逐渐形成了阿拉伯现代文学史上一个重要的文学流派“旅美派”（或称“叙美派”）。这派作家在借鉴西方文学的基础上对阿拉伯文学的改革创新，幅度、深度更大，成效更高。其中赫利勒·纪伯伦（1883—1931）是这一派的领袖。他的散文诗集《先知》以优美的诗的语言讲述哲学和真理，堪称是世界经典名著。

伊朗近代文学的代表人物是著名诗人密尔扎·穆罕默德·塔吉·巴哈尔（1886—1951），他的诗充满了不妥协的反帝反封建精神，洋溢着高度的爱国主义激情。现代著名作家萨迪克·赫达亚特（1903—1951）的中篇小说《哈吉老爷》刻画了一个亦官亦商的哈吉老爷的形象，深刻揭露了伊朗反动统治集团的代表人物的丑恶嘴脸。

4. 黑非洲地区的近现代文学

黑非洲即撒哈拉沙漠以南的非洲地区，因这一地区的居民绝大多数都是黑色人种，故一般称之为“黑非洲”。这是西方殖民主义渗透得最早、最长，也是最严重的地区。西方列强给那里的黑人带来了深重的灾难，也冲击着一直处于氏族社会阶段的野蛮的黑非洲社会，导致了黑非洲传统社会结构的分化、瓦解，使之逐渐进入近代社会。黑非洲的民族文学也在19世纪相继结束了口头文学阶段，开始使用宗主国的语言进行创作。因此，黑非洲书面文学是在全面移植西方文学的基础上，从无到有形成和发展起来的。由于黑非洲文学起步较晚（20世纪前后），它的近代文学结束得也最晚（20世纪50、60年代）。近代黑非洲文学最大的特点是主题、题材的集中化、单一化。黑非洲与宗主国之间、传统文化与近代文学之间的关系问题一直是黑非洲文学所反映和探索的主要问题。尼日利亚作家钦努阿·阿契贝（1930—2013）的《瓦解》（1958）和肯尼亚作家詹姆斯·恩古吉（1938—）的《大河两岸》（1965）就反映了黑非洲传统社会文化的分化瓦解这一主题。喀麦隆作家斐迪南·奥约诺（1929—2010）的《童仆的一生》（1956）和《老黑人的奖章》（1956）则表现了民族自尊意识的觉醒。塞内加尔著名作家乌斯曼·桑贝内（1923—2007）在他的作品《祖国，我可爱的人民》（1957）中成功地描写了以实际行动谋求民族独立和自强的新一代黑非洲人。黑非洲人民对民族解放出路的探索，在意识形态方面表现为塞内加尔前总统、著名诗人列奥波尔达·塞达·桑戈尔（1906—2001）等人提出的“黑人性”口号及其诗歌创作中。“黑人性”突出地强调了黑人在精神文化上的独立价值，以反对殖民主义的文化“同化”。桑戈尔认为世界文明由不同民族的不同文明共同构成，各种文明应互相融合和补充，而不是一种替代另一种。他在自己的诗中就充分表现了这一特点。他的诗受法国象征主义诗歌影响很大，但却保持了鲜

内丁·戈迪默

明的黑非洲文化的特质,诗集有:《黑人牺牲品》(1948)、《埃塞俄比亚人》(1956)和《夜歌》(1961)等。20 世纪 50、60 年代,黑非洲各国法语文学中的现代主义成为文坛中的一股重要力量。尼日利亚的沃莱·索因卡(1934—)是当代黑非洲最有才华的作家之一,也是获得诺贝尔文学奖的第一位非洲作家。他创作多样,诗歌、小说、戏剧都有佳作。他在创作上,把西方现代主义与黑非洲文化传统有机结合在一起,他是黑非洲成熟化、东方化的现代主义文学的最好代表,1986 年获诺贝尔文学奖。南非白人女作家纳丁·戈迪默(1923—2014)的作品以种族隔离下的南非社会为背景,全面真实地描绘了南非的政治格局和动荡的现实,以及南非人民觉醒后的反抗斗争。她站在人道主义立场上,谴责种族隔离,表达了南非人民要求平等、自由的意愿。代表作有《陌生人的世界》(1958)、《大自然的运动》(1987)等。1991 年,戈迪默获诺贝尔文学奖。瑞典文学院认为她的作品"以直截了当的方式描述了在环境十分复杂的情况下个人和社会的关系……她的文学作品深入地考察了历史的过程,同时又有助于历史的进程……她的获奖是因其壮丽史诗般的作品使人类获益匪浅。"南非当代著名小说家约翰·马克斯韦尔·库切的代表作《耻》揭示了南非的殖民统治尽管结束了,但黑人与白人间的种族矛盾依然存在这一现实。库切的创作较突出地体现了现实主义的回归、多元文化的融合、对人类情感的关注这三个 20 世纪末文学的特点,同时"精确地刻画了众多假面具下的人性本质",于 2003 年成为南非又一位获诺贝尔文学奖的作家。

第二节　泰　戈　尔

罗宾德拉纳特·泰戈尔(1861—1941)是印度近代文学史上伟大的诗人、作家、艺术家和社会活动家。他在长达 60 年的创作生涯中所创作的诗歌、小说、戏剧和论著,形象地反映了印度资产阶级民主革命历史的一个重要侧面,他的创作对印度的社会生活和文学的发展具有重要意义,也为世界文学宝库提供了大批珍品。1913 年因他的诗集《吉檀迦利》表现了最优秀的"理想主义倾向",且技巧完美,"含意深远,清新而美丽",成为亚洲第一位诺贝尔文学奖获得者。

一、生平与创作

泰戈尔 1861 年 5 月 7 日出生于加尔各答的名门望族。他是家里第 14 个孩子。他的祖父和父亲是著名的社会活动家和宗教改革家,他的几位兄姐也是当时的文化名人,他的家是当时加尔各答市文化生活的中心。家庭中浓郁的文学艺术气氛对他影响很大。他 7 岁开始受教育,8 岁开始习诗,14 岁时发表了爱国诗篇《献给印度教徒庙会》。1878 年,他到英国去深造,但因看不惯英国的社会制度,未完成学业就于 1880 年回国,开始专门从事文学创作。

泰戈尔

泰戈尔的创作可分为三个时期。

1881 年到 1900 年是他创作的早期。这时期他发表的诗集《暮歌》(1882)和《晨歌》(1883)多是抒发个人情怀的浪漫主义诗篇。1884 年,他受父亲委托,到谢里达庄园管理田产。这段田园生活使他扩大了视野,接触到了农民的生活,加深了对社会的认识,在创作中增强了现实主义因素,并进入了创作的第一个旺盛期。连续出版了《金帆船》(1894)、《缤纷集》(1896)、《收获集》(1896)、《刹那集》(1900)等抒情诗集,以及代表他这时最高成就的、被誉为“广大青年的爱国主义教科书”的《故事诗集》(1900)。《故事诗集》中著名的有《被俘的英雄》《两亩地》等。这些叙事诗取材于历史传说、宗教和民间故事,作者借古喻今,表现了反对民族侵略的主题和对古老习俗的批判。《两亩地》是其中最著名的,诗篇直接反映了现实生活,描写了印度农民在地主恶霸的强取豪夺下走向破产、流离失所的过程,深刻地揭露了印度封建主勾结法庭残酷压榨农民的罪行,对农民的不幸表示了深切的同情。泰戈尔的《故事诗集》思想倾向鲜明,故事短小、形象生动、语言质朴、富有民歌的韵律。在谢里达,泰戈尔还创作了近 60 篇短篇小说,广泛反映了 19 世纪末叶殖民统治下的印度社会现实。著名的有《邮政局长》(1891)、《喀布尔人》(1892)、《摩诃摩耶》(1892)、《素芭》(1893)、《太阳与乌云》(1894)、《献祭》(1898)等。在这些作品中,作者主要抨击了印度古老的封建习俗、种姓制度,揭露殖民统治的罪恶,表达作者对印度民众尤其是印度妇女悲惨命运的同情。其中以《摩诃摩耶》最具代表性。年轻美丽的姑娘摩诃摩耶与青年罗耆波真挚相爱,但她所依靠的哥哥却强迫她嫁给一个年老的婆罗门,婚后第二天,丈夫就死了,摩诃摩耶被迫殉葬,幸而火葬时突降大雨,她才侥幸逃脱,但她美丽的脸却被烧毁。逃出后,她蒙上面纱找到罗耆波,与他一起生活,但要求他永远不要揭开她的面纱。可在一个月夜,罗耆波还是掀开了她的面纱,看到了她脸上的疤痕,于是摩诃摩耶愤然离去。小说以摩诃摩耶的悲惨遭遇,控诉了印度封建社会的婚姻制度和残酷、野蛮的寡妇殉葬制度,表达了人们要求爱情自由的愿望。泰戈尔的短篇小说在艺术上的特色是:传奇性情节和细节描绘的真实性的结合;抒情和叙事的结合;简洁的开头和含蓄的结尾的结合,使小说带有一种诗意美,极具艺术感染力。

20 世纪初至 20 年代是他创作的中期,也是他开始走向世界的时期。1901 年他在圣地尼克坦创办了一所学校,并亲自担任教员,倡导民族文化,这所学校后来成为印度著名的国际大学。1905 年到 1908 年随着印度民族解放运动的高涨,泰戈尔也投身于反殖民主义的斗争,他唱着自己写的爱国歌曲,参加游行示威,并公开发表演说痛斥英帝国主义的侵略。但泰戈尔是个温和的改良派,反对暴力,幻想通过宗教、教育和道德等手段改造社会。故而当第一次民族解放运动转入低潮时,他又回到圣地尼克坦,开始过一种半隐居的生活。这时他的创作十分丰富,在诗歌方面,创作了四部著名的英文抒情诗集:《吉檀迦利》(1912)、《新月集》(1913)、《园丁集》(1913)、《飞鸟集》(1916)。这几部诗集具有浓厚的神秘主义色彩,深刻地反映了作者对人生的热爱、对理想的追求,以及对祖国命运的关切。在艺术上格调清新、淡雅质朴、想象丰富、感情真挚,抒情中蕴含着哲理。同时,他还致力于中长篇小说的创作,出版了长篇小说《小沙子》(1903)、《沉船》(1906)、《戈拉》(1910)、《家庭与世界》(1916),中篇小说《四个人》(1916)等广泛反映印度当时重大社会问题的作品。

《沉船》是泰戈尔长篇小说的代表作之一。小说的主人公罗梅西出身婆罗门家庭,是个具有民主主义思想、极富才华而又胆小懦弱的大学生。他能不顾教规爱上梵教姑娘汉娜丽妮,但又屈从于父亲的包办婚姻,与一素不相识的姑娘举行了婚礼。他的这种对封建婚姻制度的妥协与退让注定了他追求理想爱情的最终失败。小说通过罗梅西曲折复杂的爱情婚姻悲剧,对封建包办婚姻制度进行了批判,并通过罗梅西这一形象,表现了印度资产阶级反封建的软弱性和妥协性。小说情节奇特、构思精巧、心理描写细腻,具有较高的艺术魅力。

《戈拉》是泰戈尔最优秀的长篇小说。它以 19 世纪 70 年代至 80 年代的印度民族解放运动为背景,通过描写新印度教派(主张维护印度民族文化传统,保存印度教的一切规则,排斥一切西方文化)与梵社(轻视民族文化传统,崇拜西方文明,希望在现存制度下争取更大的政治权利)之间的斗争,表达了印度人民渴望民族独立、自由的愿望。

小说的中心人物戈拉是一个爱国知识分子典型。他生活的唯一目标就是要把祖国从殖民主义的奴役下解放出来,并坚信他的祖国一定会获得独立和自由。戈拉为人正直,疾恶如仇,他曾三次面对面地和英国殖民主义者进行斗争,即使被捕入狱,仍保持民族气节,不向殖民主义者屈服。他对以哈伦为代表的那些丧失民族自尊心、崇洋媚外的买办洋奴极为憎恨。印度评论家 S · K · 班纳吉说:“戈拉就像是渴望自由、愤怒地为反抗自己社会和政治上的奴隶地位而斗争的印度心灵的化身。”戈拉身上有着强烈的爱国主义激情,但他又是一个虔诚的印度教徒,他严格地按印度教的一切规则行事。他认为印度教与印度是一体的,保持了印度教的纯洁,也就保持了印度的民族文化传统,而这正是恢复民族自尊心、唤醒民众团结一致、抵御殖民者奴役的保证。然而,印度教本身存在着许多封建陋习,如种姓制度、偶像崇拜、寡妇殉葬等等。戈拉不加区别地捍卫印度教的一切规则,用以实现自己的理想,就必然会造成理想与现实之间的矛盾。小说主要通过三件事来表现戈拉思想的矛盾冲突及发展变化。第一件事是戈拉第一次到农村,看到旧的宗教只是人为地把人分为不同等级,造成了不同等级之间人的隔阂与分裂,而并未给人们带来幸福和力量。特别是他在农村为了保持自己种姓的纯洁性,必须到一个欺压同胞的婆罗门家里去吃住,这尤使他觉得痛苦和矛盾。第二件事表现在他的个人生活,即他与苏查丽妲的爱情上。苏查丽妲是个温柔娴静、有思想的女性,她热爱祖国,希望为国家做些有用的事,但当时的社会使她的才能无法施展。戈拉第一次见到她,就对她产生了爱慕之心。但苏查丽妲是梵社成员,梵社主张印度教的改革,戈拉是反对的,这就必然使戈拉的爱情遭到挫折。一方面他觉得印度教青年与梵社姑娘结合是违背印度教教规的,这是背叛祖国的行为;但另一方面,他在心灵上与苏查丽妲产生的共鸣又使他无法摆脱对苏查丽妲的感情。戈拉内心的矛盾更加激烈了。戈拉思想上的矛盾是在第三件事的出现即他得知自己的出身秘密之后解决的。当戈拉从养父母的口中得知自己是一个爱尔兰人的遗孤时,大为震惊,一阵茫然之后,他突然觉得自己解脱了,从宗教的种种束缚下摆脱了出来,可以真正地"为三亿印度儿女谋福利"了。戈拉终于解决了他的理想与现实的矛盾,成为一个头脑清醒的爱国者。小说通过对戈拉思想性格发展过程的描述,反映出作者已意识到进步的知识青年,必须从社会偏见、宗教偏见中解脱出来,才能有助于祖国和民族的反帝、反封建解放事业。小说中戈拉的母亲安南达摩依是泰戈尔理想的化身和代言人。她虽然信奉印度教,但她却抛弃了印度教中那些将人相互隔离的种姓制度。她赞成戈拉的反殖民行为,反对宗教、教派对婚姻的束缚,鼓励青年人冲破偏见,争取婚姻的幸福。在小说的结尾,作者借戈拉之口喊出:"我们到处寻找的妈妈原来一直就坐在我的屋子里。您没有种姓,不分贵贱,没有仇恨……您是我们幸福的象征! 您就是印度!"这段话明确地表现了作者希望印度乃至全世界爱国者不分种姓、宗教、民族而团结一致、走向世界大同的理想。小说在艺术上独具特色:首先,作品中人物对话富有哲理性和思辨性。小说中对话很多,不同人物间的唇枪舌剑,不仅揭示了小说的主题,也表现了他们所代表的各自阶级的特征。其次,人物形象对比鲜明。作品中正面人物与反面人物、相同教派与不同教派,甚至是正面人物之间都存在着鲜明的对比,正是这种对比,更衬托出正面人物的伟大崇高,反面人物的渺小卑鄙。再次,格调清新优美。作者善于在作品中把抒情、议论与叙事融为一体,以表达自己满腔的爱国之情。

20 世纪 20 年代至 30 年代,是泰戈尔创作的晚期。这时印度国内民族解放运动高涨,国外二战爆发。这种形势使泰戈尔的政治观点发生了巨大变化,他逐渐放弃改良主义,结束了半隐居生活,又投身于民族解放运动之中。他还多次出访英、法、美、日、中等国,为真理、正义呼吁。这时期出版的重要作品有诗集《生辰集》(1941)、剧本《摩克多塔拉》(1922)等,表现了鲜明的反帝反殖民主义的政治倾向。1941 年 8 月 7 日,泰戈尔在加尔各答病逝。

泰戈尔是一位具有深厚的民族感情的爱国主义者。他充分吸取了现代科学的成就和印度古代哲学的精华,形成了自己的哲学观,其核心便是泛神论和泛爱论,主张人与人和睦相处,彼此相爱,反对歧视和暴力。他的作品描写现实生活,反映民族和人民的要求,表现时代精神,为印度近代文学的发展开辟了道路。他重视民族传统,又借鉴西方优秀文化,为开拓具有民族特色的新文学作出了榜样。正是由于泰戈尔的不懈努力与开拓,使得印度文学在世界近代文学史上占有一定的地位。

二、《吉檀迦利》

《吉檀迦利》是泰戈尔最著名的一部英文散文诗集,是 1912 年春夏之间,诗人从自己的孟加拉语诗作(《吉檀迦利》《奉献集》《渡口集》《儿童集》等)中选译成英文的一部杰作,共收诗 103 首。在选择时,作者有时有所节略,有时有所阐释,有时将二三首诗合为一首,故《吉檀迦利》并非依照原孟加拉语诗文逐句翻译的,而是一种再创造。

《吉檀迦利》书影

"吉檀迦利"是孟加拉语的音译,意思是"奉献",这就表明这些诗是诗人献给他心目中的神的。诗歌主要表现了三个方面的内容。一是诗人日夜盼望与神相会、与神结合,以达到与神合而为一的理想境界的迫切心情。如在第 103 首诗中,诗人渴望把自己的全部感知、心灵、诗歌和生命都献给神,使自己与神完全融为一体。二是表现了诗人虽然热烈追求与神结合,但理想难以实现的无限痛苦。如在第 26 首诗中,诗人写自己渴望与神见面,但神来到他身边时,他却睡着了,只能在梦中听见神的音乐,接触到神的气息。三是表现了诗人经过顽强追求,最终达到了理想境界以后的无限欢乐。如在第 69 首诗中诗人说:"我觉得我的四肢因受着生命世界的爱抚而光荣。我的骄傲,是因为时代的脉搏,此刻在我血液中跳动。"由此可见,《吉檀迦利》是以颂神、敬仰神、渴望与神结合为主题的,是泰戈尔哲学观的艺术体现。颂神诗,在古印度早就有之,但泰戈尔的颂神诗与一般的宗教颂神诗是不同的。对于这个神，诗人在不同的诗篇里用了不同的称呼，如“你”“他”“上帝”“我的主”“我的父”“我的主人”“我的朋友”“我的国王”，等等。那么泰戈尔歌颂的神究竟是怎样的一个神呢？在泰戈尔看来，宇宙是一个有生命的整体，宇宙万物由一个共同的生命维系着，主宰这个生命的则是一个无形无影而又无所不包的精神本体——梵，而这个梵就是神。人只有达到与神即与人以外的世界完全合一的境界，才能感到快乐和幸福。那么，怎样才能达到这种和谐统一呢？那就是“爱”，爱是欢乐的源泉，也是诗人实现他的合二为一的理想、达到世界大同的根本途径。泰戈尔的这种哲学观主要来源于古印度的《奥义书》。《奥义书》说：“从欢乐中产生一切，由此一切都生气勃勃，一切都朝着欢乐前进。”泰戈尔从小就熟读《奥义书》，深受其熏陶。《奥义书》的中心部分是“梵我合一”和“轮回解脱”。不过泰戈尔只吸取了前者，而舍弃了后者，他认为达到“梵我合一”的境界，不必通过摈弃社会生活、抑制七情六欲的“解脱”道路，而应在现实社会的范围内去追求。因此，诗人歌颂的神并不是虚无缥缈的。在诗中，诗人狂热地追求与神的结合，但他的这种追求始终坚持在现实社会的范围内。诗人歌颂神、呼唤神，实际上是渴求人与人、人与自然、人与世界的和谐，而不是用所谓的神的力量来统治人。在诗中，诗人始终注视着祖国命运，关怀着人民生活，他对与神结合的理想境界的追求，其实是对人间理想社会的追求，这具体表现在三个方面：一是当诗人歌唱那令人不免有些虚无缥缈之感的理想境界时，实际上是在满怀热情地讴歌他心目中的理想社会，情不自禁地表达他对祖国未来美好前景的向往。如诗人在第35首诗中写道：“在那里，心是无畏的，头也抬得高昂；/在那里，知识是自由的；/在那里，世界还没有被狭小的家园的墙隔成片段；/在那里，话是从真理的深处说出；/在那里，不懈地努力向着‘完美’伸臂；/在那里，理智的清泉没有沉没在积习的荒漠之中；/在那里，心灵是受你的指引，走向那不断放宽的思想与行为——/进入那自由的天国，我的父呵，/让我的国家觉醒起来吧。”由此可见，诗人心目中的理想社会，是他祖国的未来。二是他心目中的神并不是远离人世、高高在上的，而是和广大穷苦人民在一起的。在第10首诗里，作者写道：“你在最贫最贱最失所的人群中歇足”，“你穿着破蔽的衣服，在最贫最贱最失所的人群中行走，骄傲永远不能走近这个地方”。三是诗人主张执着于现实生活，反对寻求所谓的“超脱”。在第11首诗里，他指出神不是在殿堂中，而是“在锄着枯地的农夫那里，在敲石的造路工人那里。太阳下，阴雨里，他和他们同在，衣袍上蒙着尘土。”“我们的主已高高兴兴地把创造的锁链戴起：他和我们大家永远连系在一起。”这里，神与工人、农夫劳动在一起，汗水流在一起，共同创造着生活。由此可见，诗人心目中的神象征了他追求的理想和真理。泰戈尔尽管是一个杰出的现实主义作家，创作出了许多充满爱国主义、人道主义精神的作品，但作为一个资产阶级作家，他明显地感到了自身的局限性,正因如此,诗中既多方面地表现了他追求光明和理想的愿望,又揭示出他不能与自己身上的旧的思想传统决裂的矛盾心情,诗集第28首写道:“罗网是坚韧的,但是要撕破它的时候我又心痛”,“我身上披的是尘灰与死亡之衣;我恨它,却又热爱地把它抱紧”。泰戈尔追求理想、渴望自由,可又不忍抛弃自己身上的种种束缚,结果只能妥协、退让,这也是作者爱与和谐的愿望在现实中受到打击后的一种表现,是当时许多资产阶级作家所共有的特点,具有代表性和典型意义。

泰戈尔的诗歌创作深深地植根于民族艺术的土壤之中,同时又受到英美诗歌的广泛影响,从而形成了自己独特的艺术风格,具体表现在《吉檀迦利》中:首先,诗集充满了哲理性和情感性。在诗中,诗人表达了他对理想的追求,对人生的探索,而这又是作者发自内心的表白。诗人在表白时十分坦诚,并不隐瞒自己身上的弱点,回避内心的矛盾,如在第28首诗中,诗人道出了自己无法与旧的传统决裂的矛盾、痛苦心理,这种表白,能使读者感受到诗人的真情,具有感染力。其次,诗中写景清晰如画,风格质朴。这表现在诗人善于选取日常生活中平凡而熟悉的各种事物入诗,如诗中写到印度乡村的少女们早晨出去为每日的礼拜采集花朵,中午她们“顶着褐色的瓦罐盛满了水回家”,夜晚她们“用披纱遮着灯”来参加灯节,等等,都使人感到一种朴素美。诗集中的朴实性还表现为通过各种各样的比喻,使抽象的事物变得具体化。第三,诗集带有散文诗那种优美的韵律。孟加拉语文本的《吉檀迦利》《奉献集》《渡口集》等都是有韵的格律诗,诗人选译成英文时,采用了散文诗的形式。他认为散文诗可以不受格律诗的限制而自由表达思想。泰戈尔的散文诗与英美诗人的不同,其韵律更富有变化,更优美,因为他吸收了韵律诗所特有的重复和音节相同的原则,结合了只有散文诗才有的自由的形式,创造了自己富有内在节奏感的散文诗韵律。第四,诗集充满了朦胧的神秘色彩。因诗集表达了作者要求达到与神合二为一的强烈愿望,因而带有一种不可言喻的静谧。这种静谧具有浓郁的神秘色彩,许多诗句犹如轻烟薄雾,若隐若现,萦回缭绕,不可捉摸,这虽然增添了阅读的困难,却也给人留下了丰富的想象和耐人寻味的意境。

第三节 川端康成

20世纪初,欧洲兴起的各种现代文艺思潮相继进入日本,推动了日本现代艺术的发展。在文学界,新一代作家在继承日本传统写实手法的基础上,借鉴西方现代主义文学理念,出现了一批新的文学流派。其中,川端康成(1899—1972)在继承日本传统美学的基础上,吸收了西方现代主义的表现手法,形成自己独特的艺术风格。1968年,他摘取了诺贝尔文学奖桂冠,成为20世纪日本文学的代表作家。

一、生平与创作

川端康成1899年6月14日生于日本大阪,父母亲在他年幼的时候就双双病故,他于是和祖父母相依为命。双亲的不幸亡故,从日本重视血缘关系的角度来看,具有双重意义,这无疑影响了他的人生观。16岁那年,祖父去世,川端康成不得不住到舅父家中,开始寄人篱下的生活。早年不幸和生活环境对川端康成影响很大。作为孤儿,一方面他多愁善感,性格固执;另一方面,他有着独特的对死亡的思考,“深深刻入我幼小心灵里的,便是对疾病和夭折的恐惧”。川端康成的孤独感在他早期的作品中比比皆是,“我都二十了,由于孤儿脾气,变得性情乖僻。自家一再苛责反省,弄得苦闷不堪,抑郁不舒,所以才来伊豆旅行。”在短篇小说《伊豆的舞女》(1926)中,川端康成借助主人公“我”、一个20岁的高等学校学生在伊豆汤岛与舞女薰子邂逅并一见钟情的故事,来表达心中的悲哀和青春的忧郁。这篇小说心理描写简练,意境纯洁美丽,在充满青春的诗意和抒情的气息背后,透露出一抹淡淡的哀愁。

川端康成

1920年9月,川端康成进入东京帝国大学英文科,后转入国文科学习,在这个日本最高学府里,川端康成丰富了对生活和文学的理解,这是他文学生涯的起点。1921年,短篇小说《招魂节一景》在《新思潮》杂志上发表,引起文坛注目。此后,川端康成陆续在报刊上发表小说、评论以及译文,开始了他的创作生涯。

1924年,川端康成大学毕业后,和横光利一等人创办刊物《文艺时代》。这个时候,一批青年作家在西方现代文艺思潮的推动下,肩负一种使命感向旧文学发难,掀起了文坛的新感觉运动。“我们的任务就是革新文坛的文艺,进而从根本上革新人生的艺术及艺术观。”“没有新的表现,便没有新的文艺;没有新的表现,便没有新的内容。而没有新的感觉,则没有新的表现。”川端康成为《文艺时代》杂志写的发刊辞宣告新感觉派的诞生。

川端康成早期的作品以描写少年时代不幸身世和生活遭遇为主,如《油》(1921)、《参加葬礼的名人》(1923)、《十六岁的日记》(1925)、《致父母的信》(1932)等。这类作品由于写的是作者幼年少年时的经历体验,所以描写细腻,真实感人,并且在行文中形成了他那种难以遏制的悲凉和寂寞情调。30年代,川端康成在创作方面进行了种种尝试和探索,《水晶幻想》(1931)和《禽兽》(1933)是其中的代表作。

《伊豆的舞女》英文版书影

反映处于社会底层人们尤其是女性的悲惨境遇,并表露出对她们的怜悯和同情,这是川端康成创作的一个基本主题。这类作品除了成名作《招魂节一景》和《伊豆的舞女》外,还包括《花的圆舞曲》(1936)、《雪国》(1934—1947)、《古都》(1961—1962)等,这些作品风格清新、笔法自然、语言朴素。其中《古都》写的是千重子和苗子这一对孪生姐妹悲欢离合的故事,情节简洁,却集中体现了主客一体、物我合一的"新感觉"境界,这一境界具有浓郁的日本传统文化色彩。作家在描写两姐妹命运的同时,还以毫不夸张的感伤、动人心弦的手法、敏锐细腻的感觉,描写了古都的名胜古迹、季节时令和风俗人情,作品充满诗情画意。

第二次世界大战结束后,川端康成更多地以表现虚幻世界和孤独生活的作品为主,颓废色彩较为浓郁,小说大多描写人们内心深处隐秘阴暗的活动,展示形形色色"非道德"的思想和行为,充满痛苦的颓废情绪,表现了作者晚年内心的痛苦和郁闷。在川端康成的笔下,美只有在社会和道德的钳制和挤压下才能产生,同时,美又超越于社会道德。这一点在他的长篇小说《千鹤》(1949—1951)中表现得最为明显。1949 年开始连载的长篇小说《千鹤》写的是菊治与亡父的情人太田夫人及其女儿文子的恋爱故事。川端康成将人物放在道德与非道德的矛盾冲突中描写,从而表现人物内心的尖锐思想斗争以及"女人的悲哀",体现他独特的美学观念。《千鹤》中那种虚幻的美、虚幻的爱的描写,到了《山音》(1949—1954)、《湖》(1954)、《睡美人》(1960)、《一只胳膊》(1963)等一批作品里,更发展为病态的痴想和堕落的颓废。这几部作品的主人公都是丧失了爱的机能或丧失了爱的资格的老年人、丑陋的人,他们面对美女和青春只能做着想入非非的幻梦和妄想。中篇小说《睡美人》是一部构思奇特的小说,67 岁的江口由夫数次来到一个似住户非住户、似妓院非妓院的地方,抚弄几个服安眠药后熟睡的年轻女子。作品抒写的是人生垂暮的悲歌,是面对着青春和美的自惭形秽,是对人生虚幻无常的慨叹。在《一只胳膊》里,一个姑娘把她的一只胳膊卸下来借给男主人公"我"使用,"我"把这只胳膊带到宿舍,陪着它度过了一个晚上。川端康成的晚年创作以独特的艺术构思、优雅的文笔描写了男女老少之间、近亲之间的性爱,乃至老人病态的性心理和乖戾的行为,让人们感受到他们心灵与官能的狂热,这类作品还具有明显的意识流小说的特征,并渗透着强烈的东方传统的神秘主义。

随着年龄渐老,川端康成的身体状况也大不如前,同时还陷入极度的精神危机之中,1972 年 4 月 16 日他口含煤气管自杀,终年 72 岁。

川端康成一生创作了大量的长篇、中篇和短篇小说,此外还写了许多散文随笔和杂感评论,为“架设东方与西方之间的精神桥梁做出了贡献”。他生活在一个剧烈动荡和重大转折的时代,但他不大关心社会和政治,而是“执着于对美的追求”,从成名作《伊豆的舞女》开始,川端康成已经将所吸收的西方文学融化在日本传统文学的框架之中,他的创作经过长期探索形成了东西结合,自成一格的风格,即人物描写的意象化、细腻化,结构安排上的自由灵活,情调上的美与悲的结合,抒情性色彩很浓。川端康成以自己的创作实绩充实了日本文学的内容,表现了日本文学的特色,提高了日本文学的地位。

二、《雪国》

《雪国》从 1934 年底动笔,最初在杂志连载,到 1937 年成书,后来经川端康成再三推敲,于 1947 年最后定稿。小说一经发表,即获好评,被公认为是川端康成的代表作。

《雪国》的素材来源于现实生活,跟川端康成在汤泽温泉结识的一位 19 岁的艺伎松荣有关。松荣悲惨的身世引起了川端的同情和感伤,尤其是她的外表、气质、品格都给川端康成留下了极为深刻的印象,她便是《雪国》中驹子的原型。

《雪国》写的是东京一位中年男子岛村三次到北国山村的温泉旅馆,与当地一名叫驹子的艺伎交往的故事。岛村是一个生活悠闲、无所事事的享乐者。他初到北国山村,在满山新绿的登山季节里结识了美丽的艺伎驹子,驹子一往情深地爱上了这个过路游客,而驹子给岛村留下的突出印象是“洁净得出奇”。第二次到雪国是在初雪之后的冬天,岛村在火车上遇到了叶子。叶子“近乎悲哀的美”使岛村为之销魂,但叶子却忙于照顾生病的行男。这一次,在那个北国山村,岛村与驹子的来往更加频繁。第三次到雪国是在又一年的秋天,即蛾子产卵、草叶茂盛的季节。岛村这一次在雪国逗留了很久,他一面习惯性地等着驹子前来会面,一面又在痴情地思念着少女叶子。当岛村下定决心离开雪国的前夕,当地蚕茧仓库发生一场火灾,叶子在火灾中坠楼,目睹了这一场景的岛村感到“一种痛苦和悲哀向他袭来”,而驹子则抱住叶子的身体,发出疯狂的叫喊。

川端康成在《雪国》中通过主人公岛村表现出一个主观感觉的世界。小说开头以倒叙的手法写岛村第二次来雪国与驹子相会,岛村的话语和动作,都是关于手指、头发以及那种“洁净得出奇”的带有联想性的“感觉”描写,这就奠定了小说关于审美感受的基调。在人物设置上,《雪国》以驹子为中心,“在她的两边安置了岛村和叶子”,表现出他们三人之间的错综复杂的关系。

岛村是一位持消极人生态度的知识分子。他住在东京的工商业区,有时候实在闲得无聊,就写一些有关舞蹈方面的文章,这种所谓的研究,只是随心所欲的想象而已。同样,他到雪国来游玩,是希望在空虚的自我放任中寻找寄托,

《雪国》中文版书影

以求得心灵上的慰藉。他的思想情感则充满虚无的色彩和感伤的情调,与驹子交往时,“他不想在这个女人身上去追求自己对女人的欲望,只是希望和她好好地处下去,不留什么罪孽。因为他觉得她太洁净了,所以从一开头就对她另眼看待。”此后,叶子那种难以追求到的精神的美使他又转而去追求叶子。他耽于遐想,沉溺于非现实的虚幻美里,不断编织梦幻以填补精神上的空虚。以他这种消极的人生态度,自然无法理解驹子对生活的憧憬和对爱情的追求,更不要说领悟叶子为自己的所爱作出牺牲的那种认真了。

小说以岛村的一双眼睛观察、叙述和展开情节,也经常把驹子的外部活动与岛村的意识活动并列在一起。一方面将驹子对生活的追求描写得纯洁、执着,一方面又让岛村不时发出徒劳的叹息,目的是要在读者心中唤起共鸣,进而体味到小说的深层意蕴。

驹子是作者着力描写的一个女性。她最突出的特征是“洁净”。她出生在雪国农村,家庭贫苦,虽然只是个偏僻山村的艺伎,却刻苦自励,有着自己的生活信念,执着地追求人生的价值;她善良纯真,知恩图报;精神上的孤寂、无法排遣的哀愁使她渴望寻求两情相契的爱情,因此,当岛村出现时,她执着地追求自己的爱情。可以看出,驹子作为一名艺伎来说,既不是积极的反抗者,也不是庸俗的堕落者形象,而是有一定进取心的女性形象。

驹子是一种实体的美,而叶子却是一种脱俗的虚幻的美。岛村第一次见到她,她的面庞映在车窗玻璃上,使她显示出一种“无法形容的美”:她的眼睛“显得格外迷人”,声音则“优美而近乎悲戚”,她的笑声“清越得近乎悲感”,她的“娇嫩、轻快、活泼、欢乐的调子”也“犹如在梦中出现似的”。她的生活似乎也处于一种虚幻之中,行男病重时,她精心照顾他,沉湎于精神上的爱;行男死后,她沉浸在悼念中。正当她因生活无着而打算跟随岛村到东京去做女佣时,却丧生在大火之中。这样一位美的化身的生命的消失,通过岛村的幻觉感受,在死亡中得到了人生的超脱和美的升华,岛村觉得“她并没有死,而是内在生命在变形,变成另一种东西”,结局的悲哀体现了川端康成既悲且美、既凄且艳的美学思想。

《雪国》是“运用新感觉派手法的典型作品”。川端康成大量运用了人物瞬间感觉和自由联想等手法,把这种感觉手法与自然景物的描写融为一体,使人物的感觉融于色彩鲜明的画面之中,具有一种哀婉、含蓄、抒情的格调,川端康成含蓄凝练的文笔在《雪国》中得到了淋漓尽致的发挥。在小说的开头:"穿过县境上长长的隧道,便是雪国。夜空下,大地赫然一片莹白。"写火车驶出黝黑的隧道,这已成为日本文学中的名句,被认为是典型的新感觉派手法。虽然是一片夜色,但白雪皑皑的大地,顿时给人以豁然醒目的感觉,同时也具有一种象征意味。还有,在火车的玻璃窗上,叶子的映像和窗外流动的苍茫暮色重合在一起,反映在岛村的意识上,既是刹那间的感觉印象,又是美的幻境。驹子照在映着晨雪的镜中那绯红的面颊和浓密的头发,茅草银光闪烁的印象,火车驶过荞麦地后的感觉,岛村仰望夜空,似有飞身银河之感,等等,都是摹写感觉相当成功的例子。结尾的火灾使叶子在大火中丧生。这场火灾在描写上也充满了诗意,在洁白的雪景中,红红的大火燃起,天空中灿烂的银河衬托着火花的飞舞,构成了一幅色彩绚丽、壮美无比的画面。美丽少女的身体从房顶上飘然而下,为这一画面增添了无限的美感,创造出一个凄美无比的意境。爱情、悲哀与死亡,正是川端康成不变的小说基调。

川端还将感觉描写同自由联想、意识流手法结合起来,按照事物发展展开故事,推动情节,又通过岛村的意识流动和自由联想适当冲破事物发展的时空界线。小说开头就随着岛村在火车上的意识流动展开,接着就从岛村偶然看到窗上叶子的面庞揭开故事的序幕。到达雪国后,又由镜中驹子的美勾起对昨夜见到的叶子的回忆,把现实世界又带回到梦幻世界之中。作品中这种联想的跳跃没有时空的限制,将人的感情变化作为串联情节的线索,形成了一种自然流动,又富于变化的灵活结构。

《雪国》在人物描写上的特点也是重视感觉和细微的刻画,表现人物纤细的感情和瞬间的感受。在小说中,不仅岛村的纤细感情和瞬间感受被表现得细腻入微,驹子的心理矛盾和感情变化也得以充分的表现,如驹子对岛村的爱与无奈心理的描写,岛村对自己行为既觉得"无耻"又无法抑制的心理描写等,都体现了这种特点。

《雪国》在结构安排上的特点是自由灵活、活而不乱。小说最初断断续续在几个刊物上发表,几乎是联想式地写下来的,历时十几年才最终定稿。12 个小标题下面一部分和另一部分的联系并不紧密,没有曲折的故事、严密的结构。这种结构上的自由灵活继承了日本古典文学中惯用的并列式结构,同时又广泛使用了西方意识流小说的手法,通过回忆、联想、插叙、倒叙等手段展开故事和推动情节,打破事物发展的时间顺序,形成内容表述的跳跃性。

在《雪国》世界中,川端康成继承的是日本文学"哀而不怨"的传统,追求的是东方文化的和谐之境、中和之美。《雪国》中的人物寻求的是超脱与逍遥,所谓的"虚无"是抛却和远离现实,摆脱世俗的牵累,从而发现和追求更高远的美的境界、精神的境界。正如岛村所做的那样,远离家眷,到世外桃源般的"雪国"

去体味精神的逍遥、体悟精神的虚空。

第四节　索　因　卡

第二次世界大战以后,非洲文学有了突飞猛进的发展,一大批中青年作家成绩斐然。1986 年的诺贝尔文学奖由尼日利亚作家沃莱·索因卡(1934—)获得。索因卡是一位异常勤奋的知识分子,是一位剧作家、诗人、小说家、导演、演员、教授和社会活动家,他的作品,包括戏剧、小说和诗歌,都以其独创性丰富了世界文学宝库,反映传统与现代、新与旧的矛盾,具有反殖民主义、反保守、反恶习、伸张正义、主持公道的鲜明色彩。

一、生平与创作

索因卡 1934 年 7 月 13 日出生于尼日利亚西部的阿贝奥库塔城。他的父母都是约鲁巴人,索因卡在阿贝奥库塔度过了他无忧无虑的童年,当地传统宗教的气氛对他日后的文学创作和世界观都产生了很大的影响。1952 年,索因卡进入伊巴丹大学学习,1954 年前往英国利兹大学深造。在利兹的 4 年,索因卡不仅参加学生剧团,还大量阅读各种流派的戏剧作品和戏剧论著,潜心钻研演员和导演艺术。1957 年,索因卡大学毕业后在英国皇家宫廷剧院任剧本编审。此后,索因卡得以大量接触英美及欧洲各国的戏剧,开阔了自己的视野,且还有机会参与演出和导演实践。1958 年,索因卡写出了最早的两个重要剧本《沼泽地的居民》和《狮子和宝石》。索因卡的早期戏剧创作大多是轻快明朗的喜剧,剧本虽然具有一定的思想深度和熟练的技巧,但尚未形成自己独特的艺术风格。《沼泽地的居民》是一部诗体悲剧,以独立前尼日利亚沿海沼泽地区的农村生活为背景,描写年轻主人公伊格韦祖在传统的乡村社会生活与近代都市生活方式之间无所依从的痛苦和彷徨。《狮子和宝石》则以喜剧的形式通过美貌单纯的农村少女希迪的生活和爱情反映了 20 世纪三四十年代非洲农村所面临的主要冲突,即源于非洲本土的旧传统与来自欧洲的“新文明”的冲突。这些剧本初步奠定了索因卡在传统与现代之间确立创作主题的倾向。

沃莱·索因卡

1960 年,索因卡回国,投入了伊巴丹的戏剧活动,并建立了“1960 面具”剧团。为了庆祝 1960 年 10 月 1 日尼日利亚民族独立日,索因卡创作了两幕剧《森林之舞》,这是索因卡早期戏剧创作的代表作之一,它标志着索因卡戏剧创作思想的转变和创作手法的成熟。

《森林之舞》的剧情是围绕着“民族大聚会”展开的,这个大聚会象征着1960年10月庆祝尼日利亚独立的大会。在剧本中,“森林”是尼日利亚的历史和现实一体化的象征,鬼神与活人相聚形成了多维度、大跨度、大容量的舞台时间与空间,尼日利亚的历史在这里被浓缩了。索因卡力图向读者和观众传达这样一个观点:尼日利亚乃至整个人类的历史并非充满自豪和荣耀,现实中的问题也是历史上的问题。从艺术特色来看,《森林之舞》呈现出非洲传统戏剧中常见的令人眼花缭乱的舞台布局——历史与现实共时,活人与死人同台,传统氛围与现代场景重合,人物的对话中有一种似有深意而又令人费解的神秘性。索因卡把现代西方表现主义戏剧、荒诞派戏剧的创作手法与非洲传统的即兴表演的、从属于宗教仪式的民间戏剧特征完美地结合在一起,在雄浑质朴的传统文化氛围中隐含着强烈的现代意识,在晦涩中透露出鲜明的理性之光。

《森林之舞》的演出使索因卡成了享誉非洲的剧作家、导演和演员。1962年起,索因卡在伊费大学、拉各斯大学任教。20世纪60年代中期,尼日利亚政局动荡,危机四伏,他这时的两部出色作品都充满了不祥的预兆,这就是剧本《路》(1965)和长篇小说《痴心与浊水》(1965)。

《路》是索因卡后期戏剧创作的代表作之一,全剧剧情发生在一家象征着残损、破烂、神秘与死亡的汽车配件商店里,时间限制在一天之内,出场人物很少。“路”和“卡车”是与剧本主题密切相关的象征性意象。这条“路”不断地发生车祸,而跑在路上的卡车大都破旧不堪,常出故障。司机们违章驾驶,横冲直撞,更有那位绰号“教授”的商店主人给不合格的司机伪造证件,编造事故证明。司机们及其助手在这里大谈特谈的话题就是死去的伙伴和车祸中丧生的乘客,还有那条充满凶险的路。可以看出,索因卡是用影射的笔法讽刺性地揭示动荡之中的尼日利亚,表达了对独立国家沉沦于灾祸的忧思,剧本甚至可以看成是对整个人类前进道路的一种艺术揭示。《路》是索因卡于《森林之舞》之后在继承非洲传统戏剧形式的基础上借鉴欧洲戏剧并予以创新的又一次尝试。

60年代末尼日利亚内战期间,索因卡不顾个人安危,奔走在交战双方之间,呼吁停火和谈,被军政府逮捕关进监狱长达两年。获释后,他一度流亡欧洲和加纳,1976年回国,在伊巴丹大学戏剧学院和伊费大学任教,继续进行创作和组织戏剧演出活动,并担任剑桥大学、耶鲁大学、康奈尔大学等欧美名校的客座教授。

20世纪70年代以后,索因卡的主要剧作有《疯子和专家》(1971)和《死亡与国王的侍从》(1975)。《疯子和专家》以荒诞不经的情节揭示了尼日利亚内战带来的人性沦亡并鞭挞了暴力。在悲剧作品《死亡与国王的侍从》里,索因卡借助于一个“自杀殉主”的习俗,以一种理性的视角来看待约鲁巴族的传统信仰,并以此思考尼日利亚的处境与非洲历史文化。针对尼日利亚尖锐的政治和社会问题,索因卡还写了《文尧西歌剧》(1977)、《失去控制的大米》(1981)、《巨头们》(1984)等一批社会讽刺剧和政治讽刺剧。

除戏剧创作外,索因卡的创作成就还表现在诗歌和小说方面。从他1967年出版的诗集《伊达纳及其他的诗》中可以看出,索因卡的诗歌不仅视野开阔,涉及面广,并且具有道义上的使命感,诗的格调从悲怆到轻松,从讽刺到抒情,无所不包。索因卡出版于1973年的长篇小说《暗无天日的岁月》是一部以希腊神话传说中俄耳甫斯和欧律狄克的传说为框架写成的寓言式小说,描绘了一个由商人、官僚、资产阶级支配和肆意横行的虚构的非洲国家,揭露了专制、残暴和腐化现象,表现经历内战的人民的悲惨生活。索因卡的作品还包括纪实文学《那人死了——狱中纪实》(1972)、自传体作品《阿凯:童年时光》(1981)和评论集《神话、文学与非洲世界》(1975)。

索因卡是一位将自己的文学创作深深植根于非洲文化的作家,以广阔的文化视野创作了富有诗意的关于人生的戏剧。他在自己的作品中描写了非洲古朴的风俗习惯和独特的思维方式,记录了这个古老的大陆在更新、发展过程中走过的艰难路程。索因卡不仅善于从非洲生活中选取创作素材,而且善于创造性地运用非洲文化传统,从中提炼出富有魅力的艺术表现方式。作为一名曾经接受过西方教育的非洲知识分子,索因卡对非洲文化的局限性有清醒的认识,因此,他在自己的创作中又借鉴了西方戏剧、小说、诗歌的表现手法,创造性地把民族文化和世界文化、传统文化和现代文化融合在了一起。

二、《痴心与浊水》

尼日利亚于1960年获得独立后,由于当权者的腐败,社会弊端严重,人民依然生活在困苦之中。随后,国内暴力冲突不断,国家处于分崩离析的边缘。索因卡以一位社会风习和历史的记录者和时代理想的表达者的姿态,借助长篇小说《痴心与浊水》反映了内战之前尼日利亚的社会现实。小说虽然没有直接展现国家的政治局势,描述的更多是人们的命运探索以及失意痛苦,在字里行间却能够感到大风暴已经日益临近。

《痴心与浊水》这部内涵丰富、立意深刻的哲理小说所写的主要是5个留学欧美归国者的遭遇。这5个人物是工程师和雕塑家塞孔尼、新闻记者萨戈、画家科拉、外交部工作人员艾格博、大学教师本德尔。他们都是尼日利亚新一代的知识分子,希望为国为民干一番事业,但在肮脏、邪恶、金钱和权势主宰的社会里,他们一筹莫展,只能陷入迷惘、苦恼和绝望的泥坑。这5个人每两周在伊巴丹和拉各斯的俱乐部聚会,平时则过着普通而又杂乱无章的生活。他们同尼日利亚城市的各个方面有广泛的接触。通过他们,索因卡多侧面展现了内战前尼日利亚社会的种种弊端,迂回地解释了造成国内危机的症结所在。

小说的标题直译为"诠释者",这具有广泛而深刻的含义。在小说中,需要诠释的是书中人物的性格和命运，是造成这种性格和命运的尼日利亚社会，而这种“诠释”往往是探索中的、无结论的、灰色和迷茫的。在这种“诠释”中既有西方现代主义的深奥和抽象，更有非洲传统的思维方式和思想观念。

尼日利亚社会现状的“诠释者”首先是新闻记者萨戈。作为记者的萨戈是个机灵、活跃、勇敢、坦率的人，口齿伶俐，说话尖刻，他的职业决定了他必须面对丑恶的社会现实。他经常四处奔波，寻找“诠释”材料，揭露官场的腐败和政客的劣行。但是萨戈的努力不仅没有遏止和战胜现实的丑恶，反而因这种丑恶受到了心理上和生理上的损害。他经常跟人谈起所谓“排泄哲学”(Voidance)，他将排泄视为“大典”，是一种“生理机能上的、精神上的、创造性的或者具有典礼气派的活动”，是“纯粹以自我为中心的纯哲学”。排泄的行为，“与其说是生理上的需要，不如说是心理上和宗教上的迫切要求”。萨戈这些话听起来是粗俗可笑的胡言乱语，但却深刻揭示了尼日利亚污浊的社会现象。“排泄哲学”这种说法是作者对尼日利亚社会现实所作的一种否定性的、批判性的“诠释”尝试。

与萨戈这个人物相反，工程师塞孔尼代表的是信念、建设和认真严肃的人生追求。他是一流的工程师，一名有思想有抱负又有社会责任感的知识分子。他不满足于轻松舒适的工作状态，一心想投身建设，兴修水利、建发电站，使城乡充满光亮，他的行动曾给别人以很大鼓舞。可是，发电站刚要点火发电，上司却派了一个外国的“专家”前去检查，以捏造的理由把电站拆除了。因为对上司来说，拆掉电站比建起电站能捞到更多的好处。塞孔尼想私自点火试车，却被强行关进了疯人院，后来在车祸中惨死。在社会权势面前，他是一个失败者，他生前花了一个多月时间完成雕刻艺术品《摔跤者》是塞孔尼内心长期压抑的紧张和痛苦的外化。索因卡有意将塞孔尼描写成一名语言障碍症患者，敏捷的思维和表达的障碍似乎暗合他与现实之间的格格不入。

在外交部工作的艾格博是个身体健壮、很有魅力的知识分子，他爽朗直率，又粗鲁冷峻。他所面临的问题是如何割断与祖先、历史的联系，割断现实与未来的联系。他可以在外交部里任职，也可回到家乡去继承酋长的地位；他一方面迷恋传统的非洲，打算回到家乡，一方面又觉得那是一条死路。他始终在传统与现代化之间徘徊不定，无法进行选择。由于家庭的影响，艾格博有浓厚的宗教禁欲主义意识，同时一夫多妻制对他影响也很大，这就构成了艾格博内心的另一种冲突。他先后与三个女人发生过关系，肥胖的舞女、喜媚、女大学生，这一部分象征性地表现了艾格博这个贵族出身的知识分子的精神历程，表现出对人的现世幸福的肯定和对人的自然本能的歌颂。

画家科拉是尼日利亚社会历史中艺术的“诠释者”。他目睹了他的朋友塞孔尼理想与现实的断裂，目睹了艾格博无所依归的游荡，目睹了教师戈尔德畸形的病态的爱的孤独，聆听了宗教人士拉撒路编造的死而复生的神话。他的全部愿望就是通过绘画艺术，把历史与现实、传统与现代、死界与生界、东方与西方、虔诚与背叛辩证地熔铸在一起。他花了15个月的时间完成《众神像》,把基督教的神话传说与尼日利亚约鲁巴族的神话传说结合在一起,组成了一幅意味深长的画面。他觉得艾格博和这幅画的主题很接近,以他为模特,画出了约鲁巴神话中的奥贡神——它是战争之神、破坏之神,同时又是创造和保护之神。科拉试图以奥贡神的性格解释艾格博的矛盾人格。在这里,作者暗示人们:在现实的尼日利亚社会中缺乏的就是这种破坏中的建设。《众神像》的意图就是建立起一个循环往复的宇宙,让古老的神话融入当代的现实,同时又用古老的东西来衡量当代的现实。

科拉用他的《众神像》对历史与现实、过去和现在作了艺术化的解释,而对历史与现实作出理性解释的则是大学教师本德尔,他富有同情心,反对假仁假义的作风,向黑人上流社会挑战。虽然全书主要场景和情节都与他密切相关,但他给读者留下的印象却最淡漠。本德尔是理性的象征,“他像一幅超越时间的肖像俯视着芸芸众生”。他显然是一个具有哲学色彩的“诠释者”。他总是“确切地知道”他的几个朋友的所思所想,并且能一语道破。他从萨戈的新闻报道中、从科拉的画布上所“悟出”的是“新一代诠释者的知识”。他以理性的超信仰的目光看待宗教,他懂得宗教的虚妄,却不像艾格博那样“嘲笑”宗教。他也深信拉撒路杜撰的关于自己死而复生的神话是欺骗,但他又认为如果拉撒路“采取某种方法解释这段经历,那就能把某种意义带进人们的生活”,这表明了他试图从理性的角度重建信仰的愿望。

全书5个主要人物的5条线索是在发展中彼此交叉的,小说的其他人物,如拉撒路、戈尔德、莫尼卡、德亨娃等,都是作品创作思想的有益补充。《痴心与浊水》像一个多主题的变奏曲,在作品的表层情节之中寄寓着抽象的含义。索因卡试图冲破社会的迷雾,理清时代的混乱,以缓解心理上的重负与不安,整部作品弥漫着一种不祥的骚动感和失落的困惑。

除了迷宫般的关于“诠释”的探索性和无结论性,小说还表现了文学创新的一些特点。

《痴心与浊水》是一部现代主义作品,因为在文学创作的观念手法与情节结构上,索因卡受到西方现代主义文学的影响,但更重要的是,《痴心与浊水》有着当代非洲小说的独特性。受非洲传统文化的深刻影响,在小说中,过去、现在、未来的界线十分模糊。索因卡把属于这三个时间段上的不同的人与事交叉在一起,通过回忆、联想、穿插等各种方式打破时间的顺序性。这种手法有点像西方的意识流,但又不同于西方意识流中的以一个主要人物为中心的无意识的流动。在《痴心与浊水》中,作者仍扮演着传统小说中的全知者的角色,作者没有让人物的无意识漫无节制地“流”动下去,而是把自由联想的意识流动置于作者的理性的监控之下,这一点又使小说回归了传统风格。

《痴心与浊水》的结构比较复杂,它最主要的特色便是抛弃了时序。《痴心与浊水》通过几个主要人物的外在行为和精神意识活动的错综交叉来谋篇布局,这种网状结构的背后,是作者精心安排的内在秩序。在这部小说中,故事发展的时间是不连贯的,整个故事好像是一些碎片的粘连。然而,这种艺术手法不仅可以反映千变万化的现实生活,而且能够揭示人物深层的精神状态和思维活动,使时间相隔颇远的一些事情在一个地方同时再现。《痴心与浊水》完美地体现了索因卡作品的特色,在复杂纷繁的结构下表现出清晰的条理和敏锐的预见性。

第五节 库 切

库切(1940—),南非当代著名小说家,两次获得英国布克奖,并获 2003 年诺贝尔文学奖。对南非种族隔离制度和相应的价值标准、道德规范进行描画,是库切创作的最基本出发点。在他看来,种族隔离制度可以在任何地方存活,因此他的作品常常采用寓言的形式,直指西方社会的弊端,他的笔触在字里行间透着智性的真诚。同时,库切的作品还深刻剖析人性的不同侧面,以理智而诚实的态度探讨诸多问题。

一、生平与创作

库切 1940 年 2 月 9 日出生于南非开普敦,父亲是说英语的南非荷兰裔居民,母亲则具有荷兰和德国双重血统。独特的家庭背景使库切从小接受双语教育,也让他逐渐意识到自身的局外人处境。20 世纪中期的南非社会等级森严、界限分明,库切成长的年代恰逢种族隔离政策逐渐成形继而猖獗的时期,亲身经历加上耳闻目睹,使库切对局外人的生存状况有了深切的体会和感悟。

中学毕业后,库切进入开普敦大学学习并获得英语和数学学士学位。随后库切在英国伦敦从事电脑程序员的工作,并开始创作诗歌和学习文学。1965 年,库切进入美国得克萨斯州立大学学习,1969 年获语言学博士学位,此后在纽约州立大学任教职。1984 年,库切回到南非开普敦大学任教,2002 年移居澳大利亚,在阿德莱德大学担任文学研究员。目前库切在芝加哥大学任教。

库切

面对压迫和苛政,库切笔下的人物常常显得消极被动,似乎无力反抗,但按照作家的创作意图,这恰恰是人性避免被完全操纵和吞噬的最后一搏,在不参与的消极状态中进行抵抗是人反抗压迫的最后途径。

从处女作《幽暗之地》(1974)开始,库切就展露了他善于移情的艺术才能,这种才能使他一再深入异质文化中间,进入那些令人厌恶的人物的内心深处。小说《国家的心脏》(1977)出现了另一种注重心理描述的风格,小说的主人公是一位南非荷兰裔老处女玛格达,她与鳏居的父亲在种族隔离的南非内陆深处的农场里过着与世隔绝的生活。在小说中,库切刻意塑造了玛格达这个垂死挣扎的种族隔离制度的象征性人物,并试图在更深的层面上对精神错乱乃至人类的精神状态进行探究。

1980年,库切的小说《等待野蛮人》问世,这是“一部继承了约瑟夫·康拉德手法的政治恐怖小说”。在小说中,库切有意隐去时代和地域背景,作品的主人公是位帝国边境的行政长官。这个天真的理想主义者以宽松的方式管理他的辖地,并在帝国政府那位冷酷无情的上校对蛮族部落的军事行动中有意无意地表现出暧昧立场,试图在忠于职守与反对暴行之间寻求平衡,但一个蛮族姑娘的悲惨遭遇促使他站到了人道的立场。长官以一份悲悯之心收留了那位蛮族姑娘,施以人道的呵护,后来还爱上了她,但这位长官鬼使神差的举措被自己人视为异类。这部充分展示个体生命价值和个人权利的小说充满了反讽、激情、内省和恐怖描写,库切在这个貌似通俗的故事的背后,委婉有致地刻画出人物心理的微妙之处,写出灵魂自救的过程,呈现给读者的是一个关于文明世界的寓言。

在1983年的小说《迈克尔·K的生平和时代》里,库切延续的是笛福、卡夫卡和贝克特的文学传统,把关注的目光转向小人物。迈克尔·K生活在一个不知名的国家,是一个长着兔唇、种族身份不明、遭社会遗弃的低能儿。为了逃避日益严峻的动乱和将要降临的战事,他找到一个废弃的农场,过着自给自足、与世隔绝的自在日子,但不久厄运降临,庄稼被捣毁。险些饿死的K被送到医院,由医生照料,K在医院里被剥夺了自由,必须听命于医生,于是他最终选择了绝食,以呈现对权力逻辑的否定状态,死亡是他反抗压迫的最终武器。小说以其独特的叙述视角获得当年布克奖,为库切赢得了国际声誉。

1986年,库切的小说《仇敌》是对笛福的杰作《鲁滨孙漂流记》的重写,在这部游戏式的寓言小说里,库切把文学与生活的不兼容性和不可分离的特质编织在了一起。1994年出版的小说《彼得堡的大师》则是一部关于俄国作家陀思妥耶夫斯基的故事,是历史资料与想象力结合的作品。库切把陀思妥耶夫斯基生活中的人和作品中的人物邀请到1869年的彼得堡,让他们和陀思妥耶夫斯基一起在属于陀思妥耶夫斯基话语的场景里,参与陀思妥耶夫斯基的精神生活中去。在扑朔迷离、亦真亦幻的场景中,库切的用意是探究不分时代、不分区域、不分疆界存在的极权主义的本质以及真理在此体制内被歪曲篡改的过程。

1999年,库切出版小说《耻》,这部作品为他再次赢得了标志小说创作成就的英国布克奖。除了小说,库切还出版有《白人写作》(1988)、《回到原点》(1992)、《多有得罪:关于审查制度》(1996)和《陌生人的海岸:1986—1999年文集》(2001)等评论文集。《青春》(2002)和《伊丽莎白·科斯特洛:八堂课》

(2003)、《慢人》(2005)是库切最近的3部作品。《青春》是自传体小说《童年》(1997)的续集,借助于主人公约翰,库切回忆了自己身处异国的青春时期。在作品中,主人公那种歧路彷徨的内敛性格和平淡无奇的生存状态,在库切简洁隽永的文笔下被写得深邃平易。跟库切以前的小说相比,2003年最终完成的《伊丽莎白·科斯特洛:八堂课》带有明显的实验文本色彩。这部杂陈作品的主人公是一位年近七旬的澳大利亚女作家伊丽莎白·科斯特洛,库切借助她去面对驳诘、冷落和各种尴尬场面,将自己对理性的批判引向较为极端的方向。《慢人》是关于一个在车祸中失去一条腿的老摄影师如何面对生活的问题,库切把眼光投向暮年,并加大了哲学思考的比重,这部作品"又一次证明了库切完美无瑕的行文和迷人的语言"。

库切的小说以结构精致、对话隽永、思辨深邃为特色,努力探索人的弱点与失败经历。他是一个有道德原则的怀疑论者,对当下西方文明中浅薄的道德感和残酷的理性主义给予毫不留情的批判,他以知性的诚实消解了一切自我慰藉的基础,使自身和阅读者远离俗鄙。2003年,瑞典文学院因"在人类反对野蛮愚昧的历史中,库切通过写作表达了对个人斗争经验的坚定支持",而将当年的诺贝尔文学奖授予了库切。

二、《耻》

1999年出版的《耻》使库切成为布克奖历史上第一位两度获此殊荣的作家。这部小说被认为是库切最具有代表性的作品,尤其是它对殖民制度的衰落以及种族隔离制度所带来的南非社会文化困境所作的深刻批判,颇有代表意义。但也正是这本书,让库切在南非成为众矢之的,在很多人看来,小说把黑人统治下的南非描写得过于黑暗和凄凉,在一个沉沦的主人公的背后描绘了一幅帝国衰败的惨淡景象。

《耻》将背景设在白人专制统治结束之后的南非,是关于52岁的开普技术大学教授戴维·卢里的故事。小说情节主要是对卢里生活经历的描述,因为一桩丑闻——勾引一名女大学生并与之发生性关系,他遭到了校方的调查。在接下来的篇章里,卢里拒绝了校方给他的公开悔过以保住教职的机会,到偏远的乡村去看望自己的女儿露茜。在那里,他努力与独自谋生的女儿进行沟通,却始终无法消除与女儿的隔阂。后来,卢里和露茜在一次偶然事件中遭受了三个黑人的袭击,结果财物被抢,露茜被强暴,卢里也受了伤。事件过去之后,卢里怀疑这次

《耻》中文版书影

事件跟黑人邻居佩特鲁斯有关,目的是威胁露茜和她的农场,但露茜拒绝向警方报案,也拒绝随卢里离开农场或离开南非。最后,露茜因为强暴而怀孕,却希望成为佩特鲁斯的妻子以期得到保护。女儿的这种委曲求全苟且偷生在卢里看来是一种耻辱,但露茜却认为这样的耻辱是如今白人想继续待在这片土地上所必须付出的代价。在小说中,库切让我们看到了一个名誉扫地的大学教授的挣扎——在南非日益变化的新形势下,当白人至上的传统土崩瓦解之后,他竭力维护自己和女儿的尊严。

小说发表之后,评论者认为《耻》这部作品通过各种细节描写,揭示了新旧交替时代发生在南非大地上,发生在南非各色人种之间的复杂问题,对殖民主义在南非对殖民地人民和殖民者本人及其后代所造成的后果表现出深切的忧思和相当的无奈。显然,《耻》是一部从内容到寓意都具有十分丰富的层次的作品,从小说题目"耻"来说,在故事中就分别表现为"道德之耻"——从卢里的性生活所指的道德堕落;"个人之耻"——女儿露茜遭到的抢劫和强暴;"历史之耻"——白人及其后代沦落到要以名誉和身体为代价在黑人的庇护下生存等意义。小说虽然没有直接描写昔日南非的殖民统治,但所有人物不可避免地受到它持续的危害和影响,尤其是卢里的女儿露茜就是殖民主义替罪羊的形象。小说对昔日白人殖民统治进行反省,也指出殖民统治结束之后南非社会的专制阴影。虽然种族隔离制度渐渐远去,但权力机制和专制制度依然故我。白人自由知识分子阶层对黑人抱着深切的赎罪心理,面对反向的专制和压迫提倡逆来顺受,但如此下去,未来是否能够如他们所愿:即黑人和白人能够和平共处,专制和压迫被真正的民主取而代之?也许,在库切看来,要想最终解决人类社会中的种族对立,肃清各种不平等和不公正,希望寄托在子孙后代身上。作品的结尾处露茜决定生下腹中的孩子,让这个黑白混血的后代从小感受到爱和理解,而不是对立和仇恨。《耻》的结尾是开放式的,库切留给读者太多的思考,一切都留待时间的检验。

从某种意义上来说,《耻》的主人公卢里的世界很有特殊意味。他对于女性的态度是建立在对女性的占有上的,但是他第二任妻子罗萨琳提醒他,他已经不再有魅力,他只有欲望,却没有激情。在小说的后半部分,从乡下回到城里的卢里又一次听到了丑闻案中的受害者、那个叫梅拉妮的女学生的名字,这一次,他感到"篡越与和谐结合,这太有违正常了"。这个时候,他突然明白了丑闻初现时学校里组织的听证会的意义:"要是把审判时所用的漂亮辞藻全数剥去,审判要惩罚的正是这样的结合。"库切在这里用了 Cronus 来表示"篡越"的意思,而克罗诺斯(Cronus)其实是希腊神话中的天神,他靠篡位统治了世界,后来被自己的儿子宙斯废黜。事实上,"篡越"正是解读《耻》的一个切入点。因为在这部作品里,充满了这种随意超越政治、社会、道德等为个人所规定的界限的行为,人物关系也正是在这一关系层面上反映出来的,包括卢里在性问题上的麻烦事。

从卢里与索拉娅的交往开始,这位教授是通过一个中介公司和索拉娅开始每周一次的性交易的,然而这种关系的存在并没有维持很久,因为某天在大街上当卢里偶然见到索拉娅带着两个孩子时,他心中涌起一种莫名的感觉,于是他偷偷跟踪并派人调查,希望能进入索拉娅的生活,最终却遭到索拉亚的拒绝并停止了交往。此时,库切也许在此引导读者从对个人的关注到对整个社会思想道德问题的思考。与女学生梅拉妮的交往实际上正是一种双重意义上的"篡越",因为他既越过了一般的师生关系线,也越过了被习俗认可的男女交往的界线。小说中的卢里在与梅拉妮交往中总是处于强势地位,提出咄咄逼人的要求:擅闯住处,肆意改动缺席记录与考试成绩,等等。这时,库切似乎没有单纯把事件完全放在道德层面来讨论,因为卢里在与梅拉妮交往的过程中体会到一种激情,甚至还有过认真对待两人关系的念头,但随着梅拉妮男友、父亲的出现,他认识到自己的想法很荒唐。最终,卢里明白,对他的听证实际上的是"篡越"与"和谐"的一种努力,但是,他以一种无所谓的态度藐视这场听证会,藐视对他这种生活方式的审判。

在乡村,小说中对卢里和女儿露茜的关系进行了描写。在这里,"篡越"的问题同样表现出丰富的层次。先是父女关系,当卢里来到女儿所在边远乡村后,发现无论是日常生活还是看法,自己同女儿之间隔阂太深。露茜心甘情愿地在偏僻乡村当农民,这在卢里看来是一种耻辱。他几次想说服她改变现在的生活方式,卖掉农场,跟他回大城市开普敦去。然而,每一次的沟通都很困难,露茜坚守着自己的领地,让卢里每一次"篡越"的尝试都以父女两人的争吵告终。小说中感叹道:"为什么别人不画界线,他们自己却要相互画出界线呢?"之后卢里也感到,要想和平共处,遵守界线的约定似乎是必需的,即使是父亲,也不能随便进入女儿的生活。后来,卢里和露茜间的冲突在抢劫和强暴事件后表现得更为尖锐。暴徒刚离开,卢里以父亲的身份去关心女儿,但是女儿对这一事件的反应和最终的态度让卢里无法理解和接受。显然,作为女性,露茜有她自己的生活界线,她不允许任何男性包括自己父亲的进入,任何形式的违背女性意愿的越界,都是对女性权利的侵犯。强暴固然残忍,但卢里对露茜的再三询问,实际上也是一种"篡越"企图。这一切都发生在殖民主义消退、新时代开始的南非,而这样的时代和社会背景,更使"篡越"的主题具有超越个人经历的更普遍、更深刻的社会、政治和历史意义。但库切的注意力似乎并不仅仅局限在回顾殖民主义对南非的"篡越"这一历史问题上,他真正关注并通过小说中各种细节来表达的是对历史上的"篡越"在当前现实中的后果和代价的思考,而这一思考同样具有丰富的层次和深刻的意义。

以卢里为代表的白人知识分子的地位在后殖民时代的南非受到了威胁。一方面,权力关系和性关系不应混为一谈,卢里因为没有遵循这一原则被开普技术大学开除;另一方面,面对着三个黑人入侵者,他也无能为力;即使是在处理父女关系问题上,女儿露茜的权力在受到侵犯时立即封闭起来进行本能的自我保护,而不愿意将此感觉告诉父亲,甚至为了求得在乡村的生存,必须依赖于当地黑人,并把权力拱手相让。抢劫事件之后露茜和警察的态度都暗示了白人地位在南非日益衰落,尊严对于当今南非的居民来讲不具有什么意义,经济上尤其是土地上的绝对占有才是当地黑人所关注的。作品中那位沉默寡言的佩特鲁斯是种族隔离后的南非过渡到民主的一个象征。无论后殖民时代的南非怎么发展,像佩特鲁斯这样的黑人居民仍将维持他在乡村的生存状态,而正是他们代表了南非乡村的未来。小说以极简单却极有穿透力的语言,描述后种族隔离时代南非的社会现状和价值观念的巨变,库切的笔调是震撼人心的,他的思考也十分严肃。小说的主题正是库切一直关注的中心问题:人是否能回避历史?

图书在版编目(CIP)数据

世界文学史纲/蒋承勇主编. —4 版. —上海: 复旦大学出版社, 2019. 9
(复旦博学. 外国文学系列)
ISBN 978-7-309-14236-5

Ⅰ. ①世… Ⅱ. ①蒋… Ⅲ. ①世界文学-文学史-高等学校-教材 Ⅳ. ①I109

中国版本图书馆 CIP 数据核字(2019)第 044739 号

世界文学史纲
蒋承勇　主编
责任编辑/曹珍芬

复旦大学出版社有限公司出版发行
上海市国权路 579 号　邮编: 200433
网址: fupnet@ fudanpress. com　http://www. fudanpress. com
门市零售: 86-21-65642857　团体订购: 86-21-65118853
外埠邮购: 86-21-65109143
杭州日报报业集团盛元印务有限公司

开本 787 × 960　1/16　印张 29. 25　字数 544 千
2019 年 9 月第 4 版第 1 次印刷

ISBN 978-7-309-14236-5/I · 1144
定价: 68. 00 元
